刘洁岷　主编

"现当代诗学研究"
专题论集

东方出版中心

图书在版编目（CIP）数据

群翼之云："现当代诗学研究"专题论集 / 刘洁岷
主编 . — 上海：东方出版中心，2022.1
ISBN 978-7-5473-1937-6

Ⅰ . ①群… Ⅱ . ①刘… Ⅲ . ①诗学 – 中国 – 文集
Ⅳ . ① I207.2-53

中国版本图书馆 CIP 数据核字（2021）第 253533 号

群翼之云："现当代诗学研究"专题论集

主　　编　刘洁岷
策划编辑　潘灵剑
责任编辑　戴浴宇
装帧设计　钟　颖

出版发行　东方出版中心
地　　址　上海市仙霞路 345 号
邮政编码　200336
电　　话　021-62417400
印 刷 者　上海盛通时代印刷有限公司

开　　本　787mm×1092mm　1/16
印　　张　37.25
字　　数　674 千字
版　　次　2022 年 1 月第 1 版
印　　次　2022 年 1 月第 1 次印刷
定　　价　100.00 元

Clounds Flowing over the Wings

出　品：江汉大学现当代诗学研究中心

　　　　《江汉学术》编辑部

编　委：（以姓氏笔画为序）

　　　　王泽龙　毛　卉　米家路　吴思敬　陈大为

　　　　李　怡　李卫东　张洁宇　张桃洲　杨小滨

　　　　郑慧如　姜　涛　唐晓渡　耿占春　臧　棣

策　划：钟守昌　张桃洲

主　编：刘洁岷

副主编：夏　莹　倪贝贝　王继鸽

目 录

诗歌的"当代"研读

3　当代汉语诗歌批评中的框架论述 ………………………………… 郑慧如
18　论新诗批评中的价值判断 …………………………………………… 李文钢
31　作为诗学话语借壳的"民间"：现代溯源及伦理反思 …………… 陈培浩
47　从文本到剧场：当代女性诗歌的跨界实验 ……………………… 翟月琴
61　怀旧病与乌托邦：当代诗歌的乡土经验写作及转变 …………… 周俊锋

当代诗潮与诗人

73　游走与认同：论虹影离散诗歌中的家园意识 ……… [新加坡]卢筱雯
88　巫师、史官与建筑师
　　　　——论叶辉诗中的物象与抒情主体 …………………… 李倩冉
102　紧贴自身的可能性与当代诗的强度
　　　　——以姜涛诗歌为考察中心 …………………………… 李国华
116　论李强"家乡系列"诗歌的特质与对母题的拓展 ……………… 张 贞
125　血以后是黑暗：海子和荷尔德林诗歌中的人与神 …………… 王 浩
137　海子诗歌的深渊圣徒情结与救赎之路 ………………………… 万孝献

现代诗潮与诗人重释

151　狂荡的颓废：李金发诗中的身体症候学与洞穴图景 … [美]米家路(著)　赵　凡(译)
177　反照诗学：李金发诗中的幽暗启迪与悲悼伦理 …… [美]米家路(著)　赵　凡(译)
195　"我是在新诗之中，又在新诗之外"
　　　　——重评闻一多诗学观念的转变及其他 …………… 张洁宇
206　闻一多民主理念下的文学史研究和文学批评 ………………… 王东东
217　徐志摩诗歌的经典化与再诠释 ………………………………… 钟怡雯
234　徐志摩诗歌音乐性构成的显性与隐性因素 ……………… 缪惠莲　张 强
247　穆旦诗歌：宗教意识与民主意识 ……………………………… 王东东
260　重审中国现代诗创作中的"双语现象" ………………………… 贾鑫鑫
271　论现代派新诗的用典革新 ……………………………………… 杨 柳

286　蒋海澄（艾青）的巴黎岁月及其初期新诗创作 …………………… 马正锋
301　"语言诗化"与"窗"
　　　——论林庚在创作与研究之间的互动关系 ………………… 张　颖

港台诗歌

319　论洛夫诗歌的成就与特质 …………………………………… 郑慧如
341　论洛夫近晚期诗作"似有似无"的技巧 ……………………… 简政珍
357　狂欢与嬉戏：台湾诗人管管的语言喜剧 …………………… 杨小滨
374　论台湾现代诗中的"沉默"
　　　——以罗任玲诗作的陈述表现为中心 ……………………… 郑慧如
386　作为文淬的诗：陈黎的揾学写作 …………………………… 杨小滨
401　纪弦（路易士）与香港诗坛关系考论 ……………………… 刘　奎
413　诗歌史的视野与生命感
　　　——以郑慧如《台湾现代诗史》为考察中心 …………… 简政珍

异域诗歌

429　实验性诗写中的流行文化与词语流嬗变
　　　——从《好莱坞的达菲鸭》析读阿什伯利的诗歌 ………… 盛　艳
444　"中心诗"观念：朝向现实的出发之旅
　　　——对华莱士·史蒂文斯诗学观的一种考察 …………… 李海英
461　论语言诗人查尔斯·伯恩斯坦的"回音诗学" ……………… 冯　溢
477　论帕斯长诗《太阳石》的回环结构与瞬间艺术 …………… 潘灵剑

新诗的技艺、体式与语言

489　诗歌语言中"声、音、韵、律"关系的符号学考辨 ………… 李心释

年度综述与栏目研究

501　"视点"偏转、理论思维与研究载体的"当代意识"
　　　——2017 年中国新诗研究综述 ……………………………… 张凯成
511　"历史意识"与诗学研究的"中性姿势"
　　　——2018 年中国新诗研究综述 ……………………………… 张凯成
523　作为方法与研究范式的"新诗史"
　　　——2019 年中国新诗研究综述 ……………………………… 张凯成

534　开放观照"当代"的诗学视域

　　　　——论"现当代诗学研究"专栏对诗学"当代性"的建构 ……………… 陈培浩

545　重构诗学与批评的乌托邦

　　　　——《江汉学术》教育部名栏"现当代诗学研究"的探索之路 … 李海英　邵莹莹

附录

555　第三届"教育部名栏·现当代诗学研究奖"颁奖实录 … 米家路　杨小滨　盛　艳等

568　"新诗的代际、群体和流派"主题论坛实录

　　　　………………… 段从学　李海英　李润霞　西　渡　王泽龙等

586　慢读鉴藏,流传诗歌 ………………………………………………… 倪贝贝

诗歌的"当代"研读

郑慧如　李文钢　陈培浩
翟月琴　周俊锋

当代汉语诗歌批评中的框架论述

◎ 郑慧如

摘　要：以当代汉语诗歌批评为例，可综论文学批评中的框架论述。框架论述具备问题意识，以逻辑推演逐步引向结论。它有思想性、戏剧性、文学性，彰显一定程度的真实，却不是宇宙恒常的真理。在某个层次上，划定方向的文学批评、评论均是戏论，然而又有隐约的游戏规则。就问题意识与论述方向、现当代诗批评/评论常见的框架论述、框架论述的导向作用、权力与思维的轨迹、文本阅读与理论运用，可探入以现当代文学史及台湾现当代诗评论的论述样态，可在例证中讨论现当代著名文学史的史观。在汉语当代诗发展已逾百年的今日，批评/评论界应重新审视文本细读的重要性，以精读文本支撑理论运用，并反思框架论述所显露的问题。

关键词：诗歌批评；文学评论；框架；台湾；现当代诗

一、问题意识与论述方向

　　文学批评/评论的论述方式表现论述者的逻辑思考，也是其文学观念、意识形态、美学印迹、人文素养等的整体表现。尤其在学术领域里，具备影响力的文学评论，必定从问题意识展开论述。不论是以作者的主体意识主导论述方向，还是被评论的文本以其内部脉络引领评论线索而产生最后的文章，经常显现一定的框架。框架很难避免。当代评论界不乏自我标榜、不设框架的评论方式，然而一旦以"不设框架"为旗帜，"不设框架"就成了这类评论的"注册商标"，也就是一种框架。

　　框架论述的作者必然有心于论述效力，期待自己的评论有人认同，所以不可能完全避免人为的痕迹；换言之，操笔的那个"我"总是主导着论述。而一篇文学评论中，执笔者"我执"的轻重、使用数据的诚信问题，则是其公信力的基础。

　　汉语当代文学发展了百年，我们更期待独创、深刻、有洞见、有个性、具备基本学术伦理的作品。问题意识明确的评论，既然有一定的论述方向，必定有所偏重；而有所偏重，也就意味着视野不全面。感染力强的评论，读者群容易向天平的两端倾斜：可能心有戚戚，也可能颇不以为然。然而不论读者是哪一类，成功的文学评论总验证了"全面数据"的无谓。奇妙的是，即使作者和读者都心知肚明，知道任何一篇，或一本文学上的评论不可能真正做到对被评资料、群体或个人滴水不漏的全面检证，然而，愿意坦然承认评论本来就是有所偏执的人，却很罕见。这背后的因素，可能是既定成见、眼入虚妄、道听途说、证据不足、论证过程疏漏等出在"人"的问题上，在人文领域中，就是"'做'学问"的胸襟和态度。一篇无私、深刻的文学评论，可以从中窥见作者的人文底蕴。

1967年，颜元叔就说过："文学批评的标准应该是：文学是否达成批评生命的任务。""批评生命，是考察生命的真相，诠释生命的奥秘。""文学是哲学之戏剧化。"[1]由颜元叔的个性而自成系列的文学评论篇章，热切、无私、清晰、独断、奋勇，非常有担当地扛起文学教育家对时代的使命。今日重读，许多话语仍有警钟之效。当今文学界与学术界的学者、评论家，当钻营一己的学术或文化生命而罔顾"文学批评的标准"时，颜元叔的话语犹如冰水浇背。类似的话语包括：颜元叔认为批评家应该以良知、良能区分文学作品的好坏，在其阅读经验中建立价值判断，推开坏作品、为严肃的好作品当尖兵，建立文学价值的尺度，等等。① 五十多年前的那些话语，读之犹令人热血沸腾，整个人都精神起来。这就是一种问题意识，也是一种生命情态，是一以贯之的；这样的框架论述，为有志于文学评论者所仰望。

因应学院的"升等"要求，如今训练有素的学者仰望各种"核心期刊"，许多论点不愠不火或不痛不痒的"严谨论文"应运而生，诸如"某某溯源""某某考""某某传播过程"等类的文章，在"核心期刊"中颇占一定数量。这类文章除了具有问题意识与论述方向，主要的共相是戒备森严、防护周到；而其论题则趋向把当代的文学研究写成考据，又尽量不碰触说理，避免动辄得咎的好坏评价。

汉语新诗评论发展逾百年，特种评论形式包括随笔、骂战或论战、序跋、单一诗作的短篇评析、学术论文、专著等。整体而言，现代诗评论朝着周详、稳妥、言人之所未言的方向走。在这个趋向下，我们指望的现代诗评论，既应具备论述方向与问题意识，评论者更应多读书、多思考，护卫人文价值，发愿力挽狂澜，而不只是写个不停。尤其重要的，与其说是客观评价，不如说是遵守学术伦理。

二、现当代诗评论常见的框架论述

文学评论常因在地性而使得同文同种的文字或观念生发出迥异的样态，直接影响评论的姿容。在语言方面，虽然海峡两岸都用"现代汉语"，但质地上有许多差别。大陆的现代诗研究角度比较着重作品在大时代的重量和视野，比较会凸显质地上紧张、坚硬的诗；台湾则否，大我、大时代、大格局、大叙述未必是评论者靠拢的对象。

比较台湾海峡两岸的当代诗研究，在相似性上，两岸的当代诗研究经常涌现的共同议题为：新诗/旧诗、内容/形式、都市/乡村、外来思潮/在地传统、感性/知性、自由/秩序、明朗/晦涩，等等。在相异性上，两岸当代诗及其研究之别，经常带有某种实质性的条件与特征，而不仅表现为程度、范围，不只表现为事情发生的时间先后。比如，两岸的现当代诗研究或批评，在社会文化空间上都存在着对"中心"与"边缘"的选择，可是两边所侧重的选择与选择的结果刚好相对。奚密论述当代汉诗性质的时候，特别提出"边缘性"[2]。为学术或教育体制所"收编"、规范的现当代汉语诗史撰述，极大程度上仰赖"不规范""边缘"的论述。

与主流意识形态，与制度化的语言、情感、思维方式保持距离，加以质疑和再造，应该看作是当代诗存在的意义，和它获得生命力的主要保证。从台湾的学位论文观察现当代诗的论文书写，可看出以拈出"值得讨论"的诗人与诗作为其共通性。所谓"值得讨论"，大抵是从已被肯定的诗人与诗作探入，或就已具相当声望而尚待深入讨论的诗人进一步探凿。在"值得讨论"的正向意义中，优秀的论述逻辑清晰，并可让读者体会到诗人较明晰的定位。

现代诗评论中很普遍的现象，是从作者、主题、时间段限切入而开展研究视域。以台湾的学位论文为例，即可见"作家论"之洋洋大观。② 常见的评论方式为：论者习于以某些评论家的论述作为范型，再放到历史长河的文学史常识里，然后追溯该诗人的文学养分、诗风谱系，再移位到当代的诠释情境，以叩问相关论题的承继与转拓。

且以有关林耀德的研究为例。在普遍的认知里，像郑明娳、刘纪蕙等具有代表性的研究，都指出林耀德是都市文学、政治文学的旗手，特别提到林耀德富含现代性的议题如身体、情欲、科幻等，在一定程度上，体现了台湾文学史上思潮转变的轨迹。台湾对于林耀德诗创作的共识，约如刘纪蕙所说："林耀德的后现代是要脱离 80 年代垄断诗坛的体制，企图衔接上海 30 年代新感觉派作家、台湾日据时代现代主义作家、台湾五六十年代现代派、台湾超现实主义，以迄于台湾 80 年代他自己所提倡的'新世代'与都市文学。"[3] 都市文学、政治文学、身体、情欲、科幻，这些既定的评论，为林耀德的文学创作画出相当稳定的论述框架，看起来周延而无疑义。既起的研究者，既要在这些视域中匍匐前行，又要有独到的发现，委实相当不易；然而硕士研究生翁燕玲却能在既有的材料上迈出新局。林耀德在以为数惊人的作品主题与文类叩问当代思潮与文学史的同时，很注重作品的质量、大众化、身份位阶等这几个内在有些矛盾的部分，可是在翁燕玲之前，研究林耀德的资料中尚未有所发现。把诗，而不是小说或其他文类，当作追求大众化的手段,虽然林耀德自己说过,许多评论者却置若罔闻。在《八〇年代现代诗世代交替现象》中,林耀德说:"追求'大众化'的梦幻幻灭之后,针对'质'的思维必须成为我们品鉴诗格、编撰诗史的首要考虑。"[4]翁燕玲不受定型的林耀德研究绑定,能勇于根据第一手资料提出判断。在《林耀德研究——现代性的追索》里,翁燕玲说:"林耀德向大众靠拢的最积极的尝试,当属现代诗。"[5]这的确是兼具史胆与史识的洞见。此例也可以看出,框架论述对继往开来的研究仍然有所帮助。

三、框架论述的导向作用

框架论述的定性、导向作用,对于被评者形塑的社会评价与心理暗示,经过滚雪球似的传播作用,感染力不可小觑。框架论述画出箭头、喻示方向,或贴了标签;被框定的作者或作品未必有回嘴的机会。假如我们暂且将"标签"一词中性化:被贴上的标签或者是正面,或者是负面的。在现代诗评论中,被贴上正向标签的人也许就微笑领受、颔首称是,因为对于别人赞美自己的话,总不好再锦上添花;但是被贴上负面标签,则可能烽烟四起、炮火隆隆。台湾现代诗史中某些口水战的起因就是这样来的,引出了许多论战文章。以现代诗中的论战为题,篇幅已足可写成博士论文。③

框架论述的对特定对象的讨论方式,可能经过一整篇文章的论证,也可能采用点射式的一言定位。而一整篇文章的论证方式,大致有基于文本的阅读和基于对某种思想、理论或主义的认知两大类。为论述方便,我们暂且把基于文本阅读的讨论方式称为"精读式",而把基于对某种思想、理论或主义的认知的文学评论称为"标签式"。以台湾当代诗评为例,在"点射式""精读式""标签式"的框架论述中,各展现不同的风貌。

点射式的一言定位,比如"诗僧""诗儒""诗魔"等称号④。基于文本的精读式阅读,比如洛夫的《论余光中的"天狼星"》、颜元叔的《细读洛夫的两首诗》。基于对某种思想、理论或主义的标签式认知,比如孟樊认为杜国清向表现主义靠拢,而以"新即物主义"论杜国清;认为林耀德提倡的"都市精神"与"都市题材"无关,乃从巴特、福柯、德里达嫁接而致,而由此探入林耀德的都市诗学理论;认为20世纪70年代至80年代的张汉良,以新批评做现代诗所做的实际研究,主要针对文本做内缘的讨论,因而定位张汉良为"客观批评家";认为简政珍的诗学理论主要源自以海德格尔等人的看法,而定位简政珍为"现象学的诗学家"。⑤"新即物主义""客观批评家""现象学的诗学家""后现代主义的都市诗学",即分别为孟樊替杜国清、张汉良、简政珍、林耀德圈定的论述框架。

中国文学批评固有"人格即文格"之说,寓阅读精义于一言的点射论述,表面上说的是作品,内里却往往指涉作者的品格⑥。有一种一言式的断语,放在文章的主标题以总结被讨论对象的风格,但通过整篇文章去论证。例如,陈义芝在其新著《风格的诞生》里,以"长剑错金"总结张错的诗风、以"胭脂苦成袈裟"总结周梦蝶的诗风[6],就是撤去理论包装,直探诗作,精读后再契入诗人性情,结合作品风格与作者人格的观点。然而,即使通过地毯式的精读和诠释,一锤定音的论断都容易失真,何况掐头去尾、横空而至、缺乏前后文的断语。像"诗僧""诗儒""诗魔"等称谓,对理解文本没有说明,意义不大,不妨看作迎风招展的旗帜;回顾中国文学史,比"诗仙""诗圣""诗佛"等称呼更重要的,是相对应的作品,而非诗人的行为如何"仙""圣""佛"。这些仙、佛、圣、魔、僧、鬼的称谓,不能得知是褒是贬,就算是作者,其实不必笑纳。

台湾现代诗评中,基于文本的阅读,经过一整篇文章论证的精读式论述,洛夫的《论余光中的"天狼星"》和颜元叔的《细读洛夫的两首诗》有共同点:(1)对被评者以负面意见为多;(2)被评者都曾撰文回应;(3)评者和被评者一度,或永久伤害彼此的友谊。

1961年,洛夫以《论余光中的"天狼星"》全面剖析余光中的创作历程及特色,认为《天狼星》具有气势磅礴、音韵铿锵、意象丰美、技巧圆熟、声色兼备、将抽象概念具象化等优点。然而显而易见的情节与人物刻画使得主题太过强调、语言明白如话,而诗意稀薄。洛夫以细部诗行举证,切中《天狼星》的要害。余光中以《再见,虚无!》一文响应洛夫,以决绝的语调把讨论的焦点从作品本身转到现代主义的弊病,再转到洛夫写诗的偏执上。余光中在文末为《再见,虚无!》点题,以回归中国传统文学与唾弃认知中的现代主义作结。⑦

当年喧腾一时的公案,今天我们如此审视:洛夫的《论余光中的"天狼星"》并未批评《天狼星》"虚无",如此一来,《再见,虚无!》的"虚无",在题意上具备了转义与借代的作用。作为"再见"的受词,"虚无"若非指向论战的对手;就是把对手的话当作提醒或警示,指向自己可能或已然的写作历程。假如天狼星论战果真加速余光中回归中国文学传统,而有新古典主义时期的代表诗集《莲的联想》,则其影响只是一时;因为余光中很快创作了艺术评价远高于《莲的联想》而手法仍偏向现代主义的《敲打乐》和《在冷战的年代》。撤除意气之争及术语上的精确性,《论余光中的"天狼星"》在洛夫的诗论中分量极重,其抽丝剥茧、犀利而精到的阅读,在20世纪60年代的诗人中,是很难得的、不凭借理论或学院派而深入诗核的评论。然而即使该文以缜密的观察及褒贬兼备的行文方式,对余光中首次且唯一以626行的组诗结构而成的《天狼星》予以痛击,仍无法抹杀《天狼星》在台湾现代诗史上的开创性或美学贡献的位阶。

回到当时这两篇文章引起的回响,余光中的《再见,虚无!》更胜一筹。《再见,虚无!》行文的语气更具煽动性,题目的挥别姿态做足,文辞的心理暗示造成的定锚效果铿锵有力;不像洛夫《论余光中的"天狼星"》一鼓作气钻到对方的文本里,而不在气势或修辞上耍弄。当时台湾的文学环境,虽然即将在 20 世纪 70 年代提倡"精读细品",现在看起来,洛夫的脚步毕竟超前了 10 年。在余光中的创作历程中,"新古典主义时期"唯一的一本诗集——《莲的联想》才是"麻疹"。《再见,虚无!》一文中所谓的"现代主义的滚滚浊流",仍然牵引余光中跨越古典与浪漫的过渡时期,步向诗艺的高峰。

1972 年,颜元叔发表了《细读洛夫的两首诗》《罗门的死亡诗》《叶维廉的"定向迭景"》三篇文章,引起洛夫、罗门与其他诗人、学者的响应。[8]颜元叔发表的系列诗作细读文章,用意在对实际的诗作阐释,把新批评的观念与操作方法演示给台湾的现代诗评论界,强调从作品的前后文寻找诗的意义与艺术性,即所谓脉络阅读;但由此而引发了关于新诗阅读与诠释的论争。[9]其中,《细读洛夫的两首诗》讨论了《手术台上的男子》及《太阳手札》两诗,肯定洛夫意象语之丰富、奇特与魄力,而质疑内在结构与外在世界的连贯性。颜元叔以"结构崩溃"批评《手术台上的男子》中"手掌推向下午三点钟的位置"的必然性,以及"十九级上升的梯子/十九只奋飞的翅膀/十九双怒目/十九次举枪"的"十九",为运用自动语言而有凑合之嫌。其后,洛夫《与颜元叔谈诗的结构与批评》提出"情感结构"响应颜元叔的"有机结构",再以"用抽象语表示普遍状况,以夸张语强调艺术效果"响应颜元叔对《太阳手札》和《手术台上的男子》这两首诗的意见。从洛夫的文章,可看出颜元叔以新批评从事新诗研究时的局限:对结构与意象的认知过于机械化而导致误读。意象与结构的关系并不遵循既定的规则,而发生在随诗行进行中的语境。

20 世纪 70 年代之前的这类精读批评,在台湾诗界立下典范。类似洛夫与余光中因《天狼星》,或洛夫与颜元叔因《手术台上的男子》而起的笔战,都针对同一诗作展开论述,再扩及自己或社会氛围、文化环境、时代潮流等周边议题,即使双方观点不一,或某方论证有问题、部分误读,基本上都极其恳切,也不太借重理论使自己的论调"黄袍加身"。它们展现的评论风范是:对文学现象的最适切评论,应该就诗论诗,就文论文,以提出希望与全面阅读取代笃定的断语,避免误读误解、左支右绌、前后矛盾,力戒混淆、栽赃、歪曲事实。另外,这两个例子警示我们:当被框定的人还活着,负面批评将毒化评论者和被评论者之间的关系。负面的精读评论可能使被框定的对象"起义",也写一篇文章响应,于是两者交锋。

基于框架论述的定音作用,处理现当代诗而加以定位时,应特别留意:其一,对发展中、变异中的现象不宜妄下断语;其二,评论者应善用标签效应的印象管理,维护创作发展。

四、权力与思维的轨迹

当代文学评论中,握笔的那只手容易让人联想到"春秋大义",或笔或削,造神、造鬼,影影绰绰地来回浮动各种魅影,格外使人难以置身其外。杨宗翰提及现代诗评论中数据处理的纠葛困境,曾举周策纵的"双重传统""多元文学中心"为参酌[7]。出于被评论的物件与评论者的时空距离近,"多元""多方""多重"的评论视角似乎可以解决难题,事实并不是。"多",还是有角度的问题,例如是从中心向外放射? 还是从各方向中心辐辏? 如果是前者,权力论述的主轴还是稳定存在,而且向外放射的被评论对象依然有良莠强弱之分,论者的诠释架构无法八面玲珑;而如果论述的角度是从不同文本与作者,四面八方向论述中心辐辏,那么被评论者更显得只是论点的例子,所谓"文本的自足价值"难以凸显,作为例子的文本越显得可有可无。

在现当代诗研究的各种论述中,"史"的背后经常涌动着权力的痕迹。李陀说过:"文学史是任何一种文学秩序最权威的设计师和保护神。"[8]只要文学史出于一人之手,话语权的印痕就越明显。虽然徘徊在文学史外围、对文学史撰述有所期待的专业论述恒常冠冕堂皇,例如"全景式的写法""地景式的写法""谱牒簿录式的写法""传记式写法""学术辩证式的写法""文本中心的写法""多元并存的写法",等等。

当代诗史、史论及相关研究以台湾海峡两岸的学者为主,但是中国大陆和台湾地区对于当代诗史的关注与研究呈现方式不同:以史为书名的现代诗研究专著集中在中国大陆;而台湾地区则以较大规模、群策群力的论著编纂,或个别学者不外乎史论动机的专论,暂代酝酿久之的台湾现当代诗史。

概略估计,大陆学者编著,各种冠以"中国"、"台湾"、"香港"之名,或全面系统或专题性质的现当代汉诗史著,将近二十种⑩。相对于此,台湾的当代诗史著作显得相当沉寂⑪;然而不论是台湾文学馆启动于 1990 年的《台湾文学年鉴》⑫、以研究生学位论文为主力的系列台湾研究丛书⑬,还是因学术研讨会而产生的史论式著作、以文体融入台湾文学史中的一部分⑭、作家资料汇编⑮,抑或围绕在台湾现当代诗史相关议题的周边文献,台湾学界聚焦在以台湾为核心的当代诗史研究,文献以人文建设的样态存在,已经非常多。

诗史撰述经常遇到的"国族定位"或"意识形态",一直是学者谈论台湾现当代诗史书写的重要考虑,然而文学与政治因此陷入的漩涡,以及论者出于理想性与政治理念而产生的论述制约,却也是我们必须警惕的。叶石涛的《台湾文学史纲》以"民族文学史大叙述"为根底;陈芳明引用后殖民论述,作为撰述《台湾文学史》的中心史观;王德威则提出后遗民论述,作为对陈芳明后殖民论述的反动[16]。以"后殖民史观""后遗民史观""世界版图想象"为背景而撰写的三种现当代文学史,教会我们观察定向论述的思维脉络如何开展、材料如何使用。

2004 年,王德威的《后遗民写作》首次发表,讨论了台湾现当代文学的身份认同[9]。"末世"是观察"后遗民"史观的关键词。以"后遗民"的观点,王德威勾勒了从晚明以降,以遗民与移民为主轴的创作谱系。王德威运用中国文字的歧义性解释"后"和"遗民",说"后遗民"的"后"暗示一个时代的完了,也可暗示一个时代的完而不了;而"遗民"相容了"失""残""传"三种仿佛互相背离却又互相对话的意涵。"后遗民"观念是王德威对"想象共同体"的发挥。在集结成专书的《后遗民写作》中,王德威以"后遗民"史观讨论了姜贵、舞鹤、郭松棻、朱西宁、白先勇、张爱玲、陈映真、苏伟贞、朱天心、贾平凹、李永平、骆以军等当代汉语小说家的作品。"后遗民"一词成为术语,以相当的历史意识、文学底蕴、政治内涵,刺激出许多相关研究。蔡建鑫认为,以遗民作为"忠"的隐喻,则在世变下的文学场域里,后遗民不单是初始想法中的身份,更是一种批判视野,它提醒读者留意"遗民"所喻示的忠贞观念的变形,而以"与时俱进""开放包容"作为一贯的信念。[10]

作为台湾现当代文学史观,"后遗民"和"后殖民"对阵;作为 1987 年解严后的台湾文学的思潮主力,"后殖民"和"后现代"各据一方[17]。陈芳明撰写《台湾新文学史》之前,多次撰文表述自己的后殖民史观[18]。"后殖民"是陈芳明书写台湾文学史的一贯史观、一贯的方法论;最近陈芳明更以"殖民地现代性"阐述作家的风格,讨论"殖民地文学"的样貌[11]。"后殖民"的"后",在陈芳明的文章中,表现为"抵抗"与"之后"的意思。"后殖民"是在"殖民之后""抵抗殖民",在阅读萨义德《东方学》的震撼下,陈芳明反思以"后殖民"寻找台湾文学的发言位置。陈芳明认为,台湾文学"绝对是属于第三世界的文学"[12]。用"后殖民"的观点,陈芳明诠释了以日据时期为主的诗人及左翼文学家,如杨逵、王白渊、张文环、吕赫若、吴新荣、郭水潭、杨炽昌等。陈芳明并以"后结构"搭配"后殖民",以为解释台湾文学的利器。"后结构"的文学思考主要阐释了台湾在 1987 年解严之后的文学现象与作品,如同志文学、女性文学、眷村文学、原住民文学。在"后学"大兴的 20 世纪 80 年代以降台湾文学界,"后殖民"的传播效应与声势似乎大于"后遗民"。[19]

2017 年,由王德威主编、哈佛大学出版的英文版《新编中国现代文学史》问世。王德威在王晓伟翻译成中文的序文中,说明该书的史观、旨趣与内容。这本《新编中国现代文学史》的英文版,由 143 位作者、161 篇文章构成,每篇约 2 000 字共 1 060 页。时间起自公元 1635 年,至 2066 年在韩松笔下"火星照耀美国"的科幻时代。每篇文章的写法,包含一个引题或引语,再下接正题。每篇文章只写一个时间点、讲一件事。王晓伟中译的王德威文章里说,这 161 个不同的时间点汇成一张"星座图":包含了文学现象、事件、"出格"的"文"体——例如电影、歌词、演讲词、政府协议、狱中札记。于是《新编中国现代文学史》由时空的"互缘共构"、文化的"穿流交错"、"文"与媒介衍生、文学与地理版图想象四个主题,描述了编者心中"世界中"的中国文学。[13]

从王德威的序文,得知其主编的《新编中国现代文学史》最大的特色是"跨":跨时间、跨地域、跨国族、跨文化、跨文类、跨语系。大幅度、各方面的"跨",让我们更留意这部现代文学史自我命名的布线方式——"草蛇灰线"[13]。以"草蛇灰线"取代通常文学史必备的纲举目张,用以比喻多处暗藏伏笔的史观,迥异于现当代文学史家以明确直陈的观点挺出自己的方式,因而挑战了汉语文学史生态对于面面俱到的陈规。编者期望丰富却不求全,以等待增删填补的千头万绪串联文学面貌,以五花八门的各种文本与现象呈现"史"与"文"的观察叙述,实践心中的文学性。㉑令读者好奇的是,这样的"跨",如何区辨这部文学史与诸多孜孜矻矻血汗凝成的"资料汇编"?《新编中国现代文学史》的编年条录法,加上王德威在序文中的说法,更突显文学史的权力论述。另一层的反思便是:一部文学史岂能仅止于异口异声的材料仓库? 文学史,即使材料再不全,也需要撰史者从史学、史才、史料全面撑起,为读者点亮明灯。虽然以"后殖民"的观念阐释台湾现当代文学,与"后遗民""世界中的中国文学"类似,可视为各种创作或评论背后无中生有的动力。

尽管这些著称的史观各自旗正飘飘,但值得注意的是,它们却未必脉络化到文学史最核心的文本中。《台湾新文学史》的"后殖民"史观,在论述日据时期文学时内化得浑然天成,然而在论述其他时期的文学时,"后殖民"显得存而不论。"后遗民"在王德威大开大合的小说研究里,也不具备支配性的力量。例如陈芳明的著作中,屡次撰文致意、多次讨论的余光中、杨牧,用的切入点都不是他在《台湾新文学史》中被视为代表的"后殖民"史观,而是美感或主题。是不是文学作品有自行命名的欲望? 还是,这个那个的各种术语,或者理论,正是巧扮过的"主题",而这些权力与思维的轨迹,印证的最终仍是文字不等于真理的"一场游戏一场梦";它们存在的目的,并非挑战文学史的实存,而是通过不断重读,保持探索新知以及反省历史的眼光?

五、文本阅读与理论运用

中国文学注重感性的抒发。一篇文学评论或一首诗作,即使徒具饱和的感性而缺乏演绎与思辨的能力,仍然可以很讨喜。文学评论本具有相当的主观性,相同事实、相同文本,通过不同的论者,可能呈现迥异的见解,这时,如果不具体扎根在文本解读上,文学评论的相对公允程度必然遭到质疑。

阅读现当代诗评,最动人的言语经常不是什么论、什么派,而是通过文本精读与阐释之后,闪耀出论述者个人性情与胸襟的文字。这些吉光片羽偶尔会像闪电一般划过脑海,诱使我们重读或翻找这位评论者的其他作品。如郭枫说:"牺牲晚年有限的珍贵时日,来写这部新诗史论,对我的创作理想而言其实是很大的侵害。"古添洪说:"桓夫诗底唯美、喻况、若即若离的质量,无法使其走入'走向文学'的格局,而只能成为'泛'政治诗。"简政珍说:"对于任何严肃的作家称呼某种'主义者'都可能是一种侮辱。'主义'或'主义者'像产品标示,评者以'主义'标示作家,意味他无力洞察个别作家作品里的纤细繁复,将其归于'大一统',分门别类以便记忆。"㉑

文学评论者面对不同评论对象或文本,自然会运用不同的术语以彰显论述效果。很多时候,我们在文学评论的学术文章里,看到作者借重某个理论分析或解释其论述。学者运用哪种"理论",代表他认为那个化约了的思想片段可以佐证他要定名的对象。

"理论"在一篇文学评论中表现的,与其说是这位学者的学养,不如说更是他的态度。"理论"适度缓解了论述者的言说焦虑;从另一个角度也可以说,"理论"突显了论述者的言说焦虑。

评论者面对庞杂的数据,经常需要找一个术语让自己的言说显影。那个术语有时是自己美学认知或文学经验的创见,很多时候也来自别人的思想片段。假如一个术语或思想片段越滚越大,以致被抽离思想成形的语境与时空,进而单薄、简化,成为空洞的躯壳,这时"套用理论"便经常以自欺欺人之姿,凌空而至。

"运用理论"不同于"套用理论"。其区别主要在于"理论"是否内化于文本,是否和等待诠释的作家或文本融合无间,突出文本或作家的特质。如果是,叫作运用理论;否则即为套用、扣帽子。

术语或理论的作用应该是文本诠释的源头活水,而不是文学买办者的超额消费。拿术语或理论来扣帽子而不深入文本,就好像方便面,简便、口味重、热量高、没营养;一个文学研究者假如罔顾应该被仔细论述的文本,套用各种术语、替别人扣帽子而乐此不疲,则让人联想到《孟子·离娄下》"齐人骄其妻妾"的典故。

理论运用所以"自欺欺人",关键在于论述者对于该理论了解不足,理论和被评论的文本之间扣合牵强,因而理论被曲解,文本被有意扭曲。当理论的运用不够成熟或内化,就变成干燥的套用;层层的套用与评论里,彰显的往往是隐匿在论文背后的研究对话,而不是文本本身,甚至文本变成研究的附属。在此情况下,诠释一首诗可能变成谋杀一首诗。遗憾的是,至少在台湾学界的期刊学术论文产出模式中,"是不是运用理论"经常在审查过程里被视为等于"有没有研究方法",假如一篇投稿学术期刊的论文未标明"理论"或未被冠上一个漂亮的术语,而只是"细读文本",不但不被采用,还可能被审查人说成学术水平低落。

术语、理论或主义之于文本,本来是辅助的关系,之所以被简化为某段时空文学风潮的总和,一个因素常是对主客观环境理解之异与数据取得难易之别,使得论述者对于自己熟悉的时空反而谨慎着墨,而对于稍远的评论范畴却"信手拈来"。这是一种善巧方便的文学教育方式,无可厚非。例如在台湾学界的共识里,20 世纪 60 年代是"现代主义文学",20 世纪 80 年代是"乡土文学";洪子诚、刘登翰的《中国当代新诗史(修订版)》,在讨论第三代诗歌时,选择以政治、社会等背景与诗界内部的代谢状态,呈现诗史的板块运动,完全不提及西方理论或主义的影响;而在讨论台湾现代诗史的时候,则与台湾对当代文学的教育模式一样,讨论现代主义、现实主义对台湾诗界的影响[14]。术语、理论或主义喧宾夺主的另一个因素,也或许出于:当评论者发现自己的论述方向、诠释策略和被评论的对象不一致,甚至材料溢出自己的论定方向时,仍旧视而不见,挥戈为之。一旦如此,这样的定向论述将是当代文学评论很大的遗憾,因为这涉及学术诚信。最显而易见的例子,是评论者直接以某某主义将某位作者定位。通常一个创作者不太可能终身只浸淫于某一类主义或思想;倘若只援引被评论对象符合自己评论方向的某一类思想文本,而忽略彰显其他思想的文本,其用心很可疑。

文本阅读与理论运用的理想操作,是把"文本"放到"作者"之上,先精读文本,再决定是否用理论、用何种理论去发挥自己看到的文本。在现当代诗的研究中,"文本"先于"作者"时,"诗"顺理成章为论述核心,相关的文学理论、文学观念、文化论述更内化,语言、意象等"文本"本身的话语命题比"作者"本身更显扬。

六、结　语

框架论述具备"建构"的体质。发展中的现当代汉语诗既在被建构中生成,也在生成中被建构、调整。发展中的现当代汉语诗评论亦如是:一边在文本风格变异、时代风潮所侧重、社会政治文化等外围脉动中左冲右突,一边在纵向的文学史流变和横向的文学理论中找出有新意的表述方式。除了针对文本本身的论述,我们可以发现,框架论述充斥着霸权操作的风云变幻,而众多论述其实是各种意识形态交锋的场域。我们这里说的意识形态,不只是政治意识形态而已,文字语言就是意识形态的体现。

面对当代诗的评论或研究成果,我们必须认知:"绝对的边缘"和"清除中心魅影"一样不可能。边缘总是在浮动;客观的定向论述也只是相对于专断评论,在材料上更广博深入、在推论上更周延合理、在学术伦理上更对得起良心。

如何看待当代诗评论的话语权?权力避免不了操弄。经过人为选择、擘画、布局、勾勒的现当代诗评论,在某个层次上,我们必须承认且看开:那些都是戏论,不是真理。它们有局部的事实和大部分的文采、思维、感情的温度,并以之吸引读者,成为人文化成的一部分。大数据之下,较之以往更容易各自招兵买马、各据山头。"谁也不是谁的国王",1995 年的年度诗选序文早就以此为题,何况 22 年后的今日。此时此刻免不了的"本位",已经很难一方独霸;聚集许多各自表述的"本位",则是 21 世纪现当代诗评论展现"众声喧哗"的方式。因此,在相当程度的政治目的下研究文学,或依据一定的学术理论行使话语宰制权、依照论者个人的美学素养替被评论的诗人做文学史上的定位,这些有所"偏"的表述,是大数据时代正常的评论现象。

在大数据的时代里,我们更需要能带动史料、诠释文本的文学史。纠集众力编成的巨著,如果没有一以贯之的论述姿态,也能叫作"史"吗? 比如说,我们认同《四库全书》是一部中国学术史吗? 如今有许多电子数据库,大抵都会有收录数据的说明,比如《中国大百科全书》,它能叫作中国史吗? 我们可以换个角度,称之为"学案""百科全书""作家数据汇编",以及某些大部头、集合专业领域人士编成的系列论述丛刊,隐含了"史"的企图。

在大数据的时代里,学者对当代文学史撰述的建议,如:对同一现象采取多重相对的观点,以开放、收编、视境融合对治撰史者个人视野的局限等,在如今铺天盖地、掘地三尺的数据环伺下,操作上的困境已与 20 世纪末大不相同。假如十几年前现当代文学史的撰述者担心文献不足征而难以支撑自己的论点,那么如今的现当代文学史撰述者担心的反而是:因为资料太多,而要耗费更多心力反复阅读、消化、判断、诠释,以防自己有所疏漏而致判断错误。

通过大量的文本细读为论述打底,掌握被评论物件创作历程的生成起灭,以交错与贯穿的史观,综合描述、评价、分析诠释各期作品,并留意各种风格形塑的背景,以文本中可靠而未被发现的细节来支撑论述,从而建构突显"文本性""文学性"的现当代诗评论,是我们思索、努力的方向。

注释:

① 同参考文献[1]。相关篇章亦可参考如颜元叔:《朝向一个文学理论的建立》,见叶维廉主编:《中国现代文学批评选集》,台北:联经出版事业股份有限公司,1976 年,第 281—303 页。

② 若据"台湾博硕士论文加值系统"所收数据,输入"现代诗"搜寻"论文名称""关键词""摘要",得 449 条;输入"新诗",搜寻"论文名称""关键词""摘要",得 336 条。若据杨宗翰的分期,以作家姓名为检索值,举证台湾学位论文中的部分研究资料,得"萌芽期"之诗人研究 8 条、承袭期之诗人研究 15 条、锻接期 24 条、发展期 27 条、回

归期 56 条、跨越期 6 条。

③ 例如陈政彦的博士论文:《跨越时代的青春之歌:五、六〇年代台湾现代诗运动》,高雄:台湾文学馆,2012 年。

④ 诗僧周梦蝶,诗儒痖弦,诗魔洛夫。

⑤ 参见孟樊:《杜国清的新即物主义论》,收于《当代诗学》第 3 期(2007 年 12 月),第 48—67 页;《为现代都市勾绘新画像——林耀德的都市诗学》,《人文中国学报》第 20 期,第 319—342 页;《张汉良的新批评》,《台湾文学学报》第 27 期(2015 年 12 月),第 1—28 页;《简政珍的现象学诗学》,《台湾文学学报》第 30 期(2017 年 6 月),第 1—26 页。

⑥ 例如郭枫评纪弦:"把纪弦的文章读完,需要很大的忍耐磨炼。不只是因为太长的问题,而是因为论文中东拉西扯让人搞不清头绪,一下子钻进死巷,一下子歧路四出,像似急怒攻心般语无伦次。"见郭枫:《诗活动家狼之独步与现代派兴灭》,《新地文学》,2013 年夏季号,第 7—46 页。

⑦ 洛夫:《论余光中的"天狼星"》,收于洛夫:《洛夫诗论选集》,台北:金川出版社 1978 年,第 191—216 页。余光中:《再见,虚无!》,收于余光中:《掌上雨》,台北:大林出版社,1980 年,第 151—164 页。

⑧ 其中,《细读洛夫的两首诗》,原发表于《中外文学》1972 年第 1 卷第 1 期,第 118—134 页。

⑨ 例如唐文标认为颜元叔:"他的'细读'的评文,不过是用'新批评法'对一首诗的文字分析,而并非通过批评文字来响应他的社会文学见解。……批评是为艺术而艺术的。"见唐文标:《天国不是我们的》,台北:联经出版股份有限公司 1976 年,第 249 页。

⑩ 自 1989 年古继堂的《台湾新诗发展史》之后,大陆学者陆续出版各种现代诗史著作,如周晓风等《中国当代新诗发展史》(1993),洪子诚、刘登翰《中国当代新诗史》(1993),谢冕《新世纪的太阳》(1993),王毅《中国现代主义诗歌史论》(1998),孙玉石《中国现代主义思潮史论》(1999),龙泉明《中国新诗流变论》(1999),刘扬烈《中国新诗发展史》(2000),李新宇《中国当代诗歌艺术流变史》(2000),朱光灿《中国现代诗歌史》(2000),罗振亚《中国现代主义诗歌流派史》(2002),程光炜《中国当代诗歌史》(2003),王光明《现代汉诗的百年演变》(2003),杨四平《二十世纪中国新诗主潮》(2004),陆耀东《中国新诗史 1916—1949》(第一卷 2005,第二卷 2007),沈用大《中国新诗史 1918—1949》(2007),古远清《台湾当代新诗史》(2008),张新《20 世纪中国新诗史》(2009),刘春《一个人的诗歌史》(第一、第二部 2010,第三部 2013),谢冕等《中国新诗史略》(2011),林贤治《中国新诗五十年》(2013),刘福春《中国新诗

编年史》(2013)等。

⑪ 台湾学者编著,已出版的现代诗史有张双英:《二十世纪台湾新诗史》,台北:五南图书出版有限公司,2012 年。

⑫ 《台湾文学年鉴》第一本由文建会在 1996 年出版,此后每年一本。目前由台湾文学馆负责。

⑬ 其中与现当代汉诗研究有关的,如蔡明谚《燃烧的年代:七〇年代台湾文学论争史略》(台北:台湾文学馆,2012 年)、陈政彦《跨越时代的青春之歌:五、六〇年代台湾现代诗运动》(台北:台湾文学馆,2012 年)。

⑭ 如陈芳明:《台湾新文学史》,台北:联经出版事业股份有限公司,2011 年。

⑮ 最大部头的作家资料汇编为台湾文学馆主事的《台湾现当代作家研究资料汇编》。目前收编入此套丛书的诗人包括张我军(许俊雅编选)、周梦蝶(曾进丰编选)、陈千武(阮美慧编选)、林亨泰(吕兴昌编选)、杨唤(须文蔚编选)、赖和(陈建忠编选)、余光中(陈芳明编选)、罗门(陈大为编选)、商禽(林淇瀁编选)、纪弦(编选)。此前在各县市政府推动下也出版过为数不多的作家资料编整,如《张我军评论集》《赖和资料汇编》《林亨泰研究资料汇编》《杨云萍文书数据汇编目录》;又如 1993 年"中央图书馆"规划策立"当代文学史料影像全文系统"的数字数据活化、1988 年由前卫出版社规划的《台湾作家全集》等,皆保存、记录了台湾作家的作品与文献。

⑯ 针对这三种意识形态,研究者阅读、比较,提出"容许差异、避免全称的文化认知"的建议,值得参酌。参见陈逸凡:《神谕或鬼辩:台湾文学史书写中的差异叙事》,高雄:中山大学政治学研究所硕士论文,2010 年。

⑰ 陈大为认为,20 世纪 80 年代以后的台湾文学界,明显陷入后现代的阴影,且迅速形成以"主义"为文学史断代的共识。如罗青、廖咸浩等学者,将 20 世纪 80 年代以降的台湾定义为后现代时期;而陈芳明、邱贵芬等学者则倾向于后殖民时期。见陈大为:《中国当代诗史的后现代论述》。

⑱ 例如《我的后殖民立场》《后现代或后殖民——战后台湾文学史的一个解释》等文;后来与其他文章集结为专著《后殖民台湾:文学史论及其周边》(台北:麦田出版,2002 年)。

⑲ 姑以"台湾博硕士论文加值系统"检索结果为例,若在"摘要""关键词""论文名称"中输入"后殖民",可得博硕士论文 719 条;同样的查询条件,若输入"后遗民",可得博硕士论文 13 条。但细部内容仍须验证。

⑳ 参见序文所说的,比如:"文学定义的变化是中国现代性最明显的表征之一""有容乃大""中国历史的建构不仅是'承先启后'的内烁过程,也总铭记与他者——不论是内陆的或是海外的他者——的互动经验",等等。王德威:《"世界中"的中国文

学》,《中国现代文学》第 31 期(2017 年 6 月),第 1—26 页。

㉑ 分别见郭枫:《我为什么写〈台湾当代新诗史论〉》,《新地文学》2013 年秋季号,第
142—148 页;古添洪:《论桓夫的"泛"政治诗》,收于孟樊主编:《当代台湾文学评论
大系·新诗批评》,台北:正中书局,1993 年,第 293—336 页;简政珍:《洛夫作品的
意象世界》,收于简政珍:《诗的瞬间狂喜》,台北:时报文化出版企业公司,1991 年,
第 221—270 页。

参考文献:

[1] 颜元叔:文学与文学批评[M]//叶维廉.中国现代文学批评选集.台北:联经出
版事业公司,1976:273 - 280.

[2] 奚密.从边缘出发[M].广州:广东人民出版社,1999.

[3] 刘纪蕙.林耀德现象与台湾文学史的后现代转折:从《时间龙》的虚拟暴力书写
谈起[M]//何寄澎.文化、认同、社会变迁.台北:文建会,2000:218.

[4] 林耀德.八〇年代现代诗世代交替现象[M]//世纪末现代诗论集.台北:羚杰企
业有限公司出版部,1995:51.

[5] 翁燕玲.林耀德研究:现代性的追索[M].台南:成功大学中国文学系,
2001:136.

[6] 陈义芝.胭脂苦成裂裳:周梦诗蝶风格生成论[M]//陈义芝.风格的诞生:现代
诗人专题论稿.台北:允晨文化实业股份有限公司,2017:54 - 72.

[7] 杨宗翰.重构框架:马华文学、台湾文学、现代诗史[J].中外文学,2004(6):
147 - 161.

[8] 陈大为.中国当代诗史的发声焦虑和书写策略[J].思与言,2015(4):231 - 263.

[9] 王德威.后遗民写作[M].台北:麦田出版,2007.

[10] 蔡建鑫.再论后遗民[J].台湾文学研究集刊,2016(9):83 - 116.

[11] 陈芳明.帝国论述与抵抗精神的交错[J].文讯,2017(383):16 - 20.

[12] 陈芳明.我的后殖民立场[M]//陈芳明精选集.台北:九歌出版社,2003:
286 - 299.

[13] 王德威."世界中"的中国文学[J].中国现代文学,2017(31):1 - 26.

[14] 洪子诚,刘登翰.中国当代新诗史[M].北京:北京大学出版社,2010:293 - 425.

——原载《江汉学术》2018 年第 5 期:53—61

论新诗批评中的价值判断

◎ 李文钢

摘　要：文学批评不可能与价值判断相分离，其目的并非充当终审法官，而是通过发掘文学现实中值得珍视的价值，启迪更好的文学未来。当前的新诗批评，在价值判断方面存在着诸多不足，集中体现于四个问题：回避进行明确的价值判断；价值判断与社会文化、大众的分离；价值判断的标准不明晰；对诗歌本体文学价值的忽视。但诗歌评论中的价值判断必不可少，当代诗歌批评家有着自己独特的价值判断方式，沉默法、点将法、阐释法、挑刺法是其中的典型，它们各具特色，又各有其局限。在诗歌批评中充分发挥价值判断的作用，应重视其四种基本属性：建构性、关系性、理据性、历史性。当代诗歌界的很多论争，皆由价值判断的冲突而起。正确认识价值判断的含义及可能，积极发挥价值判断的建设性作用，必将对营造健康的新诗发展氛围有所助益。

关键词：新诗评论；价值判断；评价标准

韦勒克曾指出："所有企图将价值排除在文学之外的尝试都已失败，将来也会失败，因为文学的本质正是价值。归根到底，一门使文学批评（即价值判断）与文学研究相分离的文学科学是不可能存在的。"[1]58 生活常识也告诉我们，既然总是在面对着不安定的环境和未知的恐惧，既然人类的生命如此脆弱，我们几乎天生要根据事物的福祸价值来进行取舍和判断，这实乃人类活动的一种天性。文学艺术对于人类认识自身、维护乃至促进人性发展具有不可替代的独特价值，人们对她的认识更是自然而然地与价值判断紧密联结在一起的。杜威说："批评就是判断，无论在语源学上的还是在观念上，都是如此。因此，对判断的理解是关于批评性质的理论的首要条件。"[2]文学评论家若想履行好自己的职责，也就不得不面对价值判断这一首要问题。

这里所说的价值判断，绝非很多人所误以为的那种一锤定音式的裁决，而是批评家按照自己的文学标准对评论对象种种潜在价值的理解和评估，其初衷不是为了充当终审法官，而是为了改善文学现状，朝向更好的文学未来。按照学者李德顺的考证："汉语中的'价值'一词,对应于英语的 value······源于古代梵文和拉丁文的'堤坝',含有'掩盖、保护、加固'的意思。'价值'是在该词派生的'尊敬、敬仰、喜爱'意思之上进一步形成的。'价值'的本来含义就是'起掩护和保护作用的,可珍贵的,可尊重的,可重视的。"[3]正是因为不同人群对于"什么最值得珍视"有着各不相同的认识,对于"哪种价值是具有更高价值的价值"这一问题的回答,常常是因人因时因地而异的,这就尤其需要我们给出自己的判断。这也是"判断"一词的基本含义:"给定的事实提供了线索却还不足以确立结论,我们才需要判断,已知情况足以确立结论,我们就不再说那是判断。"[4]也就是说,当我们对事物的价值产生怀疑或把握不准的时候,才需要我们作出价值判断。在鱼龙混杂、云谲波诡的文学世界里,并不存在能立即给出最终结论的法官,这尤其需要我们作出自己的价值判断。文学评论家的职责,大概就相当于帮助人们在茫然无际的文学海洋中判断价值、引领航向的领航员:他是一位谨小慎微的价值判断和预言者,而非威风凛凛的价值鉴定和审判者;他当然并非全知全能,却应比普通船员有着更为丰富的文学经验;他也绝非不会犯错的超人,却有着比大众更深入地理解和判断文学价值的可能;他的立场有时也难免偏颇,但他却能坚定地把持自己的美学观点,并乐于开诚布公地与他人对话争鸣。

然而,正是在价值判断工作的展开方面,当前的诗歌评论是不太令人满意的。刘纳曾深感忧虑地说:"(20世纪)80年代中期以后,西方批评流派陆续被引进到中国批评界,在各种批评方法的尝试运用中,我们能看到'解读'正在代替评价······随心所欲的解读不需要尺度。没有了尺度便没有了以往意义上的'批评'——随你怎么说都行······评价尺度的缺失对于诗歌批评以及诗歌整体的摧毁性影响则是不容置疑的。"[5]刘纳所言的评价尺度问题乃价值判断的基准问题,基础不稳却危楼林立,更有如臧棣所言的大遗憾:"当代诗歌写得已很好,但是有个大问题:当代诗歌的认证机制,远远没有建立起来。这是非常大的遗憾。"[6]

一、当前的新诗评论在价值判断方面存在的问题

(一) 回避明确的价值判断,并由此导致相对主义盛行

如欧阳江河在描述中国20世纪90年代以后的诗歌写作时所言:"长时间徘徊之后,我们终于发现,寻找活力比寻找新的价值神话的庇护更有益处。活力的主要来源是扩大了的词汇(扩大到非诗性质的词汇)及生活(我指的是世俗生活,诗意的反面)。这种活力在很大程度上是由变化带来的阶段性活力,它包含了对变化和意外因素的深思熟虑的汲取,并且有意避开了已成陈迹、很难与陈词滥调区分开来的终极价值判断,将

诗歌写作限制为具体的、个人的、本土的。"[7]一心寻找并探索新活力,避谈价值,确乎成了近年诗歌发展进程中的一个现象,但我们不应忘记欧阳江河在要回避的"价值判断"前面添加的一系列限定词:"已成陈迹"的、"很难与陈词滥调区分开来"的、"终极"的。如此这般的价值判断,其实不止是20世纪90年代以后的诗歌评论应该回避的,本来也是任何时刻的文学评论都应回避的,因为这样的价值判断并不具备如后文我们将要所述的"建构性""关系性""理据性""历史性"特点,是不合格的价值判断。欧阳江河也许没有意识到,他"将诗歌写作限制为具体的、个人的、本土的"倡导,正代表着另一维度上的价值取向,更可见价值判断之不可回避。

一味寻求新活力而避谈价值的结果,是相对主义的流行以及由此带来的价值观混乱。而有效扼制这一现象的办法,在于正视价值判断的历史性特点,充分发挥价值判断的阶段性职能。对于一个诗歌评论家来说,敢于坚持自己的价值标准,敢于明智,敢于冒风险,敢于从不确定的价值世界选定一种方向,敢于冲破观念的牢笼创造一种新的可能,并且乐于将自己内心真实的价值判断讲述出来接受公众检验,实乃一种最难能可贵的品质。正如韦勒克曾提示过的:"一件艺术品的全部意义,是不能仅仅以其作者和作者的同时代人的看法来界定的。它是一个累积过程的结果,亦即历代的无数读者对此作品批评过程的结果。"[8]30 每一个身处当代诗歌场域中的诗评家,都应该清醒地认识到任何人都不可能一劳永逸地解决价值判断问题,却仍旧应该摒弃隔岸观火的旁观者态度,甘做文学价值累积过程中的小石子,以真诚的批评实践履行当代诗评家的职责。因为诗歌评论与诗的写作一样,永远是一个不断更新、不断修正的过程。一个真正的诗评家,绝不会因为自己的价值判断几乎必然将被别人"修正"而变得不敢言语,我们在今天的诗歌现场没有缺席,才是一种值得嘉许的态度。

当前尤其应该加强的,是对于名家名作的价值评判工作。奥登曾提示人们不要把时间浪费在抨击低劣之作上,他说:"攻击一本低劣之书不仅浪费时间,还损害人的品格。如果我发现一本书的确很差劲,写文章抨击它所拥有的唯一乐趣只能源于我自身,源于我竭力展示自己的学识、才智和愤恨。一个人在评论低劣之书时,不可能不炫耀自己。"[9]15 奥登所言是对的,但或许应该设置一个前提:这是针对那些默默无闻的低劣之作的,而非针对那些影响颇广的名家名作的缺陷。对那些影响本来就不大的低劣之作,保持沉默并最终令其自消自灭是最好的办法。而对于那些信者甚众乃至混淆视听的名家劣作,称职的批评家则本应发出理智的声音,发挥自己的在场职能,同时矫正作者与读者的趣味。伏尔泰曾直言不讳地指出高乃依的《俄狄浦斯王》中的"毛病"时,如此解释道:"我们应指出哪些缺点呢?难道是平庸作家的缺点吗?批评应侧重伟大人物的不足;若由于偏见而连他们的毛病也欣赏,那么不久我们就会步其后尘。那么我们从名家那里得到的启示,或许便是如何将作品写坏了。"[10]而当前的诗歌评论恰恰是在给诗坛"大人物"挑刺这方面做得明显不够,致使某些"大人物"的缺陷也被视为典范,更增添了读者的混乱感。

尤其值得警惕的,是那些凭借完全没有说服力的依据,借题发挥乃至无限夸大的过度阐释现象。当前的诗歌评论中随处可见的表扬稿式写作,不同程度地存在着赋予一些诗人以"假想的美德"的问题,不仅让诗歌评论丧失了严肃性,更让诗歌评论丧失了公正和可信性。

(二)价值判断与社会文化和大众的分离

在新诗的诞生阶段,正是以关注社会问题、恢复诗歌与普通民众的血肉联系为动力,不想随着新诗的发展成熟,却日益成为了一种与大众文化语境相分离的"专业化"实践。正是借"专业化"的深奥为由,发生了很多浑水摸鱼的现象。文学与那些专业精细的科学终究是不同的,割断了与社会文化的联系,也就切断了它最重要的营养供给线。诗歌评论只有参与到人类文化发展的进程中去,重新激发"诗可以群"的动力,才能在维护人性发展、擦亮人性精神的事业中更好地发挥自己的功能。

梅内尔认为:"最后,大众的一致评判是艺术价值的最可靠的路标。"[11]12 他还引述哈罗德·霍布森的话说:"公众的艺术评价最终总是对的,批评家的任务只是使这个'最终'尽快到来。"[11]11 法国学者蒂博代也持近似观点,他曾以法庭为喻打过一个生动的比方,来说明作者、读者、批评家这一三角关系:"律师席,这是作者的位置;法官席,这是唯一的审判官的位置,但他不是批评家,而是公众。好的批评家,像代理检察长一样,应该进入诉讼双方及他们的律师的内心世界,在辩论中分清哪些是职业需要,哪些是夸大其词,提醒法官注意对律师来说须臾不可缺少的欺骗,懂得如何在必要的时候使决定倾向一方,同时也懂得(正像他在许多情况下都有权这样做一样)不要让别人对结论有任何预感,在法官面前把天平摆平。"[12] 梅内尔和蒂博代都不约而同地强调了公众在价值判断中的决定性作用,而中国当代诗歌却常常抛开公众另立法庭乃至取消法庭,借"读者跟不上作者"为由,完全把公众隔绝在价值判断体系之外,使诗歌真的成为了"少数人的事业"。由此便极有可能会出现如托尔斯泰所言的那种情况:"无论艺术中出现怎样的荒唐,一旦被社会上层阶级所接受,就立刻会有人编造出一套理论来,以对其做出解释并使其合理化。"[13]

行使好诗歌评论家作为"代理检察长"的职能,做好诗歌评论中的价值判断工作,正是擦亮公众眼睛,恢复诗歌与公众生活紧密关联的关键环节。一个合格的诗歌评论家,不仅需要告诉公众发生了什么,更要对已经发生的事情作出价值和质量的评判,这可能也是公众对诗歌评论最基本、最直接的需求。诗歌评论的其他功能,都应附着于这一基本交流功能之上,而不是用其他诸如"文体追求""综合批评"等功能来代替乃至消泯其基本功能。当今的诗歌评论写作,却鲜有将普通公众作为预期读者的目标,导致其与公众的距离越拉越大,更增添了公众对于这位"代理检察长"的不信任。朱自清曾提示人们:"大概文学的标准和尺度的变换,都与生活配合着,采用外国的标准也如此。表面上好像是求新,其实求新是为了生活的高度深度或广度。"[14]如何借由诗歌评论的通道,恢复诗歌与公众生活的血肉联系,修补新诗艺术与普通读者之间看不见的裂痕,应是当前亟待反思的问题。这绝不是要回到全民诗人的"大跃进诗歌"时代,而是相信普通大众也有接受并喜欢上"当代杜甫"的可能。

(三)价值判断的标准不明晰、互相混淆的现象,甚至消解了判断标准的多元普遍性

价值判断本就具有主观建构与客观论证相结合的特点,诗歌的审美标准亦是有其"相对客观性"的。故此,一篇诗歌评论的展开,首先应将自己预设的评价标准说明在前,分析判断的理据阐述在后,其价值判断标准能否经得起检验和商榷,是其观点能否获得人们认可的前提。一个批评家的地位的确立,更常常是与其所倡导的某种独特而重要的评价标准联系在一起的。同时,如华勒斯坦等人在《开放社会科学》一书中所言:"我们相信,对于一个不确定的、复杂的世界,应当允许有多种不同解释同时并存,这一点是非常重要的。只有通过多元化的普遍主义,才有可能把握我们现在和过去一直生活于其间的丰富的社会现实。"[15]诗歌评论中的价值判断标准也应是开放性的、多元化的,又是能够在一定范围、一定程度上达成普遍认同的。

艾略特曾说:"文学的'伟大价值'不能仅仅用文学标准来测定;当然我们必须记住测定一种读物是不是文学,只能用文学标准来进行。"[16]倘若我们在按照自己所理解的文学标准确定一种读物是文学之后,便不再仅仅用文学标准来测定其价值,则可供选择的标准体系近乎是敞开式的。而一旦选定了某种价值判断标准,也就暗示了评论者的价值倾向,并在一定程度上预设了可能的结论。这样的话,评论者事先公布自己的价值判断标准,就显得更加重要了,因为判断标准的说服力,业已预示了其结论的可信度。关心不同价值倾向的评论者,极有可能对同一部作品作出完全相左的判断性认识,但如果我们对他们各自的判断标准了然于胸,也就能明了谁的判断更具参考价值了。倘若某位评论家的评判标准,能够成为世所公认的金科玉律,则这位评论家依据此标准进行的价值判断,无疑也就更容易得到世人的认同。

而当前的诗歌评论的一个大问题在于,评论家常常并不亮明自己的评价标准,甚至时常在自己身上出现自相矛盾的现象。如前脚刚刚用 A 标准推举了某位诗人,后脚就又用 B 标准推举了另一位诗人,而 A 与 B 之间又互相冲突抵消,不免会令人充满了困惑,更会令读者丧失了对这位评论家的信任。这样的现象在那些印象式的评论写作中极为常见,也最容易混淆视听。

另一个常见问题,是用自己的评价标准,去质疑别人用另一标准作出的判断。严家炎曾形象地将这一现象称为"异元批评",他说:"所谓'异元批评'或'跨元批评',就是在不同质、不同'元'的文学作品之间,硬要用某'元'做固定不变的标准去批判,从而否定一批可能相当出色的作品的存在价值。譬如,用现实主义标准去衡量现代主义作品或浪漫主义作品,用现代主义标准去衡量现实主义作品或浪漫主义作品,用浪漫主义衡量现代主义作品,如此等等。这是一种使批评标准与批评对象完全脱节的、牛头不对马嘴式的批评。"[17]此类现象在当代新诗评论中亦屡有发生,影响最大的莫过于20世纪90年代末的"盘峰论争"。关于这场波及范围颇广的大论战,陈超说得十分恳切:"明明是不同审美创造力形态的差异,却被骇人听闻地归为权势者和受难者的势不两立。"[18]不同的"审美创造力形态",其实即不同价值判断标准的应用,不同审美创造力形态之间的混战,也就是不同价值判断标准的混淆,如同论斤称布、以尺量米。价值判断标准的选定本是在无限开放的可能性中选定了一种可能,每一种价值标准都可以各自论述其存在的合理性,并在其价值体系内部论述某些作品对其所推崇的价值维度的体现程度,进而据此在其内部建构价值等级关系。但不同价值标准之间,却一般并不具备优劣比较的可能。我们可以批评某位评论家的价值判断标准能否经得起检验和商榷,却不应指责他对自己的价值判断标准的坚持态度,更不能刻意用一种标准来排挤和碾压另一种标准,只要一个评论家的价值判断标准是有其合理性的,我们就应对他的坚持予以尊重。

一个主张只有得到人们自由而公开的检验,才能真正产生它的效力。必要的争论本是维护良好评论生态的有益环节,是防止出现唯我独尊的价值霸权的有效手段,我们应该鼓励评论家们充分对话,各自向人们展示自己的价值判断观点,并在热烈的讨论中促进文学的繁荣。但争论应该在明晰对方的标准和范畴的前提下展开,鸡同鸭讲,则是无效的争论,起不到建设性的作用。同时,有效的批评对话应以争取达成"多元化的普遍主义"为目标,即既是多元化的,每一"元"又都是各自能为有理性的人们所普遍理解和认同的,这与模棱两可、茫然无解的"相对主义"有着明显差异,对此我们应有清醒认识。

(四)借题发挥的多,探讨诗歌本体价值的少

人们对于文学评论常常有一种误解:"批评被想象成不是说明关于一个对象的实质与形式的内容的工作,而是一个以其优缺点而宣布无罪或有罪的过程。"[19]实际上,文学评论中的价值判断的目的绝不是简单地进行裁决或宣判,而是为了更好的反思和建设文学,使文学更好地成为文学。因而,文学评论首先应该以关注文学作为"一个对象的实质与形式"作为前提,阐释文学的独特本体价值。重申这一点,对于今天的我们仍有着十分重要的意义,尤其是在很多与诗歌的文学本体价值无关的话题仍在左右着评论时尚的时代。

刘纳曾令人信服地指出:"无论'写什么'、无论'怎么写',要写得好,才能使作品获得文学价值,这本是简单的常识,而在文学理论空前繁盛的现时代,常识往往被玄妙高深的理论淹没。"[20] 尽管刘纳在提出这一问题时针对的是小说研究,但这一现象在当代诗歌评论中无疑是同样存在着的。当前的诗歌评论更多关注的,仍是诸如"底层写作""个人写作""及物写作"等"写什么"的题材问题,或者"象征主义""现代主义""后现代主义"等"怎么写"的题材处理方法或风格问题,而很少提出究竟"写得怎样"这一文学本体价值问题。

自新批评的文本细读法 20 世纪 80 年代被中国大陆的学界接受以来,在诗歌评论实践中就十分流行,由此带来的一个后果却是,人们只是满足于拆解文本的游戏,满足于做一个阐释者,而不是争取去做一个矫正者或评判者,诗歌这样写究竟"写得怎样"的文学本体价值判断被完全搁置一旁。其实新批评的理论家们之所以提倡文本细读、内部研究,之所以会提出"朦胧""张力""悖论""反讽"等概念,其目的还是希望能够寻找到评价作品价值的客观依据,对文学价值作出正确的判断[21]。如果我们只学会了"细读",着迷于提供新的阐释,却放弃了价值判断,无疑是误解了新批评的本意。

当前的诗歌评论,有相当一部分将评论作为表现批评家个人性情或趣味的载体,因而常常喜欢偶遇那些与自己的情感发生共鸣的诗作并借机阐释发挥。在这种情况下,一首诗歌能否进入视野,全凭评论家个人心情,因而常常充满了随意性。针对这一现象,白璧德早有提醒:"把批评贬低到只是满足气质的需要,只是说出某人的艺术爱好或爱憎,的确就完全违背了批评这个字原来的字义,即辨别与判断……严肃的批评家所更关心的不是自我表现,而是建立正确的评价标准,用它来准确地观察事物。"[22]233 理想中的诗歌评论家,应该是一位通观全局的战略家。他能在全局中洞察出手的契机,出手处便常常是最重要、最关键的要害,能让人们一下子就意识到今日之诗歌的格局,而非随心所欲的四处游记。

还有一类颇具才气的评论家,怀揣着更大的雄心,意图将批评与艺术相结合,创造一种艺术化了的新批评文体。此类评论家的追求当属难能可贵,但在实践中却常常于艺术处雕章琢句,于批评处反而轻描淡写,令读者在云山雾罩中迷失了焦点,从而将所谓的艺术追求泛化为了跑题。此类评论家或许有必要重温韦勒克的这段话:"艺术的感觉可以进入批评中:许多批评形式在谋篇布局和行文风格上需要艺术的技巧;想象力在任何知识和科学中都占有一席之地。但是,我仍然认为,批评家不是艺术家,批评不是艺术(近代严格意义上的艺术)。批评的目的是理智上的认知,它并不像音乐或诗歌那样创造一个虚构的想象世界。"[1]13 如果文体追求越俎代庖地取代了批评的目的,则无异于以珠弹雀,反而会费力不讨好地将诗歌评论带入新的危机。

另有一类诗歌评论家,热衷于诗歌史料的搜集整理和编撰展示,却忘记了文学事实与文学价值的区分,以至于现象的罗列和资料的积累越来越多,价值的方向却越来越迷茫。如谢冕所说:"文学史研究和文学批评的开展,其基本法则是'减法'而不是'加法'。就是说,它必须不断从那些混合状态中选择有价值的东西,而剔除和扬弃那些无价值的东西。"[23]这项工作的继续开展,尤其需要研究者独具价值判断的慧眼,而不是眉毛胡子一把抓。

二、新诗批评进行价值判断的几种方式

当前的新诗批评,也绝非在价值判断方面无所作为,那些具有责任感的诗歌评论家,始终在用自己独特的价值判断方式①肩负着历史使命,较为典型的有如下几种:

1. 沉默法。如果某位批评家,对另一些人眼中极为重要的诗人或诗歌现象始终保持沉默,实际上就已经体现了他隐晦的价值判断。奥登也曾推荐这一评论方法,他说:"对于批评家,唯一明智的做法是,对他认定的低劣作品保持沉默,与此同时,热情地宣扬他坚信的优秀作品,尤其是当这些作品被公众忽视或低估的时候。"[9]14 问题在于,普通读者能一眼看到被推荐的作品,却很难有耐心和精力去研究一个评论家究竟对哪些诗人保持了沉默。因而,此种价值判断的有效性固然不错,影响力却是极为有限的,只有少数有心的"明眼人"才有可能洞悉其中的奥秘。一个评论家的不传之秘,也许永远只有在私人化的场合才会向极为信任的人提及。

2. 点将法。此种方法常常以某个诗歌写作的重要维度为入口,列举在这一维度上不同诗人作出的重要贡献,被列举的诗人则如同开路先锋般的将军,自然被赋予了非同一般的价值。这一方法在当代诗歌评论中极为常见,在很多具有代表性的文本中都可以见到。如陈超在《重铸诗歌的"历史想象力"》一文中,列举了西川、于坚、王家新等人的诗作,并认为:"这些诗人对先锋诗歌的重要贡献,主要是改变了想象力的向度和质地,将充斥诗坛的非历史化的'美文想象力'和平面化展开想象的'口语诗'发展为'历史想象力'"。[24]这样的列举,即代表了陈超在价值维度上对这些诗人的认可。此种价值判断方式的问题在于,被点中的诗人的价值完全被维系在评论者所提出的某一维度上,若此一维度被证明是无效或无意义的,则这些诗人的价值也将消失殆尽。

3. 阐释法。对自己认为重要的诗人和作品进行阐释性解读,以求得更多读者的欣赏,也代表了一个评论家对阐释对象的价值认可。如西渡对穆旦《诗八首》的细致解读,即让人们重新认识了穆旦的丰富和卓异[25]。这一价值判断方法在当前的诗歌评论中是最为常见的,本不失为诗歌评论工作的一条正途,但问题在于此类解读大多展开得过于随意,随处可见的解读文章大多缺乏令人信服的价值标准严格把关,导致其过于泛

滥并由此引发了如燎原所说的怪病:"一方面是宏观批评中整个诗坛的乏善可陈,而一旦涉及具体的个人,每一位又都成了精英。这无论如何都不符合逻辑。"[26]

4. 挑刺法。即对具体作品或某类创作现象进行反省式的批判。这一价值判断方法因其显而易见的"伤人"性质在 20 世纪 90 年代以后的诗歌评论中较为罕见,即使出现时,也常常是针对一些笼统的现象或一些名不见经传的"小诗人",极少应用在那些声名远播的"大诗人"身上,让当代诗歌评论在"挑刺"时常常显得不够硬气。因而,诸如臧棣对北岛过于执着于知识分子的批判性身份而将诗写得"太紧张"的批评[27],颜炼军和李海英对欧阳江河、西川、柏桦、萧开愚等知名诗人的长诗写作在技艺层面和观念层面的不足所展开的批评[28—29],简政珍指出商禽、碧果、陈黎的某些"超现实"写作是"文字的戏耍"的批评[30],作为近年影响甚众的案例,便显得难能可贵。

三、诗歌批评价值判断的几种属性

上述价值判断方式在承担起历史使命的同时,也存在着各自的明显不足。建构起诗歌评论中理想的价值判断,需要我们重新思考价值判断的基本属性和可能。

(一)它应是一种建构性判断

就终极意义而言,如何通过诗歌评论中的价值判断来阐明一种理想的诗歌方向,进而激励更多的诗歌实践沿此方向去实现期待的结果,创造出诗歌活动更大的价值,乃诗歌评论的根本任务。因而,诗歌批评不应只是发现诗歌文本中已出现的价值,更应借助诗歌现象中隐约浮现的苗头,去描绘、建构、培育可能会出现的价值,从而帮助诗人与读者形成新见解和新视野,才能更好地发挥诗歌评论的建设性作用。不同群体因不同的文学理想,会产生不一样的价值方向,这有助于形成多样化的文学建构,促成"百花齐放"的局面。在这一过程中,评判高下之所以必不可少,不是为了简单的褒贬,实乃建立文学金字塔的必要。没有高下就意味着没有建设的阶梯,也就必然将会走向失序和盲目。任何一个价值判断的展开,都是选定判断的标准在先,高下的评判在后。价值判断标准的选定,意味着在当时的时空条件下,各项不同价值之间孰先孰后的优先法则的确立,理智的思考始终伴随其中。一种价值维度当然不可能取代其他价值维度,却可以依照评判高下的过程中建立起来的优先顺序,帮助我们在泥沙俱下的文学现实里建构起通向更理想的未来的通道。也只有在建构理想价值方向的维度上,我们才能更好地理解李凯尔特的观点:"关于价值,我们不能说它们实际上存在着或者不存在,而只能说它们是有意义的,还是无意义的。"[31]诗歌作为人类文化的精粹,唯有经过人们的辛勤播种和精心培育,才能创造出对人类更有意义的价值维度。诗歌评论也只有在这一维度上,才能实现如勃兰兑斯所言的理想:"批评是人类心灵路程上的指路牌。批评沿路种植了树篱,点燃了火把。批评披荆斩棘,开辟新路。"[32] 经由价值判断,确立一个新的典范,提出一个新的问题,都有可能实现这种改变文学之建构方向的作用。

(二) 它应是一种关系性判断

无论是什么样的价值,若想获得人们的理解和认同,都需要联系到已经为人们所认可的价值上,也即需要建立起与已经被确立为某种价值典范的关系。通常,这一联系越是坚实可靠,后来者往往也就越具有更大的价值。但文学的复杂性在于,杰作常常是一种例外,是与庸常的断裂,故常常也会出现与人们所熟悉的各种典范相背离的现象,令人一时手足无措。但即便是此类令人拿捏不定其价值的叛逆性文本,也必然总是诞生于一定的时空关系中,因而,我们可以借由"关系思维"代替"本质主义思维",借助各种关系搭建起来的网络来判断某一具体作品的位置和价值。对于一个诗歌评论家来说,不只要考察一个作品在诗歌史内部系统演变中的前后关系,还要考虑其在当时社会文化系统中与时代语境的对话关系,并在这多重关系的综合考量中来呵护并加固那些值得珍视的价值。如陈嘉映所言:"判断不同,并不意味着你我把自己偏好的价值贴到事实之上,而是把同一个事实跟不同的情况联系了起来。"[33] 也只有在诗歌史或传承或革新的演变里,在与具体社会文化语境的对话过程里,在广阔的文化视野的参照下,我们才能在多维关系网络中确立某一诗歌文本的价值。无论是美学价值的判断,还是思想价值的判断,都不太可能是超时空的,失去了上述关系网络的依托,就会让价值判断显得空洞而没有说服力,甚至成为完全无视现实的猜测,这是信念的偏好,而不是理性的判断。反过来,有时一个新的价值判断的提出,又可以带动人们重新思考原有的关系网络,区分出无意义的变动和真正的创新,还有可能进一步产生颠覆既有认识结构、重塑文学史的效果。

(三) 它应是一种理据性判断

前文所述的价值判断的建构性特点,决定了它也必然是一种带有尝试性、主观性的判断,但这种主观性却绝不能等同于任意性,同样要以理服人,从而具备了一定程度的客观属性,实乃主观探索与客观论证相结合、评论家与诗歌作品之间平等对话的理据性判断。文学欣赏的经验已经告诉我们,在一定时空范围内,人们对于何为文学名著、何为文学经典是有相对共识的,这些共识绝不可能只是某个人的偏好,而是由个体偏好逐渐演变而成的社会规范。文学评论家若想使自己的评论更好地起到影响乃至引领规范形成的作用,就必须用理据说服别人认同他的价值判断的标准和结论。梅内尔曾提醒人们,对于文学评论家而言:"审美的敏感性和专业性知识这两方面能力应相互配合,不断努力使两者尽量结合,只是在此情况下,称职的批评家才开始工作。前者可能使他赞扬一部艺术品······后者可能会使他正确地判定一部艺术品是完美的,虽然他自己至少到当时为止还没有从中得到一点愉悦。"[11]17 如果说对于普通读者而言,喜欢或者不喜欢某作品还是带有较多个人趣味的话,那么对于诗歌评论家而言,则必须要求自己拿出"一览众山小"的专业阅读功夫,直至将自己的审美敏感性锻造成为"衡文玉尺"般的标准度量衡,成为让很多人对其判断力充满敬意的那样一个人。在这一过程中,一般读者所不具备的专业性知识,则始终应该成为文学评论家矫正审美偏差、引领价值取向的压舱石。任何一个价值判断的展开,都首先应该将自己的标准和依据公开在前,让自己的标准去接受所有人的检验,并在接受检验的过程中去争取公众的认可,直至在一定范围内形成相对客观的认识,理性始终伴随其中。

（四）它应是一种历史性判断

一个时代有一个时代的文学,但在千变万化的文学现象背后,有着不变的对于人的价值的追问与表达。文学评论中的价值判断,在辨认不同时代的文学价值方面,起着不可替代的作用,同时其自身也在随着历史进程的发展不断演变。任何一个价值判断都是在某一历史背景下作出的判断,都必然会带有那个时代的洞见和盲区,因而也都必然既有其不可替代的优势,又有其无法避免的劣势,而不可能是终极性的盖棺论定式的判断。当代诗歌评论家,一方面应该站在我们今天所能达到的时代高度,反思过去的价值标准的局限,将作为"今人"的优势发挥到最大,建构起具有"当代性"的新的价值判断标准,回应当代诗歌发展进程中的新要求、新问题,而不是将自己矮化为生活在今天的"古代人";另一方面,又应该努力超越今天的局限,像韦勒克所倡导的"透视主义"方法那样: 力求"从第三时代的观点——既不是他的时代的,也不是原作者的时代的观点——去看待一件艺术品"[8]30—31,争取达至相对客观化的历史判断。促成普遍而统一的价值判断的难度是可以想见的,但"多元化的普遍主义"并非遥不可及,困难亦不应成为我们搁置价值判断的理由,今天的诗歌评论家理应肩负起自己的责任,积极参与介入到文学价值不断累积的过程中去。

当代诗歌界的很多论争,皆由价值判断的冲突而起。正确认识价值判断的含义及可能,将对营造积极健康的新诗发展氛围起到建设性作用。新诗的发生,本是必然中的一种偶然,也许还有更好的偶然,在等待着新诗评论的发现和矫正,让它逐渐步入自由的必然王国。"罗威尔说,在有美国文学以前我们必须先有美国批评"[22]248—249,我们也可以说,在有真正的新诗以前,我们必须先有新诗批评。真正有效的新诗评论,绝不会止步于阐释已有的诗歌作品,而是努力探索那些束缚了我们思维的边界和原则,并经由价值判断不断地改善现状,为后来者开辟出一个更新、更广的驰骋疆域。真正欲有作为的诗歌评论家,必当肩负起对于"真正有意义和有价值的写作"的辨认的责任,去主动探索"意义"和"价值"的限制条件。这些使命的完成,离不开价值判断工作,在这一方面,新诗评论任重道远,仍旧大有可为。

希尼说:"我们知道我们是价值的搜寻者和收集者,知道我们的孤独和痛苦是可信用的,只要孤独和痛苦也是我们这不折不扣的人类的一笔保证金。"[34]诗歌评论家也应接续着诗人的话语说:"我们知道我们是诗歌价值的发现者和培育者,我们的工作将会让那些孤独者不再孤独,让那些痛苦者迸发出光辉。"

注释:

① 各类诗歌奖项的设置和评选活动,也是价值判断的一种方式。但因为它们更多地属于诗歌活动范畴,而非个人化的诗歌评论,故本文没有将其列入考察范围。这些诗歌活动常常因为过多、过滥,而在读者眼中失去了威信,同样没有起到有效的价值判断作用。

参考文献:

[1] 勒内·韦勒克.批评的诸种概念[M].罗钢,王馨钵,杨德友,译.上海:上海人民出版社,2015.

[2] 杜威.艺术即经验[M].高建平,译.北京:商务印书馆,2016.

[3] 李德顺.价值论:一种主体性的研究[M].北京:中国人民大学出版社,2017:2.

[4] 陈嘉映.说理[M].北京:华夏出版社,2011:264.

[5] 刘纳.诗:在1986年和1986年以后(下)[J].江汉论坛,1997(7):35.

[6] 臧棣.诗道鳟燕[M].西安:陕西人民教育出版社,2017:49.

[7] 欧阳江河.1989年后国内诗歌写作:本土气质、中年特征与知识分子身份[J].花城,1994(5):197.

[8] 勒内·韦勒克,奥斯汀·沃伦.文学理论[M].新修订版.刘象愚,邢培明,陈圣生,李哲明,译.杭州:浙江人民出版社,2017.

[9] 奥登.染匠之手[M].胡桑,译.上海:上海译文出版社,2018.

[10] 伏尔泰.《俄狄浦斯王》:一七一九年的六封信[M]//丁世忠.伏尔泰精选集.北京:北京燕山出版社,2005:669.

[11] 梅内尔.审美价值的本性[M].刘敏,译.北京:商务印书馆,2005.

[12] 阿尔贝·蒂博代.批评生理学[M].赵坚,译.北京:商务印书馆,2015:124.

[13] 列夫·托尔斯泰.托尔斯泰论文艺[M].熊一丹,译.北京:金城出版社,2011:41.

[14] 朱自清.文学的标准和尺度[J].大公报,1947-03-09.

[15] 华勒斯坦,等.开放社会科学:重建社会科学报告书[M].北京:生活·读书·新知三联书店,1997:64.

[16] 托·斯·艾略特.现代教育和古典文学[M]//艾略特文集·论文.李赋宁,王恩

衰,等,译.上海：上海译文出版社,2012：149.

[17] 严家炎.走出百慕大三角区：谈二十世纪文艺批评的一点教训[J].文学自由谈,1989(3)：87.

[18] 陈超.关于当下诗歌论争的答问[M]//王家新,孙文波.中国诗歌备忘录.北京：人民文学出版社,2000：63.

[19] 约翰·杜威.艺术即经验[M].高建平,译.北京：商务印书馆,2016：346.

[20] 刘纳.写得怎样：关于作品的文学评价：重读《创业史》并以其为例[J].文学评论,2005(4)：26.

[21] 李卫华.价值评判与文本细读："新批评"之文学批评理论研究[M].北京：中国社会科学出版社,2006：206.

[22] 白璧德.批评家和美国生活[M]//伍蠡甫.现代西方文论选.上海：上海译文出版社,1983.

[23] 谢冕.文学是一种信仰[M]//阅读一生.天津：百花文艺出版社,2011：107.

[24] 陈超.重铸诗歌的"历史想象力"[J].文艺研究,2006(3)：5.

[25] 西渡.爱的可能与不可能之歌：穆旦《诗八首》解读[J].星星(下半月刊),2008(1)：77.

[26] 燎原.百年新诗的考量来自诗歌内部[J].延河·绿色文学,2017(6)：117.

[27] 臧棣.诗歌政治的风车：或曰"古老的敌意"：论当代诗歌的抵抗诗学和文学知识分子化[M]//萧开愚,臧棣,张曙光.中国诗歌评论(复出号)·细察诗歌的层次与坡度.上海：上海文艺出版社,2012：53.

[28] 颜炼军."大国写作"或向往大是大非：以四个文本为例谈当代汉语长诗的写作困境[J].江汉学术,2015(2).

[29] 李海英.白昼燃明灯,大河尽枯流：论当下作为"症候"的知名诗人长诗写作[J].江汉学术,2015(2).

[30] 简政珍.现实与比喻：台湾当代诗的意象空间[J].江汉学术,2017(5).

[31] 李凯尔特.文化科学和自然科学[M].涂纪亮,译.北京：商务印书馆,1996：21.

[32] 勃兰兑斯.十九世纪文学主流·法国的浪漫派[M].李宗杰,译.北京：人民文学出版社,1982：383.

[33] 陈嘉映.事实与价值[J].新世纪周刊,2011(8)：110.

[34] 谢默斯·希尼.相信诗歌：诺贝尔演讲(1995)[M]//黄灿然,译.开垦地：诗选1966—1996(下).南宁：广西人民出版社,2018：670.

——原载《江汉学术》2019 年第 2 期：36—43

作为诗学话语借壳的"民间"：现代溯源及伦理反思

◎ 陈培浩

摘　要："民间"在 20 世纪的中国已成为一个重要的学术论题,但"民间"并非自在自呈的对象,而是多种话语力量博弈和争夺的场域。现代话语在自我建构过程中不断借壳于"民间",因此,"民间"实则是现代性的另一副面孔。在现代话语假借挪用"民间"的过程中,"民间"被建构为学科领域(民俗学和民间文学)、新诗资源(歌谣作为新诗形式资源)、文学史分析框架("民间的隐形结构"等)和一种诗学价值("民间写作")。"民间"逐步脱离其实体性,而转变成一种本质化的价值。无论是五四时代胡适、俞平伯、周作人、刘半农等人,还是 20 世纪 90 年代的"民间写作",一种借助"透视法论证""拟写与对冲"及"过滤与提纯"策略的独断性批评大行其道。重审 20 世纪这段"民间"话语史,意在反思文学批评的排他性,呼唤一种反思进化论思维,兼容多元价值的批评伦理。

关键词：民间；民间写作；歌谣；现代性；诗学话语；批评伦理

　　"民间写作"是 20 世纪 90 年代诗歌的一个重要概念,此概念所勾连的"知识分子写作/民间写作"论争被视为 20 世纪 90 年代最重要的诗歌事件之一,诸多重要的当代诗歌史和当代诗歌批评史都无法对其视而不见。事实上,以"盘峰论剑"为中心所产生的关于中国当代诗歌两种倾向的论争,从缘起、背景到各自的立场、分野,以至事件的影响,基本被梳理得一清二楚。但论争所使用的概念、概念背后的理论来源,以及论争所呈现的批评伦理却甚少被人提及。被于坚、韩东、沈奇、谢有顺等人使用的"民间写作"概念,是一个旗帜鲜明、理想主义色彩浓厚,却又歧异重重、似是而非、充满二元对立的概念。此"民间"与作为学科的"民间文学"、作为一种文化形态的"民间文化"以及 20 世纪 90 年代由陈思和所提出的作为当代文学史阐述装置的"民间"究竟有何联系和区别？"民间写作"的理论旗手们并无涉及。为理解 20 世纪末的"民间写作",本文将追溯新文学开端处那场"走向民间"运动。1918 年 2 月 1 日,北京大学校长蔡元培在《北大日刊》第一版登载了"征集全国近世歌谣"的《校长启事》,从而开启了延续至 20 世纪

30 年代的北大歌谣征集运动。走向民间与建构现代在此构成了一种中国学术自我生成的内在张力。20 世纪 80 年代以后，知识界在启动新一轮现代文学和学术建构时，再次乐此不疲地操持起民间话语。历史与反复背后，虽则两者所理解的"民间"大相径庭，但他们却都愿意强调"民间"的自足性、独立性和理想性。换言之，"民间"不能自言，而被知识分子所代言。事实上，即使在民俗研究中，绝对自性、超然于价值论述之外的"民间"也是不可能的；更何况是在文学写作和研究领域，"民间"更多作为一种审美资源和批评话语。因此，并不存在纯然作为自身的"民间"，只有作为话语形态的"民间"。明了"民间"的话语属性，便有必要区分作为自身的"民间"、政治辐射下的"民间"和知识分子论述下的"民间"几个不同的层次。第一层次的"民间"乃是一种本质化、理想化的形态，只存在于想象之中；后两层次才是"民间"的现实形态。我想追问的问题有二点：其一，在传统中国，"民间"常与下里巴人、不登大雅之堂相连，究竟经由何种现代论述，"民间"得以脱胎换骨，成了政治倚重、知识界赖以自我表述的价值高地与飞地？其二，在 20 世纪开端与结束处两次诗学的"民间"想象中，"民间"是知识分子自我表述、自我创生的叙述装置，投射着知识分子在建构启蒙和反思启蒙之间的努力，其作为中国现代性的一副独特面孔之实质表露无遗。此间，挪用"民间"的批评策略一以贯之，此种批评伦理，我们当作何反思？将 20 世纪末的"民间写作"与 20 世纪初"走向民间"的歌谣搜集运动并置而论，既希望求索作为"现代性"之"民间"内在的敞开与迷思，也希望借此对"现代"借壳"民间"的批评实践及其伦理缺失作出反思。

一、援谣入诗的文学史透视法：从胡适到俞平伯

在民国以前的传统学术话语中，"民间"处于社会和学术价值系统的底层，"民间"之谣谚与庙堂之"诗文"间有着不可克服的文体区隔。如果不从学术话语上更改这种区隔设置，20 世纪四次轰轰烈烈的"歌谣入诗"潮流便不可能发生。事实上，五四同仁援谣入诗的实践同样内在于"民间"权力的上升及新创制的"歌谣"知识。在现代的文化坐标中，歌谣获得了何种新的文化身份？五四知识分子对歌谣的认定中包含了一种什么样的现代认识框架？阐释"民间"，实为建构现代。五四前后，采集歌谣，以及讨论如何援谣入诗成了新派知识分子的一大时尚，论者颇众。但为此作出文学史论证的却首推胡适。

1922 年，胡适在《北京的平民文学》一文中对新诗人忽视歌谣的启示表示遗憾："做诗的人似乎还不曾晓得俗歌里有许多可以供我们取法的风格与方法"，"至今还没有人用文学的眼光来选择一番，使那些真有文学意味的'风诗'特别显出来，供大家的赏玩，

供诗人的吟咏取材"。[1]胡适的歌谣观,跟他以白话反文言的文学观紧密相连,并在其《白话文学史》中有着更"高屋建瓴"的论断:"一切新文学来源都在民间,民间的小儿女、村夫农妇、痴男怨女、歌童舞伎、说书的,都是文学上的新形式与新风格的创造者。"[2]这种说法当时不乏同调者,胡怀琛也认为"一切诗皆发源于民歌"[3]。

某种意义上,胡适为歌谣诗学意义的发现提供了重要的文学史观——他从反文言文学出发建构起来的白话文学史观。为了打倒文言文学,胡适在白话诗歌领域躬亲尝试,自不待言。同时身为历史学家的胡适不能不为白话诗合法性寻求文学史法则的加持。置身于民国初年话语交锋频仍的文学场域,胡适屡试不爽的武器是"进化论":"我们若用历史进化的眼光来看中国诗的变迁,方可看出自《三百篇》到现在,诗的进化没有一回不是跟着诗体的进化来的。"[4]进化论思维使胡适透视历史时获得了一条明晰的文学革命进化链:

> 文学革命,在吾国史上非创见也。即以韵文而论,三百篇变而为骚,一大革命也。又变为五言七言,二大革命也。赋变而为无韵之骈文,古诗变而为律诗,三大革命也。诗之变而为词,四大革命也。词之变而为曲,为剧本,五大革命也。何独于吾所持文学革命论而疑之?[5]

这条文学进化链在胡适论述中多次现身,今天我们当然知道不同时代的文学之间不可以用进化论简单加以线性推演和价值比较。然而,重要的是,进化论的加持使"新"在胡适及大批他的同时代人那里获得了无可辩驳的历史合法性:白话替代文言,"新"替代"旧"是势所必然,剩下的只是"如何战胜"的枝节问题而已。在白话作诗逐渐站稳脚跟之后,胡适需要以更翔实的历史材料来论证"白话文学"在中国历史上被忽视、被遮蔽然而却无比辉煌的地位。这便是胡适完成于20世纪20年代的《白话文学史(上)》所做的工作。如果说此前"进化论"中的白话替代文言还在某种程度上承认了文言文学在古代的地位的话,那么《白话文学史》则进一步把白话文学的领域延伸向源远流长的古代。其直接结果是胡适重新发现了古典中国的歌谣资源——在胡适那里,歌谣无疑完全可以被认定为古代的白话诗歌——它们构成了中国古代"白话诗歌"库。①

胡适的论述充满了截然的二元思维和毫不迟疑的主观性:"汉朝的韵文有两条来路:一条路是模仿古人的辞赋,一条路是自然流露的民歌。前一条路是死的,僵化了的,无可救药的……这条路不属于我们现在讨论的范围,表过不提。如今且说那些自然产生的民歌,流传在民间,采集在'乐府',他们的魔力是无法抵抗的,他们的影响是无法躲避的。所以这无数的民歌在几百年的时期内竟规定了中古诗歌的形式体裁。"谈及具体诗人,他虽不得不承认"曹植(字子建,死于232年)是当时最伟大的诗人",至于为何伟大,则是"他的诗歌往往依托乐府旧曲,借题发泄他的忧思。从此以后,乐府遂更成了高等文人的文学体裁,地位更抬高了"。[6]

在胡适这里,完整的中国古代歌谣谱系还没有被建构起来,这个从"诗经—汉乐府—南北朝民歌—唐代民间歌赋—宋鼓子词和诸宫调—明代民歌—清代民歌"的完整谱系日后在朱自清的《中国歌谣》和郑振铎的《中国俗文学史》中得到建立。然而,胡适关于白话文学的论述却完成了三种可能:(1)确认白话相对于文言的进步性,白话替代文言的必然性;(2)以白话为标准建构了古典白话文学的庞大资源;(3)使作为古典白话文学核心的歌谣相对于新诗的诗学价值获得了"文学史"确认。最后一点尤为重要。

可以说,胡适的白话文学观为歌谣进入新诗的文化实践提供了文学史论证。值得一提的是,胡适虽对新诗多种可能性有多番尝试,对歌谣资源表示深度信赖,然而他本人在写作上其实较少取法歌谣。唯有一首写于1921年10月4日的《希望》节奏音调上有些民歌味道。

此间原因也许在于,歌谣作为白话文学资源得以嫁接入胡适"白话诗观"之中,但歌谣却不能满足胡适以新诗锻造"国语"的现代民族国家语言构想。"在文学资源的层面,中国传统文学内部的差异性,直接为胡适的新诗构想提供了历史依据。"[7]但是,"当文学运动与国语运动合流,在胡适等人对'白话'的鼓吹中,最终引申出来的是对现代民族国家语言的总体构想,'白话诗'以及'白话文学'的历史价值由此得到了空前的提升"[7]。这就是所谓"国语的文学,文学的国语",就此而言,"歌谣"之于新诗又意义阙如。另外,胡适一直重视新诗表意方式的拓展及其对现代经验的容纳性,他评周作人《小河》说"那样细密的观察,那样曲折的理想,决不是那旧式的诗体词调所能达得出的";评自己的《应该》说"这首诗的意思神情都是旧体诗所达不出的"[4]。可见胡适对于新诗体对现代经验的涵纳能力颇为关切,而这同样不是歌谣的强项。这或许是胡适何以在理论上强调取法歌谣,但实践上却较少尝试的原因。

胡适的"白话文学观"在20世纪10年代中期便开始被酝酿和传播,影响了一时风潮。在取法歌谣一端,俞平伯的"进化的还原论"堪称胡适白话史观的回声及延伸。关于新诗的做法,俞平伯认为:

> 从胡适之先生主张用白话来做诗,已实行了还原底第一步。现在及将来的诗人,如能推翻诗底王国,恢复诗底共和国,这便是更进一步的还原了。我叫这个主张为诗底还原论。[8]

俞平伯的两步还原法:一是胡适的白话颠覆文言;二是他所谓以歌谣颠覆诗。而这种颠覆,在他那里既是胡适的"进化",也是"还原"——一种回到事物本相的想象。

胡适那里,三百篇变为骚赋,骚赋变为五七言,五七言变为词,词变为曲,这四次诗体的大解放都是语言进化趋于自然的结果。[4]而现代白话替代文言是这个进化逻辑的结果。俞平伯不反对这种"进化",却将这种"进化"视为一种"还原"——回到原始的歌谣那里去。所以他认为诗和谣并无区别,"其实歌谣——如农歌,儿歌,民间底艳歌,及杂样的谣谚——便是原始的诗,未曾经'化装游戏'(Sublimation)的诗","说诗是抒情的、言志的,歌谣正有一样的功用;说诗是有音节的,歌谣也有音节;诗有可歌可诵底区别,歌谣也有这个区别"。"若按文学底质素看,并找不着诗和歌谣有什么区别,不同的只在形貌,真真只在形貌啊。"[8]

此文中,作者特别强调了平民性作为诗的核心素质,未来的诗应当是平民的,因为原始的诗就是平民的。所以,未来诗的方向就是还原到远古诗的轨道上。如果说胡适的"进化论"为白话文学伸张了合法性,俞平伯的"进化的还原论"则为作为古代白话文学的歌谣的诗学意义伸张了合法性。

二、"学术的"和"猥亵歌谣"的价值翻转

如果我们把视野进一步拉开,便会发现:新诗取法歌谣的发生,还有赖于某种现代话语装置的准备。在传统社会诗谣的雅俗区隔中,诗歌拥有高于歌谣的文化资本,援谣入诗断不可想象。那么,新诗取法歌谣,正是内在于五四现代话语不断为"民间"填充文化权力的过程。现代话语的加入,使"民间"不再是一个纯粹的社会学领域,而成了一种价值领域。现代知识分子的价值推演中,由"民间"加持的歌谣,获得了与传统截然不同的文化身份。正是歌谣新身份的生成,使其获得了作为新诗资源的文化权力。由此而言,由北大同仁于1918年发起的歌谣运动显然并非古代歌谣搜集、研究顺延而下的产物,所谓"整理国故",实质是知识新创。随着歌谣运动的推进,一个全新的学科——民俗学被建构起来。有学者因此特别强调了歌谣运动之搜集歌谣"新的意义"②。1920年12月19日,北大在原本的"歌谣征集处"基础上成立了"北京大学歌谣研究会",歌谣研究会于1922年12月17日起刊印《歌谣》周刊③。刚创刊的《歌谣》周刊在《发刊词》④中明确指出"本会搜集歌谣的目的共有两种,一是学术的,一是文艺的","从这学术的资料之中,再由文艺批评的眼光加以选择,编成一部国民心声的选集","这种工作不仅是在表彰现在隐藏着的光辉,还在引起未来的民族的诗的发展"。[9]这显然是十分"现代"的观念和立场。主张歌谣具有学术品格,这是中国文化前所未有的创见。此前,明代冯梦龙在文化叛逆动机上强调的是山歌的艺术和思想价值;进入清代,冯梦龙的这种山歌思路迅速被掩盖,清代最有"学术性"的歌谣选集《古谣

谚》依然站在传统"诗教"立场征用谣谚。《古谣谚》的特别之处是,它将对谣谚"天籁自鸣"的认定纳入传统"诗教"立场。换言之,不仅诗言志,谣谚也言志。《古谣谚》把谣谚并置,在辑录者期待视野中文体、审美性并不重要,重要的仍是"达下情而宣上德"[10]的教诲功能。杜氏基于"诗教"立场下的"歌谣"观,自然不能让五四一代满意,常惠认为《古谣谚》虽跟歌谣有关,但"完全从古书抄摘来的:完全是死的,没有一点儿活气"[11]。

1923 年,在《歌谣》周刊创刊的第二年,正在热情上的同仁们还在该年出版了一期增刊,对歌谣搜集运动中存在的问题予以盘点和反思。在该期刊物上,核心人物周作人拿出了一篇名为《猥亵的歌谣》的文章。文章对"猥亵的歌谣"予以分类和定义,并重点伸张其学术合法性。其时,由北大发起的歌谣征集运动已近五载,《歌谣》周刊创刊也有两年,周作人在 1923 年的年度盘点中对"猥亵歌谣"的关注,其实包含着诸多意味。首先便是对某种歌谣征集标准的重申:

> 民国七年本校开始征集歌谣,简章上规定入选歌谣的资格,其三是"征夫野老游女怨妇之辞,不涉淫亵而自然成趣者"。十一年发行《歌谣》周刊,改定章程,第四条寄稿人注意事项之四云,"歌谣性质并无限制;即语涉迷信或猥亵者亦有研究之价值,当一并录寄,不必先由寄稿者加以甄择"。在发刊词中也特别声明:"我们希望投稿者尽量的录寄,因为在学术上是无所谓卑猥或粗鄙的。"[12]

1922 年《歌谣》周刊征集标准的修改,核心内容是去除"不涉淫亵"这一项。不但不再禁忌,1923 年周作人《猥亵的歌谣》中的旧事重提,其实是在热烈期盼,因"这一年内我们仍旧得不到这种难得的东西"[12]。"猥亵的歌谣"自然是存在于各地歌谣中的一种,但在传统礼教观中,显然是被压抑和排斥的,"文人酒酣耳热,高吟艳曲,不以为奇,而听到乡村的秧歌则不禁颦蹙"[12]。周作人的文章,代表着一种对"猥亵的歌谣"重新加以价值化的行动,其间有着新旧两个价值坐标的碰撞。将这种碰撞置于歌谣运动初期搜集歌谣的困难中会看得更加清楚。《歌谣》周刊创刊之初有很多文章专门讨论采谣的困难及方法,侧面反映着采谣作为一种现代话语支持下的文化行动与旧话语之间的摩擦。

《歌谣》创办之际,北大歌谣学会就希望借重官厅搜集歌谣,但结果极不如意。"我们第一个尝试是'凭借官厅的文书'","把简章印刷多份,分寄各省的教育厅长,利用他高压的势力,令行各县知事,转饬各学校和教育机关设法广为采集,汇录送来"[13]。读者张四维写信给《歌谣》,对"官方路线"表达不同意见:"这种秧歌,常被地方官禁阻,故欲求各行政官厅或各劝学所征集,那是完全无效的。他们或许以为贵会是害了神经病呢!"[14]黄宝宾也讲述了自己搜集歌谣的遭遇:"我的十二岁的小弟弟常对我说:'三哥,寿山的媳妇多会唱歌。'我对他讲:'这个只好你去请她唱。'"因为在乡间年青男女对话,已足诱起蜚语,何况一个叫一个唱歌呢?我的弟弟不肯去,我又没有偶然听她唱,结果是许多新歌关在新娘肚里![15]刘经庵说得更形象:"去问男子,他以为是轻慢他,不愿意说出;去问女子,她总是羞答答的不肯开口。"[11]为此,《歌谣》编辑常惠在1922年的回顾文章中专门历数各人遭遇,表彰同仁精神:"在这些情形之下,不惜拿出全副精神,委曲宛转于家庭反抗和社会讥评的中间,去达到收获的目的,这也足可见我们同志的热心和毅力了。何植三先生在亲戚家里,不顾他表伯母的窃笑,买橘子给小孩吃,哄他们的歌谣。黄宝宾先生则躲在他母亲爱的势力之下,请求她排除家庭中反歌谣的论调。这又是何等的竭力尽心!"[13]

常惠文章,自表同仁筚路蓝缕之功,却印证新旧观念在歌谣搜集过程中的交锋。采集对象拥有丰富的歌谣材料,却在价值上轻视歌谣;采集者基于新的观念赋予歌谣诸种重要价值,其身份却远离歌谣产生和传播现场。采谣困难的加剧来自对什么是最有价值歌谣的不同认知:一方基于传统观念而隐匿歌谣中不合礼教的类型或元素;另一方基于现代观念而极力追踪那些不合礼教的类型和元素。故而采谣困难的实质是两种价值观念的碰撞和摩擦。

在此背景下看周作人对"猥亵的歌谣"的召唤,便会发现:所谓"学术",事实上正是"现代"为"民间"立法的法宝。站在现代性一侧的周作人,对歌谣自有另一番观照。此处表面上是以学术独立来伸张"猥亵"歌谣的合法性,实质上透露了一种崭新的歌谣观对传统的歌谣观的取缔。可以说,周作人等人不但在搜集歌谣,也在生产着一种关于歌谣的新认知、新知识。他们代表着站在新的、现代的价值坐标中来重整歌谣的努力。那些传统视野中被排斥的质素,譬如在道德化眼光中必须加以放逐的"猥亵",由于现代"学术的"眼光的加入,重新获得了价值。

三、仿制与再造:刘半农"私情"民歌的现代想象

无独有偶,考察刘半农搜集的"山阴民歌",也会发现一种现代眼光的存在如何影响着搜集者对民歌价值的认定。五四一代取法歌谣的新诗人中,刘半农是非常突出的一个:他不但是歌谣搜集运动的中坚力量,更是日后新诗歌谣集《扬鞭集》《瓦釜集》的作者。表面上,他不过按照民间歌谣形式予以仿制;然而,他的歌谣趣味背后有着鲜明的现代观念之型模。

1919年刘半农回江阴故乡,顺便搜集了江阴船歌20首,本拟单独出版《江阴船歌》,后因出国留学而搁置。稿子寄给周作人,得到热烈的回应,周作人专门写了《中国

民歌的价值》给予肯定。《江阴船歌》后刊于 1923 年《歌谣》周刊第 24 期。据刘半农自陈，1925 年回国后又采集短歌三四十首，长歌二首。于是集合前后搜集所得，"把几首最有趣味的先行选出付印"，便成了《瓦釜集》后面附录的江阴船歌 19 首。据陈泳超统计，"瓦釜集后附录了 19 首江阴民歌，其中第 1、2、12、14、15、16、17、18 首即《江阴船歌》之第 1、5、15、4、16、17、18、19 首"[16]。刘半农所选歌谣，有的只是节选，有的则将一首头尾分拆为二。他自己辩解说："这种割裂的办法，若用民俗学者的眼光看去，自然是万分不妥。但若用品评文艺的眼光看去，反觉割裂之后，愈见干净漂亮，神味悠然；因为被割诸章，都拙劣讨厌，若一并写上，不免将好的也要拖累得索然无味了。"[17]陈泳超的统计和分析意在指出，在"文艺的"和"学术的"两种歌谣价值标准中，刘半农更偏于前者。这是对的，就是刘半农本人也说"我自己的注意点，可始终是偏重在文艺的欣赏方面的"[18]。

然而，令人感兴趣的是，从《江阴船歌》到《瓦釜集》中，刘半农保留 8 首、舍弃 12 首，取舍之间透露了什么？单以"文艺的"标准看，被舍弃的 12 首江阴船歌不乏趣味盎然、颇具文艺价值的。如第 10 首《门前大树石根青》："门前大树石根青，/对门姐儿为舍勿嫁人？/你活笃笃鲜鱼摆在屋里零碎卖，/卖穿肚皮送上门！"这首作品因物起兴、比喻独特，民歌风味十足。然而它并没有被保留，因不合刘半农之期待。事实上，采集歌谣，非是实录，而是筛选（向什么人采集、以什么样的语言提示对方、采集何种类型的歌谣都是筛选条件）；从《江阴船歌》到《瓦釜集》，则是刘半农趣味和立场更加明确、彻底的二次筛选。细察被舍弃的 12 首船歌，不难发现刘半农"文艺的"标准深刻受制于"现代的"文化立场。这种"现代"的一个突出表征，便是对"私情"的强调。

《瓦釜集》附录的 19 首船歌纯为情歌，而该集刘半农仿作的 21 首中，情歌就占了 9 首⑤。如果注意到刘半农在 21 首中试遍了悲歌、滑稽歌、劳工歌、农歌、渔歌、船歌、失望歌、牧歌等形式，就会发现"情歌"堪称他在众体中的第一心头好。所以，《江阴船歌》中有 3 首跟男女情欢完全无关的猜谜问答的趣味船歌——《舍个弯弯天上天》《舍个圆圆天上天》《舍人数得清天上星》便被排除进入《瓦釜集》附录资格。事实上，这些猜谜问答式船歌实是颇为典型的民歌形式，《江阴船歌》在《歌谣》周刊上刊出时，编者常惠还特地加了后记，重点强调这几首歌谣的普遍和典型性："读到六、七、八几首问答体的，就想起北方似谜语似唱歌的极多。"他举了几例评述说："还有这类问答体的，在秦腔里有'小放牛儿'最有趣味，'神话''传说''谜语'的意味都带一点儿。"[19]又复举了多个例子。有趣的是，被《歌谣》编者所重视的几首被刘半农悉数剔除，确乎表明了他内心所秉持的标准有别于"学术的"立场。然而被排除在《瓦釜集》附录之外的船歌也有描写"私情"的：《今朝天上满天星》《郎在山上打弹弓》《门前大树石根青》《姐儿睏到半夜三更哭出来》《结识私情》《姐儿生得眼睛尖》《姐儿生得面皮黄》《姐儿生得黑里俏》《窗中狗咬恼柔柔》九首便是。而原有四节的《手捏撸苏三条弯》在收入《瓦釜集》时仅保留第一节，删掉了后三节。那么，在"私情"题材作品中，刘半农"文艺的"标准所指何物呢？

对比新收入《瓦釜集》附录的 11 首船歌，会发现"文艺的"标准颇为复杂。如被删掉的《门前大树石根青》相比于新加入的第八歌"山歌越唱越好听，/诗书越读越聪明，/老酒越陈越好吃，/私情越做越恩情"在"文艺的"技巧上其实是有过之而无不及。认真比较便会发现，对私情题材船歌的取舍依据依然是思想标准大于艺术标准。刘半农对于"私情"歌谣的偏好体现为：对"主情"歌谣的推崇，那些描写男女情爱微妙曲折过程的基本得到保留；那些虽涉私情，但并不直接描写男女情感波澜，或者其情爱描写不能被现代文化立场所转化的歌谣基本被删掉了。比如《姐儿睏到半夜三更哭出来》一首写少女思春，构思独特：姐儿夜哭，出语惊人，不恨无钱，不恨无物，只恨爹入娘房，兄入嫂房，触景伤情。然而，歌谣中疼惜女儿的母亲说出的却是："你里爹娘勒十字街头替你排八字算命，/你要六十岁嫁人八十岁死，/命里只有二十年好风光！"这里，封建迷信话语对情爱话语的抵消或许是刘半农对之敬谢不明的原因。

民歌《结识私情》则可能是因其所使用的"处女"等男权话语令刘半农这个现代知识分子不适。五四时代，民权倡导之际，也是女权勃兴之时。以处女论定情爱的封建"贞操"观无疑会被现代知识分子归入落伍的话语角落。因此我们不难在"文艺的"标准之外发现刘半农剔除此类歌谣的"文化的"原因。其他如《姐儿生得眼睛尖》，写的是卖酒女子贪恋年轻男子而轻视年老者："年纪大格回头无酒卖，/年纪轻格吃子勿铜钱"，但歌谣却从老年男子角度表达抱怨："我后生辰光吃茶吃酒也勿要钱，/人老珠黄勿值钱。"这种调侃"私情"的立场跟刘半农的"私情"立场显然不同；《姐儿生得黑里俏》中"你要谋杀亲夫要杀六刀"乃是传统婚姻道德话语对情爱话语的正面警告，更难得到刘半农的喜爱。

如此看来，刘半农的"文艺的"标准中依然混杂了相当多"文化的"思想标准。那些被各种文化立场占领的私情歌谣，在刘半农那里被提炼为集中地对"私情"进行的正面价值肯定和文学想象。再看《手捏撸苏三条弯》收入《瓦釜集》时被删掉的三节：这首对话体歌谣第一节表达的是"好一朵鲜花在河滩""采花容易歇船难"的情爱萌动和纠结无奈，颇为有趣。可是综合全首，便发现那种"纯粹"的私情想象被第三节现实的物质考量所打破。男女借着情歌相互调情的场面固有趣味，但"问声你里爹娘火肯赊把我"及"馋馋你个贼穷根"却又显出某种"无赖"与"刻薄"。这显然是希望借着"私情"建构纯粹爱情想象的刘半农所不认同的。

对"私情"民歌的强调和想象不是刘半农首创，冯梦龙的《山歌》便充斥了大量"私情"描写。冯梦龙搜集山歌作为被现代重新发掘的明代文化事件，远非客观自然的收集过程。搜集意味着某种价值标准的凸显和强化,在冯梦龙搜集的山歌中不难辨认出一种清晰的"主情"想象。"私情"在这些歌谣中获得了前所未有的肯定和超越现实比例的集中呈现。"私情"于是被发展出一种文化叛逆功能。

刘半农没有受到冯梦龙直接影响⑥,他的歌谣"主情"想象却跟冯梦龙如出一辙。情爱、欲望在其歌谣想象中得到了正面肯定,民间歌谣于是承受着他以"现代"为标尺的筛选和过滤。"情爱"的解放本身正是五四诸多现代性诉求之一,刘半农通过私情歌谣的文学想象,为"歌谣"精心编织了一件华丽的现代外衣。它既是一种对情爱、欲望的现代态度,又兼具了美好的文学想象。如此,"歌谣"与"新诗"文化身份的缝隙某种程度上便被缝合起来。

四、想象的"民间":现代话语借壳实践之反思

张桃洲在《中国新诗的对应性特征——以 40 年代和 90 年代为例》一文中,很有启发性地指出:"新诗在 20 世纪 40 年代与 90 年代具有鲜明的'对应性'特征","其对应性不仅指一些诗学细节的显而易见的承传,比如戏剧化、反讽手法的运用和诗歌'综合'特性的追求等,而且指在两个时代的诗歌之间的整体共通性和趋近性,即这种对应不是某一方面的局部的简单相似,而是全方位地从诗学氛围到诗歌观念、主张和实践的内在相通。"[20]诗歌乃至文学的年代对应性,这种"历史与反复"背后隐藏的文化症候及文学规律,也常是人们习焉不察的思维或文化陷阱。张桃洲所标示的诗学时代对应性问题依然具有接着探讨的价值。回到本文所探讨的话题——作为现代性表述的"民间"——由于为现代话语所投射和形塑,"民间"常被提纯为理想化、本质化的精神空间。本文将 20 世纪 90 年代的"民间写作"与 20 世纪 20 年代"走向民间"的援谣入诗置于同一谱系,将后者作为前者的现代来源,既在揭橥一以贯之的"民间"想象,更希望借此反思"现代"借壳"民间"作为一种话语实践的批评伦理问题。

20 世纪 20 年代知识分子的"民间"想象中,有几大批评策略悉数被 20 世纪 90 年代的"民间写作"诗歌批评所赓续甚至光大。第一是透视法论证;第二是逆写与对冲;第三是过滤与提纯。这三种批评策略分别体现于上述胡适、周作人、刘半农的批评及选本实践中。

所谓透视法论证,是指通过假借于历史论证构造"透视感",导出某种"非此不可"的结论。如胡适要论证白话诗的合法性,假借于中国历史上诗体的诸种演变的线索;"歌谣"被视为古代社会最重要的"白话诗",所谓"一切新文学皆来源于民间",不过借力打力。将"现代"藏身于"民间"的面具之下,乃是为了让其获得历史链中未来的代表

权。这种透视性的历史论证，看似煞有介事，实则以排他性为前提。在 20 世纪 90 年代的"民间派"诗人中，于坚最擅长作此种论证，其《穿越汉语的诗歌之光》是 20 世纪 90 年代"民间写作"与"知识分子写作"论争中重要的篇章。"这篇论文通过对'民间'概念及其内涵的阐释，重新构建了近二十年诗歌的叙事脉络。于坚认为，近二十年杰出的诗人无不来自民间，他将'第三代诗歌'视为 20 世纪最重要的诗歌运动，其意义只有胡适们当年的白话诗运动可以相提并论，因为'第三代诗歌'将 50 年代以来白话文传统遭切断而普通话一统天下的形势扭转了，换言之，发轫于南方的'第三代诗歌'通过坚持转入民间的日常口语写作而接续了白话文传统。"[21] 于坚不仅将"第三代诗歌"运动与胡适当年的白话诗运动相提并论，他在为自身争取诗歌史位置的批评策略也深受胡适影响。诚然，于坚的文章具有某种"雄辩性"，但越"雄辩"，误导性就越大。为了树立"第三代诗歌"的历史地位，于坚刻意构造白话文与普通话的对立。在他看来，五四时代的诗歌革命表现为白话文与文言文的冲突；20 世纪 80 年代则表现为白话文与普通话的对立。凡站在白话文一边者就站在诗的正义与历史规律一边。而他更进一步将"日常性口语写作"视为 20 世纪 80 年代"白话文写作"的代表，如此，坚持"日常性口语写作"，就是坚持五四的白话诗传统。这种论证逻辑，假借于历史而具有某种"透视感"，但忽略了口语或书面语都不是诗性生成的充分保障；彼此也并不能相互取消，而是一个相互包含的过程。"现代汉语的产生以'言文一致'为目标和特征，但这并不意味着它已经消除了书面语与口语之间的差别"，"在诗歌写作中如何把口语纳入书面语，始终是一个重要的诗学命题"[20]。于坚的论证从胡适处习得了一种排他性逻辑，但胡适的逻辑虽简陋粗暴，却与锻造"新国语"的历史使命相逢，白话文学革命的意志自是催生了新诗这一崭新的文化结果。于坚试图在 20 世纪 80 年代的诗坛也进行如此以否定性、断裂性为方法的论述，其结果是严重窄化了对"第三代诗歌"的理解；过度强化"民间"和"口语"的关联，有损于对诗歌多样语言资源和多样性审美的理解；20 世纪 90 年代以降，口语诗甚嚣尘上，逐渐沦为口水诗，与此种自明的透视论证没有被有效反思不无关系。

由周作人为"猥亵的歌谣"正名的义章中，我们不难辨认到一种"逆写与对冲"的话语策略。歌谣的内容如果被道德化，"猥亵"就难登大雅之堂，难脱道德之责。周作人以"学术的"立场为"猥亵的歌谣"正名，完成一种价值对冲和逆写。这种在世俗道德包围圈中抢救新价值的论辩，实是中外现代派自我建构的通用策略。到 20 世纪 90 年代的"民间派"写作中，从"下半身写作"的自我建构中可辨得一种失控的"逆写"和颠覆冲动。20 世纪 90 年代诗坛，所谓"下半身写作"群体正是"民间写作"的重要力量。作为于坚的晚辈，沈浩波们虽与之结成"民间"统一战线，却渴望有自身独特的话语旗帜。"知识、文化、传统、诗意、抒情、哲理、思考、承担、使命、大师、经典、余味深长、回味无穷……这些属于上半身的词汇与艺术无关,这些文人词典里的东西与具备当下性的先锋诗歌无关,让他们去当文人吧,让他们去当知识分子吧,我们是艺术家,不是一回事。"[22]通过将诗歌和文化进行"上半身"和"下半身"的二元切割,沈浩波将"上半身"指认为腐朽、僵化、没落的文化立场和诗歌趣味,而"下半身"则相应地成了冒犯、挑战、创新和先锋的代表。事实上,到20世纪90年代末,身体写作即使在中国文学中也并无甚创新可言。"下半身"干将假设有伟大的目标藏身于"下半身"之中,与"上半身"势不两立,甚至以"诗到下半身为止"或"诗止于下半身"的姿态写作,这不过是一种偏执的自我建构而已。此际,"身体写作"甚至于"诗歌革命"的口号不过是获取诗歌场域权力所假借的躯壳。从周作人到沈浩波,看似他们都在为某种难登大雅之堂的对象("猥亵的歌谣"及"下半身写作")正名,一以贯之且变本加厉的是一种颠覆的冲动和逆写的意志。在周作人处,不过以现代学术之名宣布"猥亵的歌谣"具有存在之合法性,由之固然伸张了一种现代的价值立场,但并不断然宣布除"猥亵的歌谣"外概无价值。但在"下半身写作"那里,他们的"逆写与对冲"是通过构造二元对立,大力过滤复杂性来实现的。有一种误区在于,诗人们认为,写作宣言和写作理论不同,写作理论必须符合普遍之现实,但写作宣言则只需符合自我之现实。所以,"下半身写作"在自我建构,完成价值对冲和文化逆写时并不考虑"普遍性"问题。场域占位的冲动借壳于"下半身"时,振振有词的气势,并不自省到这种偏执的话语所构造的话语幻觉存在的危害性。

20世纪90年代民间写作的理论建构中,韩东的《论民间》较超脱于"知识分子写作"和"民间写作"之争,而专事"民间"概念的诗学辨认。但韩东的文章,同样不自觉地将"民间"予以过滤和提纯。韩东不断强调"民间并非出自任何人的虚构,更非出自某些人有目的的炒作或自我安慰的需要,它始终是一个基本的事实";"民间的概念则是自足和本质的,是绝对的";"民间立场就是坚持独立精神和自由创造的品质"。[23]这里,韩东并非在辨析一种实存的"民间",而是在阐释一种理想的"民间"。将"民间"建构为一种理想化的诗学价值并非完全没有意义,但是却必须清晰地区分"实存"与"理想"的区别,避免将经过重重过滤和提纯的诗学光环轻易地赐予现实中人。这里体现的"提纯与过滤"在刘半农山歌选辑中也十分突出。不同在于,虽同样是借壳于"民间",通过提纯与过滤完成现代价值建构,刘半农的方式是选本和辑录,而韩东的方式则是直接诉诸诗论建构和理论直呈。前者无疑更加隐蔽而内敛,读者很难辨认其建构性,但也未必直接感知其现代立场;后者则更理直气壮、雄辩滔滔,读者如果不能辨认其"过滤"性,知道其仅有论述之真,而无普遍之真,很容易被这种独断而偏执的论述所植入和牵引。

20世纪中国,民间常被作为一个理想与自足的场域论述,但民间话语却绝非民间自身的自我呈现,而是政党政治、现代知识话语多方争夺和博弈而形成的知识形构。有必要辨认"民间"在 20 世纪中国的四个层面：其一，经由现代学术立场重新梳理而形成的有关"民间"习俗、方言、谣谚等的研究，作为历史研究的"民俗学"和作为文学研究的"民间文学"正是此种现代学术立场在"民间"场域取得的学科战果。其二，将"民间"视为新诗的重要民族文艺资源，探讨援谣入诗之可能。包括刘半农、刘大白、沈玄庐、朱湘、卞之琳、穆旦、昌耀、海子、夏宇等新诗人都不同程度上有过援谣入诗的实践。更激进地，则由援谣入诗转为以谣为诗，诸如柯仲平、袁水拍、李季、阮章竞、张志民等革命民歌诗人，并不考虑新诗与歌谣之间的文体界限，而更多考虑在特定历史条件下民歌所具有的政治和社会潜能。其三，将"民间"视为一个独特的审美文化空间，并将其建构为一个当代文学史的论述框架。"民间"是陈思和当代文学史理论的重要构成，"民间文化形态""民间隐形结构""民间的理想主义"等概念是他进行当代文学论述的重要抓手。不难发现，陈思和的"民间"话语既借用又改造了"大传统/小传统"的人类学知识框架，以之分析中国当代文学，敞开了少数人论述的审美空间。陈思和虽不断强调"民间"的理想性与"藏污纳垢"性并在，依然难脱将"民间"理想化的窠臼。跟前述两种研究民间、取材民间的倾向不同，第三种层面之"民间"在文化形态与审美空间之间，所谓自在的"民间"，不仅是一种客观描述，更是一种理想价值建构。但不管如何理想化，"民间"话语终究藏身于具体的文学分析之后。其四，作为诗学论题的"民间"。20 世纪 90 年代诗歌的"民间写作"，所考虑的就既不是作为研究对象的"民间"，不是如何从"民间"文艺形式中转化资源，也不是将"民间"作为一种分析框架，而是直接建构一种以"民间"命名的诗学。至此，凡贴上"民间"标签的，则如获取了价值上的免检证书，占据道德之高地，可对非我族类者进行居高临下、毋庸置疑的臧否。反道德的革命者通过排他性论证而对他者进行道德控诉，此证明了逻辑的简陋正是话语暴力的起点。

　　对 20 世纪"民间"话语史侧面的回顾，意在反思"现代"话语借壳实践中批评伦理的失范问题。就实际效果来看，经由对"民间"的借壳阐释，在 20 世纪文学中确实创制了一些新的场域位置，推动文学现代性的发展，发挥了批评启新的功能。然而，现代的文学批评，如何在启新与启真之间保持张力却并不容易。现代话语在借壳"民间"的过程中，过分重视启新而对于所启之新是否具有足够的真理性常常不予理会。现代批评的一大弊病在于，所思只在自我，而不包含他者；甚至刻意忽略、过滤他者。看似建构了一种"雄辩性"，这种雄辩常常是以牺牲复杂性为代价。周作人为"猥亵的歌谣"伸张学术合法性，刘半农借编选山歌确认一种现代文艺的立场和趣味，本都无可厚非，也尚没有一种绝对的排他性和独断性。但在胡适、俞平伯等人的白话文学史逻辑中，借助进化论和二元对立所完成的论证，却体现了与他者不兼容的批评伦理。就"民间"这一论域而言，独断性、排他性批评伦理在世纪末被充分强化。"民间"从一个对象、一种资源、一种分析框架被升华为一种价值，合乎"民间"者为王道，不合"民间"者皆为鼠辈。这种将"片面的深刻"绝对化为世界的全部的批评伦理,使单一的批评主体膨胀化,殊不知现代世界不应是单一价值流通的世界,而应是多重主体、多元价值协商而达成话语契约的世界。20世纪末之后中国诗歌界在各种问题上几无共识,各方或自娱自乐,或自说自话,全无对话的学术自觉和伦理自觉,很大原因要归根于从胡适处就开始建立的那种现代批评的独断性和排他性。只顾启新而不管启真,只顾完成自我建构而忽略了自我的真理性之外仍有他者的真理性存在。在革故鼎新的时代,启新居于某种优先级或迫切性地位,但进入文化建设阶段,兼收并蓄地对诸种价值进行有效的综合和肯定,相比于不断以"否定性"立场处理传统要更具合理性。

五、结 语

"民间"在20世纪获得文化资本而登堂入室,此间经历了"现代"对"传统"的逆转,同构于中国社会从传统向现代的转型进程。其结果,现代文学三十年间,一方面民间的文艺资源被援引进新文学之中,民间形式甚至被视为民族形式的当然代表;另一方面,以歌谣搜集和研究为典型对象,一种具有鲜明现代性倾向的民俗学研究蓬勃兴起。"文艺的"与"学术的"两个领域支撑起现代知识分子的"民间"认同。值得一提的是,"民间"在20世纪的崛起,不仅借助于知识界的加持,也有与左翼革命、民族解放以至1949年以后的政治运动密切的交互。20世纪20年代和90年代,政党和革命力量对"民间"想象、投射、建构和挪用并不居于时代中心,弥散于"民间"话语场的主要是知识分子的声音。20年代,仍处于新诗草创、扩大资源并自我建构的阶段,刚刚形成的中国现代学术场域关注的是来自民间的文艺形式被作为学术研究和文艺借鉴对象的可能性;而90年代,学界对"民间"的兴趣,则已经基本不聚焦于如何转化具体的民间文艺,而是直接将"民间"建构为一个独立、自足、反抗权力的诗学价值空间。在"现代"话语借壳"民间"进行自我创制时,"民间"不断地过滤、提纯并描述为一个自足、绝对的理想化空间,背后却投射着来自现代知识分子创制新文化方向、当代文学史叙述乃至于占据诗歌史位置等复杂动机。如果不能对此期间独断性的批评伦理有所反思,建立一种自省、自审,因理解差异而辩证,因兼容他者而共生的批评伦理,则批评启新并不能启真,诸种"新"之间自说自话或相互抵消,这不是多元的众声喧哗,只是丧失共识的杂音沸腾。

注释:

①《白话文学史(上)》并未真正完成,全书分为"唐以前"和"唐朝"两部分。唐以前从

"汉朝民歌"讲起,诗歌部分还涵盖了魏晋民歌、故事诗、唐初白话诗、八世纪乐府新词、杜甫、歌唱自然的诗人、大历长庆时期的诗人、元稹、白居易。胡适为了把"白话"作为一个终极标准进行文学史建构进行了大量剪裁,如把"歌唱自然"的陶渊明、李白内容上的"自然"和身份的"民间"跟"民间文学""白话文学"进行联结;把某些文言诗中偶有的白话成分当作其作为白话诗的证明。

② 刘禾在《一场难断的"山歌"案——民俗学与现代通俗文艺》中说:"我在这里强调新的意义,是为了把五四的民俗文学研究,同表面上与之相似的古时历代相传的官方'采风'区别开来,甚至也有必要把它同王叔武、冯梦龙、李调元等人对山歌和民间文学的兴趣作某种区分。因为一个基本事实不能忽略,那就是五四的民俗文学研究既不是由国家官方发起,也不是市民文化推动的结果。追其导因,则应回到民国初年的历史中去看,尤其是在现代民族国家、社会和知识菁英的功能与角色之变迁中去看。"参见刘禾:《语际书写——现代思想史写作批判纲要》,上海三联书店,1999年版,第145页。

③ 1922年12月17日至1925年6月28日,《歌谣》共出版了97期;1925年6月28日后,《歌谣》并入《北京大学研究所国学门周刊》。1936年,《歌谣》停刊,10年后在胡适的主持下复刊,至1937年6月27日两度停刊,共出版53期。因此《歌谣》前后合计共150期。此外,围绕歌谣研究会和《歌谣》周刊,还单独出版了一系列丛书专册,朱自清于1929至1931年写成的《中国歌谣》也深受《歌谣》的启发,这可以看作歌谣运动理论成果的一部分。

④ 发刊词原文未署名,一般将此发刊词归于周作人名下,有学者提出疑问。发刊词之所以未署名,应该是因为它的观点代表了刊物同仁立场,因此具体执笔者,似乎并不甚要紧。

⑤ 自作部分包括开场歌一,情歌九首,悲歌二首,滑稽歌二首,其他短歌、劳工歌、农歌、渔歌、船歌、失望歌、牧歌各一。

⑥ 陈泳超认为"冯梦龙尽可以有其卓识,但终究难以逃脱被主流话语淹没的命运,其《山歌》之书,也失传已久,直到1934年,由传经堂主人朱瑞轩觅得,而后才重现于世。刘半农生前终究未曾见到"。见陈泳超:《中国民间文学研究的现代轨辙》,北京大学出版社,2005年,第32页。

参考文献:

[1] 胡适.北京的平民文学[J].努力周报(增刊)·读书杂志,1922,10(2).

[2] 胡适.白话文学史(上)[M].上海:新月书店,1928.

[3] 胡怀琛.中国民歌研究[M].上海:商务印书馆,1925.

［ 4 ］ 胡适.谈新诗：八年来的一件大事[J].现代评论·"双十节纪念号",1919(5).

［ 5 ］ 胡适.《尝试集》自序[M]//尝试集.上海：亚东图书馆,1920.

［ 6 ］ 胡适.白话文学史[M]//欧阳哲生.胡适文集：8.北京：北京大学出版社,
1998：182.

［ 7 ］ 姜涛.新诗之新[M]//姜涛.中国新诗总系：第一卷(1917—1927).北京：人民文
学出版社,2010：3.

［ 8 ］ 俞平伯.诗底进化的还原论[J].诗,1922(1).

［ 9 ］ 发刊词[J].歌谣,1922(1).

［10］ 杜文澜.《古谣谚》序[M]//古谣谚.北京：中华书局,1953：1.

［11］ 常惠.我们为什么要研究歌谣[J].歌谣,1922(2).

［12］ 周作人.猥亵的歌谣[J].歌谣,1923(增刊).

［13］ 常惠.一年的回顾[J].歌谣,1923(增刊).

［14］ 研究与讨论·张四维来信[J].歌谣,1922(5).

［15］ 黄朴.歌谣谈[J].歌谣,1923(33).

［16］ 陈泳超.中国民间文学研究的现代轨辙[M].北京：北京大学出版社,2005：32.

［17］ 刘半农.瓦釜集[M].上海：北新书局,1926：62.

［18］ 刘半农.自序[M]//国外民歌译(第一集).上海：北新书局,1927.

［19］ 常惠.《江阴船歌》附记[J].歌谣,1923(24).

［20］ 张桃洲.现代汉语的诗性空间：中国新诗的话语研究[M].北京：北京大学出版
社,2005：46.

［21］ 周瓒.中国当代诗歌批评史[M].北京：中国社会科学出版社,2020：262.

［22］ 沈浩波.下半身写作及反对上半身[J].下半身,2000(1).

［23］ 韩东.论民间[J].芙蓉,2000(1).

——原载《江汉学术》2021年第6期：86—96

从文本到剧场：当代女性诗歌的跨界实验

◎ 翟月琴

摘　要： 21世纪以来,当代女性诗歌剧场蔚然成风,逐渐进入研究者的视野。2008年,周瓒与曹克非共同创办瓢虫剧社,一方面力图展现女性的生存状况和精神困境,另一方面则将女性创作的诗歌文本改编为舞台剧,与现代舞、实验音乐相结合,主要在剧场空间展开跨界实验。瓢虫剧社的剧场实践活动可归纳为姿与言的性别操演(《企图破坏仪式的女人》,2010)、由言入声的女性哀歌(《乘坐过山车飞向未来》,2011)。除瓢虫剧社外,周瓒编剧、陈思安导演的《随黄公望游富春山》(2014)在跨艺术、跨性别方面另辟出路,拓出存意探境的性别超越之别样风景。三个案例各具特点,不仅勾连女性与社会的复杂关联,还探索女性诗歌文本在剧场空间的丰富表现力。这种由跨越到融合的新型艺术生态,为未来的女性诗歌剧场实践与研究提供可借鉴的资源。

关键词： 女性诗歌;剧场空间;跨界;周瓒;曹克非;陈思安;吕约;翟永明

21世纪以来,当代女性诗歌剧场开始活跃,引领了跨界实验的新风尚。2008年,周瓒和曹克非共同创办了瓢虫剧社,英文名字为Ladybird,视女性(lady)的生存状况为最关注的话题。起初,瓢虫剧社选择了两个当代女作家的剧本,一个是《远方》,根据英国当代女剧作家卡瑞·邱琪儿(Caryl Churchill)的同名剧改编;一个是《最后的火焰》(2009),由德国当代女剧作家德艾·罗尔(Dea Loher)编剧。2009年,该剧社着手打造女性诗歌剧场,先后推出《企图破坏仪式的女人》(2010)和《乘坐过山车飞向未来》(2011),"尝试将诗歌文本与小剧场戏剧、现代舞、实验音乐结合,在剧场或非剧场空间演绎,与观众直面与互动,在此过程中,让词语的白日梦变成舞台景观,让诗歌释放其自身的声、色、光、影".[1]144 周瓒、曹克非作为编导,主要以女性诗人及其创作活动为出发点,洞悉女性的生活挫折与精神困境,探索文字、语言、身体、音乐等元素在剧场空间可能发生的奇妙反应。除了瓢虫剧社的演剧活动之外,当代女性剧场实践还包括周瓒编剧、陈思安导演的《随黄公望游富春山》(2014)和《吃火》(2015),前者所选文本源自翟永明的同名诗集,后者则依据玛格丽特·阿特伍德的诗集《吃火》改编而成,皆体现出女性诗歌剧场的多元化发展趋向。其中,《随黄公望游富春山》立足于诠释女性与社会、与历史的关联,突破二元对立的性别模式,以画中画、戏中戏的舞台时空交错互动形式诠释女性的自我主体性。本文以《乘坐过山车飞向未来》《企图破坏仪式的女人》《随黄公望游富春山》三者为讨论对象,着重分析她们在性别操演、女性哀歌与性别超越三个方面的思考,同时展现诗歌文本在剧场空间的表现力,不仅体现于姿与言、言与声的互动,更是意与境的延展。可以说,她们从跨越到融合的剧场实验,为未来的当代女性诗歌剧场实践提供了可参照的资源。

一、姿与言的性别操演:《企图破坏仪式的女人》

由曹克非导演,翟永明、周瓒共同策划,联袂核桃室、《翼》女性诗刊创作,由北京瓢虫剧社参与演出的《企图破坏仪式的女人》,于 2010 年 7 月 10—11 日在北京东城区蓬蒿剧场上演。诗剧剧名取自吕约的诗歌《致一个企图破坏仪式的女人》[2],将几位女性诗人的诗文本嵌入其中。涉及的诗歌包括沈木瑾的《飞》、唐馨的《快,饮干她们》、阿芒的《姊姊妹妹考古队》、成婴的《我们手拉手坐到房梁》、翟永明的《烟花的寂寞》《战争》、宇向的《洪》、巫昂的《精神病史》、尹丽川的《妈妈》、吕约的《致一个企图破坏仪式的女人》《ELLE》、曹疏影的《姑娘姑娘你的海怎么了——给蛛蛛和海威,我的姐妹们》和周瓒的《翼》。

2008 年,吕约写过一首诗歌,题为《致一个企图破坏仪式的女人》。后来,她曾回顾过当年写诗的原因。那时,北京奥运会火炬传到巴黎,一位穿着时尚的女人闯入其中,企图破坏仪式。后来,毫不例外,在挣扎与尖叫声中被巴黎警察带走了。在电视荧幕中,看着大庭广众下被带走的女人,吕约有感于观看与被观看的关系。由此,生发出对于宏观政治权力与微观男性权力的双重解读,从这个角度来看,镜头中被带走的女性身体显得尤其扭曲[3]:

> 她像兴奋的猴子一样尖叫,抓住警察的手荡秋千,露出一节肚皮
> 小腹结实得可以抵挡子弹,光滑得可以登上男人帮的封面
> 上面没有枪眼,只有形状不够文明的肚脐,像我们一样
> 她有我们所有的零件
> 白色 T 恤,灰色牛仔裤,头巾腰带,鞋子袜子,耳环戒指项链

令人失望的是，它没有化妆成毛茸茸的异族人

左臂上没有多神教的金色文身

牛仔裤里也没有藏着紫色的尾巴。[4]90

　　女性像是"猴子"或者"异族人"一样，从表情、肢体到着装、装饰，几乎彻头彻尾地被打量、观看。这位"女观众"，是在场的看客，也是闯入者；女诗人吕约，同样是看客，却看到了闯入者。诗人很快跳出"观众"的身份，开始思考同为"女性"的生命遭际。闯入者兴奋、惊慌的样子，与端坐在电视机前观看节目的女诗人，形成巨大的反差。警察的登场，象征着社会权力、男性角色。其出现，打破了围观与被围观的对立，制造出一种新的权力制约关系。相互缠绕的日常、性别和政治关联，让吕约从中联想到被物化的女性形象。可是在吕约看来，这位女性不是"猴子"，也不是"异族人"，而是与坐在电视机前观看的她的女人一样的"女人"。吕约敏锐地察觉到的"尖叫"声音，正是最具辨识度的女性声音。女性诗人常常收紧声道，在诗行里发出刺耳、尖厉的声音，如翟永明《静安庄》里，"分娩的声音突然提高"[5]，女性提高分贝，发出分娩时的声音；如宇向的《一阵风》里，需要被填充的身体，肆意发出类似于尖叫的声音，却还是强调"此时我的叫声一定不是惨叫"[6]；路也的《身体版图》里，"脆到要从中间'咔嚓'，一折两半"[7]，干渴的身体像"干麦秸"断裂时发出的"咔嚓"声。在《致一位企图破坏仪式的女人》中，吕约看似追问道："固执的女人，你尖叫/是因为比我们更勇敢，还是更容易受惊？"[4]92 实际已经有了回答，"受惊"是历史化的女性命运，而"勇敢"则是个人的行为。她视此情此景为写作契机，最终从女性的个人行为回到女性的命运史，外部的"尖叫"声像是回音壁里的重叠音，返回到女诗人的声道，发出巨响声："你一定要睁开固执的眼睛看看我们，/我们比你更强悍。"[4]92

　　由低音到高音区的演变，又揭示出一部女性发展史。深知女性被观看的历史，又受到最强音的鼓舞，全剧以吕约的诗作为出发点，首先由周瓒手持诗集、配合表演诵读。周瓒躬身爬向舞台的边缘，由她诵读的部分结束于"一位没有尾巴的妇女为什么突然躺倒在大街上/而不是和我们一道沿着大街上的黄色箭头爬向一个叫未来的洞穴？"[4]91 由于"未来"的不确定性，周瓒没有停止在地面上爬动，同时将诗集传递给下一个演员，以交替表演的方式，让"企图破坏仪式的女人"纷纷登场。正如曹克非所说的，每个演员都是导演。在场的每一位演员，都可以跟随自己的感觉，寻找诗歌的情绪纹理，以各自感到舒适、自然的姿态完成诗篇的诵读。他们或蹲着诵读沈木瑾的《飞》，"只求能浇灌一畦自家的菜地，/菜地里一棵梨树"[8]；或站着吟诵翟永明的《烟花的寂寞》，"假若我的意志可以升空/我也想四分五裂"[9]；或者弓步诵读唐磬的《快，饮干她们》，"快，喝穿她们/饮干她们/让她们比你更加一无所知"[10]；或者闲步扭腰而分享

曹疏影的《女招待》，"她憔悴她是女招待，越累越不在乎"[11]。演员之间的衔接，只是通过传递诗集的方式完成，显得流畅、自然。诵读完成后，演员们逐个从舞台中央漫步向后退，作为布景配合前台朗诵者表演，极尽可能地突出语言的表情色，表达女性试图飞跃、升腾的愿景。

编导还凭借叙述声音的转化，以多声部模糊男女的性别差异，回归到人性本身。一者，穿插口语、方言等，营造戏剧情境，增强现场感，取消诗歌与观众的隔阂。演员坐成一排，叙述着一场命名为"寻找母亲的花园"的考古行动。台湾当代女诗人阿芒的《姊姊妹妹考古队》："我的姊姊妹妹真大胆，你知道吗/从小我们都是被女鬼故事吓大的/女鬼又凄厉，又恐怖/我的姊姊妹妹真大胆，又幽默/她们把这次行动命名为/'寻找母亲的花园'。"[12]二者，由男性演员代言，借男性的视角讲述女性的故事。男演员张开嘴巴，定睛木讷地看着前方，以狰狞的表情发出呓语，"我该做你没做的事么，妈妈/你曾那么的美丽，直到生下了我"[13]8。由男演员以女性口吻，讲述母女之间的亲密或者隔膜，显得十分另类。另外，全剧有意安排男性角色介入，似乎在女性剧场里取消男女性别的严格界限，而是让男性体验女性心理，让女性被这个世界（包括男人和女人）完全理解。能够解释的是，这位男性演员的表情之所以如此夸张，主要的原因就在于，他试图还原到婴儿的姿态，回到母亲的子宫里咿呀做声，用成年人的口吻叙述："当我在回家的路上瞥见/一个老年妇女提着菜篮的背影/妈妈，还有谁比你更陌生。"[13]9"瞥见"的一瞬，显得母女的关系十分陌生。对于男演员而言，更是陌生化体验，而那定睛一看的神情却成了男性眼中的偶然一瞥。确实，他偶然瞥见了这一对母女。再者，反复诵读的诗篇，分角色由多位演员轮流展示。比如，曹疏影的《女招待》和吕约的《致一位企图破坏仪式的女人》则像复调一般，诗节重复出现，由不同的乐章演绎出新的奏鸣曲。

在舞台上极尽可能地展示多元的声音，是编导的首要任务。面具作为最常见的道具，主要是为了区分模具的脸和自我的脸，彰显出主体与外部社会、内部世界交互叠映的戏剧声音。伴随着女诗人巫昂的《精神病史》的诵读，戴面具的男人摘下煞白的面具，开始讲述自己的发病史，分别是在看电影时、考音乐学院时和门口保安调走以后，非常规的事件引起他的情绪波动。随着叙述的声音越来越激动，他剥开被层层纱布包裹的苹果，大口大口地吃了起来。与之同时，发病的女子跟跄着出场，满地打着滚儿，像是男精神病人的心理外化。在此时，作为观众，不禁想问："男人与女性的差异性何在？谁又能保证男性就是绝对理性的，而女性则是感性柔弱的？"男精神病人的状态，由女子颠倒错乱的步伐予以呈现。同样，当男演员朗诵成婴的《我们手拉手坐上房梁》时，戴着面具的女演员们如幽灵般登场，"却想与她相依为命，她美妙的头颅/为我一低再低/她去亲近事物，努力把它们的平静之爱/放到我的胸中/而我专情地注视/观察她被磨损、消耗的面容"。

全剧的特点,还在于通过姿与言的错动,解释性别的差异与相似。与语言相得益彰的是,演员曼妙的舞步。"身体在礼俗的残酷中寻找着承受的极限,从自身中把诡异和陌生表现到极致:冲动的姿势、湍流和喧哗、歇斯底里的抽搐、自闭的形态分解、失衡、跌倒、变形"[14],《企图破坏仪式的女人》以一切方式打开身体这一未知领域。与站立、行走、躬身、爬动、躬身等动作有别,舞蹈的姿势融入语言和动作,显得更为流畅,也更具审美性。在这场演出中,演员以独舞、双人舞和群舞的方式,绘制出超越秩序的身体画面,展示了生命升腾与下坠、绽放与熄灭的始末。两位女演员炽烈的双人舞,将全剧推向了一次小高潮。随着乐音节奏的持续加快,她们的身体格外轻盈、柔软,彼此靠近又远离、缠绕又孤立、跌倒又翻转,像是诉说一段热情的感情故事。之后的一段独舞,伴随着翟永明的《烟花的寂寞》,女演员如同一朵肆意绽放的花朵,在舞台中央尽情地、狂乱地舞蹈。她能够如此绽放,亦能引爆自我,她是瞬间绽放、熄灭的一场烟花。在翟永明读过《战争》(配音)后,插入了一段三位女演员的群舞。她们痉挛着,或向上伸出孤悬的手,或向下瘫落在地面上。既是"硝烟中奔跑的女孩",也是"战争的旋律在往上升",更是"死者的灵魂往下落"。全剧在结尾时,借用周瓒的诗《翼》,男性与女性演员纷纷登场,她们伸出双臂,晃动着肩膀,在舞台中央找寻平衡点,自由翱翔。

二、由言入声的女性哀歌:《乘坐过山车飞向未来》

曹克非导演、瓢虫剧社参与演出的《乘坐过山车飞向未来》,于 2011 年在成都文艺之家和白夜酒吧演出,后来参加了 2012 年台湾第五届女性戏剧节①。全剧糅合且展演了玛格丽特·阿特伍德、马雁、翟永明、吕约、周瓒、巫昂、曹疏影、尹丽川、宇向等女诗人的诗歌文本。以身体为介质,在语言与行动之间构成某种关联,是演员们的诉求:"参演者们力求深入语词,将诗歌变成身体的一部分。他们以各种方式接近语词,把自己交给诗句,嬉戏文本,与诗(人)相爱……意在进一步突破限定空间,把词的声音、表演者的身体、演出环境与观众等因素,置于互相倾听、言说和行动的对等关系中,在当下日益分离隔绝的个体和不断深刻分化的社会阶层之间探索新的精神交流与互动的可能。"[1]144 整个演出,以诗介入戏剧,编导试图处理的问题是"被听到的诗歌和被看到的诗歌,这两者怎样在舞台空间上,变成一种戏剧的一部分"[15]。换言之,从语言到声音的视觉尤其是听觉的转换,是全剧的核心。

该剧命名为《乘坐过山车飞向未来》,借用了马雁的诗《我们乘坐过山车飞向未来》为题。2010 年,马雁因病不幸在上海辞世。瓢虫剧社的这次展演,正是为了纪念这位女诗人而作。诵读这首诗,不自然地会陷入一种"乘坐过山车"的眩晕状态里,刹那间的狂欢、刺激与恐慌、失重,喷泻而出。从语言文字产生的韵律来看,"飞向未来""波浪""飘荡"等词,嵌入诗文本的不同位置,强调"飞"的动作及被抛向空中而后滑落的身体状态。诚如艾略特所说:"一个词的音乐性存在于某个交错点上:它首先产生于这个词同前后紧接着的词的联系,以及同上下文中其他词不确定的联系中;它还产生于另外一种联系中,即这个词在这一上下文中的直接含义同它在其他上下文的其他含义,以及同它或大或小的关联力的联系中。"[16]马雁以词与词联动出的音乐性,与语词的意义可谓高度契合。整个飞跃过程是诗人展开语词联想的"想象"轨道,直至反转的身体在制高点上俯视或是仰望到下面的人群与动物。马雁首先想到的是,生命体的高级与低级形式、社会成员的高贵与低贱身份。然而,所谓的"高"与"低"的划分,却因为波浪线的起伏和视线的倒转,呈现出截然相反的价值认知。换个视角,高乃是低,低乃是高;俯视即仰视,仰视即俯视。最后,诗人回到了高与低之间的中间地带,那是一处相对平稳的日常生活领地——相互支撑和抚慰的家庭、恋人关系——因为脱离了人与人之间的歧视链,往往会感到沉醉,犹如荡漾的小船,划向微泛涟漪的湖水当中。

> 我们乘坐过山车飞向未来,
> 他和我的手里各捏着一张票,
> 那是飞向未来的小舢板,
> 起伏的波浪是我无畏的想象力。
> 乘坐我的想象力,他们尽情踩蹦
> 这些无辜的女孩和男孩,
> 这些无辜的小狗和小猫。
> 在波浪之下,在波浪的下面
> 一直匍匐着衰弱的故事人,
> 他曾经是最伟大的创造者,
> 匍匐在最下面的飞得最高,
> 全是痛苦,全部都是痛苦。
> 那些与我耳语者,个个聪明无比,
> 他们说智慧来自痛苦,他们说:
> 来,给你智慧之路。
> 哦,每一个坐过山车的人
> 都是过山车建造厂的工人,
> 每一双手都充满智慧,是痛苦的工艺匠。
> 他们也制造不同的心灵,

这些心灵里孕育着奖励，

那些渴望奖励的人，那些最智慧的人，

他们总在沉默，不停地被从过山车上推下去，

在空中飘荡，在飘荡中，

我们接吻，就像那些恋人，

那些被压缩在词典册页中的爱情故事，

还有家庭，人间的互相拯救。

如果存在一个空间，漂浮着

无数列过山车，痛苦的过山车……[17]

以"痛苦"作结，奠定了整首诗的基调。"漂浮"的状态，恰是人生常态。"拯救"则意味着苦难人生的救赎心理。这几乎是女诗人马雁的一种自我暗示：不必大起大落，活着且安稳地活下去。与"乘坐过山车"的我相平行的是，无数列的过山车穿梭在不同的轨道里，从痛苦之此岸抵达绵绵无尽的自我救赎之彼岸。以马雁的诗作为引子，"从诗歌中的动词出发，让身体带动情绪、情感和记忆，在舞台空间里飞，没有边界，也没有终点"[1]144，舞台剧串联起多位女性诗人的诗文本，展现社会各阶层女性的生活境遇，如同一场由诗的乐章串联起的时代奏鸣曲。

演出一开场，墙壁上印有"拘留室"的破败楼宇，延伸出的多媒体剧场空间。视线由外景切换到内景，散落在舞台上的鲜花枝条，旋转不停的老式电风扇道具。这时，演员喉咙里发出了低沉的嘶吼声，体现出环境所造成的压抑感。首先，由周瓒诵读阿芒的诗篇《女战车》。《女战车》写的是母女之间的一段对话，女儿以积木堆出战车，以坚不可摧的力量攻打"我"之外的敌国。周瓒认为，阿芒的诗颇具戏剧性，除了音调和节奏外，场景和行动、对话和独白，还有虚拟角色的声音，都是以声音塑造角色，以角色营造戏剧情境。②她模仿着母亲和女儿两个人的声音完成诵读，一是母亲成熟的问询声，一是女儿稚嫩的回答声。看似成熟的母亲，却成为无知的发问者，反而要依赖幼小女儿的回答来解读这未知的世界。两个不同年龄段的女人，凭借一问一答的对话形式，建构出她们共同抵御的敌国世界。

演员借助声音模仿不同的人物，纷纷登场。独语、对话、狂笑、重叠音、电子音等，各式的声响在剧场里回荡。周瓒与李增辉等演员交替诵读宇向的《她们》，以多人的声音叙述"她们"鲜活的生命因子，在"我"的记忆里散乱的跳动着：包括失恋自杀的高中同桌、躲避异性的女工、淹死于游泳池的感性的同事、像男孩一样保护我的小学女同学、被卡车碾断右臂后来在精神病院接受治疗的远房表姐。短短的诗行，通过演员的诵读与表演，使每个人物都讲述一个完整的故事，每个生命体都浮出水面。演员们以个人化

的口吻陈述"她们"的生死命数,最终回归到诗人"我"叙述的音轨里,实现了叙事与抒情声音的混合。

　　诗人、演员与角色的声音缠绕交替,立体化地展现了人物的生存境遇以及与之相关的社会评价。两位女演员周瓒和杜杜重叠发声,如回音般诵读翟永明的诗《关于雏妓的一次报道》。在舒缓压抑的音乐声里,一些词汇因为重复显得格外醒目:"12 岁"成了一个阴影,语音的反复像是一次次回放那段伤痕累累的时光;"爸爸"的"寻找",这一动作反反复复,成为雏妓生涯的起点,完成了故事的叙述。此后,由女演员杜杜虽然是以叙述者身份独语,但却以抓狂、厌弃的肢体表演进入雏妓角色,制造出双重声音效果:"她一直不明白为什么/那么多老的,丑的,脏的男人/要趴在她的肚子上/她也不明白这类事情本来的模样/只知道她的身体/变轻变空被取走某些东西。"[18]角色化处理在杜杜读尹丽川《你想当什么样的老女人》时也有所体现,张开大嘴模仿着那位"不停吃药、不停老下去"的女人;而女演员周瓒则跳脱出雏妓角色,回到叙述者(诗人)的身份,以审视的眼光诠释现实的残酷与诗歌的正义。另外,演员李增辉演绎郑小琼的《钉》时,选择用锡纸包裹的冰冷棍棒疯狂地捶打着地面,重复着流水线工人的身体动作,发出"叮叮"的声响和有节奏的语词诵读声,配合有力量感又充斥着黑色情感的重金属音乐,越来越强烈地推进演出节奏,与打工妹心底的集体嘶吼声形成共鸣。四位演员群体出场,错落站立而晃动身体,肆意发出狰狞的笑声,而后交替诵读马雁的《我们乘坐过山车飞向未来》,像是平行轨道里不同的乘客,全程因为恐惧而尖叫,反转身体而瞥向周遭发生的一切,在剧场形成复调式的环绕声。与台北版的简化演出不同,在成都演出的版本里,演员化妆、戴着面具,扮成玩偶的样貌,同样是为了丰富声音的层次感,让观众听到每个个体发出的声音。

　　另外,以"面具"作为道具可以成功地塑造角色,而后由表演者与角色共同发声。诚如与曹克非合作过四年的诗人多多所说:"我们所谓的文本的语言,已经经过了印象、节奏还有角色化的处理。"[1]130 在曹克非看来,舞台上存在两种"面具",一种是戴上面具,"表演者的个性开始消失,身体获得了空间感,动作具有仪式性";一种是脸部训练,"表演者面部肌肉的变化和变形来创造"[19]。一束光线,扫向栅栏门,场景从《钉》(郑小琼)切换至《灾难》(周瓒)的演绎。暗影里,演员李增辉不再是挂着棍棒发出"叮叮"声响的伟岸形象,而蜷缩弯曲着身体从有光的栅栏门走向幽闭的黑暗空间,"灾难"开始。周瓒的诗歌《灾难》,是一场身体的受难。但诗人由此联想到不可控的自然灾害,乃至卷入人为的政治与经济风暴。在这场灾难里,受难者痛苦的声音此起彼伏,连同肉身与心灵被推向未知的深渊。但正是因为彻底,才感到周身的净化与升华,像是找到了另一扇通往光亮的栅栏门:"洗涤七窍的湖海,密发的丛林/但它们也阻止不了肋骨与胫骨的战争/黑夜的鼻尖冰凉,伫立如一支孤独的灯塔。"[20]对于女性而言,体内何尝不是呼啸着强劲的风暴,导致她们身心遭受着无尽的创伤,高唱着凄厉的哀歌,一步步无声无息地探寻前路。在演出中,李增辉首先戴着面具,在舞台上摸索前行,这是从一个出口向另一个出口进发的身体动作。而后轻抬面具,将迷惘、恐慌而后镇定的面容显现出来,向观众展示灾难降临时的真实面部表情。遗憾的是,在这一情境中,面具的功能没有尽然体现,外部的刻板化印象(面具)与内部的精神炸裂(面容)缺乏更丰富、细致的编排,导致演员的表演显得相对单一化。

三、存意探境的性别超越:《随黄公望游富春山》

2010—2013 年间,诗人翟永明创作了长达 26 节的长诗《随黄公望游富春山》,其中前 15 行最初刊于《今天》杂志 2012 年的"飘风专辑"。2014 年,由周瓒编剧、陈思安导演,在北京国际青年戏剧节(朝阳九剧场)首演。后来,翟永明根据演出,创作了长诗的第 27 节,并于 2015 年完成全诗共 30 节 900 行,由中信出版社出版。据完整版文本改编而成的舞台剧,经过 2015 年成都八点空间、朝阳九剧场的两次复排、2016 年两岸小剧场艺术节和 2016 年国家话剧小剧场的演出,直至 2017 年在 9 座城市的 11 个剧场演出过 39 场。[21]此剧虽然采用女诗人翟永明的诗歌文本而改编,但总体立意已然超越了男女性别的差异性,而是力图还原一位诗人进入画中画、戏中戏的自我主体性。

顾名思义,"随黄公望游富春山"指涉的是抒情主人公跟随元代画家黄公望寻访富春山的所感所悟。黄公望所画《富春山居图》,展示了富春江两岸秀丽风光,"峰峦叠翠、云山烟树、沙汀村舍"尽收眼底。诗人翟永明同样醉心于这幅流动的画卷,深入主(抒情主人公)客(山水画)关系,从中打开别样的时空秩序,正如商伟所说:"诗人频繁地往还于当下与过去之间、出入于现实与画卷内外,以个人真实的和想象的行旅为主线,串连起当代生活中形形色色的蒙太奇画面,最终将横跨今古、时空交错的一幅宏大'风景',呈现在了读者的面前。"[22]77 抒情主人公"一步一景"的行动与感受,从线条到影像、语言,从政治、经济到日常,完成了包括载体和精神在内的"散点透视"。导演陈思安对于文本和表演关系的思考贯穿始终。从一开始,她就自问:"作为戏剧人:一种极少在舞台上处理的文本——当代新诗的文本——到底该如何寻找最适合它表现的方式进行舞台呈现?作为诗人:阅读诗歌文本时唤起的多种复杂体验,能够被舞台所捕捉并具象化吗,这是对文本的丰富还是伤害?作为戏剧人同时也是诗人:走入剧场中的诗歌究竟能为剧场提供些什么,而面向诗歌的剧场又到底能够敞开到何种程度?戏剧的诗性,与诗歌的诗性是否具有共通互化的可能?"[22]77 陈思安以更开放的心态勾连诗歌与戏剧的关系,这也是她所遵从的跨界观念,即以创作者主体的需要为出发点,进而选择更合适的形式予以表达。从这个角度而言,她尽量保留诗歌的意涵内蕴,试图跨越文体或者艺术的边界,通过舞台表演营造出剧场空间的戏剧情境。

以 2016 年的演出版本作为分析对象,可见编导没有照搬诗篇,而是择取 30 节中的 19 节,打碎文本,再次组合,呈现出三幕诗剧:第一幕"'它'来了",第二幕"观画叹何穷",第三幕"我的心先于我到达顶峰"。整体上是"诗—画—人"的线性逻辑的结构,引导观众从文本走向图像,再从图像思考人的境遇。

第一,抽取文本片段,勾连抒情主人公的"行动"链。"游"作为全剧的核心动作,贯穿始终。开场时,潺潺的流水声中,诗稿依次铺排在地面。演员以肢体动作一边沿着诗稿的轨迹行走,一边解答"谁是诗人"的疑惑。将诗歌的普通读者从固有的思维里解放出来,是导演引导观众入戏的首要方式。陈思安为诗人正名,让那些读诗或者不读诗的朋友明白:诗人不是疯癫的异类,登上舞台也不是江湖卖艺的小贩,而是出现在日常生活的每一个空间里。这看上去无可厚非,又何必多做解释呢? 可是,因为 20 世纪 80 年代以来出现的一次又一次的诗歌事件,包括海子卧轨自杀、顾城魂断激流岛等,不免改变着普通读者对现代诗人的看法,也构成普通读者走进诗人、理解诗歌的一重障碍。当然,导演将诗歌搬上舞台,不是为现代诗当下的接受困境解围,亦不是向市场经济时代的诗文本寻找兜售空间。陈思安层层解套,说明"诗人是行色匆匆的旅人",他或者她可以是奔跑、行走、工作、经营果园的人,就出现在我们的日常生活中,随处可见。

在此基础上,由语言动作的重复,追问"游"的意义。就在这个层面上,完成了从诗人"怎样"到"为何"写诗的追问。演员不断重复"慌乱"和"从容"的心理状态,进而引领观众进入诗人的创作活动,体会诗句降临时的瞬间体验——"当诗句来到如箭飞跑/内心也如兔子慌跑/时间在每分钟里/养出一股下沉之气"[22]55——缓慢铺叙出从慌乱到从容的心理流动过程。演员们渐次发声,重复"从容"二字,"从容地在心中种修竹千竿/从容地在体内撒一瓶净水/从容地变成一只缓缓行动的蜗牛/从容地把心变成一只茶杯"[22]4,以多声部的方式让观众屏息凝神,感受与沉默之诗的对话。紧接着,一句"'它'来了",强调诗神缪斯的可贵,就在于它总是不经意间靠近,带给诗人惊喜。由此回到"他们为何写诗"的问题,从演员热泪盈眶的眼神中,不难理解,被诗神青睐是多么幸福的事。诗人视文字为信仰,不为政治权力或是经济利益摇摆,寄望从诗句里获得身份认同感。对他们而言,无论时空如何斗转,发现并超越"自我"才是理想:"五十年后我将变成谁? /一百年后谁又成为我? /撑筋拔骨的躯体置换了/守住一口气变成人生赝品。"[22]4

第二,诗画对照,以多媒体展示措置的时间和立体的空间。如果说从诗人到诗,是导演将观众带向剧场的导引。那么,诗人与画家、诗与画的融合,则是诗人、编导以剧场空间实现的另一种跨艺术尝试。跟随诗人即抒情主人公的脚步继续行走,轨迹延长至黄公望的画卷里，"一三五〇年，手卷即电影/你引首向我展开/墨与景缓缓移动/镜头推移、转换/在手指与掌肌之间"[22]6。白色的画轴，由演员展开、卷起，最后缠绕于身。交叉的卷轴，被四个演员拉展至不同的方向。这时，"诗人"的扮演者走向画卷中心，而后被弹出，如此反复，形成身体的抵抗。当然，通过"推"的动作，同样将画幅的时间推向至过往的历史记忆，"山被推远，慢慢隐入云端/生于南宋，南宋亦被推远"[22]10。

文字投映于多媒体幕布上，与被推远的动作、时空交相辉映。白色幕布前，身着黑衣、扭动肢体的演员像是山水间的植物，又像是一抹清雅的墨迹，在纸卷上自由摆动。幕布上的文字如碎片，颠倒措置，投射于黑色的衣衫上，与摇摆的肢体相得益彰，如同一行行迁移、行走的文字。这些不成文的方块汉字，正是诗人置身画卷、酝酿诗句时凌乱思绪的外化。导演以诗画对照，主客叠映，将抒情主人公作为一位时间穿行者，自由行走于古代与现代之间，"这是亿万分之一秒的时间在追赶/把上千年光阴挤为粉的光年/我感觉自己在透支　也在穿透/新的距离　双眼在调距"，"作为一个时间的穿行者/我必然拥有多重生命/每重生命都走遍每重山水/即使长夜永昼在一刹那中更迭/政治更迭　也在身边飞速运转"[22]24。

诗人与"画中人"的角色转化，同样通过多媒体完成。云气缭绕的幕布上，缱绻着演员舞动的肢体动作。诗人翟永明的朗诵声，作为画外音在剧场空间里回荡。演员在白色幕布前舞着，像是天地氤氲间的"画中人"走向山林深处，"到画中去、做画中人、自徜徉/没有一个美学上级可以呼唤你！"结尾处，"一百年后我将变成谁，一百年后谁又成为我"[22]的字样再次出现、定格，正说明诗人是在画中寻找自己，辨识自我与自然、与社会的关联，如郑毓瑜所说的"'关系世界中的自我'，是由人、我与物、我之间的动态协调及其共识所产生；原本被强调的心灵、精神也许应该放回作为感知所在的身体，而身体应该置放回社会环境及宇宙自然之中"[23]。从这个角度而言，抒情主人公所敞开的外部世界，同样是她内心世界的映照。

第三，史诗互证，借戏中戏还原历史场景且诠释长诗注脚。全剧以旁白、独白的方式展开，少有对话。仅有的一段对话，便是两位舞者的单口相声，以及帷幕后的戏中戏，诠释出"收拢，置于火中/收藏家焚以为殉/这是一个中国式的公案：/火，带走人的万般无奈/后世，享用他的千重风采"。

正是这段戏中戏，道出了《富春山居图》焚烧前后的来龙去脉。提起黄公望的水墨作品《富春山居图》，可谓声名远播、无人不晓，几经历代收藏家青睐，被誉为"中国十大传世名画"之一。关于这幅闻名天下之画作的传奇故事，同样广为流传。明朝末年收藏家吴洪裕珍爱此画至极，生命垂危时便命子侄焚烧以殉葬。当侄子从烈火中救出这幅名画时，只可惜画作已被烧作两段：前段《剩山图》，现藏于浙江博物馆；后段《无用师卷》，今藏于台北故宫博物院。但流传中画作的真伪、无用师的身份、黄公望的籍贯乃至所画山水是否为富春江,都颇受争议。导演借暗场处理这段传奇故事,意在使隐蔽的历史显影。当然,演出看上去滑稽可笑,有戏说历史之嫌。可是,从观众的笑声里,也不难看出,编导对历史人物的戏谑、嘲讽乃是刻意为之。事实上,无论如何叙述这段陈年旧事,都无法抹去人对物的占有欲、隐去真相的虚伪。以现代的眼光打量历史,彰显出当代人对于"人"的理解。

整体而言,长诗以时空之经纬,呈现抒情主人公的行走轨迹。这轨迹不仅是肢体动作,更是逐步晕染出的内心感受。因为关涉政治、经济与文化大变迁环境下的诗性精神,长诗如行云流水,又含纳万千,凸显的是两个时代中的艺术触觉。舞台剧中,导演依循自己读诗走画的行径,牵引观众走进画家与诗人共同勾勒出的富春山。然而,一台舞台剧的容量毕竟有限,导演也只能有所取舍,重点突出诗人走入画卷始末的部分心境。诗歌文本是寻意探境的一种方式,肢体动作、媒体音效等皆能够传递"游"的行动与精神,而以抒情为基调的诗剧同样可以借戏中戏达到叙述的功能。对于普通观众而言,包括演出形式乃至主题意旨,或许仍有几分隔阂。值得说明的是,诗歌与戏剧的跨界实验作为一种新型的艺术生态,需结合诗文本不断发现和探索剧场形式。同时,一旦进入剧场,就必然要面对来自观众方面的反馈和筛选。针对观众看不懂的问题,在周瓒看来,技术层面上可以解决的,尚可以改进,但对于修辞与抽象化的形式无法理解则是文化生产与传播中的普遍问题,不能通过一次演出就能够解决,这也不是创作者的任务。[24] 对于致力于女性诗歌剧场的艺术者而言,依托文本与剧场深入现代人的生活困境并探寻出路,才是她们需要作出的努力。

四、结　语

当代女性诗歌剧场乃是诗歌剧场的分支之一。提及诗歌剧场,可追溯至 20 世纪 90 年代牟森改编的于坚的长诗《0 档案》,之后有李六乙改编徐伟长的诗为《口供》(2005)、孟京辉改编西川诗作的《镜花水月》(2006)等。致力于女性诗歌剧场实践的曹克非也与诗人合作,曾改编过诗人车前子的《斯特林堡情书》(2005)、多多的《在一起》(2007)和《天空深处》(2009)。2013 年,还根据杨键的《哭庙》编排《往事并不如烟》。可以说,诗歌剧场已是当下跨界艺术实验的热点议题。就本文所讨论的当代女性诗歌剧场而言,不得不说,自 20 世纪 80 年代开始,女性诗人书写的丰富文本,牵引我们由语言文字走入一个令人神往的"女世界",暗含女性与社会、与男性、与自我的多重关系,成为当代诗歌创作与批评的新思潮。曹克非、周瓒、陈思安等因为长期关注女性诗人的创作活动及文本,相当熟悉女性诗人的内在情绪与诗文本的外在表现。同时,她们又以自己作为编剧、导演的身份理解剧场环境,了解演员表现力,将女性诗人所书写的个人化甚至是私人化的诗语在公共剧场空间予以展示。对她们而言,诗的精神内涵不仅局限于语言文字,还具有流动性与延展性的特点。无论是诗人还是戏剧人,其目的不在于"跨"界实验,而是在跨越中弥合艺术间的隔阂。瓢虫剧社没有采用专业演员,主要选用舞蹈、设计等其他领域的工作者。在表演过程中,演员们自选诗篇,通过语词产生联想,凭借声音与身体进入表演情境。如周瓒所说:"从把诗歌带到当代剧场中的那一刻起,我们就很留意剧场工作者对诗歌的兴趣和态度。"[24] 没有经过职业化训练的演员,以非专业或半专业化的身体自然进入剧场,由舞台上下的经验探索性别、身份与空间的关系。尽管她们的尝试还不算成熟,却为女性与社会、诗歌与戏剧、文本与剧场的关联提供了新的思考路向。当代女性诗歌剧场仍在继续③,呈现出流动性、非商业性与边缘性的特点。她们在尝试与创新之外,又不乏争议与挑战:剧场之外要经过政治、经济与文化的社会约束与磨砺,剧场之内要面对观众的审美需求与接受心理。即便困难重重,但如何跨越艺术的边界、如何跨越性别的阻隔,是她们置身当代女性诗歌剧场的恒久追求。

注释:

① 视频资料为台北演出版,经周瓒、曹克非许可,由陈思安提供。另外两部舞台剧的视频资料同样由陈思安提供,在此表示感谢。

② 周瓒曾为台湾女诗人阿芒的中英文双语诗集《女战车》撰写序言《自我完成中提炼诗歌的性别维度——〈女战车〉序》,特别提到其诗歌的戏剧特点,在女性主题方面有所开掘,"包含女性对自己身体的赞美、因女儿而成长的母亲经验、姐妹情谊、女性自身的历史挖掘意识,女性对自我、儿童、爱情和战争的认识等"。该书收录了阿芒的20首诗歌,2016年由女书文化出版社出版,菲奥娜·施·罗琳(Fiona Sze-Lorrain)翻译。

③ 譬如由上海戏剧学院戏文系教师李旻原导演、表演系学生出演的《野兽派太太》(2018),改编自英国桂冠女诗人卡罗尔·安·达菲的同名诗集(陈黎、张芬龄译),2018年11月23—25日在上海锦辉可当代艺术中心演出(非商业演出),本人担任文学顾问。该剧借用达菲的诗篇,融入音乐、身体表演,以男性导演的视角观照当代女性的柔情、欲求、沉默与反抗。

参考文献:

[1] 周瓒,曹克非.诗剧场:乘坐过山车飞向未来[J].飞地,2012(1).

[2] 吕约.破坏仪式的女人[M].天津:天津社会科学出版社,2014.

［3］吕约.戴面膜的女幽灵［M］.重庆：重庆大学出版社,2012：155.

［4］吕约.回到呼吸［M］.太原：北岳文艺出版社,2014.

［5］翟永明.女人［M］.北京：作家出版社,2008：27.

［6］宇向.宇向诗选［M］.武汉：长江文艺出版社,2012：35.

［7］谭五昌.21世纪诗歌排行榜［M］.南昌：百花洲文艺出版社,2010：168.

［8］莱耳.诗生活年选2006年卷［M］.广州：花城出版社,2007：225.

［9］翟永明.终于使我周转不灵［M］.石家庄：河北教育出版社,2002：62.

［10］杨义.中国文学年鉴2007［M］.北京：中国文学年鉴社,2008：215.

［11］广子,阿翔.70后诗选编：下［M］.武汉：长江文艺出版社,2015：1025.

［12］高春林.21世纪中国诗歌档案2［M］.重庆：重庆大学出版社,2013：63.

［13］尹丽川.大门［M］.重庆：重庆大学出版社,2015.

［14］汉斯-蒂斯·雷曼.后戏剧剧场［M］.李奕男,译.北京：北京大学出版社,2016：215.

［15］鲍栋,孙磊.视觉艺术语言与诗歌语言的对话［J］.飞地,2012(1)：130.

［16］T.S.艾略特.艾略特诗学文集［M］.王恩衷,编译.北京：国际文化出版公司,1989.

［17］马雁.马雁诗集［M］.北京：新星出版社,2012：135-136.

［18］翟永明.最委婉的词［M］.北京：东方出版社,2008：18.

［19］曹克非.“诗剧场”创作笔记［J］.今天,2017(115).

［20］周瓒.哪吒的另一重生活［M］.南宁：广西人民出版社,2017：149.

［21］陈思安.面向诗歌的剧场与面向剧场的诗歌：《随黄公望游富春山》札记［M］//新诗评论.北京：北京大学出版社,2018.

［22］翟永明.随黄公望游富春山［M］.北京：中信出版社,2015.

［23］郑毓瑜.文本风景：自我与空间的相互定义［M］.台北：麦田出版社,2014：24.

［24］周瓒,翟月琴.当代诗歌剧场与跨界实验(部分)［J］.上海文艺评论,2020(2).

——原载《江汉学术》2020年第6期：67—76

怀旧病与乌托邦：当代诗歌的乡土经验写作及转变

◎ 周俊锋

摘　要：本雅明从灵晕、震惊、经验等角度对机械复制时代社会文化的批判解读具有怀旧倾向，既执着于古典艺术灵晕的神圣感，又觉察到自身受限于机械复制时代的话语情境而倍感焦灼，技术、市场与消费加快着对艺术和思想的庸常化解构。"怀旧"成为当下诗歌乡土经验写作的文学母题，诗歌独立的精神指向和人文关怀，在城市与乡村的二元冲突中确立彼此的存在，乡土内涵的外延超越地理空间而成为想象的场域。以怀旧为切入点，可阐释当代诗歌乡土经验的书写、怀旧的范式、认同的危机以及写作资源的贫瘠，指出当代文化语境下诗歌乡土经验写作的转型变化，区别于乡土的传统意义而成为对当下生活场域的文化反思与理性自觉，聚焦于"当代性"而非乡土意象本身。

关键词：怀旧；乡土经验；诗歌范式；认同危机；写作资源

当代诗歌的乡土经验写作成为时代、民族、地域文化相互沟通的精神印迹，通过乡土追溯精神的家园与历史的根性，成为诗歌精神写作的重要探索方向。一如于坚在《故乡》一诗中所写，"我总是不由自主在虚无中/摸索故乡的骨节像是在扮演从前那些美丽的死者"[1]。当代诗歌错综复杂，透过文本，考察多多、海子、昌耀、西川、伊沙、杨键、林莽、雷平阳等人乡土经验的写作实践，发现当代诗人在群体文化反思与自身身份指认的思索过程中，突出新时代背景下乡土内涵的衍变，通过乡土怀旧重新确立个体的存在价值，追溯历史和传统的同时肯定或增强当下精神生活的积极意义。乡土在文化传统中的仪式性和敬畏感，正在逐渐流散或减弱，取而代之的则是直面当下时代生活的碎片化、真实性和新鲜感。追溯流逝的乡土文化，当代诗歌重新确立乡土的精神品格，对于当代文化与当下生活有着特殊的意义，本雅明有关怀旧主题的论述或许能为我们带来启发。

一、乡土的灵晕：本雅明的怀旧主题与经验书写

城市与乡村的二元对立思维有其深刻的历史渊源，这一僵化的认知结构应当给予积极的反思。当代诗歌中的乡土经验写作，某种意义上已然失去城乡文化二元对立的筹码，全球化与城市化的热潮不断攻城略地，乡土记忆渐已萎缩成为城乡接合部的两亩蔬菜大棚，或是城市后花园里摆放的两株盆栽。本雅明探讨分析技术和灵晕、震惊和经验、批判和救赎，我们对怀旧主题的理解更应当切合矛盾本身展开解读，切入当下社会文化的政治语境与复杂的心理状态。本雅明谈到，"机械技术——新闻报道、照相等对人实施的日复一日的刺激已成为一种持久而固定的训练，它们直接诉诸感官，从而把个人从传统和经验的世界里分离出来、孤立起来——孤独的人群"[2]20，机械复制时代的演进，使现代人更加体会到社会的各种病症疾患与心理焦虑，个体生命的生存状态在外在媒介或"他人引导"下，其完整性不断趋于零散化和分裂状，不同程度的"精神分裂"与丰富的痛苦在现代社会思想文化中成为重要的命题。而城市乡村二元对立结构中，乡土文化的流逝与不可挽回，从思维指向上造成文化理想与精神家园的坍圮和荒芜。田园将芜胡不归，乡土文化曾是滋养哺育现代文明的摇篮，面对仅存的废墟残垣，诗歌的精神书写给予乡土文化足够的关注，既是文化的怀旧，同时也是另一种方式下对审美乌托邦的祭奠。本雅明在这个意义上，强调"能否把握过去的逝去，把握住一个活的自我形象是能否在这个时代有意义地生存的关键"，突出种族与个体生存的危机感，怀旧主题下灵晕所开启的神秘性和距离感，帮助主客体交流中实现相对客观的自我反思。针对技术复制的膨胀，灵感带来的回忆，包含了主客体直接所具有的神秘交流的相对完整的历史，而当下引以为傲的现代技术文明则带来灵晕的四散逃逸。

乡土灵晕的消隐和退化，同时也必然伴随着震惊体验的出现。震惊体验，在一定程度上排斥灵感对感知对象所作的自由联想和经验回忆，加强了因外部刺激唤起的对事件的瞬间关注。可以说，诗歌中乡土经验的写作，从艺术构思到作品成型自始至终有着艺术灵晕与怀旧情结的参与。本雅明认为西方诗歌自波德莱尔以来，抒情诗就几乎没有获得过大众的倾心，他在《波德莱尔笔下的第二帝国的巴黎》一文中评述波德莱尔称，"人们可以将波德莱尔在此写下的语句称作煽动的形而上学"，某种程度上而言，《恶之花》之所以在雨果抒情诗和海涅《歌谣集》之后重新成为经典并能够激起强有力的反响，这不能不说是"震惊"所呈现的巨大效能。实际上，灵晕的产生伴随着一定的距离感和历史的隔膜，而恰到好处的审视距离和陌生效应增强了灵晕的效果。恰如本雅明强调认为《恶之花》的经验在于，哲学性、费解性、阅读难度的大大增加，读者对于

抒情诗接受的条件大不如从前。"抒情诗只是在很少的情况下还能与读者的经验发生沟通。这或许是由于他们的经验结构发生了改变"[2]108，波德莱尔的成功，同时为诗歌的乡土经验写作指明了方向，即应该充分关注和认可社会群体与个人的经验结构的变化发展，并且要愈加有必要清晰地指出诗人与读者的经验结构在哪些方面发生着变化。

故乡和村庄再也回不去，雷平阳在《在坟地上寻找故乡》一诗中写道，"就像今晚/以后的每一年清明，我都只能，在坟地里/扒开草丛，跟跟跄跄地寻找故乡"[3]，诗集《山水课》中有三首诗歌直接以"昆明"为题，围绕昆明展开的叙述与抒情表达有着各自的特点。《早安，昆明》以米线和航班连接起昆明清晨街口的日常，赶早吃一回米线以及邂逅来历不明的少女，而这普通的日常成为昆明最为动人的风景。《昆明，深夜两点》从超期服役的夏利出租车入手，来切入底层生活的内在，充满沙哑与疼痛感。《昆明的阳光》从攫取和赠与的关系出发，抓一把阳光再向外送，或许能够消减寒冷与荒凉。故乡的温暖记忆，同现实遭遇和生活情境中的日常、紧张、疼痛联系在一起，作为故乡的昆明成为叙述的场域，抒情诗歌的震惊体验弱化为个人感官与个体经验层面上的刺激或体悟。随着乡土灵晕和集体记忆的消退，当代诗歌在经验碎片化的日常描述中难以凸显城市与乡村的精神冲突和艺术张力，转而将触角衍伸至贫富分化、医疗短缺、教育不公等底层人们的生存问题，更加具有现实针对性。需要注意到的问题是，诗歌和语言对于乡土经验本身的独立性仍旧认识不足，乡土作为抒情场域的同时更具有其独立的精神品格和审美特质。吴晓东在《中国现代派诗歌中的"乡土与都市"主题意象》谈荒凉的园子与荒凉的时代，"故乡的乐园的失落加剧了（20世纪）30年代青年人中的普遍的迷茫感和幻灭感，这是一个动荡的年代里所不可避免的历史命运"[4]，那么对于当代诗歌的乡土经验写作来说，经验碎片和智性投入加速抽离乡土作为地理空间的基本内涵，从而泛化成为当代生活的一种知识背景和日常氛围。乡土意象似乎只是在经验与想象之中存在，当代诗歌活跃于琳琅满目的网络论坛、纸媒刊物、研讨会议，然而我们只是想象一粒种子蠢动抽芽，一株植物拔节成长，一亩庄稼耕耘收割，乡土经验的审美内核逐渐被抽空殆尽而面临语言空心化的危险。

二、理想的范式：个人性怀旧与集体性怀旧的辨异

怀旧病成为一种流浪漂泊心态的共同印记。怀旧主题在选择性、认同性和逃避性三个层面突出差异化的个体选择，即个体在自我认同与心理趋避作用下的不同选择。童年、爱情、寻根、回忆等文学母题折射和蕴含着怀旧情结，从个体性格心理出发的个人性怀旧倾向于抒写个体经验，而从族群文化出发的集体性怀旧则更加强调群体共同的

文化认同和心理纽带。宗教、伦理、哲学等文明品种有着自身强烈的凝定色彩与规范性，"文明作为文化过程的凝结、规范，一旦形成统治而失当，也便不是'明'而成为'晦暗'，便会远离人的本真，于是人的本真就通过人的情感给予调适，于是就需要一种情感的艺术来听命于本真的呼声，不拘一格，给以解构"。[5]文学发展自身有着一定的独立性，文学艺术的自我调适反映在诗歌精神的探索层面上，即现实生活与文化结构的需要，往往诱导或期待一种理想的文化范式，而"怀旧"恰恰能够满足当代人群的心理期待和共同需要，因此有疗救的文化意义。

怀旧自身有其选择性因素，"选择"基于对僵化和刻板的文艺和审美范式的批评而亟待一种精神文化的理想范式。选择性指向的主体从个体自我经验出发，有趋避性地选择某种事物或情感抑或时代，成为怀旧情绪衍发的基点。本雅明在谈及经验与现实体验的矛盾冲突时强调，"它带着叙述人的印迹，宛如陶罐带着制陶者的手工印记"[2]112。主体基于自身需要，同时结合个性性格的发展，个人和集体的历史演进过程类似于故事的叙述，叙事本身带着叙述人特有的记号或表达言说的个人倾向，赋予这一文化符号以回溯其全部历史的能力，并着眼于现实和未来生活。同时，现实的失意和非理想化状态，现代技术与工具理性的膨胀发展，使愈多现代人趋向于乡土文化为代表的本真、自然状态，摒弃厌恶机械复制时代的文化泡沫与消费。个性一旦泯灭，诗意与想象的空间被急遽挤压，僵化与刻板的审美范式本身呼吁着怀旧性主题的出现。文艺和审美范式根植于时代的知识结构，文艺范式"它不同于文学中的一般流派或风格群，它是对全部文学现象进行的总体观照，是一定时期内文学共同体总的'看问题的方式'，是规范整个文学研究活动的整体框架"[6]。突破旧有范式局限的文化样貌，在继续发展的进程中催生出新的审美范式，在否定之否定规律的作用下，理想的审美范式不断超越当下僵化的格局与模式。以余秀华的诗歌《我爱你》来看，"这些美好的事物仿佛把我往春天的路上带/所以我一次次按住内心的雪"[7]，作者以稻子和稗子的对立，凸显个体选择的艰难与接近春天的危险，乡土记忆带来经验与象征之间的游移，"告诉你一颗稗子提心吊胆的/春天"则直截显露自我的抉择。在诗歌文本中个体经验得到深化，稗子的卑微心理与忧惧恐慌成为更广泛意义上"一类人群"的生动刻画。乡土经验写作的切入点往往在于个人怀旧的细微处，个人情感结构与普遍性的人类体验相互联结，余秀华诗歌中与个体生存境遇相联系的隐喻性环境书写，构成其自觉的精神特质和乡土场域。通过乡土意象的选择，实现诗歌逻辑与日常逻辑的对抗，在余秀华诗歌的乡土经验写作中有着特殊含义。

怀旧主题的认同性因素，主要凸显个人或集体的身份意识与认同观念。认同性作为选择本身的诱导因素，对乡土文化情结的选择在另一层面暗含着个体身份的折射，在乡土印迹背后诠释的生存方式、生活体验中寻求自我价值的认同感。乡土文化本身具备当下性和历史性两个层面的内容,因为机械复制和层出不穷的认同危机使当下性受到削弱而进一步凸显历史性。聚焦乡土记忆的怀旧主题成为诗人和作家青睐的文学母题,从以陶渊明为代表的古代乡土田园诗词的吟唱,到近现代文学余光中传唱两岸的《乡愁四韵》,陈忠实、贾平凹、沈从文、王安忆、韩少功、汪曾祺等作家对乡土均有着力,当代诗歌的乡土经验写作拓展和深化了此一精神指向。以诗人多多为例,多多诗歌《北方的土地》中"季节,季节/用永不消逝的纪律/把我们种到历史要去的路上……北方的土地/你的荒凉,枕在挖你的坑中/你的记忆,已被挖走/你的宽广,因为缺少哀愁/而枯槁,你,就是哀愁自身"[8],荒凉的北方土地不断消逝原始的精神内涵,充满哀愁形容枯槁。"北方"成为支撑多多诗歌精神原乡的重要基点,正是对北方原野、耕犁、风雪、牲畜与生活经验的追溯,《北方的夜》《北方的声音》《北方的海》《北方闲置的田野有一张犁让我疼痛》等诗歌构成"北方"抒情诗系列,如《北方的记忆》诗中"独自向画布播撒播种者的鞋/犁,已脱离了与土地的联系",再如《我读着》诗中"十一月的麦地里我读着我父亲/我读着他的头发/他领带的眼神,他的裤线",共同指向的是从北方原野和乡土文化中搜寻当下生活中匮乏和消逝的精神传统,重新挖掘乡土传统的寻根意识和文化认同。但需要指出的是多多笔下怀旧的集体记忆已然发生着天翻地覆的变化,"多多所向往、记忆中的农业社会迅速解体、崩溃,处于空心化的状态"[9],乡土经验的陌生化,使乡土的认同在多多笔下暗含着紧缩性与沮丧感,甚至体现为大量诗歌意象在象征和隐喻层面的膨胀或游移。

对个人性怀旧和集体性怀旧进行辨异的另一个思考维度则是逃避性,传统在某种境遇下成为一种阻隔和障碍。趋避心理在萨特的小说《恶心》中被反复提到,"世界的全部过去都将毫无用处。后来事物消失,你的理解也随它消失"[10],因此乡土文化和乡土情结进入人们的知识结构不可避免具有滞后性,在面对和处理个性与传统的相互关系中呈现出曲折而矛盾交织的窘境:不断地摆脱与不断地沉溺。海德格尔指出,"传统夺走了此在自己的领导、探问和选择……这样取得了统治地位的传统首先与通常都使它所'传下'的东西难于接近,竟至于倒把这些东西掩盖起来了"[11]。以怀旧主题来观照乡土文化的传统,本身就是一个兼具复杂性和历史性的矛盾问题,现实境遇的恶心感和不适应症,个体认同和自我价值确立的艰难,使得逃避成为一种文化的惯常心态,怀旧成为缓解现实疼痛的一剂良药。然而,逃避并不能够真正解决问题和矛盾,甚至陷入更长久的焦灼中,无法逾越难以自拔。怀旧在某种层面则意味着逃避,以东荡子的诗歌《东荡洲》《逃亡》《躲进白昼》《伐木者》为例,"把生命扔在路上/把爱情写在纸上""除非你在世界里发芽/除非你在芝麻里逃亡"[12]等诗句,由于"背井离乡"带来的种种"不能"的境遇以及忏悔、不安、逃亡、窃取的反省姿态充盈着丰富的痛苦。以生活经验的小与轻,对抗现实境遇中的沉与重,围绕"还乡"的主旨在当代诗歌中还有类似的经验表达,在朵渔诗集《最后的黑暗》、张执浩诗集《欢迎来到岩子河》、余旸诗集《还乡》、刘洁岷诗集《词根与舌根》、宋晓贤诗集《逐客书》中有着更为多元的呈现,诗歌切入童年、乡村、风俗、亲人、日常等话题比较自由,往往连接热点事件或旅行见闻,参与当下的知识文化转型,因此乡土经验成为传统与当下进行切磋碰撞的一个豁口,文化反思的分量则日益加重。①

结合当下机械复制时代的背景,选择、认同、逃避实际上构成个体经验的集合,以乡土文化和乡土情结来切入当代社会有着积极的意义。"乡土"成为独特的文化符号和理想范式,在现代工业文明的复杂境遇下乡土的灵晕成为一种求之而不得的精神寄托与文化想象。因此,当代诗歌的乡土经验写作从一开始就饱含丰富的痛苦与历史的嗟叹,20世纪80年代以来的诗人海子、西川、多多、王家新、欧阳江河、戈麦、骆一禾等人笔下的乡土被置放于历史空间下,多聚焦乡土的今昔对比和历史嬗变,呈现出集体性的怀旧意识。以西川为诗歌代表,《哀歌》诗中"太阳拥有它自己的田野/广阔的领地、无知的奴隶/太阳拥有它自己的田野/小麦、荨麻推翻了玉米",《民歌》诗中"而生长于大地的民歌/是星光下拒绝收割的田野……只有一只铁犁,像一只高大的乌鸦/兀立在田野",以及《在哈尔盖仰望星空》诗中"像今夜,在哈尔盖/在这个远离城市的荒凉的/地方,在这青藏高原上的/一个蚕豆般大小的火车站旁/我抬起头来眺望星空"[13],乡土的精神印迹成为拒斥、荒凉、孤寂的代言者,从"推翻""拒绝""兀立"等充满痛苦与焦灼的生命体验中,"乡土—归宿"成为审美乌托邦的理想范式。而20世纪90年代以后当代诗歌的乡土经验写作步入瓶颈期,乡土的精神内容逐渐被剥离而趋近于空壳和形式,充溢着私人化、碎片式的哀婉嗟叹和怀旧情绪。从集体性的怀旧意识到个体性的怀旧情绪,这一转变背后实际反映出时代文化的转型与差异,怀旧意识内在地包含着群体与个人的自我省视,以此获得更新意义上的身份认同。

三、认同的危机:乡土诗歌的怀旧情结与自我省视

身份认同一方面指认方向感与确定性,另一方面则是"分解性的、个别的自我,其认同是由记忆构成"[14]。本雅明认为人类只有趋近对神的本能关怀,才能使生命个体本身获得理解,获得自我身份的认同。换言之,传统艺术的神圣与崇拜伴随灵晕消逝而被摧毁,技术崇拜则重新被确立起来。本雅明将隐喻的因素引入辩证法,"本雅明寓言和隐喻的跳板便呈现在人们的眼前,而本雅明的思想毋宁说是被压抑的诗的梦想的再现"[1]112。从个人和集体层面表达对农业文明和乡土情结的眷念,但是"寻根""还乡"的情绪和经验所建构的现实基础是异常薄弱的,零散破碎、动荡不安、颠簸起伏,甚至被

流浪与放逐。徐复观认为乡土情结延续的"回乡"是"对故土田园健康、温暖人性的回归以及对乡土文化精神传统的心理留恋和皈依"[15]。对中国传统乡土文化的钟情、反省与坚守,是现代文人学者立志于追求知识和理想的根源,成为当代诗歌乡土经验写作的最初范型。文人情怀与民族认同、怀旧主题有着内在的共通点,本雅明理论指出现代文明下机械复制时代过于重视"技术"而削弱"灵晕",过于重视"科学世界"而忽视"价值世界",从而客观上导致现代文明进程中的价值跌落和生存危机。怀旧与自我认同的关联,集中表现为个体对自身价值和自我认同的焦灼体验。

乡土,逐渐演进成为大写的"乡土"。实际上,现代社会的认同危机其历史根源和演进过程由来已久。处于纷繁复杂的外在世界的相互关系中,个体需要重新寻找并确认身份认同和自身归属,寻求自在状态和自为选择,努力使"一个有一定肯定能力而不是作为否定能力的自为的浮现"。诚然,身份确认与价值寻找的实现尚需一个渐进缓慢的过程,事实上身份的游离与重新确认往往充满曲折,这在当代诗歌乡土经验写作中有着突出的表现,"乡土"的内涵与外延不断放大,成为民族文化或母语符号的象征。"乡村的传统习俗、制度文化,凝聚的是全民族的文化认同,是集体主义情感、民族主义情感的基础。"[16]当代诗人王家新、北岛、多多、萧开愚、张枣等人有着丰富而复杂的去国漂泊体验,在很大程度上获得一种陌生的审视距离,重新反省、追溯故土和家园,获得乡土文化的去国体验。王家新《北方札记》诗中"这无休无止的大雪/使一个从不恐惧的人,开始发慌/使一个在地里劳作一生的人/最终如一张悬置的犁"[17],诗行从"雪"和"犁"的意象建构中突出身份认同的游离状态,不能够继续展开自我身份的追寻而被"悬置"。昌耀诗歌集中笔墨描绘西部乡土生活,在乡土抒情诗歌中寄托审美理想和身份认同,《罹忧的日子》诗中"古瓷不会成熟。古瓷却会老化。/磨合的痛苦使一组轮机配搭有序运作完美"[18],以缄默和无言隐喻身份追寻和流放生涯的精神痛苦。"高原的自然图景、生活事件和细节,在他的诗中不是'植入'的比喻和象征,而是像化石般地保留着活的生命印记。"[19]大西北从地域概念上升为时空概念,昌耀所采用的突兀奇崛的句式和语汇为其诗歌带来高贵的质感与理性,某种意义上说,昌耀的诗歌是在历史时空下乡土经验与世俗生活相互对立、冲撞的结果。

我们考察当下乡土文化和乡土情结的变迁,需要注意到在机械复制的时代情境下,特别是文化转型矛盾凸显的时期乡土内涵"被意识形态化",传统文化心理和乡土情愫,在社会结构、人际关系、生活方式等方面显现急剧乃至爆裂性的变化。柏桦诗歌《望气的人》、于坚诗歌《谈论云南》、潘维《倾斜的城镇》等当代诗歌的乡土经验写作,回溯乡土的同时是一种知识或思维层面的省视或守望,面对当下横置眼前的时代窘境和紧张问题,需要我们清晰地确认自我的存在以及进行独立的价值评判。在本雅明怀旧主题下,选择性、认同性、逃避性的复杂关联必然使得现代人在怀旧与认同的对比中持续焦灼和痛苦体验。在乡村与城市的对比书写中,植物性与动物性的某些特质引起人们的反思,植物性诗歌意象凸显大地、植被、寻根、清新、亲近,而动物性意象则凸显迁移、喧嚣、繁华、残暴、疏离感,以及自我身份的焦虑。"自然"给予现代生活一种有效的慰藉,这也指向怀旧与认同的复杂关联。乡土文化和乡土情结关注的问题,恰恰是现代人的生活体验与怀旧经验这组无法调和的矛盾,追寻个体生命价值的根源和自我身份的认同感,这两者是紧密关联的。

认同危机,强调的是机械复制时代下丧失了真实"自我"的心理体验,是对异化和变形的真切感受,充满无法找寻存在根源和失去乡土家园的失落、茫然。丢失生命质量的乡土经验,陈超认为"在一个工具理性、整体主义、本质主义、科技霸权和公共书写媾和的时代,生命和语言的差异性越来越被粗暴地减缩,最终它们面对着被彻底通约化乃至删除的危险"[20]。乡土灵晕的消逝,恰恰因为不可复返的价值与适当的审视距离,乡土经验的书写连接着现代性体验的诸多侧面,如混乱与失范、碎片化、价值滑坡等问题。运用本雅明的怀旧理论,乡土文化不应被视为一个静态的文化因素,应当成为一种认识方式和思考角度的更新,在不断变更的社会语境和现实层面重新来确认自我、把握个体与世界的动态关系。从这个维度来看,当代诗歌的乡土经验写作,更多聚焦的是"当代性"而不是乡土内涵本身。无论是私人的情绪体验,或者是民族共同体背景下的乡愁,乡土经验的写作成为一种获取身份认同和自我省视的有效方式。恰如杰姆逊所说,"过去不仅仅过去了,而且在现时仍然存在;过去意识既表现在历史中,也表现在个人身上,在历史那里就是传统,在个人身上就表现为记忆"[21]。传统与现代相互交织碰撞,"乡土"作为一剂药方,抑制机械文明与现代性体验下的痛苦焦灼和多种不适应症。乡土经验写作中的怀旧情绪,是从充满焦虑的"现代围城"中突围的有效途径,同时也作为个体追溯和确立身份认同的精神需要。

四、结　语

当代文化语境下诗歌乡土经验写作发生着较大变化,区别于传统意义上的乡土而成为一种对当下生活场域的理性反思与文化自觉。怀旧与乡土经验写作,不能为灵晕的消逝带来根本意义上的"救赎",而是理性观照下重新认识日常生活与人们自身。"人类在荷马史诗时代曾是奥林匹斯众神注视的对象,而如今则是自己的对象了。"[22]从本雅明怀旧主题来探讨乡土文化和乡土情结的内涵和意义,并不是摒弃现实而一味强调向后看、向传统学习,这和本雅明的初衷是截然相反的。本雅明怀旧理论本身就具有多重复杂和矛盾特性,一方面着力召唤消逝的灵晕和哀叹经验的贫乏匮缺,另一方面又有鲜明的现代技术乐观倾向,既关注而又批判科学技术,同时强调救赎并不废宗教,丰富而驳杂。乡土文化和乡土情结的深层内涵在于当下,更加具有切实而紧迫的警示意义,虚妄与嘈杂、碎片与零散驰行的价值转型时代,更加需要当代诗歌关注健康、宁静、自然的乡土文化和精神传统,收拾内心,坚守澄澈,在怀旧经验的指引下确认存在价值和身份认同。北岛在诗刊《今天》发刊辞中写道:"我们的今天,根植于过去古老的沃土里,根植于为之而生、为之而死的信念中。过去的研究过去,未来尚且遥远,对于我们这代人来讲,今天,只有今天。"[23]当代的"乡土"不是无意义的叠加和重复,乡土经验写作的互文性在科技工艺、城市浪潮的冲击下不单局限为一种文化的乡愁,还有亟待挖掘的深刻内涵。或者说,当代诗歌的乡土经验写作并非单一向度地对"传统"的怀旧和守望,更是一种积极面对当下文化与生活的姿态。当下生活是孕育诗意的土壤,诗人与诗歌的探索感应着当下生活的脉搏,乡土经验写作因此才保有新鲜的血液和智性的深度,成为本雅明笔下不再消逝的"灵晕"。

注释:

① 具体可参阅朵渔:《最后的黑暗》,北岳文艺出版社 2013 年版;张执浩:《欢迎来到岩子河》,长江文艺出版社 2016 年版;余旸:《还乡》,阳光出版社 2014 年版;刘洁岷:《词根与舌根:刘洁岷诗选 2007—2013》,北岳文艺出版社 2015 年版;宋晓贤:《逐客书》,青海人民出版社 2012 年版。

参考文献:

[1] 于坚.彼何人斯 2007—2011[M].重庆:重庆大学出版社,2012:15.

[2] 瓦尔特·本雅明.发达资本主义时代的抒情诗人[M].张旭东,等,译.北京:生活·读书·新知三联书店,2007.

[3] 雷平阳.山水课:雷平阳集 1996—2014[M].北京:作家出版社,2015:70.

[4] 吴晓东.中国现代派诗歌中的"乡土与都市"主题意象[J].北京大学学报(哲学社会科学版),2015(4):48.

[5] 王乾坤.文学的承诺[M].北京:生活·读书·新知三联书店,2005:168.

[6] 金元浦.范式与阐释[M].桂林:广西师范大学出版社,2003:121.

[7] 余秀华.摇摇晃晃的人间:余秀华诗选[M].长沙:湖南文艺出版社,2015:7.

[8] 多多.多多四十年诗选[M].南京:江苏文艺出版社,2013:174.

[9] 萧开愚,臧棣,张曙光.中国诗歌评论:细察诗歌的层次与坡度[M].上海:上海文艺出版社,2012.

[10] 萨特.萨特读本[M].桂裕芳,等,译.北京:人民文学出版社,2005:78.

[11] 海德格尔.存在与时间[M].陈嘉映,等,译.北京：生活·读书·新知三联书店,1999：25.

[12] 东荡子.东荡子的诗[M].广州：暨南大学出版社,2014：98、14.

[13] 西川.我和我：西川集 1985—2012[M].北京：作家出版社,2013.

[14] 查尔斯·泰勒.自我的根源：现代认同的形成[M].韩震,译.南京：译林出版社,2001：441.

[15] 傅小凡.乡土情结与传统文化归根意识[J].中北大学学报,2011(6)：5.

[16] 艾莲.乡土文化：内涵与价值：传统文化在乡村论略[J].中华文化论坛,2010(3)：160.

[17] 王家新.王家新的诗[M].北京：人民文学出版社,2002：53.

[18] 昌耀.昌耀的诗[M].北京：人民文学出版社,2001：274.

[19] 洪子诚,刘登翰.中国当代新诗史[M].北京：北京大学出版社,2010(5)：172.

[20] 陈超.个人化历史想象力的生成[M].北京：北京大学出版社,2014(10)：54.

[21] 杰姆逊.后现代主义与文化理论[M].唐小兵,译.北京：北京大学出版社,1997：205.

[22] 汉娜·阿伦特.启迪：本雅明文选[M].张旭东,王斑,译.北京：生活·读书·新知三联书店,2012(7)：264.

[23] 北岛.致读者[J].今天,1978(1).

——原载《江汉学术》2017 年第 5 期：55—60

当代诗潮与诗人

卢筱雯　李倩冉　李国华
张　贞　王　浩　万孝献

游走与认同：论虹影离散诗歌中的家园意识

◎ ［新加坡］卢筱雯

摘　要：在当今的离散讨论中，身份认同的诘问、"家"在何处的命题伴随着全球化加剧的速度，移民对文化、社会的认知不再仅局限于单一面向，逐渐扩张为男女性别的冲突、个体价值的探索，甚至是后殖民的问题与研究。华裔离散诗人、作家作为中西方的沟通桥梁，为异质文化下的离散经验提供许多案例，特别是中国移民女作家以独特的双边视野建立写作框架，一方面构筑着"家园的想象"，另一方面则在世界文学中努力找寻自我的定位。她们以游走的女性诗人、作家身份与已知的文化、历史进行糅合，而女性的柔情也在双重归属下隐含着多重意义。虹影通过对恪守东方女性特质的书写，试图在境外找寻"家"的意义，又在流浪的旅程中与过去和解，进而重构想象的家园。

关键词：离散；虹影；当代诗歌；当代女诗人；华裔作家；家园书写；新移民

一、女性的回眸书写

21世纪"出走"的女性，其出走动机不是一种主体意识的觉醒，相反，她们出走之初，怀抱的是一种因为缺爱所造成的主体缺失的失落感，是一种沉沦的身与心的放逐[1]。从文学上来看，当我们在探讨离散女诗人的课题时，观察到她们在他人的家或是情感里投射自己，并且自然而然地"住"进他人的领域之中。有两点值得注意：一是她们的生命历程里经历某部分的失落、困顿，以至于在路途上找寻"家"的感觉；二是因为移动的过程而重构对情感的理解，不再执着于书写文化冲突、生活压力等异域移民的问题，而是寻找生命意识的关怀。

本文以虹影为讨论核心，她生于中国重庆的贫民街区，是家中六个姐弟中最小的，自小因背负着私生女的包袱而举步维艰，后因紊乱的情感与不羁的恋情受到许多人非议，有学者宣称她的名字更多地被当成了一种可供消遣的文化符号[2]。其独特的情感经历与生活模式，导致她不被传统的文学评论家公平对待，陈晓明指出："对虹影的写作，人们拿不定主意——当代文坛从来就没有多少主意，有的是人云亦云，但因为有一些参照系，还是不难大体描绘出某个作家的位置。可是虹影没有参照系。"[3]78—83 在没有参照系的前提之下，她首先以诗人的身份在文坛上崭露头角。1983 年第一批诗《组诗》在《重庆工人作品选》第 2 期上发表，1988 年诗集《天堂鸟》被选入《重庆工人作品选》；1990 年起旅居英国伦敦，开始用中文创作小说，之后在海外声名大噪。她的代表作有长篇小说《饥饿的女儿》《K》《好儿女花》等，亦有诗集《沉静的老虎》等。她获奖无数，曾以《脏手指·瓶盖子》获纽约《特尔菲卡》杂志 1994 年"中国最优秀短篇小说奖"、长篇自传体小说《饥饿的女儿》曾获台湾 1997 年《联合报》读书人最佳书奖，还曾被中国权威媒体评为 2000 年十大人气作家之一。《饥饿的女儿》《K》《孔雀的叫喊》《上海王》等六部长篇小说已被译成 30 种文字在欧美及以色列、澳大利亚、日本、韩国和越南等地出版。另有数部作品被改编成影视剧。[4]然而，丰富的创作经历与获奖纪录并不能让她在中国当代文学史上获得较高的位置，就算是陈晓明等知名学者也无法将她归类，究其因由是大胆的情欲书写遮蔽了文学性的展现。

许多学者站在"缺父""寻父"的角度上阐述虹影对情感的渴望①，更多是针对母亲形象的阐述[5]。但是这些都不足以解答她对生命的困惑，她与其他离散女诗人不同的是，其他人出国是顺势而趋的结果，她们在国内清楚知道自己的身份与理想之后才选择出国；而虹影则是在无法辨认自我的情况下出国寻找认同。因此她的书写更多是重述幼时的记忆，阐述自我对世界的理解，也因着横跨东西方的生命经历，而选择"展示人性的生存背景所表现出来的'落后''苦难''东西方跨国恋情''东方房中术'等元素，在西方人看来恰恰是典型的东方形象和东方神秘吸引力的所在，至此也就不难解释虹影的作品在西方广受注目的原因"[2]80。当然，虹影的小说是相当出色的，但是她的诗歌也不容忽视，她说："我的诗是我的小说浓缩版，是小说的血液。"[6]在诗歌与小说之间，她将生活的感知投注于前者，先后出版多部诗集。最新出版的《我也叫萨朗波》取材于古斯塔夫。福楼拜（Gustave Flaubert，1821—1880）于 1867 年写出的历史小说《萨朗波》②，凄美爱情故事的背后是无所顾忌的爱恋，正是她借此彰显其叛逆性格与情感压抑的表现方式。就其诗歌的思想文化而言，她走出传统家国情怀的窠臼，在国境之外延续了想象的家园，并且在想象里自足。以下将以家园意识出发，思考女性诗人在离散后的书写位置。

二、流浪的娜拉

流浪在现代意义中代表居无定所或是随波逐流，除了"行走在路上"之外，另有"心在流浪"的虚构想象。作为离散的一种概念,它强调个体意识出于日常秩序之外,他们的理想与行动不在日常轨道,必须靠出走来获得心灵的自由。在现代社会里,流浪并非男性的专利,女性有时也会选择出走来获得生命的富足。美国女性主义诗人艾德里安娜·里奇(Adrienne Cecile Rich, 1929—2012)曾经在描述女性文化的状态时,指出女性文化在男性文化和社会中所处的备受隔离的分散状态。她说:"通过我们在家庭中、部族中,以及在保护人的世界中和各种机构中对男人的依靠,我们彼此被分开了;我们的第一需要是要认识并抛弃这些隔阂,第二需要是开始探索我们作为在这个星球上的妇女所共同分享的一切。"[6]她的这段话揭示了性别意识的分野源于女性委身于男性权力之下逐渐失去自主性,如果女性希望获得相同的地位,必须依靠"独立探索"来获得共同分享的一切,因此"探索"一词即成为女性游走的动机。

詹姆斯·克里弗德(James Clifford, 1945—)在定义女性游走时率先提出了几个问题:

> 什么可被看成是"游走"(travel),男士与女士,在不同的场景? 朝圣? 家庭计划? 在市集小镇中经营小摊位? 在那些案例中,女性(常见但并非普及)深居家中而男性外出,家(home)是如何被构想的,与"回来"与"外出"的习惯有和关联? 因此,女性的"居住"(dwelling)如何与男性的"游走"在政治上与文化上有所对应。[8]6

他进一步说明当女性拥有她们自己的劳动移民的历史,朝圣、移民、探索、旅游,甚至是军事移动,她们会拥有着与男性相连或不同的历史。以每天开车的习惯为例(对欧美女性群体而言是较新的移动科技),沙特阿拉伯禁止女性开车。然而,美国女性军人在1991年波斯湾战争时开着吉普车却受到赞赏,因为当地认为女性在公共空间里开着吉普车是个霸气的象征。两种不同的观念具有一定的争议。另一个很不一样的"游走"历史则从另一个区域发生:上千的家政女工从南亚、菲律宾与马来西亚来到中东,协助打扫、做饭与照顾小孩的工作。他们的移位(displacement)与契约的束缚(indenture)甚至包括被迫性行为。[8]5—6 这些实例显示着女性的移动受到重重阻碍,她们的移动甚至被社会(男性秩序)视为负面的形象。因为一位女士(lady)(来自资产阶级、白种人)的游走,在主流论述与实践中相当罕见。虽然从最近的研究中也发现她们的游走逐渐普遍,但是女性的游走者只能在一系列规范性的男性定义与经验下,被强制地,甚至是隐藏式地表达自己的不满[8]32。而我们正在讨论的离散经历,总是被性别化(gendered)。离散与离散文化的理论论述中总是有隐藏的倾向,以便正常化男性经历(normalizing male experiences)。

中国在五四之后女性出走所遇到的困惑,俗称与旧家庭决裂的"娜拉式"出走。这个概念颠覆传统家庭观念,体现的是女性独立人格的确立。而"娜拉"一名出自挪威剧作家亨利·易卜生(Henrik Johan Ibsen,1828—1906)于1879年的剧作《玩偶之家》(*A Doll's House*),又译作《娜拉》。内容描述女主角娜拉一直活在传统的婚姻制度下,她与丈夫之间的关系相当不对等,为了维持婚姻和谐而选择扮演一个头脑简单的妻子。在婚姻经历一连串的背叛、威胁和妥协之后,丈夫为了颜面而选择"原谅"妻子的精神出轨,此时娜拉才真正了解到自己的一生都是男人的私有财产,为了找回自我她选择出走。这部剧作被刊登于1918年《新青年》杂志上,成为妇女解放的范本,深深影响了一代女性的思想。

虹影在出国之前,先在鲁迅文学院就读,后至上海复旦大学文学班,就学期间与赵毅衡坠入爱河后便随他到英国生活,开启了漂泊海外的旅程。许多学者称她为女性主义作家,因为她在义无反顾的出走后,主动选择未来的生活方式。然而,她曾自述:"我的成长过程,没有受到一个女孩子应得的呵护,我必须比男孩子更加坚强,面对许许多多人生难题。这样我一生就从来没有把自己当作一个女人。"[9]从这段话可观察到虹影对女性的认知依旧未走出传统之外。

她早期的作品,诗风深受朦胧诗派的影响,在《时间》一诗中写下"钟摆磨损,一道闪电划过/越境者心中的亮点/夜半/歌声向日葵拥来/我靠紧门/恐惧,你好"[10]8,这写于20世纪80年代末的诗,带有时间与生命的惆怅,此刻的越境不过是从四川到北京,然而却使得她亲身体验出走的痛楚,夜半恐怖的想象暗示自我处于孤独未眠的状态中,但是却要提起勇气与恐惧和平共处。此诗的基调与北岛在《你好,百合花》中描述躁动不安的情感有异曲同工之妙,且两诗皆使用隐喻性的话语替无边的恐惧命名。另一首诗名为《挽留》:

　　那夜　那个清晨
　　滑向那个正午
　　头发深处　骨头里
　　风拍击作响
　　水塘投下一粒石头
　　我被固定　除了一些文字
　　和文字的开始结尾
　　每一种姿态都是一种祈祷
　　这些太平常
　　你经过　看到池塘中最小的石头

你走近 设想
我波动不息的结局[10]6

这首诗表现期待改变现状的心态,首句"那夜""那个"虽不明言确切的时间与事物,但却带有明显地转喻特质,下一句让风恣意吹进头发深处和骨头里,既写出蜻蜓点水般的起首,又透露出内心的想望。而后当水塘"投下一粒石头"时冒出的不是涟漪,而是固定的开始和结尾,诗人营造出在平静无波的水面下有着波动不已的心情。整首诗设定在"池塘"而非河流或大海,从运思上来看有壮志未酬之感,恰好北岛也写过一篇短篇小说《波动》,小说以平静的语言道出一段无疾而终的爱情。若进一步细辨,虽然两篇创作的文类不同,但呈现的情思都是对现实的无限唏嘘。由此可知,虹影在出国之前,她的诗歌与朦胧诗有很大的关系,在出国之后再走向解放之途,更直接地表现所思所想。这首《诗与逃命》在移民至英国的那一年得到英国《私语时报》华人诗歌一等奖的肯定:

不用走进那里,镜子或眼睛中
重复进行的故事
我孤单地注视
侧身而死的牛羊,仰面而死的人
看见孟加拉海岸在消失
我来到异国是为了沉浸在一首十四行诗中
我抚弄一串音韵时
几百万人在逃命,在另一首诗里
吞下一颗草籽,青草在身内繁殖
比青草更使我迷惑,是这天早晨
太阳越过了我,到了屋顶之上[11]

如前所述,当女性开始"独立探索"时才能真正共同分享一切。甫一出国即沉醉于爱情中的虹影,将诗歌与爱情等量齐观,"镜子"和"眼睛"述说着相同的故事,而自我则是通过他者的照射才得以出现。但是此时映照出的不是幻美的爱情场景,而是动物的壮烈牺牲以及消失的海岸。首段即以浓笔带出哀伤的情感,似乎犹疑在离开家乡的决定之中。詹姆斯·克里弗德描述女性至境外生活的状态时说道:"当男人在传统的角色与支持中被隔绝时,女性赚取独立的(通常也是受到剥削的)收入,相对的独立与自我掌控也随之产生。然而,女性在离散的处境(diasporic situations)下深受着双重的痛苦——她们深受在物质与心灵被放逐的不安全感,家庭与工作的要求,旧式与新式的父权主义(patriarchies)。"[8]259 这段话显示在割裂的地理环境中,女性感受到的分离焦虑感比男性更为强烈,但是在某些时候,负面情绪反而是一股推动成长的助力,帮助她们面对现存的困境。

第二段诗句则以轻柔的笔法写下"我来到异国是为了沉浸在一首十四行诗中",这段自述直接地触及出国的核心,她崇拜西方音步、韵律之美,能够在理性的格律中置入感性因子,并且将主观的情感升华为客观的节奏。此时虹影所追求的不仅是更加自由的诗歌体,还有心灵的全然解放。"吞下一颗草籽,青草在身内繁殖"使我们再次意识到诗人生命力的外延,国外的风景扩大她的诗性体验,让诗歌在阳光下闪耀着。这起伏有致的诗歌,呈现诗人用字的精准,她在简练的文字里纳入丰富的情感,使其表述更具包容与画面感。

若将虹影出国前后的诗并列,可发现写在英国的诗歌减少了许多人生的回望,更多的是对现阶段生活的省思,如《居住地》③中许下一段暧昧的情感之后,她不再是过去恐惧的自己,足够的自信和魅力使得她获得爱情的主导权;在虹影的书写中,国家、身份、历史的负重都化为爱情的模样,一如她在流浪的旅途中寻找自己,让爱情的系谱拥有更多解释的可能。

至于她退守大历史的关注,前往自我感知的领域,源于一种为脱离记忆而产生的自我防卫。事实上,一般人对历史的阐释和表征是无法脱离记忆而参与的,因为对历史的叙述在很多情况下是通过个人记忆或是集体记忆而表达的。但是,记忆具有不确定性和断片性。记忆的主体选择记忆什么、不记忆什么和如何表述记忆。如果说历史是建构的,那么记忆在建构历史和文化的同时,也制造了记忆本身。因此,便有了霍米·巴巴(Homi Bhabha, 1949—　)所谓的"没有记忆的记忆"和"没有遗忘的遗忘"。[12] 虹影在《写作》一诗里描写原地行走的人因为卑微的过往而备受折磨,便带有再记忆的特质:

> 原地行走的人　家乡
> 渡口的对岸
> 石头房子
> 欲望的秘密　三十几年
> 不停地称颂的
> 一个名字　备受折磨
> 自由的夏季
> 幻想过现在
> 从你受伤的暗影描叙起

包括你怀中金黄的虎　跟着你说
"夜还年轻!"[13]

这首诗是 1996 年写下的,它折射出记忆的某些本质,诗人反思过去 30 年的生活,称自己为"原地行走的人",一方面强调自己并未离开家乡太远,另一方面则淡化过去生活的历史。她的童年除了经历尴尬的家庭生活,也涉及"文化大革命"等社会运动的影响,但是这些历史的压迫和被动性都不曾在她的诗歌里出现。一般来说,男性诗人的诗作会特别指出历史的缺口与个人反思,而女性诗人则着重于事件对生命的影响。虹影在此诗里将"渡口对岸"视为极力想要抛下的曾经,坚若磐石的房子是固执的过往,埋藏着一个欲望的秘密。诗中的"我"与事态拉开距离,想表现过往的云淡风轻,得以以更为冷静自持的口吻说出;然而,却在细节中透露个人的情思,末段的"黄金虎"与"年轻的夜"看似璀璨的话语,实则是生命不可承受之重。事实上,老虎的意象并非首次出现,她为第一本诗集命名为《沉静的老虎》,又在其他创作中不断引用老虎的意象,她自述:

　　我长大的过程中经常听到这个故事,我的一个亲戚就住在重庆这个动物园边上,母亲曾带我去过那里。住在亲戚家那天晚上我听到老虎的叫声,吓哭了。母亲第二天便带我离开了亲戚家。老虎的叫声,对我有象征意义。因为没亲眼见到老虎,对其更是恐惧。恐惧,让我回忆那个夜晚,每一次都不同,一向与我保持距离的母亲,那次也格外地走近我,一改之前她在我心里的冷漠形象。我不止一次在内心构造母亲与老虎之间的关系,一只老虎从笼中逃出,想吃小女孩。[14]

由此可知,老虎在诗人的心中是恐惧的代名词,母亲的离去与害怕失去家的感觉成为永久的伤痕。不论如何逃离仍深深攫住虹影的内心,因此她流浪并不是洒脱的行为,而是带着一股无法企及的想望,开启心灵精神家园的寻索,更是脱胎于对"家"的强烈渴望。

这股流浪的势头促成第一种女性离散的典型,她们走出家园后才开始寻找"家"的意义。随之而来的便是在境外定居的新移民身份,将在下一部分展开。

三、新移民时代的家园重构

游走在世界各地的新移民女作家是离散社群中特别的存在,她们通过境外生活的体验,建立个人独特的视角,不仅观照个体生命的成长,也在双边文化交流上提供国家、民族、种族与身份的各项讨论。

顾名思义,"新移民"(New Migration)指的是从原生国家迁移至新的国家生活并且定居的住民。就中国自身而言,这个社群是在已形成的劳动力输出社会文化基础之上发展起来的。然而,"新移民"同样也显现出当代世界历史发展进程的某些特点。在中国,"新移民指的是自1978年中国改革以后出国的人,……这是受过比较好的教育、比较有专业技能"也比较都市化的一批人。[15]这些受过高等教育的知识分子,基于对理想生活的追求,自由创作的要求以及生命信仰的诉求,前往其他国度生活、写作。部分作家视这段时间为暂时性的,在完成阶段性任务后便返回中国,有另一新词可以定义他们:"新移民海归作家。"又可细分为三大类型:海鸥双栖型、回国求学型和回国就职型。其中,海鸥双栖型新移民海归作家在大洋两岸都有家,频繁往来于国内和国外,主要包括查建英、严歌苓、虹影、刘索拉、卢新华、严力、顾月华、刘荒田、张辛欣、六六、容子、章平、曹桂林、王威、冰凌等。[16]

虹影自认为是"一个自己文学世界的漫行者,在生活和想象的世界永远漂流"[17]。她述及伦敦、北京和重庆对自己的影响时,说道:"重庆是我的根,是我的母亲。伦敦是我的情人,异国情调,是我生命的一个转折。而北京,北京对我最重要,就像我的丈夫,我觉得我无时无刻不跟他在一起,我在这城市爱过许多人,也有许多人爱过我、爱着我。要是很久在其他国家,我要是没有回到北京来,心头特别地不自在,就像一个人没有空气,所以我想北京象征中国,而伦敦是情人,情人就是情人,而母亲她永远在那里等着我。"[18]如前所述,虹影从缺失的主体性出发,在境外流浪了20年,最终找到"家"的答案,它不需要是持久的、单一的地点,却必须要与诗人有情感的交流。在《过去的柯比乌花》一诗里把花的飘零视为自己的生命之途:

> 不能企及的边缘
> 如果预知一切灾难
> 一切陌生地方都成为家乡
> 始终是一个人,谁肯带走我
> 从树枝密封的空地
> 血管爬在太阳上面
> 月亮没有从乌云里出来
> 在漆黑的轨道旁,柯比乌花在古怪地飘零
> 一两声蛙鸣,只有一两声插入
> 提醒,如果我想成为自己[10]15

　　若从诗题解,"过去"二字揭示生命的重新启动,"柯比乌花"则是自我的再现。从她的诗歌频率观察,不难发现大部分的叙事视角是内视,即借由外在事物表达所思,其中最能表达核心的意象就是动植物,当中花瓣最具代表性,它象征着女性多彩多姿的生活。然而,此诗中的柯比乌花则生活在社会的边缘,不论在何处都找不到家的感觉,这种具象化的感受是为了表达被流放于主流之外的无根感。"家"对虹影化身的"我"拒绝、排斥和抛弃,使得她感觉压抑和奴役,从而产生了一种强烈的反抗,促使她开始了对精神家园的寻觅,可称之为"心的流浪",实质上是对"家"这个概念所蕴含的爱欲本能的再释放。[19]"血管爬在太阳上面/月亮没有从乌云里出来/在漆黑的轨道旁,柯比乌花在古怪地飘零"是全诗最为激烈的段落,它带来的恐怖惧怕氛围给流浪者无以名状的压迫,黑暗的天空与孤寂的生命体找不到出路。然而下一段笔锋一转,在蛙鸣的提醒中意识到自己离乡背井的初衷,就是为了"成为自己"。"天外飞来一笔"是她写诗时经常使用的手法,在结尾处给一句出人意表的话语,将全诗的情感提升到另一境界。其实,蛙声在虹影的诗歌里是特别的存在,他在《由蛙声继续的辩论》④一诗中营造蛙声的复调结构,田蛙的身份事实上是不同性格的人,彼此呼应、碰撞、叫嚣,交织于复杂的矛盾之中。无论是文化认同还是主体意识都是一种剥离、分散的状态,无所谓中心。异质化的书写凸显的不仅是分裂的个体,同时也是使主体意识到分裂性的绝佳注释。

　　另一重要的特点是流浪的意义,赵毅衡曾分析虹影的小说《阿难》,认为这部小说的创作方向与其他作者不同的是没有写海外人的漂泊,而是写一个国内"成功"的新富翁不得不走海外流浪之路。这种异国漂流感来自于对人生失去目的而感到无家无国,所以主角以浪迹云游,四海为家作为生活方式,似乎远胜于正在迅速商业化的社会中人心的污浊。解脱贪婪仇恨的办法,回向流浪的纯净。[20]他说明了一个现象,虹影笔下的流浪者不是传统意义上的无家可归的人,而是试图在旅程中找到重要的信仰,赋予了漂泊人正面的价值。虹影写于1996年的《家乡》⑤、1997年的《灯节》⑥皆以堕落的身体为主题,阐述在境外生活的"降等感"。事实上,许多离散作家的书写里都有境外生活的苦闷与压力,大部分的原因是理想与现实的冲突。但是虹影却在《八月》一诗里借着四姐来到伦敦的不适应对比个人的疏离感:

　　　　八月四姐说着家乡方言
　　　　种葱,不停地在花园走着
　　　　她隔着墙问:家
　　　　英文是什么
　　　　她的皮肤一到伦敦就痒
　　　　伦敦没雨没风

太阳高挂
不断地中断思想
乡村音乐会
被她发现,她轻轻一叫唤
整条街的猫全闪出黑夜
她们的眼睛像我的一样亮[10]121

　　蒋登科认为虹影的诗属于"冷抒情"的范畴,因为她将许多真实体验隐藏起来,只留下一些似乎没有关联的意象或者细节,使我们难以进入其中,而又试图去破解其中的悬念[19]。在这首诗里,诗人首先述及四姐询问英文的"家"怎么说,客观地将事件写下,看似不带情感,却不动声色地将时间轴向前推移至刚到英国时,自己也曾经历过的体验。一到伦敦就痒的皮肤代表无法适应当地气候,一成不变的天气既保持了平和的生命状态,也中断了对故乡的想象,名义上写的是四姐,实则也暗示了个人对那段时日只剩下"追忆",并无后悔。因此,"乡村音乐会"即是一个跳跃性的转折,在短短五字之内营造英伦风景,黑猫与明亮的眼睛晦涩地表达淡去的思乡之情。尽管在虹影的生命中经历过离开家乡的不舍、移居异地无法融入的痛苦,也展示了身为文化"他者"处于边缘的特性。但是,她却能跳脱早期移民对于自身感性论述的窠臼,清醒地观看异文化对个体经验的累积,尝试在文化冲突之中学会生存,重新定位自己的价值。从她的诗中,仿佛感受到的不是离境的愁绪,而是双边文化的碰撞和理解。

　　阔别15年,当虹影再次出诗集时,历经母亲离世、女儿出生,其间她写了《好儿女花》纪念母亲,写了《小小姑娘》给女儿讲童年故事。夹在生与死之间的她,太多空白袭击着她,小说不能填补心里的空白,只有诗。[22]这个阶段是她真正从人生的迷雾里走出,也展现出异域背景寻根的成果。在虹影的小说中,童年是不断重复出现的主题,不论在哪一部故事里都有着母亲的身影,无论她多想逃离都无法如愿。她曾在访谈中提到关于母亲的书写:"我想写出一个真实的母亲,有血有肉,会笑会哭,会叫喊,也会容忍,更是软弱无力。当然,你也可以把她看作一个传奇。但是我写的时候没有这么想过,我就是照实写来。母亲她生下我当时是什么样的境遇,是怎样的心情,遭到什么样的惩罚,付出了多大的代价。"[23]于是她写下《饥饿的女儿》控诉父母自私的行为导致她情感的缺陷,以至于让自己生活在贫穷与饥饿之中。然而,就在母亲过世后,她出版名为《我也叫萨朗波》的诗集,反而大量书写母亲正面的形象,如《母亲》[24]一诗,将她的穿着与一颦一笑具体呈现在诗歌里。而母亲的所作所为则是为了亲手将幸福交到女儿的手上,以往那些恨意、离乡漂泊的岁月仿佛都只是短暂的阴雨。

我的声音里有你的声音

像灯里的钨丝

什么时候断

什么时候世界进入黑暗

我一次比一次有勇气站在你面前

我拒绝裸体

是因为我的裸体总被强暴

你比我幸运,你有爱你的人

我呢,看旧地板上的蚂蚁爬上双腿

耻辱使我连你的声音也不曾听懂

我只做一件事:

记下蚂蚁伤心的赋格

不知你像个囚徒始终挂在空中摇摆[24]

　　这首诗名为《母亲的钟》悼念自己与母亲不可切割的情谊,诗人将母亲视为灯芯里的钨丝,一旦熄灭,世界就会进入黑暗。当她站立于母亲面前,习惯隐藏个人的情思,拒绝坦诚相见,是因为她认为赤裸会带来无边的伤害。而后两段中的"蚂蚁"具有双重意义:首先,它爬上赤裸的身躯,给予诗人一种被看透的耻辱感,而这些恰好又是她极力隐藏的;同时,"蚂蚁伤心的赋格"写下诗人对母亲的孺慕之情。"赋格"是乐理中的概念,指的是相互模仿的声部以不同的音高在不同的时间进入,使得主副旋律达到彼此竞逐的效果。虹影恨了母亲一辈子,在不同的创作里指控母亲的行为,最终却走上和母亲相同的道路,始终得不到完整的爱。她因着感同身受才能理解母亲的选择,才能走上和解的道路。这首诗比起前述的诗作更为触动人心,充满悔恨、无奈和谅解等复杂的情感。

　　由此可知,对于离散主体而言,他们的心灵意识随着时间和距离的扩张可能有不同程度的改变。没有任何一个固定的移民模式和价值体系,在多元化的离散族裔当中,可以成为单独的适用标准。家庭、国家、市场的坐标游移不定,离散族裔一直追逐理想、调整目标,主体性也因此不断重组[25]。作为新移民女作家,虹影的身份认同不会只有一种;相同地写作状态也是混杂的,她的跨文化性、边缘性与异质度,在凸显离散写作之于作家心灵意识的调整有正面的作用。汉学家陈瑞琳进一步延伸此理论,他认为移民女作家置身于英语环境中的汉语写作,在其自我叙述中,均暗含着"中国家园"的讲述,以"故乡"作为一个想象背景,进行叙事定位。同时也是向西方讲述中国,让西方人倾听中国,包括向全世界的汉语读者讲述自我和中国故事,以及在异国"新声"的故事,这一切迫使写作者必须发出"多声部"声音,或者说,使写作的情景具备"纵横交错"的目光,从而使得她们创作的文本充满了立体音响和丰满色彩。如此,个人的中国经验,通过汉语讲述,变成人类可以分享的世界经验,变成地球人的经验。[26]

四、结　语

女性(主义)写作是个辩不明的主题,也总是引起许多学者趋之若鹜。但是它就像一把双刃剑:一方面有利于归类女性作家的书写意图,另一方面在主题先行之下,仅能发掘女性的卑微,最后却迷失在传统的女性关怀里。而离散族群正好介于家乡与侨居国之间,其复杂性和多元性正好成为其本质,能让这个族群产生跨越两者之间的灵活性。它所包含的不仅是本地和全球,还有过去与现在。因此当我们在研究这一族群的前后变化时,不可避免的是过程和包容,这是他们的关键词。[27] 若以过于粗暴的分类方式界定离散女作家为女性(主义)的信仰者,便无法公正地对待她们的创作。

虹影认为当代中国女诗人像真正的受难者一样声嘶力竭地喊冤叫屈,对整个世界恨恨不已。她们觉得自己受尽生活的折磨和蹂躏,她们诅咒欺骗和遗弃。她们在诗里没完没了地怜悯自己。[28]159 但是实际上,她们并没有任何被诱捕和追击的经验,从古代保持到今天的地位是与诱惑隔绝的地位——安全、本分、平和、贤良——既无诱惑之欲,也无被诱之险,这种安全地位既是非性的,也是非诗的,既与死的狰狞保持安全距离,也与生的真切绝缘。[28]160 这段话揭示虹影认为中国女性诗人的创作大部分在和平之中诞生,与西方女诗人的撕心裂肺、颠沛流离大相径庭。然而,吊诡的是,她的创作也大抵不出于此。从主体意识缺漏中出走,试图在旅程里找寻"家"的感觉,因此不由自主地住进想象的家园之中;从女性游走的历史里观察到她们的独立探索与外延的生命经验;最后,在游走之中逐渐与过去和解,得到漂流的正面意义,使创作风景扩大到普世的价值。

注释:

① 亲情与"爱情"的双重流产,使"我"在离家出走后一度心灰意冷,以醉酒似的狂欢放纵自我,灵魂因此在这种"堕落"中暂告破碎。详参严光德:《从"身份困顿"到"灵魂回归"——试论虹影小说〈饥饿的女儿〉》,《涪陵师范学院学报》2007 年第 1 期,第64—66 页;六六寻父又拒父之后,她十八年来飘游不定、无所寄托的情感该在哪里扎根呢?作为对父爱缺失的替代,具有深深"恋父情结"的六六与历史老师产生了爱恋关系,在现实中追求"父位"的再拥有,试图重新定位自己的身份,证明自己是一个有人关爱和保护的存在。详参唐湘:《从寻找到宽恕——对虹影主要作品的几点思

考》,《福建师大福清分校学报》2013 年第 3 期,第 67—72 页。

② 原著背景为罗马和迦太基的战争,虚拟雇佣兵在荒淫无道的统治下群起反叛的过程,主角为利比亚人马托,他在包围迦太基城期间爱上了迦太基统帅阿米尔卡的女儿萨朗波,经过一连串的征战,阿米卡尔用计引诱马托掉入陷阱,导致起义失败。在马托被处死前与萨朗波眼神交流,两人一同死去。

③ 虹影《居住地》:"愿意我继续/披着宽阔无边的长衣? 欲望高涨/颜色新鲜引起追踪者注意/二月的风装作乖顺的鸟比树皮青绿/你站在爱情的对面/看着我把一位陌生人/带到一些相互磨损毁坏的容貌前/指指点点仿佛我从未爱过玫瑰/也从未取下过脸上的黑纱巾"《沉静的老虎》,台北:九歌出版社有限公司,2007 年,第 102 页。

④ 虹影《由蛙声继续的辩论》:"面对不同意见时,他想到了蛙/想到如何先声夺人,那绿油油的水波/像一具刑具/他不需要再听下去/如果有火/就把爬上田坎的蛙挂在火上/焦糊的气味一定会镇住/一二个靠近的人/牙齿幻想着肉香,而诚意/在松开这个布满诱饵的夜/即使没情感,也是美的象征/蛙易碎的骨头不复存在/他赞赏自己的深思熟虑/穿过水面/完成刑具的意义/一声声呼喊深入浮出他的身体/了不起的是/他能让别的人听下去。"《快跑,月食》,台北:唐山出版社,1999 年,第 77 页。

⑤ 虹影《家乡》:"她交换白天以钱币/避开交换的位置/她奢侈地露出身体让心/转动成梭型/现在我与你交换/她说用离我最近的梦/最淡带酸味的泪/与江心漩涡相遇垂直地悬挂在细雨中。"《沉静的老虎》,台北:九歌出版社有限公司,2007 年,第 100 页。

⑥ 虹影《灯节》:"摇动起来,就开始了笔直的路/剩下我/独自脱下衣服,当作旗帜为自己舞蹈/听黄铜的硬币叮当/必会在垂死者的手心打旋/上面的字迹逐渐消失/他是我看见的第一个背影/疯狂而来/突然被框在一片夜来红中/让我朝那边转身,就是那边/钟声细长,旅馆变为家/这个时候,他最平静。"《快跑,月食》,台北:唐山出版社,1999 年,第 129 页。

⑦ 虹影《母亲》:"她是一切悲怆的词联系在一起/阴雨绵绵中/将幸福递送到我的手里/我看清/黑蚁爬满路/拖曳一群默默无声的僧侣/它们象征什么? /唯有爱着我的人明白,是的/她当年迷人,喜欢/在细长的脖颈上搭一条白绸。"《我也叫萨朗波》,成都:四川文艺出版社,2017 年,第 103 页。

参考文献:

[1] 雷雯."女性流浪"书写的三种新型态:以虹影、安妮宝贝、迟子建为例[J].当代作家评论,2016(3):174.

[2] 何华.文化视域中的"虹影现象"[J].广东广播电视大学学报,2009(2):78-83.

［3］ 陈晓明.专业化小说的可能性：关于虹影的《K-英国情人》的断想［M］//K：英
　　 国情人.成都：四川文艺出版社,2016：237.

［4］ 钱虹,丁奇.桀骜不驯的红狐舞影：虹影小说的女性主义解读［M］//虹影.女子有
　　 行.银川：阳光出版社,2011：254-255.

［5］ 唐湘.水边的疯妇：虹影作品中的女性创伤研究［J］.福州大学学报(哲学社会科
　　 学版),2017(4)：78-82.

［6］ 蒋登科,虹影.诗歌是我小说的血液［M］//蒋登科.重庆诗歌访谈.重庆：重庆大
　　 学出版社,2013：236.

［7］ 王先霈,王又平.文学理论批评术语汇释［M］.北京：高等教育出版社,
　　 2006：650.

［8］ James Clifford. *Routes：Travel and Translation in the Late Twentieth Century*［M］.
　　 Cambridge Massachusett：Harvard University Press, 1997：6.

［9］ 赵黎明,虹影.我在黑暗的世界里看到了光：虹影访谈录［J］.小说评论,2009
　　 (5)：38.

［10］ 虹影.快跑,月食［M］.台北：唐山出版社,1999：8.

［11］ 虹影.诗与逃命［M］//伦敦,危险的幽会.北京：中国文联出版,1993：73.

［12］ 徐颖果.离散族裔文学批评读本：理论研究与文本分析［M］.天津：南开大学出
　　 版社,2012：14.

［13］ 虹影.沉静的老虎［M］.台北：九歌出版社有限公司,2007：107.

［14］ 虹影,木叶.所有的故事像波浪涌来［J］.上海文学,2018(4)：120-121.

［15］ 孔复礼.华人在他乡：中国近现代海外移民史［M］.台北：台湾商务印书馆,
　　 2019：408.

［16］ 陈梦.中国当代海归文学的兴起与发展［J］.长江大学学报(社会科学版),2012
　　 (11)：2.

［17］ 虹影.谁怕虹影［M］.北京：作家出版社,2004：163.

［18］ 虹影,许戈辉.一个人的存在才是非常重要的［M］//谁怕虹影.北京：作家出版
　　 社,2004：162-163.

［19］ 余芳.从《饥饿的女儿》窥探虹影的流浪心结［J］.文学教育(上),2015(7)：43.

［20］ 赵毅衡.无根有梦：海外华人小说中的漂泊主题［J］.社会科学战线,2003(5)：
　　 119-120.

［21］ 蒋登科.隐藏了故事的"自叙传"：虹影诗歌的一种读法［J］.当代作家评论,2015
　　 (3)：64-65.

［22］ 虹影.自上一本诗集出版［M］//我也叫萨朗波.成都：四川文艺出版社,2017：1.

［23］虹影,荒林. 写出秘密的文本才是有魅力的文本［J］. 上海文化,2010(4)：99－100.

［24］虹影. 母亲的钟［M］//我也叫萨朗波. 成都：四川文艺出版社,2017：12.

［25］游俊豪. 移民轨迹和离散论述：新马华人族群的重层脉络［M］. 上海：上海三联书店,2014：213.

［26］陈瑞琳,荒林. 海内外女性写作生态笔谈［J］. 华文文学,2016(5)：94.

［27］Ien Ang. *On Not Speaking Chinese：Living between Asia and the West*［M］. London and New York：Routledge, 2001：35.

［28］虹影. 拒绝萨福的诱惑(代后记)［M］//伦敦,危险的幽会. 北京：中国文联出版公司,1993：159.

——原载《江汉学术》2021 年第 4 期：63—72

巫师、史官与建筑师

——论叶辉诗中的物象与抒情主体

◎ 李倩冉

摘　要：叶辉的诗以语言的简洁凝练和对日常物象隐秘性的发现著称。在他 20 世纪 90 年代至 21 世纪初的诗歌中，抒情主体语调渐趋笃定，"真理在握"如占卜的巫师，而想象力的延展也由灵光乍现稳固为对万物生灭规律的揭示，形成了越发熟稔的风格。近年来，叶辉尝试突围，在诗中引入现实试触、历史重构与地理空间拓展，这一新变化也为抒情主体带来了姿态的位移和情绪的流露。此外，对世事的洞悉、对过度知识化的警惕以及意象与关联词之间的巧妙联结，都为叶辉的轻盈诗风增加了内在硬度，对当下诗歌创作中浅白和繁复的两极均构成启迪。

关键词：叶辉；当代诗歌；日常物象；隐秘性；历史重构；抒情主体

在一篇十几年前的笔谈中，叶辉自述："我宁愿像个巫师，在一定的季候里完成他的仪式。"[1]这部分道出了诗人之于语言的秘密。尽管在比喻的意义上，所有诗人都应该是语言的巫师，道场各自迥异，法术也各不相同，但这一身份对于叶辉尤甚。作为一位深居高淳乡镇并对世间隐秘怀有特殊兴趣的诗人，几十年来，叶辉专注于探究南方小镇的日常物象，从中悟到了一些世事的奥秘。他以简省、可靠的语言道破它们，构筑一种神秘的氛围，为日常物象在当代汉语诗歌中的激活和生长提供了一个独特的向度。近年来，叶辉寻求自我风格的突围，在日常神秘的存在中引入对时代历史的思考，而组诗"古代乡村疑案"则将经由物象虚构历史的兴趣推向一个完成度较高的实践。值得注意的是，在这一系列新变中，早年凝练的结构仍在发挥着微妙的平衡作用，在历史编纂所可能导向的具体繁复中进行镂空，这又为我们思考南方轻盈诗学的涵纳能力提供了启示。

一、先知语调的获得

就作品的语言来看,叶辉几乎没有学徒期,早年的诗作就已具备了成熟、凝练的语言形态。但倘若仔细考察叶辉诗歌中神秘性的延展方式和抒情主体语调,仍会发现它们经历了一个逐步生长的过程。

> 有一回我在糖果店的柜台上
> 写下一行诗,但是
> 我不是在写糖果店
> 也不是写那个称秤的妇人
> 我想着其他的事情:一匹马或一个人
> 在陌生的地方,展开
> 全部生活的戏剧,告别、相聚
> 一行泪水和信件的国度
> 我躺在想象的暖流中
> 不想成为我看到的每个人
> 如同一座小山上长着
> 本该长在荒凉庭院里的杂草
>
> ——《在糖果店》[2]67

作为叶辉早期的代表作,《在糖果店》或许构成了很多人对叶辉的第一印象。诗中并没有太多神秘的色彩,仅仅再现了一个灵魂出窍的美妙时刻,构想着另一种生活的可能。如草一般疯长的愿望,它的茂盛发生了不在此地的位移。整首诗带有温暖熨帖的调子,因为"糖果店"和"想象的暖流"自带的安谧温馨的气息,诗人对于"另一种生活"的冥想丝毫不意味着对此地的厌恶或逃离,而只是对异在空间片刻的冥思神游。这种"神游"在同时期的另一些作品中增加了物象本身的神秘感:

> 我们经常在各自的阳台上交谈
> 他看着对楼的房间说:那里像是存有一个
> 外在空间,因为那里的人很缓慢
> ……

我低着头在想。但他总是把头伸向望远镜
在深夜,脸朝上
像个祈雨的巫师

附近的工地上,搅拌机如同一台
灰色的飞行器,装满了那些可能曾是星星的砂石

——《天文学家》[2]84

树木摇曳的姿态令人想起
一种缓慢的人生。有时我想甚至
坐着的石阶也在不断消失
而重又出现在别处

——《树木摇曳的姿态》[2]78

乃至一位"家神"的出现:

雨天的下午,一个砖雕的头像
突然从我时常经过的
巷子的墙面上探出来
像在俯视。它的身体仿佛藏在整个
墙中,脚一直伸到郊外
在水库茂盛的水草间洗濯

要么他就是住在这座房子里的家神
在上阁楼时不小心露出脑袋
这张脸因长期在炉灶间徘徊
变得青灰

——《砖雕》[2]79

正如叶辉在这首《砖雕》中由墙上的头像想象它被遮蔽住的身体,他对小镇日常物象背后所隐含的神秘的想象,大多紧贴这些物象进行延伸,与祈灵于宗教而获得的神秘性大相径庭。用叶辉自己的话来说,这是"用日常的手边的事物来呼唤'神灵'"[1],这构成了叶辉诗歌的基本模式:由身边某个日常场景或物象起兴,通过联想和想象,将与之关联的另一个世界召唤进来。或许是一种人生的可能性,又或许是物

件的前世来生,这些冥想带有一种鬼魅的气质,与肉眼所见的日常景象几乎不加过渡地榫接在一起,成为生活中"通灵"的时刻。这样的例子还有很多:"我靠在一棵树上/另一边靠着/一个小神,如果他离开/我就会倒下去"(《空神》)[2]57;"鸟飞过来了//那些善意的鸟,为什么/每次飞过时/我都觉得它们会投下不祥"(《飞鸟》)[2]47;"它树叶中的那只黑鸟/我不知道它叫什么,但说不定/曾衔走过某个人的灵魂"(《考试》)[2]15;"癞蛤蟆的表皮起了泡/是因为他们古老的内心/一直在沸腾"(《魔鬼的遗产》)[2]30;"这时一个我一直以为已经死去的人/向我们走来。他蹲下系鞋带/可是我突然觉得,他像是/在扎紧两只从地下冒出来的袋子"(《我在公园里讲述的故事》)[2]37;一个已经去世的人在相册里有三张挥手的照片,仿佛"再三道再见是为了/最终永不再见"(《合上影集》)[2]39……这些灵光乍现、"脑洞大开"的时刻,对微妙瞬间的捕捉,与罗马尼亚诗人索雷斯库的"奇想"颇有共鸣——"电车上后座人的报纸边沿像是在切割前座人的脖颈"(《判决》)[3]160;"不知哪颗星球的光正敲打我的墙壁(《镜框》)"[3]162……

但叶辉并未止步于这种灵光一现的想象方式,在对命数持久的研习与观察中,他越发专注于事物之间的隐秘联系,尤其是独属于古中国南方小镇的世代如常、因果报应。它首先呈现为对隐没于现代线性时间之下的循环时间的揭示:"我知道每棵树上都有/附近某人的生活,一棵树被砍掉了/但生活仍在延续/它变成木板,打造成一张新婚的床铺/在那里生儿育女,如此/循环不已"(《量身高》)[2]69。这种循环往复正如《遗传》中那道"桌沿上的压痕"[2]74,与楼上女同事漂亮的眼睛一样,来自一种世代的层累。或如《老式电话》中那些相似的下午、远处酷似父亲的男人,《砖雕》中与这一天相似的"以前的一些时刻",欢乐、梦、悲哀会像天气的巡游一样在每个人的脸上风水轮转(《天气》)[2]53,一根木头在斧头的作用下可以不断变成椅子腿、衬子、楔子(《一个年轻木匠的故事》)[2]71……在一种几乎静止的时间中,常与变,万物的转化、消长、盈亏,散布在叶辉所构筑的江南小镇上,几乎消弭了时间性与地域差异性,正如诗人在《一首中国人关于命运的诗》中所写:"其实这是一种古老的说法,无论我在哪里/总是同一个地方。"[2]81 而《萤火虫》在以更为笃定的语调讲述世代如常的命数时,将其推入一个互相关联的命运之网中:

> 在暗中的机舱内
> 我眯着眼,城市的灯火之间
> 湖水正一次次试探着堤岸
> 从居住的小岛上
> 他们抬起头,看着飞机闪烁的尾灯

没有抱怨，因为

每天、每个世纪

他们经受的离别，会像阵雨一样落下

有人打开顶灯，独自进食

一颗星突然有所觉悟，飞速跑向天际

这些都有所喻示。因此

萤火虫在四周飞舞，像他们播撒的

停留在空中的种子

萤火虫，总是这样忽明忽暗

正像我们活着

却用尽了照亮身后的智慧

——《萤火虫》[2]61

　　这首诗以先知般的语调，从容地处理了视角的转换，尤其是不同时空的连接。"我"在机舱中俯瞰城市，小岛上居民仰望天空滑过的飞机，诗人并不过问两者间是否有联系，而是将这一动作中隐含的离别以一种时间的加速度带过——"每天，每个世纪/他们经受的离别，会像阵雨一样落下"，使之成为一种普遍存在的命运。这几乎让人联想到波德莱尔笔下那幅命定的、永恒的图景："他们的脚陷入像天空一样荒凉的大地的尘土里，他们露出注定要永远抱着希望的人们的逆来顺受的表情缓慢前进。"[4]人类的孤独、离合、悲悯、希望、失落，星辰的感应、昆虫的自在、命运的起伏与挣扎……它们被布设在短短数行诗中，各安其位，又仿佛冥冥之中互相作用。而叶辉对不同人命运之间隐秘联系的驾驭，在诗集《对应》的第一辑中越发臻致成熟。

　　每一个人/总有一条想与他亲近的狗/几个讨厌他的日子/和一根总想绊住他的芒刺//每一个人总有另一个/想成为他的人，总有一间使他/快活的房子/以及一只盒子，做着盛放他的美梦

——《关于人的常识》[2]3

　　要知道，人在这世上/会有另一样东西和他承受/相同的命运

——《一棵葡萄》[2]4

　　征兆出现在/天花板上，我所有的征兆/都出现在那里//……//每个重大事件/

都会引起它的一阵变形

——《征兆》[2]9

我们的记忆/有时,如同你那些懒得整理的抽屉/上个月我听人说:如果/人失去一种爱情/就会梦到一个抽屉/失去一片灵魂(假定它像羽毛)/就会捡到一把钥匙

——《信》[2]31

我的生活,离不开其他人//有些人,我不知道姓名/还有些已经死去//他们都在摇曳的树叶后面看我/如果我对了/就会分掉一些他们的幸福

——《飞鸟》[2]46

在这一批诗作中,叶辉的想象力主要集中于对事物之间因果、对应、影响关系的演化。尽管"物无非彼,物无非是""方生方死,方死方生""是亦彼也,彼亦是也"[5]等道理早已在《老子》《庄子》《周易》等典籍中被道尽,但叶辉在当代汉语诗中重新发明了它们。他以极度简省的语言建构这些关系,容纳了生灭、世变,无限循环又无法穷尽,构成了一种氛围、一个微型世界乃至一种诗歌风格,给人以既奇妙又惶惶然的感受。而他也从中获得了"莫若以明"的观照事物的方式,创造了与之相应的语调。

如果说《在糖果店》中,叶辉对异在空间的想象还带有一种温暖迷蒙的调子,那么在这批作品中,他逐渐习得了一种笃定、沉静、中立的先知语调。这首先体现在诗句中大量条件关联词和全称判断的运用中,俯拾即是的"如果……就……""每一个……总……""所有……都……"增加了抒情主体的自信和通透,让抒情主体逐渐成为一个宣喻的巫师或先知。叶辉越来越娴熟地制造诸多事物之间的对应和联结,仿佛不再需要依赖有形的存在,万物之间的联系早已了然于胸,以先知的口吻一次次说出,成为一个遍在的真理。而诗中结论之外的具体场景,即便是生活中真实发生过的片段,也由于抽离了具体的时间性,而似乎变成了为这些结论提供印证的例子。诗中许多由"如同""好像"连接起来的比喻,不再起到一种增加诗歌感性肌质的修饰功能,而是负责串联起一些有着隐秘相似性、关联性的场景。尽管丰富的细节和奥秘仍不乏迷人的感性,比如妇人梦中的葡萄树和远方男子梦中前来啄食的黑鸟,但往昔小镇生活具体的日常不再成为一个绝对的触发由头,而是在一个渐趋稳定的抽象结构内部成为起着说明作用的软性存在。这些基于"对应"结构的诗歌,在经由抽象、普遍化而获得一种似真性的同时,它们的迷人,也暗含了可能滑入"迷人的惯性"的风险。

二、历史的试触

或许是意识到万物消长的结构在诗中已逐渐成为一种固定的格式,而过于顺滑的写作容易导向"风格的危险",在 2010 年往后的一批诗作中,叶辉开始了一些突围的尝试,在他所熟悉的结构中,引入了对现实的触碰和对历史的重绘。

一些惊诧的元素开始陡然出现在安宁恒常的景物中,比如《远观》,在用寺院、暮霭、溪水、农舍、土豆等搭建起的古朴宁静的气息中,诗人突然写道"这一切都没有改变//除了不久前,灌木丛中,一只鸟翅膀上的血/滴在树叶上"(《远观》)[6]75。这让人联想到洪磊的摄影作品《中国风景——苏州留园》(1998)中那片血色的池塘。相似地,在《广场上的人群》中,诗人由小镇广场上跳舞的人群、玉兰树上的布谷鸟,陡然宕开一笔[6]76,或如《新闻》中将"我"开车路过的风景与收音机里的新闻交叠在一起……[6]77 还有从萦绕的蚕丝想到"大革命前/江浙一带,被缠绕着的/晦暗不明的灵魂"(《蚕丝》)[7]8,某个风景地"海鸟飞离,码头躺在血和腥味的/晚霞中","在镜头之外,一条狗掉入深渊/棕榈立刻烧毁了自己"(《留影》)[6]76,等等。从叶辉诗歌惯常的结构来看,他的大多数作品都由手边的平常物象、场景开始,在诗行的行进中,这些物象开始升腾,或发生一些变化,或产生一些喻示。而变化、喻示延伸的方向,就是其诗歌意义提升的向度。由此可以推断,这批诗歌中突然加入的灾变场景,或许是诗人着意冲破以往诗中世代轮回、波澜不兴的氛围,将其导向复杂和动荡,造成"混响"。而顺着这些作品继续往下看,又会发现,这些意外的变数在突然闯入之后又倏忽而去,诗歌的结尾往往又回落到"空无"的音调上。上述几首诗的结尾几乎都呈现了这样的特点:"大雾看起来像是革命的预言/涌入了城市,当它们散去后/没有独角兽和刀剑/只有真理被揭示后的虚空"(《远观》)[6]75,以及《留影》结尾剩下"浮动于尘世"的"寂静的教堂"[6]76;《新闻》最后遁入"思想快乐的晦暗之处"、逐渐含混的声音、记忆中一张模糊的脸[6]77……这或许说明了叶辉的历史观,即永远在一个宏阔的时间线索上去考察历史,即便有偶然的惊异,也仍然遵循旋起旋灭、忽明忽暗的规律,历史的记忆又未尝不可以是未来的先声。这种生灭无常的古老东方智慧,在《遗址》《邻居》《隐秘》《回忆:1972 年》《在展厅》等作品中,进一步发展为人类历史的短暂、速朽与草木自然世界的恒常、无情之间的对举,前者正如《拆字》结尾那个落入门外深渊的"拍翅的回声"[8]47。

这一历史观念,在 2016 年的组诗"古代乡村疑案"中,被移置到一个远古的时间点。诗人从当下日常生活显影出的历史遗存里,虚构出一些古代南方生活的故事(以及它们的最终消亡），发展了《浮现》一诗尚未充分展开的主题。诗人在组诗的题解中认为，"所谓疑案也只是我对以往生活的一些想法"，"关于南方生活的由来并不是历史书能给出的，有时它就在我们附近，就在日常生活中不时地流露出来。当我走在旧城中，看到古老的石凳上放着一只旅行箱，或者在泥土里嵌着一小块瓷片（有些可能是珍贵的），细想后你会觉得惊讶，以往的一切时时会浮现出来，在地下"。[9]33 这组颇为整齐的作品充分发展了虚构历史的兴趣，情节性前所未有地增强。

县令

没有官道
因此逃亡的路像厄运的
掌纹一样散开，连接着村落
在那里
雇工卷着席被，富农只戴着一顶帽子
私奔的女人混迹在
迁徙的人群里
道路太多了，悍匪们不知
伏击在何处
但县城空虚，小巷里
时有莫名的叹息，布谷鸟
千年不变地藏于宽叶后面
无事发生
静如花园的凉亭，案几上
旧词夹杂在新赋中
最后一个书吏
裹挟着重要，可能并不重要的文书
逃离。也许只是一束光
或者几只飞雁
带着并不确切的可怕消息
但无事发生
火星安静，闲神在它永恒的沉睡中
县令死去，吊在郊外
破败寺庙的一根梁上，在他旁边
蜘蛛不知去向

县内，像一张灰暗下来的蛛网

一滴露珠悬挂其上

如圆月。而记忆

则隐伏于我们长久的遗忘中[7]13

　　《县令》是其中颇具代表性的一首，将一个县城的败落和人们的逃亡写得张弛有度，极富戏剧性和节奏感。人们逃荒的张皇失措、县令吊死的在劫难逃、悍匪伏击的威胁，与空无一人的县城里"无事发生"的永夜的安宁和死寂彼此交织冲撞，构成张力。结尾，县内蛛网般荒芜的道路和上空永恒的圆月再次将动荡的历史凝定在千年不变的图景中，而末句"记忆/则隐伏于我们长久的遗忘中"则再一次重复了历史循环往复、生灭不定的主题。这组作品中，还有一个村民诡秘又平凡的失踪（《绣楼》）[10]260—261；一具溺水的美丽女尸和一个县官的恋尸癖（《鳗》）[9]31—32；一次古代的审讯与落在邻村的流星之间隐秘的关联（《流星事件》）[10]258；一只木偶逃脱后狗和葫芦的异象（《木偶逃脱》）[10]260；《驿站》[9]30中古代城池的闪现；或者乡村先生的起居（《先生》）[9]33，无论朝代更迭仍照常生活的村民（《新朝》），偷伐树木的要领和禁忌（《偷伐指南》），儿童看到故去的老族长时水中钻出的乌鱼（《儿童》），青蛙般在井壁上来回浮现的记忆（《青蛙事件》）[10]259……这组"疑案"因为丰富的故事情节而获得了具体的时间性，不再将万物间隐秘的联系抽空为普遍的"对应"定理，而是以散布于不同年代、时间的具体情节展现它们，作品的感性程度大大增强。但万物的应和、消长，历史波澜的生灭等观念仍在背后隐隐地起着作用，使得叶辉对历史的虚构并未落得很实：一方面，所有这些历史均由一个物件引发的想象构成，就像《县令》从一条已经消失的驿道虚构出逃窜、动荡的历史，《穿墙人》[9]31的故事极有可能只是从墙边的一双鞋延伸开去，其目的并非真正的历史记述，而是一种美学趣味、一种气息的建立；另一方面，叶辉在建构的过程中也不忘时时对历史发出怀疑和消解，他不断泄露出这些物件、历史消亡的结局，同时表现出对文字构成的历史的不信任——历史可能就像《一行字》[9]32中没有几个人能读懂的布告，以及香案灰尘上的一行字，随时会被识字的"意外新故者"伸手抹去，而无从流传。

　　值得注意的是，在这一系列历史虚构中，叶辉诗歌中抒情主体的角色也悄悄发生了位移，不再是《对应》系列中始终持握真理的巫觋或先知。他大部分时候是记录乡村逸闻的史官，是传说的讲述者，偶尔也会成为故事中的角色："我"有时排在古代县衙受审队伍中，是个身负小罪、偷听到秘密的草民（《流星事件》）[10]258；有时是在宇航员探索太空时"正在给朋友写信"的小镇居民（《在太空行走》）[8]46；参观外地一尊佛像时，"我"突然丢失了自己——"每个人都找到了自己/池塘、桥、小庙，几只仙鹤//我是什么？/内心没有痛苦、只有焦虑/仿佛此刻田里闷燃的麦秸"（《解说》）……以往诗歌中仅作为功能性存在,且永远静观、沉稳、不介入的"我"突然出现了主体情绪,而这种情绪在《鳗》的结尾得以喷涌:"我决定任其腐朽,我要看着/窗口狼眼似的眼光渐渐暗淡/任奸情的状纸堆积成山/而人世的美竟然是如此深奥莫测。"(《鳗》)[9]32 面对女尸的美,县令老年持重的内心突然焕发出少年般狂暴的激情,压倒了有关断案和兴衰的所有理性,爆发出对美毅然决然的沉溺和挥霍,这一被激活的县令形象,在这部虚构的史册中搅出了轻微的震荡。

或许可以认为,"古代乡村疑案"对村庄佚史的虚构,一定程度上解决了叶辉在《对应》系列中面临的抽象、空泛的危险,从"先知语调"到"史官语调"的转变,使得他在处理以往熟稔的消长、转化主题时更为从容。尽管内心仍然持握宇宙万物相互生化、历史生灭无常的认知,但抒情主体不再直接地宣告出联系、对应的秘密,而是节制地待在具体物象或场景的内部,通过描摹它们的形态变化、空间挪移、想象它们的前身后世来表现这一切,乃至随物应和,角色化为其中必然消失的一环。

这一变化也体现在近期的几首新作中。《在暗处》《划船》《幸福总是在傍晚到来》涉及物象明暗、光影的变化,并在其中看到往世与来生、记忆与遗忘的秘密。这似乎是对以往主题的回归,但诗人并未急于用背后或许隐含的定律来统摄它们,而是耐心地沉浸于光线变化本身的美妙,比如,"幸福总是在/傍晚到来,而阴影靠得太近//我记起一座小城/五月的气息突然充斥在人行道和/藤蔓低垂的拱门//在我的身体中/酿造一种致幻的蜜","几只羊正在吃草,缓慢地/如同黑暗吃掉光线"(《幸福总是在傍晚到来》)[7]8,"……犹如在湖上/划船,双臂摆动,配合波浪驶向遗忘/此时夕阳的光像白色的羽毛/慢慢沉入水中,我们又从那里返回/划到不断到来的记忆里"(《划船》)[7]12,而站在露水中秘密交换种子的树木、地平线后面滚落进海洋的半个世界、中世纪女巫"艳如晨曦"的长裙内衬、驱动我们的"沉重的黑色丝绒"、感到喜悦时身体内可能会出现的一道闪电(《在暗处》)[11]7……也将驱动万物的神秘力量写得绚丽感性。《大英博物馆的中国佛像》则是关于地理空间拓展的诗作中较为成功的一首:

没有人
会在博物馆下跪
失去了供品、香案
它像个楼梯间里站着的
神秘侍者,对每个人
微笑。或者是一个
遗失护照的外国游客
不知自己为何来到

此处。语言不通,憨实

高大、微胖,平时很少出门

……

——《大英博物馆的中国佛像》^{[7]5}

　　整首诗较长,写了一尊中国佛像在异域的博物馆中微妙的"违和感",并想象了它从中国的无名村落运到英国的旅途,曾拜倒在它脚下的村民由信徒摇身变成中介人,而他的脸与旅客、学者、另一展区的肖像画彼此酷似……结尾处,闭馆的博物馆外,"水鸟低鸣,一艘游船/莲叶般缓缓移动/仿佛在过去,仿佛/在来世",将地域迁徙、历史文化的流动收纳到带有佛教意涵的莲叶中,凝定为世代生灭轮回的永恒图景。正如《候车室》试图展现"我们的生活很可能是其他人生活的影像,可能是历史生活的影像,也可能是未来生活的影像"^[12]这一类似于博尔赫斯《环形废墟》的主题,叶辉或许正在尝试通过空间上的延展继续探索现时、此地与别处"过往人类的反光"间的关系,《高速列车》《上海往事》《临安》《异地》^{[11]6—8}等作品或可看作是同一尝试的初步结果。此外,《在北京遇雾霾》《大地》《高速公路》《蜘蛛人》^{[7]5—7}中引入的现代城市意象,以及《灵魂》《笑声》《卷角书》^{[11]5—7}中对"神性失落"与"历史混沌"的喟叹,亦可视为叶辉新一轮的试触,其美学效果还有待更多的作品提供观察。

三、轻盈的奥秘

　　就总体风格而言,叶辉是当代汉语诗歌中为数不多的成功发展了"轻盈"特质的诗人。在语言的简洁、瘦硬与附着于物象的想象、虚构的曼延之间,叶辉总能获得一个较好的平衡,像是一位出色的建筑师,在稳固与空灵之间找到一个恰当的形态。尽管文学中的"轻盈"概念经由卡尔维诺和昆德拉的著名论断,已传播甚广,但汉语新诗中能够真正窥得此奥秘并成功熔炼为作品风格的诗人着实不多,以致这一词汇反而常常成为中国评论者面对能力不足的"轻飘"作品时的粉饰托词。然而,须知真正能够掌控自己航向的"轻盈",必然不同于"轻飘",要以足够的内在力度为支撑。

　　正如前文所论述的,叶辉对日常物象的观照总带有一种探究其背后隐秘的兴趣。这让他能够快速地离开物象表层的迷惑与牵制,迅速抓住事物的内核。叶辉自己也承认,他有一种"对于事物探究的执迷"^[12],这一定程度上成为他诗歌轻盈的奥秘之一。这种探究,首先意味着对事物的倾听。主体清空自身的偏见,清除凌驾于物象之上的欲望,让事物自身所携带的气息被主体充分感知,主体也得以突破自身的个体有限性。而基于这种感知对事物间关联的发现，由于并非主体强加上去的，因而不必依赖对事物繁冗的捏塑、涂抹或修饰，而是直取世事秘密的核心，获得一种遍在的结构、一个独特的视角。叶辉正是在一个"被动"的层面上理解诗人使命的："诗人的命运，似乎也是这样，最终，你只能以某种'继承者'的身份出现，但这也不是你努力就能做到的，是它找到了你，而不是你自己，所以所谓独特和创造都是不重要的，关键是你是否能在自己的母语中找到回响，看到自己远久的样子。"[1] 这颇有些济慈"消极感受力"（negative capability）的影子。他声称自己是诗歌的"练习者"，只是记下了"对生活的觉悟"，且不论其中自谦的成分，其中对主体"我执"之局限的放弃，对更广阔命运的体察，或许是抒情获得轻盈飞升力的方式之一。

　　另外，尽管崇尚对事物的钻研，叶辉对事物内在规律的"研究"并不太依赖书本所提供的知识。作为一位"研究《周易》数十年"、对地气、风水、运数非常着迷的诗人，叶辉诗歌中的智性元素，更多是基于一种类似农耕时代的生活经验的累积。这让他有效避免了知识的围困。在与木朵的访谈中，叶辉流露出对诗坛论争术语和理论"大词"的抗拒，表示对 20 世纪 90 年代诗人提出的理论策略和当代诗歌的年代变迁并不太关心。与处于"中心"的诗人相比，深居在高淳石臼湖边的叶辉呈现出较少与外界联系的封闭状态，尤其是在网络进入之前的 20 世纪 90 年代。但有时，"常常是貌似远离的东西更具有吸引力，远离即主见，自我放逐、沉迷和隐匿正是一种态度，一种自我选择"[13]，正是偏居一隅的叶辉敏锐地发现了时代的谎言："我的整体印象是：90 年代的诗，仿佛只是言论的引用部分，言论似乎更重要了。"[1] 的确，90 年代诗歌的泡沫之一，在于阅读资源的堆砌和理论建构的空洞成为诗人才华平庸的掩体。很多在这时开始经营自己声名并显赫一时的诗人，往往将经由他们所提出的"叙事"作为诗歌复杂性的必然保障，但充其量只是以分行的形式留下了一些拉杂的事体，使得这些作品显得表面繁复，实则缺乏精神内力。与这一风潮相比，叶辉的轻盈，在于他不会遁入理论和修辞的漩涡。他对日常物象的亲近和研习，并不是为了导向某种知识的炫耀，而是着力于一种美学趣味和气质的养成——"要紧的是你是否有能力离开诗，进入真正的生活"[1]，这让他的诗中留有足够的缝隙供语言和物象自由呼吸。

　　但需要说明的是，轻盈并不意味着简单和怠惰，它仍然有赖于诗人足够的创造力，在语言中塑成风格。尽管在前文中，叶辉强调了自己聆听物象背后可能性的"消极承袭"能力，但落实到具体的诗歌形态上，轻盈的诗风仍然是他在语言中主动创造的结果。其中，意象与关联词的关系值得注意。一方面，叶辉诗中意象众多，往往并不具体展开，但每个意象都自带一种气息、一个自身的小宇宙，构成了一个丰盈的世界。他认为，《易经》中强调一个事物的变化带来整体变化的观念和写诗很像，给他以很大影响。由一个字、一个意象的改动来带动诗歌整体观感的变化，比如 2010 年之后一批试触现实的诗歌就以现实意象突入的方式,充分发挥了汉语诗歌中"意象"的灵活性。另一方面,叶辉并未简单地将这些意象堆叠在一起,而是用关联词将它们组合起来,因而有效地控制了诗歌内部的张弛度,连接词的果决、简省,乃至通过否定词达成的多重转折,比如《县令》中的"但""而",《远观》中的"除了",《在糖果店》中的"不是""也不是",使得诗歌内部的层次和褶皱丰富起来,构成了一个紧凑的内部空间。但这些关联词并非强加上去的,而是基于诗人对物象间联系的发现或构想,正如前文所述,这有赖于诗人对事物自身声音长期的倾听和思考。时下与叶辉同被归在"江南"名下的几位诗人,诗风也大多简洁。但一个显见的问题便是"轻"造成的失重感。他们当中有些以呼天抢地的家国指涉,有些以声色绮靡的江南营构,形成了各自的写作特征,但主体往往是怠惰的。他们经常只是以排比的方式摆放、堆叠出了一些意象,由这些意象自身携带的暗示力,组合成一幅似是而非的图景,以唤起人们心中的江南想象;又或者过于紧贴物象的浮表,亦步亦趋地织就景物,而仅仅在诗歌结尾腾空一跃,砸下喻指。相比之下,叶辉以更为持续的深入,呈现了主动镂空的姿态和诗歌结构上的平衡。他通过精准的描述、视角的选择、繁简的调配、臻于极致的概括力来抵达诗歌的轻盈,而非依赖或此或彼的暗示。如果确乎存在一方南方小镇,它绝非仅仅是一团似有还无的雾气,它包含着更多的复杂性——循环、静滞中的冲撞,奔突之后的陡然柔弱,或无数世代的诞生与寂灭,需要写作者去主动建筑起来。这提示我们,即便是一种轻盈的诗学,也永远是透彻的产物,而非懒散的结果。

"我将不断吃,不断重建/一些飞鸟、一些野蛮的东西。"(《树木摇曳的姿态》)[2]78就已经呈现的作品来看,叶辉以一种轻逸而富有力度的方式,构筑了时代、世变、无常,以及属于东方古老智慧的此消彼长的奥秘,并且,他仍在不断地建筑和吐纳着他的南方,或某个他处。他的小镇空灵,但并非完全神秘莫测,那些雕镂得当的诗行至少构成了某种召唤:放弃永远有千百种滑落的方式,而唯有持续掘进的诗人,才具有偶然窥得轻盈奥秘的资格。

参考文献:
[1] 叶辉,木朵.我宁愿像个巫师[J].中国诗人,2004(2).
[2] 叶辉.对应[M].广州:花城出版社,2009.
[3] 马林·索雷斯库.水的空白[M].高兴,译.上海:上海人民出版社,2013.
[4] 夏尔·波德莱尔.人人背着喀迈拉[M]//恶之花巴黎的忧郁.钱春绮,译.北京:人民文学出版社,1991:388.
[5] 庄子.齐物论[M].陈鼓应,注译.北京:中华书局,2016:60.
[6] 叶辉.叶辉的诗[J].大家,2011(13).

［ 7 ］叶辉.叶辉的诗(组诗)［J］.诗潮,2018(6).

［ 8 ］叶辉.在太空行走(组诗)［J］.诗歌月刊,2010(9).

［ 9 ］叶辉.古代乡村疑案(组诗)［J］.草堂,2018(6).

［10］叶辉.古代乡村疑案(四首)［M］//川上·象形 2014.武汉:长江文艺出版社,2014.

［11］叶辉.木偶的比喻(十二首)［J］.江南(江南诗),2019(2).

［12］李乃清.叶辉以往的一切时时会浮现出来［J］.南方人物周刊,2018(30).

［13］朱朱.空城记［J］.东方艺术,2006(3):116.

——原载《江汉学术》2020 年第 3 期:13—21

紧贴自身的可能性与当代诗的强度

——以姜涛诗歌为考察中心

◎ 李国华

摘　要：从郭沫若开始，中国新诗的写作就存在以一驭多的元话语。这既是一种诗歌写作方式，也标示了新诗诗人发声的位置。姜涛诗歌中同样存在这一元话语，但没有延续元话语背后强大的主体形象，姜涛诗中的主体反而显得游移不定，镶嵌在整个社会结构的内部。姜涛的诗由此也表现出"一切只发生在一首诗里"的特征，深刻地表征了当代诗的社会结构处境。通过在诗中反复寻找和检验发声位置的可靠性，姜涛象征性地找到了"山洞"作为暂时的方案。"山洞"作为诗人自我反复位移的具象空间，透射着诗人的智慧、无奈和诡谲，生产出诗人和知识分子"沉溺于收集"、频繁地介入当代生活的可能性来。而这是一种紧贴自身的可能性，延展了当代诗的政治强度，使其不再需要去向哲学和政治寻求援手，诗与艺术即已自足。在这个意义上，讨论姜涛诗歌的可能性问题，有助于重新衡量当代诗的价值和意义，重新理解当代诗在新诗史上的位置。

关键词：姜涛；当代诗；新诗史；政治强度

读姜涛诗不是一件容易的事。首先，捕捉他发声的位置是困难的。有论者认为姜涛是从郊区的自习室发声的，因此能从容出入并自我救赎[1]，也有论者认为姜涛是从被动的位置发声的，而且象征着当今时代知识分子的位置[2]。这些说法都是捕捉诗人发声位置的有益尝试，或者一定程度上找到了创作主体的客观对应物，或者替整个当代史背书，将姜涛的诗纳入了当代史的具体脉络。姜涛自己则强调，自己发声的位置与"有所关注但无力介入的态度"有关，"自然"成为诗歌内部的戏剧情境中的"观众"[3]。将"自然"拟想为诗歌内部的"观众"的诗人，就像是向虚空发声，其自身的位置感并不确切，这大概是让人难以捕捉其发声位置的一种因素吧。其次，姜涛在文面上常常不给出句点，但又偶尔给出句点，使人不容易有效判断其诗思的段落和完结的形态。标点符号虽然是小事，往往与诗思关系不大，但也并非毫无关系。如果句点的使用，构成了常规性的缺席，大概还是有一些深意的。这便费人猜详。再次，知识分子式的狡黠和堆砌，行话和俚语荆天棘地地插满貌似口语写作的诗行，这些自然是引人入胜的桥梁，也是拒人千里的篱墙。最后，姜涛诗看起来多是即兴之作。即兴之作的要素在于即兴性、个人性甚至私人性，不用典，却比用典的诗更难以理解和分析。即兴、个人、私人的词与物虽然也有一定的公共性和通约性，但更多的是陌生、独异并因而难以共鸣共情的词与物；即使是在表达得相当锐利和鲜明的情形下，诗人与读者之间也未必能在同一个平面上互递信息、互通有无。因此，笔者试图通过一些笨拙的办法来猎取姜涛诗中可能存在的平面，并传递给作者一些信息。

一、以一驭多的元话语

我以为，在姜涛漫长的诗歌写作实践中，有一种话语机制是反复出现的，这种话语就是以一驭多。一分为二或一分为三，是很重要的哲学之思，姜涛的诗思大概与这类抽象的东西不太有关联，他直接面对的是"多"，并试图从多中提取出"一"来。如果追踪新诗史的脉络，不难联想到晚清诗人黄遵宪等人热衷新事物的诗情，也不难钩稽郭沫若20世纪20年代对"一的一切"和"一切的一"的广泛兴趣，甚至冯至因为战争而不得不多方迁徙，于是对一切野花闲草产生诗情的表达，也都可以视为姜涛诗歌写作的诗歌史前提。但是凭借这些脉络性现象的存在而定位姜涛，可能会在拉出历史纵深的同时磨平姜涛诗的个性。但我仍然觉得作为极度抽象的话语，姜涛诗里的以一驭多问题值得认真分析；当然，要旨是分析其具体内容和表现。

如果缩短一下历史后视镜的焦距，我更愿意从张曙光的《垃圾箱》谈起。该诗劈头写"诗歌怎样才能容纳更为广阔的经验"，接下来以"被砍伐着的杉树/和即将耗尽的白天"说明"那些美好的事物"后，强调诗歌"应该成为一只垃圾箱"，以"包容下我们时代全部的生命"，那些"呕吐物，避孕套"等"美好的事物"之外的事物，最终却感叹"生活"虽是"多么美好的字眼"，"但/这些也不过是些垃圾而已"[4]161。虽然也是在以一驭多的话语之下表达"诗歌怎样才能容纳更为广阔的经验"的问题，但张曙光可能会认为我上面所勾勒的新诗脉络都背弃了生活。而他所启用的垃圾分类法的生活理解，其实是将曾经被扫进垃圾箱的生活内容变换为"我们时代全部的生命"，甚至不无将"那些美好的事物"驱逐出境的嫌疑，因为他认为"美好的字眼""也不过是些垃圾而已"。张曙光的表达自然也不是一种简单的二元对立式的对新诗传统的拒斥，因为他曾经在《责任》一诗中表示，虽无什么意义，但"写诗如同活着，只是为了/责任，或灵魂的高贵而美丽/一如我们伟大的先人,在狂风中怒吼/或经历地狱烈焰的洗礼"[4]24。一方面抵抗着历史和现实的虚无,一方面赓续着充满波德莱尔趣味的现代主义传统,张曙光将一些也许原本属于"下半身写作"的形式因素拉进了"灵魂的高贵而美丽"的"垃圾箱",重新规划了诗歌的疆域。在20世纪90年代新诗的写作中,据我个人的观察,张曙光的方式很有代表性,而且也延伸到了姜涛的诗歌写作中。也许有人会认为萧开愚、臧棣或陈东东是姜涛真正致意的前辈,但我的目的不在于寻找某种影响的痕迹或私人的习气,而在于某种更为宏观的历史脉络的简单勾勒。我以为当姜涛在诗中写下诸如"穿着考究的时候/就拿自己当了局外人/纷纷行走在 AV 片中的外景空间"(《少壮派报告》)[5]31,"一行新人样子摩登/还等在门外,唇上打了铁钉/裸着的胳膊上,软塌塌/印上图腾。他们被集体/拔去了插头吗?"(《蛇形湖边——给明迪》)[6]183 等句子,表现出对当下生活的灰色地带或非常规地带的热烈胃口,诗歌在他手中就有了与张曙光的家族相似性。在灰色地带或非常规地带工作的热情,从题材选择上来说,《包养之诗》《为整容后依然获捕的刑事犯而作》等诗要表现得更为确切,它们共同构成了姜涛对多的理解和接纳的广度和限度。姜涛试图将一切收纳进他的诗歌表达,并偏重于收集那尚未被诗歌形式化的灰色地带或非常规地带的事物;而张曙光那一辈诗人也算得上已著先鞭。因此,虽然不妨将历史的光谱排得更加阔远,但我还是更愿意在90年代新诗的基础上把握姜涛的诗歌写作,把他诗中对于灰色地带或非常规地带的表达视为新诗反崇高后重新介入历史和现实的努力。如果"存在与虚无"可以以诗题的方式存在于张曙光一辈诗人的表达中(张曙光有诗名《存在与虚无》直接图解萨特),这意味着虚无是他们写作的核心动力,姜涛的写作则要具体得多,充实得多;甚至不妨借用鲁迅的表达,不是虚无,而是构成了姜涛写作的核心动力。下列姜涛在不同年代写下的诗行,大概可以作证:

> 九岁拿起一盏灯火走在两种事物间
> 拿着更多的方向
> 在他四十岁的父亲面前
>
> ——《一个孩子》[7]115(1994 年)

> 桃花注定开放,与此有关的知识
> 正在书库里轻轻澎湃
>
> ——《图书馆前的桃花》[8]171(1995 年)

> 掀开一千重的帷幕
> 广大屋中,只有一张脸

面对名词,面对绵延无尽的勇气

——《信纸边缘的附录》[6]17(1995 年)

一个学童呆立树下
惊讶于事物周边流下的黑暗

——《黄昏颂歌》[6]25(1995 年)

对于乘客来说:一切如其所是
这边是车窗上扁平的自我,那边是微微发福的地平线

——《京津高速公路上的陈述与转述》[7]138(1996 年)

然而是否所有的欢笑、牙痛和体臭
都能汇成旋涡状的楼梯口

——《与班主任的合作》[7]98(1998 年)

它们的准则是原地不动
和每一件经过的事物接吻
又不担心将它们轮番忘记

——《另一个一生》[7]32(2003 年)

无论输多赢少,不要太紧张
一切只发生在一首诗里。

——《内心的苇草》[7]24(2003 年)

它们层叠着、晦涩着、在春光里充斥着
正等待一个知识分子沉溺于收集。

——《即景》[7]45(2003 年)

但世界像魔方,会变出不同的花样
我和你们一样,也只懂得拼出一种颜色

——《网上答疑》[7]13(2003 年)

其实,这么多年了,我也习惯了

坐在沙发上,看缤纷画屏,看四壁落满脚印
就像坐在泥石流里,看众鸟高飞
看周围高低错落彼此一点点崩坏了的山

——《矫正记》[5]71(2006 年)

暗地里,他们摆弄新买的草帽
把海滩人物和飞鸟收藏进相机。

——《在恒春海滩》[5]34(2010 年)

原来如此,手段不相上下
我站着拍照,镜头像旋涡吸入了万有
你展翅追踪,向世界吐露恶声
海水不平,山木也嶙峋
油炸食品沿曲线低空抛出
却吻合了大众口味,也包括你我
相逢瞬间各取了需要

——《海鸥》[5]30(2010 年)

　　虽然我在每一首诗后面注上写作时间,但我无意追溯姜涛诗艺的形成史。我仅仅要借以表达的意思是,在反复出现的话语现象背后,可能存在着诗人磨砺诗艺以一驭多的元话语。具体来说,"拿着更多方向"的孩子来到"他四十岁的父亲"面前,大概是希望父亲选出一个方面,这意味着"多"渴望着"一"的统领;与桃花开放有关的知识很多,但都由书库统一保管,有一定的范围和界限;帷幕千重,都不过是为了掩饰或者烘托一张脸;"事物周边流下的黑暗"自然是无数的,但收于一个学童惊讶的眼中;"一切如其所是",即是看见了一切,并且看见了"一切的一"[9],与郭沫若《凤凰涅槃》构成了遥远的对话;"所有的欢笑、牙痛和体臭""能汇成旋涡状的楼梯口",则意味着"多"可能自动走向和形成"一";"一个知识分子沉溺于收集",即意味着知识分子自居于"一"的位置,要收纳"多";"原地不动"意味着"一",而所谓"和每一件经过的事物接吻","又不担心将它们轮番忘记",即意味着与"多"亲密关联,并准确记忆和定位;"一切只发生在一首诗里",是"多"被"一"所涵纳和界定的表达,因此"不要太紧张",不要从"多"的角度考虑问题;世界"会变出不同的花样",但"我和你们"都"只懂得拼出一种颜色",看似无奈的多中取一,其实也不乏以一驭多的趣味;"坐在沙发上""就像坐在泥石流里""看缤纷画屏""看众鸟高飞",在"一"与"多"的对峙中,"一"的位置虽然"就像坐在泥石流里",

危险而不安,但仍然构成与"多"的对峙,虽流动而不错乱;"把海滩人物和飞鸟收藏进相机",相机是"一",海滩人物和飞鸟是"多",收藏因此就是以一驭多的一个动作;而"我站着拍照,镜头像旋涡吸入了万有"更鲜明和尖锐地表达了以一驭多这一话语机制所可能演化出的话语形象,深刻地表征着姜涛诗艺的取经。如果做一些简单推演的话,我以为姜涛始终在追寻"一切只发生在一首诗里"的可能性,不管是以旋涡还是以相机或者镜头为喻,他可能都希望诗歌足以表达"万有"。这既是一种宏大的抱负,也不能不说是一种从新诗曾有的介入社会政治的光荣史中收缩回来之后的微呻。

虽然说与张曙光相比,实有构成了姜涛写诗的核心动力,但这"实有",如果落脚在类似"坐在沙发上,看缤纷画屏,看四壁落满脚印/就像坐在泥石流里,看众鸟高飞/看周围高低错落彼此一点点崩坏了的山"的抒写中,又有镜花水月之感,"实有"乃是渐渐崩坏的风景。那么,更为确切的说法是,日渐逼近的虚无和虚无体验是张曙光一辈写作的核心动力,而逐渐崩坏的实有所带来的虚无体验和流动感,是姜涛写作的核心动力。从喻体的变化上来看,在姜涛诗中,"一"的话语曾经以"四十岁的父亲"显现,仿佛是一个具有肉身的整体,后来就转成"一张脸""相机""镜头"等词语,既缺乏肉身的整体性,又像是抽象的媒介,"相机""镜头"等词语看似贯通叙述主体与世界的关系,实际上则起了间离间隔之效。这也就是说,"一"没有自己的位置,只有通过某种介质才能获得位置并显现为"一"。因此,诗人固然试图通过各种介质实现以一驭多的诗歌愿景,但表达出来的却是一种饱含犹疑的态度,即在努力以一驭多的同时却表达了无力以一驭多的慨叹。"镜头"不过是"像旋涡"而已,而"旋涡状的楼梯口"更因其乃是被汇聚成的,而非先天就有的,"吸入了万有"就只能是一种想象,离郭沫若时代那种充塞天地的诗情已经相当遥远了。如果说"吸入了万有"只能是一种想象,那么"一切只发生在一首诗里"也就透露出了一种无奈的意味,即不管诗人是否意欲以一驭多,都只能"在一首诗里"去抵达一切,只能想象性地、修辞性地逼近什么,无法抓住实有;即使是逐渐崩坏的实有,也是无法抓住的。"一切只发生在一首诗里"因此构成了理解姜涛诗最大的限制,而解读诗歌时投射到诗歌外部的努力无论如何谨慎都是不过分的。对于诗人的历史眼光和政治目光,不管多么明显地表现在《论公与私》《飞行小赞》《在酿造车间——参观镇江恒顺香醋厂》等诗中,也不妨适当减缩联想的范围。

二、寻踪主体性的努力

虽然从以一驭多的角度出发,我试图把姜涛的努力象征性地涵括在"一切只发生在一首诗里",并且强调"只"字所带来的语法效果,这似乎是在强调修辞或者语词是理解姜涛诗歌的唯一平面，但我对这种极端的猎取方式本身是持怀疑态度的。而且，尽管要求诗人或者知识分子掌握时代精神或者总体性的密钥已成幻想，我还是认为存在着某种隐秘的可能性，它始终敞开着，等待诗人或知识分子的抵达。从比喻的意义上来说，我愿意撷取姜涛《病后联想》一诗中所感慨的"原来，终生志业只属于/劳动密集型"作为猎取的路径，以寻觅通往时代精神或总体性的方向。至于把路径和方向关联起来考虑，则是考虑到标的并不清晰，难以做出描述。姜涛《病后联想》一诗如下：

> 奔波一整天，只为捧回这些
> 粉色和蓝色的小药片
> 它们堆在那儿，像许多的纽扣
> 云的纽扣、燕子的纽扣、囚徒的纽扣
> 从张枣的诗中纷纷地
> 掉了下来，从某个集中营里
> 被静悄悄送了出来
>
> 原来，终生志业只属于
> 劳动密集型
> ——它曾搅动江南水乡
> 它曾累垮过腾飞的东亚
> 想清楚这一点
> 今夏，计划沿渤海慢跑
> 那里开发区无人，适合独自吐纳[6]182

从我个人的喜好而言，这首写于 2014 年的诗是我最喜欢的姜涛的诗。它清晰可感地指向诗人的肉身，虽然诗意仍然有意晦涩，句点故意缺席，但撤去了不少叙述的支架，没有似假还真的全知视角和限制视角。如果说姜涛的大部分诗都不免给人以为人操纵而于舞台活动之感，这首诗倒是真人露相，有灵韵乍现了。但是，个人的好恶并不足论，诗人像导演一样写诗，自己并不上场，或者诗人赤膊上阵，自演自绎自抒胸襟，也并不是论诗之好坏的凭据。我之所以特别强调《病后联想》是"姜涛的"诗，是要寻找一些特征化或风格化的内容，并且刻意省略中外现代诗史上汗牛充栋的关于疾病与隐喻诗学相连的现象。如同这首诗显现的那样，姜涛刻意调动的"只为""只属于"等词汇，是普遍地散落在其诗中的话语现象，勾连的是一种往往从后果出发的话语法则。如果要用一个字来概括对姜涛诗的理解，我将冒险尝试用"只"字来理解。在我看来，姜涛确实是一位后果论者,他从未试图冒用先知之名,也很少在诗中动用先知的语法。假如他的诗偶尔也给人以预言的感觉,那也是因为时代的风吹来,让人误以为背对未来的诗人是面向未来。本雅明在《历史哲学论纲》中分析保罗·克利的画作《新天使》时说:

> 保罗·克利(Paul Klee)的《新天使》(Angelus Novus)画的是一个天使看上去正要从他入神地注视的事物旁离去。他凝视着前方,他的嘴微张,他的翅膀张开了。人们就是这样描绘历史天使的。他的脸朝着过去。在我们认为是一连串事件的地方,他看到的是一场单一的灾难。这场灾难堆积着尸骸,将它们抛弃在他的面前。天使想停下来唤醒死者,把破碎的世界修补完整。可是从天堂吹来了一阵风暴,它猛烈地吹击着天使的翅膀,以至他再也无法把它们收拢。这风暴无可抗拒地把天使刮飞向他背对着的未来,而他所面对的残垣断壁却越堆越高,直逼天际。这场风暴就是我们所称的进步。[10]

姜涛诗的叙述者往往就是看到"一场单一的灾难"的天使。不同的是,姜涛诗的叙述者虽然停了下来,但并不想"唤醒死者","把破碎的世界修补完整"。这叙述者过于洞悉一切,大概丧失了"唤醒死者","把破碎的世界修补完整"的欲望,于是刻意叙述灾难过后的尴尬场景,保留世界的破碎面貌。在《病后联想》中,作为结果或后果的"粉色和蓝色的小药片"以及"开发区无人"被有意凸显,个人的疾患与时代的后果被严重并置,指向了一种后工业时代废墟的氛围,劳动密集型产业现在只剩下难以消化的后果了。对于有着宗教习气的本雅明而言,天使与灾难是无法须臾分离的一对矛盾,但对于姜涛诗的叙述者而言,灾难被孤悬在语词上,叙述主体选择的是"计划沿渤海慢跑""独自吐纳"。虽然计划未必付诸实施,但有意悬置灾难的修辞仍给人一种疏离感,疏离了曾经为中国诗人所熟悉的主体意识和彼岸关怀。"相信未来"和"面朝大海"所唤起的历史激情和乌托邦冲动,对于姜涛而言,也许只要用一用类似于"失意的双亲已去了深圳/已去了海南:面朝大海,打开电扇"(《草地上》)[5]20 之类的表达就足以消解。在后工业时代虚假来临之时,后革命的思潮已经漫无边际,当代中国人的确很难"相信未来",也很难将"面朝大海,春暖花开"从宣传海景房的广告语中拔下来重置,进入曾经激动人心的历史语境。在这个意义上,"失意的双亲已去了深圳/已去了海南:面朝大海,打开电扇"也是改革后果的表达:改革的成果被悬置了,改革的后果是物质诉求("电扇")代替了精神诉求("春暖花开"),勾画不成诗意的乌托邦。改革的成果如何,自然值得讨论,但更关键的也许是,当代中国人如何讨论改革的后果。因此,尽管姜涛诗从海子所树立的"春暖花开"的抒情话语中撤退到了"打开电扇"这样琐碎的日常生活细节,还是有必要注意这种刻意回退背后蕴涵的诗学政治能量。一个无力解决问题的叙述主体，或者一个无从解决的问题被叙述出来，大概也可以彰显当代诗的弹性，并将当代史和当代政治过于强硬的成败之见问题化。类似"相信未来""面朝大海"的积极修辞固然足以解剖或者抵抗政治，姜涛式的消极修辞也不是不能够生产出当代诗的政治强度。《病后联想》也许正是这样一首诗，在消极地承认"终生志业属于/劳动密集型"的同时，仍采取了"劳动密集型"的工作策略。诗行里不仅采集了"云的纽扣、燕子的纽扣、囚徒的纽扣""张枣的诗"等意象，意象群落给人密实之感，而且采集了"集中营""江南水乡""腾飞的东亚""开发区"等意象，进一步夯实诗行的肌理；同样地，"志业""劳动密集型"本身也是强度极大的语词。这些词语彼此相互挤压在一起，让人联想到腾飞的"东亚四小龙"及中国大陆上崛起的珠三角、长三角，彼时工厂里密密麻麻的人群。但是，一切已成为需要重新检讨的过往，曾经作为地区经济领头羊的"开发区"，如今空寂无人，"适合独自吐纳"；尤其是环渤海经济区，在环保主义、后工业革命的今天，难免有点像灾难现场。当然，与曾经的国民经济重镇东北重工业区相比，似乎还不劳天使过于费神费力。诗的尾音落在"那里开发区无人，适合独自吐纳"上，却从"劳动密集型"的修辞现场迤逦而去，展现废墟之感的同时，也像是艺术上的留白，让读者得以喘息，"适合独自吐纳"，骋想发展经济学的后果以及人类生存的某种原初状态。

按照上述解读方式，我更愿意在姜涛诗留白的地方停留。虽然时时惊异于姜涛诗行的密实，典故层出不穷，话语形态驳杂耦合，巧智如簧，挑衅人心智而不倦，我还是选择退藏守密，抓住姜涛诗的消极面进行穿凿附会，传递一些也许令人意外的消息给作者。在我看来，写于 2015 年的《菩提树下——给臧棣》一诗与《病后联想》高度相似，甚至不妨说前者是后者的高仿版。在《病后联想》中，现实的实有之物"药片"要从历史、修辞或虚构之物"集中营""云的纽扣、燕子的纽扣、囚徒的纽扣""张枣的诗"的比照中获得理解，《菩提树下——给臧棣》重复了这一路径，"鞋底有轮胎花纹/像是直接从斯大林格勒的战场/一路走回来的"，掌声"经久不息却蛮横，像诗中的小雨点/从酒吧、从墓地、从黑白照片/从深阔的犹太医院"[6]194—195，鞋、掌声和坦克之在诗行中逐渐澄明，依赖的是历史、修辞或虚构之物的比照。诗的尾音使一切停顿下来，保持空白，似乎总有一些什么是不可言说的。但"活埋"到底不太可能是鸦雀无声的，《菩提树下——给臧棣》的诗行也相对不那么密实，诗人的笔触略有游移，似乎比《病后联想》更不确定如何处置 20 世纪革命和发展的遗产以及如何安放个体。然而，这种游移和不确定恰恰是我喜欢的，我愿意再次暴露我的个人趣味，并且雄辩地表示，这种游移和不确定带来的柔弱之感为强硬、深邃、崇高、抒情的 20 世纪打上了一个问号，使我们有重新发声的可能。也正因为如此，我将"终生志业只属于/劳动密集型"猎取为概括姜涛诗的另一个平面，并且要进一步缩减到"只"字上。在这个"只"字上，姜涛表达了对于历史和现状的承认，也表达了对历史和现状的怀疑，以及对自身的怀疑、无奈和不甘：不甘于历史和现状的定位,不甘于自我和主体的沉沦,不甘于任何形式的合谋或共谋。这些都是对北岛"我不相信"式的诗学政治的反拨,但又并未大张旗鼓,而是紧贴自身,紧贴自己的肉身,紧贴自己在社会学、政治经济学、伦理学……意义上的身份,在庸俗的日常中,令人有一二感念。我以为这就可以算是一种紧贴自身的可能性,无远弗届。在这样的方向上,不管要面对怎样的"多",寻踪时代精神或者总体性,大概不是绝无可能的吧。

但我也不想在这个方向上过于激进,更反对将其视为姜涛本人的诗歌愿景。作为一个类似的劳动密集型行业的工作者,我也愿意体会大量的劳动投入与不成比例的产出之间的甘苦。只是这种得失寸心知的东西,也许不妨留在只可意会不可言传的层面。

三、自我反复位移的具象空间

我以为需要进一步提出讨论的是何为"自身",尽管在姜涛诗中存在一种紧贴自身的可能性,但这个"自身"并不是不言自明的。在前引《矫正记》一诗中,"坐在沙发上"的叙述者"就像坐在泥石流里",其位置并不稳定,"我"既是叙述者,即意味着"我"也不是在一个稳定的视域中进行叙述。那么,自身在哪里? 这是一个需要分析的问题。

从诗歌文本上来看,姜涛至少提供了三种自身的位置。第一种是一个不断向下(落、纵、滚、跳……)的自身。例如,在《我们共同的美好生活》(节选)一诗中,有:

> 我缺氧,口拙,讲不清
> 像块石头从雪岭滚下
> 滚到了车里
> 又滚回了北京[5]48

叙述者"我"曾据于某一个高点,但因为"缺氧,口拙,讲不清"而不得不"滚下","又滚回了北京",即滚回最初的低点。下滚的过程也就是叙述的流程,仿佛打开了"我们共同的美好生活"的折叠空间,显得丰富而立体。但是,叙述者的位置在哪里呢? 就成了一个不解之谜。姜涛自己对这样的状况似乎也不满意,故而在诗中又把滚下来的"我"叙述为"一个睡魔的替身":

> 事实证明,我们的厌倦系统
> 根本不能证明什么
> 江水咆哮,带走车辆的残骸

其实六年前我已不是我

搭车下山的，已是一个睡魔的替身[5]60—61

　　看起来，虽然不断向下的自身是个客观的、难以避免的存在，但诗人不愿意接受，并且虚设了一套修辞来化解客观事实带来的尴尬，即"搭车下山的，已是一个睡魔的替身"。但是，诗人何以不愿意呢？我以为《周年》提供了很好的回答：

而今我已无法倾听。

总之，该到来的总会到来

我背着一盏台灯、一台电脑

飞过了夏天和冬天，又飞过了大海

如今，落在了这间新公寓里

万籁俱寂，碧海青天

——我登上天台，独自去检阅

那些兔子、蛤蟆、痴汉、卫星或者导弹

万物伸出新的援手，却不能解释

我至今迟迟不能开口的理由[5]43

　　"我"承认并接受下落的事实，但仍然要"登上天台，独自去检阅"。这其实就是说，"我"的不断向下是有限度的，绝不愿意与真正的下流社会沆瀣一气，一旦有泯然众人的危险，"我"就要"登上天台，独自去检阅"。而且，在"我"的视域中，虽然"万物伸出新的援手"也不能解释"我"为何"至今迟迟不能开口"，但万物终归是伸出了新的援手，向"我"展示了可能性的图景。不过，我并不认为这种可能性的图景就是诗人的愿景，姜涛面对木朵的追问时也否认了这一点。他表示：

　　我倒不期望"更高级"的视角出现，能轻易地鸟瞰一切，"当代诗"无法自动拔升起来，那需要更广泛的心智重建。这样一说，那首诗也不必写的，像明白人所说的，今夜做什么都太轻浮了，过了一年也仍如此，轻浮就罢了，没必要再把对轻浮的看法再"轻浮"一遍。[6]232

　　姜涛诗中有灾难，但并没有天使，没有超越众生的上帝视角。这是需要再次强调的特点。那么，在泯然众人的危险与独表于万物之上的"轻浮"之间，姜涛是如何去就的呢？我愿意以《即景》一诗作为观察的证据：

> 又是一年草木葱茏，天色氤氲
> 我站在阳台上，看小区警卫
> 三三两两把守疫情和道路
> 尘土扬起，在阳光下抖动金色衣袂
> 狗儿吠叫，好让一身筋骨发育在痒处。
>
> 我不理解气味，不理解主妇嘴里为什么
> 突然冒出了东北话，不理解肌肉里那些纤维状的山麓
> 其实我不理解的还有很多
> 它们层叠着、晦涩着、在春光里充斥着
> 正等待一个知识分子沉溺于收集。
>
> 他和我一样，站在六层的高度、危情的高度
> 重新将各种各样植物的族谱默念
> 只有一点不同，他穿着高领毛衣，露出喉结和头颅
> 而我的圆领衫久经漂洗：又是一年
> 春光涣散，勾出男人的胸乳[7]45

　　"我"虽取得了俯瞰的视角，但对于小区的一切其实都是"不理解"的，只能"沉溺于收集"。与此同时，"我"还发现了同类，"他和我一样，站在六层的高度、危情的高度"。这个同类带来的警醒是惊人的，"他"提示"我"，"我"的高度并不高，而且是"危情的高度"；"他"还提示"我"，彼此虽然是同类，都在默念"植物的族谱"，但生活习性全然两样，仿佛是两个世界的人。这便意味着，"站在阳台上"所提供的高度并不足以直通上帝视角，也就不足以将那不理解的"多"统一规划进某种总体性结构中；而且，即使"我"给出了某种总体性结构，和"他"的也可能是不一样的。那么，总体性何在呢？我想这可以算是姜涛视"更高级"的视角为"轻浮"的逻辑吧。这并不是说姜涛要放弃俯瞰的视角。实际上，我认为俯瞰的视角就像上面所引述的诗歌表现的那样，是普遍存在于姜涛诗中的，是叙述者使自己免于泯然众人的法宝。而为了规避独表于万物的"轻浮"，姜涛的办法是找到同样据于某一制高点的同类，借同类的存在警醒自己自拟为上帝的虚妄。这一点在《海鸥》一诗中也有典型表现。"站着拍照"的"我"与"展翅追踪"的海鸥都据于制高点俯瞰猎取的对象，但其结果不过是"相逢瞬间各取了需要"而已，"我"

拍下了海鸥展翅飞翔的姿态,海鸥则获得了"沿曲线低空抛出"的油炸食品。那么,"我"是通过镜头"吸入了万有",还是仅仅"吻合了大众口味",显然成了问题。因此,不管"我"据于何种制高点上,当然不是掌管万有的上帝。在这个意义上,海鸥作为同类提醒了"我":"原来如此,手段不相上下"。从文本现象来看,据于某一制高点或不断往上攀登的自我,是姜涛提供的第二种自身位置,但自身的确定性并没有因之落槌。

　　假如并不一定要凭借位置的确定性来把握自身问题,那么,在姜涛诗中也许有第三种状况是更值得注意的,那是一种自身在上下之间反复位移的状况。虽然自身始终在发生位移,仿佛是一个始终在路上的形象,但位移的区间大抵是确定的。这种状况正像姜涛在 2014 年写的《"小农经济像根草"》一诗中所描述的那样,诗人的一切手艺就像是在"研习禽鸟合群的技术/分析上升流动与下纵的猛烈"[8]13,只有分析清楚了"上升流动与下纵的猛烈",自身的形象才能得以显现,紧贴自身的可能性才能得以捕捉。即如在《"小农经济像根草"》一诗中,诗思可谓上天入地,地上是"绿油油一片稻子/星罗棋布,都是养鸡场",天上是"新一代人借助卫星、火箭/不再想着置业,只迷恋时空疏浚/在银河漫步,在土星土改",位移的区间是无法衡量的,但最终诗却写"可这幻觉来得快去更快/只坐了一小会儿,就感觉两个脚步/像两只摇晃的小船"[8]12-13,可见无限度的位移只是"幻觉",真正的位移区间不过在两脚的摇晃之间,切近自身而无从脱缰而去,故而诗思虽在"迷恋时空疏浚",却会突然冒出"在土星土改"这样的谐谑之语。鲁迅分析"一人得道,鸡犬升天"时曾经说过:"也就是大大的变化了,其实却等于并没有变化。"[11]如果远在土星也不过是进行熟悉的土改,那就和"坐地日行八万里"有某种相关性,似乎并没有发生位移,只是坐着不动,与一切可能性擦肩而过。但是,与其质疑这种动之不动,不如去猜测,姜涛是通过呈现反复位移的虚幻性来"分析上升流动与下纵的猛烈",还原人事的凡俗,挤压出紧贴自身的可能性来。

　　在上述三种自身的位置中,我以为第三种是最重要的,第一种和第二种都不过是反复位移过程中出现的奇点,指向虚幻,酝酿变化,是第三种自身的位置的组成部分。在这个意义上,关于诗人是从郊区的自习室发声的判断,可谓深刻。但我更愿意通过姜涛2011 年写作、2015 年定稿的《洞中一日》来做尝试性的定位:

> 现如今,住的是足够高了
> 仿佛伸一伸手,就能摸到
> 洞顶的雪(这新房
> 怎么看都更像一个山洞)
> 没有毛瑟枪,就拿把毛刷吧
> 涂抹壁上几道爪痕

新添的,带了一点母性。[6]196

　　这是一首不妨引得更长的诗,隐含着姜涛对革命的有趣理解,但我无意于此,只想指出,这首诗的叙述者即使"住的是足够高了",也会反写李白"危楼高百尺,手可摘星辰。不敢高声语,恐惊天上人"的狂想,即刻贴近土地,将高楼的一格空间想象成山体的一个组成部分,"更像一个山洞",从而控制住"上升流动"的空间。一旦"上升流动"的空间被控制住了,那么"下纵的猛烈"也就被控制住了。一切都紧紧贴住自己的肉身,"仿佛伸一伸手,就能摸到/洞顶的雪",无论多么诡奇的世象,也都是具有可感可触的肉身的。这个"山洞",这个既离天更近了又仍在地中的"山洞",大概就是自我反复位移的具象空间,透射着诗人的智慧、无奈和诡谲,生产出诗人和知识分子"沉溺于收集",频繁地介入当代生活的可能性来。这甚至都不需要去向哲学和政治寻求援手,诗与艺术即已自足。

参考文献:

[1] 王辰龙. 郊区的自习室与窗外的鸟:论姜涛的诗[J]. 新文学评论,2016(2):
　　　43 - 50.
[2] 王东东. 文本化、自然和人:当代诗中的情感教育:试论姜涛的诗歌写作[J]. 诗
　　　探索,2008(1):86 - 96.
[3] 姜涛. 窗外的群山反倒像是观众[M]//孙文波. 当代诗. 北京:文化艺术出版社,
　　　2012:117 - 130.
[4] 张曙光. 小丑的花格外衣[M]. 北京:文化艺术出版社,1998.
[5] 姜涛. 好消息:姜涛诗选[M]. 台北:秀威资讯科技股份有限公司,2013.
[6] 姜涛. 洞中一日[M]. 南宁:广西人民出版社,2017.
[7] 姜涛. 鸟经[M]. 上海:上海三联书店,2005.
[8] 姜涛. 我们共同的美好生活[M]. 济南:山东文艺出版社,2016.
[9] 郭沫若. 女神·凤凰涅槃[M]//郭沫若全集·文学编:第1卷. 北京:人民文学
　　　出版社,1982:43.
[10] 本雅明. 启迪:本雅明文选[M]. 阿伦特,编. 张旭东,王斑,译. 北京:生活·读
　　　书·新知三联书店,2014:270.
[11] 鲁迅. 且介亭杂文·中国文坛上的鬼魅[M]//鲁迅全集:第6卷. 北京:人民文
　　　学出版社,2005:156.

——原载《江汉学术》2019 年第 1 期:62—69

论李强"家乡系列"诗歌的特质与对母题的拓展

◎ 张　贞

摘　要：诗人李强的"家乡系列"诗歌在审美意象的塑造上具有细腻深邃、丰富多样的特征。诗人运用由中国古代诗歌延续而来的各种"乡愁"意象，通过通感、时空交融等艺术手法拓展了"故乡"的表达范围，超越了个体的生命体验，一方面引起读者感同身受的情感体验，另一方面把这种情感体验引向更加深远的艺术境界，从而把读者从个体独断封闭的现实经验世界中解脱出来，通过审美达到一个更加自由、广阔的精神世界。同时，诗人进一步丰富和拓展了"乡愁诗"的审美意蕴，着重描写了"故乡"的质朴、温暖和亲切，使故乡的美好与恬静不仅仅停留在美好的记忆中，更和当下的现实生活产生互动与连接，并赋予主体更强的生命动力，"乡愁"也因而具有了更为积极、主动的审美内涵。此外，诗人还用远距离审视和儿童化视角的艺术技巧，带领读者进入本真的艺术审美世界，以期实现跨越时空的心灵沟通以及"乡愁"母题的时代拓展。

关键词：李强；故乡；审美意象；审美意蕴；乡愁

正如海德格尔所说，"诗人的天职就是还乡，还乡使故土成为亲近本源之处"。故乡，在诗人的笔下是亘古不变的诉说对象和情感载体。然而在每位诗人笔下，故乡又是不同的。千百年来，诗人写尽了故乡的亲情、爱情和家国情。如何在这些纷繁复杂的文学意象中寻找书写技巧、情绪渲染和审美意蕴的突破，成为当代诗人的一个重要文学使命。诗人李强的"家乡系列"诗歌，恰好在这一层面上进行了自己的探索和尝试。

一、跨越时空的心灵沟通：细腻深邃与丰富多样的审美意象

所谓"托物言志""借物抒情"，诗人写故乡，往往借助自然景物来抒发自己的思乡之情。王次澄在《唐代乡愁诗的时空与意象》中提到："唐人乡愁诗中最常见的表征意

象是:雁、月、梦和酒。"[1]实际上,中国古代诗歌中关于乡愁的意象十分丰富,包括花、雨、云、雾……一草一木,都能在诗人笔下成为思乡的载体。这些意象及其所携带的"乡愁"意蕴,通过集体无意识代代传承,在后世诗人和读者那里形成了跨越时空的心灵沟通。以"水"这个意象为例,从《诗经》名篇《蒹葭》《汉广》开始,"水"就具备了阻隔、障碍的意味,并携带着因为阻隔而更加思慕的心理和情感模式。正是从这一文学传统延续而来,余光中《乡愁》中"对游子和新娘被'水'所隔,游子渴望一张'船票'回到新娘身边的抒写,因为暗中指涉了古典爱情诗中的'水'意象,关合了'间阻/思慕'模式"[2]而更加缠绵悱恻、美丽动人。再来看"月"这个意象,自古以来,月与怀思总是相伴而行,从"举头望明月,低头思故乡"(李白《静夜思》)"春风又绿江南岸,明月何时照我还"(王安石《泊船瓜洲》)到"我爱橙黄的月影/怀抱着故乡的淡青的情绪"(冯乃超《乡愁》)、"你的悲哀已揉进我的/如月色揉进山中而每逢/月凉如水　就会触我旧日疼痛"(席慕蓉《非离别》),每当诗人仰头望月,思乡之情便会穿过岁月纷至沓来。可以说,在中国文学传统中,水、月等意象自身携带着直接引起乡愁的"召唤结构",后世的诗人一旦使用这些意象,便会唤起接受者对"乡愁"的深厚体味。

在李强的"家乡系列"诗歌中,这些由传统文学延续而来的审美意象随处可见。花、树、云、风、水、梦、萤火虫、目光、声音……诗人徜徉在磅礴深远的传统文学历史长河和韵味无穷的现实日常生活中,把各种琐细的生活场景凝聚成细腻深邃、丰富多样的审美意象,又用精美的文学技巧将其细细编织,在时空跨越中与读者进行心灵沟通。

同时,他又突破了单一的意象塑造,用多种意象打通视觉、听觉、味觉、嗅觉、触觉之间的界限,延展了读者的审美过程,使读者的审美感受更加多元化、立体化。如在《美好事物渐渐走远》这首诗中,诗人先把故乡的美好视觉化为和小伙伴们一起采过的范和竹笋、一起捡过的山茶果、一起砍过的苞茅秆、一起嚼过的玉米秆和茅草根,继而笔锋一转,从视觉转向味觉,写少时嚼过的玉米秆和茅草根"有点涩,有点浆,有点泥土的芬芳",这里的"涩、浆和泥土的芬芳",与其说是玉米秆和茅草根的味道,不如说是故乡在味觉中保留的记忆,这种视觉与味觉的交融,提升了诗歌的审美张力,丰富了读者的审美感受。与此相仿,在《坤厚里》这首诗中,诗人写暮色中的坤厚里是"古藤与藤椅",是"老花镜与万花筒",这些意象是停滞不变的,永远守候在原地,等待远行游子如期归来,然而"唯独声音例外/唯独声音/一走再没有回来"。这一瞬间,读者的听觉被开启,而且是追逐少年时稚嫩童声的遥远知觉。变化了的、再也回不去的听觉和不变的、永远等候的视觉凝聚在一起,使读者既有往事不再的惆怅,又有对故乡永远的记挂和依靠。

生活和想象永远是诗歌最深厚的滋养,李强在一次访谈中说道:"我生长在鄂赣交界的一个山区小镇上,幕阜山群峰耸立,朝阳河玉带绵延,青石铺就的街道光滑可鉴,原木搭成的门窗吱呀有声,偏僻贫瘠不掩古朴宁静之美。三月油菜花开,满畈金黄。四月杜鹃花开,漫山红遍。五月兰花的芬芳沁人肺腑又若有若无,藏身于杂树乱草丛里而难觅踪影。一条砂石路连接武汉南昌,路的两旁是整齐高大的白杨树,树叶泛黄的时候,新学年就开始了;落叶纷飞的时候,春节就要到了,就会有更多的烟雾和香气弥漫开来,经久不散。朝阳河从我家附近流过,一座石桥横跨在 20 米宽的河上,一座石井雕龙刻凤和台阶上青葱茂盛的苔藓一同见证着年代的悠久。一年又一年,我在河里淘米洗菜,捉鱼摸虾,浸泡在缓缓东去的河水里仰望蓝天白云发呆。"[3] 山、河、街道、门窗、花、树、桥、台阶、烟雾、香气……这些幼年时日夜相伴的景象,经过唐诗宋词和现代诗歌的沉淀与传承,浸入诗人的血脉骨肉,携带着诗人丰富的生命体验,在诗人笔下汇聚成五彩斑斓的审美意象,使怀乡之情的表述更加细腻深邃,同时也突破了文学表达中的时空界限,形成更为丰富多样的审美表达。

如《出门在外的日子》:"……出门在外的日子格外想家/想温暖覆盖的房屋与灯火/想亲切簇拥的目光和声音/想一棵长不高的树/想一朵飘不去的云/……出门在外的日子轻飘飘的/一阵风能吹到天涯海角/一场雪能埋去十年八年/出门在外的日子沉甸甸的/一低头一驻足/便压弯了腰。"[4]11—12 诗中的房屋、灯火、目光、声音、树、云本是静止的,携带着故乡的气息凝固在几十年前遥远的村庄里,是一幅表达瞬间观感的乡村炊烟图,但是诗人让"风"吹动了这些停滞的意象,将故乡的温暖吹到天涯海角,抚慰了游子的思乡之情。同时又用"雪"把过往的岁月封存、沉淀,酝酿出沉甸甸的文化记忆,使游子的行囊更厚重、人生更浓醇。

再如《红花鳍,白鳍豚》:"细雨微风后/山村升起彩虹/老人们说/彩虹落到小红山/就托身为九节兰/彩虹落进朝阳河/就托身为红花鳍 红花鳍真美丽/一看到红花鳍/就想到官庄的陈早香 一天又一天/我爬上河边驼背树上发呆/像以往一样/望着游来游去的红花鳍发呆/我对它们说/我不钓你们/你们告诉我/就这样一生一世待在龙港/还是也想去看看远方 红花鳍说话了/游在前面的红花鳍说话了/我们在锻炼/炼出了真功夫/一定会游到富河/游到网湖/游到长江/溯流而上到大汉口/见一见长江精灵白鳍豚 这都是四十多年前的事了/我也是五十多岁的人了/偶尔也回龙港/再没有见到红花鳍/一直待在武汉/从没有见过白鳍豚。"[5] 四十多年前的红花鳍和四十多年后的白鳍豚通过游走的诗人进行对话,红花鳍是少时彩虹般理想的化身,白鳍豚是成年后仍在远方的梦想寄托。白鳍豚激励着红花鳍不断追逐,红花鳍也许并不知道即使到达奋斗的目的地,依然见不到白鳍豚。隔着四十多年的时空,红花鳍承载着诗人关于青春、梦想、故乡、奋斗的记忆,白鳍豚则成为现实、成长、无奈、沉重的载体。红花鳍生活的朝阳河和白鳍豚生活的长江,两个相隔甚远却似曾相识的空间,用相互呼应的方式构筑了时间流动的历史感。这两个空间的呼应和叠加把转瞬即逝的、短暂的空间延伸到几十年的时间流动中,使读者跟着诗人不断向自己的心灵纵深处去探寻,去思考历史与人生。

同时,又因为有这两个具体可感的空间和意象的存在,读者能够直接、形象地进行艺术审美,获得更加真切而具体的审美体验。正如余光中所说,"时空结构乃指一首诗的事件在时间和空间上的发展——在成功的诗中,这种发展有助于主题的探索与澄清"[6]。李强"家乡系列"诗歌中繁复多变又能相互呼应的时空结构,鲜明地体现着诗人宽阔的视野和融入历史长河的博大胸怀。

　　审美意象的细腻深邃和丰富多样,往往和诗人真切深刻且广博深厚的生命体验密切相关,李强"家乡系列"诗歌之所以能够在通感和时空交融的艺术表达上取得突破,某种程度上源自诗人对"故乡"独特的理解和感悟。诗人笔下的故乡,不仅仅是自己出生、成长的地方,也是自己成年后生活多年且心心牵挂的地方,还是安放自己灵魂的精神港湾,更是每个人魂牵梦绕的故乡。

　　我们来看诗人写于2004年的《一点点爱上这座城市》:"我在少年时走进这座城市/我在远游后回到这座城市/我把父母亲安葬在这座城市/我把青春期安葬在这座城市/这么多年　我彷徨,苦闷,梦想,耕耘/一天天老去/在这悠久、大气、地灵人杰、略显粗糙的滨江之城//我曾在雨天伫立喻家山顶/冥想往事、未来以及爱情/我曾在傍晚散步东湖岸边/带着一天天茁壮的儿子/一天天淡漠的雄心　以后/从一个院子到一个院子/从江南到江北/有一种感悟无法诉说/有一种开始不容稍停//一点点爱上这座城市/当纸鸢高高飘在越来越蓝的天上/当风车稳稳转在越来越高的楼前/当上下二桥极目江天的辽阔/当走遍三镇聆听百姓的欢欣/当一种沉甸甸的责任/教我懂得并珍惜/坚定、执着、可贵的默默无闻//关于这座城市我知道多少/为了这座城市我做了多少/爱她的人/穷其一生/也没有止境。"[4]201—202 从山区小镇来到滨江之城,多年之后,武汉俨然成了诗人的"第二故乡"。这座城市的湖边山顶、二桥三镇、高楼蓝天,也同样承载着诗人的事业、梦想和情感,它用自己的悠久大气滋养了诗人的坚定品格和责任胸襟。故乡,不再是某个具体的地点,而是跨越了时空,给自己提供精神力量的港湾。

　　不仅如此,诗人笔下的故乡还是每个人的故乡。诗人在《小河流水》里写道:"一条小河潺潺流水/从年少流到如今/从身边流到心头/在辗转反侧夜里/在午夜梦醒时分/哗哗作响/我想到了梅家河/你想到了柳家河/他想到了杨家河/其实我们都流落异乡/其实我们都两鬓染霜/其实我们想到的河/是同一条河。"[7]每个人的故乡都是不一样的,每个人都有属于自己的关于故乡的记忆,每个人记忆中的故乡都有一条属于自己的河,所有两鬓染霜的游子都对故乡有着相似的怀念与情感,这种怀念与情感把梅家河、柳家河、杨家河连在了一起,也把天下所有的游子连在了一起。这就超越了个体在此时此刻的经验感受,而把自己的体验和社会民众的感悟融合在一起,一方面引起读者感同身受的情感体验,另一方面也把这种情感体验引向更加广阔深远的艺术境界,使读者看到所有人都有自己怀念的故乡、都会在夜晚辗转反侧倍感漂泊之苦。于是,个人的孤独、漂泊、伤感驶入了芸芸众生的情感海洋,既能获得知音般的慰藉,又让个人的自恋相形见绌,从而把读者从个体独断封闭的现实经验世界中解脱出来,通过审美达到一个更加自由、广阔的精神世界。

二、广博深厚的温暖与力量:"乡愁"母题的时代拓展

除了对"乡愁"意象进行了个性化塑造、对"故乡"这个概念和范围进行了超越个体的表述之外,李强"家乡系列"诗歌还对"乡愁诗"的审美意蕴进行了丰富与拓展。从"乡愁"母题形成的社会文化心理来看,漂泊的身份与无法克服的焦虑是诗人的主要诉求。从《诗经·魏风·陟岵》表现的在外行役的征人之苦,唐代诗人的征戍、迁谪、行旅、离别之作;到 20 世纪初期以徐志摩、闻一多等人为代表的新月派诗人的怀乡之愁,20 世纪五六十年代以余光中为代表的台湾诗人的"文化乡愁",再到 80 年代海外留学生文学中的怀旧、痛苦与挣扎,乃至 90 年代以后随着现代化、城市化进程不断加快而衍生出来的"田园乡愁"……乡愁诗意象在情绪、情感表达上均有时空阻止、思乡而不得返的指向,所以在整体基调上是偏沉郁、伤感的。这些意象慢慢在文学传承中沉淀下来,成为"有意味的形式",每当在诗人的诗句中出现,总能第一时间召唤起读者的愁思与忧伤。

以唐代乡愁诗为例,在根深蒂固的宗族文化的影响下,诗人一旦离开故土,就始终无法摆脱对家乡和亲人的思念,会"问春从此去,几日到秦原。凭借还乡梦,殷勤入故园"(柳宗元《零陵早春》),会"滞雨长安夜,残灯独客愁。故乡云水地,归梦不宜秋"(李商隐《滞雨》)。这种怀乡之愁在诗人仕途不利、怀才不遇时愈加深厚,"故乡"在这里寄托的不仅是诗人个体的思乡之情,更是功名未遂之后想要归隐的精神家园。这种漂泊孤寂和对命运现实的无奈交融在一起,使唐人的乡愁诗"常常饱含着因功名不遂而产生的怀才不遇的愁绪和生命逝去的悲哀,使得作品的情感内蕴大大增强"[8]。这种民族文化心理在后世的乡愁诗写作中形成了独特的情感脉络和文学母题,并随着全球化程度的进一步提高逐渐衍生出更具家国情怀和文化自信的"文化乡愁",寄托着诗人对故土家园和传统文化的深深依恋和思而不可得的痛苦愁绪。所以会"日日苦等/两岸的海水激飞而起/在空中打一个结/或架一座桥/夜夜梦中/把家书折成一只小船"(洛夫《血的再版》),所以会祈求"当我死时,葬我/在长江与黄河之间/枕我的头颅,白发盖着黑土/在中国,最美最母亲的国度/我便坦然睡去,睡整张大陆"(余光中《当我死时》)。20 世纪 90 年代以后,中国的城市化进程逐步加快,人们纷纷离开故土,奔向更加现代化的都市,"乡愁"在这一社会文化语境中开始向怀旧的"田园乡愁"倾斜。"怀

旧是现代性的一个特征;它同时为确定性和解构提供肥沃的土壤,它是对现代性中的文化冲突的一种反应。"[9]当诗人饱含深情地吟唱"今生,我注定要对这个村庄歌唱/歌唱它的泥土,歌唱它的月光/歌唱它秋草枯败/蹄羽穿行田间小路上/尘土飞扬,人丁兴旺"(江非《平墩湖》),又满怀心酸地诉说打工者在离乡之后只能"默默地想起蒲公英 风信子/大雁 和一群在工业区上空飞翔的燕子/听见乡愁的躯体 飘泊的梦想/或者坐在灯下回忆远方的爱人年迈的双亲甚至等待一个持久的奇迹发生"(郑小琼《打工,一个沧桑的词》)时,我们俨然穿越时空体味到从古代延续而来的所有愁思和惆怅。

当然,"乡愁诗"也并非一味地渲染愁苦和悲凉。唐代边塞乡愁诗中洋溢的豁达与乐观:"丈夫多别离,各有四方事"(陶翰《送朱大出关》)、"岂不思故乡,从来感知己"(高适《登陇》),现当代乡愁诗中的豪迈与雄壮:"而我们总是要一唱再唱/像那草原千里闪着金光/像那风沙呼啸过大漠/像那黄河岸 阴山旁/英雄骑马壮/骑马荣归故乡"(席慕蓉《出塞曲》)、美好与静谧:"一座四合院,浮在秋天的花影里/夜晚,桂花香会沁入熟睡者的梦乡/周围,全是熟悉的亲人——父母,姐姐和妹妹/都在静静的安睡。"(李少君《四合院》)……共同构成了乡愁诗的另外一种风格和情感脉络。但值得注意的是,这种风格的乡愁诗中,豁达与乐观的背后依然有人生无奈的凄凉,所以才会"醉卧沙场君莫笑,古来征战几人回"(王翰《凉州词》)。现当代乡愁诗所诉说的美好和豪迈,也往往停留在记忆和诗句中,只对当下的生活起到一种精神慰藉的作用。李强的"家乡系列"诗歌,恰好在这个层面上对中国的"乡愁诗"进行了自己的拓展与阐释。

李强笔下的乡愁,有着别具一格的温暖和力量。诗人写故乡的萤火虫:"会飞的露珠,闪着微光/会呼吸的琥珀,记录沧桑/会舞蹈的精灵,激动整个村庄/点亮黑夜的火把,唤醒少年幻想/比一瞬间更短/比一辈子更长 陨落的繁星,来自于天堂/孤单的孩子,在风中流浪/仲夏夜之梦,梦见了什么/飞呀,闪光呀,迎风歌唱/在山下,在河边,在荒无人烟的远方/越过无穷岁月,忽然热泪盈眶 一灯如豆,一叶知秋,一苇渡江/这些深奥的道理/萤火虫知道吗/她闪着微光,自由翱翔/在山下,在河边,在荒无人烟的远方/在书里,在画里,在背井离乡人的心里/激起涟漪,引发回响/比一瞬间更短/比一辈子更长。"[4]51—52在这里,故乡是唤醒少年幻想、激励少年翱翔、陪伴游子闯荡、守候游子还乡的心灵之光,它在每个少年前行的路上时不时地闪现,停留的时间可能比一瞬间更短;但是又总能在关键时刻出现,支撑着每个少年坚定前行,这种力量比一辈子更长。

诗人回忆少年往事:"坐井观天的日子/云彩变幻如梦/吸一口远方来的风/就深信最终会飞起来……"[4]86—87在这里,故乡是五颜六色的梦想,是催生游子奋斗的力量源泉,是给予诗人想象力的深厚土壤。诗人写流浪者:"三月孤帆/去了扬州/夜半客船/去了姑苏/长江亘古奔流/载不走一方乡愁……岁岁枯荣/生生不息/无家可归的吉普赛人/四海为家的吉普赛人/打散了又聚拢的吉普赛人/在刀剑上绣出花朵/在轮回中贴上金箔/让笨重的城市长出翅膀/忽高忽低地飞……"[10] 在这里，流浪者不再是漂泊、孤独、悲凉、惶恐的代言人，而是在刀剑上绣出了花朵，让笨重的城市长出翅膀，充满自由和创造的力量感。诗人写连接过往和现在的情绪："……很久以后的一个冬日/暮色四合中我掷笔长叹/突然看见亲切的诗句结队飞来/翩翩扇尽滚滚红尘/带我到一个夏天的夜晚/看一位少年/攀上树梢/找寻星空的奥秘/哦　少年/你别丢下我呀。"[4]66—67 在这里，当诗人穿越岁月、立足当下回望故乡时，眼前浮现的是一个攀登的少年的形象，是当年的激情飞扬。

李强在访谈中提到："海德格尔说过：'诗人的天职就是还乡。'如何还乡？一看情怀，二看风格。我以为，乡村未必总是黑色记忆，生命未必总是苦难旅程。我笔下记忆中的小镇龙港，是质朴、温暖、亲切的，而不是阴森森的、惨兮兮的。太平盛世，好的诗歌应给人慰藉，而不是给人绝望。"[3] 从这一创作理念出发，诗人常写故乡"轻轻的、静静的、单薄而健康的邻家小妹"（《木槿花》），写"阳光雨水中的田野荒山、五彩斑斓的花束花篮、充满生命力的女性"（《瓜叶菊》），写"深入生活、沉默坚强、孕育光芒、朴素永恒、闪光歌唱的泥土"（《谁能看见泥土在闪光》），写充满生命气息的"白菜、包菜、菠菜和白萝卜"（《小河流水》），写懵懂的美好爱恋（《到了六月》《那时花开》）……诗人选择了这些美好而亲切的事物，并把这些事物贯穿到从少年到中年、从过往到当下的所有生活中，从而创造出一个和现实保持一定距离的审美化的艺术世界。当读者跟随诗人的诗句进入到艺术的审美心理时空，就会超越现实生活中因个人追求功利而衍生出来的焦虑、郁闷、忧伤、痛苦、悲凉……在艺术世界中得到精神的疏导和慰藉。故乡的美好与恬静，不再是仅仅停留在记忆中的画面，而是和当下的现实生活产生了互动和连接，赋予主体更强的生命动力。"乡愁"也因而具有了更为积极、更为主动的审美内涵。

三、客观化的艺术传达：远距离审视和儿童化视角

朱光潜先生在《谈美》中曾经提到："艺术家既然要借作品'传达'他的情思给旁人，使旁人也能同赏共乐，便不能不研究'传达'所必需的技巧。他第一要研究他所借以传达的媒介，第二要研究应用这种媒介如何可以造成美形式出来。"[11] 诗人要通过语言这种媒介来传递情感，必然也要注意到对语言文字的审美表达技巧。李强的"家乡系列"诗歌，之所以能创造出细腻深邃、丰富辽阔的审美意象，能突破时空界限、超越个体体验、拓展"故乡"的表达范围、丰富"故乡"的审美意蕴，很大程度上离不开诗人的远距离审视和儿童化视角。

李强曾经说过："好的诗歌既能见到小我，也能见到大我。我们不能对这个大时代

视而不见。"[3]正是从这种大时代的格局出发,诗人在审视个体的怀乡之情时是带着一定的距离感的,这种距离感让诗人能够隔着历史的变迁去看淡个人的功名利禄和悲凉伤感,从而剥离不切实际的幻想、充满焦虑的追逐和伤痕累累的情感,写出日常生活细节的美好和安然:"没有虚名/也没有阴影/金子般的光阴/没有伤痕/也没有野心/金子般的光阴/家人安康/家乡安详/不认识的爱人/在远方安然成长/金子般的光阴呀晨曦里朗诵/月色下低吟/金子般的光阴/四海为家精神抖擞/行囊空空说走就走/金子般的光阴/读一整夜书/写一整夜信/做一整夜梦/梦见了前世今生/金子般的光阴呀。"[12]正所谓"入乎其内,故能写之;出乎其外,故能观之",少年时充盈的生活体验和创作时审慎的理性思考,赋予诗人极强的生命感悟力和穿透力。此外,诗人在抒发怀乡之情时,往往站在儿童化的视角上,有一些任性:"……我们只种白萝卜/不种胡萝卜/我们都没听说过胡萝卜/也没听说过希拉里、特朗普……"(《小河流水》),有一些稚嫩:"冬天的阳光/像老奶奶的手/宽厚/轻柔/有一些斑斑点点……"(《冬天的阳光》),有一些骄傲:"主人说:要有水/水就来了/没有鱼/没有虾/连一根水草、一瓣落英也没有　主人说:要有火/火就燃了/没有柴草芬芳/没有山林气息/没有花猫花狗偎在灶前　主人说:要有光/灯就亮了/没有壁虎爬/没有蝙蝠飞/连蛾子、蚊子也渐渐绝迹了　主人说:要有家/一套单元房就有了/没有院落、篱笆和井/没有浓浓乡音/缭绕滋养苍白的人生"(《城里人真可怜》)……在成人习以为常的惯常认知中,知识越多越好,所以必须听说过胡萝卜,还要知道希拉里和特朗普;冬天的阳光是那么常见而普通,所以不会去感受它的宽厚、柔软和斑斑点点;生活更是要追求便利与富足,所以要有充足的水、火、光和房子。但这些事物是没有乐趣的,只有站在儿童化的视角上,带着充盈的童心去观察、去品味,我们才能获得一些艺术世界里的新奇与喜悦。

当然了,诗人对生活的远距离审视和儿童视角的陌生化处理,并不是为了让散文化的现代诗和大众之间产生隔阂,诗人曾说过:"好的诗歌应面向大众,兼顾小众,能直白地说就不要晦涩地说,可以让人脑筋急转弯,最好不要让人猜谜语。"[3]这些艺术技巧的使用,恰好是为了带领读者一起进入纯真的童心,去寻找第一次看见这些事物时的最原始、最质朴、最本真的感受。余光中曾在《分水岭》一书中转述洛夫对诗歌的理解:"诗虽然不是完全理性的东西,但在操纵语言时,仍然需要理性。我们虽不必完全依赖脑子去写诗,追求机械的结构,但必须考虑到一件艺术品的完整性,每一字每一句都应有其必要性和表现上的效果。诗人的本领是操纵语言和意象,而不是被语言和意象所操纵。"[13]从这个角度来说,诗人李强用自己的诗歌创作对"乡愁"诗的当代写作进行了艺术探索上的创新。同时,如何更为明确和理性地探索艺术表达内容、艺术表达技巧和艺术审美内涵等有待深入探究的问题,为诗人和当代诗歌创作提供了进一步思考的空间。

参考文献：

[1] 王次澄.唐代乡愁诗的时空与意象[J].古典文学知识.1994(3).

[2] 杨景龙."母题""原型"说《乡愁》：余光中《乡愁》的文本细读[J].名作欣赏，2004(11).

[3] 李强,邹惟山.江城是我第二故乡：李强先生访谈录[EB/OL].(2016‑09‑07)[2017‑04‑20].https://mp. weixin. qq. com/mp/profile_ext? action = home&__biz = MzI3OTA3ODczOQ = =#wechat_redirect.

[4] 李强.萤火虫[M].武汉：长江文艺出版社,2014.

[5] 李强.红花鳍,白鳍豚[EB/OL].(2016‑06‑08)[2017‑04‑20].https://mp. weixin. qq. com/mp/profile_ext? action = home&__biz = MzI3OTA3ODczOQ = =# wechat_redirect.

[6] 余光中.连环妙计：略论中国古典诗的时空结构[M]//余光中.分水岭上.北京：国际文化出版公司,2014：47.

[7] 李强.小河流水[EB/OL].(2017‑02‑03)[2017‑04‑21].https://mp. weixin. qq. com/mp/profile_ext? action = home&_biz = MzI3OTA3ODczOQ = =# wechat_redirect.

[8] 王运涛.唐代乡愁诗的思想内涵及主要类型[J].名作欣赏,2011(4).

[9] 李陀.上海酒吧：空间、消费与想象[M].南京：江苏人民出版社,2001：137.

[10] 李强.芦苇花开[EB/OL].(2016‑12‑09)[2017‑04‑21].https://mp. weixin. qq. com/mp/profile_ext? action = home&_biz = MzI3OTA3ODczOQ = =#wechat_redirect.

[11] 朱光潜.文艺心理学[M].北京：中华书局,2012：60.

[12] 李强.金子般的光阴[EB/OL].(2016‑02‑12)[2017‑04‑21].https://mp. weixin. qq. com/mp/profile_ext? action = home&_biz = MzI3OTA3ODczOQ = =# wechat_redirect.

[13] 余光中.用伤口唱歌的诗人：从《午夜削梨》看洛夫诗风之变[M]//余光中.分水岭上.北京：国际文化出版公司,2014：22‑23.

——原载《江汉学术》2017 年第 6 期：57—62

血以后是黑暗：海子和荷尔德林诗歌中的人与神

◎ 王　浩

摘　要：作为 20 世纪中国诗坛最为深刻也是最具争议的诗人之一，海子生前热衷于德国古典美学和现代诗学，并奉荷尔德林为其诗学楷模。可以说，后者对海子的诗学与诗歌转型起到了无可替代的塑造作用。通过对荷尔德林身份、哲学和诗歌观念的体认和扬弃，海子在晚期诗歌中部分实现了自我超越，形成了迥异于荷尔德林的、高度个人化的诗学。对两位诗人的关系的研究，直接关系到对海子诗歌作为当代中国一种特殊的诗学和文化现象的进一步体认。本文将海子诗学的本体观念、诗人的身份观念作为切入点，着重分析它们如何影响了海子诗歌中人、神与实体的关系，同时试图在更广阔的文化背景下，思考这种关系的生成机制和文化特性以及荷尔德林如何改变海子诗歌和诗学表意与实践的方式，以期对当代中国诗歌在 20 世纪80 年代的文化接受和自我塑造问题产生启发性的认识。

关键词：海子；荷尔德林；神性；实体；理想主义

> 不幸的诗人啊
> 人们把你像系马一样
> 系在木匠家一张病床上
>
> ——海子《不幸(组诗)——给荷尔德林》①

究其一生，海子将荷尔德林视作其诗歌上的偶像之一。尽管众所周知的事实是，海子近乎宗教教徒式地将历史上众多诗人——从荷马到惠特曼，视为其知己和导师，但是荷尔德林在其中的地位仍旧非同寻常。《不幸》一诗写于 1987 年，海子于山海关自杀的两年前。巧合的是，在他生命的最后阶段，海子和荷尔德林一样，一直被精神分裂的痛苦困扰。实际上，从两人的经历来看，尽管所处时代和置身的文化体系有天壤之别，但他们身上的共同点不胜枚举：两者都出生并成长于乡村，而且几乎整个童年期与外界隔绝;两者均怀有成为伟大诗人的雄心,即使这种雄心,对于青春期的年轻人来说显得颇为不协调;两者都患有严重的精神疾病,荷尔德林晚期以发疯结束他的创作生涯,而海子则于 1989 年的一个清晨卧轨。更发人深思的是,两者在生前的诗学实践都被同代人所误解甚至忽视——席勒曾认为荷尔德林的翻译和创作都不值得推崇,而海子则屡次被人批评为"充满语法错误"和"不是诗"。但是具有反讽意味的是,在今天,他们都被各自文化语境中的后世读者狂热拥戴。这种受欢迎的程度,不仅可以从对两人目前不断增长的学术研究量中观察到,也可以从公众对于他们的想象中略窥一二。海子被部分拥戴者称为"诗人中的赤子",荷尔德林更是由于其诗歌进入现代以来对哲学、现象学等的深刻影响,与日俱增地享有与他同时代最伟大的哲学家并列的声誉。尽管如此,我们还是不能将他们的诗歌和诗学并列,不仅因为两者在世界诗歌范围内的声誉差距太大,也部分因为,海子本身以及对他诗歌的批评都需要去证明他经典化的必然性,以及他对现代汉诗整体发展的潜在推动性。而这正是本文把海子与荷尔德林的关系作为切入点的关键所在。在这种带有遮蔽性的塑造过程中,海子与荷尔德林具有本质性的差异,而这些差异则在某种层面上回答了海子给整体现代汉诗带来的思考。

一、诗人的悖论

《不幸》是海子最长的纪念诗。在第一部分中,叙事以荷尔德林的疾病开始,荷尔德林躺在床上,并忍受着长期的病痛所带来的疯狂折磨。但是,在这首诗的第二节,一个非常微妙的细节改变了第一部分简单的叙事节奏——人们将荷尔德林系在床上,像系住一匹马,并把其疯狂的奔跑变成一种静止的、毫无能量的生命状态。在这两部分中,诗歌以"ang"韵——"床""样""上"作为主要韵式,相当富有童话色彩,在开口韵中夹杂着轻微的轻松与荒谬。这种语调形成一种疯狂与节制之间的平衡感,使"发疯的被拴住的马"被缩闭在一种压抑的,但被平衡过的困境中,马的形象因而成为荷尔德林本身困境的隐喻。在这里,不幸的内涵除了包括疯狂之外,更多地包括了一种对于人们或者亲人的误解的绝望——这种"系住"的治疗手段,或者说,一种理解方式,与其说是帮助,不如说是一种变相的囚禁。海子诗中所描绘的荷尔德林的绝望,令人想到后者在《莱茵河》中所表达的类似感受:

因为那些极乐者对自己毫无感觉,
或须有另一个另类,当允许
言说神事之时,去关注

并以诸神的名义去感觉，
当他们需要他;但他们的惩罚
是,某人必摧毁
自己的家园,咒骂
至亲如仇敌,父亲与儿子
将对方埋葬于废墟,
若某人想与神等同,容不得
尊卑之分,这痴人。②

荷尔德林清楚地意识到他的责任,这种责任意味着,诗人注定要作为神与无神的世界之间的信使,向人间传递神性的光辉。而这种意识也是矛盾的关键。一方面,诗歌和诗人本身经由神性的导引,传递出的情绪并不能被日常生活所接受;另一方面,诗人的努力又因此导致了与他希望正相反的效果——这种神性的拥有被误解为自我丧失以至于毁灭的证据,虽然这种毁灭某些时候可能是真实的。这种不被理解的孤独因荷尔德林对其时代的德国人的判断而更加深入骨髓。诗人不止一次表示对本民族人民精神堕落的失望,具体表现为,他一再强调,德国人缺乏他们希腊祖先所具有的荣誉感和雄心壮志:"我相信,德国人最普遍的美德和缺点都浓缩为一种对家庭事务的难以忍受的关注。"[1]136 对于家庭事务的关注被荷尔德林认为是缺乏精神力的表现,它阻碍了人类"多种能力的发展",并且使他们"对集体荣誉和义务"麻木冷漠[1]117。但与此相反,这些美德可以在逝去的神祇和这些神祇所培养的古希腊人中得到体现。在《莱茵河》中,诗人显然认为自己属于这些神祇和这些希腊祖先的阵营,他坚信自己怀有美德,并且拥有将这些美德传给人类的义务,即使这意味着他将彻底的孤独。在这种孤独中,诗人作为"半神"(即位于人与神之间),将过去的记忆传到现在,并且通过想象自身在大地的漫步,来以一种主体的姿态塑造诗歌中的自然景观。在他的晚期诗歌中,这种对过去的记忆或者对过去之事的言说成了一种中介,在使漫步中的孤独变得更加可以忍受的同时,将未来的时间理想化——尽管这并不能说是一种对于神返回人间的乐观——这段诗节的内容并不暗含真正的悲伤情绪,诗歌在第五节和本节的末尾分别坦白道:

因此欢呼是他的言语。
……
因此那人是有福的,
他找到了一次恩赐的命运,
……

> 然后他眠息,知足而福乐,
> 因为他想要的一切,
> 所有天国的,不是被迫,
> 现在微笑着,当他眠息时,
> 自发地拥抱这勇者。

因此,诗人的使命感似乎又带有某种酒神的喜悦和荣耀之情。事实上,这种福乐被一种奇特的历史意识所引导。通过结构上的铺陈,荷尔德林在这首诗中委婉表达了这样一个信念:他作为诗人注定要行走在新时代与旧时代之间,如同莱茵河从象征着文明源头的"本源"流经当下,以便"用他的风儿引导人们忙碌的生活"[2]113。这样一来,他的喜悦不仅是来源于呼唤诸神以及他们神性的复归的使命,更微妙地表达了一种新的归属心理,即诗人自发地、知足地享受着当下,享受这种注定的孤独、流离的处境。由此,荷尔德林作为诗人的绝望命运成为这种愉悦的必然途径,尽管这是一种充满微妙的悖论色彩的愉悦——因为"不幸是难以承担的,幸福却更难"[2]120。

如同荷尔德林一样,海子也意识到了一种类似的、作为诗人的失败的必然性。这种失败首先表现在艺术追求层面。荷尔德林称自己为"狂野的梦想者",而海子也同样对自己的诗人命运抱有幻想。只不过,他的目标是成为"诗人之王"[3]1047。他曾在日记中罗列两串他所阅读过的诗人名单,一份是"诗人之王",包括但丁、莎士比亚和歌德;另一份是"诗人王子",包括雪莱、叶赛宁、荷尔德林、兰波、哈特·克兰等。对于海子来说,一方面他梦想着成为第一组诗人中的一员,另一方面他意识到这组诗人是无法逾越的高峰。事实上,他在意识深处认为自己命定地属于第二类诗人:

> 我更珍惜的是那些没有成为王的王子,代表了人类的悲剧命运……他们的疯狂才华、力气、纯洁气质和悲剧性的命运完全是一致的……他们美好的毁灭就是人类的象征……我坚信,这就是人类的命运……他们来临,诞生,经历悲剧性生命充盈才华焕发的一生,就匆匆退场……我甚至在一刹那间,觉得雪莱或叶赛宁的某些诗是我写的。[3]1045—1047

通过对这些"诗人王子"命运的观察,海子清楚地知道他将面临和荷尔德林、雪莱或叶赛宁同样的命运,即最终作为一个天才毁灭自身而非成为诗人中的王者。而这种悲剧性,更被诗人认为和人类的命运紧密相连。于是,海子的"失败"不仅是针对自身诗人身份的思考,而且是对于人类的悲剧性的隐喻。换句话说,诗人的失败影射了人类的失败。这种心理并非一时意气用事——如果我们考虑到海子在生前饱受非议、遭人排挤的事实——其原因的复杂性笔者稍后会略作说明。更重要的是,尽管两者对失败的意义的认识有着差异,但如同荷尔德林在诗中所体现的那样,这种对失败的认识也塑造了海子诗歌中自我与神性的关系。而这其中更深刻的差异在于,海子所渴望的解决方式既不是神祇的到来,也不是神性的回归。事实上,他并不认为自己在人与神之间承担着一个中介者的角色,相反,他很大程度上认为自己处于历史之外,而通过这种超越性,他将使自己直接面对那些统治历史与人类命运的最高力量。

二、逝去的诸神

这里我们必须首先澄清海子诗中"神"的意义。在海子的诗中,神的语义在从抒情到宗教的不同层面有着诸多变化。在爱情诗中,神的形象更加具有抒情意味:

> 荒凉的山岗上站着四姐妹,
> 所有的风都向着她们吹,
> 所有的日子都为她们破碎。

这首《四姐妹》为了纪念他的情人们而写(海子为公众所知晓的情人一共有四个),但是和一般抒情诗不同的是,这种从开头就瞬间形成的塑像式描绘使人想到古希腊面无表情的神祇,形成内聚力极强的超俗、荒凉和高洁之美。四姐妹处于自然能量的中心,不仅是空间的中心,也是时间通过一种目的论所包围的主体。这样一来,四姐妹具有某种与命运三女神同构的潜力,这种潜在的意味(不管是否有意为之)都使这首诗成为一种超越日常性而面向神性的作品,但是这种笔调以及相对应的重复句法,在爱情主题的要求下,仍然暗含着极为强烈的抒情性。然而在海子爱情主题之外的晚期诗歌中,神的意义变得极为抽象,它常常成为一种各种宗教和文明的神秘力量的古怪综合。根据西川和骆一禾的整理,人们发现海子曾经进行过大量的宗教书籍的阅读,涉及从基督教到萨满教等一系列宗教[4]。他作为诗人的思想深受这一类阅读的启发。海子在自杀前所携带的四本书中就有一本《圣经》,这种宗教影响可见一斑。从海子的大量批评类作品中,很难看出在具体的论述过程中,诗人最为倾心的到底是何种教派或何种教义——在这方面,诗人的雄心超过人的想象,他是将所有的神祇看作一个神,而这个神的特点是体现出"伟大而彻底的直观":

> 我要说,伟大而彻底的直观,关于"彻底"(或从无生有)的直观(宗教和艺术)

也并不启示真理和现实。这种"彻底"的诗歌是叙说他自己行进在道上的唯一之神——却不是我们的真理和真实……人类的真理和真实性何在无人言说、无人敢问,一切归于无言和缄默……诗歌生存之"极"是自然或母亲,或黑夜……把这些诗歌幻象扫去,我们便来到了真正的空虚。

陀思妥耶夫斯基就贯穿着基督教的幻象……他们在伟大幻象沙漠的边缘,基督世界的边缘……幻象则真实地意味着虚无、自由与失败。[3]1053—1056

尽管晦涩,海子晦涩的言说仍然暗示了一点,即这种神是"唯一之神","幻象"之后"真正的空虚"是他诗歌写作最终的对象,这个对象无言地存在于宗教与诗歌身后。对于荷尔德林来说,诸神的缺席是诗歌发展的源动力之一。如在《面包与酒》中,这种缺席提供了一种对时间和空间的转换的解释——诗歌开始于面包与酒的不在场,而结束于对面包和酒的追忆。在这里,面包与酒的缺席和对它的追忆其实是对狄奥尼索斯的缺席和对他的追忆的象征。然而对于海子,神并不缺席,或者说,神以一种踪迹而非在场的形式存在。神难以定义,他类似于某种黑暗中的本体,但又并不切实地存在,反而类似于一种通向"真正的虚无"的入口,在一种绝对神秘的口吻中被娓娓诉说。因此,神在海子的诗中并不是诗歌所探索的源头,也不是发展的源动力。借用德里达的话,它是"作为一种非源头的源头"[5]70,不仅无法触碰,甚至不可被想象,它是诸神缺席基础之上的缺席。海子诗中神的以上特征在《九月》一诗里表现得尤为突出:

目击众神死亡的原野上野花一片
远在远方的风比远方更远
……
远方只有在死亡中凝聚野花一片
明月如镜高悬草原映照千年岁月
我的琴声呜咽　泪水全无
只身打马过草原

这首诗长期以来被认为是海子最著名和最有力量的作品之一,而其中最有爆发力的是第一行。"目击"取消了人称的存在,以这个词本身的力量将加速度瞬间提高,并马上连续接续大体积的名词,之后把读者的视觉从荒凉的广阔背景中迅速转移并聚焦在情感色彩迥异的意象"野花一片"之上——最后的意象在词法上也将名词提前,进一步表现语句气势上的势如闪电。然而,在这种酣畅淋漓的叙述中,意象古怪的结合令人产生了这样一种感觉:野花仿佛是因为神的死亡才开始生长的,或者说,野花并不象征生机,反而是一种死亡的、绝对的、孤独的体现。紧随其后,第二行包含的悖论暗示了风作为一种虚无的媒介,既存在的同时也不存在,在把意境宕开的同时,把读者的想象引领到某种看不见摸不着的非在场之物。"明月"一句给本诗提供了广阔的时间维度,这样一来,空间的距离感,死亡以及草原拥有了一种雕塑般的时间感,全诗所铺陈的场景仿佛已经长久地存在于历史,这种场景极为不及物和具有史诗意味,以至于它要么是在人类历史之前,要么是在人类历史之后。甚至,它根本不属于任何已知的历史。因此,在这种场景中出现的风的意象,也相应地超出了正常的时间和空间范畴,既在文本中有所指涉,又在文本中无迹可循。因此这种风并不是实体,但是它,如前所说,又指向了一种踪迹,这种踪迹同样地"既在场又不在场"[5]314。它在另一种意义上,又成为"源头的源头"[5]61——让文本向一种外在力量敞开,并被这种力量所引领,而在这个过程中,对自我的意识也被内化为一种不可见的抒情基础。但现在的问题是,这个自我或者说抒情的主人公又是谁?

首先,抒情主体看上去不仅仅是一位观察者,同时也是诸神死亡之后唯一的幸存者。他从诗中的场景一闪而过并朝着一个未知的客体远去,这个客体是位于文本之外的超越时空的存在。从这个角度看,抒情主体也变得超现实化,而非日常性的叙事主人公。由于其在文中的闪烁不定,他更像一种幽灵,既缺乏可触摸的具体形象,又不是任何意义上的在旅途中的沉思者——换句话说,不同于荷尔德林的哲思,海子接近最高存在的方式是行动。某种程度上,这似乎是在暗示那个文本之外的唯一之神,最终的存在,并不能通过形而上学的方式接近。在本诗中,主体和最高神的关系于是成为了在一种绝对的寂静中——不仅是生命的寂静,而且是思考的沉寂中——幽灵和踪迹的关系。

正是在这种层面上,我们才可以理解荷尔德林的《不幸》一诗第一节末尾的含义。这些神祇焦急地迫使荷尔德林走进羊角,但是诗人自己却是极有耐心的:这种动静对比的关系和荷尔德林本人的诗作正好相反。在荷尔德林的晚期作品中,是河流或者作为河流的行动的化身的诗人迫不及待地向着神的存在前进,而神本身像是一个静止的、等待被召唤的客体。在《日耳曼》一诗中,诗人如此写道:

> 我的灵魂不该朝后逃向
> 你们,逝去者!我太喜爱你们。
> 因为看见你们美丽的容貌,
> 这似乎,像往常,我害怕这样,这是致命的,
> 况且几乎不允许,将死者唤醒。

这首诗中的抒情主体确实希望回到那些死者身边,但是他又害怕唤醒他们。诗人

传达出的这种犹豫与之前所述荷尔德林对德国人之于家庭琐事过分关注的担忧有紧密关系。荷尔德林认为这种民族特性是对神祇的亵渎，因为没有人再拥有古希腊人的能力，将个人与整个民族的命运神圣地融合在一起。这种亵渎割裂了生者和死者，即已逝去的诸神之间的联系，而这本身就违反了荷尔德林理想主义的初衷——他原本希望人类可以和神祇重建和谐的关系。当然，他并不真正相信这个目标一定会实现，但即便如此，他依然害怕他的召唤会导致对神明的亵渎。然而，在《不幸》中，海子对这种关系的表现恰好相反：对神明的到来的召唤转变成了对诗人的回归的召唤。诗中的诗人是耐心的，因为他知道他的命运便是注定走入黑暗，走入疯狂的羊角——羊角的隐喻非常晦涩，但是在很大程度上暗示了诗歌和诗人的命运最终都会面对一种疯狂的黑暗，或者说，一种无逻辑的空虚。很显然，这里的荷尔德林已经偏离了荷尔德林本来的形象，而指向了海子自身对于诗人命运的认知。死亡和黑暗的意义只在于死亡的必然性：这种死亡的必然性不仅是诗歌的本质所在，而且是作为一个诗人的本质所在，因为只有通过死亡，人们才可以接近那个"真正的空虚"。这种空虚，或者说这种唯一的神才是"彻底的诗歌"所要专注探索的。而由于海子对死亡的专注，他晚期诗歌中抒情主体的语调也带有一种死者的调性。然而，这种死亡也并不是最后的命运，即使它是必然的。死亡是一种人去打破人类存在的有限性的束缚的途径，去超越诗歌幻象，并且使海子作为诗人的失败的命运得到圆满。这第三个目标在《不幸》一诗第四节的标题中即有暗示——"血之后是死亡"。因此，"丰收是痛苦"不仅意味着诗歌写作将与孤独和痛苦相伴这一近乎老调重弹的命题，并且说明了对于海子自己，诗歌写作在很大程度上也是一种死亡和失败的化身，它将引领人去面对高居凡人至上的"唯一之神"。

因此，海子诗歌中人与神的关系，与荷尔德林诗中的截然不同。前者的诗学建构直接专注于个体的存在，或者更精确地说，关注他本人；但是荷尔德林的关注重点是德国民族的民族性。但是，两者的把握方式又殊异彼此。海子对个人存在的关注是以统摄整个人类历史和宗教的企图为基础的，而荷尔德林的诗歌中对历史、哲学与民族的思考的基础却是一个沉思的个人。从这种沉思的主体出发，荷尔德林诗歌中最显著的特点之一体现于对于如何提高人类作为历史主体的道德性的思考上。因此，荷尔德林的"直接性"，用伽达默尔的话说，便是"历史的直接性"[6]。

三、在地化：另一种理想主义？

深受法国大革命失败的影响，荷尔德林感到与其他浪漫主义诗人相同的历史失落感。然而，他选择克服这种民族性弱点的方式是以重返希腊的方式来重唤民族的神圣精神。这种观念被荷尔德林的诗学实践成功外化，塑造了他诗歌中抒情主体理想主义、忠诚、忧郁而孤独的形象。

因此，这种形象一方面呼应了年轻的浪漫主义漫游者，但是与此同时它又在革命性地动员民族将自身投身于对神圣事业的追求。这种抒情主体以其富有煽动性的个性成为荷尔德林被当代读者，尤其是年轻人所崇拜的原因之一。这种理想化的抒情主体还暗示了"存在"的本质。根据海德格尔的说法，荷尔德林的诗是一种中介，在这种中介过程中"半神的存在会被塑造"[7]177。作为海德格尔意义上艺术的典范，荷尔德林的诗歌语言使人能进入到一种境地，在这种境地中，"存在会向他敞开"[7]175。事实上，荷尔德林也有意识地关注存在，他的文章《在分解中形成》是典型例子之一。在这篇文章中，他专注地讨论"存在的形成"与"新发展的生命的理想客体"的问题[1]98。可以说，存在问题是海子和荷尔德林在他们诗学中所共同关注的，尽管两者的关注点体现在不同方面。存在问题也许是海子把荷尔德林视作其可模仿的偶像的最内在的原因之一。在海子最重要的诗学文章之一《我热爱的诗人：荷尔德林》中，他这样写道：

> 有两种抒情诗人，第一种诗人，他热爱生命，但他热爱的是生命中的自我，他认为生命可能只是自我的官能的抽搐和内分泌。而另一类诗人……热爱的是景色中的灵魂……凡·高和荷尔德林就是后一类诗人……从"热爱自我"进入"热爱景色"……这诗歌的全部意思是什么？……做一个热爱"人类秘密"的诗人……从荷尔德林我懂得，必须克服诗歌的世纪病——对于表象和修辞的热爱，必须克服诗歌中对于修辞的追求，对于视觉和官能感觉的刺激，对于细节的琐碎的描绘……"安静地""神圣地""本质地"走来。热爱风景的抒情诗人走进了宇宙的神殿。风景进入了大自然，自我进入了生命……从此永生。[3]1070—1072

这里读者可以观察到海子从对荷尔德林的阅读中形成的一些主要概念。其中一个是风景的神圣化——但是在海子的诗中，这并不是在任何具体宗教的意义上；另一个是对表象和修辞的放弃。海子在某种程度上是现代主义的反叛者。这种反叛，在20世纪80年代晚期现代主义思潮风靡中国的背景中，是颇为特殊的。海子最为注重的诗歌并不是现代的，而是古代的史诗，诸如《伊利亚特》、19世纪歌德、荷尔德林、雪莱等创作的浪漫主义诗歌以及但丁的《神曲》。这种独特的文学趣味其实和他的诗学信念相关。他认为，现代诗歌所表现的最大问题是它对日常生活琐碎细节的关注和表现出的对于技艺的重视。在海子看来，这些问题非常关键，因为他们遮蔽了诗歌的本质功能，即对于"实体"的揭示。在另一篇文章《寻找对实体的接触》中，海子写道：

> 诗,说到底,就是寻找对实体的接触……我希望能找到对土地和河流——这些巨大物质实体的触摸方式……诗应是一种主体和实体间面对面的解体和重新诞生……实体就是主体,是谓语诞生前的主体状态。[3]1017

这种实体,对于海子来说,是自然的基本元素,比如土地、河流、空气、火、水、天空和山峦。他相信只有通过对这些实体的接触,个体才可以达到平静、神圣、本质的存在状态,而这些状态正是诗歌需要为存在提供的。换句话说,海子认为实体是一种自我进入生命,或者人进入存在本身的重要媒介。在海子看来,对修辞的拒绝其实成为了这种"进入"所必需的手段。对修辞的拒绝使这些基本元素、这些实体被敞开并且自己展现自己,从而达到了进入自然的直接性,并为通过自然而接近神圣性扫清了障碍。这种实体,对于海子来说,是"生命力量的本来面目"[3]1018,也就是存在的源泉,是存在得以接触神圣而抵达无限的必经之路。

在海子的诗中,对实体的关注也体现在对现实世界风景的重塑上。与荷尔德林相似,海子同样建立了他的诗歌版图,但为的是重新展现他心中实体的世界,并且在这个世界中寻找"唯一之神"。如同西川所说:"海子的诗歌抚摸了草原、麦田和中国西北的广袤土地,甚至是西藏和内蒙古。"[8]然而,海子建立地理版图的方式也迥异于荷尔德林。海子不相信世间有任何事物可以被称为真理或现实(根据他关于"伟大而彻底的直觉"的描述),相反,他真正相信的是死亡的必然性。因此,在他的作品中,幽灵一样的抒情主体通常是沉浸于一种彻底的黑暗中:"血以后是黑暗。"而且,正如本文之前讨论过的,海子经常创造一种情景,在这种景象中,个体常常通过幻象来单独面对"唯一之神"。更重要的是,不同于荷尔德林,海子诗中的主体并不习惯漫游,而是习惯于观察,或者是"目击"眼前的神秘事件。因此,海子晚期诗歌中的风景并不具备统一性的力量,也就是说,不能将主体的行动与风景的流动合二为一来表现对神性的追求,也并不具备任何通常意义上的、充满浪漫色彩的理想主义,这与荷尔德林的晚期诗作,尤其是他的河流诗,是迥异其趣的。海子的风景之间并没有必然联系,它们的状态是碎片化的、原始的、令人绝望的,并夹杂着无数的幻象。这些特征在他的诗作如《春天》《春天,十个海子》《黑夜的献诗》等中的表现尤为鲜明。但是,对海子来说,这些特征其实也被当作了"解体与复活"的途径。这与荷尔德林在他的文章"从解体中形成"的观念又是异曲同工的。海子的解体或毁灭并不导向追忆,但却指向与自然元素相关的诗歌碎片,指向失败与死亡的意识,而他认为只有通过这些手段,他才可以让他笔下的实体真正地表现它们自身,并且让诗歌作为一种存在本身,去面对最终的空虚——无法言说之神。也只有在这种诗歌中,诗人才可以携带着他生命的"原本力量",存在于现实的时间和空间之外,从而达到死后的不朽。

由上述分析可知,海子认为的存在,神圣性与修辞的关系确实受到了荷尔德林诗歌与诗学相当程度的影响。在荷尔德林的作品中,他找到了一种诗人如何去"把风景和元素融入自然"的方式[3]1072。但是海子实际上是将荷尔德林诗歌中的存在问题翻译成了他自己对诗歌技艺和诗歌本质的理解,因此这种理解不是被动的,而是一种在地化的尝试:它把关于人文主义和理想主义的问题转化为诗歌如何成为一种行动,以使存在接近神性、无限性和生命的本源力量的问题。这在 20 世纪 80 年代中国当代诗中,是一种非常独特的现象。80 年代现代诗的人文主义倾向夹杂着极为令人惊讶的狂热与自我毁灭性,这不仅可以从海子、骆一禾、顾城、戈麦等诸多诗人先后自杀的惨剧中感受到,而且从当时的诗歌思潮中也可以看出。与海子诗风较为相近的骆一禾和戈麦也对宗教和诗歌的关系极为关注,而在他们之外,所谓"神性写作"的风气也盛极一时。这种理想主义的异质性不能不说受到了西方诗歌传播的影响,但更重要的原因,是在这种影响下诗人产生的在地化倾向。与 80 年代的现代主义相伴的传统文化热潮并不是偶然的,这种对本土性与中国性的关注被对西方文化的想象所激发,但同时又塑造了中国知识分子企图超越中西方二元对立限制的个人意识。经历了"文革"的压抑之后,诗人的个人意识变得空前强大,它绝不仅仅是现代主义的产物,也不能用西方意义上的现代性一言以蔽之;它是中国当代诗歌面对传统与西方企图另开新局的尝试的表现。但是历史的诡异之处在于,这种看似是前所未有的,甚至是过度激进的尝试,竟迅速而轻易地被新诗的传统所吸收,以至于成为一种新诗在当下的标签,这种标签绝对符合人们对文学的期待,在它上面,廉价地写着四个吸引眼球的大字:理想主义。

注释:

① 本文所引海子诗歌皆选自西川:《海子诗全集》,北京:作家出版社,2009 年。

② 原诗见 Friedrich Hölderlin:The Rhine,出自 *Ericl Sanstern-er*:*Heperion and Selected Poems*,*New York*:*Continuum*,第 223 页。译文选自荷尔德林:《浪游者》,上海:上海文艺出版社,2014 年。本文所引荷尔德林诗歌中译本皆选自该版本。

参考文献:

[1] Friedrich Hölderlin. *Essays and Letters on Theory* [M]. New York:State University of New York Press,1988.

[2] 荷尔德林. 浪游者[M]. 林克,译. 上海:上海文艺出版社,2014.

[3] 西川. 海子诗全集[M]. 北京:作家出版社,2009.

[4] 金松林. 悲剧与超越:海子诗学新论[M]. 桂林:广西师范大学出版社,2010:149.

［ 5 ］ Jacques Derrida. Of Grammatology ［M］. *Gayatri Chakravorty Spivak*, Trans. Baltimore：Johns Hopkins University Press, 1998.

［ 6 ］ Hans-Georg Gadamer. *Literature and Philosophy in Dialogue*：*Essays in German Literary Theory* ［M］. Robert H. Paslick, Trans. New York：State University of New York Press, 1994：91.

［ 7 ］ Martin Heidegger. *Hölderlin's Hymns "Germania" and "The Rhine"* ［M］. William McNeill, Julia Ireland, Trans. Bloomington：Indiana University Press, 2014.

［ 8 ］ Haizi. *Over Autumn Rooftops* ［M］. Dan Murphy, Trans. Austin：Host Publication 2010：9.

——原载《江汉学术》2018 年第 2 期：11—17

海子诗歌的深渊圣徒情结与救赎之路

◎ 万孝献

摘　要：深渊圣徒情结是海子诗歌创作的重要情结。深渊是对人类面临的生存暗夜的隐喻，面对存在的深渊，海子自命为"圣徒"。海子将深渊圣徒分为母性气质和父性气质两类，这两类圣徒海子都分别扮演过。大地乌托邦时期，海子奉行的是"实体即主体"的诗学观，希望能从存在中发现被遮蔽的真相，从心灵中寻回被隐匿的神性，从物质实体和精神实体两个方面重建诗意栖居的家园，代表成就是麦地诗歌，充满母性气质，但家园的虚幻性质并不能使海子获得真正的慰藉。太阳乌托邦时期，海子转向个人内心的原始力量，沉醉于酒神的狂欢状态。圣徒变身超人，酒神杀死日神。诗人希望通过太阳史诗的宏大写作，一方面以艺术的方式贴近真实，另一方面实现自己成为诗歌皇帝的梦想，充满父性气质。但无论是哪种方式，在存在的虚无面前，海子先后都败下阵来，最后，幻象的死亡变成了真正的死亡。

关键词：海子；诗学观；圣徒；救赎

　　深渊圣徒情结是海子诗歌创作中一个重要的情结。在诗论《诗学：一份提纲》中，海子自比为"深渊圣徒"，"深渊"一词出现了 13 次，可以看出，海子对人类面临的深渊处境忧心如焚。同时，他把他引以为同类的诗人也称为"深渊圣徒"，说"这些人像是我们的血肉兄弟，甚至就是我的血"[1]1042。深渊是对人类面临的生存暗夜的比喻，自尼采宣告上帝死亡之后，被抛入此在的人类命运便失去了他救的可能，在虚无恐惧的笼罩下，各种绝望的情绪丛生。

　　海德格尔说："虚无主义乃是以往最高价值之贬黜的过程。如果说这种赋予一切存在者以价值的最高价值被贬黜了，那么，以这种价值为基础的存在者也就会变得毫无价值。无价值感，一切皆空无的感觉就形成了。"[2] 虚无主义把人类拉入了存在的深渊。有深渊就有救赎。虽然上帝已经死亡，但人类还是必须要有一个彼岸世界，才能够忍受此岸世界，必须要有一种价值被置入到存在者的整体之中，人的自身价值才能够得到体现。

　　人类面临深渊处境的根本原因在于存在的虚无。海子要用诗歌来战胜虚无。他说:"从深渊里浮起一根黄昏的柱子,虚无之柱。根底之主子'虚无'闪烁生存之岸,包括涌流浇灌的欲望果园,填充以果实以马和花。这就是可能与幻象的诗。"[1]1053 虽然他意识到了诗歌的幻象性质,但仍然相信其中隐藏着存在的真相。

　　面对存在的深渊,海子自命为"圣徒"。"圣徒"意味着捐躯与不顾,历险与牺牲。这种心灵上的受难往往比肉体上的折磨要痛苦得多。从构建麦地诗歌的大地乌托邦到构建太阳史诗的太阳乌托邦,短短三四年时间,为了寻找到一个存在真实的住所,诗人变换多重身份,试验着各种可能,从充满浪漫色彩的诗歌王子到开疆拓土、独裁嗜杀的诗歌皇帝,从母性气质的脉脉温情到父性气质的暴烈如火,海子都尝试过。海子早期和后期的诗歌反差巨大,但在"深渊"与"圣徒"这两点上,形成了一个痛苦而真实的心灵演变逻辑。

一、深渊处境与彼岸关怀

　　深渊处境的发现和彼岸关怀的探索是海子诗歌对中国文学的重要贡献,在这之前中国文学中没有这类主题的作品。在儒家思想成为封建社会大一统思想之前,屈原的《天问》里还能发出这样的疑问:"曰遂古之初,谁传道之? 上下未形,何由考之? 冥昭瞢暗,谁能极之? 冯翼惟像,何以识之?"[3]春秋时期的古人,对天地自然万物还保持着一颗好奇的心,对人与自然的关系也心怀敬畏。到了汉代罢黜百家独尊儒术之后,"怪力乱神"就成为了思想的禁区,集权的专制将功利的法理推向极致,在儒家理学的规训下,中国文学很早就丧失了终极关怀。"我们是谁,从哪里来,要到哪里去"这样的终极关怀意识在中国漫长的文学史中似乎就没有存在过,即使有,也深藏在某个隐秘的角落,如陈子昂的《登幽州台歌》,"前不见古人,后不见来者。念天地之悠悠,独怆然而涕下",偶尔发声便使人惊为天籁。中国人并没有摒弃终极关怀意识,只是在"思无邪"的诗歌传统中,这种意识很早就被逐出了正统的殿堂。中国没有产生严格意义上的宗教,我们用圣人崇拜代替了宗教崇拜,虽然创造出了辉煌的文明,但群体的灵魂始终处于缺乏终极安慰的状态。在威权统治下,文人被迫走向隐逸和闲适,表现在文学中,最多的是风花雪月的作品,文人把一切都变成趣味,缺乏担当与信仰。

　　在这一点上,西方文学和中国文学有着明显的不同。西方宗教文化,尤其是《圣经》对文学的影响很大,和希腊神话一起构成了影响西方文学发展的两股源流。《圣经》更是成为西方文学众多母题的源泉。如在对于人的认识上,认为人具有两重性,一方面是神性，使人有趋于真善美的无限可能性，另一方面是欲望驱使下的人的兽性，无穷的自我欲念折磨着人的内心。歌德《浮士德》、陀思妥耶夫斯基《卡拉玛佐夫兄弟》、托尔斯泰《复活》等名著都是围绕这个母题展开，通过解剖内心世界，揭示每个人的内心矛盾，指出一个更高的境界。对终极问题的思考即人的存在价值与意义、原罪与赎罪，上帝的选民与立约思想等在西方文学与艺术中也成为永恒的主题。到了现代，西方文学还依然能够打通现代与传统的联系，找到救赎的方向。如美国现代著名诗人艾略特长诗《荒原》，他用荒原来隐喻精神的干枯和文明的饥荒，将第一次世界大战后西方知识界弥漫的惶乱、绝望的情绪以及现代西方人贫瘠、苍白、空虚的精神形态进行了集中的展示。诗人把堕落的原因归之于人的"原罪"，把拯救的希望寄托在恢复宗教精神上。

工业革命以来，人类走上了一条技术化栖居的不归路，浪漫化的诗意栖居被不断侵蚀，技术深刻改变了世界。数字时代，人类的生存方式更是碎片化了，人已经找不到完整的自己。人类陷入了海德格尔所说的"生存的暗夜"，即海子所说的深渊。西方文学与艺术对此也有深刻的反思与阐述。从尼采说出"上帝死了"这个真相开始，到福柯说人也死了，无数类似卡夫卡的《变形记》的作品都在通过人的异化这个主题反思人与世界的关系。海子作品中的深渊世界在哲理上并没有超出西方文学的高度，但在主体的认识上却有着独到之处。

朦胧诗分化和解体之后，新生代诗人对现存诗歌的价值体系持全面拒绝与颠覆的态度。诗人重新站到了自我选择的十字路口，前行陷入迷茫与空虚。第三代诗歌在消解文化与颠覆崇高的后现代杂语喧哗中加重了时代的危机。面对存在的深渊，诗人何为？海子《太阳·诗剧》第一句话，劈头就写道："我走到了人类的尽头。"令人震撼。诗人觉得自己已被时间锯开，无论爱情、真理还是上帝都已经死去，"在太阳的中心，谁拥有人类就拥有无限的空虚"。这就是深渊。路在何方？海子的杰出不仅在于他是一个深刻的洞察者，更在于他是一个执着的探路者。面对现代与传统，如何能够打通？不能打通，能否另辟蹊径？

在朦胧诗和第三代诗歌群体之间，存在着一个过渡或中介性的层面，那就是文化寻根诗歌，也称为"文化史诗"，以江河、杨炼为代表，比寻根小说还要早出两年时间。艾略特、埃利蒂斯等西方诗人对西方神话传说、历史典故和文化传统的现代改写启发了杨炼等人对中国古代神话和传统文化资源的关注。寻根的意图在于追寻与重铸民族精神，海子早期也是沿着这个方向寻找传统与现代的联系，长诗《河流》《传说》《但是水，水》就是这类的诗歌。但是"寂静而内含的东方精神"[1]1026 并不能使诗人获得安慰，从中不能寻找到让诗人信服的道路。海子放弃了文化寻根的努力，但保留了这种文明的逆向之旅，只不过走得比其他诗人要遥远得多，直接返回"原始之根"。

我要在我自己的诗中把灰烬歌唱
变成火种。与其死去！不如活着！
在我的歌声中，真正的黑夜来到
一只猿在赤道中央遇见了太阳

　　　　　　　　　　　　　　——《太阳·诗剧》

　　诗人甚至回到了类人猿的状态。在空间维度上，海子的写作想象空间十分浩大，以敦煌和金字塔为两极中心，涵盖了世界古代文明的主要区域。这种阔大的地域写作空间，第三代诗人中，只有在海子和骆一禾的笔下出现过。

　　独特的时空维度决定了海子诗歌的另类气质，诗人站在人类的高度关心属于灵魂的"粮食和蔬菜"。诗人扮演着类似于尼采所说的圣者与超人的合体，既想恢复神性的世界，让灵魂有个依托的港口、栖居的家园，又清醒地认识到其虚幻性。在目睹土地等实体的黑暗属性之后，被迫走上了超越自身甚至人类有限性的超人之路，这是一条尼采所说的走绳者的路，晃晃悠悠，随时可能坠入深渊。

二、诗意栖居：夏娃型圣徒的幻象家园

　　洞察存在的深渊，不忘救赎的努力，是谓深渊圣徒。海子将深渊圣徒分为两类，第一类是母性气质的圣徒，主要有卡夫卡、陀思妥耶夫斯基、凡高、梭罗、尼采等，还有就是浪漫主义诗歌王子，如荷尔德林、雪莱、叶赛宁、普希金、席勒等人。海子认为他们都是夏娃型的艺术家，以母性气质为本，追求爱与死的宗教气质，追求抽象的精神永恒，虽然作品不缺乏深刻和复杂，但缺乏纪念碑式的力量。另一类就是亚当型的巨匠，如米开朗基罗、但丁、莎士比亚、歌德等人，他们是父性气质的深渊圣徒，迷恋于创造与毁灭，利用自身潜伏的原始力量为主体服务，而不是像母性气质的深渊圣徒们一样，只是活在原始力量的中心，靠和原始力量的战斗、和解、对话来创作诗歌。

　　海子的诗歌分期比较清晰，除了早期习艺阶段，成熟期的作品可以分成大地乌托邦阶段和太阳乌托邦阶段。如果说大地乌托邦时期的海子诗歌是充满母性气质的夏娃型的诗歌，那么，太阳乌托邦时期的诗歌就是充满父性气质的亚当型的诗歌。海子说："创造亚当实际上是亚当从大地和上帝手中挣脱出来。主体从实体中挣脱出来。男人从女人中挣脱出来。父从母、生从死挣脱出来，使亚当沉睡于实体和万物中的绳索有两条：大地束缚力（死亡意识）与上帝束缚力（奴隶的因素）。"[1]1040 按照海子对自己诗歌

的理解,大地乌托邦时期的诗歌,奉行的是"实体即主体"的诗学观,海子希望能从存在中发现被遮蔽的真相,从心灵中寻回被隐匿的神性,从物质实体和精神实体两个方面重建诗意栖居的家园。他的代表成就是麦地诗歌。太阳乌托邦时期,海子实际上已经放弃了实体诗学观,遵循的是尼采的超人学说和强力意志,不再甘当神性的奴隶,转而听从自己内心原始力量的呼唤,主体意识得到强化,诗人立志要把自己打造成一个太阳神般的形象,代表作品是太阳七部书。

这两个阶段有着共同的背景,那就是人类的深渊处境。深渊处境在海子诗歌中被描述成"神圣的黑夜",转引自荷尔德林的诗歌。"在这贫困的时代,诗人何为?可是,你却说,诗人是酒神的神圣祭司,在神圣的黑夜中,他走遍大地。"[1]1069 荷尔德林提出了"诗意栖居"的重要命题。什么样的栖居才是诗意的?按照荷尔德林的理解,生活在自己的家园中,心灵能感悟到诸神的看护,同时又能体会到存在之物的本质,这样的栖居才是诗意的,人也才能因此见证其所是。这里的诸神并不是神话谱系中的众神,而是家园的守护者。我们现在这个时代和荷尔德林的时代相比,精神上更加贫乏。荷尔德林时代,诸神只是逃遁或隐匿,所以他认为身处贫困时代诗人的使命在于关切存在,思存在之命运,并为诸神的重新降临做好准备。而我们现在这个时代,诸神早已死亡,诗人即使返回故乡,切近本源,也无法找到本源的历史性所在。人已经无法见证其所是,无法见证与大地的归属关系,更无法见证人与诸神的归属关系。现代性割裂了人与存在的关系,也使得诗歌的持久存在意义变为虚无。这就是人类面临的深渊处境。在这样的背景下,海子是如何看待诗人使命的?

"在神圣的黑夜走遍大地,热爱人类的痛苦与幸福,忍受那些必须忍受的,歌唱那些应该歌唱的。"[1]1071 早期诗歌,海子并没有找到独属于自己诗歌的方法论和诗歌材料。荷尔德林的诗歌启发了海子对人类深渊处境的关注。"看着荷尔德林的诗,我内心的一片茫茫无际的大沙漠,开始有清泉涌出,在沙漠上在孤独中在神圣的黑夜里涌出了一条养育万物的大河,一个半神在河上漫游……一个神子在歌唱。"[1]1069

1985 年之前,海子致力于文化史诗的创作,沿着江河、杨炼开创的寻根方向,从民间文化的角度重新阐释东方文化,试图在诗中"契入寂静而内含的东方精神"[1]1026,通过史诗的宏伟形式,寻找到一条民族文化的振兴之路。但是这种追随在别人步伐后面的诗学观念并不能给他带来言说的自信。海子想象中的东方精神和其他诗人一样,是一种和谐的对话关系,"东方佛的真理不是新鲜而痛苦的征服,而是一种对话,一种人与万物的永恒的包容与交流"[1]1025。《河流》《但是水,水》是这个时期的代表作。

这个时期的长诗写作在海子的作品中应该说并不成功,倒是短诗作品开始闪烁着黄金般的质地,尤其是麦地诗歌。受到荷尔德林诗歌的影响,海子开始用神性的视角观察世界。神性是海子诗歌闪亮的标签,是他首先照亮在汉语诗歌中的。由于引入神性的视野,千百年来熟视无睹的劳作与生活的场景,拂去岁月的积尘,显露出存在本真的面目。麦地诗歌呈现出的是一种和土地对话与和解的关系,是海子在东方精神主导下的内心的妥协与幻想,在海子去世之后为其赢得了广泛的声名。土地之上最原始的存在:庄稼、一切自然之象,以及在大地这一壮丽语境中的生命,诗人通过重新命名的方式使存在向世界敞开。

　　我们是麦地的心上人
　　收麦这天我和仇人
　　握手言和
　　我们一起干完活
　　合上眼睛,命中注定的一切
　　此刻我们心满意足地接受

——《麦地》

　　对于粮食的重视能使仇人握手言和。麦子还能消除仇恨,这些以往麦子意象中没有的全新维度使海子的麦地诗歌所依托的大地焕发出崭新的生命。

　　全世界的兄弟们
　　要在麦地里拥抱
　　东方、南方、北方和西方
　　麦地里的四兄弟,好兄弟
　　回顾往昔
　　背诵各自的诗歌
　　要在麦地里拥抱
　　……[1]409

——《五月的麦地》

　　麦地不仅是中国的,还是世界的,不仅是我们这个农耕民族的,还是全人类的。站在全人类的角度审视麦地这个人类共同的生存基础,使海子的诗歌具有了终极关怀的高度。麦地在海子诗歌中象征着圣洁和美好的感情,承载着诗人独特的精神乡愁,人与麦子的关系不是一种主人和奴隶的关系,种植者和收获物的关系,而是人和土地的自由、亲和的关系,生存的痛苦由于辛勤的劳作而获得安慰。麦地成了诗人灵魂得以暂时栖息的归所、精神还乡的第一站。生存的苦难由于艰辛的劳作而获得慰藉,它使诗人暂时忘却了现实生活中的孤独与痛苦的处境。但丰收带来的和谐只是家园的部分,丰收后的荒凉、人类欲望激发出来的对土地的迫害力等都让诗人的家园梦开始破灭。土地并不总是代表着收获,更多的是荒凉与死亡。"土地的死亡力 迫害我 形成我的诗歌","尸体是泥土的再次开始/尸体不是愤怒也不是疾病/其中只包含疲倦、忧伤和天才"。土地的迫害力颠覆了诗意栖居的理想,深渊开始显现它的影子。诗人的绝望在于原以为找到了诗意栖居的家园,可是目睹更深的黑暗之后突然又迷失了方向。

远方也曾经是诗人逃避的方向。西渡认为:"海子有一种根深蒂固的逃避现实的倾向。他的原始主义是对现在的逃避,他的远方膜拜是对此地的逃避。"[4]海子说,"在最远的地方我最虔诚",不仅在诗歌中诗人歌颂远方,他的足迹也曾漫游四方。海子曾两进西藏,漫游过内蒙古、四川等地,但诗人最后发现,"远方除了远一无所有"。

目击众神死亡的草原上野花一片
远在远方的风比远方更远
我的琴声呜咽 泪水全无
我把这远方的远归还草原
一个叫马头 一个叫马尾
我的琴声呜咽 泪水全无

远方只有在死亡中凝聚野花一片
明月如镜高悬草原映照千年岁月
我的琴声呜咽 泪水全无
只身打马过草原[1]205

——《九月》

远方和麦地一样,都是诗人心中的乌托邦,它们构成了海子母性气质的幻象家园。在这个浪漫而美丽的家园中,诗人希望通过对话的方式与实体世界获得一种和谐相处的平衡关系,彼此尊重、共存,可是诗人发现在存在面前,人的力量是非常渺小的,无法和存在取得一种对等的关系。家园的属性就是乌托邦,无论以哪种方式存在,收获的都是虚假的慰藉。面对深渊处境,人类早已无路可走,唯有做自己内心深处原始力量的主宰,才有可能真正获得真实的存在感。

三、太阳神殿：亚当型圣徒的酒神狂欢

虚无主义是海子诗歌始终要克服的最大的问题。尼采说"上帝死了"，这个上帝代表的是赋予存在者整体以某种意义的超感性的领域。现在这个超感性领域失效了，存在者本身也丧失了价值和意义。上帝死了，存在者一切的以往目标都失效了，人类必须对价值进行重估。能够成为人类尺度与中心的不再是上帝，只能是人类自身。这就为人类摆脱自身，创造出"超人"形态创造了条件。海子后期诗歌，神性的超感性领域逐渐失效，诗人对以往的诗学观念进行重新检讨和评估，实体即主体的存在诗学观逐渐被摒弃，海子将关注点转移到了诗歌艺术本身，希望通过构建大诗的方式成就自己诗歌之王的梦想。

海子一直坚持史诗理想，在他看来诗歌分为大诗和小诗，大诗就是他所说的史诗。史诗中最伟大的是旧约、荷马史诗、印度史诗等，它们是人类的集体回忆。其次是一些浪漫主义诗歌王子的创作。早期海子一直引荷尔德林等人为同类，将他们视为自己的孪生兄弟，后期产生了超越这些诗人，达到最高诗歌境界（即史诗）的梦想。这和他受到尼采的影响不无关系。尼采认为，艺术比真理更有价值。虚无主义不能从外部来克服，我们无法用理性、进步等词汇来取代原先上帝的位置。真实世界又是不可达到、不可证明、不可许诺的，人类关于真实世界的一切描述实际上都是自我的慰藉。在这样一个充满矛盾的世界，艺术和真理相比就更贴近真实。

艺术乃是"旺盛的肉身深入形象和愿望世界之中的一种充溢和涌流"[2]593。这种生命的充溢和涌流就是海子所说的人类自身潜伏的原始力量。诗人要战胜虚无，只能寄托于艺术。真理不能做的事情，由艺术来完成。要达到艺术的巅峰，离不开强力意志。"这个世界就是强力意志——而且除此之外一切皆虚无！"[2]516海子抛弃母性气质写作，正是因为他认识到家园、诗意等理想寄托的虚幻性质。诗人对以往的价值进行重估，诗歌的风格也发生了巨大的转变。

在太阳七部书中海子努力塑造一个崭新的太阳神形象，这是尼采所说的超人形象，背后支撑这个形象的就是强力意志。这是海子风格的超人，带有浓厚的宿命论色彩，同时又带有强力意志，两者构成了深刻的矛盾，对诗人的心灵造成了撕裂。《太阳·弑》是太阳史诗中艺术成就最高的诗作之一，诗中的王子宝剑是浪漫主义诗歌王子、圣杯骑士和王的悲剧性合体，也是海子心中自我期许的圣者形象。宝剑不同于早期的像荷尔德林一样的浪漫主义诗歌王子，吟唱着悲伤的诗篇，希望能重返古希腊时代，重获神的庇护，而是上升到了要成为王者的阶段。宝剑是巴比伦王国最优秀的诗人，是上帝选中

的选民,唯有他才能夺取命中注定的圣杯。在他走向王座的过程中无数人付出生命的代价,包括设计整个阴谋的巴比伦王,为帮助宝剑登上王位也死了。但结局却是一场俄狄浦斯式的悲剧,登上王位的宝剑被真相刺瞎了双眼,最后也拔剑自刎。宝剑这个形象体现出海子在塑造超人形象时的矛盾心理:在深渊面前,圣徒也是无能为力的。

失败的结局既然无可挽回,那么只有过程才是最真实和最有价值的。如果说前期的写作是为了给存在寻找一个家园的慰藉的话,这种日神式的理想已经幻灭了,现在只有沉醉于酒神式的狂欢中,生命的价值才能得到体现。

这个时期的海子沉醉于酒神的狂欢状态。"日神精神体现为一种个体化的原则,追求个体的圆满和自持,并从这一圆满和自持中充分肯定人的智慧、美丽和尊严。酒神精神则体现为反个体化原则,它追求个体的瓦解,通过一种类似死亡的状态摆脱原始的生存恐怖,以实现个体与世界本体的原始融合,而进入一种狂喜状态。"[4]204

典型的酒神艺术家以放纵为特征,以酒、性、死亡为手段,追求一种本能的满足。第三代诗人中不乏这类诗人,以酒和性为对象,追求当下的官能满足。海子与他们不同,虽然也迷恋于酒,甚至在写作之前都要小饮几杯追求那种微醺的感觉,但他几乎没有写关于酒的诗篇。海子将爱情看得至高无上,最后的自杀也和初恋的失败有一定的关系,爱情在他的诗中非常纯洁、神圣。性和酒与他关系不大,他的酒神式的狂欢关注的依然是人类命运的终极问题。

《太阳·诗剧》以狂欢的方式提出了关于人类命运的一系列问题。关于前生:"每个人都有一条命,却都是谁的命?"关于现世:"我所陷入的生活是谁的生活?"关于来世:"与我死后同穴的千年黑暗是谁的鸟群?"关于权力:"谁能发号施令? 谁是无名的国王? 众天之王?"关于语言:"谁是语言中心的居住人?"关于真理:"谁是衡量万物是非的准绳?"这些无法解决的终极问题构成了人类的深渊处境。往前走已经看不到希望,日神式的理性道路已经绝望,诗人只能往后追溯,寻找一条酒神式的反理性的道路。"石头滚回原始而荒芜的山上/原始而荒芜的山退回海底","船只长成大树/儿子生下父亲"。

"如果说骆一禾是一个超越了尼采意义的日神艺术家,海子则是一个有些教条化的尼采式的酒神艺术家。海子本有的原始主义倾向,与尼采美学可谓一拍即合……与尼采美学的接触让海子完成了从和平母亲向原始母亲的转变,也让他的反理性立场自觉化了。"[4]207 诗人最后剩下的武器就是自身潜伏的原始力量,用它与大地的魔法进行生与死的交锋。

"彩色的庄稼就是巨大的欲望","彩色的庄稼也是欲望也是幻象","欲望你就是家乡"。土地上生长的不再是粮食,而是欲望。土地其实没有变化,变化的是人心。欲望带来的变化从本质上说是前现代社会在面临现代性转型时的阵痛与不适应在诗人心中的反应。如果诗人所持的立场是现代性的,他就会乐见这些变化,不会产生被迫害的感觉,如果是前现代性或反现代性的,就会产生极度的不适应。海子恰属于后者,他的反现代性之旅在深渊面前也失效了。

四、幻象的死亡变成了真正的死亡

……
春天,十个海子全部复活
在光明的景色中
嘲笑这一个野蛮而悲伤的海子
你这么长久地沉睡究竟是为了什么?

春天,十个海子低低地怒吼
围着你和我跳舞,唱歌
扯乱你的黑头发,骑上你飞奔而去,尘土飞扬
你被劈开的疼痛在大地弥漫[1]540

在写下《春天十个海子》这首诗不久,1989 年 3 月 26 日,海子选择在山海关的一条铁轨上结束了自己的生命。海子的诗歌生涯是一部希腊式的悲剧。尼采认为,希腊悲剧之所以美,正因为它融合了日神与酒神两种精神。日神精神代表理智、冷静的静穆之美,酒神精神代表旺盛的生命力。力与美的结合才诞生了悲剧这种最高的艺术形态。只有理性是不够的,生命力消失了,只剩下没有血色的理性文化。必须进入酒神的陶然忘我之境,忘掉日神的清规戒律。即使在悲剧的毁灭中,看到的也不是恐惧,而是由于毁灭而解除了的痛苦,迎接与天地万物融为一体的狂喜,这就是生命力的充盈,也是最高的美。

海子坚持史诗理想,从早期的文化史诗到后期的太阳史诗,诗人始终有着自觉的艺术追求。这种宏大的诗歌理想无疑是日神精神的体现。现实生活中,海子的诗歌并不为众人所欣赏,甚至受到质疑,个人生活也颇为潦倒,要改变命运唯有借助诗歌。太阳史诗要营造太阳神殿,神殿里多神共居,但核心的神只有一个,那就是太阳自身,这个太阳就是海子。"我的事业就是要成为太阳的一生/和所有以梦为马的诗人一样/最后我被黄昏的众神抬入不朽的太阳。"希腊神话中的太阳神阿波罗象征着理性、规则、光明,海子的太阳神对其他众神和芸芸众生有生杀予夺大权,俨然成为命运的独裁者。海子

想用创造一部史无前例的太阳史诗的伟大行动实现自己的诗歌梦想,这种梦想无疑是日神式的,但其独裁嗜杀的王者形象又充满了酒神式的狂欢精神。

日神精神通过艺术创造来实现个人梦想,使人暂时忘却现实生活中的苦难,但其幻象属性无法把握世界的真实。海子的幻想逐一破灭,诗意栖居的神性家园在现代性面前犹如水月镜花,遥不可及,大诗的理想在现实面前也撞得头破血流,最后发现,唯有在酒神的狂欢状态中,忘掉日神的清规戒律,才能进入忘我之境,与世界融为一体。这是其唯一可把握的真实。

海子酒神精神的源泉是非理性的原始力量,复魅、神秘与原始主义倾向是其主要特点,具有鲜明的反现代性特征。黑夜情结、暴力情结、死亡情结是太阳史诗的三大情结,太阳神殿中,圣徒变身超人,酒神杀死日神。神殿中烈火熊熊、尸骸遍地,神殿外黑夜无边,曙光难期。海子说:"在太阳的中心,谁拥有人类就拥有无限的空虚。"[1]910 命运像魔咒笼罩在每个人的头上,诗人心中的日神幻象破灭了,酒神狂欢也结束了,生存的黑暗刺瞎了心灵的眼睛,最后蹒跚地走上和宝剑一样的自杀之路。失败者肉体消失,胜利者精神崩溃,在生存的深渊面前没有赢家,深渊的本质在于存在的虚无性,像黑洞一样,连光线都无可逃遁。

"虚无主义有两条出路,不是走向自我毁灭的颓废道路,便是从破坏中突出而走向诉诸行动的创造活动。"[5]海子最先选择的是行动,而且是独具个性的逆行的救赎。但无论是前期的圣者还是后期的超人,在存在意义的无物之阵面前,海子还是先后败下阵来。幻象的死亡,变成了真正的死亡。"我必将失败,但诗歌本身以太阳必将胜利",在文学精神越来越平庸的今天,海子对纯粹精神的坚守与探索,值得我们去尊重和发掘。

参考文献:

[1] 西川.海子诗全集[M].北京:作家出版社,2009.
[2] 海德格尔.尼采[M].孙周兴,译.北京:商务印书馆,2010:749.
[3] 屈原.楚辞译注[M].殷义祥,麻守中,注译.长春:吉林文史出版社,1998:71.
[4] 西渡.壮烈风景[M].北京:中国社会出版社,2012:201.
[5] 尼采.瞧!这个人[M].刘崎,译.哈尔滨:哈尔滨出版社.2015:13.

——原载《江汉学术》2018 年第 2 期:18—24

现代诗潮与诗人重释

米家路　张洁宇　王东东　钟怡雯
缪惠莲　张　强　贾鑫鑫　杨　柳
马正锋　张　颖

狂荡的颓废：李金发诗中的身体症候学与洞穴图景

◎ ［美］米家路 著　赵　凡 译

摘　要：鉴于李金发最主要的三部诗集于 1920 年至 1924 年在巴黎和柏林创作完成，因此与其研究李金发与他同时代中国诗人的互动关系，还不如将他的诗作置于欧洲现代主义诗歌与现代性思潮的语境中予以考察。在波德莱尔所开创的反启蒙与反田园的现代主义诗学影响下，李金发诗作中出现了一种强烈的力比多能量的经济危机，体现为身体的器官正处于一种退化、腐坏与堕落的残缺状态，进而造成了意志缺乏、衰弱、怠惰与倦滞的萎靡颓废精神世界，由此便创生出一种黑暗、嗜睡、寒冷、潮湿与泥泞的反照亮/启迪叙述。这种新叙述转向了现代性的反面美学空间，在波德莱尔式的洞穴或深渊中，发掘现代生活中被压抑的恶魔激情、梦境与神秘的英雄意志，旨在对宏大启蒙叙述与现代性进步神话提出质疑与批判。[①]

关键词：李金发；波德莱尔；身体叙述；审美现代性；现代主义诗学；象征主义诗歌

随着李金发的诗集《微雨》在 1925 年的出版，中国现代文学崛现了一次话语范式的转向。这一年还见证了国民"力比多经济"（économie libidinale）的可怕危机，这场危机见诸李金发诗中随处可见的身体疲劳，以及与之共生的精神疲惫[②]。这场"力比多经济"危机显现为无力感、活力能量的贫乏、健康生命的凋零、倦怠与烦闷的迟缓流动、萎靡不振的漠然、深深的悲伤与抑郁。最能表征这种无力感危机的典型形象是一个筋疲力尽的人，他睡觉时双臂交叉，双手抱头啜泣。无力的身体与低落的情绪以前所未有的密度滋生出了不断蔓延的民族幻灭感，可以更准确地概括为"狂荡的颓废"（une turbulente décadence）。五四时期中国最重要的作家与批评家之一茅盾对这种后革命状况作出了敏锐的观察：

中国现在社会的背景是什么？从表面上看，经济困难，内政腐败，兵祸、天灾……表面的现象，大可以用"痛苦"两个字来包括。再揭开表面去看，觉得"混乱"与"烦闷"也大概可以包括了现社会之内的生活。……一方面是因为旧势力的压迫太重,社会的惰性太深,使人觉得前途绝少光明,因而悲观;一方面是因为他们自己的思想迷乱。……由烦闷产生的恶果,一是厌世主义,一是享乐主义——这是两个极端。[1]

李金发通常被视为第一个向中国文学引介法国"世纪病"（maladie du siécle）及颓废观念的中国诗人。李金发诗中展露出这种全新的诗歌写作意识,开启了一种全新的现代性敏感。

因此,从郭沫若到李金发的转向乃是一种认知的质的转变。这不仅仅描绘了中国现代性能量之力比多经济的一次中断、一方裂痕与一段沟壑,同时亦创造了生命冲动（élan vital）与颓败直觉之间那持续震荡的话语张力。在中国新文学的第一个浪漫主义诗人与象征主义之父的中间,诞生了一个两极世界:一极以郭沫若笔下的持续创造之身体为代表,这身体被四溢的、向前进步的爆炸性能量所灌注;另一极则以李金发笔下无法行动的麻木肢体为代表,它被倦怠所黯淡,被昏昏欲睡所困乏与诱惑。对于郭沫若来说,每一个早晨都闪烁着旭日初升,为了胜利的自我之诞生,到处弥漫与辐射着生命之光。然而对于李金发来说,与洋溢着创造力的郭沫若相反,早晨是绝佳的睡眠时间,太阳耗尽了它的能量而尽显黯淡。对于郭沫若,世纪意味着黎明、春天与青春;而对李金发来说,世纪则意味着黄昏、秋日、衰老与沉睡③。分别引用两位诗人各自的作品便足以展现二人诗歌意识的差异。在郭沫若的《晨安》一诗中,我们听到:

> 晨安! 常动不息的太阳呀!
> 晨安! 明迷恍惚的旭光呀!
> 晨安! 诗一样涌着的白云呀!
> 晨安! 平匀明直的丝雨呀! 诗语呀!
> 晨安! 情热一样燃着的海山呀!
> 晨安! 梳人灵魂的晨风呀!
> 晨风呀! 请你把我的声音传到四方去吧![2]

在李金发的《ode》这首诗中,我们可以目睹一种迥然不同的认知图景:

> 且阖你的眼儿,
> 任清晨去沉睡,
> 花枝受重露而疲之,

> 长松的臂儿，
> 正因拥抱远露而龙钟

郭沫若力比多经济中的能量激情为李金发衰老的疲乏所替代,郭沫若熊熊燃烧的热量变成了李金发的冰冷寒彻。在力比多经济的轮番争斗中,一种诉说寒冷、黑暗、卑屈、毁灭与疼痛的新叙述由此而生,这种新叙述转向了现代性的负面,转向了人类存在的地下世界,一言以蔽之,我将之称为"颓废叙述",它与郭沫若的太阳、光芒、火焰以及黎明的进步精神之叙述截然相反。光明与黑暗、兴起与衰落、热与冷、沸腾与无力,戏剧性地构成了中国现代性自我模塑的二元叙述。这恰恰反映了现代性观念中内存的两股矛盾冲动,正如卡林内斯库所说:

> 最广义的现代性,正如它在历史上标榜的那样,反映在两套价值观念不可调和的对立之中,这两套价值观念对应于:(1)资本主义文明客观化的、社会性可测量的时间(时间作为一种多少有些珍贵的商品,在市场上买卖);(2)个人的、主观的、想象性的绵延(durée),亦即"自我"的展开所创造的私人时间。后者将时间与自我等同,这构成了现代主义文化的基础。[3]11

一方面,"进步现代性"包括了科学与技术、理性崇拜、人文主义自由观念以及时间的终极胜利等人类进步的信条;另一方面,"美学现代性"将人性危机的深刻意识、时间的短暂性、生命的平庸以及现代之美(波德莱尔式的"beauté moderne")的无畏创新性地戏剧化了。这种现代冲动的悖论构成了现代性之剧烈冲突的两面,因此在现代文明的力比多经济中,形成了一种不可调和的张力。"从此以后两种现代性之间一直充满不可化解的敌意,但在它们欲置对方于死地的狂热中,未尝不容许甚至是激发了种种相互影响。"[3]48从这一角度看,李金发的现代性抉择是美学式的,他身处现代性内部的黑暗空间,专注于对生命的丑陋、悲剧美感、痛苦与神秘加以极端地揭示与彻底地剖析。

尽管李金发诗歌作品的出版代表了中国象征主义诗歌的诞生,然而就其文本在中国的接受度来说可谓命途多舛[4]。与郭沫若的《女神》被立即接受形成鲜明对比,中国知识分子对李金发的第一部诗集《微雨》的反应相当地糟糕与冷漠。他们批评李金发所运用的古怪意象与晦涩意义,批评他对颓废畸形的崇拜与其诗句法规则的混乱。一些人将"诗怪"这样的标签加诸其身,一些人甚至将他的诗歌嘲笑为"笨谜"或批评为"糊涂体"。④从另一角度观之,对李金发诗歌的阅读,公众反应多为负面,这恰恰证明了一种新的美学敏感性的诞生。换言之,当时真正撼动中国读者惯常的美学品位的,并非李金发所采用的自由诗形式,而是其颓废的感性,一种极度沉溺于新奇、欢愉与人类腐

朽之美的审美意识,读者从未在以往的中国文学中见识过这样的衰落与毁灭。例如《巴黎之呓语》一诗,李金发写道:

> 如暴发之愤怒,
> 人在血湖上洗浴了!

另一首诗《远方》则展示了他诗歌的怪异性:

> 我浸浴在恶魔之血盆里,
> 渴望长跪在你膝下。

这样的古怪意象唤起了深重的颓废情绪,这在中国传统诗人的作品中难寻踪迹,却常见于波德莱尔和瓦雷里的诗中⑤。中国现代审美中"诗性认知阈"(poetic episteme)的戏剧性断裂,乃是与之共生的中国现代性的结果,这导致了艺术关注的新转向。周作人将这一审美学认知的断裂描述为"这种诗是国内所无,别开生面的作品"[5];朱自清认为这是"一支异军"[6]。可以想见,郭沫若与李金发之间审美意识的鸿沟有多大,他们共存于中国现代性话语空间的力比多能量有多不一样⑥。将李金发与郭沫若并置于力比多能量横向语境中的目的在于,探索支配中国现代诗歌之自我塑造的另一种内驱力。这样的并置将揭示一种新的中国现代性叙述空间。因此在下文中,我将聚焦于李金发反映在身体中,或身体感受到的颓废观念,我以为这一颓废观念可以成为解开李金发"晦暗诗性意识"秘密提供关键的钥匙,这一审美意识的崛起关联着中国现代性之自我形构的能量。

一、肉体的颓废经济学: 无力感、衰弱、丧志症与倦滞

如果李金发的诗集《微雨》标志着中国现代诗歌审美现代主义情感的新纪元,那么诗集中的第一首诗《弃妇》则是一把激发并穿透这新敏感性的利刃。此诗彻底地超越了所有传统的诗歌认知,宣示了一种新表达范式的诞生——现代汉诗的颓废叙述⑦。作为新审美意识的开创性作品,《弃妇》为李金发的主要作品定下基调,尤其定义了他的诗歌创造,聚合了他的根本美学特征。该诗显现的自我形象与以往截然不同,由一副受折磨、被抛弃、被残毁的身体呈现出来:

弃妇

长发披遍我两眼之前，
遂隔断了一切羞恶之疾视，
与鲜血之急流，枯骨之沉睡。
黑夜与蚊虫联步徐来，
越此短墙之角，
狂呼在我清白之耳后，
如荒野狂风怒号：
战栗了无数游牧。

靠一根草儿，与上帝之灵往返在空谷里。
我的哀戚惟游蜂之脑能深印着；
或与山泉长泻在悬崖，
然后随红叶而俱去。

弃妇之隐忧堆积在动作上，
夕阳之火不能把时间之烦闷
化成灰烬，从烟突里飞去，
长染在游鸦之羽，
将同栖止于海啸之石上，
静听舟子之歌。

衰老的裙裾发出哀吟，
徜徉在丘墓之侧，
永无热泪，
点滴在草地
为世界之装饰。

凸显此诗的叙述并不是向上的昂扬，而是力比多能量的向下衰落；强健的身体并未产生爆炸性的运动，相反却显示出残缺生命的凋零；对未来的绝对光明没有强烈的欲望，相反却呈现地狱世界的深重黑暗。在这首诗中，我们目睹了毁灭性时间那无尽的烦闷对身体所作的残酷折磨，目睹了一个望求速死的衰弱自我。诗中弥漫着寒冷、沉重、干燥、黑暗、伤感与凝固的空气，昏暗、模糊、幽闭、空虚、贫瘠、阴森的光线，以及夜晚、夕阳、灰烬、无泪、枯骨与秋天的时间经验。所有这些元素激起的颓废与感伤,造就了弃妇的无力感,了无生气的乏味,全然的病态、衰老、怠惰、意志缺乏与虚弱[8]。在导向她最终的虚弱与衰老的过程里,她失却了体内的生命法则,弃妇的生命不过是一股黑色的胆汁流穿她干枯与冰冷的肢体,诱使她沉溺于嗜睡的深渊。

关于弃妇之命运的叙述,此诗发展出两种叙述结构:第一种结构呈现了"我"作为怀有忏悔情绪的叙述者产生出妇女无望与无助的空间性视野,亦即妇女对其苦难的自我叙述;第二种结构则呈现在第三人称中(读者、目击者或诗人),对妇女所陷深重悲悼不可避免性的时间穿透。空间性结构涵盖了前两节,这两节诗的展开伴随着对空间之光明的拒斥,长发披遍使空间表面一分为二,这种分割使得双眼的视线渐趋模糊。"隔断"是一个分开"我"与外部世界的动作,它导致了一个遁世者堕入捆锁的封闭内在。短墙、荒野、空谷、悬崖、山泉与长发、鲜血、枯骨、黑夜、怒号的狂风,以及俱去的红叶诸意象并置,不可能激起任何空间性的救赎。

本诗的时间结构则显现于第三、四节。这一结构的独特之处在于时间的否定性经验引发了弃妇之生命的哀戚、恐惧、龙钟、疲乏与干枯。"堆积"一语生动地指涉了重复时间的累积,无所不同亦无所改变,只不过是单调而同质的时间。时间太久,以至于无法耗尽,要不然就是太短,流逝缓慢。正是沉滞的时间之烦闷杀死、吞噬并麻痹了弃妇的生命,这使她无法朝着一个充满希望的终点运动,而代之以最后绝望的加速到来,堕入死亡空白的裂隙。弃妇被持久的烦闷蚕食了精血,这令她感到老态龙钟与筋疲力尽。夕阳之火、游鸦、海石、衰老的裙裾以及干枯的眼泪诸意象一起加强了时间的毁灭效果[9]。因此,在空间的维度中,弃妇被永恒的天堂拒斥("靠一根草儿,与上帝之灵往返在空谷里");相反在时间的维度里,却被一股不可抗拒的堕力拉入沉睡的悲惨冥界("衰老的裙裾发出哀吟,/徜徉在邱墓之侧")。

由此看来,《弃妇》一诗实际上即为李金发对永恒与一瞬之本性的沉思,生命的空间拯救得以拒斥,而生命的时间颓废却终将获胜。因此"我"对于天堂之救赎的幻梦为时间的怪兽所击碎,而她的被弃则由此呈现为两个层面:既处于失败的超越性结果中,也处于她对这种失败的悲剧意识。于此,李金发以时间总是谋杀、屠戮、吞噬与耗尽人的生命与鲜血的观念,完全地颠覆了郭沫若进步的自我对时间的英雄般的胜利。"我"总是处于一种萎靡不振的烦闷中,这烦闷仅生出贫瘠。这种非生殖的时间观念,正是李金发从波德莱尔与魏尔伦借来的主题,同样,也正是李金发之颓废情感的具体化。

在上面这首诗中,我们已无法找到一具饱含强能量、高热能与快速度的身体,而这些均是郭沫若《女神》中的关键;我们也无法再看到"永恒之女性"如何"引领我们上升",相反,一个被弃于短墙与空谷的女性,唱着她将死的挽歌,呈现于我们眼前。在隐喻的意义上看,李金发的弃妇形象正是郭沫若笔下那耗尽了能量的女神。这正是女神火热身体的最终爆炸,接着便从其天堂境界中坠落。在她的庸常状态中,只剩下倦滞、清醒、冷静,以及缺乏行动的意志。一句话,她退入了力比多能量衰减的流动之中,一场无力感的危机随之攫住了她的整个世界。

能量骤降的无力感危机散布于李金发的多数诗中。能量与活力还未完全消失,而能量的退减却使能量自身无法增长。能量流的路径被隔断,以至于有机身体并未经受任何的权力意志。在身体运动的阻断与凝滞中,这种无力感才得到表达:

> 当一切抚慰来到,
> 我遂痛哭
> 四肢笨重而颓萎。
>
> ——*A Henriette d'Ouche*

以及

> 深愿如旧两手抱着头,
> 梦见命运之征伐,
> 但昏醉而愚笨着,
> 任你生活在我厌倦里。
>
> ——《哀吟》

或表达于行动的意志被麻痹(一种怠惰的症状)的状态中:

> 我可爱之盛年悉消散了,
> 最初的友谊亦疏冷了,
> 失去了可恃之 force
> 留下这种痛之身躯。
> 如少你的拥抱,
> 我四肢更临风冰冷,
> 心儿因贫血而跳
> 睫儿因疲乏而下垂。
>
> ——《多少疾苦的呻吟……》

或表达于生命的枯萎,以及苦涩的幻灭感中:

你傍着雪儿思春，
我在衰草里听鸣蝉，
我们的生命太枯萎，
如牲口践踏之稻田。

——《时之表现》

以及

我们之四体在斜阳流血，
晚风更给人萧索之情绪，
天儿低小，霞儿无力发亮，
像轻车女神末次离开世界，
我们之希望，羡慕，懊悔，追求，
在老旧而驯伏之心底冲突。

——《爱之神》

关于"天儿低小"一行，令我们想起波德莱尔《恶之花》中的《忧郁》：

当低重的天空如大盖般压住
被长久的厌倦折磨着的精神；
当环抱着的天际向我们射出
比夜还要愁惨的黑色黎明；[7]

对波德莱尔来说，天空如沉重的大盖压住天际，使大地笼罩在黑暗中，这象征着"萧索，以及深深的绝望"[8]。库恩（Kuhn）则说，低重的天空被缩减为一个地牢，这令人想起贫瘠的景况，倦怠之兽正在逼近，它的一个大哈欠就能把整个大地吞噬[9]22。但李金发的隐喻并未止于此，它还传递出能量的严重贫困。由于大地变得呆板，太阳不再升起，没有任何能量得以产生。因此，身体中的能量危机日益显著，一直持续。正如他写下："所有的期望还在远方，/不死的颓废既在目前了。"（《你白色的人》）；身处怠惰的黑暗景况："空泛/之须与深切求，/啮食躯壳之一部。"（《时间的诱惑……》）李金发将时间的虚弱无力概括为"时代疲乏""世纪之夜"以及"深眠之候"。

由于生命活力法则的缺席，无力感危机相应地导致了某种身体的深重危机。换言之,身体的各个部位立即感受到了力比多能量的危机。这仅仅是某个身体部位在接收、容纳与记录这种能量的突减与消逝,而能量则源自显现危机的诸种形式之中。无力感危机正是在身体的有机部位中才得以展开,而这身体便由肉体颓废的机能所构成。在李金发的诗歌中,能量的贫困使我们目睹了一具身体的双腿凝固、双手无力、双耳失聪、双目失明、心脏停止、味蕾枯竭、面目苍白、鼻子阻塞、口无食欲、骨骼枯瘦。下面,我将概述身体各部位的肉体颓废。

腿——能量危机起初影响腿,使其无法行走:"你沉重而笨之步/迟点将失你随他之路径。"(《街头之青年工人》)或从动作中麻痹双腿:"我不继续前路,怕践踏了牧童的浅/草,愿长与跳荡之心哀哭这命运。"(《心》)。由于能量缺失,腿使不出力,因此变得完全的疲乏。"淡白的光影下,我们蜷伏了手足/口里叹着气如冬夜之饿狼"(《给蜂鸣》),或是"无须理解,我费上帝给来的本能,摆/动所有之手足,拖着腿儿如载重之/耕牛。……"(《Falien 与 Helene》)最后,双腿精疲力竭、颠簸、摇晃、倒下并变得越发瘦小:

> 脚儿太弱小,我无能穿你翼鞋而远走,
> 纵遇荒漠与曲径,无让我导路在前头,潜力与真理!
>
> ——《心期》

还有一例:

> 吁,我革履笨厚,
> 脚儿弱小无力,
> 何处是情爱之 Sagesse。
>
> ——Sagesse

由于双腿被耗尽的能量所麻痹,死亡临近:"我的鞋破了,/终将死休于道途,假如女神停止安睡之曲。/我手足蜷曲了,/不能在远处招摇而呼喊。"(《恸哭》)。

手——当腿麻木,便不能往前挪一步。对于一个困于无力之境的人来说什么都无从发生。一切变得静止不动,了无差别。于是双手慵懒,甚而怠于搬动。人像一尊雕塑般立在那儿,呆若木鸡。"烟在喙里,/手在裤袋里,/虽显出可怜,/但一半同情,一半timide。"(《短墙的……》)手在裤袋里无所作为,因为他们太过倦怠与憔悴:"我臂儿瘦了/全因饰带抽得太紧么?"(《春思》)

口——在腿苦于挪动,手无法抬起之后,口这一部位则表现出食欲的消失,或经历着味蕾的枯竭。郭沫若"天狗"的那种强烈的动物性欲望了无所存。"远处的旋风能干枯我的唇,/将催我心儿频跳"(《多少疾苦的呻吟》)。此处生出二事,一方面,口无食欲在于吃食太过无味,或没有力量进食:"蚂蚁是太拥挤的,/蚯蚓无味!"(《生之炎火》)另一方面,无所进食因为大地贫瘠:"我欲狂呼,但口儿无意地阖着,/我欲痛饮,但樽儿因日光干枯了。"(《不相识之神》)⑩在嘴巴了无食欲或是无所进食之际,身体中积聚能量的机制便缺失了,生命进而终被否定。人备受着倦怠、虚弱、空洞与凄怆的困扰。

眼——由于脚无所动弹,故视野受限,眼中世界所及之处总归于了无差别。换言之,脚之无力感同样麻痹了目之视野。因此,双眼无法看见远方,或无所可见:"我的眼:将无力再看,/虽然如此深黑。"(《假如我死了》)双手的懒散使得双眼疲乏而睡意绵绵:"倦睡之眼,/不能认识一个普通的名字!"(《下午》)眼里同样也看不出一点炎火的光芒,而只有模糊与黑暗:"眼儿失亮,/口角流涎。"(《生之炎火》)如果双眼无光而无法瞅见,他们必会变成盲眼与死眼:

> 我们眼儿死了,但心仍清新,
> 荡漾在 désir divin 里,
> 联想到更远之远处去!
> 地狱之火正燃烧颈项。
>
> ——*Sonnet*

李金发眼之修辞的特别处在于这样的人物形象:苦涩地啜泣,并用双手掩盖憔悴之面,一个被冷泪窒息的人,或耗尽了眼泪的人:"但勿哭泣,/我们乳色之泪流尽了。"(《花》)或是"及得到一点教训,/眼泪亦流干了"(《举世全是诱惑》)。落入"动荡的衰减"("une turbulent decadence"),双眼不仅仅失去洞入之光(lumière),同时亦目睹了"眼球的放逐",既而变为悲与苦的来源:

> 容我再吻一次
> 在你黑溜之眼里,
> 因他们是哀哭之源。
>
> ——《问答》

此一眼之缺陷——无核的眼球,造出一个黑洞、一个地狱或深渊,或者说双眼被磨成一个平坦、荒芜、广阔的盲视——与郭沫若的以日为中心的世界全然相反,太阳作为生命之源发动着向前的进步,并开拓了启蒙运动的现代性话语中看见/识见(voir/

savoir)的逻辑。

耳——如果《弃妇》的听觉部分激起了对空间救赎的不可能性的恐惧,那么李金发大部分听觉叙述中的耳朵则被其他虚弱的身体器官所震聋。外部声响被全然隔绝。除了寂静什么都无法进入耳朵的内部。"惜我们既聋哑一半。"(《我求静寂》)甚至上帝也变聋了:"吁,你在暗处嬉笑,/遂成了这诱惑,/我多少呼唤,/但聋废了的是上帝和你。"(《你在夜间……》)如果上帝之聋预设了希望的不可能,那么人便缺乏听的能力来满足他生命的终结。这样的无力感情行将会发生在身体的器官内:

> 决战以外的愤怒,
> 直象诗人之笔,
> 聋,哑,无味而昏醉。
>
> ——《生》

最后是心——心是一个人滋养、给予并且把握力比多能量的生命核心。当一场无力感危机影响并渗透了身体的外在部分,比如,上述的腿、手、口、眼与耳时,那么心会怎样? 如果腿无法移动、手不能挪动、口没有食欲,那么显然心便死去:"吁,日光斜照着,我心是阴处的死叶么?"(《Ballade》)或"唯心儿全无勇气/欲与傍晚之歌声同萎靡"。(《耳儿……》)赤贫之心如秋之死叶,腐败,并受尽折磨。心中一片空无,再也无法生出生命之血:"我多孔的心,/做梦在莲叶柳条上,/每个空间的颤响,/给他多少惊醒之因。"(《秋老》)穿过心的洞孔,流出一股疼痛、暗淡、有毒、有腐蚀性的气体或精汁,使得身体完全的麻痹、倦滞、虚弱与颓废。

从诊断为全然麻痹与肉体枯竭的腿、手、口、眼、耳与心之无力症候看,我们目睹了身体的器官正处于一种退化、腐坏与堕落的残缺状态,在一种"内部恶化"的残酷中被折磨、被残毁[11]。最终,来自于这一剥夺生命之基的腐坏导致了身体之生命冲动的完全死亡,继而处于枯骨与残缺部位之形式中的身体的腐坏痕迹得以被揭示:"我见惯了无牙之颚,无色之颧,/一切生命流里之威严,/有时为草虫掩蔽,捣碎,/终于眼球不能如意流转了。"(《生活》)肢体的残缺在另一首题为《断送》的诗中反映出来:

> 自然夜狼与豪狗,
> 撕散我们的躯体,
> 抛掷残骨的炎日之下,
> 接受新月与微风的友谊。
>
> ——《断送》

　　如此古怪的身体意象引发以下问题：该如何理解在郭沫若的叙述中，处于强健状态的身体退化为李金发笔下的残缺状态。依西奈（Sinai）看："所有进步冲动或早或迟均会倦怠。"[10] 因此，颓废身体的叙述可以被理解为一种经验性效应（experiential effect），或理解为进步的力比多经济的结果。但对于诗人来说，尽管肉体的颓废状况显得残忍且剥夺生命，但这正是一种"美学姿态"（"aesthetic posturing"）[11]。从身体萎靡不振的腐朽叙述——意志缺乏、衰弱、怠惰、倦滞中，这种颓废情感的持续开启了一种新的美学空间，一方面它提升、超越、穿透此种腐坏的本质，另一方面其本身被描绘为非连续的美学经验，以此来对抗启蒙叙述。"欲问此残酷之神秘么？／除了美神便无人能回答。"（《你的 Jeunesse……》）作为一种源于自身之颓废的美学情感，它哺育了自身不育的贫瘠，这种贫瘠产生出了负面的愉悦形式：黑暗、寒冷、潮湿与昏睡。这些负面愉悦标示出力比多升降路径上的另一个拐点，这恰恰就是郭沫若诗歌中，启蒙之正面愉悦的反面。

二、反启蒙美学：黑暗、漠然、冰川、潮湿与泥泞

　　在柏拉图的《理想国》中，有一则著名的洞穴寓言。囚徒挣脱锁链逃出了阴暗的洞穴，暴露于耀眼的阳光之下，这一行为不仅指涉人从对知识的无知中觉醒过来的历史性时刻，也引发了通过启蒙运动（enlightenment）而诞生的现代性神话，其中暗含了光热、光亮、明眸、远景以及对光明未来的预示战胜了西方文化的黑暗[3]。然而，正如飞向太阳的伊卡里亚式（Icarian）的激情注定要燃及自身，光明未来的景象注定会迷失，进步的神话亦难免会崩溃。作为美学现代性的首位诗人，波德莱尔断言现代启蒙并未照亮世界，却使之模糊；因此他对目光／太阳（ocular/helio）的启蒙计划完全不感兴趣："Plonger au fond du gouffre, Enfer ou Ciel, qu'importe？／Au fond de l'Inconnu pour trouver du nouveau！"["跳进深渊的深处，管他天堂和地狱，／跳进未知之国的深部去猎获新奇！"（《旅行》）][12]

　　可以将此一反启蒙感染力理解为返回人原先逃离的洞穴：从明亮外部（extérieur）的太阳与光亮复归至内部（intérieur）潜在的玄黑与黯淡[13]。在波德莱尔的洞穴或深渊中，唯有恶之花在生长，唯有负面因素被赞扬。在我们的语境中，李金发通过追随波德莱尔的反田园诗美学，来对抗阿卡迪亚式的自然状态：弥漫着清明空气的黄金时代和收获牛奶与果汁的季节。他精准地跨过光明与黑暗的门槛，从而返回到原始洞穴的黑暗中，"黎明浸过昏睡之岩穴，／嘲笑颠沛／这诗人之灵"（《晨间不定的想象》），"无底底深穴，／印我之小照／与心灵之魂"。（《无底底深穴》）⑫

太阳的能量已被燃尽,光明太阳的反面便是黑暗、黑夜(noche oscura)的降临。李金发将此黑暗情景称之为"世纪之夜"。对李金发来说,黑暗之夜意味着外在日光的终结,同内部生命的开始。正如波德莱尔曾写下这样的句子:"无垠的黑夜仍似混沌初辟。"[13]因此黑暗并非恐惧:"呵夜是黑的,/你的微笑是美丽。"(《柏林之傍晚》)黑暗能为疲惫的灵魂提供一处荫蔽:"深望黑夜之来,遮盖了一切/耻辱,明媚,饥饿与多情。"(《给蜂鸣》)诗人从光明的无聊与孤独中飞向这片舒适之境:"呵,这肃杀之长夜;/诗人之逃遁所。"(《远方》)由于对光明/生命的拒斥,夜晚变得同样刺激:"谁爱这垂杨,/夜如死神般美丽!"(《心为宿怨》)现代生活中没有什么比萦绕着忧郁颓废的暗夜之境更真实。当夜幕降临,那些在光亮中隐身的物体在黑暗中现形:鬼魂、怪物、吸血鬼、饿狼、精蛇、蝙蝠与乌鸦;遭受光明世界抛弃与折磨的人在黑暗中聚集:流亡诗人、受伤动物、丑妇、酒鬼、魔术师、疯子;为光明世界所禁止的则为黑暗之夜所赞美:吸食鸦片、沉湎酒色、渎神、谋杀暴力、梦游以及所有狂欢式的犯罪。所以黑暗世界比光明世界更具强健的生命力。黑暗世界生出它内在的自由、秩序、能量与庄严,以及最重要的,属于它的愉悦与美学:

> 黑夜之宫庭
> 将开着花了,

——《黄昏》

以及

> 无懊悔而温暖指头的摸索,
> 在灰色而近于青的林里,
> 你唇里含着黑花之萼,
> 如来自 Infante 园里。

——《我该羞愧》

在李金发的反照亮修辞中,这两个客观对应物充当了黑暗的调停者:乌鸦和雾。乌鸦释放出人类无可挽回的命运,启蒙世界的灾变不可复原(irrémédiable)。乌鸦在爱伦坡和波德莱尔的作品中处于关键地位,同时亦成为李金发笔下的威严形象[14]。作为一只地狱与颓废之鸟,而非天堂与启蒙之鸟的乌鸦,其形象与黑暗和夜紧密相连。李金发的《弃妇》宣示着夕阳之火何以无法将时间之烦闷化成灰烬,或长染在游鸦之羽。这首诗记录着在毁灭性时间所造之地狱中妇人不可避免的死亡。由于诗人将邪恶之鸟的形象扭转为"大善之鸟"（a bird of great good），诗人亦将自己认作向着"世纪之墟"复仇的乌鸦，"我将化为黑夜之鸦，/攫取所有之腑脏"（《恸哭》）。他赋予在夜中飞翔的乌鸦超凡的力量去刺破黑暗的真实：

> 看，群鸦飞翔了，黑的鸦群，
> 就世界之评判者，带来之
> 海潮，从低处升腾，
> 日落时必涌过在我们坟上。

——《英雄之歌》

雾是黑暗的另一种表现，雾反对启蒙的清晰度。作为混乱与愚昧的负面形象，雾常常成为被强光杀死的物体。雾的消散是照亮的条件，太阳出现的前提。换言之，当雾延宕了太阳的光线，情况便倒转过来，正是雾杀死或战胜了太阳，"我爱这残照的无力，何处的雾儿能朦胧我尖锐之眼"（《我爱这残照的无力》）；在雾的氛围里，光明暗淡无光，任何变化或运动的动作都停止了，腐烂与颓败的种子繁茂兴旺：

> 世纪的衰病，攻打我金发之头，如秋
> 深的雾气，欲使黑夜更朦胧。

——《印象》

正如乌鸦可以刺破黑暗的真实，雾则揭开了黑暗的深度——神秘与梦境在这黑暗下方裂开，成为了诗歌中的两个基本要素。由于事物的透明度，光明世界显得无聊、单调，因而失掉了梦境般的、神秘的成分。对于诗人来说，黑暗是基础，因为黑暗如此深邃无底、充满神秘，滋养着诗人梦的根苗，以及日常中的幻想，"你是我多年之厨司，/供给一切生命之营养"（《夜之歌》）。作为一种歌颂黑暗与夜的否定美学，李金发显示出自己与启蒙中无上的理性澄明、清晰与透明的对立，取而代之的是对现代生活中的混乱之欢、梦境与神秘彻底地珍惜。正如他写道："我闭着眼，一切日间之光亦/遮住了。世界将从此灰死么？"（《恸哭》）

我们对黑夜的第一反应便是身体昏沉的死气与贫瘠的惰性。换一种角度来说，身体被这种用来对抗光明现代性的黑暗激情所占据，梦的冲动终于在深睡的徒然状态下达到顶点。此外，当四肢在衰弱与意志缺乏的状态中麻痹时，身体机能的唯一快感便是沉睡。睡眠是做梦的前提，是在凭空创造的梦境世界中存活的唯一方式。因此，在波德莱尔的作品中，我们看到了一个交叉双臂而入睡的人，他似乎永远无法苏醒。正如波德莱尔这样吟道：

> 睡梦中奇迹层出不穷
> ……
> 空中飘过昏暗的愁云，
> 罩住凄凉麻木的世界[12]238

　　李金发的时间处于世纪之夜，他能安睡其中，一切都为深睡的天气所萦绕，"在那里鸟儿是疲倦的，/蜂儿恋着睡眠"（《"永不回来"》），因为睡眠可以滋养一个激发诗歌的黄金之梦，"若我的歌唱无催眠之可能，则谈/说更成空泛"（《戏与魏尔仑（Verlaine）谈》）。使人沉睡的一个基本因素当然是时间之烦闷，它在一个人的内心中只产生虚无："破裂的远钟，/催赶我们深睡。"（《诗人凝视……》）"纵冷月清照，/远钟催着睡眠。"（《放》）。因此我们看到一个被漠然与懒散所击败的人，携着疲倦的双眼，听闻鼾声四起，似乎永远不会醒来。不仅仅是这个人沉入睡眠，他的整个世界——自然、月、树和鸟——同样步履紧随，沉入睡眠，"榆树，紫藤花，天门冬和浅草，/都因黄昏之舞蹈的疲乏而沉睡了"（《明》）；"我妒忌香花长林了，/更怕新月依池塘深睡。"（《迟我行道》）

　　夜临则眠，日出则起，这对一个人来说很正常。但在李金发的世界中，情况却完全相反。在他的世界中，睡眠的最佳时间在早晨和中午："你，鲜艳之日光/照了她晨间的晓妆，/复环视伊午后的倦睡"（《日光》）。日头高照时睡眠并非一种正常的时序，它暗示着重症疾病。正如下面的诗写道：

> 这是睡眠的时候，
> 如午昼化作黄昏。
> 残废之乞丐伫立路侧，
> 欲慈悲人造他的幸福。
>
> ——《诗人凝视……》

　　在李金发的词汇表中，有那么一个因素导致了这种时间的错乱，这个因素来自从醉酒中抽离出非凡的睡眠之乐。波德莱尔认为醉酒是时间的反面或亏损，它激烈地造成了所有感觉的完全颠倒——"为了不感觉到时间可怕的重负将你的肩膀损坏，并将你弯折在地，你必须不间断地保持醉意。"⑮沉醉运用它神奇的想象力，乃是对恐惧之事的短暂胜利。李金发也将酒看作大神，能成倍地增加睡眠的乐趣，"大神之美酒，直醉我清晨之倦睡"（《岩石之凹处的我》）。沉入酩酊，时间变成一座深渊，一个人可以在想睡时睡去："我沉密之梦在浮生里蜷伏深睡。"(《故人》)在酒醉的状态下,在清晨或中午入睡变成一种正常的时间意识,恰与太阳、光明对立,"是以金色之日光,长睡在浅渚上"(《生之疲惫》),"奈日光消失时,/我的心已甜睡了"(《歌唱呀……》)。

李金发通过在晨间与午间的睡眠来拒斥太阳,这可以被解释为李金发背离启示与启蒙,或可解释为在波德莱尔与瓦雷里的影响下,李金发对现代性的黑暗进步发出最彻底的颂扬。正如波德莱尔在其不朽作品《恶之花》中的宣示:"无知、无教、无望、无感,沉睡,仍是沉沉睡去,如此今日便是我唯一所愿。一个低贱而可恶的愿望,却诚恳。"[15]李金发同样捕捉到了这种感染力,用以对抗阳光闪耀的射线,并寻求一种启蒙的负面图景与盲目图景:

> 夜儿深了,钟儿停敲,
> 什么一个阴黑笼罩我们;
> 我欲生活在睡梦里,
> 奈他恐怕日光与烦嚣。
>
> 蜘蛛在风前战栗,
> 无力组世界的情爱之网了,
> 吁,知交多半死去,
> 无人获此秋实。

——《爱憎》

背对太阳与光亮,是为了拥抱黑暗中的睡眠,或通过对太阳的拒斥来拒绝启蒙与启示,而活力的能量便随即消失,他的世界满目寒冬,他体验到的周遭一切都被寒冷窒息。波德莱尔在诗中道:"这冰冻太阳的寒冷残酷。"(《我从深处求告》,钱春绮译)由于太阳能量的缺失,使得激情被耗尽,寒冷描绘出颓废美学的基本品味,因此寒冷造就了现代性叙述中的范式转向。波德莱尔英雄般的浪荡主义(dandyism)可以被定义为"寒冷,清醒与嘲弄",它的怪异之美超乎自然事物之上。令身体失去热情的疲倦与怠惰是酸性的,也因此是阴寒的。福柯认为,穿流于忧郁症世界的烈酒便阴寒无比,这种寒冷来自于身体中耗尽了活力的极大热量。[14]身体中冷燃烧的激情,不会产生流变,而代之以凝固;不会进步,而代之以反向的无效。作为一种反常症状的寒冷,这种美学状态表达了消极现代性中反田园诗的视野,尤其是波德莱尔式的话语感知[16]。李金发的诗歌中,寒冷在共同影响身体的冬、寒风、雪、冰与霜的世界里显现自身,而产生出颓废的另一分支叙述。

在四季中循环出现的冬季,事实上拥有两个对立面,就丰富、丰收、丰饶来看,冬季是一个荒疏、贫乏、贫瘠、荒芜与稀薄的无效季节。因此冬季成了秋季的反面,"萧索的秋,/接着又这冰冷的冬"(《温柔》);就热量、生长与能量来说,冬季就是寒冷、雪、冰、雨、空缺与睡意,这与夏天正相反,"他们联结了残冬,/远离了盛夏"(《"永不回来"》)。因此,从夏到秋再到冬成为了生命消弭、稀薄与湮灭的过程。在春天发芽、夏天生长、秋天成熟与冬天死亡的象征性循环中,冬季最确切地体现了生命与文化不可避免的衰败、瓦解与灾变。因此对诗人来说,在长夏与金秋的消逝之后,冬季成了个陌生人,"冷冬已叩我的门,/我将懊丧地迎此生客"(《断句》)。在《冬季》一诗中,李金发紧随夏多布里昂(Chateaubriand)的步履,叙述灰蒙蒙的秋色,北风吹过原野,枯叶脱落,一群野鸭排列整齐,掠过忧郁的天穹。诗人问道:

> 吁,冷冬,你来自天边,来自地心?
> 寄宿在我们心头,
> 用往昔僵死人类之威武,
> 重战栗零落的诗句:
> 时而丧气痛哭,时而向空长叹。
>
> ——《冬》

哭泣伴着入睡,绝望伴着抚慰,冬季或许变成了一架冰冷的摇篮,怂恿着某人入睡,"我不看不见什么,/忘却一切憎和爱,/震荡在冰冷之摇篮里,/一半哭泣一半入睡"(《夜归凭栏二首》)。因为冬季是季节轮替的最后一环,冬季定然目睹了生命的全部进程,因此冬季作为各类早先事件的见证者,自身被赋予了合法性。冬季作为人类命运的证人,其概念非常具有破坏性。冬季并不仅仅是传统理解中人类生命的杀手,而更多的是人类碎片的见证者,甚或收集者,冬季使人类的生命与文化得以生长。正如李金发写下"只有冷冬之坎坷作证"(《无题》),以及"我唯有待冬天回来,/亲热地诉我的悲哀"(《景》)。辩证地说,冬季将死亡带入无生的季节,然而在死亡所传导的残酷尘屑之外,冬季可以成为种下生命之种的圣人,并期待着生命的复苏。

寒冷的核心是雪、冰与霜,它们在李金发诗中创造了一个冰川世界。寒冷的空气与氛围仅仅令人在身体和心理上感到阴寒或战栗,但雪、冰与霜真正地消弭了有机生命,而进入到一个空白、纯白与荒疏的抽象世界,生命不在其中。在冰河世界中,事物稳定而凝固,在其几何表面上,自由的流动被与日俱增的坚硬与强度所阻碍;在这寒冷的深度之下生长出腐化的萌芽,它催生了有机生命的分解与死亡。因此冰雪世界意味着乏味、稳定、坚固、贫瘠、残酷与颓废。雪是冬季的象征,有寒冷的寓意。

在李金发雪的叙述中有一个特别的形象,冰雪世界里的乌鸦,唤起残酷、深寒与贫乏的感觉,"年日告终时,/亦群鸦般污损在残雪里"(《给 Jeanne》)或"你注视我如同雪后之寒鸦"(《无题》),"冷雪冻了窗门的蒸汽,/'月夜啼鸦'/因我们的生命是飘荡"(Soir Heureux)。雪消弭了熟悉感,而揭开了一个陌生化的死亡、干燥与沉默的世界:

沉寂
一切沉寂了! 笨重的雪叠盖了小路和石子,
并留下点在死叶上。
枯瘦的枝儿丧兴地互相抱着,像欲哭无泪!
似乎大地愤恨了,欲张手直捏死万类在玩意儿里。

——《沉寂》

上文已经谈到,冬、雪、冰与霜组成的冰冷世界终于在身体危机中达到顶点,亦即,一具僵化的生命变成了雪与冰[17]。因此,在李金发的诗中,我们经常能看到,在寒冷的天气中,一副躯体长得精瘦,在阴寒潮湿的冬夜被冻到麻木,"眼儿闭着,/四肢僵冷如寒夜"(《寒夜之幻觉》),"迨生命之钟声响了,/我心与四体已僵冷"(《爱憎》)。一副血已冰冷的躯体,"我残忍之笔竟如此写,/我唯有流我心头之冷血为池沼"(《给 X》),其灵魂与皮肤也是冰冷的,"雪花僵冷人肌,/狂风欲掠毛发西去"(《偶然的 Homesick》)。在人体内流动的有害的冷胆汁使他害了伤寒热病:"我怕更患伤寒,/遂裹胸襟远遁/但逃向何处?"(Hasard)被冰川的寒冷凝固,身体不再具有个性,变成一座概括出一种完整的力比多经济学的雕塑,这便是身体不再提供生命活力的结果。

在波德莱尔的诗学中,现代之美并非源于自然,"自然不教导我们什么,实际上什么都没有",而是出自计算过后的精致的或人造的色彩——"一切的美和高贵全是理性与计算的结果"[15],因此,这些浪荡艺术家的美学便是这种现代之美的确切表现。他的高傲、孤绝、淡然、冷漠、疏离所唤起的寒冷是一种气质,产生自他"毫不妥协的考量"("uncompromising calculation")[18]。李金发对于冷漠的非自然体验同样与寒冷之美相关,"你造冷我室内的空气,/使得美人全战栗"(《我们风热的老母》),"那孤冷的中天,/将成我的安慰"(《即去年在日耳曼尼》)[19]。正如一种美的禁欲感染力,这种与寒冷有关的美学冷漠性,乃是艺术家为对抗启蒙美学的凡庸激情所具有的英雄意志的某种古怪表现:

啊,我之寂静与烦闷,
你之超然孤冷。

——《戏言》

类似还有辩证地通过冷与热的隐秘回转：

> 线以曲而益美
> 心似冷而愈热

——《海浴》

我们将冰天雪地的寒冷世界描绘为两个世界：一个是坚固、强硬、僵化、干燥的世界，上面覆着雪；而在另一个世界，坚硬的积雪下面腐败在生长。对于腐烂的有机生命来说，最重要的元素便是湿度。也就是说，为了酝酿萌芽的腐朽或侵蚀，潮湿与水分的浓度乃是必要前提。换言之，这样的世界站在太阳、火焰与田园诗的对立面，并且在黑暗与寒冷的形式中，最终变得潮湿、阴暗、黏滞与抑郁。就有机生命而言，潮湿的黑色体液在身体中流动，这液体腐蚀着生命力。如果田园诗与进步的世界充满天堂般的阳光与明亮，那么反田园诗的负面世界便是淫雨绵绵的潮湿地狱。在李金发的诗中，潮湿被塑造成两个意象：沟渠与苔藓。因此，造成了现代美学视野内的质变，生命被剥去了现代进步的庄严与神圣，而转向了凡庸与琐屑。因此，李金发见证了由潮湿所致的腐烂：

> 留下前代颓败之墟迹，
> 时酿潮湿之空气，
> 欲吞食一切季候之华。

——《重见小乡村》

对李金发来说，蓝天的对立面即为潮湿的沟壑或地牢——囚禁人类的深渊，"故宫的主人/向斜阳取暖，/因人类努力在深沟里"（《晚钟》）。这暗示了生命已不可避免的腐朽荒芜，"沟流混你的脑血，/吁，蠕动并掣着肘。/你寻得一切余剩，/遂藏身道旁沟里"（《一二三至千百万》）。

潮湿的另一个意象是苔藓。上文提到，与光明太阳相反的世界即为潮湿的世界。总是处于黑暗、寒冷的世界里同样生满苔藓。换言之，潮湿之处，必生苔藓。苔藓生长在太阳绝不会照射到的荫庇处。由于完全与太阳和阳光隔绝，发霉的世界或许会逐渐腐蚀所有的有机生命，但不会立即死去。因此，苔藓的形象不外乎腐蚀、消极、冷酷、贫瘠与有毒，"他们岩石似的心房，/既生满苔痕"（《"永不回来"》），"汝可以沉睡在幽润之苍苔上/不梦想一切事情"（《汝可以裸体……》）。因为苔藓属于真菌，一种靠附着于某物而生长的植物，被附着物为其提供生长的生命源泉，所以它本身没有根。苔藓像是某种派生物,具有寄生性、乖张,暗示着悲剧感、无根性、痛苦、疏离、呻吟、易逝,最有意味的是,暗示出不育的颓废:"新秋之林,带来心的颜色与地狱之火焰,/使我欲安顿在苍苔阴处之魂,又被格落/之声惊散,……"(《讴歌》)。苔藓也许是深渊中唯一的"恶之花"(fleur du mal),在颓废的种子里生根发芽,有机生命在可怕的时间中最终被侵蚀:

> Tristesse 引了恶魔伺候在四围,
> 欲促时间去就死,
> 惟屋后的流泉去凭吊,
> 短墙是不关心这点的。
> Voilà 灰暗而生锈的铁锁,
> 安排了正预备消灭我们:
> 笨厚的苍苔上,
> 狐兔来往之遗迹,
> 欲睡还醒之柱石,
> 供伤心人倚靠而痛哭,
>
> ——《柏林之傍晚》

目前为止,我已确认了构成反启蒙与反田园诗修辞冲动的基本形象:黑暗、嗜睡、寒冷与潮湿,它们暗含在李金发诗歌中颓废的话语特征里。与光明对立的系列形象中的最后一组是泥土与沼泽。经过寒冷与潮湿的作用,腐蚀的最终状态或结果便是泥土,因此这是人类生命以及启蒙最糟糕的状态。意大利诗人吉亚科莫·列奥帕尔迪(Giacomo Leopardi)把时间描述为"泥土的世纪"(century of mud)[16]。在波德莱尔的诗里,我们读到"一天早晨,在一条凄凉的街上"(Un matin, cependant que dans la triste rue,郭宏安译),还有

> 一个观念,一个形式,
> 一个存在,始于蓝天,
> 跳进冥河,泥泞如铅,
> 天之眼亦不能透视;[7]

波德莱尔笔下的沟渠形象,与李金发的一样,世界立于天空的绝对透明的反面,不过是一块厚厚的泥板,与天空的绝对透明相反。泥泞的世界充满混乱、不透明、黏稠与

贫瘠。这里寸草不生，这是存在的最庸常状态，是恐惧与死亡的状态。因此在李金发的诗中，人的心、灵魂与生命被降至一个泥泞不堪的世界，"我已破之心轮，/永转动在泥污之下"（《夜之歌》），"我们的生命，/如残道的泥泞般可怕"（《人》）。生命的空间被全然密封，生命力的灵光遭到彻底消灭："玫瑰在阳光下变色。/一切强暴，使我鲜血停流，/终曳着木屐，过此泥泞之世!"（《岩石之凹处的我》）如果启蒙意识形态的信条是通过人的理性，在绝对光明的未来中永远进步的话[17]，那么泥泞形象呈现出的绝不是进步的光明世界，而是与此正相反的世界：结不出果、无可挽回的衰落，最后纵身坠入地狱的混沌之中：

> 爬虫在沟里匍匐，
> （前一步退两步）
> 以后沉思了片刻，
> 似叹息这世界的泥泞，
> 妒忌人类之阔步。

——《你还记得否……》

正如此诗所暗示的，人类在一个泥泞的世界中爬行，如同沟渠中爬行的虫。人的努力最终不过是前进一步换来后退两步的代价。换言之，人类努力向着一个所谓的光明未来进步，通常堕落与退化便紧随其后。因此，进步即颓废，无限的生长带来无可避免的灾难。李金发对理性进步神话的彻底拒斥显得如此特别，以至于很难在中国现代性与启蒙运动的大业中找到相应的回声。但毋庸置疑的是，波德莱尔对启蒙进步的极度憎恶，对反启蒙的意识形态产生了巨大的影响。

在上述的讨论中，我通过论述恶魔激情对启迪的反对来展开我的观点，这种激情使人返回洞穴，通过黑暗、沉睡、寒冷、潮湿与泥泞的叙述，人第一次逃离了耀眼的阳光。通过对这些形象的细致关注，我已经探讨了其中几种特别的形式，它们具体表现为启蒙大业中的祛魅进程。从我们的细致研究中可发现，在波德莱尔的影响下，经由对太阳、光亮与启迪、启蒙的拒斥，李金发的颓废叙述已然显露。与郭沫若的太阳、光亮、火焰与黎明的叙述正相反，李金发被力比多能量的经济危机所征服，创造出一种黑暗、嗜睡、寒冷、潮湿、泥泞的叙述，这种叙述指涉了一场正在发生的危机，并且对启蒙与现代性提出了质疑。正如斯劳特戴克（Sloterdijk）指出的那样："简而言之，在启蒙运动的许诺中存在的，不仅仅是启蒙本身的危机，也不单是启蒙者的危机，而是启蒙之实践方式的危机。"

最重要的是，回归黑暗洞穴并非设法找寻一块僻静处所，而是重新寻找一个出口。

在本文的语境中,问题变成了:现代性与力比多能量的危机出现后,颓废叙述与反启迪话语如何影响个体的自我身份? 或者说,个体自我如何回应启蒙与启迪的冲动? 这些问题与现代性话语状况中的自我塑造相关,对自我身份的全新理解无疑也开始显露。就这个问题来说,我们将转向下面的探究:反照叙述。

注释:

① 本文来自作者的长篇英文论文"The Decadent Body:Toward A Negative Ethics of Mourning in Li Jinfa's Poetry",承蒙赵凡翻译成中文,特此致谢。

② 1919 年,19 岁的李金发去往法国留学,学习艺术。1920—1924 年在巴黎和柏林时,他创作了最主要的三部诗集。1923 年,他将题为《微雨》《食客与凶年》的两部诗集分别寄给了周作人,以及北京大学的一位著名教授。由于出版延期,只有《微雨》在 1925 年 11 月出版;另外两部诗集《为幸福而歌》出版于 1926 年,《食客与凶年》则出版于 1927 年。他的第四部也是最后一部诗集《异国情调》则出版于 1942 年,那时他在重庆。此后,李金发再未写过诗。关于李金发的生平创作,可参看杨允达:《李金发评传》,1986 年;陈厚诚:《死神唇边的笑:李金发传》,1994 年;本文中李金发的诗作均引自于周良沛编:《李金发诗集》,成都:四川文艺出版社,1987 年。

③ 马泰·卡林内斯库认为,颓废通常与"没落、黄昏、秋天、衰老和耗尽这类概念,在更深的阶段还联系着有机腐烂和腐败的概念——同时也联系着这些概念惯有的反义词:上升、黎明、青春、萌芽等等"。见于卡林内斯库:《现代性的五副面孔》,顾爱彬、李瑞华译,北京:商务印书馆,2002 年,第 166 页。这一阐述准确地解释了郭沫若与李金发之间的二元张力。

④ 第一个称谓来自于黄参岛:《〈微雨〉及其作者》,《美育杂志》,1925 年第 2 期。另外两个则分别来自胡适和梁启超,转引自秦亢宗:《现代作家和文学流派》,重庆:重庆出版社,1986 年,第 158 页。

⑤ 波德莱尔对李金发产生了密集的影响,有时李金发被称作"东方的波德莱尔"。就法国象征主义对李金发之影响的研究,请参看孙玉石:《中国初期象征派研究》,1985 年;杨允达:《李金发评传》,1986 年;哈利·阿兰·卡普兰(Harry Allan Kaplan):《中国现代诗歌中的象征主义运动》,学位论文,1983 年;金丝燕:《文学接受与文化过滤:中国对法国象征主义的接受》,北京:中国人民大学出版社,1994 年。

⑥ 为了展现郭沫若与李金发之间表达的巨大差异,宋永毅将郭沫若《女神》和李金发《微雨》两部诗集中的主要意象,用表格加以统计:

次数 意象	寒夜	死	死尸枯骨	坟墓	狂风落叶	荒野大漠	残月	残阳夕阳	残血污血	污泥泥泞
《女神》	5	4	2	3	1	0	1	1	0	1
《微雨》	38	8	19	7	10	7	9	15	5	12

次数 意象	太阳	日出	大海怒涛	烈火	热血	明月清风	白云流水	潺潺清泉
《女神》	55	9	14	27	5	5	10	3
《微雨》	10	2	0	0	0	1	1	1

参看宋永毅：《李金发：历史毁誉中的存在》，见于曾小逸编：《走向世界文学：中国现代作家与外国文学》，1985年，第395页。

⑦ 在诗的历史功能方面，李金发的《弃妇》可以同他的导师波德莱尔的《腐尸》(*Une Charogne*)一诗相比较。埃里希·卡勒(Erich Kahler)认为《腐尸》开启了对身体世界的崭新感知，"感官现实的某种超越性"并未向上进入精神与抽象的领域，而是向下、向内进入了某种"内在的超越、潜存在"，进入了身体的感知与人类情感的神经。埃里希·卡勒：《高塔与深渊：个体转化之研究》(*The Tower and the Abyss：an Inquiry into the Transformation of the Individual*)，1957年，第154—160页。关于波德莱尔《腐尸》在中国的接受状况，有这么一点值得注意，在《微雨》出版的前一年，1924年12月，著名诗人徐志摩将此诗译为中文，题为《死尸》。在诗开头，徐志摩写了一篇长序言，将此诗赞为"菩特莱尔的《恶之花》诗集里最恶亦最奇艳的一朵不朽的花"。徐志摩：《死尸》，见《徐志摩诗全集》卷1，1992年，第312—315页。徐志摩对此诗的盛赞激起诸如鲁迅这类作家的批评，他嘲讽徐志摩的话为"徐志摩先生的神秘谈"，参看孙玉石：《中国初期象征派诗歌研究》，北京：北京大学出版社，1983年，第60—62页。

⑧ 除了已经在前面提及的马泰·卡林内斯库对西方文化中的颓废概念的研究之外，还有科拉德·斯沃特(Koenraad W. Swart)：《19世纪法国的颓废意识》(*The Sense of Decadence in Nineteenth-Century France*)，1964年。还有一本颇有用的著作为丹尼尔·匹克(Daniel Pick)：《堕落的面孔：欧洲的失序(1848—1918)》(*Faces of Degeneration：A European Disorder, c. 1848–c. 1918*)，1989年。至于身体与文化上的忧郁影响，可参看沃尔夫·勒配尼斯(Wolf Lepenies)：《忧郁与社会》，1992年；

亦可参看西格蒙德·弗洛伊德的对此一概念的精神分析研究,见于《西格蒙德·弗洛伊德心理学著作全集标准版》(*The Standard Edition of The Complete Psychological Works of Sigmund Freud*)卷14,1957年,第239—258页,以及米歇尔·福柯《疯癫与文明》的部分研究,米歇尔·福柯:《疯癫与文明》,北京:生活·读书·新知三联书店,2007年,第117—158页。

⑨ 就文学中时间的倦怠与无聊这一主题的研究,可参看莱因哈特·库恩(Reinhard Kuhn)富有启发性的著作《正午的恶魔:西方文学中的倦怠》(*The Demon of Noontide: Ennui in Western Literature*),1976年。

⑩ 正如库恩所注意到的,尽管大地丰饶多产,但忧郁对他来说则是一块贫瘠的石头。这一经验是对意志分析的直接后果,参看莱恩哈德·库恩:《正午的恶魔:西方文学中的倦怠》,1976年,第91—92页。

⑪ Daniel Pick, *Faces of Degeneration: A European Disorder. c. 1848 – c. 1918*, Cambridge: Cambridge University Press, 1989,190. 匹克在其著作《堕落的面孔:欧洲的失序(1848—1918)》中,对现代西方文化史中支配一个时代堕落与腐朽的典型话语进行了非常详尽的研究。

⑫ 洞穴、峡谷、深渊或无底深洞的意象在李金发的诗歌中普遍出现。这些意象与波德莱尔的关系之研究,可参看金丝燕:《文学接受与文化过滤:中国对法国象征主义的接受》,北京:中国人民大学出版社,1999年,第252—254页。

⑬ Charles Baudelaire, *Flowers of Evil: A Selection*, New York: New Directions, 1958, pp. 34 – 35. 此行诗的原文为"Et cette immense nuit semblable au vieux Chaos"。

⑭ 作为地狱中受诅咒的鸟,乌鸦的文学谱系可以在一个长久的传统中得到追溯。但被合法化为现代世界的必然灾难之号角的乌鸦,其现代功能或许开始于坡的长诗《乌鸦》,波德莱尔曾受此诗的影响。参看埃德加·爱伦·坡:《埃德加·爱伦·坡:诗与故事集》(*Edgar Allan Poe: Poetry and Tales*),1984年,第81—86页。

⑮ 查尔斯·波德莱尔,转引自乔治·普莱(Georges Poulet):《人文时代研究》(*Études sur le temps humain*),《波德莱尔:批评论文集》,1962年,第142—143页。

⑯ 马歇尔·伯曼(Marshall Berman):《一切坚固的东西都烟消云散了:现代性体验》,北京:商务印书馆,1983年。伯曼在波德莱尔中区分了现代性的两种图景:田园诗与反田园诗。前者宣告了工业中进步的动力同样能在艺术中实现,在波德莱尔那里呈现为浪荡子的形象,而后者则诅咒物质进步的理想,这种理想摧毁了美学之美的情感。

⑰ 关于身体受到某种使所有感觉麻痹的夺命寒气的极大影响,可参看莱恩哈德·库恩:《正午的恶魔:西方文学中的倦怠》,第221—225页。

⑱ 就现代之美的讨论,亦可参看文森特·德贡布(Vincent Descombes):《现代之美》,见于《现代理性的气压计:论时下的哲学体系》(*The Barometer of Modern Reason: On the Philosophies of Current Events*),1993 年。

⑲ 事实上,在中国古典文化叙述中,冰、雪、霜常被用来描写冷淡、至高之美、默然,这种美或许会激起某种受虐激情。例如,一个冷淡的女孩常被形容为"冷若冰霜",而这并不含有某种负面的批评,却包含了某种正面或仰慕的态度。同样的事实还把冰用来形容梅花,在古典文化叙述中,特别是在古典诗歌中,对梅花的迷恋被描述为"冰美"。另外两个关于冰的正面成语为"冰肌玉骨"与"冰清玉洁",此处仅举以上几例。然而,尽管中国古典诗歌中的冰、雪、霜的意象确实代表某种诗学理念,但这些意象与现代诗人中对社会氛围反叛的敌意却无关系。唯有在现代性的纪元中,这种特殊的意象才表示一种面对社会的负面诗学态度,同时在艺术世界的"私人内景"(private interior)中对美的正面赞扬。

参考文献:

[1] 茅盾.创作的前途[M]//茅盾全集:第 18 卷.北京:人民出版社,1989:118—120.

[2] 郭沫若.晨安[M]//女神诗选.北京:外语出版社,1978.

[3] 卡林内斯库.现代性的五副面孔[M].北京:商务印书馆,2004.

[4] 孙玉石.中国初期象征派诗歌研究[M].北京:北京大学出版社,1983:157.

[5] 周作人.语丝[J].1925(45).

[6] 朱自清.导言[M]//中国新文学大系(诗集卷).上海:良友图书印刷公司,1935:7—8.

[7] 夏尔·波德莱尔.巴黎的忧郁[M].郭宏安,译.上海:上海译文出版社,2013.

[8] Erich Auerbach. *The Aesthetic Dignity of Les Fleurs du mal* [M]//Henri Peyre. *Baudelaire: A Collection of Critical Essays*. Englewood Cliffs: Prentice-Hall, 1965: 150‒157.

[9] Reinhard Kuhn. *The Demon of Noontide: Ennui in Western Literature* [M]. New Jersey: Princeton University Press, 1976.

[10] Robert I Sinai. *The Decadence of the Modern World* [M]. Cambridge: Harvard University Press, 1978: 5.

[11] K W Swart. *The Sense of Decadence in Nineteenth-century France* [M]. Martinus Nijhoff: The Hague, 1964: 249.

[12] 夏尔·波德莱尔.恶之花:巴黎的忧郁[M].钱春绮,译.北京:人民文学出版

社,1996.

[13] Wolf Lepenies. *Melancholy and Society* ［M］. Cambridge：Harvard University Press，1992：104－114.

[14] Michel Foucault. *Madness and Civilization* ［M］. New York：Vintage，1988：120－129.

[15] Charles Baudelaire. *Baudelaire：Selected Writings on Arts and Artists* ［M］. Harmondsworth：Penguin Books，1972：32－37.

[16] Peter Sloterdi jk. *Critique of Cynical Reason* ［M］. Minneapolis：University of Minnesota Press，1989：88.

[17] 于尔根·哈贝马斯. 现代性的哲学话语［M］. 刘东，译. 南京：译林出版社，2008.

——原载《江汉学术》2019 年第 4 期：91—106

反照诗学：李金发诗中的幽暗启迪与悲悼伦理

◎ ［美］米家路 著　赵　凡 译

摘　要：李金发诗歌中由力比多能量的危机导致身体退回黑暗的洞穴，从而拒斥自生光的直接启迪。反射光或折射光是贯穿李金发诗歌的母题，我称其为"反照性诗学"，反照性诗学预示了中国现代文化叙述里涉及身份与自我模式塑造的关键性话题。借助镜像的折射反照，中国现代性叙述中自我的自反意识便随之崛现。与自生光的线性向心运动不同，反射光内存在一种"观者—镜像—光源"的三角关系，形成了破坏线性整一性的差异、剩余与他者性。通过对镜面物的观照，李金发诗歌透露出"自我"的空洞、匮乏和虚妄，显现了非我与分裂的自我。这种独特的自反性意识诞生出一种崭新的自我伦理，在颓废的第三度空间里，重塑生命的美学情感与时间意识，通过"镜像—悲悼—纪念碑"的叙述范式，构建了个人化身份与现代主体性的辩证美学。①

关键词：李金发；反照性诗学；现代主体性；个人化身份

一、反照叙述：一种亵渎性启迪

反射光或折射光是贯穿李金发诗歌的母题，我称其为"反照性诗学"（poetics of reflexivity）。反照性/自反性诗学是对李金发的整个主题学进行有效性解释的一个考验，与此同时，反照性诗学预示了中国现代文化的叙述里涵盖身份与自我构成的诸多话题。用卡林内斯库的话来说，美学的个人主义是界定颓废的关键[1]；颓废美学真正的主角应是"自我的崇拜"[2]20；颓废的主要特征在于"事后考虑……反思……沉思生命的美德，及其情绪与突发事件；在于过度精细与造作的恶习"[2]15。阿多诺在讨论现代忧郁与无聊中的内部（intérieur）意象时，同样将反思解释为忧郁意识的本质性隐喻[3]。克尔凯郭尔亦将现代概括为"反省的时代"（reflecting age），其特征在于，削平与抽象化令人生畏的清晰，本质上同一的诸意象的某种粗表流动，以及内部自我与外部世界之间存

在无法弥补的裂痕②。因此,反照的母题明白无误地捕捉到了现代性状况中自我的某些本质。于是我们在波德莱尔中读到:

> 明晃晃的巨大镜面,
> 被所映的万象惑迷![4]312

换言之,作为返回黑暗、困倦、寒冷、潮湿、泥泞洞穴的结果,由于背对启迪的阳光,人类所能感受到的唯一光源便是从背后传来的折射光,这光显得幽暗、模糊且扭曲。与郭沫若的强健身体转向作为自我之基本能量的太阳、光亮与火焰不同("太阳哟! 我背立在大海边头紧觑着你。/太阳哟! 你不把我照得个通明,我不回去!")[5],李金发诗中的形象被太阳所眩至盲,因而转离了太阳,对自我的启迪由此被拒斥。随后,黑暗洞穴中的自我转向镜子、玻璃、水晶、大理石、花岗石、宝石、钻石、月亮、水、雪、冰、雾、泡沫与苔藓,除了源自元素本身的光之外,它们自身中未包含一丝"原初的自然光"。太阳、星辰与行星在它们内部折射,并通过它们传递③。因此自生光与折射光之间的剧烈差别标志着现代中国文化叙述中与自我塑造有关的另一种话语转向。随着这一质变性转向的发生,中国现代性叙述中自我的反照意识便随之崛现。

(一) 自生光与反射光对自我塑造产生的基本差别

在"我"或观看者与自生光的源头——太阳之间,存在一种生物关系(bio-relationship),因此,眼睛/"我"(eye/I)接收径直传递的光。对于"我"来说,自生的太阳完全自足、透明,且是向心式的;"我"与光源的距离纯而无杂,因为"我"即太阳,太阳即"我",因此,向着启示的太阳流动的"我"可以被视作对自我的绝对赞颂,中心的"我"之自主性在郭沫若《天狗》——"我便是我呀!"——的吞噬行为中得以阐明,尽管这种自主——自我(auto-self)被兴起的民族主义所背叛。郭沫若自生光的唯我论创造出一种永远进步,永远凯旋的"我",向着自身返射的自我,诸如此类的反思空间却不会相应地出现,在中国现代性的话语中,自我与身份的叙述因此被镌刻上某种匮乏。

就后者来说,则内存着一种三角关系:"我"经过镜像的中介,抵达光的源头——太阳。因为光芒并不直接传至眼睛/"我"——"眼角膜、黏性体液、眼球晶体、视网壁"——而是通过镜像的反照,因此,对"我"来说,光源是间接的、离心的、他者指向的。"我"与光源间的距离遥远而破碎。伴随着光对眼睛/"我"视作反照的镜面物的照亮,"我"由此经历了镜面物反照中的光/生命。此处的分裂将这反照重复为间接的双重迂回:光源与镜面物的反照;眼睛/"我"又再次反照镜面物中的反射光。对重复本身的再重复并未创造出同一性或相似性,却创造了破坏其统一性的差异、剩余与他者性。

就此意义看来,德里达的论述或许有助于我们理解此种双重反照:"不再存在单纯的起源,因为被反映的东西本质上被一分为二,并且不仅仅是它的影像的自我补充。反映、影像、摹写将其复制的东西一分为二。思辨的起源变成了差别。能反观自身的东西并不是一;起源与其再现、事物与其影像的相加律是,一加一至少等于三。"[6]在这种双重反照中,"我"的直接对应物同自生光源一起被阻隔了;最初的光源被永久地拒斥。所以,"我"不得不生活在镜面物中,或立于镜面物前,或依靠着镜面物。正当"我"眺望镜面物的反射光时,一场危机突现;在镜面物中,对"我"自身的反映显得空洞、匮乏和虚妄,"我"显现为非我与分裂的自我,这些皆来源于一个隐形而模糊的深渊处。经过此种反照的启示,自我危机的觉醒时刻如约而至——折回镜中自身的瞬间④。

正如被照亮的并非真实,而是自我的虚妄,"我"并不在场,也没有"我便是我",却有"我是一个他者"("Je est un autre"),一个非我。因此对启迪的亵渎乃是经由一个自我反照的异度空间才得以进行⑤。中国现代性的状况,应归因于根本不同的光源图景:要么作为自生光转向太阳,要么作为反射光转离太阳。力比多能量经济学的不同形式也由此建立:通过将身体与光源相认同,郭沫若创造了饱含生命冲动的自我;而李金发则通过眺望镜面物中的反射光,使自我发散为一个个分裂的自我⑥:

> 曙光反照出每个人的
> 有死的恐怖的脸颜
>
> ——《无依的灵魂》⑦

(二) 李金发诗中反照的三种交错形式均能被分辨

1. 反照光中的他者性

正如上文所述,"我"在镜面物中映射出自身,而镜面物则依次反射源于太阳、星辰、行星与天空的光。这些镜面物可以被分为两类:一类是矿石、镜子、玻璃、水晶、大理石、花岗岩、宝石与钻石;另一类是自然意象、月亮、水、雪、冰、雾、泡沫、浪与露。所有的这些物体本身并不释放任何光,但它们内部都共同具备反射或折射的能力,它们可以反射/折射太阳光。换言之,如果太阳系不再把光洒向这些物体,那么它们也就变得黑暗无光;或者说,如果这些物体的表面被污染、破坏与遮蔽,那么它们都将失去反射的能力。⑧

除了具备反射的能力外,它们还拥有相同的触点,亦即都用表面来反射外来光,它们所反射的亮光从不进入其内部与深处。因此,反射光无法穿透,只在表面流动。从质量上看,除了大理石、钻石和花岗岩外,第一类的镜面物性质脆弱;除了月亮外,第二类的镜面物性质短暂。就此看来,当"我"眺望镜子时,镜子反映出的自我显得遥远而虚幻,也就是说,镜子反映出的并非是"我",相反却是"非我","不足信之夜色,/亦在镜屏

里反照,/直到月儿半升,/园庭始现庄重之气息"(《乐土之人们》)。"我"一闪而过的一瞥显得古老:

> 无定的鳞波下,
> 权桠的枝儿
> 揽镜照着,
> 如怨老之歌人。
>
> ——《柏林 Tiergarten》

镜中反映的"我"本身乃是一个空虚、无限的深渊,这深渊逃避对自我的把握。反映在镜中的部分作为一种分裂,将自身腾空为他者,因此,反映在镜子内部的部分作为他者,与处于外部(extérieur)观看的"我"之间构成了一种张力:

> 无底底深穴,
> 印我之小照
> 与心灵之魂。
> 永是肉与酒,
> 黄金,白芍,
> 岩前之垂柳。
>
> 无须幻想,
> 期望终永逃遁,
> 如战士落伍。
>
> 饥渴待着
> 罪恶之忏悔,
> 痛哭在首尾。
>
> ——《无底底深穴》

反照叙述的主体呈现在这些自然意象中:月、浪、雪、冰、雾、泡、露。与镜面物的坚硬易碎不同,自然物显得瞬息与易逝,易于腐朽,比镜子激发更多的冷感。李金发在一首诗中描述了他生活在黑夜中的恐惧,站立于愁惨的景象里,倾听活物们痛苦的抽泣。他希求上帝的光芒能替代他深深的悲伤,但是:

反照之湖光，

何以如芬香般片时消散；

我们之心得到点：

"Qu' est ce que je fais en ce monde?"

——《夜归凭栏二首》

水之反照中的青春易逝性同样表达于另一首诗中：

你当信呵！假如我说：

池边绿水的反照，

如容颜一样消散，

随流的落花，还不能一刻勾留！

——《温柔》

间接反射光中的"我"不仅仅缺乏深度、转瞬即逝，且由于光源——太阳的分隔，而显得无力。在诗歌《不相识之神》中，李金发将虚弱无力的"我"比作雪后无法走出残道的爬虫，陷于困境，心力交瘁："我们蹲踞着，/听夜行之鹿道与肃杀之秋，/星光在水里作无力的反照，/伸你半冷之手来/抚额使我深睡，/呵，此是 fonction-dernier!"（《不相识之神》）。有时，反照唤起了诗人的恐惧："夜潮追赶着微风，/接近到凄清的浅堵，/稍微的反照之光，/又使他退后了。"（《十七夜》）

除了令生命凝固的雪的形象外："举目一望，/更可见昆仑积雪的反照。"（《给 Z. W. P.》）另一个反照形象是水上的泡沫，它展示出"我"漂浮无根的衰颓状况。泡沫准确地显示"我"漂浮于水面的经验，它尽可能地寄生在无深度的表面。泡沫代表着缩减至最浅显的琐屑与无意义外表的生活或自我。将自我搅得六神无主的漩涡不过是在间发性的单调与平庸中空虚地重复自己。在无效旋转的反照中，"我"感知到了行将就木的恐惧，"夜来之潮声的啁啾，/不是问你伤感么？/愿其沫边的反照，/回映到我灰色之瞳里"（《断句》），还有：

浪儿与浪儿欲拥着远去，

但冲着岸儿便消散了；

一片浮沫的隐现

便千古伤心之记号。

——à Gerty

2. 在反照叙述中，双重反照是自然意象中最特别的

双重反照发生于以下两种情况：一方面，当超验物渐趋平稳，镜子的后面除了反照在镜中的"我"，以及从镜内（例如，从反照中）看出的"我"以外，什么都没有。最终，"我"成了镜中的"内部"的复制品——被当作现实来把握[7]，与此同时，亦被当作外表来把握。在复制的过程中，"我"的双重反照或双重的间接性便由此生成：

> 吁，这等可怕之闹声
> 与我内心之沉寂，
> 如海波漾了旋停，
> 但终因浮沫铺盖了反照，
> 我无能去认识外体
> 之优美与奇丑。
>
> ——《柏林之傍晚》

另一方面，反射光中对"我"的反照并非毫无间隙地复制，亦非毫无瑕疵的运转。在"我"的景象与反射光之间张开了一条裂缝，这条裂缝劈开了反射光自身的反照，在充足的反照中产生出剩余与差别。这种剩余或分隔使反射光再次反照，从而组成了一个最终延宕反射光之返回的第三者，并进一步拒斥了来自自生光源（自然之光）太阳之启示。因此，这种双重反照中的剩余所提供的双重扭曲不仅仅出现在"我"所是之上，也出现在"我"所非是之上，亦即出现在自我之上的反照，也出现在他者之上。[8]

李金发在一首诗中描绘了一个饥饿、干渴的受伤诗人，他激情如火，但创作时，笔中却无墨；奏乐时，琴弦却崩断：

> 松软了四肢，
> 惟有心儿能依旧跳荡。
> 欲在静的海水里，
> 眺望蓝天的反照，
> 奈风来又起了微沫。
>
> ——《诗人凝视……》

双重反照中的第一次反照即为海水对蓝天的映照，但覆满白云的蓝天本身，除了对太阳这一自然光源的反照外，并不释放任何自然光，这便是第二次反照。当蓝天的

反射光(蓝色本身就是阳光的七种基色之一)遇到海水表面的反照,而映入"我"的眼睛时,这便构成了第三次反照。然而,反射着上空被反照的蓝天的海上浮沫,也反射着被反照的海水,这些泡沫依次反射蓝天下被反照的事物,从而形成双重反照,而泡沫却阻断了蓝天与海水之间反照的平缓流动,也阻断了"眼/我"与海水以及海水中蓝天的反照。

在此情况下,任何与光源的直接接触皆不可能;空间的界限被切开了两次或被散布了两次。正是这双重循环与双重分隔产生出一种反照剩余,在"我"/眼之上两次重叠,一次在"我"所是之上,一次在"我"所非是之上。换言之,这一双重切割的剩余物召唤某些介乎于镜子中间的东西,将某种反照性构想视野安嵌在其内部与外部。这种双重的反照意识与自我的形塑相关,其对于中国的现代文化叙述来说,乃是李金发在其诗中所创造的最有意义的范式。它有别于郭沫若在力比多能量组成的叙述中永不回头的突破进取。

激发自我之物质性空虚的另一类事物则是植物花草,比如苔藓、莲花与芦苇。莲茎与芦苇的内部中空。利用莲花和芦苇作为自我的修辞能有效地描绘出"我"的状况。因此我们读到了这样的诗句:"老大的日头/在窗棂上僵死,/流泉暗枯在荷根下,/荷叶还临镜在反照里。"(《秋老》)荷叶在反照的平面中看着它的根,这种看取消了两者间的距离,并将它们带入水平的无深度表面。此时,叶子向着自身弯曲,向着自己所长出来的根弯曲,向着自己生长的生命源头弯曲。

双重反照又一次在这修辞中出现了。荷叶向着它生命开始的根部上返射,这是第一次反照;接着,它们不得不从自己开始弯曲的根部转身,这是第二次反照。第一次反照暗示了"我"之所非是的自我意识之觉醒(叶子对其根的质疑,所以叶子的返射只是为了看);第二次反照则承载着"我"的自我反照意识——一个由第二次反照所补偿的"非我"(not-I)或一个经过了异己(non-self)之原初反照的成熟自我。在第一次与第二次反照之间生出了本质上的差别。然而,它们并不相互排斥,而是紧密地相互关联。任何文化生长或自我塑造都必须经过这种双重反照性而进行。从这一角度来看,李金发在诗中所揭示的双重反照得以构成中国现代性与启蒙话语中自我反照叙述的辩证法。

在这一部分里,我们已经讨论了三类事物中显现的反照叙述:矿物意象、自然意象与植物意象。我们的细致探求开始于两个光源:自生光源与反照光源。我们已经涵盖了至少四种基于李金发所呈现的力比多能量经济的理念,尤其是在中国现代文化的一般叙述中的理念。通过这一反照修辞,我们已经发现了"我"或自我,起初在镜子的空处及无深度的内部,紧接着的分裂使"非我"诞生,之后对表面的复制被当作现实,最后借助反照中分裂的剩余物而产生双重反照。就此而言,我们得出这样的结论,双重反照乃是李金发诗歌中反照叙述的根本,同时也是重塑中国现代性启蒙大业内中国现代身份的根本。

另一种反照叙述的形式主要显现于矿物世界。让我们回想一下,矿物世界即是一个人造天堂。如上所示,反照的产生乃是光从自生光源(自然之光)中转离的结果;反射光与自然光相比并不自然。如此一来,所有从矿物质释放的光——镜子、水晶、钻石、宝石、大理石、花岗岩、玉石、陶瓷——经过反照后显得并不自然。在矿物质形式中非自然光与自然光的比较,即为反照叙述的第一层含义,它与我在此处讨论的颓废美学有关。在《巴黎的忧郁》中有一首题为《邀游》的散文诗,波德莱尔在此诗中创造了一个理想之地,充满了奇妙与精致事物的乐土:镜子、金属、布帘、奇香、光亮的涂金家具。他重新探索了花朵与绚烂的宝藏:"那是奇异之国,胜似任何其他国家,就像艺术胜过自然,在那里,自然被梦想改造,在那里,自然被修改、美化、重铸。"[4]4—19 在《恶之花》中有一首题为《巴黎的梦》的诗,波德莱尔在诗中将大理石宫殿、钢铁、石板、黄金、铅、结晶、金属、玉、镜子、水瓮、金刚石、宝石称作"奇妙的风景":

> 一切,甚至黑的色调,
> 都被擦亮,明净如虹,
> 而液体将它的荣耀
> 嵌入结晶的光线中。

对于波德莱尔来说,这些被擦亮的、如虹的矿物质能激起无限的梦,与现代之美的愉悦。因此,人工的美优于自然的、真实的美。这便是我想阐述的反照叙述的第二层含义。

在波德莱尔的诗学中,未经人类改造的自然完全是一片蛮荒,它培育邪恶的土地,因此与罪恶相联系。一切自然之物于美学意义上的美丽无涉,而理应遭到唾弃。波德莱尔的浪荡子是一个崇拜人造物,以及反常古怪性的美学英雄,遭受彻底羞辱的自然被迫偏离常轨,进入不正常之美的领域:"浪荡作风是英雄主义在颓废之中的最后一次闪光。"[9]尼采也将颓废描述为:"疲惫者的三大兴奋点:残忍、做作、无辜(白痴)。"⑨对于有机自然的极度贬低,以及对作为人造物的现代性的赞美致使自然处于堕落的状态:一个死了的自然(a nature morte)[10]159—201。从这一角度来看,矿物世界中的反照叙述(并非自然矿物本身,也非未遭污染的原矿,而是被磨亮抛光的反照矿物)表达了从有机生命向无机生命,从充满活力的身体向死气沉沉的矿物,即从自然向非自然的美学质变。李金发诗中的美学质变的特征则在于,从人类状态向下复归到动物状态,然后又从植物状态最后复归到矿物状态。

先前在对黑暗母题的讨论中,我们提到诗人想将自己变成一只黑乌鸦,去捕抓所有的心肺,以此作为对世纪之废墟的报复。然而,就人类状态的特征与动物状态的特征来说,它们之间存在的关键区别便在于,从吃熟食的习惯转变为吃作为动物饲料的植物的习惯,"我初流徙到一荒岛里,/见了一根草儿便吃,/幸未食自己儿子之肉"(《小诗》),或是:

> 神奇之年岁,
> 我将食园中,香草而了之。
>
> ——《夜之歌》

在诗人的动物状态中,他对自己的食物相当不满,因为植物淡而无味。因此,他想从动物状态变成植物状态,去拥有植物世界中那种死气沉沉的经验:

> 我厌烦了大街的行人,
> 与园里的棕桐之叶,
> 深望有一次倒悬
> 在枝头,看一切生动:
> 那时我的心将狂叫,
> 记忆与联想将沸腾:
> ……
>
> ——《悲》

枝头上幻影似的"倒悬"意味着离开人类状态而进入了无生命的植物状态,并从人类状态的痛苦中去设法寻找遗忘。在一棵树上像叶子或果实那样倒悬,这种去人性化形式将不会获得任何拯救的希望,只会收获更多的痛苦,去人性化形式导致了完全的自我毁灭与腐烂,因为所有的自然形式更倾向于腐烂、分解、转瞬即逝与坏死。自然世界中植物的脆弱性意味着时间的庞然大物能将其轻易毁灭。自然遗迹不经过美学化的提炼,自然之中就没有什么能保持永恒。

因此,死亡或自然的腐败成为了永恒之美的条件,亦成为人造美学化的结果。自然毁灭后的结晶形式,源于时间的秘密转化而成为矿物世界。因此,矿物世界便是从自然状态转化为非自然状态这一过程的反照形式。这并非自然最原初的形式,却是其最精巧、最刻意、最反常与最人工的形式。这使得李金发沉潜于一个物化的矿物状态,并以此创造属于他自己的人造天堂,"但我们之躯体,/既遍染硝磺"(《夜之歌》),或更进一步:

我筑了一水晶的斗室
把自己关住了，
冥想是我的消遣，
bien aimée 给我所需的饮料。

——《我欲到人群中》

在这首诗中，诗人想在人群中展露自己，但他感觉自己缺少神性，所以他先建造了一座水晶屋，接着计划重建一座水晶宫。在这人造天堂或人造宫殿的幻景中，诗人将自己想象成一个国王或骑士。他唯一的劳动便是思考，沉思他所创造的欢愉之内部。根据"非我"（人群）所提炼的"我"的细节，即是通过时间来抵达神性：

在我慵惰的年岁上，"时间"建一大
理石的宫室在河岸，多么明媚清晰！

——《忠告》

大理石宫室的光明，并非由创造"我"之凡庸的残酷时间所释放，而是源于宫室自身在河中的反照，这暗示着正是时间摧毁并改善了宫室的光明。在此诗中，时间的破坏性与不育并不指向生命—经验的空虚，却指向了美之极乐的灵光。对于李金发来说，身处矿物状态中，一方面可以完全忘记由残酷时间引起的痛苦，另一方面在矿物的反照中经验了美闪现的瞬间。正是在从人到动物到植物最后到矿物的向下质变中，李金发或许从遗迹残片中提取了一种向上的美的净化（catharsis），将瞬间性升华为永恒性。矿物在现代颓废中产生出带有亵渎性的人造之美，他对矿物的沉迷在其另一首诗中显而易见：

我爱一切水晶，香花，
和草里的罂粟，
她的颜色与服装，
我将用什么比喻？

——《憾》

在矿物的透明中，在自然散发的芳香中以及飘忽不定的鸦片梦中，美的人造天堂被非自然的亵渎方式所照亮，而非自然的神圣方式；通过抛光、磨亮以及旋转矿物的反照，而非原矿本身的辐射。

3. 反照的溢出,其被视作冥想的隐喻空间

（1）由于力比多能量的缺失,使得整个身体随即陷于无力与麻痹,世界中的一切物事因而满溢,变得无用:"短墙的延长与低哑,/围绕着愁思/在天空下的园地/自己开放花儿了。"（《短墙的……》）物事的溢出被供予某个沉思的空间,本雅明如是说:"把闲置在地上的日常器皿,当作沉思的对象。"[10]170

（2）时间的庞然大物将自然僵化、抑制与腐坏为完全的废墟,大地荒疏、井水干枯、景致空虚,还有枯枝败叶、动物尸体、白骨累累与鬼火磷光遍布整个自然,"我发现半开之玫瑰已复萎靡"（《诗神》）,或是"新秋的/花残了,盛夏的池沼干了"（《忠告》）。这一荒原或废墟的境况不仅见于李金发的诗中,而且还使自身带上了沉思这种人类情感的讽喻意味。

（3）反照叙述中的双重反照里,出现了一次分裂或剩余,这种剩余构成了用以沉思的第三空间。简而言之,沉思的反照空间出现于颓废世界中的稳定之物;也就是说,当在力比多能量的无力中感受开始外部化与对象化的身体痛苦,这痛苦本身变成了沉思之时①——李金发写道"金椅上痛苦之王子"（《你还记得否……》）,那么一种疼痛、痛苦、毁灭与颓废的沉思话语便随之被建构。这一阵痛的沉思叙述将提供自我塑造的生命活力,亦将在民族文化叙述中,提供重塑美学情感与时间意识的辩证法机制。在李金发的诗歌中,我们已经经历了阵痛,特别是其颓废身体中的力比多能量危机,但我们也更频繁地目睹了李金发颓废美学情感的意识,以及最意味深长的是,身处现代性与启蒙的大业中的李金发对自我反照的辩证理解。

二、颓废身体：走向一种悲悼的否定伦理学

离《微雨》出版大概还有三年的 1922 年,李金发开始了他的诗歌创作,同年朱自清发表了长诗《毁灭》。在诗中,朱自清回想起一次不大寻常的梦,在杭州旅行时,他忽然"飘飘然如轻烟、如浮云,丝毫立不定脚跟"。这首长诗最特别的部分在于,它极饱满地呈现了一种颓废氛围:病态、漂浮的灵魂、世界的疲惫感、冷风景、疏离、干枯的荒漠、空处、死亡的欲望,以及最引人注意的是一副筋疲力尽的身体,四肢"衰颓"。一种强烈的悲悼感弥漫全诗。这是一首自我表达之诗,或是"我"徘徊于黑暗与光明、怀疑与信仰,以及向前进步与向后颓废之维谷的诗。朱自清在诗中将自己立于"不知取怎样的道路,/却尽徘徊于迷悟之纠纷的时候"[11]。

1923 年 3 月,徐志摩发表了一首题为《青年杂咏》的名作,在诗中他三问青年,为何

沉湎伤感、迟徊梦中、醉心革命？在第一个诘问中，徐志摩将青年的沉湎伤感描述为：在忧郁河边筑起一座水晶宫殿，河中惟有忧郁流淌，残枝断梗不过映照出伤感、徘徊、倦怠的灰色生命。青年冠上的黄金终被霉朽。诗中最重要的是，徐志摩将"忧郁"（melancholy）一词音译为汉语"眸冷骨累"，这准确地抓住了显现于身体中的忧郁症状[12]。另一个象征主义诗人穆木天，将法语词"颓废"（decadence）译为"腐水朽城"[13]。激进的情色诗人邵洵美将这个词译为"颓加荡"[14]。1922 年左右，一同与李金发留学法国的诗人王独清写了一首题为《我从 café 中出来……》的诗，此诗描绘了他的颓废境况：喝完混了酒的咖啡后，四下满是寂寥的伤感，徘徊不知向哪一处去，他悲叹道："啊，冷静的街衢，/黄昏，细雨。"

　　正如我们所见，在李金发出现之前，中国文学大体上便已见证了力比多经济的危机或浪荡的颓废（une turbulente décadence）。这一态势的持续增长，最终在 1925 年李金发的诗集中达到顶点。从 1922—1930 年以及之后的一些年里，中国现代诗歌沉湎于感伤、痛苦、恸哭、悲悼之中，一言蔽之，沉湎于身体痛苦的深深颓废与忧郁状态之中。可以将此一现代性负面理解为对非本土文化资源的翻译，或理解为在中国处于努力重铸其文化身份的新纪元时，西方文化叙述的影响，这确实要求一种新的诠释理论结构①。负面的翻译现代性在重铸自我与文化身份时所具有的重大意义遭到了简单地拒斥与责难，与这种负面翻译现代性的常规诠释或意识形态诠释相反，我打算提供一种不同的视角，即通过各式理论资源来诠释这种现代情感的特别形式。我打算主要以辩证的角度观照此问题，李金发对缘于力比多能量危机的颓废的极度称颂，可以被理解为一种对自我的负面塑造，通过"镜像—悲悼—纪念碑"的叙述范式进行。

　　让我们先从现代性话语构成里的颓废与进步的辩证法开始。卡林内斯库认为进步与颓废的概念并不相互排斥，而是彼此深刻地暗示。"进步即颓废，反之，颓废即进步。"⑪这一概念构成了现代性的双重辩证法。莫兹利（Maudsley）在其《身体与意志》（*Body and Will*）中讨论社会与进化时，他认为退化普遍地反作用于进化，而颓废几近于进步；社会即是由上升与下降的双重流动所构成。因此，"存在者，从高级下降到低级的退化过程，乃是自然经济中必不可少的活力所在"[15]。黑格尔同样讨论过进步与颓废的辩证概念，他强调通过差异与混乱而重获和谐一致："进化是生命的必经过程，要素之一，其发展源于对立：生命的总体性在其最强烈的时刻，只可能作为一种原出于最绝对之分裂的新的综合而存在。"[16]122 在上文的讨论中我们注意到，李金发总是从生命—世界的对立面与反面来感知生命—世界，这是为了表达他与进步的启蒙现代性相反的颓废之美学。李金发的辩证性感知可从如下两例略见：

　　　　我生存的神秘，

惟你能管领,
不然则一刻是永远,
明媚即是肮脏。

——《你在夜间》

另一例:

如残叶溅
血在我们
脚上,
生命便是
死神唇边
的笑。

——《有感》

由此看来,现代性的颓废与进步在这一层面并不相互对立,而是在一种双重陈述中共存。李金发的"现代性否定伦理学"从这一角度而言,不仅终究是必要的,而且成为了构建人类身份及其主体性的必经过程。

其次是视镜与悲悼:如上所述,拒斥光明的后果便是返回仅留存反射光的黑暗洞穴,返回到由镜子反射的现实之内部。正如阿多诺所言:"然而,窥入反射之镜的他是个闲人,一个已经退出经济生产程序的个体。反射之镜印证了对象的缺乏(镜子不过是把事物的表面带入一个空间),以及个人的隐匿。因此,镜子与悲悼彼此勾连。"[16]42 就阿多诺此论来看,尽管镜子将外部现实的表面完全反射(这让人悲悼失落的真实世界),但镜子也能记录世界的损失,人在镜中对自己的观看可以将内部反映为现实。

正是通过视镜与悲悼的结合,失落的世界才得以弥补。颓废是力比多能量中向下的衰退,这种力比多能量生成了灰烬中的身体与废墟中的自然。一方面,正如李金发诗中写道:"但我们所根据的潜力,火焰与真理,/恐亦随时代而溃败。"(《心期》)然而另一方面,在腐烂的过程中,人类主体对灰烬与废墟的反射,出自被创造、被合法化的新秩序,这一新秩序通过伴随着悲悼情绪的镜中之自省性而来。因此,视镜成为了一个居间要素,为了抓住自我的新知识,它为悲悼主体提供了一个特定空间来返射自身。因此我们在李金发的诗里看见:"月儿半升时,/我们便流泪创造未来。"(à Gerty),如此便:

有了缺憾才有真善美的希求,

从平凡中显出伟大庄严。

——《生之谜》

再次是悲悼与纪念碑：在李金发的纪念碑诗歌中，《弃妇》这一悲悼母题与坟/墓的形象联系起来（"衰老的裙裾发出哀吟，/徜徉在丘墓之侧"），使得整首诗可以被读作一首挽歌，一座女人的墓碑。事实上，死亡主题与坟墓修辞整体性的弥漫于李金发的诗歌之中。因此他有时被视作中国现代诗歌史上"第一死亡诗人"[17]。对坟墓与死亡如此大量的呈现，建立了李金发诗歌的纪念碑身体，以及将自身构建为纪念碑石的修辞⑫。例如，"希望得一魔师，/切大理石如棉絮，偶得空闲时/便造自己细腻之坟座"（《多少疾苦的呻吟……》），或是：

在时代的名胜上，
残墓衬点风光。

——《晚钟》

以及：

快选一安顿之坟藏，
我将颓死在情爱里，
垂杨之阴遮掩这不幸。

——Elégie

在《悲悼与忧郁症》这篇文章中，弗洛伊德将忧郁症的本质与悲悼的常规情感进行比较。弗洛伊德认为，哀悼是一种丧失客体的经验，一种丧失社会及文化之象征的复杂反应，最终社群中的成员必须面对悲悼的责任。弗洛伊德写道："悲悼通常是对爱人之丧失的反应，或是对某种被取代的抽象物，诸如国家、自由、理想等事物之丧失的反应。"[18]243—260 在悲悼状态下，世界变得贫困空乏，痛苦的经验支配着悲悼情绪。悲悼与集体记忆的象征，亦即弗洛伊德在《精神分析的五个讲座》一书中提出的"纪念碑"（the monuments）概念紧密相关。悲悼与纪念碑均遭遇了对象的丧失，一方面是个体与个人的丧失，而另一方面则是集体与社会的丧失。悲悼将眼下卷入过去；纪念碑则将过去带至眼前。不过，它们都拥有一个相同的职责：寻找新物替代丧失之物的欲望。[18]9—55 彼得·霍曼斯（Peter Homans）把弗洛伊德的悲悼与纪念碑理论、韦伯的祛魅理论、科胡特（Kohut）去理想化（de-idealization）概念、温尼科特（Winnicott）的幻灭（disillusionment）

概念、克莱因的憔悴(pining)概念以及涂尔干的失范加以综合,发展出一套他所称之为悲悼、个性化及意义创造的修正理论。[13]

霍曼斯认为,个性化乃是悲悼的结果;通过从已然消逝的过往中采撷而来的丧失经验,可以激发"变成某人"的欲望,与此同时,为自我创造出一种全新的意义。现代性的典型世俗化呈现出一种为了消逝的象征与社群的整体而不断增长的悲悼。因此,在消逝的社会文化理想之面孔中,悲悼将反照的心理机制建立在冲突与创伤的痛苦经验之上,最终提升为"成为某人之自我",而纪念碑则搭建了一种集体记忆,亦即通过物质仪式的中介,一种联合的象征将一切个体的消逝与过去的历史结合一处。由此观之,悲悼成为了创造性的别样形式,这形式最终构建出一个成熟、独一的自我,而纪念碑则构建出一种集体无意识:社会成员总是返回于此,并将这种丧失经验内在化为"内存纪念碑"(monument within)。

正是以这样的方式,由丧失客体所致的创伤痛苦才得以被治愈,正面的复原力才得以再生。所以,当文化面临灾难时,痛苦的能力与悲悼的能力才显得必不可少,这两种能力产生出支撑自我之内在与外在的容量,也就是说,在个体化的语境与集体化的现实中产生出来。正如李金发写道:"在 décadent 里无颓唐自己。"(《"Musicien de Rues"之歌》)在《悼》这首诗中,通过悲悼的痛苦经验,李金发将现代性的负面伦理转换成一种现代性的正面伦理。全诗如下:

> 闲散的凄怆排闷闯进,
> 每个漫掩护的心扉之低,
> 惜死如铅块的情绪,无勇地
> 锁住阴雨里新苗的柳芽。
>
> 该不是牺牲在痼疾之年,
> 生的精力,未炼成无敌的钢刃,
> 罪恶之火热的眼,
> 正围绕真理之祭坛而狂笑。
>
> 铁的意志,摧毁了脆弱的心灵,
> 严肃的典型,无畏的坚忍,
> 已组成新社会的一环,
> 给人振奋像海天无垠。

此诗中涌现出了一个新形象,这形象将自己贡献于生命能量的提炼,将其铸造为强韧的钢刀来抗击罪恶、揭示真理,并最终建立起一个新社会:它包含了李金发眼中的新自我与优雅之美。启蒙运动的失落理想正处于恢复、修养与重构的过程中;经过反照的悲悼,中国现代性中的脆弱个性与新生自我正变得越发强壮与成熟。颓废身体的叙述也由此诞生出一种崭新的自我伦理,其塑造并非经由正面进行,却是通过黑暗与负面完成。

在中国现代性一般的话语构造中,没有任何一个作家比李金发更多地引介了三种意义重大的话语元素:颓废感性、时间的飞逝感、自反意识。第一种元素承载的观念为:进步即颓废,颓废即进步;第二种元素显示了永恒中的短暂存在,以及飞逝时间中的永恒存在;第三种元素则暗示自我总是需要向其本身反射,由此辨认对于现代身份叙述而言的自我本质的真实性。正是通过李金发这种特有的感情,中国现代性的叙事性才见证了这种新话语的发生,而此后关于自我的塑造亦焕然一新。

至此,在郭沫若和李金发之间——在力比多能量经济的膨胀与力比多能量经济的危机之间;热烈、光明、激情、进步的自我与寒冷、黑暗、无力、颓废的自我之间;在太阳、光亮、火焰、黎明的叙述与冬天、夜晚、潮湿、反照的叙述之间,一种话语张力得以在中国现代性启蒙大业的力比多能量经济中构建起来。

注释:

① 本文源自作者的长篇英文论文"The Decadent Body: Toward A Negative Ethics of Mourning in Li Jinfa's Poetry",承蒙赵凡翻译成中文,特此致谢。

② 克尔凯郭尔的反省概念,亦可参看哈维·弗格森(Harvie Ferguson):《忧郁和现代性批判:索伦·克尔凯郭尔的宗教心理学》,1995 年,第 60—80 页。

③ 就光明与黑暗的详尽讨论,参看安娜-特丽莎·泰门妮卡(Anna-Teresa Tymieniecka):《光明与黑暗的基本辩证法:生命之本体创造中的灵魂激情》(*The Elemental Dialectic of Light and Darkness: The Passions of the soul in the Onto-Poiesis of Life*),1992。亦可参看马丁·杰伊:《垂目》(*Downcast Eyes*),1993 年;大卫·迈克·列文编(David Micheal Levin):《现代性与视像霸权》(*Modernity and the Hegemony of Vision*),1993 年。

④ 就人类自我与身份构成中的自反性功能的进一步讨论,可参看罗伯特·斯格尔(Robert Siegle):《自反性政治:叙述与文化的本质诗学》(*The Politics of Reflexivity: Narrative and the Constitutive Poetics of Culture*),1986 年。

⑤ 对于亵渎启迪(profane illumination)的概念,我在此使用与瓦尔特·本雅明的涉及主体差异的"启迪"(Erleuchtung)不同。当然,我对本雅明的启迪论述进行了清楚阐

明。就本雅明的亵渎启迪概念的讨论,可参看玛格丽特·科恩:《亵渎启迪:瓦尔特本雅明与超现实主义革命的巴黎》(*Profane Illumination：Walter Benjamin and the Paris of Surrealist Revolution*),1993 年。

⑥ 对分裂自我这一主题的研究,可参看《现代主义自我》,见于克里斯托弗·巴特勒(Christopher Butler):《现代主义:欧洲的文学、音乐、绘画(1900—1916)》(*Early Modernism：Literature，Music，and Painting in Europe，1900—1916*),1994 年,第89—106 页;丹尼斯·布朗(Dennis Brown):《二十世纪英语文学中的现代主义自我:自我分裂研究》(*The Modernist Self in Twentieth-Century English Literature：A Study in Self-Fragmentation*),1989 年。

⑦ 本文中李金发的诗作均引自于周良沛编:《李金发诗集》,成都:四川文艺出版社,1987 年。不另加注。

⑧ 关于身份的反射/反思话语的一本有趣著作,可参阅鲁道夫·加谢(Rodolphe Gasche):《镜子的锡箔:德里达及其反思哲学》(*The Tain of the Mirror：Derrida and the Philosophy of Reflection*),1986 年。

⑨ 尼采:《瓦格纳事件》,卫茂平译,上海:华东师范大学出版社,2007 年,第 38 页。有关颓废中的人造概念,亦可参看斯沃特:《19 世纪法国的颓废意识》(*The Sense of Decadence in Nineteenth Century France*),第 169 页。

⑩ 关于信仰塑造中的痛苦身体及其功能的详尽讨论,参看伊莱恩·思凯瑞(Elaine Scarry):《痛苦身体:世界的生成与毁坏》(*The Body in Pain：the Making and Unmaking of the World*),1985 年。

⑪ 就"被译介的现代性"对中国文化叙述之构成的影响的广泛讨论,参看刘禾:《跨语际实践:文学、民族文化与被译介的现代——中国(1890—1937)》(*Translingual Practice：Literature，National Culture，and Translated Modernity — China*),1890—1937,1995 年。

⑫ 就诗歌中作为悼文出现的墓碑功能的研究,请参看 J·道格拉斯、尼尔(J. Douglas Kneale):《纪念碑书写:华兹华斯诗歌中的修辞》(*Monumental Writing：Aspects of Rhetoric in Wordsworth's Poetry*),1988 年。

⑬ 对三位一体理论的详尽讨论,参看皮特·霍曼斯(Peter Homans):《悲悼的能力:幻灭与精神分析的社会起源》(*The Ability to Mourn：Disillusionment and the Social Origins of Psychoanalysis*),1989 年。尤其是最后一章。

参考文献:

[1] Matei Calinescu. *Five Faces of Modernity* [M]. Durham：Duke University Press,

1987：170.

[2] 　Richard Pine. *The Dandy and the Herald：Manners，Mind and Morals from Brummell to Durrell*［M］. London：Macmillan，1988.

[3] 　Theodor W. Adorno. *Kierkegaard：Construction of the Aesthetic*［M］. Minneapolis：University of Minnesota Press，1989：41 - 59.

[4] 　夏尔·波德莱尔.巴黎的忧郁［M］.郭宏安，译.上海：上海译文出版社，2013.

[5] 　郭沫若.女神［M］.北京：外文出版社，1978：100.

[6] 　德里达.论文字学［M］.汪堂家，译.上海：上海译文出版社，1999：50.

[7] 　阿西奥多·阿多诺.克尔凯郭尔：审美对象的建构［M］.北京：人民出版社，2008.

[8] 　Robert Siegle. *The Politics of Reflexivity：Narrative and the Constructive Poetics of Culture*［M］. Baltimore：Johns Hopkins University Press，1986.

[9] 　波德莱尔.现代生活的画家［M］//波德莱尔美学论文选.郭宏安，译.北京：人民文学出版社，1987：501.

[10] 　Susan Buck-Moss. *The Dialectics of Seeing：Walter Benjamin and the Arcades Project*［M］. Cambridge，Mass.：MIT Press，1990.

[11] 　朱自清.毁灭［M］//庞秉钧，闵德福，高尔登.中国现代诗一百首.香港：商业出版社，1987：23 - 41.

[12] 　徐志摩.青年杂咏［M］//徐志摩全集：第一卷.石家庄：华山文艺出版社，1992：51 - 53.

[13] 　穆木天.谭诗：寄沫若的一封信［M］//杨匡汉，刘福春.中国现代诗论：上编.广州：花城出版社，1985：92 - 95.

[14] 　李欧梵.漫谈中国现代文学中的"颓废"［J］.今天，1993(23)：26 - 51.

[15] 　Henry Maudsley. *Body and Will*［M］. Chicago：Thoemmes，1998：237.

[16] 　Ward N. Jouve. *Baudelaire*［M］. London：Macmillan，1980：122.

[17] 　金丝燕.文学接受与文化过滤：中国对法国象征主义的接受［M］.北京：中国人民大学出版社，1994：232.

[18] 　Sigmund Freud. *The Standard Edition of the Complete Psychological Works of Sigmund Freud Vol. XIV*［M］. London：The Hogarth Press，1957：243 - 260.

——原载《江汉学术》2020 年第 1 期：60—71

"我是在新诗之中，又在新诗之外"

——重评闻一多诗学观念的转变及其他

◎ 张洁宇

摘　要： 闻一多身兼诗人、批评家和文学史家等多重身份，其诗歌批评方式也因之呈现多重面貌。考察其诗学观念转变的过程和原因，可分析其新诗批评的调整与其身份迁移之间的关联，对其《死水》之后的停笔原因给出新的解释和评价。闻一多从一位崇尚古典美学并强调格律的诗人转变为一个高度肯定"生活之力"并拒认"技巧专家"的诗评家，其转变背后有深意存焉。思想变化的原因既然来自诗歌之外，或许写作的问题也就无法在诗学内部得到解决，亦即那种转变不仅发生在诗学内部，也影响到其人生道路的选择。

关键词： 闻一多；新诗批评；新诗格律；古典美学；社会批评

1943 年冬，闻一多在写给臧克家的信中提到自己正在进行的诗歌翻译及诗集编选等工作，在信的末尾，他说：

> 不用讲今天的我是以文学史家自居的，我并不是代表某一派的诗人。唯其曾经一度写过诗，所以现在有揽取这项工作的热心，唯其现在不再写诗了，所以有应付这工作的冷静头脑而不至于对某种诗有所偏爱或偏恶，我是在新诗之中，又在新诗之外，我想我是颇合乎选家的资格的。[1]382

这段师友之间的私房话不仅体现了闻一多刚直坦率的个性，更体现了他与诗坛之间的微妙关系。他对自己"在新诗之中，又在新诗之外"的定位，既是对自己"选家的资格"的辩护，也是对自己批评姿态和角度的自审，他对于自己曾出入诗坛、有过诗学观念和身份的变化等问题都有相当的自觉。有意思的是，在新诗史——尤其是批评史——上，批评者和选家的"资格"一直是个隐在的重要问题，至今仍然。"在新诗之外"的批评者可能由于没有写作经验而受到质疑，而"在新诗之中"的经验作者又有可能被认为"代表某一派"或"有偏爱或偏恶"。闻一多的自我辩护在一定程度上反映了他对这一问题的认识。

论身份和经历,闻一多是比较复杂和全面的。他"曾经一度写过诗",后来虽"不再写诗",但始终坚持撰写诗评诗论,并在深入研究古典诗歌的同时偶尔从事诗歌翻译和诗集编选。朱自清在他去世之后曾说:"他是一个斗士,但是他又是一个诗人和学者,这三重人格集合在他身上,因时期的不同而或隐或现。""然而他始终不失为一个诗人","他将诗和历史跟生活打成一片","他要创造的是崭新的现代的'诗的史',或'史的诗'"。[2]442—445 多样的身份的确对闻一多在诗歌方面的工作产生了影响,也勾勒出一条思想转变的轨迹。在肯定他全面多元成就的同时,同样带来思考的是:他的诗学批评如何在身份迁移和视角变换中调整和变化?他的诗学观念转变的原因究竟是什么?而思想的转变与身份的迁移之间又有怎样的关系?换句话说,思想变化有可能影响其人生道路的选择,而身份的改变也有可能带来诗学批评的调整。本文希望通过探讨闻一多的个人经历能对理解新诗批评方式与"资格"这个老话题提供一些启示。

一、"在新诗之中"

闻一多首先是个诗人。从 1920 年在《清华周刊》上发表第一首新诗《西岸》始,至 1931 年发表最后一首《奇迹》,十余年间他发表作品约一百六十首,大多收入《红烛》《死水》两部诗集。他在 20 世纪 20 年代的新诗诗坛上占有重要的地位,不仅是"新月派"诗人的重要代表,也是"新格律诗"运动的理论领袖。他在 1926 年发表的《诗的格律》一文中提出的"三美"理论已成为新诗史上最著名的诗学主张。而那些以《晨报·诗镌》为园地的作者群,其实也正是从闻家的"黑屋"聚会开始聚集在一起的①。这些都是早期闻一多"在新诗之中"的实践与成就,而这些经验与实践也决定了其早期诗学批评的面貌。

1921 年,刚刚开始写诗的闻一多曾在清华文学社作过一次题为《诗底音节的研究》的英文报告,汉译稿改题为《诗歌节奏的研究》。从保存下来的提纲看,这个报告的内容相当理论化,其理论来源以西方——尤其是英语——诗学资源为主。他列出的 23 种"参考书目"中,外文著作 21 种,其中包括布里斯·佩里的《诗歌研究》、西蒙斯的《英国诗歌的浪漫主义运动》等。仅有的两种中国新诗文献是胡适的论文《谈新诗》和刚出版的《尝试集》。这种选择一来与当时中国新诗刚刚起步的状态有关,二来也与闻一多在清华进行的广泛的英语学习和阅读有关。而更为重要的是,作为新诗第一代的探索者,闻一多这样关注音节和节奏问题,显然与初期白话诗的理想和第一代诗人的写作实践直接相关。他在报告中重点关注诗歌节奏的作用和特性，尤以专节讨论"自由诗"的意图和效果，列出了"在抛弃节奏方面的失败""目的性不明确""令人遗憾的后果：平庸、粗糙、柔弱无力"等批评性观点。虽然这份明显不成熟的报告的具体内容已不可知，但仍能看出此时闻一多对白话诗的自由体式和抛弃格律的主张是在进行有意识的反思乃至批评的。而对比他同时期的诗作却会发现，他当时的作品全都是不讲格律的彻底的"自由诗"，也就是说，他对诗歌音节问题的思考并不是出于理念止于空论，而是伴随着他自己的写作实践，在切实的经验与教训之上进行的摸索和反思。这一点至关重要，说明了闻一多最早就是以经验作者的身份开始他的诗学批评并由此确定立场与角度的。

有经验的作者当然特别关注"怎么写"。虽然多年之后闻一多对于别人称他为"技巧专家"很是不满，但事实上，早期的他的确比很多同时代诗人更关注写作的技术问题，应该说，之所以是由他而不是别人举起新格律诗的理论旗帜，也多少与此有关。

闻一多早期并不提倡格律，但始终关注音节。在1922年撰写的第一篇诗评《〈冬夜〉评论》中，他就提出："《冬夜》给我最深刻的印象的是他的音节。关于这一点，当代的诸作家，没有能同俞君比的。这也是俞君对于新诗的一个贡献。凝练、绵密、婉细是他的音节底特色。"[3]63 他对俞诗音节的评价很高，并对其新诗写作中化用词曲格律表示认同。他认为："所谓'自然音节'最多不过是散文的音节。散文的音节当然没有诗底音节那样完美。俞君能熔铸词曲的音节于其诗中，这是一件极合艺术原则的事，也是一件极自然的事。用的是中国底文字，作的是诗，并且存心要作好诗，声调铿锵的诗，怎能不收那样的成效呢？我们若根本地不承认带词曲气味的音节为美，我们只有两条路可走；甘心作坏诗——没有音节的诗，或用别国底文字的诗。"他的观点很明确："总括一句：词曲的音节，在新诗底国境里并不全体是违禁物，不过要经过一番查验拣择罢了。"[3]64 此文涉及问题很多，而如何处理新诗音节与词曲传统的关系——尤其是如何在写作中实践以及如何评判这种实践的意义——则是重点讨论的问题之一。虽然闻一多本人在早期诗作中并未表现出对词曲音节的亲近和征用，但其评论中的观点已透露出日后走向新诗格律建设的端倪。

事实上，不久之后闻一多本人的写作也发生了变化。他在给朋友的信中说："现在我极喜用韵。本来中国韵极宽；用韵不是难事，并不足以妨害词意。既是这样，能多用韵的时候，我们何必不用呢？用韵能帮助音节，完成艺术；不用正同藏金于室而自甘冻饿，不亦愚乎？"[4]写作的变化反映了也影响着诗人理念的变化，两者相互促动，这也正是所谓"在新诗之中"的一种特性和优势吧。正是在写作实践中不断发现音节的重要和废除格律带来的困境，才使得闻一多逐步走向新诗格律的建设。在《诗的格律》中，他的表述已明显体现出这种注重实践应用和艺术效果的倾向：

诗的所以能激发情感,完全在它的节奏;节奏便是格律。莎士比亚的诗剧里往往遇见情绪紧张到万分的时候,使用韵语来描写。葛德作《浮士德》也曾采用同类的手段,在他致席勒的信里并且提到了这一层。韩昌黎"得窄韵则不复傍出,而因难见巧,愈险愈奇……"这样看来,恐怕越有魄力的作家,越是要戴着脚镣跳舞才跳得痛快,跳得好。只有不会跳舞的才怪脚镣碍事。只有不会作诗的才感觉得格律的缚束。对于不会作诗的,格律是表现的障碍;对于一个作家,格律便成了表现的利器。[5]

与著名的"三美"说相比,这段话并不算广为人知,但正是这段话体现了闻一多格律主张的意图和前提。这里不再重复讨论这些理论的内容和价值,我想强调的是,闻一多的格律主张不是空泛的理论演绎,也不是某种观念争执的产物,而是切实源自创作实践的经验与需求。毋庸讳言,早期白话诗的倡导者存在一定程度的理念先行实践滞后的问题,比如尝试者胡适,他的白话文学和自由诗观念都极具革命性,但他的诗作却被自嘲为"放脚鞋样",典型地体现了理念先于创作的问题。闻一多不是概念先行的理论家,他从自身的写作出发,经历了一个明显的探索过程,在实践中走向了理论。他尝试自由诗,同时反思自己的写作经验,观察同时代诗人的道路,逐渐注意到音节的重要和词曲音节的合理性,强调格律对诗歌表现的助益,最终提出新诗格律的主张。他的理论出于写作也忠于实践,表现出更具体切实的活力,也得到了一定范围内的认同。可以想见,"黑屋聚会"中的朗诵和讨论正是诗人切磋写作经验,逐步走向群体共识的过程。因此,如果仅从理论的逻辑看,新格律诗像是自由诗的一种倒退,但事实上,它却是在写作与理论的互动中生成的一种写作对于理论的调整。它不是理论的倒退或古诗格律的复活,而是建立在现代汉语的基础上,为新诗"相体裁衣"而成。

也正因为出自实践,所以闻一多的格律理论非常切实,他很少纠结于概念,而是偏重艺术效果和实际操作层面,无论是"三美"理论还是"音尺"说,都是如此。包括他在评论俞平伯《冬夜》时曾指出俞诗在"音节上的赢获"造成了"意境上的亏损",是因为古典式的词调和意象可能"不敷新文学的用",间接造成了俞诗"弱于或完全缺乏幻想力","诗中很少浓丽繁密而且具体的意象"的效果。在他看来,造成"亏损"的原因在于:"音节繁促则词句必短简,词句短简则无以载浓丽繁密而且具体的意象。——这便是在词曲底音节之势力范围里,意象之所以不能发展的根由。词句短简,便不能不只将一个意思底模样略略地勾勒一下,至于那些枝枝叶叶的装饰同雕镂,都得牺牲了。"[3]66这一分析是否准确尚可讨论,有意思的是他这种批评的思路确是"在新诗之中"的写作者所特有的。

与之类似的还有他对诗歌形象的强调。作为"三美"之一,"绘画美"与音节格律并列在闻一多诗学观念中最重要的位置。他曾经说:"我是受过绘画的训练的,诗的外表的形式,我总不忘记,既是直觉的意见,所以说不出什么具体的理由来,也没有人能驳倒我。"有趣的是,这又是一个从经验中得来的"直觉的意见"。对于这个直觉,他虽未进行更多的理论阐释,但却也称得上是在古今中外的诗学之中融会贯通,将王维的"诗中有画画中有诗"与西方的"先拉飞主义"等理论都纳入相关思考之中,为自己的"直觉的意见"找到了一定的理论资源和依据。

作为诗人理论家的闻一多在早期的诗学批评中特别关注写作实践的艺术效果,引领了新诗格律的探索,其影响涵盖了诗歌理论与创作实践两个方面。当然,并不是说没有写作经验的人就不会思考这些问题,或是思考的结果就一定不同,但显然,"在新诗之中"会造成立场和角度的某种特殊性,而考虑这种特殊性也将更有助于理解批评本身。

二、"在新诗之外"

对于闻一多在《死水》之后停笔的原因,一般认为与他在青岛大学被学生"驱逐"有关,其背后隐含着新文学在传统学术体系中地位低下的问题。而在我看来,闻一多虽然性格中有倔强刚烈的一面,但他是否真会因为文坛以外一些年轻学生的反应就彻底放弃对写诗的热爱,还是颇可怀疑。或许有其他原因导致他的停笔和转向,而这原因,应该仍出自新诗内部。换句话说,闻一多可能因被误解为"不学无术"而转身钻研学问,但没必要为此终止长期的诗歌创作,能导致他停笔的原因应该只能是自己诗学标准和写作观念的变化。而他由此脱身于"新诗之外",或许也不仅是停止写作这么简单,而可能是隐藏着与当时诗坛的某种分歧,酝酿着诗歌观念的调整。

闻一多的变化最早发生在1926年"三一八"事件之后。从艺术方面说,他在"三一八"之后的《天安门》《飞毛腿》等几首诗中即现出较为明显的变化。"土白入诗"看似是一种语言层面上的实验,但在深层上已经构成了对"三美"式的古典、匀称、均齐、节制等美学原则的撼动。更直接的表达则是在《文艺与爱国——纪念三月十八》一文中。闻一多说:"《诗刊》的诞生刚刚在铁狮子胡同大流血之后,本是碰巧的;我却希望大家要当他不是碰巧的。我希望爱自由、爱正义、爱理想的热血要流在天安门,流在铁狮子胡同,但是也要流在笔尖,流在纸上。""诗人应该是一张留声机的片子,钢针一碰着他就响。""也许有时仅仅一点文字上的表现还不够,那便非现身说法不可了。所以陆游一个七十衰翁要'泪洒龙床请北征',拜伦要战死在疆场上了。所以拜伦最完美,最伟大的一首诗也便是这一死。所以我们觉得诸志士们三月十八日的死难不仅是爱国,而且是最伟大的诗。"[6]这样的表达在闻一多的思想脉络里并无特别,毕竟他从学生时代起就具有政治热情,早期诗作中也常抒发家国情怀;但是,在他的诗学观念中,这样的表达却意味着对其原本偏爱的古典美学的反叛。依他以往的理论主张,"表达上的克制和留有余地,避免过分直露和激烈"是重要的艺术原则,而格律作为"遏制热烈情感之赤裸表现"的方法,正好有效地服务于"节制"与"均齐"的古典美学。但是,这一思路在现实环境中受到了冲击,从"三一八"到 20 世纪 30 年代初的几年间,闻一多的古典美学正在因为美学之外的原因而逐渐发生变化。表面看来,他的转向学术与"热血流向笔尖"的说法有点背道而驰,但选择的矛盾或许正是诗人内心矛盾的反映。当诗人闻一多难以继续坚持其"均齐""节制"的古典美学,希望以一种更具行动性甚至战斗性的方式刷新自己的理念和写作时,面对内在的转变,他对自己的写作和对他人的评论都曾多少表现出某种失语或矛盾的状态。因而,对于这个阶段的闻一多,重要的不是看他为何或如何获得学者的新身份,而是关注作为诗人的他究竟如何改变了原来的写作与批评方式,最终完成了转变。事实上,闻一多的转向不是返身进入书斋、走入历史的故纸堆,而是相反,他走出了诗歌与艺术的小圈子,进入了一个通过文化评论展开与历史和现实互动的新天地。

由此也就可以理解他在 1933 年给臧克家诗集《烙印》作序时所提出的,为了保留某种特殊的现实"生活"经历与"生活的态度","而忽略了一首诗的外形的完美",是一件"合算"的事。他把臧克家与孟郊相比,引出"所谓好诗的问题":

> 孟郊的诗,自从苏轼以来,是不曾被人真诚的认为上品好诗的。站在苏轼的立场上看孟郊,当然不顺眼。所以苏轼诋毁孟郊的诗,我并不怪他。我只怪他为什么不索性野蛮一点,硬派孟郊所做的不是诗,他自己的才是。因为这样,问题倒简单了。既然他们是站在对立而且不两立的地位,那么,苏轼可以拿他的标准抹杀孟郊,我们何尝不可以拿孟郊的标准否认苏轼呢?即令苏轼和苏轼的传统有优先权占用"诗"字,好了,让苏轼去他的,带着他的诗去!我们不要诗了。我们只要生活,生活磨出来的力,像孟郊所给我们的。是"空螯"也好,是"蛰吻涩齿"或"如嚼木瓜,齿缺舌敝,不知味之所在"也好,我们还是要吃,因为那才可以磨炼我们的力。[7]

这确实不再是几年前提倡"戴着脚镣跳舞"的闻一多,他已经全面推翻了以往对"诗"的评判标准,以一种"新的标准"否定了原有的"诗",抛弃了"外形的完美"和格律的追求,也彻底放弃了古典美学和浪漫抒情的艺术方向。他所谓的"我们不要诗了。

我们只要生活,生活磨出来的力",显然代表着一种由生活和现实所决定的新的标准,而且这个新标准与旧标准已经"站在对立而且不两立的地位"了。这让人不禁想起鲁迅的《我的失恋》,也是在以一种不美也不雅的新标准颠覆古典式的"美"与高贵,给文学赋予符合时代特征的新内涵。在这个意义上,闻一多与鲁迅所见略同,他用现代生活的"力"取代了"诗"的成规与古典之"美",也堪称是具有革命性的。十年之后,在评论"时代的鼓手"田间时,闻一多又一次提道:"这些都不算成功的诗,……但它所成就的那点,却是诗的先决条件——那便是生活欲,积极的、绝对的生活欲。它摆脱了一切诗艺的传统手法,不排解,也不粉饰,不抚慰,也不麻醉,它不是那捧着你在幻想中上升的迷魂音乐。它只是一片沉着的鼓声,鼓舞你爱,鼓动你恨,鼓励你活着,用最高限度的热与力活着,在这大地上。"[8]在闻一多的新标准里,写"不算成功的诗"不要紧,要紧的是"摆脱了一切诗艺的传统手法",表现出那个特定时代的"生活"。同样就像鲁迅曾说过的那样:"现在的青年最要紧的是'行'不是'言'。只要是活人,不能作文算什么大不了的事。"[9]"世上如果还有真要活下去的人们,就先该敢说,敢笑,敢苦,敢怒,敢骂,敢打,在这可诅咒的地方击退了可诅咒的时代!"[10]可以说,闻一多与鲁迅一样,不仅调整了自己的文学观念,以"活"与"行"、"真"与"力"取代了陈旧的"美",同时,也在改变文学观的过程中改变了自己的人生道路。

闻一多自《死水》之后几乎不再写诗,或许并非由于投身学术无暇写作,而可能是因为诗学观念的变化,甚至可能是像他自己说的"做不出诗来"了。虽然在评论中他认可"不算成功的诗",但对一个诗人来说,写自己并不认可的诗确是一件困难的事。标准变化了而写作却滞后甚至停顿,这也不是不可能的事,因为,思想变化的原因既然来自诗歌之外,或许写作的问题也就无法在诗学内部得到解决。

与此同时,就像他自己所说的:"在自己做不出诗来的时候,几乎觉得没有资格和人谈诗。"[11]这话本身虽有偏颇,但反映了闻一多在诗学批评方式上也同样面临调整。最明显的一个变化就是,他不再多谈艺术内部的问题,更不多谈技术技巧,甚至对别人称他为"技巧专家"表示出极大的气愤。他在给臧克家的信中说:

> 你还口口声声随着别人人云亦云的说《死水》的作者只长于技巧。天呀,这冤从何处诉起?我真看不出我的技巧在那里。假如我真有,我一定和你们一样,今天还在写诗。我只觉得自己是座没有爆发的火山,火烧得我痛,却始终没有能力(就是技巧)炸开那禁锢我殴斗地壳,放射出光和热来。只有少数跟我很久的朋友(如梦家)才知道我有火,并且就在《死水》里感觉出我的火来。说郭沫若有火,而不说我有火,不说戴望舒、卞之琳是技巧专家而说我是,这样的颠倒黑白,人们说,你也说,那就让你们说去,我插什么嘴呢?[1]38

这里不仅包含了闻一多对自己写作的定位,同时也隐约表达了对戴望舒、卞之琳等"现代派"诗人的看法。闻一多并不否认技巧,但他确实已将批评的重心放在了技巧之外,并将自己与"现代派"和"技巧专家"区别开来。即如前文所推测的,闻一多之退出诗坛并不仅表现在停止创作,同时也表现在对当时诗坛流行的某些观念和流派的差异上。这种差异当然还算不上截然殊途,但在某些诗学观念上是存在较大分歧的。比如,对于 20 世纪 30 年代的"纯诗"论,他也有不同的思考:

> 在这新时代的文学动向中,最值得揣摩的,是新诗的前途。你说,旧诗的生命诚然早已结束,但新诗——这几乎是完全重新再做起的新诗,也没有生命吗?对了,除非它真能放弃传统意识,完全洗心革面,重新做起。但那差不多等于说,要把诗做得不像诗了。也对。说得更准确点,不像诗,而像小说戏剧,至少让它多像点小说戏剧,少像点诗。太多"诗"的诗,和所谓"纯诗"者,将来恐怕只能以一种类似解嘲与抱歉的姿态,为极少数人存在着。在一个小说戏剧的时代,诗得尽量采取小说戏剧的态度,利用小说戏剧的技巧,才能获得广大的读众。[12]

这些零星的说法汇集在一起,大致可以呈现闻一多的观点和心态。停笔的诗人对"诗"的看法发生了很大的变化,他将自己的变化以诗歌批评的方式来呈现,并认为这是自己应尽的责任。对此,他说:"政府是可以指导思想的。但叫诗人负责,这不是政府做得到的;上边我说,我们需要一点外力,这外力不是发自政府,而是发自社会。我觉得去测度诗的是否为负责的宣传的任务不是检查所有的先生们完成得了的,这个任务,应该交给批评家。"[13]219 这里所说的批评家指的不是诗坛之内的艺术评论家,也不只是深谙艺术技巧的经验读者,而是一个社会文化的批评者。这是一种特殊的"资格",因为"诗是社会的产物,若不是于社会有用的工具,社会是不要它的。诗人发掘出了这原料,让批评家把它做成工具,交给社会广大的人群去消化。所以原料是不怕多的,我们什么诗人都要,什么样诗都要,只要制造工具的人技术高,技术精。……所以,我们需要懂得人生,懂得诗,懂得什么是价值的批评家为我们制造工具,编制选本"[13]222—223。也就是说,真正合格的批评家不仅要懂得诗,而且要懂得人生,更要懂得时代所需的"价值"。这是闻一多对自己的期许,也是对同时代其他批评家发出的呼唤。

三、批评的方式与"资格"

闻一多的思想变化和身份迁移是比较复杂的。他投身学术后曾一度被认为是"钻到'故纸堆里讨生活'","好像也有了'考据癖',青年们渐渐离开了他"[2]445。但事实上他的古典文学研究不同于传统的训诂或文献考证,而是结合了西方现代学术的理论与方法,注重文学和时代的关联,明确提出打破"经学的、历史的、文学的"传统,引入社会学、文化人类学、民俗学、心理学等多种研究方法,并倡导具有世界视野的大文学史的建构。他在给朋友的信中说:"在你所常诅咒的那故纸堆内讨生活的人原不只一种,正如故纸堆中可讨的生活也不限于一种。你不知道我在故纸堆中所做的工作是什么,它的目的何在……你想不到我比任何人还恨那故纸堆,正因恨它,更不能不弄个明白,你诬枉了我,当我是一个蠹鱼,不晓得我是杀蠹的芸香。虽然二者都藏在书里,他们作用并不一样。"这话可能有几分言过其实,但闻一多提醒别人不要简单以他的身份或专业来判断他的诗学立场,也确是值得注意的。闻一多的阅读与研究融会中西古今的诗学传统,在几十年的过程中形成了复杂且不断变化的看法,直至 20 世纪 40 年代也未能成型,他计划中的论著也都未能完成。但从这些看似混杂变动的观点中可以看出的是,他不仅已经彻底远离新月时期的审美趣味,而且也已走出古典文学研究的书斋,正在展现出一种新的气象。

昆明时期的闻一多渐渐地更多投身于社会和文化的实践行动。他在给家人的信中说:"曩岁耽于典籍,专心著述,又误于文人积习,不事生产,羞谈政治,自视清高。抗战以来,由于个人生活压迫及一般社会政治上可耻之现象,使我恍然大悟,欲独善其身者终不足以善其身。两年以来,书本生活完全抛弃,专心从事政治活运[动](此政治当然不指做官,而实即革命)。……总之,昔年做学问,曾废寝忘餐,以全力赴之,今者兴趣转向,亦复如是。"[14]这个"转向"与他对现实的观察和反应有关,也与他多年未变的知识分子情怀有关,他后来的"拍案而起"和走向街头,也是那个时代的一种带有必然性的选择。而在这一步步完成的转变中,确乎可以看到闻一多不断的摸索和调整,艺术方向的调整与人生道路的转轨往往是这样相协相成的。

1943 年,闻一多编选《现代诗钞》,虽然其实"并未完成,其中有些准备收入的诗还未及收入,已收入者后来亦有看法上的改变"[15],但从已有的面貌看,已显示出眼界开阔、观念前卫、兼顾思想与艺术等特色,堪称是合格选家的手笔。闻一多用诗选的方式表达了他对于新诗历史与前途的理解。他说:"我是重视诗的社会的价值"的,"我以为不久的将来,我们的社会一定会发展成为 Society of Individual, Individual for Society (社会属于个人,个人为了社会)的,诗是与时代共同呼吸的,所以我们时代不单要用效率论来批评诗,而更重要的是以价值论诗了,因为加在我们身上的将是一个新时代。""诗是要对社会负责了,所以我们需要批评。……而且需要正确而健康的批评。"[13]222在我看来,真正让闻一多感到自己具有"选家的资格"的信心,并不仅仅来自他曾经出入诗坛的丰富经历,更重要的是,他非常自信地知道,自己对即将到来的时代的新的

"价值"已经有足够的认识与准备。

事实上,新诗的"内"与"外"本就很难界定,而"选家的资格"说到底也是个假问题。理想的批评者和选家应该如闻一多所说,既懂诗又懂社会,既通晓艺术内部的技巧,又能跳出艺术之外,获得全面开阔的眼光,把握艺术之外的社会、文化乃至政治的影响因素。至于这个眼光是否来自"经验"或"专业",实在不必一概而论。

当然,必须承认,批评者的身份确实与批评方式有关。比如,诗人对写作经验的敏感、对现场感的重视、对同代人相互阅读和影响程度的切身感知,都是"新诗之外"的人所不能及的。这种差异在当代诗歌批评中表现得更为明显,就像有批评家指出的:"当代一批最活跃的诗人同时又是最敏感的诗歌批评家,而批评家从事诗歌写作也不是稀见的例外。很少有小说家对同行的写作进行批评,而诗人写出诗歌批评文章的人难计其数。""诗歌批评是一种深入诗人的写作、交流与生活层面的需要。"成为"一种别样的写作"。[16]但与此同时,学者、文学史家、翻译家也都是诗歌批评的重要力量,他们的视野、角度与方法各有不同,贡献同样不可忽视。何况,至今仍有很多批评者像闻一多一样,或曾出入诗坛,或即身兼数职,能够自如地运用多元的和跨界的批评方式。纵观新诗百年历史,批评的舞台上一直都是这样多声部的交响,正是这些不同身份、不同视角的批评者以不同的方式进入理论建设和批评,才使得新诗理论批评的园地特别丰富多彩,更使得新诗在诸种文体之中显示出最先锋的探索姿态。因而可以肯定地说,无论身份如何、角度怎样,每个批评者都在以其自身的方式和"资格"参与新诗的历史。也只有多元的批评、互补互动的方式,才是最健康、最有效的新诗批评。

注释:

① 徐志摩在《晨报·诗镌》创刊号上的《诗刊弁言》中说:"我在早三两天前才知道闻一多的家是一群新诗人的乐窝,他们常常会面,彼此互相批评作品,讨论学理。"

参考文献:

[1] 闻一多.致臧克家[M]//闻一多全集:第12卷.武汉:湖北人民出版社,1993.

[2] 朱自清.《闻一多全集》序[M]//闻一多全集:第12卷.上海:开明书店,1948.

[3] 闻一多.冬夜评论[M]//闻一多全集:第2卷.武汉:湖北人民出版社,1993.

[4] 闻一多.致吴景超[M]//闻一多全集:第12卷.武汉:湖北人民出版社,1993:78.

[5] 闻一多.诗的格律[M]//闻一多全集:第2卷.武汉:湖北人民出版社,1993:139.

[6] 闻一多.文艺与爱国:纪念三月十八[M]//闻一多全集:第2卷.武汉:湖北人民

出版社,1993：134.

[7] 闻一多.《烙印》序[M]//闻一多全集：第2卷.武汉：湖北人民出版社，1993.176.

[8] 闻一多.时代的鼓手：读田间的诗[M]//闻一多全集：第2卷.武汉：湖北人民出版社,1993：201.

[9] 鲁迅.青年必读书[M]//鲁迅全集：第3卷.北京：人民文学出版社,2005：12.

[10] 鲁迅.忽然想到（五）[M]//鲁迅全集：第3卷.北京：人民文学出版社,2005：44-45.

[11] 闻一多.论《悔与回》[M]//闻一多全集：第2卷.武汉：湖北人民出版社，1993：165.

[12] 闻一多.文学的历史动向[M]//闻一多全集：第12卷.武汉：湖北人民出版社，1993.20.

[13] 闻一多.诗与批评[M]//闻一多全集：第2卷.武汉：湖北人民出版社,1993.

[14] 闻一多.致闻家[M]//闻一多全集：第12卷.武汉：湖北人民出版社,1993：402-403.

[15] 闻黎明,侯菊坤.闻一多年谱长编[M].武汉：湖北人民出版社,1994：683.

[16] 耿占春.当代诗歌批评：一种别样的写作[J].文艺研究,2013(4).

——原载《江汉学术》2020年第5期：50—57

闻一多民主理念下的文学史研究和文学批评

◎ 王东东

摘　要：闻一多的一部分古典文学史研究明显溢出了古典文学研究的范围，而和现代政治与文化理念发生了深刻联系，体现出了"民主理念"这一"五四"语境下普遍的时代精神。在民主理念下，闻一多对从古至今的中国文学史作出了一种贯通性的理解：一方面，他将"平民"的戏剧小说抬高到"贵族"的诗面前；另一方面，闻一多认为新诗应该向小说戏剧学习，实际上是要新诗"合乎民主"。闻一多将"民主事业"与中国"新文艺发展的事业"联合起来考察，在他的诗论中可以看到民主理念与美学表现之间的张力，在这个意义上他的新诗批评也有不少调整，而注意到了民主美学的"价值"和"效率"之争。

关键词：闻一多；民主理念；新文艺运动；新诗；文学史研究；文学批评

作为重要的古典文学学者和现代诗人、批评家，闻一多的各项活动之间并非彼此孤立，而是具有一种内在的精神一致性：毫不夸张地说，这一精神理念就是民主理念。这里既有"五四"新文化对闻一多的决定性影响，也有 20 世纪 40 年代特殊的政治形势对他的推动作用。实际上，民主理念是贯穿闻一多的文艺批评活动、学术活动和政治活动的唯一主旨。在民主理念下，闻一多对从古至今的中国文学及其历史作出了一种贯通性的理解，其下限延及整个新文学运动以及 20 世纪 40 年代的民主文艺运动。需要提醒的是，除了政党政治的话语对闻一多的塑造，闻一多自身的话语更需要深究，尤其是他的文学史研究话语、诗歌话语和文学批评话语。从闻一多自身的话语脉络里，我们不仅可以理解闻一多的"变"（罗隆基语），更可以描画他触及"文艺的民主问题"的曲折的思想路径。

一、雅俗之辨：贵族文学与平民文学

在 1943 年给学生和朋友臧克家的一封信中，闻一多特别提到了自己即将发表的

《文学的历史动向》,可见他很看重这篇文章,闻一多还同时谈到了自己的转变:

> 你知道我是不肯马虎的人。从青岛时代起,经过了十几年,到现在,我的"文章"才渐渐上题了,于是你听见说我谈田间,于是不久你在重庆还可以看见我的《文学的历史方向》,在《当代评论》四卷一期里,和其他将要陆续发表的文章在同类的刊物里。近年我在联大的圈子里声音喊得很大,慢慢我要向圈子外喊去,因为经过十余年故纸堆中的生活,我有了把握,看清了我们这民族,这文化的病症,我敢于开方了。方单的形式是什么——一部文学史(诗的史),或一首诗(史的诗),我不知道,也许什么也不是。[1]

闻一多的"圈子"显然突破了文学研究的范围,而向外界的现实政治斗争扩展,然而,此时他还需要借助"文学研究"甚至文学本身的方式讲出,"药方"是"一部文学史(诗的史),或一首诗(史的诗)",换言之,他只是在象牙塔向外瞭望,还没有真正走向街头。这就要求我们将目光投向《文学的历史动向》。它的题目本身就包含了"文学"和"历史"两个词语。全文体现了闻一多在"文化比较"视野下的独特文学认知和判断,从"文化比较"再到"文学比较"进而及于中国所"受"的"文学影响"。作者的世界眼光让论述虽然显得"不合规矩"却又最终不同凡响,而对中国文学的"精神走向"的关心又让论述摆脱了浮泛乏力而显现为有的放矢,作者可谓发了一番宏论,但其中表现出的充满激情的智慧和洞察力,也许只有用纵横捭阖才可以形容。闻一多首先拈出了四个古老国家——中国、印度、以色列、希腊——看似随意列举,其实精心挑选,《三百篇》之《周颂》和《大雅》、《黎俱》、《旧约》之《希伯来诗篇》、《伊里亚特》和《奥德赛》,在公元前一千年左右约略同时产生,"四个文化猛进的开端都表现在文学上,四个国度里同时迸出歌声"[2]16。但是也有异同,这四个古国的文学可以分为两组:"印度、希腊,是在歌中讲着故事,他们那歌是比较近乎小说戏剧性质的,而且篇幅都很长。而中国、以色列则都唱着以人生与宗教为主题的较短的抒情诗。中国与以色列许是偶同,印度与希腊都是雅利安种人,说着同一系统的语言,他们唱着性质比较类似的歌,倒也不足怪。"[2]16中国是一个"诗的国度",闻一多论述说:"诗似乎也没有在第二个国度里,像它在这里发挥过的那样大的社会功能。在我们这里,一出世,它就是宗教,是政治,是教育,是社交,它是全面的生活。维系封建精神的是礼乐,阐发礼乐意义的是诗,所以诗支持了那整个封建时代的文化。此后,在不变的主流中,文化随着时代的进行,在细节上曾多少发生过一些不同的花样。诗,它一方面对主流尽着传统的呵护的职责,一方面仍给那些新花样忠心的服务。最显著的例是唐朝。那是一个诗最发达的时期,也是诗与生活拉拢得最紧的一个时期。"[2]16然而,闻一多笔锋一转,谈到了中国文学史里"小说戏剧的时

代"以及它所受"异国形式"的影响:

> 故事与雏形的歌舞剧,以前在中国本土不是没有,但从未发展成为文学的部门。对于讲故事,听故事,我们似乎一向就不大热心。不是教诲的寓言,就是纪实的历史,我们从未养成单纯的为故事而讲故事,听故事的兴趣。我们至少可说,是那充满故事兴味的佛典之翻译与宣讲,唤醒了本土的故事兴趣的萌芽,使它与那较进步的外来形式相结合,而产生了我们的小说与戏剧。故事本是民间的产物,不用讳言,它的本质是低级的。(便在小说戏剧里,过多的故事成分不也当愚为戒条吗?)正如从故事发展出来的小说戏剧,其本质是平民的,诗的本质是贵族的。要晓得它们之间距离很大,而距离是会孕育恨的。所以我们的文学传统既是诗,就不但是非小说戏剧的,而且推到极端,可能还是反小说戏剧的。[2]17

闻一多在此提到了佛典对中国文学的影响,它催生了小说戏剧这些形式。将诗的"本质"归于"贵族"的文学,而将小说戏剧的"本质"归于"平民"的文学,这在某种程度上延续了古典文学的"雅俗辨",但同时也应该看到它背后的新文化精神,将"平民"的戏剧小说抬高到"贵族"的诗面前,也颇有五四先贤胡适、陈独秀等人的作风。

二、诗的前途:"合乎民主"

闻一多的目的也在于隆重地请出 20 世纪初的外来文化影响,他反问道:"第一度外来影响刚刚扎根,现在又来了第二度的。第一度佛教带来的印度影响是小说戏剧,第二度基督教带来的欧洲影响又是小说戏剧(小说戏剧是欧洲文学的主干,至少是特色),你说这是碰巧吗?"佛典对中国文学的影响并非空穴来风,但闻一多紧接着将欧洲文化与印度文化视为一家,也许就有点一厢情愿了。归根结底,他是在期许中国文学中小说戏剧"再荣"的前景,原本不在对外国文化的深究,对后者论述起来也难免粗略:"欧洲文化正如它的鼻祖希腊文化一样,和印度文化,往大处看,还不是一家? 这样说来,在这两度异乡文化东渐的阵容中,印度不过是欧洲的头,欧洲是印度的尾而已。就文化接触的全盘局势来看,头已进来,尾的迟早必需来到,应该也是早已料到的事。"稍后的话就全盘"暴露"了他的目的:"现在第二度外来影响,又于第一度同一种类,毫无问题,未来的中国文学还要继续那些伟大的元、明、清人的方向,在小说戏剧的园地上发展。待写的一页文学史,必然又是一段小说戏剧史,而且较向前的一段,更为热闹,更为充实。"闻一多写作此文,原本就是为了维护小说戏剧的发展这一"统一性",也就是中国文学

的"历史动向"。然而,由此一来,诗的前途就成了问题:

> 但在这新时代的文学动向中,最值得揣摩的,是新诗的前途。你说,旧诗的生命诚然早已结束,但新诗——这几乎是完全重新再做起的新诗,也没有生命吗?对了,除非它真能放弃传统意识,完全洗心革面,重新做起。但那差不多等于说,要把诗做得不像诗了。也对。说得更准确点,不像诗,而像小说戏剧,至少让它多像点小说戏剧,少像点诗。太多"诗"的诗,和所谓"纯诗"者,将来恐怕只能以一种类似解嘲与抱歉的姿态,为极少数人存在着。在一个小说戏剧的时代,诗得尽量采取小说戏剧的态度,利用小说戏剧的技巧,才能获得广大的读众。这样做法并不是不可能的。在历史上多少人已经做过,只是不大彻底罢了。新诗所用的语言更是向小说戏剧跨近了一大步,这是新诗之所以为"新"的第一个也是最主要的理由。其他在态度上,在技术上的种种进一步的试验,也正在进行着。请放心,历史上常常有人把诗写得不像诗,如阮籍、陈子昂、孟郊,如华茨渥斯(Words-worth)、惠特曼(Whitmen),而转瞬间便是最真实的诗了。诗这东西的长处就在它有无限度的弹性,变得出无穷的花样,装得进无限的内容。只有固执与狭隘才是诗的致命伤,纵没有时代的威胁,它也难立足。[2]17

这一段话连同本文的结尾部分,还曾以《新诗的前途》为题另行发表过一次[3]。此外,闻一多在 1944 年还为西南联大"冬青社"作过一篇《新诗的前途》的同题演讲。足见他对这一意见的重视。在新诗向小说戏剧的靠近上,闻一多着重强调了三点:首先是采用小说戏剧的语言,"这是新诗之所以为'新'的第一个也是最主要的理由",这毫无疑问呼应了新文学的精神,即用"白话"作诗、作文,在某种程度上闻一多是在重复"白话诗"即为"新诗"的观念。其次是采取小说戏剧的态度,利用小说戏剧的技术。这一点最为模糊,闻一多声称它正在进行中。最后,闻一多回到新诗"无限度的弹性",它在"花样"(形式)和"内容"两方面的无限可能。其实,闻一多不仅要将小说戏剧作为前景的这个发现应用于新文学,在他的古典文学研究中也多有表现,闻一多似乎相信一个普遍的真理:小说戏剧与诗的区别,要之在于平民与贵族之别。他这样谈到南北朝时期"韵文内容方面的成功":"南渡使士人接近了南方平民的情歌。"[4]27 这构成了"韵文"昌盛的理由之一。在谈到杜甫时则说:"杜甫、元结及《箧中集》诸人开新纪元,以平民的作风写平民的题材。"[14] 闻一多又有断言说:"后世学盛唐,永远无效,诗与贵族烟消云散故也。杜可学,李有时可能,惟王不可能。"不仅是隽语趣言,更有真知灼见。在这篇名为《四千年文学大势鸟瞰》的提纲中,闻一多在最后仍不忘对新文学作一个预言:

民国七年至……（公元 1918—?）

故事兴趣的逐渐抬头。

少数的到多数的——全民大众，回到第一段。

大众、巫史、文士、大众。

未来时代，小说、戏剧为主要形式。

世界性的趋势——印度影响与欧洲影响本质相似，中国与希伯莱为一组诗歌式的，印度与希腊为一组故事式的，前者是后者的先锋——由印度式到欧洲式是自然的发展——四大文化二大系的渐次混合，又是历史的必然发展。[4]32

这一节的标题是《未来的展望——大循环》，在闻一多的文学史分期中属于"第八大期"，闻一多名之为"伟大的希望"。第七大期则为"故事兴趣的醒觉"，时间段为"元世祖至元十四年至民国六年（公元 1277—1917）六百四十年"，第七大期与第八大期有一个顺承关系，在第七大期中存在着"第二度外来文化（欧洲）逐渐侵入与被注意"和"第二次外来文化（欧洲文化）的大量接受"[4]31，而第八大期显然要将这外来的文化和文学形式融入血脉骨髓并加以发展，以与世界性的趋势保持一致。闻一多所谓的"第八大期"显然也就是"新文学"时期，在这一时期内，文艺的发展方向是由"少数的到多数的——全民大众"，以往的"大众、巫史"的关系变成了"文士、大众"的关系。1944 年在联大纪念"五四"文艺晚会上，闻一多进一步表明了他对"文学遗产"的态度："五四的任务没有完成，我们还要干！我们还要科学，要民主，要打倒孔家店和封建势力！……文学遗产在五四以前是叫作国粹，五四时代叫作死文学，现在是借了文学遗产的幌子来复古，来反对新文艺，现在我就是要来审判它：中国在君主政治底下，'君'是治人的，但不是'君'自己去治，而实际治人的是手下的许多人，治人就是吃人！"[5]这次演讲的另一个记录版本说："我号召大家第二次打倒孔家店！五四时候做得不彻底。"[6]这就又重新回到了"五四"的呼声，闻一多以一个古典文学研究者的身份而直斥"文学遗产"，在旁人看来也许可收到一种振聋发聩的效果，除了闻一多本人的"变"的因素，也再次反映出闻一多不同于其他古典研究者的抱负。闻一多的古典研究出于现代眼光自不待言，更处处渗透了新文化运动的精神，可以说他的研究框架一直存在着一个崇尚民主理念的"五四"语境，他的不同阶段也可以理解为在五四语境下的调整。闻一多在演讲中沉痛地说："新主子一出来首先要打击五四运动，要打击提倡民治精神的祸因。后来他们发现民主是从外国来的，于是义和团精神又出现了，跟外国人绝交。"[5]这显然既是感于二三十年来的历史，又于时事有所指涉。正是在这个出发点上，闻一多反复强调了新文学的精神：

新文学同时是新文化运动,新思想运动,新政治运动,新文学之所以新就是因为它是与思想,政治不分的,假使脱节了就不是新的。文学的新旧不是甚么文言白话之分,因为古文所代表的君主旧意识要不得,所以要提倡新的。……新文学是要和政治打通的。至于文学遗产,就是国粹,就是桐城妖孽,就是骸骨,就是山林文学。中国文学当然是中国生的,但不必嚷嚷遗产遗产的,那就是走回头路,回去了!现在感到破坏的工作不能停止,讲到破坏,第一当然仍旧要打倒孔家店,第二要摧毁山林文学。从五四到现在,因为小说是最合乎民主的,所以小说的成绩最好,而成绩最坏的还是诗。这是因为旧文学中最好的是诗,而现在做诗的人渐渐地有意无意地复古了。现在卞先生(之琳)已经不做诗了,这是他的高见,做新诗的人往往被旧诗蒙蔽了渐渐走向象牙塔。[5]

闻一多将"新文学"与"新思想"和"新政治"视为一体,如果要为它们找到一个共同点,自然就是他在上文已经提到过的"民主"观念。这样也就可以理解为何闻一多对帮助"君主""治人"的"家臣"如此痛恨,在他的视野里民主政治的反面显然就是封建社会的"君主"政治。以上所引与闻一多《文学的历史动向》中的说法稍有不同,新文学的"语言"也就是文言、白话之别突然变得不再重要,当然这是相对于背后的价值观念来讲的,新文学的"态度"和"意识"占了上风。对此,闻一多演讲的记录的另一个版本说得更清楚:"我们要知,新文学运动之所以为'新',它是与政治、社会思想之革新分不开的,不是仅仅文言、白话的问题。旧文学的要不得,在于它代表君主这一套旧的意识,并不是他的艺术价值低。"[6]闻一多要"摧毁山林文学"的说法直接呼应了陈独秀的"文学革命论":"曰推倒雕琢的阿谀的贵族文学,建设平易的抒情的平民文学;曰推倒陈腐的铺张的古典文学,建设新鲜的立诚的写实文学;曰推倒迂晦的艰涩的山林文学,建设明了的通俗的社会文学",这"三大主义"自然也是诞生于民主的价值理念。闻一多认为在新文学中小说的成绩最好,因为"小说是最合乎民主的",而诗的成绩最差。从这里我们可以理解,闻一多认为新诗应该向小说戏剧学习,实际上是要新诗"合乎民主"。旧诗与新诗的本质区别就在于是否流露出民主观念,旧文学中"最好的"样式也就是诗对于新诗人有一个蛊惑作用,即有可能让新诗人疏远甚至背离民主的价值观。

三、中国新文艺运动与民主

对于闻一多来说,"打倒孔家店"和提倡新文艺可谓相辅相成,在几天前为联大历史学会举行的"五四"运动二十五周年纪念座谈会所作的演讲中,他还专门以自己的思想经历为例说明"启蒙"的重要性,以及政治学家张奚若谈到的"思想革命"也是"中文系的任务"。闻一多坦承他在五四时代受的影响是爱国与民主,而出国后一转而为"感情上"的"Nationalism"(也即国家主义),并且他不同意孙中山将 Nationalism 翻译为民族主义。其实,闻一多只是文化上的国家主义者,《红烛》中也一直存在着"文化中国"和"政治中国"的龃龉不合和张力。而后来,闻一多通过对"文化中国"的"象征物"也就是"中文"的研究又回到了启蒙思想,闻一多说:"当时要打倒孔家店,现在更要打倒,不过当时大家讲不出理由来,今天你们可以来请教我,我念过了几十年的经书,愈念愈知道孔子的要不得,因为那是封建社会底下的,封建社会是病态的社会,儒学就是用来维持封建社会的假秩的。……中文系的任务就是要知道他的要不得,才不至于开倒车。但是非中文系的人往往会受父辈诗云子曰的影响,也许在开倒车。"[7]新文学与民主发生关联实乃必然,这已由五四时代所铸就,按照闻一多的一贯思路,辛亥革命时代的文艺则还是士大夫的文艺:"辛亥革命是士大夫领导的,他们的群众是士大夫,因此,表现文艺的形式的还是士大夫所用滥了的古文,'五四'时代则不然,'五四'运动是一个群众运动,虽然并不广泛也不深入,但是,因为它接近群众,因此,在文艺表现的方式,多少有一些群众性。"[8]230—231 这里就仍然有"士大夫"与"群众"的对立,然而,闻一多说对五四时代也并非全面赞同:"'五四'时代所谓中国的新文艺,还是旧的写实主义。"这里"旧的写实主义"的看法应该是闻一多在民主观念下的特殊反应,而不一定与 20 世纪三四十年代甚嚣尘上的马克思主义"现实主义"观念有关。在这里,我们可以看到闻一多对"五四语境"的不断调整,也就是在时间线上向前、向后两个方向的应用,用五四眼光反观历史则见于闻一多的文学史研究,而用五四眼光展望未来则见于他对发展中的新文艺的评价,之所以能做到这一点,根本上当源于闻一多从五四语境中抽取出来的民主精神。闻一多特别将这种"五四语境"中的民主精神应用于 20 世纪 40 年代:

　　中国新文艺运动应该随着中国社会发展而发展,或者说,中国新文艺应该彻底尽到它反映现实的任务,目前我们需要崭新的文艺形式和内容,我们要让文艺回到群众那里去,去为他们服务。目前我们要求"民主"下乡,进工厂,我们的文艺也要这样。因此,在我看来,目前最恰当的文艺形式是朗诵诗和歌剧,此外,我们还需要与其他部门配合才能收到更大的效果,我所说的其他部门大抵指电影、漫画等。
　　中国新文艺发展的事业与民主事业同样艰巨,我们需要加倍努力,我们相信,只有广大的群众是主人,群众的利益定会战胜少数人的特权的。[8]231

在这里,闻一多再一次将"民主事业"与中国"新文艺发展的事业"等量齐观,它们有一个共同的努力方向,那就是民主精神的真正实现。对于新文艺如何实现民主精神,闻一多在这里似乎考虑得不多,他提到的朗诵诗和歌剧似乎偏重于文学形式方面。需要注意的是闻一多理解民主的方式,"只有广大的群众是主人",群众的利益与少数人的特权相对,在闻一多看来,不管在政治领域还是美的领域都存在着"少数人的特权"。

四、民主精神的调试:两个批评实例

在美的领域也就是文学领域,结合闻一多在 20 世纪二三十年代发表的不同观点,尤其在他对郭沫若《女神》、俞平伯《同样》的批评中,我们可以看到他在"五四语境"下对民主与新文学关系的应用、调整和转换。对郭沫若、俞平伯的批评代表了闻一多的早期诗学观,先看对郭沫若的批评。在《〈女神〉之时代精神》中闻一多劈头就说:"若讲新诗,郭沫若君底诗才配称新呢,不独艺术上他的作品与旧诗词相去最远,最要紧的是他的精神完全是时代的精神——二十世纪底时代的精神。有人讲文艺作品是时代底产儿。《女神》真不愧为时代底一个肖子。"[9]3《女神》中表现的 20 世纪的时代精神,闻一多一共总结出了五点:(1)"动的世纪";(2)"反抗的世纪";(3)医学(用艺术来"驯服"和"指挥"科学);(4)"交通底器械将全世界人类底相互关系捆得更紧了";(5)"物质文明底结果便是绝望与消极",但其中第(1)(3)(4)(5)实属一类,都可以归为物质文明或积极或消极的结果,更多强调"自然科学"为诗歌和人文意识带来的影响。第(2)点则单独属于另一类,属于社会科学为诗歌和人文意识带来的影响,可以说真正抓住了20 世纪社会变革的激情:

> 二十世纪是个反抗的世纪。"自由"底伸张给了我们一个对待威权的利器,因此革命流血成了现代文明底一个特色了。《女神》中这种精神更了如指掌。只看《匪徒颂》里的一些。——
> "一切……革命底匪徒们呀!
> 万岁!万岁!万岁!"
> 那是何等激越的精神,直要骇得金脸的尊者在宝座上发抖了哦。[9]4—5

在 20 世纪 20 年代初,闻一多这一断言不能不说具有极大的预言能力。反抗、自由、革命都可归于"民主",这一点和其他四点合起来正好是五四所标榜的"科学"与"民主"。然而,在《〈女神〉之地方色彩》中闻一多又对"时代精神"进行了调整,他首先提出了"新旧之辩",然而到后面却又口气一转:"我们的旧诗大体上看来太没有时代精神的变化了。从唐朝起我们的诗发育到成年时期了,以后便似乎不大肯长了,直到这回革命以前,诗底形式同精神还差不多是当初那个老模样(词曲同诗相去实不甚远,现行的新诗却大不同了)。不独艺术为然,我们的文化底全体也是这样,好像吃了长生不老的金丹似的。新思潮底波动便是我们需求时代精神底觉悟。于是一变而矫枉过正,到了如今,一味地时髦是鹜,似乎又把'此地'两字忘到踪影不见了。现在的新诗中有的是'德谟克拉西',有的是泰果尔、亚坡罗,有的是'心弦''洗礼'等洋名词。"[10]6 也就是在同一篇文章中,闻一多宣称新诗要做"中西艺术结婚后产生的宁馨儿",然而"时代精神"与"地方色彩",一为普遍性的时间,一为地域性的空间,一为精神品质,一为色彩表现,孰轻孰重一望即知,地方色彩也无非要在"世界文学"中争得一席之地。闻一多要强调新诗的"地方色彩"也就是中国文化,而将时代精神归为西方文化的影响,闻一多比较了郭沫若和自己的不同:"我的本意是要指出《女神》底作者对于中国,只看见他的坏处,看不见他的好处。他并不是不爱中国,而他确是不爱中国底文化。我个人同《女神》底作者底态度不同之处是在:我爱中国固因他是我的祖国,而尤因他是有他那种可敬爱的文化的国家;《女神》之作者爱中国,只因他是他的祖国,因为是他的祖国,便有那种不能引他的敬爱的文化,他还是爱他。爱祖国是情绪底事,爱文化是理智底事。一般所提倡的爱国专有情绪的爱就够了,所以没有理智的爱并不足以诟病一个爱国之士。但是我们现在讨论的另是一个问题,是理智上爱国之文化底问题。"[10]7-8 闻一多虽然次年与罗隆基、潘光旦等一批留美同学组织了倡导"国家主义"的大江社,后者被当代自由主义学人视为一个"情感化的信仰共同体"[11],但从这里的表述可以清楚地看到闻一多秉持的应为文化上的国家主义,情绪上爱国与理智上爱国的区分也颇为有趣,但都是围绕着闻一多心目中与"政治中国"不同的"文化中国"来谈,闻一多所使用的"鉴赏"一词透露了他实现目标的手段,那就是古典文学研究,实现于新诗中则是对文化中国的艺术表现,但在内容上可以肯定它总体上还是侧重于时代精神。

然而,闻一多对五四语境下民主精神在新诗中的应用也有不少调整,这种调整更多注意美学表现上的尝试和效果,以上对《女神》中缺少地方色彩的批评是一例,一年前对俞平伯《冬夜》的批评则构成了另一例。闻一多说:"尤其在今日,我很怀疑诗神所踏入的不是一条迷途,所以更不忍不厉颜正色,唤他赶早回头。这条迷途便是那畸形的滥觞的民众艺术。鼓吹这个东西的,不止一天了;只到现在滥觞的效果明显实现,才露出他的马脚来了。拿他自己的失败的效果作赃证,来攻击这种论调的罪状,既可帮助醒豁群众底了解,又可省却些批评家底口舌。"[12]1 然而,作者并非反对民众艺术的精神,而是不满它在艺术上的粗率,闻一多也对俞平伯作了同情的理解:"根据作者底'诗底进化的还原论'底原则,这种限于粗率的词调底词曲底音节,或如朱自清所云'易为我们领解,采用',所以就更近于平民的精神;因为这样,作者或许就宁肯牺牲其繁密的思想而不予以自由的表现,以玉成其作品底平民的风格吧。只是,得了平民的精神,而失了诗底艺术,恐怕有些得不偿失呦!""平民精神"竟然有碍于新诗"幻想力"和"幻象"的实现,这让闻一多大失所望,然而他也不得不承认《冬夜》表现民主新思潮的价值:"我们不妨再把《冬夜》分析分析,看他有多大一部分是映射着新思潮底势力的。……是颂劳工;……是刺军阀的;……是讽社会的;……是嫉政府压制的;……是鼓励奋斗的;……是催促觉悟的;……是提倡人道主义的;……更是新文化运动里边一幕底实录。大概统计这类的作品要占全集四分之一,其余还有些间接地带着新思潮的影响的不在此内。所以这样看来,《冬夜》在艺术界假若不算一个成功,至少他是一个时代底镜子,历史上的价值是不可磨灭的。"[12]50 民主价值与美学表现之间的张力一直存在于闻一多的诗论中,他在 20 世纪 40 年代还发明出了"价值"和"效率"的区分[13]。闻一多对"平民"所代表的民主精神并不反感,在 1939 年为《西南采风录》所写的序言中还对民间歌谣大大赞扬了一番,这固然和抗战时期要求民族的"原始""野蛮"力量有关[14],而闻一多在《冬夜评论》中真正不满的也许是那种粗糙的美学倾向而要求艺术提升,这应该是他在"五四语境"下对"平民文学"话语的独特的调试。

参考文献:

[1] 闻一多.致臧克家[M]//闻一多全集:第 12 卷.武汉:湖北人民出版社,1993:380.

[2] 闻一多.文学的历史动向[J].当代评论,1943(4-1).

[3] 闻一多.新诗的前途[J].天下文章,1944(2-4).

[4] 闻一多.四千年文学大势鸟瞰[M]//闻一多全集:第 10 卷.武汉:湖北人民出版社,1993.

[5] 闻一多.新文艺和文学遗产[M]//闻一多全集:第 2 卷.武汉:湖北人民出版社,1993:215.

[6] 闻黎明,侯菊坤.闻一多年谱长编[M]//闻一多全集.武汉:湖北人民出版社,1994:714.

[7] 闻一多.五四历史座谈[M]//闻一多全集:第 2 卷.武汉:湖北人民出版社,1993:367-368.

[8] 闻一多.五四与中国新文艺:现在是群众的时代,让文艺回到群众里去![M]//闻一多全集.第 2 卷.武汉:湖北人民出版社,1993.

[9] 闻一多.《女神》之时代精神[N].创造周报,1923-06-03.

[10] 闻一多.《女神》之地方色彩[N].创造周报,1923-06-10.

[11] 许纪霖.激情的归途[M]//见氏.中国知识分子十论.上海:复旦大学出版社,

2003：212.

[12] 闻一多.冬夜评论[M]//闻一多,梁实秋.冬夜草儿评论.北京：清华文学
　　　社,1922.

[13] 闻一多.诗与批评[J].火之源文艺丛刊,1944(2-3).

[14] 闻一多.闻序[J]//刘兆吉.西南采风录.上海：商务印书馆,1946：1-4.

——原载《江汉学术》2019 年第 4 期：107—113

徐志摩诗歌的经典化与再诠释

◎ 钟怡雯

摘　要：历来的五四文学研究，都离不开对作者生平传奇性的关注，甚至将之标签化，徐志摩新诗的典律化过程更是如此。徐志摩被定义为浪漫主义者，"生平研究"和"浪漫主义诗人"的刻板印象，遮蔽了他的创作面貌，其后期批判现实和社会的诗风，很容易被忽略。就徐志摩的诗作而论，哈代对他的影响显然更加重要，由于阅读和翻译哈代，徐志摩刷洗掉文言相杂的语言，同时也让他关注到人生并不完美的、黑暗的那一面。这一类现实主义色彩浓厚的诗作，才是徐志摩的代表作，在诗的技艺上，它们是比较成熟的作品。评价徐志摩在文学史上的地位，应该加入这些历来被忽略的诗，且应着重考察现实主义对其诗风的影响，以重新建构一个更完整的徐志摩。

关键词：徐志摩；经典化；诠释；浪漫主义；现实主义

一、引言

五四新诗发展至今已满百年，经过海内外的学术论文、教科书、文学选集、电子影像等媒介长达一甲子的形塑，部分诗人及其作品早已成为大众读者最熟悉的现代汉语文学经典。而且它是一体成形的，人与诗分不开，人与时代也分不开，原本单纯的五四诗人（连同部分小说家和散文家）因此获得额外的传奇性色彩。几乎所有五四新诗的相关评论，都在不同程度上倚赖诗人的生平资料，以确立或进一步丰富其诠释。诗人的创作文本、人格特质、际遇以及大时代背景，成为论述五四新诗不可或缺的条件。作为一种 20 世纪初期的崭新书写方式，白话新诗的美学条件还不完备，一切还在起步，有待摸索，所谓"但开风气不为师"，其实是禁不起美学上的严格考验。论述时因此必然连诗带人，为作品增加可论述性。也就是说，研究者大多是用把时代、传记加诸作品的三位一体方式讨论五四新诗，同时也动用到诗人的散文、小说、书信或者演讲稿等其他外延资料，作为诗歌文本的注释，很少就诗论诗，直断诗艺。若将诗艺和生平的"评价比重"

调回来,从原本较吃重的"人物的传奇性",转移到超越时代背景等外在因素的,回到纯粹的"诗之技艺",循着"诗"的核心本位去评价五四新诗,重新省思中国现代诗史的写作,或许会对某些五四诗人作出不一样的历史评价。新的结论应该是残酷的。诗毕竟是最需要语言炼金术的文类,它建立在"语言"的基础上,太过重视外延资料,忽略诗艺,便成为传记研究,往往因此产生误读和论述盲点。

　　徐志摩的经典地位,便是建立在这个充满误读和生平诠释的方法上。文学史上的徐志摩是"浪漫主义诗人",或者"浪漫派诗人",他戏剧性的一生,婚姻、恋爱、突然而意外的早逝,都充满传奇色彩,这些事迹比他的诗更吸引研究者。徐志摩研究,因此也常常等同于徐志摩的生平研究。至于他的诗,则成为生平的批注,这种本末倒置的研究方法,更是司空见惯。徐志摩曾在第三本诗集《猛虎集·序》里表示他的诗是情感的结晶,甚至自谦写诗没什么技巧:"我的第一集诗——《志摩的诗》——是我十一年回国两年内写成的;在这集子里初期的汹涌性虽已消灭,但大部分还是情感的无关阑的泛滥,什么诗的技巧都谈不到。"[1]393 徐志摩自认是个情感丰富的人,写诗初期单凭一股山洪暴发的冲劲和情感;出第二本《翡冷翠的一夜》时也仍然顾不上技巧,靠的是情感;第三本诗集出版之际,因而有以上的感触。那么,我们不禁要问,单有情感,且是"无关阑的泛滥"的情感,能成其为好诗吗?在现代诗史上,徐志摩始终保有一席之地,同时他也是五四诗人里至今仍为新一代读者较为熟悉的一位,如果徐志摩的诗真如他所谓"什么诗的技巧都谈不到",其经典地位从何而来?

　　经典化的结果,让读者和学者都忘了一件极为重要的事——徐志摩得年 36 岁(1896—1931),他开始写诗时大约二十五六岁①,那是当前许多文学硕士研究生的年龄,而且他的诗龄仅仅 10 年,计有诗集 4 本,生前出版《志摩的诗》(1925)、《翡冷翠的一夜》(1927)和《猛虎集》(1931)。3 本诗集在 7 年间完成,特别是《志摩的诗》和《翡冷翠的一夜》都是他在 30 岁以前的诗作,换言之,这是年轻人的诗篇。年轻诗人感性浪漫,以情驭诗,《默识》一诗有"我是个崇拜/青春、欢乐与光明的灵魂"[2]的表白,细读他完成于 1922 年、1923 年的诗,总共有两个高度集中的主题,一是记游,二是歌咏自然,确实是青春生命的欢乐颂。分行的抒写以情感为导向,语言随着情感外放,顾不上精雕诗艺。他在写于 1925 年的散文《迎上前去》里自喻为"我是一只没笼头的野马","我曾经妄想在这流动的生里发现一些不变的价值,在这打谎的世上寻出一些不磨灭的真"[3]。这两段宣言充分说明徐志摩是一个满怀理想、情感丰富的人。他因此成了浪漫主义诗人的代表,论述徐志摩,很难离开他的浪漫情怀或情诗,因此,尽管诗人承认诗艺的缺失,论者仍然不愿意苛责徐志摩。他在作品里为自己塑造了青春形象,这个青春、不受拘束的灵魂也是五四的象征:浪漫、热烈,散发短暂的光亮,一如徐志摩的生命。

朱光灿在《中国现代诗歌史》中就称赞《志摩的诗》:"无不蕴含着与表现出诗人的思想感情,即他所执着的'理想主义',所力争的'人格尊严''恋爱自由'与'诗化生活',以及他对劳苦人民的深沉同情。"[4]由此可见"主题先行"的论诗观点:诗只要求具有"思想感情",至于如何表现,以及表现得如何乃是其次。对中国学者而言,抓住徐志摩几首"对劳苦人民的深沉同情"政治正确的诗作,更足以理直气壮肯定诗人的地位。李欧梵则以"感情的一生"和"伊卡洛斯的欢愉"概括徐志摩,并在序里感性地表示,他步了徐志摩的后尘,开始浪漫起来,把个人感情的心路历程作为写作的指引[5];陈国恩则说:"他的情诗最能体现风流潇洒、温柔多情的浪漫风度。"[6]吴晓东认为"他受了美国浪漫派诗人的影响,开始了自己的新诗创作"[7];周晓明等编的《现代中国文学史》则完全把徐的爱情视为生命中心,并据此决定徐的诗作和心情,"在爱情问题上的波折,往往极易引起他对人生、对理想、对社会看法的变化"[8];江弱水则直言"徐志摩是典型的浪漫主义诗人",并以"一种天教歌唱的鸟"来譬喻徐志摩的诗才[9];钱理群、温儒敏、吴福辉等的《中国现代文学三十年》则着重诗的性灵表现,"在诗里真诚地表现内心深处真实的情感与独特的个性,并外射于客观物象,追求主、客体内在神韵及外在形态之间的契合"[10];郑万鹏把徐志摩对爱情和理想的追求归结为"自由主义",认为徐受拜伦的影响,对政治怀有热情,却不激进,因此他把《再别康桥》诠释为"表现对康桥的怀念,对自由主义政治理想的坚守"[11]。这段引文后半段是文学研究泛政治化的盲点,《再别康桥》是为人所熟知的名作,全诗歌咏康桥之美,跟自由主义政治理想的意识形态何关?黄修已编的《20世纪中国文学史》则把徐志摩的诗分成爱情、自然、社会问题三大主题[12]。以上论述均落入论人远胜于论诗的诠释方式,鲜少论及徐志摩的诗艺。

徐志摩的浪漫生活等同于他的诗艺,也同时形成他作为"浪漫主义诗人"的历史定位。这究竟是一种遮蔽,还是洞见?我们阅读的究竟是徐志摩的诗,还是徐志摩的"整体",也就是说,当我们论述徐志摩的"诗",其实是在论述"徐志摩"这个文本。许多外缘因素干扰了文学史对他的评价。历来论述徐志摩时,常把他置入华兹华斯(William Wordsworth,1770—1850)的谱系,他固然心仪华氏,然而他译诗49首,华氏仅得其一,倒是哈代(Thomas Hardy,1840—1928)的诗作译了18首,18比1的悬殊比例透露了另一个被文学史长期忽略的"诗承谱系"。哈代跟徐志摩之间的关系必须重新检视,并由此重估徐志摩作为浪漫诗人的文学史定位。

二、人格与风格:被贴上"浪漫诗人"的标签

徐志摩生于求新求变的五四中国,他做的事,正符合了浪漫主义者"铭刻于后代的

记忆",一如雅克·巴尊(Jacques Martin Barzun,1907—2012)对浪漫主义者的观察:"通常我们说到'浪漫主义者'时,我们应该指的是在特定时间和地点生活的一些人,他们做的某些事将他们铭刻于后代的记忆。"[13]7 徐志摩的诗人形象离不开大家耳熟能详的爱情故事,俨然就是"浪漫主义者"的一生。现代中国文人当中,在西洋"混"得最好的,除了徐志摩,无出其右。赵毅衡把他誉为"最适应西方的中国文人"[14],因为他是个完全没有自卑心理的文人,在西方世界如鱼得水。他求见素未谋面的曼殊菲儿一事,可谓名留青史。即使对方的态度近乎高傲怠慢,他却一点也不介意,甚至在《曼殊菲儿》一文里把那短暂的会晤誉为"那二十分不死的时间"[15]223。《曼殊菲儿》文长八千多字,我们很难想象那是来自20分钟面谈的结果。他用高昂澎湃的语气,浪漫热烈的颂辞,把每一个细节放大,让曼殊菲儿在他笔下成了女神,成了世人永恒的想象。

诚如本文一开始所言,五四是突出个性与解放感情的时代,新文化运动要拯救的是一个被数千年礼教压抑的民族,创造一个新世界。浪漫主义重视个人的价值,叛逆、古怪、自我中心均被视为自我的实现,因此惊世骇俗如郁达夫,都能获得时代的肯定。徐志摩做了再异于常人的事,也可以获得时代和历史的谅解,并不影响对他的文学史评价,甚至为他攫取更多注视的目光。不论颓废、乐观、放浪形骸或积极进取,这些涵括在浪漫主义旗帜下的作家,他们的传记和作品都受到同等的重视。浪漫主义成了他们的集体形象,虽然仔细分析,他们展露的风格和人格特质相去甚远。譬如曾是杭州中学同学的徐志摩和郁达夫后来各自代表浪漫主义的两个极端,一是天真烂漫,一是沉沦耽溺,均朝"彻底表现自我"的方向发展,因此在评论家那里,无可避免地会动用到他们的生平,传记研究成了必然方法,李欧梵《中国现代作家的浪漫一代》即是代表。然而,浪漫主义不是一种充分的描述,回到雅克·巴尊对欧洲浪漫主义思潮的观察,"现在'浪漫'的使用有两块不同领域。一种意义上它是人类的天性,可能在任何时间、任何地点展示出来。另外一种意义上,它是一个历史时期的冠名,那个时期的特征是由几个著名人物赋予的。这两种认识显然是有关系的。一个时期被赋予无非是因为那时人们的主要倾向如此"[13]5。巴尊所说的这两种意义,在对徐志摩的相关论述中都很常见。五四是讲究个性和情感的时代,浪漫是整个时代的风潮,我们因此挑出最具代表性的人物:徐志摩,因为他的情诗和情史,因为他的天真和热烈,如此顺理成章地被贴上浪漫诗人的标签,而支持浪漫诗人的论证,则是以徐志摩的"人",以他的散文、书信为主要论述,他为人所熟悉的,反复引用那耳熟能详的几首诗,成了一引再引的重要论证,历史偏见便于焉成形。至于他的诗艺如何,反而少有深刻而公正的论断,"文本徐志摩"因此成了徐志摩新诗研究的最大遮蔽和盲点。巴尊提醒我们,所谓"'浪漫的生活'在通俗意义上的含义经常是被糟糕的传记培养起来的认知混淆的一种反映"[13]76,并指出华兹华斯、雪莱、济慈的诗,白辽士的音乐便是受限于传记作者给他们的浪漫主义刻板印象。

徐志摩亦然,他的生平成了论述的重点,而非他的诗或散文。

李欧梵认为徐志摩跟西方偶像的接触,完全是一种"印象主义式"的,他在这些偶像中寻找跟自己个性相近的地方,纯粹是情感的反应,缺乏知识深度[16]166。这番见解说得再明白一点,就是自恋。作家或诗人因为自恋或自弃而写作,徐志摩则走得更远一点,他勇于自剖,敢于表白,"我是一个不可教训的个人主义者"[17],"我是一个信仰感情的人,也许我自己天生就是一个感情性的人"[18]453,"感情,真的感情,是难得的,是名贵的,是应当共有的;我倒不应得拒绝感情,或是压迫感情,那是犯罪的行为"[18]455。徐志摩最为人称誉的是他为人真挚,类似的自剖在诗与散文里处处可见,《爱眉小札》那种情人之间肉麻的呓语和呢喃,更是多不胜数。《自剖》里充满自我怀疑和否定,处处显示他坦白和真诚的个性。他的朋友如胡适、梁实秋、林语堂、林徽因、朱湘等在追忆这位朋友时,总是充满怀念与不舍。胡适说诗人单纯的信仰是由爱、自由和美所构成[19],尤其成了历史定见,也几乎成了研究徐志摩的必引资料。李欧梵对徐志摩的论定,便明显受到这决定性的历史意见影响,"他的人生都系于对爱的追求——爱作为一个人、作为人生的原则,还有无所不容的理想。徐志摩把爱视作一个人、作为人生的原则来追求,最明确是表现在对陆小曼的追求上,而把爱视为一个观念或理想的,则清楚展现在他的诗作里"[16]160。在那个重新肯定人的存在的时代,"爱"是文人的普世信仰,这个字尤其可以凸显新旧文人的差异。五四这些浪漫主义者都有一个特质:他们要在旧世界的废墟上建立一个新世界,包括新的政治或文化体系。他们是新的一代,他们的使命是建设与创造,因此需要独创和天才。徐志摩的活力和天真,他对理想和爱情勇于追求,不逃避也不退缩,正是恰如其分地响应了时代的需要。

在《猛虎集·序》中,徐志摩如此形容诗人:"诗人也是一种痴鸟,他把他柔软的心窝抵着蔷薇的花刺,口里不住的唱着星月的光辉与人类的希望,非到他的心血滴出来把白花染成大红他不住口。他的痛苦与快乐是浑成的一片"[1]395。诗人的善感、执着、追求真善美的决心和努力,在这段形象化的语言里表露无遗。他使用两组强烈的对比意象:柔软的心/花刺,心血/白花,在视觉和感觉效果上震撼读者,他用杜鹃啼血以喻诗志,把诗人喻为痴鸟,充满"春蚕至死丝方尽,蜡炬成灰泪始干"的至死无悔。这样的抒情笔调很容易打动读者。这篇文章写于 1931 年,离坠机意外不远,因而也有了预言的悲壮效果。尤其是文中提到不少百姓身陷饥荒与苦难中,他写诗仿佛是"根据不合时宜的意识形态的",可是他依然希望他的诗可以为人间带来希望,"我只要你们记得有一种天教歌唱的鸟不到呕血不住口,它的歌里有它独自知道的别一个世界的愉快,也有它独自知道的悲哀与伤痛的鲜明"[1]395,这种美好的人格进一步美化了诗人。文人的美好人格特质不等同于作品的艺术高度。就研究而论,对他的评价是太多地朝人格特质倾斜了。杨牧指出,"胡适指出诗人的'单纯信仰',并说明那信仰由爱、自由和美所构成,这当然是胡适恳切怀念故人之余,通过智能和知识经验整理出来的颂赞"[20]85。杨牧说得很含蓄而温厚,却也十分中肯,胡适是徐志摩的好友和文学上的战友,再加上诗人的骤然离世,"颂赞"是人之常情。然而胡适大概没有意料到,他的颂赞却成了徐志摩的文学史评价,后世学者评论徐志摩,这段悼念之辞变成最常引用的名言。这本来没有什么不好,然而"爱、自由和美"却从此跟浪漫主义一样,变成徐志摩的标签,乃至于等同徐志摩。至于徐志摩真正写过什么,是不是真的只有"单纯信仰",反倒被评论者忽略了。

2006 年,王家新在《徐志摩与哈代》一文中提出两个很重要的见解:首先,他把徐志摩的诗和中国新诗对现代性的追求连到一起,其思考灵感来自徐志摩《汤麦士哈代》一文对哈代的解读。王家新认为徐志摩并不局限于浪漫主义,徐志摩在诗歌翻译过程中读出哈代的思想深度,以及对生命的深层悲悯,并因此获得更现代和更深刻的自我意识。其次,徐志摩虽深受浪漫主义的影响,但却对浪漫主义诗歌情感的浮夸和不节制有所警觉,"他是一个在思想和艺术视野上都很开阔的诗人"[21]81。此文独排众议,把徐志摩跟现代性发生联系,是其眼光独到之处。可惜王家新推论的过程,跟所有的徐志摩论述一样,是以"文本徐志摩"作为思考基础,而不是其诗歌语言和思想技艺上的蜕变。他引述的论证是徐志摩的诗论文字,包括《波特莱的散文诗》《坏诗,假诗,形似诗》等的间接论证,他援引的诗作太少,缺乏直接而有力的反驳②。换而言之,他仍然沿袭了过去论述"徐志摩是浪漫主义者"的既定方法,借由其他"次要的辅助证据"来谈论徐志摩的诗艺定位。这篇评论如蜻蜓点水,其涟漪的"潜在价值"自然被诗坛和学界忽略。

总的来说,徐志摩备受众多学者肯定的是浪漫主义式的情诗或抒情诗,这些诗决定了徐志摩的"浪漫诗人"的地位,这个让世人牢记在心的标签很难取下。譬如许多选本和课本都喜欢选录的《再别康桥》,既是流行歌曲,亦是徐志摩最脍炙人口的代表作;20 世纪 70 年代末在中国高校的教材选的是《别拧我,疼》[21]73;《恋爱到底是怎么一回事》在 80 年代的台湾谱成校园民歌;《人间四月天》在 1999 年开播后,徐志摩从此更成为两岸情诗的圣手。《我不知道风是在那一个方向吹》这首情诗是《人间四月天》的主题曲,挟媒体的威力而广为传播。这些传媒元素,成就了徐志摩,也遮蔽了徐志摩。

三、1923 年以前的浪漫主义风格

英国浪漫主义诗人雪莱(Percy Bysshe Shelley, 1792—1822)曾说过,诗使熟悉的事物好像变得不熟悉起来。这番见解很接近苏俄形式主义的代表人物什克洛夫斯基(Viktor Shklovsky)在《作为技巧的艺术》对"文学语言"的认定:文学语言就是一种经

过艺术加工以后有意变得"困难"的语言，它使事物"陌生化"（estrangement）[22]，换而言之，文学语言必须更新读者的视野。高度肯定徐志摩诗艺的评论者普遍认为，徐志摩以其天纵英才超越同辈诗人（这番定论，其实站不住脚）。在新诗历经一百年的创作演练和主义洗礼，技艺不断翻新，甚至被命名为"现代诗"的今天，徐志摩在"他的当代"为人称颂的陌生化效果，那些深受英诗影响，注重音节③和情感的诗艺，已过了保鲜期限，变得寻常而普通。经典必须能够跨越时代，经得起细读和考验。

徐志摩写于1923年以前的诗，往往被主流论述"自动回避"，或述而不论，因为它们根本经不起细读的考验。譬如这首《默境》，文白相杂，不文不白，有时竟是强以文言入诗："我友，记否那西山的黄昏，/氤氲里透出的紫霭红晕，/漠沉沉，黄沙弥望，恨不能/登山顶，饱餐西陲的菁英，/全仗你吊古殷勤，趋别院，/度边门，惊起了卧犬狰狞。"[2]83此诗使用的语言包括"漠沉沉""吊古殷勤""趋别院""度边门"均是文言遗迹，是装在新诗体里的旧句，"黄沙弥望"尤其不明所以，虽是使用文言，却又无文言的意在言外之效。此诗情意的转折极为生硬，既无文言之美，亦不见白话之妙。在徐志摩的时代，我们固然很难苛求白话文的纯粹，可是，这样的诗不足以构成传世的条件。

1923年以前，徐志摩计有诗作27首，类似这种"旧瓶装新酒"的语言生涩之作比比皆是，作为经典之作《再别康桥》的前身《康桥再会罢》，正是一个很糟糕的例子："康桥！汝永为我精神依恋之乡！/此去身虽万畦，梦魂必常绕汝/汝左右，任地中海疾风东指，/我亦必纡道西回，瞻望颜色"[2]63；"康桥！我故里闻此，能弗怨汝/懵爱，然我自有说言代你答付。"[2]65这两段引文委实不能称为诗，甚至也不能称为白话文。有的句子虽堪称流畅，却是打油诗的调调："康桥！山中有黄金，天上有明星，/人生至宝是情爱交感，即使/山中金尽，天上星散，同情还/永远是宇宙间不尽的黄金。"[2]63"山中有黄金"这譬喻不仅俗气，更和康桥格格不入，况且黄金还出现了两次，两次都是为了押韵而硬套。黄金和明星的联想更是由韵而来，徐志摩的诗最常出现的缺失是押韵太过，读来很像打油诗。这是一首足以让诗人的才华"崩盘"的劣作。徐志摩在1922年写了几首旅游诗，其中两首是旅游梦，那种毫不节制情感的呼喊式写法，或许合乎浪漫主义"强烈情感的流露"，却使诗意尽失。

艾略特（T. S. Eliot, 1888—1965）在1917年发表的《传统和个人才能》里指出，"一个艺术家的前进是不断地自我牺牲，不断地消灭自己的个性"[23]28，艾略特"个性泯灭论"（extinction of personality）针对的是浪漫主义过分强调个人，以及现代派对传统的一味否定。1917年，正是中国的新文学运动风起云涌，英国的浪漫诗风蔚为风潮之际，艾略特却在这时提出他就诗论诗，跟同时代人逆向的创见，"诗不是放纵情感，而是逃避情感，诗不是个性的表现，而是个性的逃避。当然，只有那些有个性和情感的人才会了解要逃避的是什么"[23]30。在1920年秋徐志摩来到伦敦，他没搭上这趟"个性泯灭论"

的列车,他的诗表现并张扬个性,并不逃避什么,而且他倾心的正是艾略特要修正的浪漫主义,他也自称是"二十世纪浪漫派的徐志摩"[24]。

徐志摩留英期间"发现"了华兹华斯,杨牧在《徐志摩的浪漫主张》里认为华兹华斯对徐志摩影响很大,列举徐志摩歌咏自然之作,多受这位浪漫诗人的影响。他想象徐志摩"正好两人均出身康桥,则年轻的中国留学生想象他已经加入了那辉煌的谱系"[20]88,这番设想很符合徐志摩的外放个性。固然我们可以说,徐志摩的浪漫个性和浪漫主义一拍即合,他崇尚自由、爱跟美,热爱自然,原是他内在浪漫精神的展现,并恰好因缘际会在剑桥得到触发。这一点,印证 1923 年以前的徐诗是正确的。1923 年以前,徐志摩歌咏自然,热情奔放,放任情感流泻的诗作特别多。1923 年以后,关怀现实的诗作的比例却大幅度增加,诗风也转沉郁,高亢的情感明显变得比较内敛。以 1923 年为例,计有诗作 25 首,除了《花牛歌》和《八月的太阳》是唯美的农村小唱,《石虎胡同七号》是写自家庭院的温馨和美好,《常州天宁寺闻礼忏声》则是赞美大千世界的庄严,歌咏生命,"大圆觉底里流出的欢喜,在伟大的,庄严的,寂灭的,无疆的,和谐的静定中实现了"[2]126。虽然诗人很努力让读者了解何谓"静定",可是一连串抽象的副词却把"静定"无限延展、扩散,这是徐志摩的长诗最常出现的毛病。

除此之外,徐志摩这一年发表了其他的 21 首诗,多半却是眼睛往人间痛苦和黑暗处看,短短一年之隔,徐志摩的关注焦点仿佛从天上回到人间。

1923 年是徐志摩诗艺和思想的分水岭。

1923 年后的诗作,便是杨牧在《徐志摩的浪漫精神》里所论述的,其诗风是为"正面的浪漫主义"——"他关怀社会现状,往往处理痛苦不安的主题"[20]87,因此把徐志摩提升到跟鲁迅同样的高度。杨牧认为徐志摩洞察人生苦难,歌颂劳动神圣,为贫穷而愚昧的人物代言反抗,是维多利亚风度的介入。这样的观察试图让徐志摩回返现实面,然而他仍旧没有放弃"浪漫主义"这个标签,而是以"正面的"浪漫主义称之。很显然,杨牧侧重的是徐志摩的现实面,他理解的"浪漫主义"糅合了高尔基所谓的"积极的浪漫主义"和"消极的浪漫主义",因此具有强调天才、灵感、自由等创作者自我的特征,同时也有浪漫主义发生的原始意义:对现实和政治的反抗。

浪漫主义在西方的发生原来是对法国 17 世纪新古典主义的反抗,要求文学/文艺从戒律和清规的束缚中解放出来,抒发深刻的情感和奔放的想象,因此浪漫主义被视为个人主义,也称为抒情主义。朱光潜认为浪漫主义最重要而本质的特征是它的主观性。"由于主观性特强,在题材方面,内心生活的描述往往超过客观世界的反映。以爱情为主题的作品特别多,自传式的写法也比较流行……这种自我中心的感伤气息在消极的浪漫主义作品里更为凸出,有时堕落到悲观主义和颓废主义……积极的浪漫主义派多半幻想到未来的理想世界……;消极的浪漫主义派则幻想过去的'黄金时代'。"[25]主观性、以爱情为主题、自传式写法这些都是徐志摩的特色殆无疑问。这只是浪漫主义的一面,历来论述徐志摩重视的也是这个面向。

　　浪漫主义的诞生原来却是跟现实有密切关系,浪漫主义大将柯勒律治(Samuel Taylor Coleridge,1772—1834)在青年时期曾幻想到美洲原始森林建立平等社会。华兹华斯(William Wordsworth,1770—1850)曾对法国大革命表示同情。拜伦(George Gordon Byron,1778—1834),则用他的诗歌号召反对奴役和专制,推翻暴君和寡头统治,最后献身希腊独立战争。雪莱(Persy Bysshe Shelley,1792—1822)则曾到爱尔兰去宣传改革社会的主张,他的诗作抨击专制暴政。跟拜伦一样,两人均不见容于英国统治阶层,曾先后流亡到瑞士。正如雪莱在《诗与抵抗》中所宣称的那样,诗人是世界上未被承认的执法者,他们对社会的关注绝不亚于当一位诗人,大众的事亦是个人的事,个人不会自外于时代之外,这是浪漫主义者的共同特质[26]。道森(P. M. S. Dawson)在《革命时代的诗》中论述浪漫主义诗人时,特别着重他们参与时代的现实面,他们的入世理想,诗与现实的密不可分,以及身体力行。换而言之,浪漫主义的歌咏自然与爱情固然是特色,但那只是其中一个面向,不是全部。

　　以上所列的四位重要的浪漫主义诗人活跃于 18 世纪末 19 世纪初,即从大约 1785 年到 1825 年这 40 年,在英国文学史上被称为浪漫主义时期。华兹华斯在《抒情歌谣集》的序言所说的“诗是强烈情感的自然流露”成为浪漫主义诗歌的重要宣言。这股风潮受法国大革命推翻封建制度的影响,无论在政治、社会、宗教或文学,均从古典进入浪漫时期,一个全新的时代来临。在对比上,五四跟这新时代颇有相似之处,均处于新旧角力、旧思想和新思潮交锋的时代。徐志摩对于华兹华斯和拜伦的倾心,自然跟剑桥很有关系,正好这两位浪漫主义大将均是剑桥校友,则徐志摩理所当然置身于浪漫传统行伍,徐志摩的诗确实也呼应了“情感的自然流露”。杨牧在《徐志摩的浪漫主义》里特别提出华兹华斯对徐志摩的影响,主要在自然、友谊、儿童以及永恒等题材。一言以蔽之,杨牧认为徐志摩完全笼罩在浪漫主义之下,特别是华兹华斯的影响。

　　或许我们该回到华兹华斯的诗论上。

　　华兹华斯强调诗与思想之间的关系是自然的,而非武断的,思想与物之间的关系也是。他认为《抒情歌谣集》的实验性建立在两个基础上:好诗是强烈情感的自然流露;其次,好诗也必然是建立在社会的基础上[27]。论者多半聚焦于华氏强调情感的部分,第二个观点较很少有人注意,社会的基础攸关诗人对现实的关注,因为华氏主要使用民间的日常语言,以求自然。华氏的语言脉络必须放在仍是古典主义封建制度时代的英国,因此浪漫主义强调情感和社会,乃是时代背景使然。徐志摩因此看起来更加顺理成章是受华氏的影响了。事实,果真如此吗?

四、1923 年后的现实主义精神

徐志摩的译诗有一个吊诡的现象,他翻译的第一首诗是华兹华斯的《葛露水》(1922),华氏的译诗也仅此一首,他译得最多的反倒是被冠以"现实主义作家"的哈代,49 首译诗里共有 18 首④,超过三分之一。按常理判断,身为浪漫主义信徒的徐志摩,或华兹华斯的追随者(如杨牧所言),那么译介最多的应是华氏的诗。历来的研究者几乎把徐志摩放入华兹华斯之后的英国浪漫派的谱系,徐志摩在爱情和人格上的特质,那几首广为人知的情诗或歌咏剑桥之作,当然也合乎我们对浪漫主义者是乐观主义者,乃至"自然歌咏者"的粗浅了解。可是徐志摩的译诗数量,却暴露了另一个事实:他最喜爱的作家是哈代。无论在风格或世界观,哈代跟华氏浪漫一派走的是相反路子,浪漫主义号召作家回归自然,哈代却看到自然的残酷生存法则。颜学军在《哈代诗歌研究》中作出如此分析:"华兹华斯提供摆脱人类生存困境的途径是回归自然,沉浸于同大自然交流的审美享受之中。其他浪漫派诗人表达了类似的思想……浪漫派诗人敏锐地意识到人在社会中的生存痛苦,因此,他们强烈地渴望通过回归自然来愈合他们在社会中遭受的心理创伤。在他们的诗歌中,生存的痛苦通常是间接的,是通过暗示表现出来的。他们的文学创作目的与其说是表现生存的痛苦,倒不如说表现与丑恶残酷的社会现实相对立的美丽而仁慈的大自然……一般来说,哈代的自然是阴郁的,与人的阴郁情绪是一致的,而阴郁的自然暗示着阴郁的社会现实。这与现代派诗歌是一致的,因为在现代派的笔下没有对大自然的歌颂,而是对大自然的厌恶。大自然失去了浪漫主义的灵光,变得非常丑陋,成为人们精神世界的客观对应物。在 T. S. 艾略特作品中,大自然成了人们精神世界的荒原,而在狄兰·托马斯的笔下,天空成了裹尸布。显然,哈代对自然描写具有浓郁的现代性。"[28]132—133 这段论述比较了浪漫主义作家和哈代对待自然的迥异态度,哈代对大自然的阴郁观感,其实在徐志摩的译诗里就有,譬如《伤痕》:"我爬上了山顶,/回望西天的光景/太阳在雾彩里/宛似一个血殷的伤痕。"⑤在这首诗里,黄昏不是一天愉快的结束,大自然没有办法治疗一颗受伤的心,而只是作者内心的投射,因此在作者眼里,太阳是伤痕的化身,提醒他自身的伤痕。诚如引文所述,大自然成为人们精神世界的客观对应物,太阳是血殷的伤痕其实是叙述者精神世界的对应物,对比这首诗的下半首,则太阳这一意象既有"兴"亦有"比"的作用:"宛似我自身的伤痕,/知道的没有一个人/因为我不曾袒露隐秘,/谁知道伤痕透过我的心!"《伤痕》[29]213,太阳跟伤痕原来具有隐喻关系。下半首诗透出现代主义式的、对存在的孤独感,因为个人的伤痕是独一无二的,是一种非沟通的孤绝状态。因此只能外托于物,于是太阳在他眼里成为伤痕的隐喻。这是哈代的诗被视为具有"浓郁的现代性"的最主要原因。另外一首《一个厌世人的墓志铭》则比《伤痕》更绝望，此诗描写的是跟太阳比较谁能最先抵达"死亡"，而且最终以死不复生的姿态宣示胜利。叙述者追求的是死，而不是生；是结束，而非开始。死了，不必再生，太阳却还是面对生之困难。这首诗揭示了生存的痛苦，因此对生命抱持绝望，以及否定的态度。颜学军认为死亡是哈代诗歌的重要主题，"他的死亡诗常常包含着他对社会的批判。与他的小说相比，他的死亡诗的社会批判焦点已从对社会的直接批判转向对人性的批判"[28]81。对哈代的研究一般冠之为"悲观主义""现实主义"，乃至"现实主义到现代主义"的过渡，从这些标签式的归类，我们大致可以理解，哈代的诗至少不是甜美的颂歌式。如果徐志摩是个有着"单纯信仰"的浪漫主义者，哈代那种往人生、往暗处贴近的书写风格，为什么会特别得到徐志摩的青睐？

徐志摩在译诗《两位太太》的前言说明哈代的诗是"厌世的观察"，多有"恶毒、冷酷的想象"："王受庆再三逼我要我翻哈代的这首诗，我只得献丑，这并不是哈代顶好的诗，也还不是他最恶毒，最冷酷的想象，他集子里尽有更难堪的厌世观察，但这首小诗已够代表他的古怪的，几乎奇怪的，意境；原诗的结构也是哈代式的'致密无缝'，也许有人嫌他太干瘪些——但哈代永远是哈代。"[29]227 在《汤麦士哈代的诗》这篇评论里，徐志摩特别把哈代和华兹华斯作了比较，称华氏看到的是"一个黄金的世界，日光普照着的世界"，可是哈代却看到"山的另一面，一个深黝的山谷里。在这山岗的黑影里无声的息着，昏夜的气象，弥布着一切，威严，神秘，凶恶"（《汤麦士与哈代》）[15]405。徐志摩使用的"神秘"和"凶恶"这两项词汇，无论如何很难跟他的风格联想在一起，倒很像是被称为中国现代派始祖李金发的同行。但是徐志摩显然很欣赏哈代，因此在1923年开始翻译哈代的诗作《她的名字》和《窥镜》之后，接连着在五年间又译了十六首，同时写了一篇诗评《汤麦士哈代的诗》（1924），散文三篇包括《汤麦士哈代》（1928）、《谒见哈代的一个下午》（1928）、《哈代的著作略述》（1928）以及《哈代的悲观》（1928），对哈代的钦慕可见一斑。西方作家中，没有一个人像哈代那样深受徐志摩的激赏。

王家新在《徐志摩与哈代》中论定徐志摩是中国新诗"现代性"的重要起源，就像哈代一样，早在艾略特之前，就已有现代性的特质。然而，徐志摩的慧眼独识，是否就意味着他自己的诗就跟哈代一样具有现代性？是否就像王家新说的，徐志摩诗有"现代心智的成熟"和"语言的成熟"？[21]87 无可否认，徐志摩在翻译哈代的过程中，必然会吸收、转化哈代。五四文人向西方或日本取经，是五四现代化过程中的必然路径。1923年以后，徐志摩诗中那种文白混杂，生硬的缺点忽然减少了很多，特别值得注意的是，徐志摩自1923年10月16日⑥译过哈代《她的名字》和《窥镜》之后，在1923年11月以后连续写了三首直面社会，批判现实之作：《先生！先生！》《盖上几张油纸》《叫化活该》，均为叙事诗，特色是删去前期装饰性修辞的语言风格，以情节和对白完成。这个现象实乃前所未有。比较徐志摩在译诗之前，以及译诗之后的诗作，确有不同之处，徐志摩前期诗作多冗长累赘之辞，极尽形容和修饰之能事。情节和对白的运用是哈代诗作的重要特色，徐志摩显然颇欣赏哈代的风格，选译了不少这类诗作。哈代原是位重要的小说家、剧作家，年近六十才开始写诗，诗兼有小说和戏剧的特色，杨牧说徐志摩诗"充满声色变化的戏剧独白体"[20]82，确实无误，让徐志摩的诗产生风格变化的，是哈代，不是华兹华斯。

《先生！先生！》写母亲生病的小女生，穿着单布褂在北风中乞讨，车里的富有先生以"没有带子儿"拒给。小女生不死心，犹追着车子苦苦哀求，最终车子在小女生的乞求声中飞奔而去，诗以小女生呼喊"先生"，以及车轮奔驰的声音交错作结。这首诗完全以旁观者的角度叙事，跟徐志摩诗流露强烈情感的，以"我"为中心的诗不同。全诗可以看到作者立场的，也许是借小女生之口说的："可是您出门不能不带钱哪，先生。"[2]130 毫不留情戳破富人的谎言。《盖上几张油纸》叙述一个失去三岁儿子的伤心妇人，在下雪天买了油纸去盖在儿子的坟上。妇人因为伤心过度而有些精神失常："我唤不醒我熟睡的儿——/我因此心伤。"[2]133 同样以叙事者的角度旁观人生缺角。《叫化活该》跟《先生！先生！》同样写乞丐，不同的是叙事者就是乞丐本身，采用第一人称叙事方法，以反讽手法写社会边缘人。三行一节及四行一节的整齐句式亦是哈代惯用的形式。这三首诗写作时间很近，风格亦似，写作时间离翻译哈代的诗也不远，很显然是吸收或转化了哈代的风格。

可是，吸收或转化并不表示全部接受，也就是说，吸收和转化是有条件的。除非这两个作者的性情、风格、世界观，乃至人生的历练十分接近，而且受影响的后来者愿意成为亦步亦趋的追随者。稍有自觉的作家，必然有所取舍，在吸收和转化的过程中，淬炼出自己的风格。哈代对于徐志摩的影响亦然。哈代对人生的洞察显然引发了徐志摩的共鸣，此后他的诗不时会从自身离开，看向更广阔处，《古怪的世界》（1923）、《谁知道》（1924）、《哈代》（1928）、《这年头活着不易》（1925）、《罪与罚》（1926）、《生活》（1928）以及《残破》（1931）等，都是思考人生或者批判社会之作，徐志摩写得比较好的诗，通常也都是这些抒情的、非浪漫风格的作品，譬如《残破》：

> 我要在枯秃的笔尖上袅出
> 一种残破的残破的音调，
> 为要抒写我的残破的思潮。
> ……
> 我有的只是些残破的呼吸，
> 如同封锁在壁椽间的群鼠，

追逐着,追求着黑暗与虚无![2]399—400

  这是《残破》的第一段和最后一段,看起来像出自深受波特莱尔影响的李金发之笔,充满残缺之美、颓败之姿。人生是虚无的,也是灰暗的,宣称"残破是我的思想"[2]400。这哪里像是有着"单纯信仰",追寻爱、自由和美的徐志摩?笔已枯秃,声已残破,这时候的徐志摩仿佛被一种低靡的情绪笼罩着,他没有使用哈代的小说或戏剧笔法入诗,而是以自身的体验和情感入诗,因此更加让人感受到这跟青年时期青春焕发的徐志摩是多么不同。这时候离徐志摩坠机意外相隔半年,进入前中年期的徐志摩似乎因此益发感受到生命在甜美之外的苦涩。其实在更早以前,他在1928年写的《生活》,跟哈代《一个厌世人的墓志铭》颇有呼应:

阴沉,黑暗,毒蛇似的蜿蜒,
生活逼成了一条甬道:
一度陷入,你只可向前,
手扪着冷壁的黏潮,

在妖魔的脏腑内挣扎,
头顶不见一线的天光,
这魂魄,在恐怖的压迫下,
除了消灭更有什么愿望?[2]340

  除了形式上是两节,一节四行之外,对生活的厌倦之情更是跃然纸上。1928年3月,徐志摩写了一首《哈代》,再一次说他是"厌世的""不爱活的"[2]335,说他"高擎着理想,/睁大着眼/抉剔人生的错误"[2]337,徐志摩对哈代批判现实和人生的精神显然大为赞赏,两个月后,而有《生活》一诗。我们不能说徐志摩直接受到哈代的影响而写作此诗,然而在1928年5月的日记里,他对内忧外患的国事表达了愤懑和无奈,日记里批判日本人跋扈和中央政府的昏庸,对自己身为知识分子而无法改变的两难颇为感慨,则"生活逼成了一条甬道""头顶不见一线的天光""除了消灭更有什么愿望"三句可以读出因时事而生的悲伤心情。
  在《猛虎集》和《云游集》这两部属后期的作品中,逼问人生的诗作俯拾皆是,虽然前期的浪漫甜美风格依然穿插着,可是歌颂生命,赞美自然之作的比例相对降低。特别是1931年的诗作,简直可以"残破"二字概括。《在病中》《卑微》《云游》《你去》《雁儿们》《领罪》《难忘》《荒凉的城子》均流露出深深的倦怠和疲惫,"残"字成为徐志摩这一年的常用字,如果徐志摩得享天年,那么,我们或许会读到很不一样的徐志摩。必须强调的是,尽管他有哈代"厌世的观察",却鲜少行使"恶毒、冷酷的想象"。哈代那种习惯以冷眼观察世界,旁观人生的小说家之笔,跟以诗和散文起家,习惯以"我"为叙事主体的徐志摩毕竟有别。何况哈代写诗时用的是 60 岁的诗眼,徐志摩则 30 岁不到,人生历练和体验相去甚远。徐志摩翻译哈代之后,他前期那种冗长,喜以抽象形容和副词入诗的习惯,却依然保留着。譬如《梅雪争春》(1926)就残留着文言入诗的遗迹;《新催妆曲》(1928)模拟新娘的口吻和心情则显得很肤浅;《他眼里有你》(1928)在小孩眼里看到爱和上帝,依然保留着他的"单纯信仰";《我等候你》(1929)则是一般人熟悉的徐志摩式热情。王家新所谓具有"现代心智的成熟"和"语言的成熟",这两个现代诗的高标准,对徐志摩而言实在过誉。无论现代性的先驱或浪漫主义,对徐志摩而言,都只是过度主导或妨碍诠释的标签。

五、结　　语

徐志摩写诗 10 年,诗龄虽短亦有所变化,如果硬要把他归类到某个"主义",浪漫一类诗作仅是其中部分,而且是较易于辨识的部分。正如本文所论述的,徐志摩的经典地位,来自那几首广为流传的新诗,因为语言直接,抒情性高,比起他那些批判现实之作更易为人所接受。何况,在为诗人定位时,徐志摩一开始便是以浪漫主义的姿态出现,后期批判现实或社会的诗风,很容易就被忽略。浪漫主义并不属于徐志摩专有,而是那个重视个人主义的时代,强调反传统的五四文人的共相。五四时期这些浪漫主义者要在旧世界的废墟上建立一个新的世界,包括新的政治或文化体系。他们是新的一代,他们的使命是建设与创造,因此需要独创和天才。徐志摩的活力和天真,他对理想和爱情勇于追求,不逃避也不退缩,正是恰如其分地响应了时代的需要。因此在论述五四文人时,很容易落入浪漫主义的诠释陷阱,如此反而造成了我们的偏见与不见。

浪漫主义造就了徐志摩,也遮蔽了徐志摩。徐志摩被归入华兹华斯浪漫主义歌咏自然,追求爱、自由和美的谱系,实际上他更心仪的作者是哈代。他在《汤麦士哈代的诗》一文这样称赞哈代:"发现他对于人生的不满足;发现他不倦的探讨着这猜不透的谜,发现他的暴露灵魂的隐秘与短处;发现他悲慨阳光之暂忽,冬令的阴霾;发现他冷酷的笑声与悲惨的呼声;发现他不留恋的戳破虚荣或剖开幻象;发现他尽力的描画人类意志之脆弱与无形的势力之残酷;发现他迷失了'跳舞的同伴'的伤感;发现他对于生命本体的嘲讽与厌恶;发现他歌颂'时辰的笑柄'或'境遇的讽刺',在他只是大胆的、无畏的诗人,思想家应尽的责任。"[15]402 如果说康桥对徐志摩有着人生观和美学上的启发⑦,让他步入浪漫主义的殿堂,哈代则教他领略人生荒凉的另一面。透过翻译哈代,徐志摩刷洗掉文言相杂的语式,同时也让他关注到人生并不完美的、黑暗的一面。这一类现实主义色彩浓厚的诗作,有可能是徐志摩另一种类型的代表作,在诗的技艺上,它们是比较成熟的作品,评价徐志摩在文学史上的地位,应加入这些历来被忽略的诗,才不会误读徐志摩,也唯有如此,才能拨乱反正,重新定位徐志摩在现代文学史上的评价。

注释:

① 《草上的露珠儿》据手稿日期写于 1921 年 11 月 23 日,未发表,是目前可见徐志摩最早的诗。

② 这是一些当代诗人及诗评家一贯的写法,在缺乏论证情况下,根据个人阅读直接感受提出有风险的创见,有些环节未必站得稳,但偶有发人深省的奇想。

③ 徐志摩非常重视音节,《诗刊放假》一文是他诗美学的重要观点:"一首诗的秘密也就是它的内含的音节……不论思想怎样高尚,情绪怎样热烈,你要拿来彻底的'音节化'(那就是诗化),才可以取得诗的认识,要不然思想自思想,情绪自情绪,却不能说是诗。"见徐志摩,天津:天津人民出版社,2005 年,第 87 页。

④ 这个统计根据天津人民出版社 2005 年版的《徐志摩全集》。

⑤ 《徐志摩全集:第七卷》,第 213 页。本文为了印证哈代与徐诗的渊源,故以其译诗为论据,不引述原诗或他译。

⑥ 译诗日期参见《徐志摩全集:第七卷》,天津:天津人民出版社,2005 年,第 202、203 页。

⑦ 徐志摩在《吸烟与文化》说:"我的眼是康桥教我睁的,我的求知欲是康桥给我拨动的,我的自我意识是康桥给我胚胎的。"此文收入《徐志摩全集:第二卷》,天津:天津人民出版社,2005 年,第 331 页。

参考文献:

[1] 徐志摩.猛虎集·序[M]//徐志摩全集:第三卷.天津:天津人民出版社,2005.

[2] 徐志摩.徐志摩全集:第四卷[M].天津:天津人民出版社,2005:85.

[3] 徐志摩.徐志摩全集:第二卷[M].天津:天津人民出版社,2005:144.

[4] 朱光灿.中国现代诗歌史[M].济南:山东大学出版社,2000:332.

[5] 李欧梵.中译本自序[M]//中国现代作家的浪漫一代.北京:新星出版社,2005:2.

[6] 陈国恩.浪漫主义与 20 世纪中国文学[M].合肥:安徽教育出版社,2000:140.

[7] 程光炜,刘勇,吴晓东,等.中国现代文学史[M].北京:中国人民大学出版社,

2000：24.

［8］周晓明，王又平.现代中国文学史［M］.武汉：湖北教育出版社，2004：310.

［9］江弱水.一种天教歌唱的鸟：徐志摩片论［M］//中西同步与位移：现代诗人丛论.合肥：安徽教育出版社，2003：13.

［10］钱理群，温儒敏，吴福辉.中国现代文学三十年［M］.台北：五南图书出版有限公司，2002：144.

［11］郑万鹏.中国现代文学史［M］.北京：华夏出版社，2007：151－152.

［12］黄修己.20世纪中国文学史［M］.广州：中山大学出版社，1998：226.

［13］雅克·巴尊.古典的、浪漫的、现代的［M］.侯蓓，译.南京：江苏教育出版社，2005.

［14］赵毅衡.徐志摩：最适应西方的中国文人［M］//双单行道：中西文化交流人物.台北：九歌出版社，2004：19.

［15］徐志摩.徐志摩全集：第一卷［M］.天津：天津人民出版社，2005.

［16］李欧梵.徐志摩：伊卡洛斯的欢愉［M］//中国现代作家的浪漫一代.北京：新星出版社，2005.

［17］徐志摩.列宁忌日：谈革命［M］//徐志摩全集：第二卷.天津：天津人民出版社，2005：358.

［18］徐志摩.落叶［M］//徐志摩全集：第一卷.天津：天津人民出版社，2005.

［19］胡适.追悼志摩［M］//秦人路，孙玉蓉.文人笔下的文人.长沙：岳麓书社，2002：122.

［20］杨牧.徐志摩的浪漫主义［M］//隐喻与现实.台北：洪范书店有限公司，2001.

［21］王家新.徐志摩与哈代［J］.新诗评论，2006（2）：81.

［22］Viktor Shklovshy. *Art as Technique* ［M］//Robert Con Davie, Ronald Schleifer, ed. *Contemporary Literary Criticism*, New York：Longman, 1989：58.

［23］T. S. Eliot. *Tradition and the Individual Talent* ［M］//Robert Con Davie, Ronald Schleifer, ed. *Contemporary Literary Criticism*, New York：Longman, 1989.

［24］徐志摩.一九二三年九月七日给胡适的信［M］//徐志摩全集：第六卷.天津：天津人民出版社，2005：225.

［25］朱光潜.西方美学史：下［M］.台北：顶渊文化事业出版有限公司，2001：343.

［26］P. M. S. Dawson. *Poetry In An Age of Revolution* ［M］//Stuart Curran, ed. *British Romanticism*. Shanghai：Shanghai Foreign Language Education Press, 2001：49－50.

［27］William Keach. *Romanticism and Language* ［M］//Stuart Curran, ed. *British Romanticism*. Shanghai：Shanghai Foreign Language Education Press, 2001：

107－108.

［28］颜学军.哈代诗歌研究［M］.北京：人民文学出版社,2006.

［29］徐志摩.徐志摩全集：第七卷［M］.天津：天津人民出版社,2005.

——原载《江汉学术》2018 年第 3 期：56—65

徐志摩诗歌音乐性构成的显性与隐性因素

◎ 缪惠莲　张　强

摘　要：作为"新月派"的创始人，徐志摩的诗歌节奏浑然天成；他的诗意象柔美、意境悠长，言辞的背后具有特殊的音乐效果。但对于徐诗音乐性的成因，人们往往看到了"显性"的因素而忽视了相辅相成的"隐性"因素，如浓烈地感受到徐诗的"洋味"，而无视徐诗中起到关键作用的"土渣渣"；往往意识到徐诗"深受 19 世纪英美浪漫主义诗歌的影响"，而忽视了徐诗对中国传统格律诗的借鉴；看到了徐诗以"白话"入诗而音韵盎然的特点，认为徐诗掌握了"口语的自然节奏"，而实际上徐诗的白话语言是一种经过了提炼、为了诗歌的音乐性改变了节奏的"文白夹杂"的语言。土洋结合、中西合璧、文白夹杂是徐诗音乐性独特魅力的主要因素，确保了徐诗在中国现代诗歌史上"人间四月天"的显赫地位，其实质是徐志摩对中国新诗独特个性和艺术自由的矢志不渝的追求，而这正是中国新诗乃至整个新文化运动的精髓所在。

关键词：徐志摩；现代诗歌；现代诗歌史；诗歌节奏；音乐性；中西合璧；文白夹杂

作为"新月派"[1]的创始人，徐志摩的诗歌节奏浑然天成；他的诗意象柔美、意境悠长，言辞的背后具有特殊的音乐效果。他的许多诗都被谱曲，有的诗甚至被反复谱曲，是其诗歌强烈音乐性的明证①。但对于徐诗音乐性的成因，人们往往只看到了"显性"的因素而忽视了相辅相成的"隐性"因素。深入挖掘徐诗音乐性的构成对于理解徐诗应有裨益。

一、土洋结合的诗歌韵味

在国内一系列"洋学堂"如上海沪江大学、天津北洋大学和北京大学学习之后，徐志摩又远赴美国,先在克拉克大学学习银行学,获一等荣誉学士学位;后入哥伦比亚大学经济系,旋又漂洋过海入剑桥大学学习政治经济学[2]。显赫的留洋经历、优异的洋学成绩、西装革履的一贯形象让徐的身上散发着浓郁的"洋味",早早地确立了自己的国际范。徐诗也当仁不让,东洋味、西洋味满溢。《沙扬娜拉》译作英语是 Goodbye,译作中文是"再见"[3],其原文来自日语,中文经典四字格的音译既显得原汁原味,又体现了中文抑扬顿挫的音韵感,一时竟让当时无数不懂东洋话的潮人竞相效仿,离别时满大街的"沙扬娜拉",满满的都是"温柔"和"水莲花的娇羞"。《再别康桥》也是四字格结构,当时许多中国人是从该诗中第一次听到剑桥这所世界著名的英国大学的名字,而以"康桥"而非"剑桥"译 Cambridge,这也是中文平仄韵[4]的要求,是从细节处保障诗歌音乐性的手段。

　　有学者注意到了徐志摩对于英诗中辅音韵的借鉴和运用,在注重中文诗歌一贯讲究的音节韵母以及声调平仄对诗歌音乐美塑造作用的同时,也创造性地运用中文声母的造美功能,增添了徐诗的音乐性[5]。例如,徐诗惯用双声词来营造节奏感:

凄 清　　动 荡　　琴 情　　云 衣
Qi Qing　Dong Dang　Qin Qing　Yun Yi
抑 郁　　仿 佛　　黄 昏
Yi Yu　Fang Fu　Huang Hun

——《月夜听琴》[6]67—68

云 游　　自 在　　绵 密　　湖 海
Yun You　Zi Zai　Mian Mi　Hu Hai

——《云游》[6]219

艳 影　　榆 荫　　清 泉
Yan Ying　Yu Yin　Qing Quan

——《再别康桥》[6]169

讶 异
Ya Yi

——《偶然》[6]87

　　徐志摩喜欢用同一个声母造出和谐的声调,以保证字里行间的流畅和和谐。这或多或少受到了英诗的影响,英诗不像中国诗歌那样容易押韵,因此特别注意辅音因素的规则重复。英国是徐志摩的艺术生活的根源,在英国留学期间,拜伦、雪莱等浪漫主义诗人对他影响颇深[7]。卞之琳先生曾评价他"诗歌诗艺几乎没有越出过 19 世纪英国浪漫派雷池一步","情调上没有超出 19 世纪英美浪漫派诗及其 20 世纪余绪的范围"[8]。由于受到英国诗歌的影响,他的诗歌经常前后使用相同的声母,从而在明显孤立的因素之间建立起和谐一致的曲调。这种诗歌音乐手段在《沙扬娜拉》[9]的两句诗行里得到了完美的体现:

           D   D

最 是 那 一 低头 的温 柔
Zui Shi Na Yi Di Tou De Wen Rou
  X   D Sh L   Sh L   D   X
像一 朵 水 莲 花 不 胜 凉风 的娇 羞
Xiang Yi Duo Shui Lian Hua Bu Sheng Liang Feng De Jiao Xiu.

这两行诗,尤其是第二行诗对于声母的使用,形同回文,巧妙至极。

但必须看到的是,中文和英文音韵的不同,徐志摩对此也应是异常清楚。中文的辅音仅限于声母,没有像英文那样处于词中或者词尾的辅音。中诗对声母的运用多半都像英诗中的"押头韵",就像上述双声词的例子和《沙扬娜拉》第一行中对声母"D"的运用一样。而上述《沙扬娜拉》第二行诗对声母创造性的使用,则是在对西洋韵律借鉴的基础上,有效地运用了中文音韵的"土材料",营造出来的效果(回文)在英文中少有,在中文中倒不乏精品②,也是土洋结合的范例。

在巧妙使用声母的过程中,除了使用双声词和前后相谐的声母外,徐诗中还大量使用了"ZH""CH""Z""C""J""Q"等塞擦音和"SH""S""X"等擦音以及零声母"Y"。塞擦音和擦音的使用可见表一。

表一　部分徐志摩诗塞擦音和擦音使用情况

诗歌	总字数	单个声母平均占字数	塞擦音和擦音使用总数
《月夜听琴》	264	12	50(J,Q,X)
《山中》	88	4	32(J,Q,X,Zh,Ch,Sh)
《沙扬娜拉》	48	2.1	14(Zh,Ch,Sh)
《再别康桥》	195	8.86	79(J,Q,X,Z,C,S,Zh,Ch,Sh)
《私语》	117	5.8	66(J,Q,Z,C,S,Zh,Sh)
《沪杭车中》	74	3.4	33(J,Q,X,C,S,Zh,Ch)

塞擦音和擦音的集中使用,可以形成轻柔圆润的声音效果,它们比鼻音和边音等声母更缠绵温婉,能有效增强诗歌音乐的柔美。徐志摩是浙江海宁硖石人,其家乡方言归入吴方言,而在吴方言中塞擦音之间以及塞擦音和擦音之间常混用,如吴方言中说"吹风"是 Cifeng,而"吃茶"则为 Qiazu。这样一来徐志摩诗歌中的声母勾连就变得更加普遍,诗行中跳动的音符随处可见,"洋"的诗歌手段和"土"的诗歌素材完美结合,进一步增强了徐诗的音乐性。请看《月夜听琴》[6]67 的第三节:

```
          Ch   Q Q
我听,我听,我听出了琴情,
   Zh   Sh X
歌者的深心。
Zh    S   X J
枝头的宿鸟休惊,
       X X X
我们已心心相印。
```

无论刻意与否,这种声母的勾连使得诗歌宛如一首韵律悠扬的圆舞曲,涣散独立的音符一经反复运用便串联起来,形成了一种回环往复的旋律,读来顺畅悦耳,音韵感十足,自然通畅地理解诗歌表达的缱绻缠绵的情感。

零声母 Y 在徐诗中也得到了大量的使用。所谓零声母,是指声母 Y 几乎不发声[10],因此,零声母的字可以说是以元音开头;但在实际发音时,零声母字往往带有一点同部位的摩擦成分,如在《月下待杜鹃不来》[6]66 一诗中:

```
      Y    J    Q  Y  Sh Y Sh
看一回凝 静 的 桥 影 , 数 一 数 螺钿的波纹,
   Yi    Jing  QiaoYing ShuYiShu
   Y    Sh    Q    Q           X
我倚暖了 石栏的 青 苔, 青 苔凉透了我的心坎;
   Yi   Shi   Qing  Qing       Xin
   Y    X X X    X    J    Y         Sh
月儿,你休 学 新 娘羞,把锦被 掩 盖你光艳 首 ,
Yue   XiuXueXin  Xiu  Jin  Yan Yan        Shou
```

Z X Y X J Y
你昨宵也在此勾留，可听她允许今夜来否？
　ZuoXiao　　　　　　YunXuJinYe
　　Y　　　　Zh　Sh　X　　　Q　　　Sh
听远村寺塔的钟声，像梦里的轻涛吐复收，
　Yuan　　ZhongSheng Xiang　　Qing　Shou
　Sh X　Ch　Zh　Y X　　Q　　Zh
省心海念潮的涨歇，依稀漂泊跟跄的孤舟！
ShengXin　Chao　Zhang　YiXi　　Qiang　Zhou
　Sh　　Y　　　Y Y　　Ch Sh　　Q　Y
水粼粼，夜冥冥，思悠悠，何处是我恋的多情友，
Shui　　Ye　　YouYou　ChuShi　　QingYou
　S　S　　　Y Q　　　Ch Y Sh Ch
风飕飕，柳飘飘，榆钱斗斗，令人长忆伤春的歌喉。
SouSou　　　YuQian　　ChangYiShangChun

　　　"一""影""倚""月""掩""艳""允""夜""远""依""夜""友""榆""忆"字都属于
零声母字，在全诗四个诗段中均匀分布。其中，"一""影""倚""掩""艳""夜""依"
"榆""友""忆"发音时带有与i同部位的摩擦成分，实际发音应是［yi］、［ying］、［yi］、
［yan］、［yan］、［ye］、［yi］、［yu］、［you］和［yi］；而"月""允"和"远"字开头的与同部位
的摩擦成分是［ɥ］，实际发音可标注为［ɥe］、［ɥn］和［ɥan］[11]。因此，零声
母Y很大
程度上也带有擦音的特点，与诗中Zh（钟、涨、舟）、Ch（潮、处、长、春）、Sh（数、石、首、
声、收、省、水、是、伤）、Z（昨）、C（村）、S（寺、飕飕、思）、J（静、锦、今）、Q（桥、轻、跄、
情、钱）、X（心、休、学、新、羞、宵、许、歇、稀）等塞擦音和擦音配合，相互呼应。以占全诗
三分之一字数的中文塞擦音、擦音和零声母来形成形同英文"辅音韵"的效果，诗歌的
音乐性大大增强。有人说，徐志摩的"官话"也是一流，而且，没有理由怀疑他的英语水
平；但是，徐意外作古时也仍然风华正茂，尚不到"鬓毛衰"的时候，作诗时自然是"乡音
无改"，用吴侬软语吟诵这些满是零声母、擦音和塞擦音的诗句，也许更能感受外表洋
气的徐志摩内心的乡愁。
　　徐志摩曾"大话""完美的精神唯一的表现是完美的形体"，这也是他认为的"像样
的诗式表现"，并且"诗文与各种美术的新格式与新音节的发现"[12]是其责任。为了达
到回环往复的音乐效果，徐诗中还大量运用了只有中文中才有的叠字手段。AA式的
叠字，包括联绵词的重叠式，如"深深""悠悠""飘飘""幽幽""团团""青青"等，在《徐
志摩诗集》中有近百处。典型的例子，如"深深的黑夜，依依的塔影，团团的月彩，纤纤

的波鳞"（《月下雷峰影片》第二节）[6]30，四处叠字连用表现了诗歌曲折婉转的意境。ABB式的叠字也不少见，如"泪怦怦""雾蒙蒙""冻沉沉""冷郁郁""白茫茫"等，给人以情深意绵、余韵不绝的意境。《月下待杜鹃不来》中最后一个诗段更是不得不提的经典："水粼粼，夜冥冥，思悠悠"与"风飕飕，柳飘飘，榆钱斗斗"[6]66连用六个ABB式叠字，细腻而曲折地表现出诗人当时的身心环境。叠字的普遍使用乃是吴方言的一个显著特色，因此徐诗对叠字的大量使用可以看作是诗人对于具有浓郁地方色彩的语言素材的创造性运用。

除此之外，复沓的手法在徐诗中也很常见。形式和意义相近的字、词、句、段在徐志摩的诗中反复出现，使诗歌具有和谐的音乐美[13]，让读者回味无穷。如《海韵》[6]130第一诗段最后的"徘徊，徘徊"，第三诗段最后一行的"婆娑，婆娑"和第四诗段最后一行的"蹉跎，蹉跎"；《沙扬娜拉》里的"道一声珍重，道一声珍重"[6]9等都给人以回环往复、节奏和谐、缠绵悱恻的感觉。

二、中西合璧的诗歌格律

声音之美是徐志摩坚持不懈的审美追求。他擅长运用各种艺术技巧创造音乐效果。在他看来，"诗的妙处不在它的字义里，却在它的不可捉摸的音节里"[14]，徐诗的押韵手法自由多变、不受约束，追求音节的流动和旋律，这在很大程度上受到了英诗的影响。如《先生！先生》[6]44采用了随韵：

> 钢丝的车轮（Lun）
> 在偏僻的小巷内飞奔（Ben）——
> "先生，我给先生请安您哪，先生（Sheng）。"
> 迎面一蹲身（Shen），
> 一个单布褂的女孩颤动着呼声（Sheng）——
> 雪白的车轮在冰冷的北风里飞奔（Ben）。
> ……

《为要寻一个明星》[6]19采用了抱韵：

> ……
> 我冲入这黑绵绵的昏夜（Ye），

为要寻一颗明星(Xing)；——
为要寻一颗明星(Xing)，
我冲入这黑茫茫的荒野(Ye)。
……

《他怕他说出口》[6]85 用的是交韵：

朋友,我懂得那一条骨鲠(Geng),
难受不是？——难为你的咽喉(Hou);
"看,那草瓣上蹲着一只蚱蜢(Meng),
那松林里的风声像是箜篌(Hou)。

《再别康桥》则用的是"头韵、间韵和尾韵的勾连押韵形式"[15]。这首诗在诗行之内、行行之间、节节之间都形成谐韵,这种多重韵律的合奏令诗歌的音韵既和谐又不乏变化,读起来娓娓动听。

徐志摩是公认的中国"现代诗人"——一个"自由诗"作者的代名词,而自由诗往往与西洋现代诗歌勾连在一起,被认为是对中国传统格律诗[16]的反叛。但实际上中国现代"新诗"与中国传统格律诗有着千丝万缕的联系,后者为前者在文学传统和语言艺术上奠定了深厚的基础。那些试图割裂徐志摩诗歌与中国古典格律诗关系的努力从宏观上说是为了适应全球化的现代主义诗歌的整体趋势,从微观上说是因为简单地认为"20世纪初,徐志摩、郭沫若、闻一多等诗人试图采用西方模式来打破中国诗歌传统……徐志摩自觉地像浪漫主义诗人一样采用了尾韵"。③这些批评家可能忽视了徐志摩3岁就想学"洋派做法"进了"私人幼儿园",一个人接受国学老先生的讲习,他的学业始于对国学专心致志的学习,前后7年。然后他才进入开智学堂学习,在数学、英语、音乐、体育和一些自修的课程里,徐志摩的国语成绩最好。1910年,徐志摩去了著名的杭州中学,在那里,他的同窗好友郁达夫(1896—1945)称赞他是"那个个头大尾巴小……而考起来或作起文来却总是分数得得最多的一个"[17]。徐志摩最终成为北京大学中国文化泰斗梁启超的学生。毫不夸张地说,中国文学和文化的影响已经渗透到他的血管里。我们不时可以在他的诗中看到这种影响。

在中国古代格律诗中,与徐志摩诗歌风格最为接近的是宋词。宋词盛行于宋代,是当时的浪漫主义诗人所要求的一种新诗体,不同于律诗和绝句,诗行中的字数长短不齐——因此又被称为"长短句"。诗人使用宋词体可以自由地使用与口语相近的表达来抒发自己的情感。李后主、苏轼、李清照等大家甚至可以用词来探讨生活中的各色细节。宋词根据已有曲调的固定音律进行创作,曲调基本都丢失了,但曲名、调号或词牌仍在,这暗示了相应的曲调的韵律和节奏。[18]可自由地表达日常生活的方方面面、诗行可长可短、与音乐关系密切,所有这些,都符合徐志摩诗歌的特征。"正如一个人身上的秘密是他的血脉的流通,一首诗的秘密也就在它的内在的音节的匀整和流动。"[14]在《诗刊放假》中,徐志摩强调了音节对于诗歌整体性的关键作用。

在此,我们可以重读徐志摩那首被反复谱曲而脍炙人口的小诗《偶然》[6]87:

　　　　我是天空里的一片云(Yun),
　　　　偶尔投影在你的波心(Xin)——
　　　　你不必讶异(Yi),
　　　　无须欢喜(Xi)——
　　　　在转瞬间消灭了踪影(Ying)。
　　　　你我相逢在黑夜的海上(Shang),
　　　　你有你的,
　　　　我有我的,方向(Xiang);
　　　　你记得也好(Hao),
　　　　最好你忘掉(Diao)
　　　　在这交会时互放的光亮(Liang)!

这首诗前后两个诗段,暗合宋词惯有的上下阕。根据每行的字数,这两个诗段的节奏模式分别为"9—9—5—5—9"和"10—4—6—5—5—10"。上片的行数比下片少一行,而每行的字数也是变化不定、灵活随心;整首诗的押韵方式采用的是随韵。对于一个既是宋词爱好者又是当代通俗歌曲喜好者的人而言,《偶然》放在过去是一首绝妙好词,而在今天则是通俗歌曲的绝佳素材,网络上为此诸多的谱曲就是明证。

徐诗中宋词的另一处清晰的影子出现在《再别康桥》里,诗中的第五段写道:

　　　　寻梦? 撑一支长篙,
　　　　向青草更青处漫溯,
　　　　满载一船星辉,
　　　　在星辉斑斓里放歌。[6]169

这个诗段根据它每行的字数其节奏模式是"7—8—6—8",是标准的"长短句"。第一行的七个字又进一步分为两个单位:前两个字构成一个问题,其余五个字是另一个长句的组成部分。这样的节奏模式和内容安排会立即在宋词爱好者的脑海中唤起一些熟悉的诗句，一如李清照的《如梦令》，"知否？知否？/应是绿肥红瘦"；又如辛弃疾的《南乡子·登京口北固亭有怀》，"天下英雄谁敌手？曹刘！生子当如孙仲谋"。在这个诗段中，徐志摩还采用了非常具有中式修辞特色的"顶针"手法来营造"行间韵"（满载一船星辉，/在星辉斑斓里放歌）；同样的手段在《再别康桥》[6]170 中还有一处："夏虫也为我沉默，/沉默是今晚的康桥！"

在新月派的"三美"（音乐美、绘画美、建筑美）主张中，"音乐美"是第一位的。为此学贯中西的徐志摩倾尽所学，也最终获得了中西合璧的诗歌格律效果，让自己诗歌的音乐美世人皆知。

三、"文白夹杂"的诗歌语言

既然徐志摩诗歌的音乐美众所周知，而他对诗歌音乐手段的精心设计与运用也清楚地在前两节的论述中显露出来，对徐志摩诗歌音乐特征的一项重大的误读就浮出了水面。徐诗一向被视作以"白话"入诗，诗中使用的口语"自然流畅"但具有神奇的音韵效果[19]。如今我们已经发现徐氏诗歌中的一切都是经过精心设计的，徐诗的语言实际上是经过"提炼"的口语，是为了达到诗歌的音乐效果而重新排列组合过的"伪口语"，是一种"文白夹杂"、音韵独特的诗歌语言。

徐诗好用口语，卞之琳先生在他的《人与诗：忆旧说新》中就说徐诗"用现代汉语，特别是以口语入诗，都能吐出活的，干脆利落的声调……"[8]159 廖玉萍[20] 在论文《论徐志摩诗歌语言的音乐性特征》中评论徐志摩"采用当时的口语入诗"，并说他的诗"读起来爽快流利"。这里的问题是"当时的口语"到底指什么？是指徐志摩的家乡话吴侬软语，还是当时以北方方言为基础的"官话"④。看看徐诗中口语化特征明显的词句也就清楚了。

残诗

怨谁？

怨谁？

这不是青天里打雷？

关着：

锁上；

<u>赶明儿</u>（gan mingr）瓷花砖上堆灰！

> 别瞧这白石台阶光滑，
> 赶明儿，
> 唉，石缝里长草，
> 石板上青青的全是莓！
> 那廊下的青玉缸里养着鱼真凤尾，
> ……
> 不浮著死，也就让冰分儿（bing fenr）压一个扁！
> 顶可怜是那几个红嘴绿毛的鹦哥，
> ……
> 就叫人名儿（ren mingr）骂，
> 现在，您叫去！
> 就剩空院子给您答话！……[6]50

　　诗中"一水儿"的儿化音如"赶明儿""冰分儿""人名儿"以及极具北京方言特色的"现在，您叫去"都清楚地表明诗中所用的口语是北方方言，这对于"母语"是吴方言的徐志摩而言只能是"第二语言"，掌握得再好也难言"自然""明快"，而只能是认真选择和思考之后的刻意行为。在另一首以一句口语表达为题的诗《"这年头活着不易"》[6]111里，第二节清晰地显示了徐诗文白夹杂的特点：那村姑先对着我身上细细的端详：

> 活像只羽毛浸瘪了的鸟，
> 我心想，她定觉得蹊跷，
> 在这大雨天单身走远道，
> 倒来没来头的问桂花今年香不香。

　　使得徐诗文白夹杂的另一个原因是徐诗对欧化句型的使用，这与后来的现代派代表戴望舒形成鲜明对比，虽然戴望舒的创作也有对外国诗歌的模仿[21]，但更强调"诗情上的变异"[22]，重现诗歌的精神韵律。徐志摩诗歌中的欧化句型一直备受争议。不喜欢这些句型的批评家指责它们给徐诗带来了一种"翻译腔"，使徐诗的语言变得"僵硬""拗口"。而其他一些批评家则持不同意见，认为正是因为诗人对欧化句型的灵活借鉴才增加了徐诗的灵动和音乐性。例如，《再别康桥》的第一节中"轻轻的"一词既有倒装又有顺置，将从英文中借鉴的倒装句型和汉语原本具有的句法结构有机综合，加上"轻轻的"一词反复吟咏，《再别康桥》[6]169从一开始就具备了当代流行歌曲乃至"神曲"的

潜质:

> **轻轻的**我走了,
> 正如我**轻轻的**来;
> 我**轻轻的**招手,
> 作别西天的云彩。(斜体粗字为笔者添加)

从该节诗的第二行和第三行可以看出汉语句式中状语的常规位置,第一行的倒装把"轻轻的"提到句首,在起到强调作用的同时,也确立了诗歌婉转悱恻的基调,让"声音成为意义的回响"(亚历山大·蒲柏语)。

有学者认为徐志摩翻译英国浪漫主义诗歌对他自己的诗歌创作影响很大,此言不虚。把《再别康桥》的最后两节翻译成英文,中英文句式的高度对应也是清楚地表明了这一点:

> 但我不能放歌,Yet now I cannot sing out loud,
> 悄悄是别离的笙箫;Quiet is my farewell music;
> 夏虫也为我沉默,Even crickets are now silent for me,
> 沉默是今晚的康桥! Silent is this evening for Cambridge.
> 悄悄的我走了,Quietly I am leaving,
> 正如我悄悄的来,Just as quietly as I came;
> 我挥一挥衣袖,Gently waving my sleeve,
> 不带走一片云彩。I am not taking away a single cloud.

《偶然》一诗中欧化句型的使用频率更高,在为这首诗营造音乐效果方面发挥了更为重要的作用。诗中第二节第一句中的状语"在黑夜的海上"(on the sea of night)被放在了句尾,属于欧化的句式处理,但因为这种句型在当代汉语中的普遍使用而显得不够典型。诗中句型具有明显欧化特征而又效果卓著的是"你有你的,/我有我的,方向"两句。中文中像这样两个不同主谓结构共用一个宾语的情况比较少见。徐志摩的句子结构大胆,但简洁流畅,使诗行听起来更有节奏。如果诗人坚持汉语句法,把诗句改成"你有你的方向,/我有我的方向",整个节奏就会变得笨拙和无趣。这首诗的最后三行再次采用了相同的英语句法结构。最后一行"在这交会时互放的光亮"是一个名词短语,也是两个句子动词——"记得"和"忘掉"——的宾语。如果要把它硬性改回传统的汉语句法,那么就只能写"你记得在这交会时互放的光亮也好,最好你忘掉在这交会时互放的光亮",诗行就会变成冗长的散文语句,诗意全无、乐感不在。这种借鉴英文句式创新变革诗句结构所获得的诗歌节奏不仅让人耳目一新,更是有效增添了诗歌的音乐性。

卞之琳说"徐志摩是才华横溢的一路诗人"[23]。那些柔美清丽、韵律和谐、构思精巧、想象丰富、意象新鲜、风格明丽、机动多样、整饬华美的诗个性鲜明、充满律动,其音乐元素可谓土洋结合、中西合璧、文白夹杂,是中西诗韵手段、风格构造、语言素材的完美结合。他对中西优质文化的融会贯通,对于我们这个时代的文化交流和文学发展而言,依然极具借鉴意义。

注释:

① www. qupu123. com 网站目前收录了 49 首由徐志摩诗歌谱曲而来的音乐作品。

② 英诗中有类似回文的修辞手段 palindrome,最有名的例子莫过于詹姆斯·乔伊斯认为拿破仑说的"Madam, able was I ere I saw Elba."。但也仅限于此,很难找出更长的例子,修辞价值也不高。汉语中有古诗"孤灯夜守长寂寥,夫忆妻兮父忆儿",正读反读都成诗,前者是"夫忆妻兮父忆儿",后者是"儿忆父兮妻忆夫",足见回文在中文中的修辞作用。参见李定坤编著《汉英辞格对比与翻译》,武汉:华中师范大学出版社,1994 年,第 478—506 页。

③ Wikipedia. *Chinese Poetry*. https://en. wikipedia. org/wiki/Chinese_poetry.

④ 有人说徐对当时的"普通话"掌握得很好,使用起来堪称"自然",这话实不可信。一则当时无"普通话"一说,二则当时的"官话"于徐志摩而言只是"第二语言",使用起来终须思考和选择,难言"自然"。

参考文献:

[1] 张玲霞. 徐志摩的"洋"与"土":英美浪漫主义文学与新月派之二[J]. 中国现代文学研究丛刊,1991(3):175—187.

[2] 韩石山. 徐志摩传[M]. 北京:人民文学出版社,2010.

[3] 彭柔.《沙扬娜拉》的艺术符号学解读[J]. 呼伦贝尔学院学报,2017(3):77—79.

[4] 张文轩. 传统诗歌的押韵特点[J]. 档案,2018(12):27—36.

[5] 张桂玲,姚慧卿. 华美的乐章:论徐志摩诗歌的音乐性[J]. 宿州学院学报,2005(2):53—55.

[6] 徐志摩. 徐志摩诗集[M]. 呼伦贝尔:内蒙古文化出版社,2009.

[7] 周文海. 论徐志摩诗歌的浪漫主义特色[J]. 信阳农业高等专科学校学报,2003(1):67—68.

[8] 卞之琳.人与诗：忆旧说新[M].合肥：安徽教育出版社,2007.

[9] 徐志摩.志摩的诗[M].北京：中国画报出版社,2009.

[10] 汤幼梅.现代汉语"零声母"的本质特性及理论定位[J].华南师范大学学报(社会科学版),2003(2)：142—144.

[11] 胡裕树.现代汉语[M].上海：上海教育出版社,1981：47.

[12] 徐志摩.诗刊弁言[N].晨报副刊·诗镌,1926－04－01(1).

[13] 孙钶心."三美"主张在徐志摩诗作中的超完美体现[J].临沂师范学院学报,2006(2)：61—63.

[14] 徐志摩.诗刊放假[N].晨报副刊·诗镌.1926－06－10(11).

[15] 张桂玲.徐志摩诗歌与陆机文论的契合[J].淮南师范学报,2008(3)：10—12.

[16] 龙榆生.唐宋词格律[M].上海：上海古籍出版社,1978.

[17] 王楠.徐志摩：人生过处,梦痕轻轻[M].哈尔滨：哈尔滨出版社,2018：34—35.

[18] 刘尧民.词与音乐[M].昆明：云南人民出版社,1982：171.

[19] 何黎黎.论徐志摩诗歌之美及对白话文运动的影响[J].重庆三峡学院学报,2015(1)：95—97.

[20] 廖玉萍.论徐志摩诗歌语言的音乐性特征[J].河南师范大学学报(哲学社会科学版),2007(6)：163—165.

[21] 戴望舒.望舒诗论[M]//王文彬.戴望舒全集：散文卷.北京：中国青年出版社,1999：127—129.

[22] 米家路,赵凡.自我的裂变：戴望舒诗歌中的碎片现代性与追忆救赎[J].江汉学术,2017(3)：26—40.

[23] 卞之琳.徐志摩诗重读志感[J].诗刊,1979(9).

——原载《江汉学术》2020年第2期：54—61

穆旦诗歌：宗教意识与民主意识

◎ 王东东

摘　要：在穆旦诗歌20世纪40年代最为重要的战争主题背后存在
着更为宏大的政治理想,一种借以克服和"消化"残酷战争
经验的现代政治意识。这一政治意识虽然难以摆脱当时
自由主义群体及其民主自由思想划定的范围,但却进一步
将穆旦引向现代政治意识的精神基础。于是穆旦诗歌中
的宗教意识与民主意识的关系就成为一个值得探究的命
题。在穆旦诗歌的社会总体图景背后是一个更强有力的
基督教图景。由于战争经验的刺激,穆旦经历了从历史正
义到超验正义的精神突变,但两者的目的都是为了完成一
种诗性正义。穆旦诗歌中的宗教意识为他的民主意识和
民主想象提供了相应的道德内涵。

关键词：穆旦；基督教话语；宗教意识；民主意识；诗性正义

穆旦20世纪40年代的诗歌已呈现出大量基督教的神话和修辞,它们不仅仅作为碎片而存在,在《蛇的诱惑》《神魔之争》《隐现》等重要作品中甚至成为全诗的结构性因素。可以说,穆旦的诗歌绽露出了较为明显的基督教思想意识。必须承认,语言修辞和思想意识的一致性在诗歌这种文体中表现得尤为突出,设想两者以分裂的方式存在若不是痴人说梦,也显得太过天真而不切实际。另外,我们发现,在穆旦诗歌20世纪40年代最为重要的战争主题背后存在着更为宏大的政治理想,一种借以克服和"消化"残酷战争经验的现代政治意识。这一政治意识虽然难以摆脱当时自由主义群体及其民主自由思想划定的范围,但却进一步将穆旦引向现代政治意识的精神基础。于是穆旦诗歌中的宗教意识与民主意识的关系就成为一个值得探究的命题。

一、《蛇的诱惑》中的两种话语

穆旦所受基督教思想和叙事的影响,最早在《蛇的诱惑》(1940年2月)中就已有所表现。隐藏的"该隐杀弟"对穆旦"诗意二元论"的形成有很大助力。《蛇的诱惑》的副

标题为"小资产阶级的手势之一",这首诗正文前还有一个引言:

> 创世以后,人住在伊甸乐园里,而撒旦变成了一条蛇来对人说,上帝岂是真说,不许你们吃园当中那棵树上的果子吗?
>
> 人受了蛇的诱惑,吃了那棵树上的果子,就被放逐到地上来。
>
> 无数年来,我们还是住在这块地上。可是在我们生人群中,为什么有些人不见了呢?在惊异中,我就觉出了第二次蛇的出现。
>
> 这条蛇诱惑我们。有些人就要放逐到这贫苦的土地以外去了。①

这个引言不容小觑,它提示我们要注意诗歌对基督教神话的征引。这首诗的表达技巧明显受到艾略特《J. 阿尔弗瑞德·普鲁弗洛克的情歌》和《荒原》的影响,碎片化的场景拼贴和"抒情主体"(lyric I)②的戏剧性独白相互交织,外加一个泄露全篇精神题旨的结构性隐喻。《蛇的诱惑》也和《情歌》一样有着"街上"和"室内"两个世界,只不过这个室内是由"百货公司"、"商店"和"玻璃柜"组成的"文明的世界","抒情主体"就跟随"德明太太""微笑着在文明的世界里游览",在此之前他们需要坐车通过有着"人同骡马的破烂旅居"的街道。有研究者认为,这个人的身份应该是德明太太的汽车司机[1],然而综合全篇考虑,如果非要"坐实"的话,似更应该是德明太太的一个知识分子身份的朋友。诗歌的后半部分充满了抒情主体的内心独白:

> 虽然生活是疲惫的,我必须追求,
> 虽然观念的丛林缠绕我,
> 善恶的光亮在我的心里明灭,
> 自从撒旦歌唱的日子起,
> 我只想园当中那个智慧的果子:
> 阿谀,倾轧,慈善事业,
> 这是可喜爱的,如果我吃下,
> 我会微笑着在文明的世界里游览,
> 带上遮阳光的墨镜,在雪天,
> 穿一件轻羊毛衫围着火炉,
> 用巴黎香水,培植着暖房的花朵。

引言中所谓"蛇的第二次出现"是在"撒旦歌唱的日子","蛇"即撒旦的化身。这次蛇的诱惑效果颇为不同,它在人类中产生了差别,"有些人就要放逐到这贫苦的土地以外

去了",从社会学的观点来看,这是等级甚至阶级的区别,然而,穆旦自然不会仅止于此:

> 那时候我就会离开了亚当后代的宿命地,
> 贫穷,卑贱,粗野,无穷的劳役和痛苦……
> 但是,为什么在我看去的时候,
> 我总看见二次被逐的人们中,
> 另外一条鞭子在我们的身上扬起:
> 那是诉说不出的疲倦,灵魂的
> 哭泣——

"二次被逐"也即人类的第二次堕落,在《圣经·创世纪》中紧接着发生于夏娃在蛇的诱惑下偷吃禁果被逐之后。他们的儿子,该隐因嫉妒杀了亚伯被神放逐。"亚当后代""二次被逐"表明穆旦对创世纪中的这一节故事是熟悉的。穆旦引入"魔鬼的第二次引诱",并将之作为全诗的结构性隐喻,应该受到过他喜爱的布莱克和拜伦的影响③。拜伦写了诗剧《该隐》④,而布莱克则写了《亚伯的灵魂》,两首诗中均出现了魔鬼撒旦。西方诗人经常处理"该隐杀弟"这个主题或变体。然而,穆旦在利用这个主题时却又隐去了故事本身,只简捷地将之处理为"蛇的第二次出现",且集中在引言部分作了暗示。一方面固然是两次堕落皆因为魔鬼的诱惑,另一方面也是出于文化差异的原因,穆旦必须考虑到:相对于"二次被逐",中国读者更为熟悉第一次被逐;虽然,这样做也同时构成了整首诗的"晦涩"。"亚当后代的宿命地"是在"伊甸园"之外,"二次放逐的人们"虽然置身于"文明的世界",伴随着他们的却是精神苦痛,穆旦用漂泊的吉普赛人来描述他们的精神困境:

> 墙上有播音机,异域的乐声,
> 扣着脚步的节奏向着被逐的
> "吉普西",唱出了他们流荡的不幸。

伊甸园的幻景还在眼前,却无法接近:"生命树被剑守住了,/人们渐渐离开它,绕着圈子走。"在穆旦的社会总体图景背后是一个更强有力的基督教图景,抑或说,他让资产阶级的神话消解在了基督教神话里,而最终起支撑作用的还是后者。穆旦的态度让人想到波德莱尔。波德莱尔的双联诗《亚伯和该隐》"对被剥夺者怀有更自由也更合乎情理的看法。它把圣经中两兄弟之间的较量转化成两个不共戴天的种族之间的斗争",但他的想法毕竟与马克思相去甚远,"该隐这个被剥夺者的先祖被表现成一个种族的始祖,这个种族不是别的什么,就是无产阶级"[2]。而在现实层面,资产阶级神话破灭的危险似乎不是来自无产阶级——虽然无产阶级神话一直是它的威胁——而是来自于抗战本身,"这些年战争的可悲之点在于物力与人力受到如此重大的破坏,以至毁灭了正在抬头的中等阶级的一大部分,这个阶级在历史上曾为自由主义与民主政府的脊骨与中心"⑤。而穆旦也有意在"该隐杀弟"的视域里观察他们在抗战中的反应,以及他们和另一人群的对照,正如《蛇的诱惑》前半部分所写:

> 在妒羡的目光交错里,垃圾堆,
> 脏水洼,死耗子,从二房东租来的
> 人同骡马的破烂旅居旁,在
> 哭喊,叫骂,粗野的笑的大海里,
> (听! 喋喋的海浪在拍击着岸沿。)
> 我终于来了——
>
> 老爷和太太站在玻璃柜旁
> 挑选着珠子,这颗配得上吗?
> 才二千元。无数年青的先生
> 和小姐,在玻璃夹道里,
> 穿来,穿去,和英勇的宝宝
> 带领着飞机,大炮,和一队骑兵。

"妒羡的目光交错"颇能说明两类人群的关系,突然闯入的"飞机,大炮,和一队骑兵"虽然是夸张的讥嘲,却也是对战争环境的郑重提示。明白了这一点,也才能够更深地理解"亚当后代的宿命地","贫穷,卑贱,粗野,无穷的劳役和痛苦……",他们是在平日生活之苦之外又受着战争之苦的"人民"。抒情主体正在从街道通向商店玻璃柜的路上,"一个廿世纪的哥伦布,走向他/探寻的墓地"。第一条鞭子抽向广大的"亚当后代":"这时候天上亮着晚霞,/黯淡,紫红,是垂死人脸上/最后的希望,是一条鞭子/抽出的伤痕,(它扬起,落在/每条街道行人的脸上,)/太阳落下去了,落下去了,/却又打个转身,望着世界:/'你不要活吗? 你不要活得/好些吗?'"在街道上,"人民"成为了"垂死人",而那些活下来的人民却又成为了"二次被逐的人们",对于他们问题变成:"'我是活着吗? 我活着吗? 我活着/为什么?'/为了第二条鞭子的抽击。"然而,这两种人都逃脱不了对生存意义的追问,这种追问与其说是马克思式的不如说是尼采式的。通过描述从街道到商店玻璃柜的行程,穆旦也高效地表现了战时中国人的全部经验的

可能范围,抗战加剧了社会总体图景的两极化(polarization)⑥,而代为感受了这一切的"抒情主体"只能发问:

> 呵,我觉得自己在两条鞭子的夹击中,
> 我将承受哪个?阴暗的生的命题……

显然,这种经验的两极化也出现在了个体身上,尤其对于一个具有一种"无阶级的阶级性"的知识分子,而呈现为个人的选择困难。这首诗的结尾透露出的知识分子的声音,也可以看作穆旦本人的声音。

二、作为精神事件的《隐现》

在《我向自己说》(1941 年 3 月)、《神魔之争》(1941 年 6 月)和《黄昏》(1941 年 12 月)中,基督教这一潜在的精神资源和叙事结构已浮上表面,正如《黄昏》中所写:

> 欢笑从门口逃出来,从化学原料,
> 从电报条的紧张和它拼凑的意义,
> 从我们辩证的唯物的世界里,
> 欢笑悄悄地踱出在城市的路上
> 浮在时流上吸饮。O 现实的主人,
> 来到神奇里歇一会吧,枉然的水手,
> 可以凝止了。我们的周身已是现实的倾覆,
> 突立的树和高山,淡蓝的空气和炊烟,
> 是上帝的建筑在刹那中显现,
> 这里,生命另有它的意义等你揉圆。
> ……

从辩证唯物论的世界向基督教视野的嬗变,体现出其对现实政治的抵触。《潮汐》(1941 年 1 月)中若隐若现的佛教因素也被纳入基督教模式之中,而《甘地》(1945 年 5 月)、《甘地之死》含有的其他宗教因素也是如此。穆旦的下列诗歌带有强烈的基督教色彩:《出发》(1942 年 2 月)、《诗》(1943 年 5 月)、《忆》(1945 年 4 月)、《隐现》、《奉献》(1945 年 7 月)、《他们死去了》(1947 年 2 月),可以说贯彻了穆旦 20 世纪 40 年代

的写作。其中《隐现》写于抗战(1943年3月),但在战时又有两次规模不等的修改。第一次为1947年8月,发表于《文学杂志》和《大公报》;第二次为穆旦编订《穆旦自选诗集》时,应为1948年8月,从《穆旦自选诗集》收入《绅士与淑女》而尚未收入《诗四首》(1948年8月)可以看出。

《隐现》和《神魔之争》的修改都融入了穆旦在内战时期的感受和思考,这一点对《神魔之争》较易确认,《神魔之争》借宗教而讽喻现实,从肯定抗战到否定战争态度变化明显。《隐现》则由现实而表达宗教的渴望,题旨更为抽象同时也更为连贯,这一点反而较难确认。解志熙就将《隐现》的"本事"追溯到"野人山大撤退",从而认定《隐现》"植根于穆旦参加远征军而九死一生的经验和推而广之的反思"——对于初版本,这本没有错——但解志熙认为后来的两次修改均只是"修辞性的修订",就忽略了修改版中内战经验的渗入[⑦]。《隐现》三章《宣道》《历程》《祈神》,修改最大的其实是中间一章,几乎等于重写,这并非没有理由。《历程》中"爱情的发现"初版本(刊于《华声》)中如是写道:

> 他在黄金里看见什么呢? 他的一切为了什么呢?
> 宽恕他,为了追寻他所认为最美的,
> 他已变得那样可厌,和憔悴。
>
> 我曾经把他推去,把我的兄弟推去,
> 我曾经自立在偏见里,而我没有快乐,
> 我从一个家系出来,看见他们都是兄弟,
> 看见这一个欺骗,那一个用口舌
> 完成一切他的能力所不能完成的。
> 他活着为了什么呢? 他不断的虚空有什么安慰呢?
> 宽恕他,因为他觉得他是看见了
> 真实,虽然包容在流动的语言里。

从这里可以看出穆旦对抗战军中(士兵军官之间)"诗意二元论"的描写,用解志熙的话说就是:"在这些诗句背后,无疑隐含着身为军官的穆旦对自己的社会偏见的反省,更折射着他在胡康河谷眼见战士悲惨地送死殒命而自己无力援手的惨痛经验和人性挣扎。"实际上,穆旦在这些诗里呈现了一个抗日士兵(或军官)的形象,而"黄金"的意象显然和"赏金"有关。修改本(1947年6月)则这样写道:

> 他在黄金里看见什么呢? 他从暴虐里获得什么呢?

宽恕他，为了追寻他所认为最美的，
他已变得这样丑恶，和孤独。

活着是困难的，你必须打一扇门。
那为人讥笑的偏见，狭窄的灵魂
使世界成为僵硬，残酷，令人诅咒的，
无限的小，固执地和我们的理想战斗，
（在有路的地方，就有光的引导。）
挡住了我们，使历史停在这里受苦。
他为什么不能理解呢？他为什么甘冒我们的怨怒呢？
宽恕他，因为他觉得他是拥抱了
真和善，虽然已是这样腐烂。

结尾显然写到了一个士兵的死亡，最后两行还有对奥登《在战时》的"修正"，奥登诗句为："他不知善，不择善，却教育了我们，并且像逗点一样加添上意义。"将这个结尾与半年前的《他们死去了》（1947年2月）的结尾对照：

呵听！呵看！坐在窗前，
鸟飞，云流，和煦的风吹拂，
梦着梦，迎接自己的诞生在每一个
清晨，日斜，和轻轻掠过的黄昏——
这一切是属于上帝的；但可怜
他们是为无忧的上帝死去了，
他们死在那被遗忘的腐烂之中。

相似的宗教题旨、死亡主题以及诗歌修辞（"腐烂"），可以证明《历程》中这一节是写内战中一个士兵的死。而被解志熙认为表明穆旦"不再是一个单纯站在国族立场上讴歌民族抗战、欢呼民族复兴的诗人，而已成长为一个超越了民族界限、能够站在全人类的立场上来质疑战争的诗人"的诗句：

我们拥抱战争与和平，为了固守我们的生活原则和美德，
可是在战争与和平中，它们就把它们的清白卖给我们的敌人。

在后来的修改本中均被删去,当是穆旦考虑到它们不再适合"当下"的语境之故。而《历程》之"情人自白"中"当我终于从战争归来"这一句却并未改动,穆旦修改和发表《隐现》的时候正辗转于东北、北京和京沪线上。因此,《隐现》修订本中的历史经验实际上包含了战争两种"历程",虽然它不至于像《神魔之争》分裂为抗战和内战的两个版本。从《隐现》初版中可以看出,第一章《宣道》中的三节"时间的主宰""一切摆动""永恒的静止"其实已暗含了全诗的三元结构:"宣道""历程""祈神"。两组三元结构具有一种对应关系,对应于"历程"的"一切摆动"写道"我们摆动于时间的两极,/我们说,我们是向着前面进行"(后改为"主呵,我们摆动于时间的两极,/但我们说,我们是向着前面进行"),这里即呈现出"救赎历史"和看似进步实则"堕落"的"世界历史"的分离:"基督教的时间计算是特别的,它是从一个在时间实现时发生的中心事件出发计数的。……对于基督徒来说,救赎历史的分界线不是一种单纯的将来时(futurum),而是一种现在完成时(perfectum praesens),是已经发生了的主的降临。鉴于这个中心的事件,时间既是向前计算的,也是向后计算的。"[3] 这历史"历程"在"祈神"里却也有总结:

> 在我们的来处和去处之间,
> 在我们的获得和丢失之间,
> 主呵,那目光的永恒的照耀季候的遥远的轮转和山河的无尽的丰富
> 枉然:我们站在这个荒凉的世界上,
> 我们是廿世纪的众生骚动在它的黑暗里,
> 我们有机器和制度却没有文明
> 我们有复杂的感情却无处归依
> 我们有很多的声音而没有真理
> 我们来自一个良心却各自藏起,
> ……

然而,由此发生了一个情感和认知结构的突转,使穆旦更为接近一种对基督教信仰的存在主义态度,穆旦的存在主义态度甚至紧接旧约中的"旷野呼告"而来:

> 主呵,因为我们看见了,在我们聪明的愚昧里,
> 我们已经有太多的战争,朝向别人和自己,
> 太多的不满,太多的生中之死,死中之生,
> 我们有太多的利害,分裂,阴谋,报复,
> 这一切把我们推到相反的极端,我们应该

> 忽然转身,看见你
>
> 这是时候了,这里是我们被曲解的生命
> 请你舒平,这里是我们枯竭的众心
> 请你揉合,
> 主呵,生命的源泉,让我们听见你流动的声音。

　　大体上说,《宣道》一章是传统"神正论"的宣示,《历程》是对现实历史的描绘,而《祈神》则是艰难的精神超越。关于从世俗秩序到超越秩序的精神突转,本雅明有一个解释:"世俗的秩序应该建立在幸福的观念上。这种与弥赛亚有关的秩序,是历史哲学的基本教导之一。它是一种历史的神秘概念的前提,它所包含的问题可以用这样的形象表明:如果一支箭头指向世俗动力趋向的目标,而另一支箭头标明近于救赎的方向,那么毫无疑问的,自由的人性对幸福的追求,将会朝着背离弥赛亚的方向奔去;然而,正如一种力量透过它的运动,反能助长另一种相反方向的力量,世俗的秩序也正透过它的世俗性,而帮助弥赛亚王国的到来。"[4]《隐现》就构成了这样一个精神事件,在整个中国现代诗歌中都是一个值得记取的精神变异。

三、超验正义、历史正义与诗性正义

　　重述穆旦诗歌中的基督教信仰并非多余,简单地说,这一宗教意识和民主意识具有千丝万缕的联系,"从学理的意义上讲,欧洲发展的核心可以称之为神学—政治问题(theological-political problem)"[5];"民主时代的人的生活将形成于他们继承的道德内涵和民主方式之间的妥协"[6],此处所谓的道德内涵即包括基督教与公民社会。而从宗教角度批判中国现实,自然并非穆旦一人,闻一多就曾从宗教角度激烈地批判当时忌讳民主、提倡复古的封建主义和家族主义:"你的孝悌忠信,礼义廉耻,和你古圣先贤的什么哲学只令人作呕,我都看透了!你没有灵魂,没有上帝的国度,你是没有国家观念的一盘散沙,一群不知什么是爱的天阉(因此也不知什么是恨),你没有同情,也没有真理观念。然而你有一点鬼聪明,你的繁殖力很大。因为聪明所以会鼠窃狗偷——营私舞弊,囤积居奇。因为繁力大,所以让你的同类成千成万的裹在清一色的破棉袄里,排成番号,吸完了他们的血,让他们饿死,病死……这是你的风格,你的仁义道德! 你拿什么和人家比!"[7]从政治哲学或文化哲学的角度看待基督教与民主的关系固无不可,甚至不可或缺,但也应该意识到,对于穆旦来说,我们更需要考察这一宗教意识的诗学功能。在一定程度上可以说,正是宗教意识阻止了穆旦的"诗意二元论"走向"阶级意识",越到 20 世纪 40 年代后期就越是如此。这并非说穆旦对历史正义不感兴趣,毋宁说,他对历史正义的感知受到了基督教思想的影响,而宪政本身"根植于西方基督教的信仰体系及其表述世俗秩序意义的政治思想中"[8],基督教中的民主思想可谓一种超验正义。若无超验正义,无从设想历史正义;但若无历史正义,超验正义也无从达到。《奉献》(1945 年 7 月)中甚至出现过这样的诗行:

> 然而他把自己的生命交还
> 已较主所赐给的更为光荣。

这就充分表现了历史生活中人的尊严,即使只是在写一个士兵的死亡。这两句诗也许最能体现出一种拜伦式的"恶魔精神",穆旦诗中的"渎神"并非仅此一例。从文化比较的角度来说,这两句类似"异教"的诗似乎也只能出自中国诗人之手。对于穆旦来说,超验正义的诗学功能就是达到一种诗性正义(poetic justice),而这一种诗性正义又显然高过了历史正义,诚如亚里士多德所说,诗的真实比历史真实要高,而民主理想就是诗性正义的结果和对应物。超验正义、历史正义和诗性正义之间的关系,可以用十字结构图示如下:

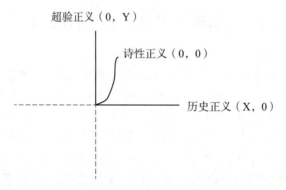

这不仅是《隐现》一诗的结构,甚至还是穆旦全部诗歌的意义。不应忽略的是,作为民主的诗性正义同时也召唤着历史正义,虽然这一点变得越来越无望——这就是穆旦自甘"流亡"的根本原因;民主最终成为一种诗性正义,也正可见出民主的理想与现实之间的距离,而这一点也许适用于人类的所有时代和所有社会,正如玛莎·努斯鲍姆引用惠特曼的诗所说:"诗人不是一种反复无常的怪物,而是最具备条件'赋予每个对象或品种以适当的均衡,不多也不少'的人,他们恰当地衡量不同人群的主张,同时注视着公平的规范('他是他的时代和国家的平衡器')和历史('他以自己的坚定信念力

挽狂澜,避免时代背信的趋势'）。在民主政治中,公平和历史在某种程度上总是危险的;而诗人裁判就是它们的护卫者。""这个文学裁判是亲密的和公正的,她的爱没有偏见;她以一种顾全大局的方式去思考,而不是像某些特殊群体或派系拥趸那样去思考……了解每一个公民的内心世界的丰富性和复杂性……看到了所有公民的平等尊严——以及在更为神秘的图景中,看到了情欲的渴望和个人的自由。"[9]诗性正义应该是"民主文化"或"民主诗歌"的本质,也造成了诗与民主最为基本的关系。而穆旦的诗歌则用一种诗性正义联系起来了超验正义与历史正义。简单地说,超验正义对应"基督教民主"⑧,历史正义对应"政治民主",诗性正义则对应"诗歌民主"。由于历史正义难以实现,穆旦的诗就表现出对超验正义的想象,这种超验正义甚至是传统政教体系所无法提供的:

> 他们匍匐着竖起了异教的神。
>
> ——《潮汐》(1941 年 1 月)

> 在曙光中,那看见新大陆的人,他来了把十字架竖立,
> 他竖起的是谦卑美德,沉默牺牲,无治而治的人民,
> 在耕种和纺织声里,祈祷一个洁净的国家为神治理。
>
> ——《甘地》(1945 年 5 月)

　　《甘地》这首诗则包含了穆旦对民族共同体生活的想象,因而也同样可以指向战争。穆旦分裂的自我在战争中进一步成为"分裂的人民"的一个镜像,但这并不妨碍他建构一种"时代和国家的平衡器"这样一种诗性正义。而在这两个时期,穆旦诗歌中的宗教意识为他的民主意识或民主想象提供了相应的"道德内涵",这也应该是穆旦"创造了一个上帝"(王佐良语)的精神含义。

注释:

① 穆旦:《蛇的诱惑——小资产阶级的手势之一》,《探险队》,文聚社,1945 年 1 月,第 32—39 页。每首诗的出处只注明一处,下同。因穆旦诗歌修改与"异文"较多,本文对涉及的篇章均注明出处。

② "抒情主体"的说法借用自 Michael Hamburger, *The Truth of Poetry*：*Tensions in Modern Poetry from Baudelaire to the 1960s*, Carcanet New Press Limited, 1982 年。下文"经验主体"(empirical I)亦然。

③ 据赵瑞蕻的回忆,在湖南时,"穆旦除喜欢拜伦、雪莱、叶芝外,也特别喜欢读布莱克。所以,他在班上听燕卜荪讲布莱克特有兴趣"。赵瑞蕻:《南岳山中,蒙自湖畔

（上）——怀念穆旦，并忆西南联大（上）》，《新文学史料》1997 年第 3 期，第 175 页。穆旦如此喜欢布莱克，不可能不知道布莱克与该隐杀弟有关的摇撼人心的画作。

④ 拜伦对贵族社会的抨击实际上和他的宗教观关联在一起，这一点集中表现于诗剧《曼弗雷德》和《该隐》。有研究者虽然没有提及拜伦的这两部作品，但敏感地意识到穆旦和拜伦的精神联系："在拜伦讽刺的对象中，上层社会的虚伪与狡诈是十分重要的内容……在穆旦的诗作中，对上层社会颠倒是非、混淆黑白的讽刺也是十分重要的一个内容。"见高秀芹、徐立钱：《穆旦：苦难与忧思铸就的诗魂》，北京：文津出版社，2007 年，第 35—36 页。

⑤ 见《艾契逊国务卿的述要函》，《美国国务院"中美关系"白皮书选辑，英汉对照》，香港：美国新闻处香港分处印行，1949 年，第 2 页。

⑥ 李长之在 1945 年对战时的文化动态有一个观察，可作为本文所说"社会总体图景极化"的一个参照："战争使一切原有的状态或倾向都尖锐化，夸张化，简直是卡通化。例如本来那般唯利是图的商人是赚钱的，在战争时就更表现其赚钱的本领，本来脆弱的知识分子是有些依违不定的，在战争时也就更表现其东倒西歪，反之，本来农民是英勇而有些韧性的，在战争时也就更表现其坚强与百折不挠（士兵和战地民众大半都是农民），其他无耻的越发无耻了，荒淫的越发荒淫了，而勤奋苦干的也越发勤奋苦干了，这真是有趣的事。战神仿佛一个好导演一样，让各种角色都显著地表现其特长，又像一个长于谑画的能手，让各个人的面部特征都十分突出。不唯单个人或一部分人是如此，就是整个国民的优点和弱点也在战时格外暴露。"李长之，《迎中国的文艺复兴》，商务印书馆，1944 年 8 月重庆初版，1946 年 9 月上海初版，第 107 页。

⑦ 解志熙：《一首不寻常的长诗之短长——〈隐现〉的版本与穆旦的寄托》，《新诗评论》第 12 辑，北京：北京大学出版社，2010 年，第 179、183 页。解志熙说"从初刊本到修订本，《隐现》到底有多大变化，还能算是同一首诗么？这个不免让人起疑的问题，其实不难澄清。……如此细密而且大面积的修改，还能说修改不大么？然而不然——修改多并不等于修改大。只要仔细校读两个版本，任何人都不难发现修订本的所有修改几乎都是修辞性的，修辞性的修订当然体现了穆旦精益求精的艺术苦心，表明他对自己的这首长诗的重视，并且经过修订的《隐现》较诸初刊本也确是更为整饬了一些，但究其实，诸多的修辞性修改并未达到足以真正改变《隐现》的程度，读者即便读的是 1947 年的《隐现》修订本，仍得说它基本上还是 1943 年创作的那首诗。所以，说了归齐，后出的《隐现》修订本和原初的《隐现》初刊本并无大差别。"毫无疑问，解的注意力在此时被《隐现》的艺术性评判吸引了过去，他在乎的"修辞"其实是语言传达的力度，因而出现了对《隐现》的"灵感"的复杂综合来源和"内容材料"上认定的疏失，虽然他对《隐现》"艺术得失"的结论也并非完全没有说服力。其

实从《隐现》(将修订本与初版本等量齐观)完全可以看出穆旦从宗教的超越角度审视整个 20 世纪 40 年代战争历史经验的决心。

⑧ 雅各·马里旦(也即雅克·马利坦,Jacques Maritain)的相关论述早在 20 世纪 40 年代就被介绍到中国,"基督教所启示的民主,不只是一种选举方式,或均富制度。这些仅是它形式上的表现。民主的真正动力,或基本原则,乃是马氏所谓的'普遍的友爱'。这爱力与宇宙的创造力相贯通,因此有充沛不可抵御,磅礴不能限制的力量。它不但使人与人之间彼此关注同情,而且可使这种同情与关注扩充至全球。"引自沈以藩:《马里旦论基督教与民主》,《天风》1949 年第 7 卷第 4 期,第 13 页。雅克·马里旦在《基督教与民主》中说:"在人类历史中,民主进程的出现犹如福音启示在现世的出现。"见让·多雅:《马利旦》,许崇山译,北京:中国社会科学出版社,1992 年,第 227 页。其他关于基督教与民主关系的讨论在 20 世纪 40 年代还有:赵紫宸:《民主潮流与基督教精义》,《天风》1947 年 11 月第 98 期;冯瑶林:《基督教与民主主义》,《再生》1948 年第 1 卷第 10 期。

参考文献:

[1] 余旸.穆旦与战时文学:对穆旦 1939—1945 年诗歌的综合考察[M]//"问题"与"主义":重审 20 世纪 40 年代诗歌.北京:首都师范大学,2012.

[2] 本雅明.巴黎,19 世纪的首都[M].刘北成,译.上海:上海人民出版社,2006:73.

[3] 卡尔·洛维特.世界历史与救赎历史:历史哲学的神学前提[M].香港:汉语基督教文化研究所,1997:228.

[4] 本雅明.神学—政治学残篇[M]//当代政治神学文选.蒋庆,译.长春:吉林人民出版社,2002:51—52.

[5] 皮埃尔·莫内.自由主义思想文化史[M].曹海军,译.长春:吉林人民出版社,2004:3.

[6] 马南.民主的本性:托克维尔的政治哲学[M].崇明,倪玉珍,译.北京:华夏出版社,2011:44.

[7] 闻一多.从宗教论中西风格[N].生活导报,1944-04-23.

[8] 卡尔·J.弗里德里希.超验正义:宪政的宗教之维[M].周勇,王丽芝,译.北京:生活·读书·新知三联书店,1997:1.

[9] 玛莎·努斯鲍姆.诗性正义:文学想象与公共生活[M].丁晓东,译.北京:北京大学出版社,2010:119、170—171.

——原载《江汉学术》2017 年第 6 期:50—56

重审中国现代诗创作中的"双语现象"

◎ 贾鑫鑫

摘　要：在中国新诗的草创期和发展期，由于中文语汇及表述方式不足以表现复杂的诗思与现代经验，许多诗人在汉语创作语境中直接运用外文（英、法、日、德等）词汇，使同一文本中出现两种语言交杂的状态，我们称之为"双语现象"。以胡适、徐志摩、郭沫若、王独清、李金发、穆旦、张枣等现当代诗人诗歌中出现的"双语现象"为研究依托，深入分析"双语"交杂在拓展新诗语言发展空间、推进新诗对"现代性"的探索等方面的历史意义，同时在充分透析这一现象的基础上，结合当代诗人的创作实践，对现代新诗写作如何打开语言的边界，使"共通语境"下的诗歌创作呈现出新的可能等问题进行重新思考。

关键词：中国新诗；双语现象；诗歌语言；外来词；外语词汇；诗歌翻译

穆旦在 1940 年的《玫瑰之歌》中曾这样写道："我长大在古诗词的山水里，我们的太阳也是太古老了/没有气流的激变，没有山海的倒转，人在单调疲倦中死去。"而在该诗的结尾，诗人期待"一颗冬日种子的新生"[1]。这是诗人长期浸润在中国传统文化中对自身语言封闭匮乏的警醒，也是对拓展诗歌语言发展空间的期盼和渴望。实际上，在中国新诗的草创和发展过程中，这种对语言变革的关注和探索实验由来已久。

晚清时期，随着西方文化的渗透影响，中国语言文化的自足体系被打破，原有的文言古语已经不能适应现代社会的需要。黄遵宪作为"诗界革命"的先驱很早就亮出了"我手写我口，古岂能拘牵"[2]的旗帜，随后蔡元培、陈独秀、胡适、钱玄同等一批文学革命先驱积极倡导白话文运动，并通过在《新青年》等杂志上发表白话诗歌作品来探索新的语言方式。正是在这样一个思想解放、一个民族的语言文化创造力被重新唤起的年代，随着新的器物和西方词语的不断引入，本土文化与外来影响的冲突、融合，白话入诗的单一追求显然无法完全传达诗人的复杂思想感情，不能反映现实的涌动和变化。胡适、徐志摩、郭沫若、俞平伯、闻一多、戴望舒、李金发、王独清、穆木天、冯乃超等一大批诗人在新诗创作过程中自觉或不自觉地加入了英语、日语、法语、德语等其他外文词汇，从而在同一文本中出现两种语言交杂的状态,我们称之为"双语现象"。这是对白话入诗的一种拓展和丰富,也体现了现代诗歌语言自身发展的某种必然要求。

本文仅考察在汉语语境内、以汉语写作为主体、夹杂外语词语的创作现象。通过对五四时期至20世纪40年代一些新诗作品集的梳理,笔者对在诗歌中直接运用大量外文(英、法、日、德等)词汇进行创作的情况进行分类:它们有些直接出现于诗题中,比如郭沫若的《Venus》(维纳斯)、李金发的《Spleens》(法文:忧郁)等;有些出现于诗前题记或引言中,比如徐志摩在《一条金色的光痕》初次发表时诗前序言中所引用的大段外文;有些出现于诗文中(占大多数),比如戴望舒的"从水上飘起的,春夜的/Mandoline,你咽怨的亡魂,孤冷又缠绵"[①]。而诗中的外文词汇又主要以两种方式呈现出来:一种是对原语采取音译的形式,比如胡适的"更喜你我都少年,'辟克匿克'来江边"[②],徐志摩的"我梦里常游安琪儿的仙府"[③];另一种是直接采用原语形式,比如李金发的"舞的形势,亦顿变了/tambourin 亦开始拍了"[④],"爱秋梦与美女之诗人/倨傲里带点méchant"[⑤]等。

除诗之外,郭沫若、闻一多、俞平伯、穆木天等在其诗论或谈诗的过程中也有不少外文插入。可以说,新诗中出现外文词汇在当时是一种常见的现象,常见到见惯不惊的程度了。在从文言转向白话、扩大语言的表现范围的过程中,或者说,在创造"活的文学""人的文学",反映当下生活、时代精神的过程中,它似乎是一条必经之路。从积极的意义上看,它实际上赋予了中国新诗语言更加丰富的词汇选择和更加灵活多样的表现形式,也为中国现代民族语言的发展提供了更加多样的对照语境和艺术刺激。这种从语言形式方面对传统诗歌进行的解放,一定程度上推进了新诗从传统向现代的转型。

一、新诗尝试期:"势在必行"的新内容之语言表现

早在新诗草创期,傅斯年在《怎样做白话文》一文中就曾指出:"现在我们使用白话做文,第一件感觉苦痛的事情,就是我们的国语异常质直,异常干枯……并且觉着它异常的贫——就是字太少了。"而如何"补救"这个缺陷呢? 傅斯年指出"须得随时造词",而且"所造的词,多半是现代生活里边的事物:这事物差不多全是西洋出产。因而我们造这词的方法,不得不随西洋语言的习惯,用西洋人表示的意味"[3]。作为文学革命先驱的胡适也深刻地认识到了这个问题,从而开始尝试在诗歌创作过程中加入新的语言元素,即外来的音译词汇。比如《赠朱经农》中直接使用"picnic"(野餐)的音译词"辟克匿克"入诗,或直接在《送梅觐庄往哈佛大学》中出现牛顿(Newton)、客尔文(Kelvin)、爱迭孙(Edison)等外国名字的译音和抽象名词"烟士披里纯"(inspiration,灵

感)。但这种加入人名或其他音译词的尝试,与黄遵宪、梁启超等在旧诗里采用某些西方近代的新名词、习语有相似之处,都是在没有冲出旧体五七言的束缚下,把"新世界"的所见所闻(多为人名、地名)诉之于诗,有点"以新材料入旧格律"[4]的调子。

与胡适的"生搬硬套"不同,徐志摩却把音译词用得恰到好处,成了表达诗意韵味的一种有效手段。陈梦家在《新月诗选·序言》中认为诗"也要把最妥帖最调适最不可少的字句安放在所应安放的地位:它的声调,甚或它的空气(Atmosphere),也要与诗的情绪相默契"[5]。这句话,正好可以用来评价徐志摩在《沙扬娜拉》这首诗结尾对"沙扬娜拉"的精彩运用。"沙扬娜拉"是日语"再见"的音译,临别前的低首行礼,同时轻声细语说一句"沙扬娜拉"是日本女性特有的礼仪。把这个音译词语放在整首诗的最后,联系前面诗句中送别者的情态和内心活动,"最是那一低头的温柔,/像一朵水莲花不胜凉风的娇羞,/道一声珍重,道一声珍重,/那一声珍重里有蜜甜的忧愁"[6],容易使读者联想到依依不舍的离别画面,同时又产生像呢喃地呼唤女郎名字的感觉,有情态美,有音调美,充满一种动感的魅力。如果不采用"沙扬娜拉"这样的音译词而是以"再见"结尾,这首诗就会失去它特有的魅力。

在利用外文词汇弥补汉语表达的不足方面,郭沫若较前几位诗人又深入了一大步。郭沫若感受着五四时代精神跳动的脉搏,激情澎湃地要破坏一切,创造一切。"我自己就好像一座作诗的工厂""每每有诗的发作袭来就好像生了热病一样"[7],在这样的惊人创造里,郭沫若为了配合狂热的情感流露,执着于用新词语来表现新内容,而且词语的选择充满动感和时代感。他时时利用外文词汇来弥补汉语表达的不足,为新的感觉方式和语言表现找到了更恰当的契合点。在名诗《立在地球边上放号》中,我们在"力的律吕"("Rhythm",韵律、节奏)中感受着中国诗歌中前所未有的"气韵";在《晨安》中,让诗人敬畏的"Pioneer"(先驱者、拓荒者)与不息的大海以及黄河、长城、喜马拉雅山等一起出现在诗人的致敬名单里,这种胸襟和眼光本身就很有"力量"。这种狂放的情绪和语言形式在《天狗》中达到了高峰,我们感受到诗人"energy"(精力、能量)的释放:"我是全宇宙底 Energy 底总量!""我如烈火一样地燃烧!/我如大海一样地狂叫!/我如电气一样地飞跑!……我便是我呀。"这些都有力地传达了如朱自清在《中国新文学大系·诗集》导言中提到的"生底颤动"和"灵底喊叫"[8]5。

不用多说,郭沫若诗中这种"动的和反抗的精神"在"静的忍耐的文明里"[8]5 是前无古人的。除了感受着五四时代"个性解放"的精神,诗中这种对自我的张扬与诗人一直崇尚的"泛神论"是分不开的。在《三个泛神论者》中,郭沫若在第一节写道:"我爱我国的庄子/因为我爱他的 Pantheism/因为我爱他是靠打草鞋吃饭的人。"接下来诗人分别提到荷兰的"Spinoza"(斯宾诺沙)和印度的"Kabir"(加皮尔),同样是因为爱他们的"Pantheism"。诗人自己曾将泛神论概括为:"泛神便是无神。一切的自然只是神的表现,自我也只是神的表现。"[9]

　　除了西方哲学、人文艺术带来的冲击,郭沫若在日本学过医,对现代自然科学也有系统的了解。因而他的诗歌也充满了现代科学名词,如"自转"、"公转"、"X 光线"、"神经纤维"以及"gasoline"(汽油)、"nephritis"(肾炎)、"Morphin"(吗啡)、"veronal"(催眠药粉)这样的词汇。现代科学思想在一定程度上开阔了诗人的思维,使更多的科学事物进入到诗歌表达之中。但深受现代科学文明惠泽的郭沫若已经不是简单地在新诗中"捃撦新名词"[10]了。尽管闻一多曾经对郭沫若诗中"西洋的事物名词处处都是",好像是"翻译的西文诗"[11]有所不满,但郭沫若的诗已经冲出了单纯罗列新名词的阶段,他的诗真切地表达了五四时期新一代知识分子的精神状况。郭沫若以他巨大的诗歌才能,把地质学、矿物学、天文学乃至医学等方面的知识加以诗化,赋予了动感、力量和生命。郭沫若的诗犹如火山爆发,不仅强烈表现了五四的时代精神,也给草创时期的中国新诗带来了灼热的语言新质。

二、新诗发展期:"有意为之"的现代性追求

　　在 20 世纪二三十年代,中国新诗的语言探索在不断地深入和拓展。梁实秋在《新诗的格调及其他》中说:"新诗运动最早的几年,大家注重的是'白话',不是'诗',大家努力的是如何摆脱旧诗的藩篱,不是如何建设新诗的根基。"[12]在新诗发展的后续期,语言形式的建设逐渐被提上日程,尤其是对"现代性"的艺术追求,成为那个阶段新诗探索的题中之义。

　　王独清有一首诗《我从 café 中出来……》,曾这样描绘他的生活:

　　　　我从 café 中出来,
　　　　身上添了
　　　　中酒的
　　　　疲乏,
　　　　我不知道
　　　　向那一处走去,才是我底
　　　　暂时的住家……
　　　　啊,冷静的街衢,
　　　　黄昏,细雨!

我从 café 中出来，

在带着醉

无言地

独走，

我底心内

感着一种，要失了故国的

浪人底哀愁……

啊，冷静的街衢

黄昏，细雨！[13]

王佐良在《中国新诗中的现代主义——一个回顾》中这样评论："诗人不仅模仿了巴黎世纪末文人的姿态，而且公然在中文诗里用了一个法文字 café！"[14]王佐良此文是20世纪80年代关于中国新诗的一篇重要文章，文中列出了"中国新诗中的现代主义"的清单，并明确指出现代主义的起点是从王独清这首诗开始的，确切地说是从诗句"我从 café 中出来"开始的。

王独清在《再谭诗——寄给木天、伯奇》中也曾提过这首《我从 café 中出来》，认为"尚可满意"，而且着重强调了在诗中插入外文并非其一时的疏忽，而是一种追求"美"的方式："诗篇中加外国文字，也是一种艺术，近代欧洲诗人应用者甚多。这不但是在本国文字中所不能表的可以表出，并且能增加一种 exotic 的美；更可以使诗中有变化及与人刺激诸趣味。"[15]

"café"在法语中是"咖啡馆"之意，巴黎作为文化之都，城市中遍布的咖啡馆、小酒吧最能体现巴黎人的浪漫风情和气质。王独清推崇的波德莱尔、魏尔伦、马拉美、兰波等象征主义作家、诗人的创作生涯都曾和这个"café"联系在一起。作为"流浪汉"的王独清，去"café"不仅为了这种文化的记忆，而且"身上添了/中酒的/疲乏"。留学生涯的漂泊无依、大街上的凄清、"黄昏"和"细雨"以及咖啡馆里弥漫的那股阴柔、慵懒的气氛，使文人越发地感受到自我的幻想与社会现实的隔绝，越发加深了这种"要失了故国的/浪人底哀愁……"。

王独清曾在诗歌《长安》中这样描写巴黎："在巴黎，那才真真是表现了资本主义的末期/美酒，女人，一切，一切，都使人沉迷"，但这些都不足以抵消漂泊游子们的孤寂和思乡之情，这体现在前文提到的诗中，也体现在他《归不得——一个漂泊人底Nostalgia》一诗里⑥。从1915年到1925年，王独清先后在上海、日本、法国等多地辗转求学，研究艺术和哲学，直到1925年底才回国。在这十年的动荡生活中，诗人接受西方现代主义思潮的影响，将自己的情感融入创作唯美、象征派式的诗歌。一个"café"既引出了醉酒人在异国他乡那种颓废的生活方式，同时也让这首诗有了某种"异国情调"。王佐良将这首诗视为"中国新诗中的现代主义"的开始，是很有历史眼光的。的确，王独清这种"有意"的安排成为一个刺目的"现代性"语言标记。

  同样留学法国并深受波德莱尔等法国象征派"颓废之美"影响的李金发，对语言的选择更加"刻意"，文白交杂、双语并存构成了他的诗歌面貌，其诗歌语言也更富有异质感和异国情调。外文词汇特别是法语词汇在他的诗歌中比比皆是。比如《柏林之傍晚》中的"Tristesse"（悲伤、忧郁），《回音》中的"Maudit"（可恶的、被诅咒的），《清晨》中的"regret"（懊悔），《秋兴》中的"douleurs"（忧伤）等，似乎只有使用这些晦暗的法文词语，他诗歌中的痛苦、哀伤的基调才得以展现。李金发的诗大多写于巴黎，面对充满罪恶又布满诱惑的"枯瘦的巴黎"，诗人的孤独、凄怆和绝望一览无余，"Seine 河之水，奔腾在门下/泛着无数人尸与牲畜"[16]，而城中的诗人踯躅于斜阳之后，"宁蜷伏在 Notre Dame 之钟声处/'Comme un Blessé qu' on oublie'"⑦[17]。这种对现代都市情绪化的描写，深深契合了波德莱尔以来的现代艺术精神，并为那个时代的中国新诗带来了浓重、奇崛的异彩。这种有意运用外语词汇和带有异国特征的意象，通过不同寻常的艺术想象组合起来的创作方法，不仅打破了当时新诗语言的平淡，也扩展了既有的审美方式，给我们带来了不一样的感受和体验。这种"有意而为之"的写作行为，和一些不得不运用外语词汇的诗人很不一样，无论在诗思运作还是语言文体上，他都成为走得最远、最为极端的一个。李金发的诗歌已经不只是像早期新诗作者在中文里掺杂外文或者使用西洋文学典故那么简单，而是有意在诗歌中彻头彻尾地"欧化"，虽然他的许多作品在今天读来有一种"夹生"之感。

  随着胡适、郭沫若、徐志摩、闻一多、戴望舒、王独清、李金发等诗人的垦荒和践行，中国新诗语言渐渐摆脱了初期的幼稚和单调，诗歌语言不断丰富，表达方式更加多样，迎来了更为开阔和成熟的发展阶段。到了 20 世纪 40 年代，中国新诗对"现代性"的追求进入一个"全盛期"，尤其是艾略特、奥登为代表的英语现代主义诗人对中国 40 年代诗歌产生了重要影响，但同时，新诗语言随着"现代汉语"一起走向成熟，"双语现象"式微，即使像穆旦这样的"执意走一条陌生化的语言道路"[18]的诗人，也只是直接把外文抒情词"O"（"啊"或"哦"）放在了诗歌中，其他的外文词汇却很少或不再在诗中出现。但这只是表面现象，如果深入考察穆旦这样的诗人的创作，他在一定程度上仍是在从事"双语写作"，这即是说"另一种语言"或"翻译"仍在他的创作中一直起作用，他把来自西方现代主义的很多东西都翻译成了穆旦式的汉语。由此可知，从五四时期至 40 年代为中国新诗"双语现象"的主要时期，它伴随着中国新诗语言的草创和走向成熟。这种写作现象拓展了新诗语言的发展空间和表现形式，虽然也伴随着种种有待反省的问题，但有着很大的历史必要性。

三、对"双语现象"的反思及当代启示

日本学者加藤周一曾提出过"杂交文化"[19]这个概念。而中国新诗从一开始就是一种和翻译和文化"杂交"相伴随的语言。如果说僵化封闭的语言是"逼迫"诗人向外取材的原因，那么对国外语言文化的熟习和潜在翻译的内化则刺激了"双语现象"的生发。20世纪初留过学的诗人，比如胡适、郭沫若、徐志摩、李金发、穆木天、戴望舒、闻一多、王独清、冯至，以及像卞之琳等虽未出国留学但却是"外语出身"（指他们所学为英语专业）的诗人，他们不仅具有很高的外语能力，在写作中自然也会隐现着一种外语的参照。这些深刻认识到自身语言文化匮乏性的诗人，一方面进行诗歌的翻译实践，如胡适翻译白朗宁和爱默生，郭沫若翻译雪莱、惠特曼和《鲁拜集》，李金发翻译法国象征派诗歌、徐志摩翻译拜伦和哈代，戴望舒翻译波德莱尔、洛尔迦等；另一方面在诗歌创作时也很容易引入外来语言资源，并以此刺激新诗语言的发展。他们的创作和翻译，他们在语言上的实验和革新，使得来自西方的"另类"语言和表达方式渐渐为本土所接受。这种带有"翻译体"⑧[20]痕迹的语言虽具有异国语言的某些特征，但又融入了汉语中，重获了自己的语言生命，从而在很大程度上扩展和丰富了新诗语言的版图。

就像新诗初期的文化交流带来的语言变革一样，进入20世纪80年代后，仍然有一些因留学或者其他原因远走他乡的诗人，在进行着语言文化边界的重新测定和探索。像张枣、哈金、李笠、田原等这些具有中国生长经历的诗人，先后赴德国、美国、瑞典、日本等国家学习深造并长期定居。远离母语长久生活在异国他乡，使他们能更透彻、更深入地了解西方文化、体验西方经验，从而在跨文化中寻求一种独到的眼界，形成一种新的经验传达方式。他们的创作经验表明：外语可以激发一个人对于母语的敏感度，赋予诗人更广阔的语言文化视野，从而将诗人从母语的局限和封闭性中挣脱出来，在双语映照中发现母语的不足和优良之处，使母语获得新的语言容量和语言能量，这被诗人田原称为"用语言的杠杆撬动母语"[21]。

当然，一种语言在萃取两种语言中富有表现力的词语或者文化因子后，能否生成结合后的"宁馨儿"，则需要我们全面、历史地评价。比如诗歌创作过程中汉英、汉法等词汇或短语的混杂和镶嵌，虽然拓展了新诗语言的发展空间，赋予了新诗语言更加丰富的词汇选择和更加灵活多样的表现形式。但是，部分音译词或者直接的外文词语加入到中文诗中，有时也造成上下文的语境不协调，或造成一种"食洋不化"的结果，对读者的接受理解也造成很大困难。而且也不排除有些诗作者在引用外来语时，有卖弄、炫耀、刻意求新求异的痕迹。因此余光中先生的评价是很负面的，在其《论中文之西化》中，

他就这样指出："郭沫若的诗中,时而 symphony,时而 pioneer,时而 gasoline,今日看来,显得十分幼稚。"[22]

而持一种历史的眼光、着眼于语言的探索和发展,就会得出不同的看法,就会承认大多数的"双语"交杂现象是出自新诗写作的内在需求,是诗人在本土语言表达缺失匮乏的情况下,为自己的写作打开的另一条道路。王家新在《翻译与中国新诗的语言问题》中就这样评价郭沫若的早年诗歌《笔立山头展望》："的确,该诗中直接出现了两个扎眼的外文词'Symphony'(交响乐)及'Cupid'(即丘比特,古罗马神话中手持弓箭的小爱神)。但我想这都不是在故意卖弄,而是出于语言上的必要。"这种必要不仅在于"当时还没有出现相应的汉语词汇",更在于"诗人有意要把一种陌生的、异质的语言纳入诗中,以追求一种更强烈的、双语映照的效果"[18]。唯此才能引入"新观念、新结构、新词汇、新隐喻",拓展新诗语言的发展空间。

欧阳江河曾在诗歌《汉英之间》中这样描摹当代汉语与英语的关系:"英语已经轻松自如,卷起在中国的一角。/它使我们习惯了缩写和外交辞令,/还有西餐,刀叉,阿司匹林。……为什么如此多的中国人移居英语,/努力成为黄种白人,而把汉语/看作离婚的前妻,看作破镜里的家园?"[23]在这首诗中,我们看到汉语世界里英语的"入侵",同时也感受到了两者的紧张关系。其实,对一个获得了更广阔的多重语言文化视野的诗人而言,这一切又事出必然。本雅明在《译作者的任务》中提出"语言互补性"的重要概念,他反复强调:在翻译过程中,每一种语言虽然其整体的意指同一,但是这种意指并不是任何语言单独能够实现的,只有这些语言在表意中相互补足才能臻于和谐。他认为翻译正是服务于这种"语言的互补性"[24]。而这同样适用于我们考察现代新诗写作的"双语现象"。叶公超在《论翻译与文字的改造——答梁实秋论翻译的一封信》中也曾说过:"世界各国的语言文字,没有任何一种能单独的代表整个人类的思想的。任何一种文字比之它种都有缺点,也都有优点,这是很显明的。从英文、法文、德文、俄文译到中文都可以使我们感觉中文的贫乏,同时从中文译到任何西洋文字又何尝不使译者感觉到西洋文字之不如中国文字呢? 就是西洋文字彼此之间只怕也有同病相怜之感吧!"[25]

其实,"双语现象"不仅存在于中国新诗史上,从一种更宽阔的视野来看,西方诗歌史上也大量存在着这种双语交错杂置的现象,例如,庞德的《诗章》中就夹杂着大量的汉字和其他非英语的词汇。王家新在《以文学的历史之舌讲话——〈荒原〉的写作及其在中国的反响》一文中也指出"《荒原》中的引文还超出了西方文学和文化的范围",《荒原》十分阴郁,只是在诗的最后一章"雷霆的话"里,有一点希望的迹象,而雷霆却说着一般西方读者所不懂的梵文:"datta""dayadhavam""damyata"。全诗以这三个梵文词结束,它引自佛教典籍《吠陀经》,意思是"舍予,慈悲,克制"。在王家新看来,艾略特

"让结尾时的隆隆雷声说着充满奥义的'外语'即梵文真是再恰当不过。这充分体现了艾略特对现代人精神困境的反讽性认识,或许还透出了以另一种文化参照来反观西方文明危机的意图"[26]。由此可见,"双语现象"不仅构成了现代诗歌的一个重要现象,也体现了现代诗歌某种内蕴的性质。

在各种语言文化和思想交融碰撞的今天,认识"双语现象"对我们仍有重要的启示性意义。它会引起我们对语言本身、写作本身的重新思考,也会促使诗人进一步打开语言的边界,走向与世界文学的对话。因此,当今的诗人仍应着眼于语言的探索和发展并进行相应的实践。当然,虽然在今天,"双语"交杂创作不像中国新诗草创期那样大量出现,但还仍有不少诗人在努力地以此来创造诗的可能。比如,王家新在国外期间写下的长诗《回答》中的这一段:"她是如此美丽,不是漂亮,而是美,/同样,不是聪明,而是intelligent。"[27]一个"intelligent"(聪慧的,理解力强的,智性的)让我们对诗中的"她"有了别样的更确切也更丰富的感受,换成"聪明"之类就不行。张枣的诗歌中也有英文、德文、俄文的加入,特别是《德国士兵雪曼斯基的死刑》这首诗,诗人用俄语和德语的词语和短句来连缀全篇,"三个月我没说一句话/对长官也从不说 jawohl(德语,是的)","我答道,Ich liebe Dich(德语,我爱你),卡佳!""我写道:Bitte, bitte, Gnade!(德语,请,宽恕)","Lebewohl!(德语,再见!)卡佳,蜜拉娅!(俄语音译,心爱的)"。[28]整个诗歌中恰切地穿插德语和俄语,不仅营造了一位德国士兵在俄国的故事氛围,而且完整推动了士兵与俄国姑娘相识、相恋直到行刑的叙事进程。而在台湾诗坛,"双语"交杂的创作现象更为突出。比如纪弦诗中的女神形象,"把希腊女神 Aphrodite 塞进一具杀牛机器里去……"(《阿富罗底之死》);詹冰诗中的化学元素,"于是,/早晨的 Poesie,/好像 CO_2 的气泡,/向着云的世界上升"(《液体的早晨》);痖弦的"于妹妹的来信,于丝绒披肩,于 cold cream,/于斜靠廊下搓脸的所有扭曲当中……"(《庭院》)[29]。夏宇、陈黎、陈育虹等当代台湾诗人的作品中,各种诗歌语义场上出现的外文屡见不鲜,向我们展示着当代"双语现象"新的尝试和可能。值得注意的是,当代大陆中青年一代诗人的诗作中,外语词汇出现的频率也明显高于上一两代诗人。当然,现在的诗人已不单纯追求诗歌中的异域语言色彩,而是更多地投入到对语言本身的思考和实验上,通过语言的并置、组合、交杂,实现语言的互补及彼此对话,以此释放出更奇异的语言能量。

诗人柏桦在《一个时代的翻译与写作》中曾提道,"西方的许多汉学家都认为西方翻译文学的介入已使我们丧失了中国性",但"的确有一种共同的世界诗存在,这里没有纯中国诗,也没有纯西方诗,只有克里斯蒂娃所说的'互文性',只有一种共通的语境"[30]。今天,我们实际上进入了一个"多语混杂"的时代,诗歌中的"双语现象",既是现实的某种反映,也是对语言文化边界的重新测定和探索。哈金在一次采访中说:"汉语是伸缩力非常大的语言,根本不怕被别的语言侵害。只有与别的语言不断互动,吸取各种能量,才能发展得更强大。……诗歌还有另一种功能,即发展语言。"[31]哈金的这段话,即指向了汉语诗歌写作在当下和未来的语言探索。

注释:

① Mandoline:曼陀铃,一种弹拨乐器。出自戴望舒《Mandoline》,该诗最初发表于《新女性》1929 年 3 月第 4 卷第 3 期,收入《望舒诗稿》后题改作《闻曼陀铃》。

② 辟克匿克:picnic,携食物出游,即于游处食之,之谓也。出自胡适《赠朱经农》原注,该诗最初发表于《新青年》1917 年 2 月第 2 卷 6 号。

③ 安琪儿:angel,天使。出自徐志摩《诗:Wiee o the Wisk》,该诗最初发表于《努力周报》1923 年 5 月第 52 期。

④ tambourin:法文,长鼓。出自李金发《红鞋人:在 Café 所见》,该诗最初发表于《文学周报》1925 年 9 月第 192 期。

⑤ méchant:法文,厉害、恶毒、严重。出自李金发《遗嘱》,该诗最初发表于《文学周报》1926 年 2 月第 211 期,收入《食客与凶年》后题改作《自挽》。

⑥ Nostalgia:怀旧、乡愁、无独有偶,李金发的《偶然的 homesick》也将"怀乡病"体现在诗题中。

⑦ Notre Dame:巴黎圣母院。Comme un Blesséqu' on oublie:法文,如同一位被遗忘的殉难者。

⑧ 郑海凌认为译作语言是"一种特殊的文学语言,是译者在原作语言的土壤之上,在同原作对话的艺术氛围和文化语境里创造的一种新的语言"。

参考文献:

[1] 穆旦.穆旦诗文集:第 1 卷[M].北京:人民文学出版社,2014:29.

[2] 黄遵宪.杂感[M]//钟贤培.黄遵宪诗选.广州:广东人民出版社,1985:304.

[3] 傅斯年.怎样做白话文[J].新潮,1919,1(2).

[4] 吴宓.吴宓诗话[M].北京:商务印书馆,2005:150.

[5] 陈梦家.新月诗选:序言[M]//新月诗选.上海:新月书店,1931:13—14.

[6] 徐志摩.沙扬娜拉[M]//志摩的诗.上海:新月书店,1930:4.

[7] 郭沫若.郭沫若全集文学编:第 12 卷[M].北京:人民文学出版社,1992:68.

[8] 朱自清.导言[M]//中国新文学大系:诗集.上海:良友图书公司,1935:5.

[9] 郭沫若.少年维特之烦恼:序引[M]//郭沫若全集文学编:第 15 卷.北京:人民文学出版社,1990:311.

[10] 梁启超.第六〇则[M]//饮冰室诗话.北京:人民文学出版社,1959:49.

[11] 闻一多. 女神：之地方色彩 [J]. 创造周报, 1923 (5).

[12] 梁实秋. 新诗的格调及其他 [J]. 诗刊, 1931 (1).

[13] 王独清. 我从 café 中出来 [J]. 创造月刊, 1926, 1 (1).

[14] 王佐良. 中国新诗中的现代主义：一个回顾 [J]. 文艺研究, 1983 (4).

[15] 王独清. 再谭诗：寄给木天、伯奇 [J]. 创造月刊, 1926, 1 (1).

[16] 李金发. 寒夜之幻觉 [M] // 李金发诗集. 成都：四川文艺出版社, 1987：100.

[17] 李金发. 诗人 [M] // 李金发诗集. 成都：四川文艺出版社, 1987：49.

[18] 王家新. 翻译与中国新诗的语言问题 [J]. 文艺研究, 2011 (10).

[19] 加藤周一. 日本文化的杂种性 [M]. 杨铁婴, 译. 长春：吉林人民出版社, 1991：4.

[20] 郑海凌. 文学翻译学 [M]. 郑州：文心出版社, 2000：199.

[21] 田原. 梦蛇：自序 [M] // 梦蛇. 北京：东方出版社, 2015：5.

[22] 余光中. 论中文之西化 [M] // 余光中谈翻译. 北京：中国对外翻译出版公司, 2000：85.

[23] 欧阳江河. 如此博学的饥饿：欧阳江河集 1983—2012 [M]. 北京：作家出版社, 2013：21—22.

[24] 本雅明. 译作者的任务 [M] // 汉娜·阿伦特. 启迪：本雅明文选. 张旭东, 王斑, 译. 北京：生活·读书·新知三联书店, 2014：84—86.

[25] 叶公超. 论翻译与文字的改造：答梁实秋论翻译的一封信 [J]. 新月, 1933, 4 (6).

[26] 王家新. 以文学的历史之舌讲话：《荒原》的写作及其在中国的反响 [M] // 为凤凰找寻栖所：现代诗歌论集. 北京：北京大学出版社, 2008：145—146.

[27] 王家新. 塔可夫斯基的树：王家新集 1990—2013 [M]. 北京：作家出版社, 2013：58.

[28] 张枣. 春秋来信 [M]. 北京：北京十月文艺出版社, 2017：95—99.

[29] 奚密. 二十世纪台湾诗选 [M]. 北京：中国社会科学出版社, 2003：19；39—40；180.

[30] 柏桦. 一个时代的翻译与写作 [M] // 北岛. 时间的玫瑰. 北京：中国文史出版社, 2005：5.

[31] 王家新. 一个移居作家的双向运动：读哈金诗歌 [M]. 在一颗名叫哈姆莱特的星下. 北京：中国人民大学出版社, 2012：116.

——原载《江汉学术》2018 年第 4 期：61—67

论现代派新诗的用典革新

◎ 杨　柳

摘　要：20世纪30年代现代派诗人从理论和创作两个方面进行了
新诗用典革新。废名通过梳理中国历代诗人用典特征，比
较中西用典异同，思考新诗用典的道路。他推重李商隐诗
中"借典故驰骋幻想"的方式，并在创作中融入一系列古典
典故意象。卞之琳、何其芳、朱英诞等现代派诗人则从艾
略特《荒原》用典中得到启发，融汇中国"以才学为诗"的
宋诗传统，创造出极具现代性的新"典事诗"。现代派新诗
用典革新打破了古典诗歌典事生成规则，在现代性审美中
捕捉中外文本的碎片，扩大了诗歌用典的取材范围；以更
为复杂多元的主体意识，塑造了在众多"他者"声音交织下
的"自我"形象；试验多种用典形式，在"浑然无际"之外，
创造出"陌生新奇"的用典效果。

关键词：新诗；现代派；用典；废名；艾略特

"为了一定的修辞目的，在自己的言语作品中明引或暗引古代古诗或有来历的现成话"[1]2，这种修辞手法就是用典。中国诗歌用典在先秦就已出现，到汉代成为一种自觉的诗歌修辞，"用事之工，起于太冲《咏史》"[2]，之后为历代诗家所发展，产生了较为成熟的诗歌用典理论。比如黄庭坚提出著名的"夺胎换骨，点铁成金"法；清代陈仅总结用典方法为"实事虚用，死字活用，常事翻用，旧事新用，两事合用，旁事借用"[3]等。也有古代诗论者反对用典，最有代表性的如钟嵘认为："至乎吟咏情性，亦何贵于用事？……观古今胜语，多非补假，皆由直寻。"[4]而赵翼则指出诗歌用典有其合理性："作诗者借彼之意，写我之情，自然倍觉深厚，此后代诗人不得不用书卷也。"[5]还有许多诗论家指出，用典过多、生僻、直露、不恰当等都会破坏诗意，应该避免。总的说来，古代文人早已认识到"病不在故事，顾所以用之何如耳"[6]，用典本身无所谓好坏，关键要看诗人怎么用。而古人总结的"使事要事自我使，不可反为事使"[7]151可以说是诗歌用典的基本法则。

五四文学革命时，用典受到新文学倡导者的严厉批判。胡适在《寄陈独秀》中提出"八不主义"，排在第一位的就是"不用典"。但胡适很快意识到，在白话文中禁绝用典

几乎是不可能的。于是在《文学改良刍议》提倡的"八事"中,胡适虽然仍然使用"不用典"这样标语式的表达,但已经将用典分为广狭两义。取古事做比喻或使用成语、习语是"广义之典","若此者可用可不用";专门的文学用典为"狭义用典","其工者偶一用之,未为不可"[8]。可以发现,早在文学革命发难之初,胡适就已经从对用典的整体性批判,让步到了对具体用典方式的探讨取舍。"不用典"所反对的对象其实是"用典之拙者",这与古人对诗歌用典的看法已没有太大分别。

从新诗创作方面看,尝试时期的白话诗就已经将用典传统继承下来。有学者统计,《中国新文学大系·诗歌卷》(朱自清选编,1935 年)中,14 位较为著名的新诗人用典有31 处[9]。虽然在频率上远远低于古典诗,但也足以说明,在剧烈的语言、诗体变革下,现代新诗却相对自然、平顺地接纳了用典这一古老的诗歌修辞方式。到了 20 世纪 30 年代,现代派诗人外接法国象征主义、英美现代主义诗歌潮流,内承以晚唐诗风为代表的古典诗歌传统,在创作中表现出既现代又古典的新风格,诗歌用典此时也成为了现代诗人连接古典与现代的桥梁。戴望舒、何其芳、卞之琳、废名、林庚、朱英诞等人都在新诗中大量使用中外典故,并尝试以各种方式对诗歌用典进行现代改造,构建新诗用典的规则与形式。目前学界对新诗中普遍存在的用典现象及相关诗学问题关注不够。对于现代派新诗用典的产生和现代性特征,及其处在 20 世纪 30 年代诗学转变期的特殊意义的研究,还有待深入。

一、对古诗用典的再发现

20 世纪 30 年代现代派诗人着意从中国古典诗歌传统中寻找新诗的"诗质",透过西方诗学理论对中国古典传统进行"再发现",由此产生一个新诗向古典诗学习的热潮①。在创作上,现代派诗人大胆接受古诗用典方式和内容,在新诗中重新演绎旧典事,或化用古典名句、名篇,酝酿新诗意,在"用事"和"用言"两方面扎根传统,表现出浓厚的民族审美品格。戴望舒说:"旧的古典的运用是无可反对的,在它给予我们一个新的情绪的时候。"[10]他为实践这一观点,常常化用古典诗文以结构诗意。除了《雨巷》中的"丁香"被认为来自于李璟《浣溪沙》中"丁香空结雨中愁"和李商隐《代赠》中"芭蕉不展丁香结,同向春风各自愁"之外,还有《古神祠前》"它展开翼翅慢慢地,/作九万里的翱翔,/前生和来世的逍遥游"用了《庄子·逍遥游》中鲲鹏的意象。《秋蝇》"木叶,木叶,木叶,/无边木叶萧萧下"化用屈原《九歌》"洞庭波兮木叶下"和杜甫《登高》"无边落木萧萧下"之句。《少年行》"结客寻欢都成了后悔,/还要学少年的行蹊吗?"化用范成大《次韵李子永雪中长句》"少年行乐恍尚记,瑶林珠树中成蹊"之句等。何其芳也自述:"我从陈旧的诗文里选择着一些可以重新燃烧的字。使用着一些可以引起新的联想的典故"。[11]191—192 其 30 年代早期诗文创作中遍布中国古典诗文的典故,而特别对晚唐五代诗词表现出一种"迷醉"。卞之琳更是化用古典的高手。他强调"古为今用"的原则,用典时擅长融古典韵味于现代生活、情感之中,表现出含蓄蕴藉的品格。比如卞之琳《无题(三)》中"以感谢你必用渗墨纸轻轻的掩一下,/叫字泪不沾污你写给我的信面"两句是化用李商隐《无题(来是空言去绝踪)》中"梦为远别啼难唤,书被催成墨未浓"之句。同样写别离后鱼雁传书寄托思念之情,在现代无题诗中化用古典无题诗的意境,但卞之琳并不耽溺于古意的演绎,而新加入"字泪"的暗喻,化古中又有创新,巧妙而不着痕迹,是较为成功的化用古典的案例。

从诗歌理论建设方面看,现代派诗人对古诗用典有细致的探讨分析,并尝试从中总结可供新诗用典吸取的经验。这一方面,属废名用力最多:除《谈新诗》中第四章《已往的诗文学与新诗》探讨了李商隐诗用典之外,同时期发表在《世界日报·明珠》上的《女子故事》《神仙故事(一)》《神仙故事(二)》《赋得鸡》等篇目,20 世纪 40 年代的《谈用典故》和《再谈用典故》两篇长文,都是专门谈古诗用典的文章。以往有学者研究废名用典,多从他的小说创作着眼②,但事实上废名的用典理论均是就诗歌而谈的,总结起来有以下几个特点:

第一,废名一向欣赏晚唐"温李"诗风,他探讨诗歌用典问题也主要以李商隐为对象。废名一反古人对李诗用典的批评态度,将李诗用典的特点概括为"借典故驰骋幻想",认为是新诗用典可以借鉴的典范。用典多而生僻是李商隐诗歌创作的突出特点,古人对此批评多过赞扬。如王安石评价说:"义山诗合处,信有过人,若其用事深僻,语工而意不及,自是其短。"[7]296 宋人吴炯在《五总志》中说:"唐李商隐为文,多检阅书史,鳞次堆积左右,时谓为獭祭鱼。"[12]"獭祭鱼"后来成为讥讽诗人用典成癖的一个经典比喻。历代诗论家解读李商隐,都要在考证校注典故方面下功夫。废名论李商隐用典,绕开了典故考校方面的纠缠,转而关注李诗独特的用典艺术手法,并提出极具个人化的理解,"李商隐的诗,都是借典故驰骋他的幻想","李商隐常喜以故事作诗,用这些故事作出来的诗,都足以见作者的个性与理想"[13]30;32。废名认为,李诗用典之妙在于不拘泥于典事原本含义,善于借典故发挥想象,使用典事人物重新构造故事入诗,而诗人的理想和个性正通过此种再创造表现出来。举例而言,李商隐七绝《过楚宫》:"巫峡迢迢旧楚宫,至今云雨暗丹枫。微生尽恋人间乐,只有襄王忆梦中。"用了楚襄王游云梦之台,梦遇巫山神女的典故,典源来自宋玉《高唐赋》《神女赋》,原本是一个君王与神灵接触的神话故事。后来人们专以"巫山云雨"代指男女情事,是从典源义中发展出来的引申义。李商隐在用典时只取典源中的人物和基本故事来展开自己的合理想象,不拘泥于"巫山云雨"典故的原意和引申义,塑造了一个在云雨旧楚宫中至今仍思念梦中神女的痴情君王形象,如梦似幻,将读者带入了缥缈神秘的神话世界。诗中"微生尽恋人间乐,只有襄王忆梦中"意境深远,感伤浪漫中含有对人生际遇的感怀③,成为千古名句。废名尤其喜爱这句诗中创造性的用典,在《谈新诗》《中国故事》中多次提到,评论说"他(李商隐)用故事不同一般做诗的诗滥调,他是说襄王同你们世人不一样,乃是在幻想里过生活哩"[13]32。

第二,废名通过比较中国历代诗人用典以及中西用典的差异,思考新诗用典的道路:他认为新诗应该活用典故,创造性地继承中国诗的用典传统,具体做法是抛弃"代字",而以审美感悟和想象性思维激活典故中的"戏剧性"。废名在《神仙故事(一)》中将古诗用典进行简单分类:第一类是最简单的"代字",即用典故词代替原本词语;第二类是"有着作者的幻想",即意义有所引申;第三类是"借用神话",即利用神话典故中的戏剧性情节来写诗。[14]这个分类虽然既不全面也不严谨,但很能体现废名对诗歌用典的独特思考。他认为"代字"不可取,因为如果只是用典故词简单替换原词,并不表达更多意义,就会落入因循的俗套,失去用典本身的修辞美和独特的附加义。废名推崇"典事想象",即不为典故原有的含义所拘束,基于读者和作者都知晓典故的共同语境,对典事进行二次创作。他认为庾信、李商隐都是凭诗人自己的意愿支配典故中的人物,利用神话典故中的故事情节来展开戏剧性想象,"有时用典故简直不是取典故里的意义,只是取字面"[15]。比如,李商隐《曼倩辞》一诗就活用东方朔的故事,想象东方朔虽为"岁星下凡",但却迷恋人间,"又向窗中觑阿环",废名赞赏这种用典表现了诗人的浪漫想象和理想风姿:"大凡理想的诗人,乃因为他凡人的感觉美,说着瑶池归梦,便真个碧桃闲静矣。"[16]

通过对诗歌用典的历时性考察,废名承认五四时期反对用典有其合理性,但同时也更为理性地看待这种现象:"有典故没有文章,这样的文学不应该排斥吗?那么照意义说起来,我们反对典故,并不是反对典故本身,乃是反对没有意思的典故罢了。"[17]技巧本身没有对错好坏,关键在作家如何使用。这与胡适在《文学改良刍议》中反对"用典之拙者"的意思是一样的,同时也是古典诗学用典论在20世纪30年代新诗中的回响。

第三,废名在古诗中选择某些典故意象进行总结梳理,建构了若干典故意象群系,并使用在自己的诗歌创作中,使其新诗创作与古诗共享典故背景,产生互文关系。典故意象是指带有典事背景的特殊意象,可以看作是诗歌用典与诗歌意象的结合体;由于有一层典故义的叠加,典事意象比一般意象所表达的意蕴更为丰富。废名《赋得鸡》一文分析李商隐多首诗中与"日"相关的典故意象,如"三足乌""阳乌""羲和"等[18]。《神仙故事》两篇则总结了屈原、庾信、陶渊明、李商隐诗中的神话典故系列,有"羲和逐日""嫦娥奔月""牛郎织女""沧海桑田""鲛人泣珠",以及东方朔相关传说、汉武故事,并对其中的"月""石""珠泪""沧海"等关键意象进行赏析。还有类似文章如《陶渊明爱树》谈陶渊明诗中"树"的典故意象系列[19]，《女子故事》中谈屈原、庾信、李商隐诗文中"亡国女子"的典故意象系列等[20]。在这些讨论中，废名推崇庾信、李商隐用典所体现的"人情"和"美"，主张将典故蕴含的故事情节注入意象中来欣赏，发掘诗歌典故意象的独特审美意蕴和价值。

朱光潜认为，"废名先生的诗不容易懂，但是懂得之后，你也许要惊叹它真好"，"他的诗有一个深玄的背景，难懂的是这背景"。[21]以往研究者多从佛禅文化角度来理解这个"深玄的背景"[22]，其实，废名诗中来自古典诗歌传统的方面，特别是化用古诗典故，也是构成这一"背景"的重要组成部分。有学者发现，废名在小说用典中存在着"月—嫦娥—坟""夜—梦—彩笔""女子故事"这三个用典系列，这三个系列与废名最欣赏的庾信、李商隐诗文相关，在意境和用法上具有承续关系[23]。其实，这种联系不仅体现在废名的小说中，更"弥漫性"地体现在他的诗歌创作中。比如，《诗情》《画（其一）》《泪落》《醉歌》等诗都用了"嫦娥""采药"的典故，与李商隐"嫦娥应悔偷灵药，碧海青天夜夜心"（《嫦娥》）等写嫦娥的诗句相关。《止定》《伊》《画（其二）》《朝阳》《梦中》《画题》《伊的天井》等诗都有"画""画笔""画梦"等意象，与李商隐"我是梦中传彩笔，欲书花叶寄朝云"（《牡丹》）诗句相关。《玩具》《坟》《小园》《墓》《花盆》等诗都有"坟""墓"的意象，这个意象在现代诗人笔下并不多见。废名频繁地在小说诗歌中使用"坟"的意象，主要是因为他多次提到非常欣赏庾信"霜随柳白，月逐坟圆"（《周骠骑大将军开府仪莫陈道生墓志铭》）之句。废名诗歌用典，主要在于点化庾信、李商隐等人的意象和意境，讲究润物无声、不着痕迹。废名的诗篇幅都不长，意象之间跳跃性强，想象飘逸空灵，常表现出幽玄、深隐的风格，这与他接受六朝、晚唐的古典资源是分不开的。废名的诗歌用典观念对部分现代派诗人创作产生了一定影响，特别是在卞之琳、何其芳、林庚、朱英诞等"废名圈"诗人身上，他的许多诗歌用典观念都能得到印证。

二、艾略特的启发

除了中国古典诗歌用典的再发现，以艾略特《荒原》为代表的西方诗歌也深刻影响着现代派诗人新诗用典的理论与实践。艾略特诗歌曾在 20 世纪三四十年代的中国诗坛引起广泛关注，许多著名的现代诗人都提到自己曾受艾略特的影响。特别是 1922 年出版的、被认为是英美现代诗歌里程碑式的长诗《荒原》，在中国诗坛更是引起了讨论与模仿的热潮，这一现象后来被研究者形象地称为"《荒原》冲击波"。孙玉石曾总结，《荒原》给 20 世纪 30 年代诗人带来的影响主要有两个方面："一是诗的以经验代替情绪的主智化趋向；一是诗的非个人化倾向的追求。"[24]从诗歌用典方面考察，这种看重

"经验""睿智"的新的诗歌观念和审美,成为现代派诗人试验新诗用典的外来动因;而《荒原》则成为新诗用典可供模仿和借鉴的一个重要文本。

用典繁多、晦涩是《荒原》的突出特点:全诗四百多行用典近百处,典事内容从远古传说到当代逸闻,包罗万象,跨越五种不同语言,成为当时世界诗坛上的"奇观"。除了莎士比亚、但丁、维吉尔、弗雷泽的著作之外,《荒原》许多典故来自少为人知的作家作品,有的甚至来源于作者自己也不太确定的某些新闻报道和民谣俗语。由于用典生僻、理解困难,在1922年推出单行本时,艾略特给《荒原》添加了五十二处脚注,为读者提供解读的线索和指引④。这种自加注释的用典方式后来显然影响了许多现代派诗人的新诗创作。究其根由,写诗大量用典是与艾略特的诗歌观念紧密相关的。他认为,诗人要有"历史的意识",要将自己放入文学历史的谱系中被评判,因此"诗人应该知道得越多越好,只要不妨害他必需的感受性和必需的懒散性"。艾略特还提出:"诗是许多经验的集中,集中后所发生的新东西。"而诗人是传递这些经验的"媒介物";诗歌于是成为非个人化的、各种"信息"的综合[25]。在这种新的诗歌观念下,用典就必然成为诗人常用的手段。因为用典可以在较俭省的字数内极大地浓缩各种文本和信息,在与读者共有的知识体系内进行意义的引用、连接、组合与创造,从而最大限度地达到"许多经验的集中"的效果。在艾略特的启发下,现代派诗人将西方现代主义诗歌用典与中国古典诗用典相结合,在现代语境中唤醒了古诗传统中"以才学为诗"的一派,尝试以串联典事的手法进行现代"典事诗"创作,并辅以大量注释。以下之琳《距离的组织》、何其芳《风沙日(二)》、朱英诞《远水》等作品为代表,现代派诗人对新诗用典进行了颠覆性的探索。

艾略特是卞之琳诗歌创作的重要外来资源。卞之琳在1934年翻译了艾略特著名论文《传统与个人才能》,也曾在自述中明确说:"写《荒原》以及其前短作的托·斯·艾略特对于我前期中间阶段的写法不无关系。"[26]在诗歌用典方面,张曼仪曾敏锐地指出,在《距离的组织》一诗中"卞之琳尝试运用古今典故使诗行含蓄大量的意思,这手法艾略特在现代英国诗人中已发展到前无古人的程度,卞之琳可能受了他的影响"[27]。《距离的组织》全诗十行,用典四处,注释七处,其中有一则报纸新闻("罗马灭亡星")、一处近代人物传记("向灯下验一把土")一处西方著作(《罗马衰亡史》)、一处中国古典小说(《聊斋志异·白莲教》)。这些典故不仅仅生僻、跳跃性强,而且像这样引用报纸新闻、人物传记做典故的方式,如果不是卞之琳自己加上注释解释出处,恐怕连专业研究者也难以查考。比如,第七行"哪儿了?我又不会向灯下验一把土"出自顾颉刚《王同春开发河套记》。这是一篇记述清末河套地区农民王同春开渠垦田的人物传记,其中描述王同春在水利工程方面有过人的智慧,说他在勘察地形时,"夜中驰驱旷野,偶然不辨在什么地方,只消抓一把土向灯一瞧就知道走到哪里了"⑤。卞之琳在典故原文与诗意毫不相干的情况下,抓住"向灯下验土而知方位"这一颇具传奇性的情节,抛却原意而只将字句化用到诗中,表现在梦境中时空交错的迷失感,从内容与方式上都体现出与古诗用典截然不同异质性。和艾略特的做法相类似,卞之琳为了引导读者理解诗意,先后三次给这首诗添加注释。《距离的组织》在《水星》发表之初(1935)只有三处针对典故出处的注释,收入《十年诗草》(1942)时增加一处,收入《雕虫纪历》(1979)时又增加三处。最终版本的十行诗中七行都有注释。

与《距离的组织》略显生涩的用典相比,何其芳《刻意集》中的《风沙日(二)》在形式与技巧上显得更成熟一些。此诗最初发表于1935年1月万县的《民众教育月刊》,原题为《箜篌引》。诗前有小序,介绍了诗中所引用的古乐府《箜篌引》的故事背景。1938年收入《刻意集》时改名为《风沙日(二)》,删去诗前小序,修改了部分诗句并自加6条注释,标注了诗中中西典故由来。后来收入《预言》集中时这首诗又有较大改动,诗人显然有意删减了大部分西方典故,注释也被删去。从这首诗"用典—加注—删减"的修改历程上,我们能窥见何其芳前后期诗歌观念的转变及其文学思想与西方资源关系的变迁。

何其芳早期深受艾略特影响。受"荒原"意象的启发,何其芳的《风沙日》《风沙日(二)》《古城》等诗作都将当时五四落潮后的北平看作另一个"荒原"。他曾说:"我读着 T. S. 爱里略忒,这古城也便是一片'荒地'。"[11]190 干燥凛冽的"风沙"成为他此时诗歌中的常用意象。在《风沙日(二)》中,何其芳模仿了艾略特的用典方式:混杂多种外文入诗,将中外典故用不同语言交织在一起,直接引用其他文学作品中人物的台词形成戏剧性效果,在多个文本间跳跃切换,或将两个以上的典故嫁接组合使用。纷至沓来的典故意象、词语和引语给读者造成目不暇接的"丰盛"感。与卞之琳内容驳杂的用典不同,何其芳似乎专注于文学典故的使用。《风沙日(二)》全诗6节,共47行,用典10处。以核心意象"风沙"作为想象的媒介,诗人的意念在不同语言、文本间游走:第一节引用了纪德1902年为王尔德周年祭写的纪念文章中的一句法文;第二节引用了莎士比亚传奇剧《暴风雨》中两位主角的名字;第三节用了艾略特《荒原》中的"黄雾"意象;第四节用了两个与"梦"相关的典故,一个是《聊斋志异》中《仙人岛》一篇的梦幻故事,一个是引用了莎士比亚《仲夏夜之梦》里的英文对白;第五节继续梦境,先将陀思妥耶夫斯基小说《白痴》中的女主人公娜斯塔西亚与中国古代"闻裂帛而笑"的女性形象组合起来,之后又用了晋代崔豹《古今注》解释《箜篌引》一则中"白首狂夫"的形象,表现一种非理性的癫狂感。何其芳探索了感觉和情景、现实与文本相交混的复杂效果,读这首诗真如进入了一个诡奇古怪的乱梦,在众多文本间进出,忽而是被流放的公主,忽而是落水的秀才,忽而是精灵国的王后,忽而是白首渡河的狂夫。不同形象之间、引文与诗歌之间都发生着意义的碰撞和变形,产生了一种重旨复义的"互文性"意味。何其芳使用一种"梦幻逻辑"连接各种典故（这也是他在《画梦录》中常用的方式），即通过某一特定的符号、色彩和感觉进行跳跃式联想，无序之中又有迹可循，非常逼真地模仿了人在梦境中非逻辑性的意念流动。

到了20世纪40年代，作为"废名圈"的重要诗人，朱英诞接续废名融通古今的新诗观念，进一步发展了现代派新诗用典理论。1943年，朱英诞作长诗《远水》，诗开头即提有"IN IMITATION OF T. S. ELIOT"（仿艾略特）。在这首诗的序言中，朱英诞明确说"服膺他（艾略特）全部的诗论与我个人途径有一致的趋势"，认为："诗不是巫术上的心通，它全凭一种公共的法则来联系，诗之需要技巧正如人间之需要经验世故。因此，无一字无来历之说，以及用典，隶事，说理甚至于议论乃均有重新认识的必要，脱胎换骨，点铁成金，或者如吴橘渡淮而枳，这是古典作风的正当的使用。……而愈是有特质的诗愈要靠一种公认的表现才足以完成。"[28]将用典看作一种"公认的"诗歌"技术"，提出应该重新认识中国诗中一系列"古典作风"，朱英诞将艾略特用典与宋诗"以才学为诗"的诗歌观念联系起来，肯定了用典传统在新诗发展中的重要性，并以优秀的新诗创作实践了这一点。

王泽龙评价："朱英诞知识广博，所用典故范围十分广泛，花草虫鱼、人物山水、名胜古迹、经史百家、释道仙怪、神话传说，都能运用自如，化古为新。"[29]曾有研究者统计朱英诞近三千首短诗（含旧诗）中用典278次，内容丰富，形式多样[30]。而朱英诞长诗《远水》则集中以典事为诗，创造出中国新诗用典的奇观。《远水》分六章，长达640行，诗人为解释诗中典故，自加注释69条。单考察这69条注释，就涉及中外历史、文学、宗教、传说、俗语、童谣、绘画、雕塑等内容八十余处，加上诗中较容易分辨而没有加注的典故，粗略统计全诗用典多达一百一十多处。朱英诞擅长将中外典故中"形象"和"意蕴"两方面的共同点析出，以此为基础，在意象群的构建中将中国古典典故与西方典故融合互渗，从而最大限度地尝试"经验的综合"的效果。例如，《远水》第一章《莲花化身》中有这样几行："正当我溺死在你的娇波里的时候／我漂浮着，去追踪那美人鱼／而忠告她说／逝者如斯夫：／水边的水葓花是这样消瘦／此心光明，我想不到光明是这样消瘦。"朱英诞自注"溺死在你的娇波"一句用宋人蒋捷《沁园春·次强云卿韵》中"自古娇波，多溺人矣，试问还能溺我不"，"又与莎士比亚悲剧中哈姆雷特的恋人奥菲利亚的溺亡有关"，而"此心光明"用的是"王阳明临终语"[31]。其他未注解出的典故如"美人鱼"意象来自西方神话传说；"逝者如斯夫"是《论语》中孔子的名言；"水葓花"出自唐人皇甫松《天仙子》中"晴野鹭鸶飞一只，水葓花发秋江碧"一句。短短6行诗，涉及6个中外典故，几乎一句一典。这些典故将"水""女性""死亡"三个文学原型意象连接起来，塑造了一个充满神话色彩的、漂浮于时间河流彼岸的女性形象，幽深凄婉又引人追寻，一方面暗示了诗人幼年丧母的经历，另一方面又蕴含着诗人对诗歌之美苦心孤诣、魂牵梦绕的心灵体验。从宋词中的"女性溺亡"联想到莎翁剧作中的"女性溺亡",这种跨文化的奇特典事组合在《远水》中非常多,其跳跃、自由、广博的用典特征是与艾略特相通的。《远水》一诗主题宏大,将对时间、艺术、爱情、死亡、战争以及人类史的思考融会于诗人心灵史的自述中;语言和形式上充满先锋性和探索精神,以绵密交织的中外典事、繁复多样的典故意象和极富创造性的用典技巧为我们展示了新诗用典可能达到的强度、力度和浓度。

三、现代派新诗用典的革新与现代性

现代派新诗用典探索没有停留在对中国古诗用典的延续或西方现代主义诗歌的模仿层面上。按照爱德华·希尔斯的说法:"传统不仅仅是沿袭物,而且是新行为的出发点,是这些新行为的组成部分。"[32]在不断求"新"的内驱力下,用典这一古老的诗歌艺术手法在现代派诗人那里完成了它的功能转换,即从以往的"援引传统"功能,过渡成为一种具有不断产生"新"诗意功能的诗歌修辞。用典革新不仅体现了现代派诗人在诗歌选材观念、传统观念方面的转变,还深层次地反映着 20 世纪 30 年代诗人对诗歌本质认识的转变。

第一,现代派新诗典故来源范围进一步扩大,西方典故的使用趋向成熟,生典、僻典的使用打破了以往诗歌典事生成规则,体现出"碎片化"的现代性审美。除本土典故之外,现代派新诗中西方典故开始大量出现,并且在艺术上较五四时期更加成熟。新诗成规模地使用西典是从《女神》开始的,闻一多说:"《女神》中所用的典故,西方的比中国的多多了。"[33]西典数量增多当然与五四时期人们对西方思想文化的"径直急取"相关,同时也显示出新诗在接纳西方词汇和观念方面较旧诗有了更大的自由度和包容性。现代派诗人使用西方典故不再像五四诗人那样急切,相较于郭沫若思想宣传式地引用,现代派诗人更注重审美意蕴的融会和诗意内涵的沟通,力图使西方文本、典事以更加切合的形式参与到新诗诗意形态的建构中。例如,卞之琳《灯虫》第二节用了希腊神话的典故:"多少艘艨艟一齐发,/白帆篷拜倒于风涛,/英雄们求的金羊毛/终成了海伦的秀发。"在希腊神话中,金羊毛是所有英雄和君王都想要得到的稀世珍宝,象征着财富和幸福;而海伦则是倾国倾城的绝世美人,象征着冒险和爱情。诗人借这两个典故象征人的欲望、追求以及其中潜藏的虚妄,一方面切合全诗所表现的"色空"观念,另一方面"白帆篷""金羊毛""秀发"意象色彩鲜明,又与此诗第一、四节的"青身""落红"等色彩意象共同构成了全诗绮艳清丽的意境。从典面形式看,"艨艟""英雄""秀发"等意象都是跨文化、跨时空的,而"金羊毛"和"海伦"则因为语言风格上的明显差异成为提示读者的"信号词"。诗人为适应"现文本"环境而对"旧文本片段"做出了适当调整,给读者留下了恰当的标记,使典故的理解有迹可循,不至于过于隐晦。可以发现,通过诗人的意象选择和典面组织,此处的西方典故放在汉语诗歌语境中已经没有太多异质感。

除了用西典之外,现代派诗人不避生典、僻典,甚至将民间俗语、野史小说、报纸新闻等原本"不入诗"的内容也引入诗歌,改变了以往中国诗典故生成的基本形式。古代典故主要来自经史子集、神仙传说、佛教故事,其中能够表现士大夫为人处世原则或审美趣味的文本或情节会更容易进入古人的用典系统中。唐代以后,以往文学名家的诗文,或如《世说新语》这样反映士人生活的作品,也成为典故的热门发源地,而前人常用的典故又会被不断改编、袭用[1]299。但在现代派诗人那里,这种与传统文人观念和审美紧密联系的"经典化"典故生成方式已经被颠覆,历史或域外的一切文本没有了差别,同时共存于诗人面前。那些在他人看来微不足道、毫无关联的文字或形象,随时都会被诗人极其敏锐的感官纳入到诗歌中成为典故。虽然身处书斋或校园,但作为现代知识分子,比起在古书中寻章摘句,现代派诗人更愿意将现代生活的驳杂与丰富引入诗歌。与现代性视野中历史时间的中断、文化整体性的丧失相关,日常经验受到前所未有的重视,诗人沉溺在过于旺盛的个人"记忆"之中,捕捉现代生活的碎片[34]。而在碎片化的现代经验中依然能够产生历史的纵深,只是这种历史感的产生不再像以往那样通过与"经典"相联系的方式进行。以《距离的组织》为例,我们会发现,古人代代袭用的典故已经完全不能适应诗人超距离时空交错体验的表达,而引用报纸上对"罗马灭亡星"的报道却能在一行诗中直接将时空扩展到宇宙尺度。传统用典于是被转换为极具现代意味和先锋感的诗歌技巧。

第二,现代派诗人以典事为诗的创作,将初期新诗主观化的情感宣泄转化为客观化的意义传达和典故意象营构,从而呈现出一种更为复杂的、多元的主体存在状态,塑造了一个在众多历史文本交织下的、具有多义性的"自我"形象。在文学历史上,无论是皎然、司空图、袁枚,还是后来的林语堂,推崇"性灵"的一派都反对用典。因为在他们看来,用典并非直接来自作者心灵的情感或表达,其"真实"性和原创性是值得怀疑的,这也是胡适提出"不用典"的原因之一。直抒胸臆的倾向在郭沫若那里达到了一个高峰,而现代派诗人则对这种风气表现出逆反姿态。杜衡在《〈望舒草〉序》中说:"当时通行着一种自我表现的说法,做诗通行狂叫,通行直说,以坦白奔放为标榜。我们对于这种倾向私心里反叛着。"[35]3;4 大量用典于是成为现代派诗人反对直露抒情的一种具体方式。诗人以典故为中介表达情思,需要考虑典故的选择、典故义的转化、典面的组织等中间步骤,这就势必阻滞情感的直接宣泄,使诗意传达成为一种"吞吞吐吐的东西""在表现自己与隐藏自己之间"[35]3。比如,戴望舒《秋夜思》通篇用典,以六个古诗文典故将"秋思"与"琴声"连接起来,象征"心的枯裂之音",将感受、情绪、记忆的表达权移交给典故的组织,读者必须通过解读典故来理解诗人情感的曲折表达。

　　抒情方式的转变也影响了诗歌中"自我"形象的塑造。初期新诗的浪漫主义抒情中充满了五四启蒙时期的"自我"叙事,这个刚刚觉醒的抒情主体热情而自信、完整而单纯,目光常常只集中于自身,诗中只有自白式的独唱。相较于不断确认自我的唯一性、独特性,现代派诗人似乎更愿意以用典的方式将目光投向自身之外的思想和言语,将"我"涂抹成面貌不定的意义采集者或角色扮演者。在前文所列举的卞之琳、何其芳、朱英诞的典事诗中,"我"的声音并不是单一的、个性鲜明的,而是与多种"他者"的声音交织在一起的。个人抒情之外,那些源源不断地被引文本几乎成为主体的力量来源,似乎视野越广阔、所引用的文本越多,这个"我"就越丰富越强大。诗人表现出的是一副兴奋的、对外部世界充满兴趣的主体状态,仿佛忽然发现了一个以往从未进入过的文本宇宙,而必须对其中的一切保持敏锐的感觉并做好随时采撷、拼接、重构的准备。再以废名的《醉歌》一诗为例:"余采薇于首阳,/余行吟于泽畔,/嫦娥指此是不死之药,/余佩之将以奔于人生。""余"的醉酒之歌并没有直抒胸臆,而是连用了伯夷、叔齐不食周粟,屈原放逐行吟泽畔,嫦娥偷药奔月成仙三个典故。废名显然没有拘泥于典源义,只是取其中人物的"姿态"以自白:采薇首阳、行吟泽畔表明要与世俗保持距离,而虽得嫦娥授不死药,但并不想服下成仙,仍怀药而面向人生,这又是对现实人生的一种执着。这种既保持距离又怀有执着的态度在废名的很多作品中都有体现,此处则选取了连用典故的方式来表达,使得抒情主体呈现出一种多向度的复杂状态。

　　第三,从艺术上看,现代派诗人充分利用新诗诗体和语言的涵容性,试验多种用典形式,使典故含义与诗意表达之间的关系更加自由多样,在"浑然无际"之外,创造"陌生新奇"的用典效果。古诗中,典故的产生受多种因素的影响:典面既要提示典源,又需要被纳入雅言诗语中,具备参与诗意构建的语言风格,并接受诗歌格律规范的组织。特别是古人偏好行文偶对,以典故句对典故句,为了对偶改变典面的语词,或添加典源所没有的想象性内容等做法,都深刻影响了古诗用典的形式。[1]303—306 新诗打破了格律和对仗,白话语体在语言风格上又能融通中西,所以在用典形式上相对于古典诗自由了很多。现代派新诗用典不拘一格:有古典典故叠用的,如戴望舒《秋夜思》末句"而断裂的吴丝蜀桐,/仅使人从弦柱间思忆华年"将李贺《李凭箜篌引》中"吴丝蜀桐张高秋,空山凝云颓不流"和李商隐《锦瑟》中"锦瑟无端五十弦,一弦一柱思华年"两句连接,抓住其中共有的"丝弦"意象,暗喻萧瑟悲凉的秋声。有中西典故叠用的,除上文所列举何其芳、朱英诞的用典外,还有戴望舒《我思想》中"我思想,故我是蝴蝶……"将笛卡儿名言"我思故我在"与"庄周梦蝶"典故结合起来,使得看似简单的句子拥有了深厚的中西哲学背景。有暗用典故加深诗意内涵的,如卞之琳《灯虫》末句"待我来把你们吹空,/像风扫满阶的落红",本写晨起打扫灯下的落虫,却暗用宋词句"风不定,人初静,明日落红应满径"(张先《天仙子》),把灯虫比作落花,落寞中充满空幻之感。还有反用西方典故的,如朱英诞《寄南游客子》中有"春天已经来了,冬天还没有过去"之句,反用雪莱《西风颂》名句"冬天已经来了,春天还会远吗?"多种形式的用典参与了现代派新诗意蕴传达、意境营造、语言建构等多个方面,促进了现代派新诗艺术的创新。

晦涩问题或许是20世纪30年代最受关注的诗学问题,当时人们围绕着诗的"懂与不懂"产生过热烈的讨论。用典的生熟、显隐,与诗歌晦涩问题有着深刻联系,值得进一步探究。"生"与"熟"是就典事的知名度和使用频率而言的,而"显"与"隐"形容的是引用标志在作品语言中的显著性。用生典或用典隐晦,会阻碍诗意的顺畅传达,增加诗歌的晦涩程度。通常情况下,读者对古诗的典故知道得越清楚,对诗的领悟也就越充分。因为一旦弄明白确切出处和含义,典故往往成为诗意中最切实最可把握的部分,是解读一首诗的钥匙。但也有例外,施蛰存在分析《锦瑟》时说:"以《锦瑟》为例,可知李商隐的许多无题诗,尽管注明了诗中所用典故,还是不很容易了解其主题思想。"[36]这与李商隐诗中某些接近象征主义的因素相关。现代派诗人用典也有这个特点,甚至用典不仅没有成为解读一首诗的钥匙,反而成为了一把更难打开的锁。众多典故的交织使得诗意更加复杂化,而诗人抛弃典源义,往往只取典故中一个形象、一个感觉或一个姿态入诗的方式,更增添了诗歌的多义性和不确定性。从深层次上看,这是因为现代主义诗学观念在读者接受方面与传统诗学有着根本差异。传统用典观念认为,用典不可太显露,亦不可过于隐晦,应追求"浑然无际"的境界,"读者无须依赖笺注的外来援助,照样可以领略诗的内容,欣赏意境之美;如果进而知晓典故的含义,则更觉精巧高妙"[37],即要求在共同知晓典故的基础上,读者接受时感觉既是"旧相识",又是"新相知"。但现代派诗人专注以用典展示感觉世界的复杂性,他们似乎对自己的读者更加有信心,相信读者有能力在歧义丛生的典故解读中领悟诗意;又或者他们对读者不再那么看重了,读者甚至成了他们的竞争者,诗人必须利用典故来建立起迷宫般的意义宫殿,借此躲避被轻易解读的平庸。于是在"浑然无际"之外,现代派新诗用典同时追求"陌生新奇"的效果,形成了与古诗全然不同的新诗用典美学。用典于是作为构成诗歌晦涩的一种重要形式,参与到了新诗现代性的建构之中。

最后还需要指出的是,现代派新诗用典在艺术上存在一些不足之处。第一,大量使用生典、僻典,虽然能够给人带来阅读上的惊奇、感受上的陌生化效果,但需要查找资料或参阅大量注释的诗歌阅读,依然会让读者感到迷惑、疲劳或崎岖不畅。过分地引用有时会有炫耀学识、为引用而引用之嫌,进而损害诗意的有效传达,重蹈古人用典"掉书袋"的覆辙。第二,用典生硬,典故不能很好地融会到诗歌语脉中,有时会给人造成突兀、中断、排斥的感觉。比如卞之琳《路》的末节:"也罢,给埋在草里,/既厌了'空持罗带'。/天上星流为流星,/白船迹还诸蓝海。"直接引用李煜《临江仙(樱桃落尽春归去）》"炉香闲袅凤凰儿,空持罗带,回首恨依依",但加上引号的"空持罗带"放在上下文的白话中显得较为突兀,如果读者不了解原诗,阅读时原本流畅的白话节奏就很容易被打断。第三,简单套用典故会造成诗意的陈腐、空疏,落入旧诗窠臼。比如戴望舒早期诗作《寒风中闻雀声》首节:"枯枝在寒风里悲叹,/死叶在大道上萎残;/雀儿在高唱薤露歌,/一半儿是自伤自感。"用汉乐府《薤露》代指哀歌,但只简单置换了典故词,并没有通过用典产生新的诗意,整节诗情感也较为浮泛,缺乏感染力。

20 世纪 30 年代现代派诗人融通中西的新诗用典探索,体现了诗人传统观的深层转变。正如有学者所指出的那样:"我们既往之所以对传统存在诸多的曲解和误识,在很大程度上是因为我们'现代观'的主观、武断和生硬,因之也就失去了真正理解传统并与之交流沟通的能力。"[38]从新诗草创之初的急于脱离传统,到 30 年代的回望传统,新诗人对五四以来的现代观念进行了一定程度的反思,将新诗创作推向西方技巧与古典传统相沟通的新阶段。可以看到,新诗用典不仅要面对与古诗用典类似的旧问题,还须面对在现代性语境中产生的诸多新问题。跟随典故涌入的中西文本、故事和词汇如何整合到现代新诗的表达中,这既涉及意象意境的塑造、中西文化语境的沟通,也必然涉及现代白话与古典文言、西方话语的融合问题。建立一种白话诗语来顺利自然地接纳来自不同时代和地域的典故,不仅有赖于诗人的语言能力,更与现代汉语本身的包容性和开放性有关。[39]当代诗歌身处纷繁复杂的信息化时代,除了现代人体验和情感的表达,巨量的"历史"和"知识"作为另一种能量同样也在诗歌中寻求着适当的呈现方式,在这方面,现代派诗人用典实践为我们提供了可供参考的经验。

注释:

① 最有代表性的是 20 世纪 30 年代现代派新诗"晚唐诗热"现象。参见孙玉石《呼唤传统:新诗现代性的寻求——废名诗观及 30 年代现代派"晚唐诗热"阐释》(《现代汉诗:反思与求索——1997 年武夷山现代汉诗研讨会论文汇编》,现代汉诗百年演变课题组编,北京:作家出版社,1998 年)、张洁宇《荒原上的丁香——20 世纪 30 年代北平"前线诗人"诗歌研究》(北京:中国人民大学出版社,2003 年)、罗小凤《1930年代新诗对古典诗传统的再发现》(北京:线装书局,2015 年)。

② 相关研究如:李璐《论废名小说的用典》(《兰州学刊》2012 年第 7 期)、李璐《论废名小说用典与庾信、李商隐用典的联系》(《江淮论坛》2012 年第 2 期)、李璐《论废名小说用典的意义特征》(《中国现代文学论丛》2010 年第 3 期)等。

③ 人们对这首诗的主旨有不同理解,冯浩认为这首诗"自伤独不得志"(《玉谿生诗集笺注》,冯浩笺注,上海:上海古籍出版社,2014 年);施蛰存则进一步解读为李商隐失宠于令狐楚的隐喻(《唐诗百话》,施蛰存,上海:上海古籍出版社,1988 年)。

④ 有关艾略特《荒原》用典的研究,参见徐文博《关于艾略特诗歌的用典》(《外国文学研究》1996 年第 2 期)。

⑤ 引文来自顾颉刚《王同春开发河套记》,该文初发表于《大公报》(1934 年 12 月 28 日)的《史地周刊》(第 15 期)上,后经作者增补修改发表在《禹贡》(1934 年,第二卷,第 12 期)上,卞之琳看到的应是《大公报》上的版本。

参考文献:

[1] 罗积勇.用典研究[M].武汉:武汉大学出版社,2005.

[2] 胡应麟.诗薮[M].北京:中华书局,1958:62.

[3] 陈仅.竹林答问[M]//清诗话续编:第四册.郭绍虞,编选.上海:上海古籍出版社,1983:2247.

[4] 钟嵘.诗品笺注[M].曹旭,笺注.北京:人民文学出版社,2009:98.

[5] 赵翼.瓯北诗话[M].北京:人民文学出版社,1963:160.

[6] 王世懋.艺圃撷余[M].北京:中华书局,1985:1.

[7] 魏庆之.诗人玉屑[M].长沙:商务印书馆,1938.

[8] 胡适.文学改良刍议[J].新青年,1917,2(5).

[9] 朱云.论中国现代新诗的用典及其诗学价值[J].华中学术,2015(1):228—238.

[10] 戴望舒.望舒诗论[J].现代,1932,2(1).

[11] 何其芳.梦中道路[M]//何其芳全集 1.蓝棣之,编.石家庄:河北人民出版社,2000.

[12] 吴炯.五总志[M].北京:中华书局,1985:12.

[13] 废名.谈新诗[M]//论新诗及其他.陈子善,编.沈阳:辽宁教育出版社,1998.

[14] 废名.神仙故事(一)[M]//废名集·第三卷.王风,编.北京:北京大学出版社,2009:1378—1379.

[15] 废名.再谈用典故[M]//废名集·第三卷.王风,编.北京:北京大学出版社,2009:1467.

[16] 废名.神仙故事(二)[M]//废名集·第三卷.王风,编.北京:北京大学出版社,2009:1381.

[17] 废名.谈用典故[M]//废名集·第三卷.王风,编.北京:北京大学出版社,2009:1458.

[18] 废名.赋得鸡[M]//废名集·第三卷.王风,编.北京:北京大学出版社,2009:1382—1384.

[19] 废名.陶渊明爱树[M]//废名集·第三卷.王风,编.北京:北京大学出版社,

2009：1362—1363.

[20] 废名.女子故事[M]//废名集·第三卷.王风,编.北京：北京大学出版社,2009：
1375—1377.

[21] 朱光潜.编辑后记（二）[M]//朱光潜全集：第八卷.合肥：安徽教育出版社,
1987：547.

[22] 王泽龙.废名的诗与禅[J].江汉论坛,1993(6)：54—58.

[23] 李璐.论废名小说用典与庾信、李商隐用典的联系[J].江淮论坛,2012(2)：
184—188.

[24] 孙玉石.《荒原》冲击波下现代诗人的探索[J].中国现代文学研究丛刊,1989
(1)：1—19.

[25] T.S.艾略特.传统与个人才能[M]//传统与个人才能：艾略特文集·论文.卞之
琳,译.上海：上海译文出版社,2012：2,5,10.

[26] 卞之琳.《雕虫纪历》自序[M]//人与诗：忆旧说新（增订本）.合肥：安徽教育出
版社,2007：296.

[27] 张曼仪.卞之琳著译研究[M].香港：香港大学中文系,1989：42.

[28] 朱英诞.远水·自序[M]//朱英诞全集2.王泽龙,编.武汉：长江文艺出版社,
2018：139,140.

[29] 王泽龙.论朱英诞的诗[J].文学评论,2017(6)：160—168.

[30] 周丹.朱英诞新诗用典研究[D].武汉：华中师范大学,2016.

[31] 朱英诞.远水[M]//朱英诞全集2.王泽龙,编.武汉：长江文艺出版社,
2018：144.

[32] 爱德华·希尔斯.论传统[M].傅铿,吕乐,译.上海：上海人民出版社,2009：50.

[33] 闻一多.《女神》之地方色彩[J].创造周报,1923(5).

[34] 米家路,赵凡.自我的裂变：戴望舒诗歌中的碎片现代性与追忆救赎[J].江汉学
术,2017(3)：26—40.

[35] 杜衡.《望舒草》序[M]//戴望舒.望舒草.上海：现代书局,1933.

[36] 施蛰存.唐诗百话[M].上海：上海古籍出版社,1988：584.

[37] 乔力.说用典[J].东岳论丛,1981(6)：99—103.

[38] 耿传明.五四新文化运动、后传统时代与百年中国的文化嬗变[J].首都师范大学
学报(社会科学版),2019(3)：28—32.

[39] 王泽龙,杨柳.论卞之琳诗歌的古典语言意识[J].河北学刊,2017(3)：93—99.

——原载《江汉学术》2020 年第 4 期：65—76

蒋海澄(艾青)的巴黎岁月及其初期新诗创作

◎ 马正锋

摘　要：蒋海澄(艾青)曾于 1929 年春至 1932 年 1 月在巴黎学习绘画，这是他人生的重要经历。第一次世界大战结束后资本主义国家开始全面复苏，缘起于 19 世纪六七十年代以来的近现代文学与美学思潮，其艺术性和思想性都得到长足的发展，步入了现代主义阶段。通过关注 1920—1930 年法国及巴黎的社会历史、经济文化以及民众思想概况，可在其基础上展示蒋海澄进入了何种背景下的法国和巴黎。考察蒋海澄在这特定的时空中的日常生活，可梳理他在诗歌、美术方面的作为和追求。蒋海澄来法之前的知识背景和人生经历所初步塑造出的个性主义的多愁善感与左翼倾向的人道主义关怀，在巴黎这座世界文化之都得到了激发和引导。通过对艾青在巴黎期间的新诗创作的文本细读，可凸显这段巴黎生活之于其整个诗歌创作生涯中的意义。

关键词：艾青；蒋海澄；新诗创作；印象派绘画；苏俄文学

1933 年 1 月,在上海法租界第二看守所,时年 23 岁、6 个月前因从事左翼美术活动而入狱的浙江金华籍青年、九个月前刚由法国巴黎学画归来的留学生蒋海澄[1],创作了诗歌《大堰河——我的保姆》。1934 年 5 月,这首署名"艾青"的诗歌发表在《春光》月刊第一卷第三号上,引起了中国新诗界的广泛关注。人们还发现,"艾青"也是《芦笛——纪念故诗人阿波里内尔》的作者,而这首诗一年前就刊发在当时的诗歌重镇《现代》之上。一方面人们很难不感动于大堰河真挚的爱和悲惨的命运,另一方面人们也看到了一位醉心于"波特莱尔和兰布的欧罗巴"的吹芦笛的诗人。这个将关爱和同情敬献于中国土地上那"被侮辱和被损害的"、将崇拜和怨恨倾诉给法兰西的"耽美艺术家","现实"和"艺术"集于一身,这在当时看起来似乎有些矛盾[2]。当然,这样的矛盾随着艾青后来的创作而烟消云散,他用作品证明了自己的确可以兼具"艺术审美"与"现实关怀"。正因为如此,后来的研究者才会评价说"一个历史期待已久的诗人正在诞生"[1],"艾青……成为新诗第三个十年最有影响的代表诗人"[1]。顺着这两首诗歌出发,考察艾青的巴黎岁月和创作,将有助于理解原本一心学画的"蒋海澄",如何会成为以诗而名的"艾青"。

一、20 世纪 20—30 年代的法国与巴黎

1918 年,第一次世界大战结束,协约国(英、法、美、日、意)取胜。这场战争,对于法国的影响巨大,一方面法国取得了胜利:

> 法国胜利了,它也深切地意识到自己是胜利者。1871 年的屈辱被一扫而空,阿尔萨斯和洛林得以收复。由于法国为战争作出了主要贡献,因此,所有人都觉得它是欧洲的头号军事强国;由于法国为公正和道义而战斗——它的盟友和它自己就这样认为的——它觉得自己头上戴着所有古典崇高美德的光环。[2]

另一方面法国为胜利付出了巨大的代价。因胜利而来的乐观随着重建的困难逐渐消退殆尽,法国人意识到那是"胜利的幻觉":

> 实际上,这个可怜的国家高兴得过了头,那场规模罕见的动荡已经动摇了它的根基。在进行总结回顾时,难道不应该说这是一场皮洛士式的胜利吗?[2]

战争使得法国损失了约百分之十的青壮年人口,不但普通的农民和自由职业者,知识分子也伤亡惨重,其中包括著名诗人阿波利奈尔。战争期间的物资损失,据统计约相当于战前 1913 年全年所创造财富的 6 倍,法国由战前的债权国成为债务国。从字面协议看来,法国从《凡尔赛合约》中获益颇丰,得到了赔款和殖民地,然而这些赔款和殖民地并没有帮助国家立即实现复苏。整个 20 世纪 20 年代,因为赔款和割地问题,法国与英美两国进行了激烈的外交较量,但结果并不能令人满意。由于战争的受益者以及战后经济改革的受益者主要是大中资产阶级,而非普通的市民、农民和小企业主,社会阶层分化日益严重,随之兴起了法西斯主义和共产主义运动。战争造成了法国人的精神动荡,战后的重建则使得这种精神的动荡更为复杂。动荡之中,休闲娱乐之风明显:

> 《肉欲之魔》和《奥哲尔伯爵的舞会》之类的故事到处都在上演。每个街头都出现了舞厅,人们在里面疯狂地跳着新近从阿根廷传来的探戈。爵士乐也开始出现。电影院层出不穷。酒吧如雨后春笋,1919—1930 年,酒精消费量增长了三

倍……[2]

首都巴黎是这种变化敏感表针：

> 新闻界宣称巴黎将成为 20 世纪欧洲的中心，正如它在前一世纪一样。大街上显而易见的变化是人们的生活节奏变了：在这座城市里，人们的生活节奏由于随处可见的轿车、公共汽车和地铁加快了。随着现代化的发展，妇女也开始要求新的自由（虽然仍不包括选举权），比如在公共场合吸烟、参加体育运动、与情人公开同居（有些是女同性恋）、穿超短裙、留短发等。当时的建筑表现了一种天真的认识，认为几何形的设计就是现代风格的标志。特洛卡戴罗广场（Trocadero）上人类博物馆（Muse de l'Homme）里丑陋的纪念碑，就是这种新法西斯主义审美观的见证。[3]349

美国小说家菲茨杰拉德（1896—1940）夫妇于 1924 年移居巴黎，并在这里有过较长时间的生活与写作，其经典著作《了不起的盖茨比》就写于这一时期。他出版于 1934 年的长篇小说《夜色温柔》[4]，曾对那段巴黎生活有过精细的描写。

另一位美国小说家海明威（1899—1961），也曾于 20 世纪 20 年代的大部分时间里生活和居住于法国巴黎，他的随笔集《流动的盛宴》是描写彼时巴黎的典范作品。在这本书的扉页上，海明威满怀深情地写道："假如你有幸年轻时在巴黎生活过，那么你此后一生中不论去到哪里她都与你同在，因为巴黎是一席流动的盛宴。"[5] "流动的盛宴"一说自此风靡全球，几乎成了 20 世纪 20 年代巴黎的标签。

菲茨杰拉德和海明威在那段时间关系密切，常同出没于酒吧、咖啡厅、剧院等文娱场所。他们都是当时的成名小说家，交往圈子几乎相同，也就难怪笔下的巴黎也大致相似了。至于普通的文艺青年，则有所不同。英国小说家毛姆在《刀锋》中，对这些青年在巴黎的生活有过一些描述。[6]75 那些文字显示的是一位来自美国的文学青年在巴黎的日常生活，其情形正如一位研究巴黎城市历史的学者指出的那样："到 20 年代后期，一代年轻的流放者来到巴黎，以满足酒、文化和性的渴望……对于这些文学流放者来说，20 年代的巴黎是真正的现代化宫殿。"[3]356 从这个意义而言，菲茨杰拉德、海明威以及这个美国青年，都属于"文学的流放者"。那么，是否还有另外的巴黎呢？乔治·奥威尔这位以《1984》和《动物庄园》闻名于世的小说家，曾于 20 世纪 20 年代末期在巴黎以打零工度日，挣扎于社会底层，他的巴黎常有的场景却是这样：

> 这是一条非常狭窄的街道——如同一道峡谷，两边的房屋又高又脏，以古怪的

姿势东倒西歪，就好像在倒塌时忽然凝固住了一样。所有的房子都是小旅店，满满当当地住着房客，大多是波兰人、阿拉伯人、意大利人。旅馆底层是小酒馆，在那里你只要花一个先令就可以喝得烂醉。在周六晚上，这一带有三分之一的男人都喝得烂醉。这里会为了女人而发生斗殴，住在最廉价的旅店里的阿拉伯苦工常常因为不可思议的事争执，总是抢起凳子甚至拔出左轮手枪来解决问题。但就在这喧嚣和污秽之中，也住着普通且值得尊敬的法国店主、面包师、洗衣女工等，他们不与外人交往，一声不响地累积起小小的财富。这是一个典型的巴黎贫民窟。[7]

　　法国政府和法国普通人对于来法中国人的理解和认识亦随着法国自身局势的变化而有所不同。近代以来，中国人大规模的赴法活动始于第一次世界大战前后，主要是赴法劳工运动和勤工俭学运动。1916年，由于大量青壮年死于战争，法国缺乏劳动力，政府遂决定在全球招募劳工。在北洋政府及其买办公司的操作下，共有14万劳工赴法。至1921年劳工合同到期之后，约有三千余人留法。留法勤工俭学起源于1912年，主要由蔡元培、李石岑和吴稚晖发起和倡导，参与活动人数的高潮出现在1919年和1920年，总计有20批近两千名青年学生。因为战后法国经济不景气，无论是在法华人劳工还是青年留学生，生存环境日益恶劣，他们与中、法两国政府之间的矛盾不断加深。1921年2月和6月，先后发生的"二二八事件"和"里昂中法大学学潮"使得学生与政府完全对立，此后勤工俭学运动大大衰落了。无论是国家政府还是社会团体，在很长的时间里都不再对赴法活动有所帮助或支持，中国人赴法的热情随之衰减。蒋海澄赴法在20世纪20年代末，那时候他已得不到任何他人或组织的经济资助，只能完全自费。如果说早年法国民众对于中国留学生和中国劳工还常抱有同情和帮助的姿态，那么随着经济危机的蔓延和民族主义思潮的甚嚣尘上，他们也开始抱怨乃至驱赶中国人。
　　1929年3月，就读于国立艺术院的金华青年蒋海澄与老师孙福熙、同学雷圭元等人一道从杭州乘船出发，先后经由上海、香港、西贡、科伦坡，取道苏伊士运河，穿过地中海，到达法国，在马赛靠岸后，再辗转陆路，历时一个多月，来到了巴黎。等待他的是这样的巴黎：经过近十年的发展，战后经济基本复苏，物质生活丰富起来，追逐享乐成为风气，巴黎确立了欧洲之都和世界的文化之都的名声；与此同时，全球性的资本主义危机初见端倪，社会各阶层的矛盾日趋激化，新的危机在酝酿。

二、蒋海澄(艾青)在巴黎

　　巴黎的生活并没有想象中的浪漫。在稍早几年，徐悲鸿、林风眠以及林文铮等人在巴黎时,尚能进入专门乃至顶级的美术院校或者著名的美术工作室来学习和实践,回国之后也很快得到政府要员以及业内名家赏识,甚而能很快出任美术专门学校的教授乃至校长。相较于此,自费出国留学的蒋海澄在巴黎的经历则大大不同,他在衣食住行和读书学习等各方面遇到了严峻挑战。由于父亲中断了寄款,蒋海澄一到法国,就开始了半工半读乃至以打零工为主的生活:

> ……我大部分时间为生活所逼,不得不在一个中国漆的作坊里为纸烟盒、打火机的外壳,加工最后一道工序。余下的半天到蒙巴纳斯的一家"自由工作室"去画人体速写,也不过是通过简练的线条去捕捉一些动态,很少有机会画油画。[8]

在巴黎的住宿条件也不好:

> 我先住在巴黎市郊"玫瑰村"一位叫格里姆的家里,他开设了一爿自行车装配工厂。后来我搬到了巴黎第六区浮斯哈姆大街"里斯本旅社"。住在一个小房间里,但不是顶楼,房间还可以,就有一个下水管道。这样,房租便宜些。[9]

自行车装配厂和有下水道通过的小房间,这种生活环境,大概与前文奥威尔所描述的贫民窟小旅馆没什么两样。在习惯了这样的生活之后,蒋海澄才能相对安心地开始了他在巴黎的绘画、阅读和写作的日子。

在绘画方面,他坦承:

> 我爱上"后期印象派"莫内、马内、雷诺尔、德加、莫第格里阿尼、丢飞、毕加索、尤脱里俄等等。强烈排斥学院派的思想和反封建、反保守的意识结合起来了。③

需要指出的是,艾青在这段回忆中所指称的"后期印象派"主要包括稍早前的印象派以及当时盛行于巴黎的野兽派和立体派,并非美术史上所谓的"后期印象派"。在西方近现代绘画史上,"后期印象派"(Post-impressionism)的代表画家主要是凡高、塞尚和高更。艾青在这里提到的画家,成名时间有很大不同,其中"莫内、马内、雷诺尔、德加"属于印象派,活跃时间主要在20世纪60年代至90年代,"莫第格里阿尼、丢飞、毕加索、尤脱里俄"则是活跃在20世纪一二十年代的青年画家。印象派绘画热衷于揣摩光线和色彩,追求对个人瞬间光感印象的再现,挑战了当时的古典派绘画。后期印象派绘画则是对印象派绘画的扬弃,一方面它继承了对于光线和色彩的重视,另一方面则纠正了其形式主义的偏颇。艾青在这回顾中提及的"莫第格里阿尼、丢飞、毕加索、尤脱里俄"，活跃时间比所谓后期印象派代表画家还要晚一些。在风格上，他们一般被归属于表现派、野兽派及立体派。这些画派除了色彩的革新，也在空间、结构等方面下功夫，大大提升了绘画的表现力。根据艾青的回忆，可以说他当时所钟爱的西方美术类型在时间上有很大的跨越性，基本上涵盖了19世纪60年代至20世纪20年代以来所有的新兴画派或者说美术潮流。这些画派的共同特点，是对17世纪兴起而在18世纪初起日益僵化"（新）古典主义画派"的反动：在主题上，开始关注日常生活和普通人的世界；在技法上，改造甚至摒弃传统的赋色法、透视法和笔触感。这些画派都宣扬画家的个人主体性，有强烈的审美情趣和形式主义倾向。

对于上述绘画简史，身处巴黎的蒋海澄应当非常了解，这从他归国后不久所撰写的《乌脱里育》一文中即能看出。这里，他在回忆中将这些风格并不相同的画家作整体性的描述，其实主要是为了突出后面这句"强烈排斥学院派的思想和反封建、反保守的意识结合起来了"。这种反叛精神在那"物质上贫苦的三年"曾长久的占据了蒋海澄的心。当然，"印象派""后印象派"只是美术史上的指称问题（史家或者评论者的追认），不必在意艾青回忆之美术史的准确性，因为这并不能否认艾青从画家那里得到强烈的触动：光学和色彩学给予了他在绘画技巧方面的启示，这种启示亦潜移默化进入他的诗歌创作中；画家们从寂寂无名到得到大名的过程、反对学院派与官方艺术的姿态，也给他留下了深刻的印记。当然，尽管能够欣赏到各种画作，但是创作和欣赏毕竟不是一回事。由于经济拮据，蒋海澄只能在业余性质的画室里学习绘画，他缺少系统而专门的美术训练，甚至连练习基本素描和速写的时间都不能保证，这就使得他很难在巴黎的绘画界博得任何一点点的名声。在近三年的巴黎习画过程中，蒋海澄只参加过一次油画展览，而那次展览的最大收获，是参展画作所用的化名OKA，翻译为中文后成了他后来写诗的一个笔名"莪伽"。对于一心来巴黎学画的中国美术青年而言，如此的默默无闻，称得上是个小小的讽刺了。作为比较，同样赴法习画的中国人，无论之前还是之后，大多在法国绘画界是获得了一定程度认可的，比如李金发、林风眠、徐悲鸿、庞薰琹、潘玉良、吴作人等。

在诗歌方面，艾青坦承"我爱上诗远在绘画之后"，他在巴黎几乎没有多少自觉写作的意识，不过是阅读了一些法国和苏俄的诗歌。对此，他回忆道：

> 我的法文基础很差，但我却有比较不差的理解力。在巴黎，有一个中国学生带了不少汉文翻译的俄罗斯文学作品：果戈里的《外套》、屠格涅夫的《烟》、陀思妥耶夫斯基的《穷人》、安特列夫的《假面舞会》等等是我初期的读物。后来，我买了一些法文翻译的诗集，如勃洛克的《十二人》、马雅可夫斯基的《穿裤子的云》、叶赛宁的《一个流浪汉的忏悔》和普希金的诗选。我也读了一些法文诗：《法国现代诗

选》、阿波利纳尔的《酒精》等,如此而已。我没有条件进行有系统的学习和阅读,只能接触到什么吸收什么。我开始试验在速写本里记下一些瞬即消失的感觉印象和自己的观念之类。学习用语言捕捉美的光,美的色彩,美的形体,美的运动……[8]

在法期间,蒋海澄对苏俄作品的选择一方面延续了其在杭州的阅读兴趣,比如喜爱屠格涅夫、果戈里和普希金等传统作家和诗人,另一方面他也接触到苏俄当时的先锋诗人。布洛克和马雅可夫斯基是轰动一时的"未来主义"的代言人之二,且都是"十月革命"的追随者。至于法国诗人阿波利奈尔,其于1913年发表的《未来主义的反传统》,当时就被毕加索等美术界人士所推崇,在一个时期里充当了"立体派"思想立场的之宣言。这样,蒋海澄对于法国诗的阅读就与他对绘画的兴趣有所结合了,或者说两者就是互相促进和启发的。蒋海澄在自己的速写本上对于"美的色彩,美的形体,美的运动"的捕捉,可以视为他在巴黎浓厚的文艺氛围中的诗与画的练习。这些自觉或不自觉的练习,培养了蒋海澄将瞬即消失的感觉、印象和自我观念诉诸文字或者画面的能力,在潜移默化之中,他的对诗艺和画艺的理解加深了。艾青还曾提及他最喜欢、受影响较深的是比利时诗人凡尔哈伦,这也是他在巴黎期间常常阅读的。和蒋海澄一样,凡尔哈伦生于乡村,青年时在城市求学,中年移居国际大都会,他有丰富的人生经验、良好的艺术感悟力以及对于人类命运苦痛之庄严性的理解和同情。因此,凡尔哈伦笔下的城市和乡村,恰到好处地击中了年轻的蒋海澄。如果说先锋/现代主义的美术家和诗人进一步铸造了蒋海澄的审美品位,那么经由凡尔哈伦而以诗的方式明确树立起来的对于人类和社会的严肃关怀,则进一步巩固了青年蒋海澄的左翼情怀。多年以后,解志熙以"左翼现代主义"冠之艾青,可谓确评。不过,这都是后来的事情了。据艾青自己的回忆,在近三年的巴黎岁月里,他在绘画和诗歌方面并没有得到严格而系统的训练。考虑到他带着学画的目的来到巴黎,而且其绘画天赋在国内求学期间还得到过名家的认可,他在巴黎的习画经历堪称大的挫折。

与蒋海澄同来法国的杭州国立艺术院的老师和同学,主要有孙伏园、孙福熙、雷圭元、俞福祚和龚珏,他们在巴黎的情况与蒋海澄有所不同。孙福熙早在1920年即由蔡元培介绍到法国勤工俭学,后来又考入法国国立美术专科学校,1925年回国后从事了两年翻译及编辑工作,1928年至杭州国立艺术院担任水彩画老师,这是他的第二次赴法。同行的孙伏园是孙福熙的兄长,是与鲁迅交好的知名编辑,两兄弟赴法目的明确,就是到巴黎大学文学系研习文学和艺术理论。雷圭元1927年毕业于北京国立美术专科学校,1928年应林风眠之邀到杭州国立艺术院任教师,他赴法亦是一心要学习工艺美术。同行的同学中,俞福祚曾长期与蒋海澄同住,并且一同打工,而龚珏则不幸病逝于巴黎。来自同样的学校，迎接他们的也是同样的巴黎，但是由于个人和家庭状况的不同，这批专攻美术的师生在巴黎的日子却各不相同，归国后的境遇亦不同：孙福熙和雷圭元继续担任美术教师，后来都被视为中国美术史上重要的人物，俞福祚在文化生活出版社任编辑。

除了同来习画的老师与同学，蒋海澄在巴黎的朋友还有同乡李又然。这位同乡年长他四岁，比他早一年到巴黎，是巴黎大学哲学系的学生。李又然思想左倾，是法国共产党中国支部的成员。虽然两人的相识要迟至1931年，但两人结成了终生的友谊，李又然共产党党员的身份无疑给蒋海澄留下了深刻的印象。在李又然的介绍下，蒋海澄于1932年1月参加了在巴黎的东亚左翼青年的集会。受到了这群热血青年的感染，他很快写下了一首题为《会合》的诗歌。尽管当时蒋海澄并不知道，这将是他和诗歌、左翼结下缘分的正式开始，是"蒋海澄"变为"艾青"的重要时刻。

勤工俭学、看画展、读闲书、写写画画是蒋海澄在巴黎三年的主要活动，孤单、自卑则是他这一时期的精神常态。这虽然艰苦，但也不是不能忍受。然而，当资本主义经济危机席卷全球，法国安能幸免？法国民族主义日渐高涨，政府和民众对于外国人，尤其是弱小国家的外国人的歧视越来越严重，蒋海澄们在经济上更为拮据，在精神上则有着日渐强烈的弱国屈辱感④。在1932年年初的某天夜里，有法国人向蒋海澄大吼："中国人，在法国不要讲中国话，讲法语！"这时，蒋海澄意识到自己不能再从这个国度得到什么了，而回国的时候也该到了。

三、在巴黎期间的诗歌创作

在讨论蒋海澄在巴黎期间的创作（绘画与诗歌）之前，首先需要指出的是，无论绘画还是诗歌，初到巴黎的他并非白纸一张。

蒋海澄的故乡金华是中国画的重镇，他的父亲爱好书画，他在小学和初中都遇到了不错的美术老师。童年和少年时期成长环境中的其他因素也影响了他，有研究者指出：

> 年幼的艾青对绘画的理解，是与民间艺术和大自然的特殊氛围联系在一起的。在他的心目中，残酷激烈的斗牛，五颜六色的戏曲道具、脸谱，散发秋天气息的枫叶，河边奇形怪状的鹅卵石，构成了人间社会和自然世界最不可思议的部分。它似乎成为艾青全部生命中一道稳定的底色：无论现实如何荒诞，也无论他的生活如何被命运扭曲，这些根植在心灵最深处的记忆，却始终不曾泯灭。[10]

对于自然和人事中易于和绘画产生关联之元素的关注,蒋海澄从来没有停止。在考上金华省立第七中学之后,他有了更多的时间和精力来关注它们。三年里,他常带着画笔,游览当地的自然名胜,源源不断的灵感促使其画出了远超同学的作品,得到了老师和同学的赞赏,他稳步地走在绘画的道路上。1928 年秋,蒋海澄考取杭州国立艺术院这所美术名校。这里的生活是金华绘画生活的延续,而且杭州的自然风光更美、名胜古迹更多,老师们的绘画造诣也更高,这就为蒋海澄绘画技艺的不断提高提供了很好的环境。

蒋海澄生于 1910 年,接受的是新式的教育,受五四的影响很大,这种影响在文学方面尤甚。他很早就开始阅读新文学作品:

> 念小学时,就读五四时期的作品,如蔡元培、梁启超、孙中山的文章,还读过胡适的《尝试集》。他写的白话诗,那时影响很大……当时俞平伯、康白情也写诗。那时郭沫若的诗影响很大,我读他的《女神》《凤凰涅槃》,我还读他的《瓶》,这是一首充满感情的诗……[11]

此外,五四标榜的个性解放和叛逆精神,也让他佩服:

> 中学老师第一次出的作文题是《自修室随笔》,我写了一篇《一个时代有一个时代的文学》,反对念文言文。老师的批语是:"一知半解,不能把胡适、鲁迅的话当做金科玉律。"老师的譬喻并没有错,我却在他的批语上打了一个"大八叉"。[12]

国外译介小说进入了蒋海澄的阅读视野,屠格涅夫成为他较早阅读并爱上的外国作家。或许是因为自己出身农乡,《猎人笔记》笔下乡村风景和平民命运常常让他感动。除文学作品,蒋海澄还能从父亲那里读到《申报》《东方杂志》等时新报刊,对于政治时事也有一定程度的了解。20 世纪 20 年代的重要政治事件也给年轻的蒋海澄带来过震动,这其中包括几件他亲身经历的事情。1927 年,北伐节节胜利,北伐军抵达金华之后进行了一系列的宣传和动员。新式军人面貌一新,令他非常羡慕,于是动了去考黄埔军校的念头,不过后来因为父亲不支持而没有成功。不久,国内形势急转直下。4月,蒋介石发动"四一二政变",随即就开始了大规模的屠杀共产党运动。6月,蒋海澄的校友、当地中共负责人钱兆鹏被捕杀。紧接着,军队以搜查同党的名义,在他的学校展开大搜查。如果不是当时灵机一动,将《唯物史观浅说》扔掉,那时的蒋海澄就可能落个进监狱乃至被处死的命运。

对于杭州国立美术专门学校一年多的时间里,艾青曾回忆说:

那时的我，当是一个勤苦的画学生，对于自然，有农人的固执的爱心；对于社会，取着羞涩的嫌避的态度；而对于贫苦的人群，则是人道主义的。怀着深切的同情……因为自己处境的孤独，那种飘忽与迷蒙，清晨与黄昏的，浮动着水蒸气的野景，和那种近海地带所常有的，随气候在幻变的天色，也常为我所爱。[13]95

不难发现，年龄的增长、环境的变化，使得蒋海澄的情绪飘忽不定，他无法把握绘画，亦无法把握自己的人生。这种飘忽不定的感觉，大概很难摆脱，终于使他觉得"杭州是可诅咒的"。于是，当林风眠院长建议蒋海澄去外国学画时，他很快地认可了，或许改变环境可以改变自己。在孙福熙老师的帮助下，蒋海澄说服了保守的家长，带着父亲的一千块"鹰洋"盘缠和母亲的四百光洋"体己钱"，在入校一年后的春天去往巴黎。之所以选择巴黎，一来是因为艺术院留法教师的影响，另一方面则因巴黎作为世界"艺术之都"的声誉。作为一名绘画者，此时的蒋海澄有过较好的基础性绘画训练，对传统绘画和西洋画的技巧和特点都有所掌握，他还有敏感而细腻的心思，有强烈的从事绘画的愿望。

蒋海澄在巴黎的一般状态是这样：住在破旧的小旅馆，半工半读，生活窘迫；大量阅读了法国和苏俄的小说和诗歌，长时间出没于蒙巴纳斯的画室和小展馆。显然，这不利于创作，无论是绘画还是诗歌。这位宣称到巴黎学画的青年，三年里几乎没有参加过什么画展，因为"当时巴黎有三个画会（沙龙），两个官方办的，叫春季沙龙，秋季沙龙。我们坚决不参加官办的"，"独立沙龙我送展过一幅画，什么画我记不得了"[9]。他的真正写于巴黎的诗歌，也只有《会合》，而在写完这首诗不到十天他即踏上了回国的路程。在由巴黎开往马赛的火车上，他写下了《当黎明穿上白衣》；当航船开过苏伊士运河，他写下了《阳光在远处》；在越南的湄公河上，他写下了《那边》。

《会合》描写的是在巴黎的东方青年反帝同盟聚会时的场景。诗歌前半部分主要刻画了青年们在集会时的各异神态，随后由外在神态动作而进入心理活动的铺陈，最后通过室外之冷与室内之热、巴黎之死气沉沉和青年之活跃进行对比，用词上虽然略显粗糙，但是主题完整自足，感情充沛，是一篇佳作。不难发现，起首几行对于场景的把握，恰似绘画中基本的素描训练：

团团的，团团的，我们坐在烟圈里面，
高音，低音，噪音，转在桌边，
温和的，激烈的，爆炸的……
火灼的脸，摇动在灯光下面，

法文、日文、安南话、中文，
在房子的四角沸腾着……
长发的，戴眼镜的，点卷烟的，
读信的，看报纸的……
思索的，苦恼着的，兴奋的……
沉默着的……
绯红的嘴唇片片的飞着，
……言语像星火似的从那里散出。

由于主题和风格的契合，《会合》发表在由"左联"掌控的刊物《北斗》上时，在 1932 年 7 月，为蒋海澄回国之后最早公开发表的诗作。"文革"结束后，艾青曾回忆说："这件小事，却使我开始从美术向文学移动，最后献身文学。"[13]96

《当黎明穿上白衣》作于巴黎到马赛的火车车厢中，此时蒋海澄刚刚踏上归国的旅程。这首诗堪称 20 世纪初法国铁路沿线的风景画：

紫蓝的林子与林子之间
由青灰的山坡到青灰的山坡，
绿的草原，
绿的草原，草原上流着
——新鲜的乳液似的烟……

啊，当黎明穿上了白衣的时候，
田野是多么新鲜！
看，
微黄的灯光，
正在电杆上颤栗它的最后的时间。
看！

诗中，有实写的色彩：青灰的山和绿的原野，也有虚写的色彩：新鲜的乳白色的烟和黎明的白衣，还有通感般的色彩：颤栗的微黄的灯光——难道不能让人感觉到列车的动吗？莫奈的《乡村的火车》(1870)、塞尚的《圣维克多山》(1906)，其中的颜色与这诗歌颇能对应，而莫奈与塞尚是公认的印象派代表画家。可以想见，当蒋海澄流连于巴黎的小画廊时，一定欣赏了许多此类风格的画作。

《阳光在远处》写于归途中的苏伊士运河,诗歌描绘的对象主要有阳光、河流与沙漠:

> 阳光在沙漠的远处,
> 船在暗云遮着的河上驰去,
> 暗的风,
> 暗的沙土,
> 暗的
> 旅客的心啊。
> ——阳光嬉笑地
> 射在沙漠的远处。

和前一首诗相比,相同的地方是整体性的"构图",都是由远而近,《当黎明穿上白衣》是从远处的林子到近处的灯,《阳光在远处》是由远处的沙漠到河流再到沙漠。不同之处在于,前一首诗歌侧重的是色彩的对比和变化,后一首诗歌则更关注明暗的对比。值得注意的是,两首诗歌不是纯粹的描绘某种景色,而有景色和人的情感的互动。这是印象画派的特点之一,一方面注重对自然的光色变化,另一方面通过光色的协调来暗示人物的情感。

《那边》写于越南湄公河的港湾,因为不能入睡,诗人起身到甲板看到了市区的夜景。旅途的疲惫,归乡的感慨……各种情愫涌上心头,这首诗歌有股愤懑和不平之气。诗的主题颜色是"黑",通过数次重复"黑的河流/黑的天/在黑与黑之间",这黑色仿佛扑面而来;"黑色"之外,是"红"和"绿",它们不是静止的,而是"一闪一闪",这就与铺天盖地的"黑"有了动静的对比。此外,还有疏密不一的"灯光"。本来,灯光应当具有某种颜色,但是诗人取消它的颜色,转而描写灯光里的声音——"铁的声音/沸腾的人市的声音"——就算灯光万千,它仍旧抵不过黑,而灯光那边是"永远都在挣扎的人间"。熟悉野兽派画家马蒂斯的人应该能够发现,这里的"红""黑""绿"三种颜色,恰恰是该画家早年情有独钟的颜色。这些颜色未必是现实对应物的实在颜色,但他认为"色符合于形",要以最简洁的色彩实现赋色的纯洁性,从而实现作者之"感觉的凝缩"。仍以绘画作为对比的话,这首诗歌所展现的技法已经达到了表现派和野兽派的基本要求:既保留了对于光影和色彩的关注,又将这种关注进一步推进和深化,并通过浓重的笔触,烘托出了某一时刻激烈的心理或者情绪的活动。

从绘画史的演变来看,印象派单纯地关注技法,尤其是色彩的技法,其目的在于使绘画成为纯粹视觉经验的映像,而"后印象派"与表现派以及野兽派不仅仅关注技法,也重视技法和个人内心世界的深度结合,这样就使得技法具有强烈的主观性和个性表现力。如果说印象派还主要是画家们观看世界方式的改变,那么"后印象派",尤其是稍晚的表现派和野兽派则在观看世界之方式的改变中把握到了自我与世界关系的改变。如果将这四首诗歌的主要特点类比绘画,不难发现:《会合》是素描或速写,《当黎明穿上白衣》和《阳光在远处》突出的是印象派的着色法和对光影的处理,《那边》则是外部现实色彩与主观心理色彩的融合与衬托。当然,蒋海澄在创作之时未必有如此明确的初衷,这些诗歌当是源于真实场景对其过往文艺体验的激发,只不过他寻找到了适当的文字,由此我们也看到了绘画对其诗歌的影响。

这几首诗歌在艾青整个诗歌创作中不是第一流的,但同样不能否认,它们显出蒋海澄诗歌的可能,我们所熟知的元素——作为独特意象的"土地""太阳"和独特情绪的"深沉的忧郁"——已蕴涵其中。蒋海澄的巴黎生活与此有着紧密的关联:他去国外前的敏感多思、叛逆冲动、人道主义和亲近自然的混合气质,在到了巴黎之后各方面都更进一步:于绘画艺术方面,经过了印象派与后印象派乃至现代主义画派的洗礼;于文学方面,则感染于俄苏文学;于社会心理方面,则有弱国屈辱感和左翼反叛的共生。如果和巴黎时的创作进行对比,蒋海澄赴法来巴黎前的诗作(《游痕》二首)与上述四首在巴黎及归途中的几首诗歌可谓大相径庭:《湖心》不过是对"湖畔小诗"的稍微发挥,充满着少年人的浪漫而感伤的抒情;《伤怀》中的"古来英雄多少骨,埋便西湖南北山"像是传统怀古诗的白话诗版本,了无新意。但是,蒋海澄归国后的一系列创作则发展了巴黎四首诗作中已经展现出来的元素,而《芦笛》和《大堰河》就是与巴黎创作靠得最近而艺术和情感上又有着明显继承关系的两首佳作。通过这个简单的比较,足以说明蒋海澄的巴黎岁月确是其诗歌创作生涯的重要时期,是"蒋海澄"而"艾青"这一过程的重要环节。

四、余　论

从1932年1月28日到4月上旬,经过两个多月的时间,蒋海澄终于抵达上海。同年5月,蒋海澄先到杭州,后到上海,先是加入了"中国左翼美术家联盟",同时与友人联合发起成立"春地美术研究所"。6月,由研究所筹备的"春地画展"引起上海各界广泛关注,鲁迅也过来看展并购买了一些画作。7月,蒋海澄及研究所朋友被捕。8月,蒋海澄被判入狱6年,罪名是组织危害民国的艺术团体、宣传与三民主义不合之理念,属政治犯,此时距离蒋海澄回国还不到半年。在监狱里,作画是不可能的,但是有条件作诗。当年在巴黎的友人、左翼青年李又然,不但为蒋海澄的提前出狱而积极活动,还冒着危险将其诗歌带出来投稿。当《芦笛》和《大堰河》先后发表于《现代》和《春光》，"蒋海澄"这个名字开始为"艾青"所代替，而后者逐渐成为中国现代诗歌史上最著名、最有力量的名字之一，这正与蒋海澄那段巴黎日子息息相关。

艾青后来又写了许多与巴黎生活相关的诗歌。譬如，直接以巴黎为抒情对象有《巴黎》（1933），《芦笛》、《古宅的造访》、《画者的行吟》、《我的季候》、《雨的街》（1933—1935），《哀巴黎》（1940），《巴黎》、《香榭丽舍》、《红磨坊》（1980）等，其他诗歌中间或涉及法国或者巴黎的篇目则更多。可以说，这些诗篇共同构成了一种"艾青的法兰西（巴黎）"，它的源头乃是 1929—1932 年的巴黎，蒋海澄的巴黎岁月，是其成为"艾青"的开始。

注释：

① 艾青原名"正涵"，字"养源"，号"海澄"，在使用笔名"艾青"之前，主要以号为名，称作"蒋海澄"。本文为行文方便，"艾青"和"蒋海澄"交叉使用，基本的规则是以 1933 年为分割点，此前称"蒋海澄"，此后则称"艾青"。

② 如杜衡的《读〈大堰河〉》称"那两个艾青一个是暴乱的革命者，一个是耽美的艺术家"，原载《新诗》一卷六期，1937 年，第 85—88 页。

③ "丢飞"即 Raoul Dufy，今译"拉乌尔·杜飞"或"劳尔·杜飞"；"莫第格里阿尼"即 Amedeo Modigliani，今译"莫迪利阿尼"；"尤脱里俄"为 Maurice Utrillo，今译"莫里斯·郁特里罗"，艾青有时也将其译作"乌脱里育"。原文见艾青的《母鸡为什么会下鸭蛋》，载于《人物》1980 年第 3 期。

④ 对此，艾青在接受采访时曾说："九一八后，法国政府对中国的态度变坏了，因当时法国希望同日本保持默契，让日本保留法国在印度支那和中国的势力，所以法国把我们的义勇军叫作'华匪'。中国人保卫自己反而成了'匪'！当时法国共产党的《人道报》就批评了这种错误观点。就在这时，法国的早点铺里出现了一种点心，又酥又软，名字就叫作'Chinois'（中国人），侮辱中国人……"文见《艾青谈诗及写长篇小说的新计划》，采访者冬晓，原载香港《开卷》1972 年 2 月号。

参考文献：

[1] 钱理群，温儒敏，吴福辉. 中国现代文学三十年：修订本[M]. 北京：北京大学出版社，1998：555.

[2] 乔治·杜比. 法国史：中卷[M]. 吕一民，沈坚，黄艳红，等，译. 北京：商务印书馆，2010：1268—1271.

[3] 安德鲁·哈赛. 巴黎秘史[M]. 邢利娜，译. 北京：商务印书馆，2012：349.

［4］菲茨杰拉德.夜色温柔［M］.主万,叶尊,译.北京:人民文学出版社,2011:94

［5］海明威.流动的盛宴:图文珍藏本［M］.汤永宽,译.上海:上海译文出版社,2009.

［6］毛姆.刀锋［M］.周熙良,译.上海:上海译文出版社,2012:74.

［7］乔治·奥威尔.巴黎伦敦落魄记［M］.甘露,郭嘉慧,杨惠乔,等,译.武汉:华中科技大学出版社,2016:2—3.

［8］艾青.母鸡为什么会下鸭蛋.人物［J］.1980(3).

［9］叶锦.艾青谈他的两首旧作.东海［J］.1981(4).

［10］程光炜.艾青评传［M］.南京:南京大学出版社,2015:28—29.

［11］艾青.在粉碎"四人帮"后在全国诗人大会上的一次讲话［M］//艾青全集:第五卷.石家庄:花山文艺出版社,1991:574.

［12］艾青.在汽笛的长鸣声中:《艾青诗选》自序［J］.读书,1979(1):95.

［13］艾青.忆杭州.七月［J］.1938(6).

——原载《江汉学术》2017年第6期:42—49

"语言诗化"与"窗"

——论林庚在创作与研究之间的互动关系

◎ 张　颖

摘　要：林庚在中国新诗与古典文学研究领域都是一个独特的存在。他是新诗人、新诗理论家，也是文学史家，在研究古典文学的过程中始终抱持新诗视野，在新诗创作与理论探索中又尝试转化古典诗歌经验；他身上兼有"诗人型学者"与"学者型诗人"两种气质，这种在创作与研究之间的互动所产生的诗学，对我们重新认识古典资源在现代诗中的意义以及从多重维度反映新诗自身的扩展力都具有启发性。考察林庚一生在新诗领域的探索姿态，可以看出他试图从中国古典诗歌历史中提炼出一种仍然可以行之有效的普遍法则，在"现代性转换"这一视野之下所寻求的是一种委婉、抒情的方法，在"继承"与"转换"这两个维度中，试图规避由暴力性的革命所带来的反作用而达到一种温和的过渡。以创作与研究之间的"互动"为角度辨析林庚的核心诗学理念——"语言诗化"，能够在已有研究基础上再次深入林庚构建的诗学体系，探究"新诗人"林庚的浪漫诗品。

关键词：林庚；现代诗歌；语言诗化；古典诗话；古典资源

在现代文学史上，新文学作者由新诗创作转向旧体诗创作或者其他文学研究领域的大有人在[①]，但在新诗已经取得合法地位之后，从旧体诗有意识地转向新诗，而且终其一生坚持在古典与现代的穿插融合中创作新诗，并构建出独特的新诗理论，却唯有林庚取得了比较瞩目的成绩。洪子诚先生曾说："林庚是诗人。但他是写'新诗'的诗人。是能写好旧诗但坚持写新诗的诗人。而且还是到了晚年仍倾心于新诗的诗人。"[1]"写新诗的诗人"这个名称包含了"为诗一辩"的急切感，也似乎唯有此能准确地标明林庚在文学创作上的身份。穿行在中国文学史研究、唐诗研究、楚辞研究、新诗创作与新诗理论之间，林庚"由'学'而'诗'，从'诗'到'术'"[2]，充分体现出了他在文学创作和学术研究的互动之间构筑诗学的特征。这种互动关系的成果,是著名的"节奏音组""典型诗行""半逗律""九言诗"等新诗概念的阐发,但不可否认的是,林庚的格律诗实验在新诗历史中后继乏人,不仅如此,后人一般认为林庚在20世纪30年代后期创作的两本格律诗集在艺术特色上并没有前面两本自由体诗集那样鲜明。而根据林庚对新诗的整体设想,新格律诗才是未来新诗发展的方向,造成这种矛盾的原因似乎值得追问,从其"学""诗""术"的互相缠绕中或许能够寻求到关于这一问题的答案。本文试图从其核心诗学观念出发,钩沉林庚在新诗创作中的内在脉络,并于学术研究的多重纠葛中理出其背后的思维模式,最终考察他在多重身份互动下的核心诗学理念,在此基础上为上述问题提供一个可能的探索角度。

一、"语言诗化"与一种迷失

林庚的一系列古典文学研究在古典文学界获得了极高评价[2],但他的新诗创作与新诗理论却一直伴随着质疑与论争。早有戴望舒评价其写作是"用白话文写旧体诗"[3],后有穆木天认为林庚的诗集中"现实主义的成分,是相当的稀薄"[4],穆木天当然是在褒义上使用"现实主义"一词,这些评价似乎奠定了林庚诗作被否认的基调。但同时,俞平伯认为"他不赞成词曲谣歌的老调,他不赞成削足适履去学西洋诗,于是他在诗的意境上,音律上,有过种种的尝试,成就一种清新的风裁"[5]。废名对林庚的诗更是激赏:"在静希的《春野与窗》无声无臭的出世的时候,我首先举手佩服之,心想此是新诗也,心想此新诗可以与古人之诗相比较也,新诗可以不同外国文学发生关系而成为中国今日之诗也。"[3]当代有研究者指出:"他的新诗写作脱胎或者说分蘖于旧诗写作的经验。这是无可否认的事实,但他的成功的写作,主要原因却不在旧诗的影响,而是在接受旧诗的影响的同时,能始终立足于新诗探索的基点,并且有意识地运用一些象征主义、现代主义的方法技巧,对这些影响进行主观处理,使其在现代性艺术的洗礼之下,实现某种富有意味的现代性转换。"[6]林庚的格律诗实验成功与否我们暂且不论,但单纯的新旧比附确实会简化他在吸取历史经验中所作的努力。

考察林庚一生的新诗探索姿态,明显可以看出他试图从中国古代诗歌历史中呼唤出一种仍然可以行之有效的普遍法则,在"现代性转换"这一视野之下所寻求的是一种委婉的、抒情的方法,在"继承"与"转换"这两个维度中,试图规避由暴力性的革命所带来的反作用,而达到一种温和的过渡。"语言诗化"这个概念便是这一普遍法则的具体承载物。在新诗理论与古典文学研究中,林庚将其作为连贯新旧的核心理念予以多次阐发,其核心是诗的语言问题。联系到林庚由自由体新诗转向格律体新诗时的时代背景,正是早期新月派的新格律诗实验的瓶颈期,自由体新诗"要么成为分行的散文,失去诗的艺术特征;要么回避散文,在远离生活的道路上越走越远"[7]165,此时林庚开始意识到回顾古典诗歌的重要性,"中国文学史事实上乃是一个以诗歌为中心的文学史,研究它,对于探寻诗歌美学的奥秘,诗歌语言的形成过程,都是理想的窗口和例证"[7]161。现实的契机④与探索的动因相结合,在新与旧之间寻找一种和谐的过渡变成了理所当然的出路,而林庚所追寻的诗学核心理念也在这种不断的反顾中呼之欲出。

"语言诗化"到底具有什么含义?在林庚的古典文学研究体系中,"语言诗化"是古典文学被向前推动的核心动力,"诗化"的本体物质是"语言",通过某种转化,化普通的语言为诗的语言。林庚指出,"诗化"是诗歌语言"突破生活语言的逻辑性和概念的过程"[7]163。在现代诗歌研究历史中,"诗化"往往与"非诗化"同提,那些新诗创立初期"不符合中国古典诗歌诗体规范、审美规范的新语句、新意境、新文体等'非诗化'因素"[8]在构成了破旧立新的资源的同时,也被后来者不断批评。他们所言的"诗化"毋宁说是"新诗化"的意思,相比于林庚的"语言诗化"概念,其含义更专一。"诗化"仍然具有其背后的逻辑性,"诗化"后的语言要给人带来新鲜感,但是不能完全脱离人的想象范围。如何在"诗化"的同时,既保证语言的创造性,又保证逻辑的合理性,就是值得思考的问题。

在林庚的研究中,古典诗歌"语言诗化""具体的表现在诗歌从一般语言的基础上,形成了它自己的特殊语言",这仍然是一个比较抽象的说法,他举了一个具体的例证:"突出的表现在散文中必不可缺的虚字上,如'之''乎''者''也''矣''焉''哉'等,在齐梁以来的五言诗中已经可以一律省略。……这是一个高水平的提炼,乃成为语言诗化发展中的一个标志。"[9]将一般语言(散文语言)中不可或缺的虚字去掉,打破语言的逻辑性,却仍然不影响读者的理解,这是"语言诗化"的一个重要的跨步。除此之外,在诗行、语法、词汇上,"语言诗化"分别有不同的要求,林庚每每根据古典诗歌在这几个维度的"诗化"经验,来提示新诗语言相关维度的"诗化"需求。

诗行的"诗化"是指古典诗歌从"四言"到"五言",再到"七言"的发展过程,"今天我们缺少的正是相当于五七言那么既严格又简单的诗歌形式……我们缺少的正是这个建行的基本规律"[10]。所谓"建行",不是指行与行之间,而是一行之内,字数的增减所引起的节奏变化。林庚设想的是,如果能够探索出一种"普遍诗行",将之应用于大多数诗人的创作,那诗歌的普及将不是难事。"普遍诗行"不仅与诗歌的格律问题有关,其核心还是为了将现代语言能够以一种接近人们生活的方式普及开来,以达到如唐诗一般脍炙人口的地步,缓解新诗目前的困境。从具体的方案实施来看,"普遍诗行"并不是那么容易获得的,关键问题在于林庚的"普遍诗行"与古典诗歌的差别很微妙,在极度排斥"旧诗"的新诗人看来,这无异于诗的复古。因此林庚一面坚持实验,撰写理论文章,一面开始寻求折中的办法。

"半逗律""节奏自由诗"便都可以说是折中的产物。借着中华人民共和国成立初期文艺界探讨民族形式问题的契机,林庚正式提出"九言诗的'五四体'"这一诗行概念,"九言诗的'五四体'最接近于民族传统,也最适合于口语的发展;我想'民族传统'与'口语的发展'应该是今天诗歌形式上最主要的问题"[11]。从建行问题到民族传统问题,看似不太相关,其实正符合了林庚一直以来的思想观念,即"普遍诗行"背后所隐含的诗歌愿景。至于"九言诗"与古诗的关系,并不是简单地在成型的七言诗基础上随意增添两个字,而是根据"半逗律"规则,重视生活当中的话语习惯与白话文中新的"节奏音组"的出现,将之规定为上五下四的"五四体"。从根本上来说,林庚考虑的出发点是语言从文言变为白话文之后诗的现代性问题:"从中国诗歌史上看来,文言曾经是古代诗歌的理想语言,五七言也曾经是古代诗歌的理想形式。但是无论是文言或是五七言,对于今天的诗歌说来,就都不如对于古代诗歌那么理想。"[12]因此"让群众用自己生活中的语言,在更为理想的诗歌形式中充分自由的歌唱,追求比五七言更为理想的诗歌形式是完全应该的"[12]。当诗行上寻找到"九言诗"或者折中的"节奏自由诗"这种诗体,新诗的诗行便彻底从旧诗中脱胎出来,成为能够容纳新时代、新思想、新语言的载体。换言之,正如齐梁以后的五言诗,"九言诗"成为新时代"语言诗化"的一个标志。

在古典诗歌中,语法诗化建立在五七言形式成熟的基础之上,更进一步便是将语言本身所具有的飞跃性、交织性等特点充分释放。语言的飞跃性"通过诗歌语言跨度上的自由,解放了诗人的冥想力与思维敏感的触角"[9],而词汇诗化主要是"诗的新原质"的发现过程,"我们写诗因此就正如写诗的历史,因为我们每发现一个新的原质,就等于写了一句诗的新的历史"[13],而新诗的语言从文言变为白话,单音字变为多音字,字数增多之后就更要通过拉大诗歌语言的跨度,"摆脱散文与生俱来的逻辑性和连续性,使语言中感性的因素得以自由地浮现出来"[14],否则便成为分行的散文,诗意全无。

当代诗人臧棣在探讨中国新诗的现代性时提出:"从语言的同一性出发试图弥合古典诗歌与新诗的断裂(或称差异)的可能性究竟是怎样的——它是一种切实的建议,还是一种似梦的幻想?"[15]可以看到,在林庚的研究中,不管是变化了的时代,还是变化了的语言,其背后的文字仍然共同依托于同一个汉语传统,因此在原理上,新诗的诗化与古诗的诗化并不是一种完全断裂的关系,反而可以借鉴其内里最核心的机制。与此同时,"语言诗化"虽然能够成为一项普遍原则被应用于新诗当中,但问题也随之而来,正如戴望舒所言:"林庚先生就好像走进了一个大森林中一样,好像他可以四通八达,无所不至,然而他终于会迷失在里面。"[3]这种"迷失"在日后林庚的创作中是事实存在的。从林庚的古典文学研究与新诗创作,也即"学"与"诗"的角度来看,我们可以这样推断:林庚的古典文学研究对他的新诗思路形成了一种合围之势,在"语言诗化"这一普遍原则的统摄之下,新旧诗似乎连成了一线,同时新诗本身所应该具有的"现代性"则被无意识地忽略了。在新旧文学极度"断裂"的背景下,这种温和转变显然更符合林庚对"诗"的态度。林庚的诗学理论与新诗创作在这种连续性的视野中得以建构,这一方面有利于规避革命性动作所带来的破坏性,同时也就有可能在这种反向中过犹不及,虽然如此,"语言诗化"并没有在当下完全丧失活力,仍然对诗的创作具有反向上的启发性。

二、"窗"与格式之间

从"诗"发展到"术"(具体的新诗理论),林庚进行了多番理论探索,"诗"与"术"的联系看似紧密,但往往鸿沟也就在这里发生,理论与创作之间的龃龉在现代文学史上并不鲜见,关键是要深入林庚自身的思维与观察角度,理清创作与理论之间的生成与游离关系。林庚在 20 世纪 30 年代出版了四部诗集,值得注意的是,从自由诗到格律诗,不仅是具体的诗学实验,也是一个诗学理想的追寻过程。从具体的创作实践中可以看到,这种诗学理想的追寻过程是相当曲折的,困难在于新格律诗如何在真正意义上保证语言的自由,如何在"诗化"的基础上不走进古诗的死胡同,如何使多种因素在诗中得到调和,成为林庚所追求的"自然诗",而民歌在这个过程中成为了非常关键的资源,缓解了自由与格律之间的紧张关系。

以《北平情歌》为中心,可以考察前后时期林庚写作的转变。一改《春野与窗》中的自由体诗风格,《北平情歌》几乎是严格的格律诗实验。为什么要取名为《北平情歌》?林庚说道,"据说写诗是要生活丰富的;而自己这一年来,除了上课堂教书外生活便如一张白纸;然而依然有这样不算太少的一些短诗,虽然如此平淡,已不能不感谢是这古城的赐予了"[16]。纵观集子中的诗歌,北平的风景占据主线,可以作为古城赐予诗意的证明,但更重要的或许正如林庚自己道出的,因为现实生活的平静,反而在读书、教书、文学研究等活动中寻找到了更多的情绪共鸣。这些情绪与现实如何构成林庚写作的背景,又如何参与到其创作中,要从诗人主体形象,以及意象等内部因素去考察在表面的形式试验背后复杂的逻辑。

《诗成》这首诗在林庚的所有创作中具备"元诗"特征:

> 读书人在窗前低吟着诗句
> 微雨中的纸伞小孩上学去
> 秋来的怀想病每对着蓝天

纸伞上的声音乃复趣有佳

《诗成》这个诗题颇有意思,全诗并没有写一位诗人如何写诗,而是勾勒了一幅场景。读书人低吟着的诗句是已成的古诗,还是自己正在写作的作品,我们不得而知,第二句是一幅实景,一二句结合起来看,是写作者站在高处随意俯瞰到的一幅场景。但三四句从视景转向内心,"怀想"以及对纸伞上声音的遥想,才是真正的"诗成"过程。所以这首诗可以理解为林庚心中对诗人形象以及写诗动因的一个解释:一个足不出户的读书人,借着一扇窗观望秋天的景色,遥想风景中的声音,写成诗,这是一个颇为有趣的过程。

如此看来,"窗"在"诗成"过程中具有格外重要的作用。"窗"是林庚非常喜欢的一个意象,前一部诗集就命名为《春野与窗》[17],而在《北平情歌》中,"窗"一共出现了22次,最多的时候在同一首诗里出现三次。通过对这些诗的分析可以发现,诗人所站立的地方总在窗内,也就是一种从内向外的视角,诗人借窗户去关注外界的事物变化,诗意的产生很多时候都是从诗人的眼睛看向"窗"开始的。"窗"在林庚的心目中成为了一个触发诗意的"装置",只要一看见"窗",马上就会"目击成诗"。实际上"窗"外的景物在不同的诗中可以变化为多种场景,比如"低低的小窗下渐沥未曾停"(《弹琴》);"窗外冰冻了天井"(《冬之曲》);"读书人窗下该有着什么点缀着秋来"(《秋来》);"窗前静静的每一个下午日影与风声"(《窗前》);"窗外寂静的我的园子里门在哪里呢"(《夏之深夜》),等等,"窗"可以说是诗人在平静的读书生活中了解外界事物的一个触媒。

其实在这之前,自由体诗集《春野与窗》中,林庚就写过一首以"窗"命名的自由诗,这首《窗》则更加深入地刻画了一个独坐窗下的读书人静坐想象的过程。而且林庚对这首诗十分重视:

> 《窗》共写了整整三天;这三天我把所有杂念都丢开,将心沉在这一件事上;除了到处走走外,人便整个的陷入沉思了;这样平均每天约能完成一节;到了第三天的夜间才算写好了最后一句。……独写《窗》时精神异常愉快;我不断地把七八行诗变成两行,一行,到有一句可以用时仿佛才可以喘过一口气来,接着便仍又写下去,我开始觉得在一种新的风度的尝试中,能够把自己用毅力安顿在长时间的追求里,忠实的完成了它的欣慰。[17]

从1933年到1934年10月这个时间段内,《窗》的写作可以充分说明林庚转向格律诗的动机与原因。写作时间的加"长",诗行的不断精炼,最重要的是"能够把自己用毅力安顿在长时间的追求里"时所体验到的"一种新的风度的尝试",这种创造的愉悦成为推进后面更深入的实验的动力。《窗》本身并不是一首格律诗,所谓的精炼主要是指情绪的锻炼,同时,"不断地把七八行诗变成两行,一行",这种减缩也是"诗化"的过程。

吴晓东曾研究过中国现代派诗歌的艺术母题,其中"居室"与"窗"在现代派诗歌中反复出现。"如果说居室是'人们在无穷无尽的空间切出一小块土地','窗'则意味着这一封闭的内在空间与外界的联系。"[18]在林庚的诗中,"'窗'作为有限与无限之间的人为的界限在此趋于消泯,这使林庚能够'随便的踏出门去'(《春天的心》)。正是这一句'随便的踏出门去',构成了现代派诗歌至为难得的一个诗品"[18],将窗内与窗外世界的互通看作是林庚浪漫诗品的体现这一点切中肯綮。周作人曾在《五十自寿诗》中写道:"街头终日听谈鬼,窗下通年学画蛇。"窗下世界似乎成为了现代诗人的一个庇护所,窗下的艺术世界到底能不能成为现实的庇护所这一点,在战火频仍的近现代中国已经得到了否定的证实,但依然有许多人到窗下去寻一张"平静的书桌"。因此,"窗下"这个位置在现代文人们那里似乎具有一种张力,可以反映出他们在"入"与"出"之间的紧张状态。而回到林庚身上,"窗"与其说是一个意象,不如说是连接诗意与形式之间的一个装置,他在"窗"与诗的"格式"之间构造了某种精神联系。

"窗"是打通室内外的媒介,而"窗框"则是一种对外面的风景的规约。窗框类似于看电影时的银幕,林庚在探讨"诗的韵律"时就拿"银幕"做过比喻,他首先指明不同的银幕形状会影响观者的观看感受,而这就类似于自由诗有各种不同的形式,"然而大自然却是不要我们觉得有什么形式的,它是要我们简直不知怎么的就接受了它;自然诗像它,乃也要一个使人不觉得的外形;而这便是韵律。便是正如那电影上永远用一个一致的幕"[19],窗框正如银幕一样,"一致的幕"就类似诗的形式,它是通向外界景物的一个窗口,而它长久固定的形状,使得窗下的诗人丝毫没有觉出束缚,这便是"普遍诗行"所能够达到的同样的效果。

"窗下的读书人"是林庚对自身作为诗人形象的揭示,同时他在"物"与格律之间所搭建的这种精神联系也给我们以启示。在"诗"与"术"之间,这种内在脉络并不容易被发现,尤其是在林庚的创作中,有许多扭结状态对我们的理解构成了障碍。《北平情歌》就表现出林庚在古典与民歌、口语之间的某种扭结。不可否认,集子中的很多诗尚有浓厚的古典影子,一方面是意境上的化境,另一方面就是具体意象的采用,如"夜""晨""窗下""天空""落花""墙外""游子""牧野""童年"等,还有某些短语句子的使用,如"夜半角声里"(《秋深(一)》);"吹遍了人家"(《秋深(一)》);"画角的哀愁"(《秋深(二)》)等。这些"五字"短语常出现在"十五字"诗或稍微长一些的诗句中,源于新格律诗实验容易不自觉地袭用古典诗歌中现成的诗句,林庚自己也注意到了这一点,这似乎也可以证明"迷失"的出现是很容易的。

然而我们也可以注意到,像《情歌》这种明显具有民歌情调的句子,也出现在林庚这一时期的诗歌中,其前期自由体诗也有《洗衣歌》一首,明显模仿了民歌。林庚尤其注重民间文学对诗歌发展所起到的解放作用,在对中国文学史的研究中,林庚认为每当正统诗歌进入宫廷变得繁缛整饬,离人民越来越远时,民间流传的各种"不登大雅之堂"的诗句反而充满活力并经久不息。因此当诗歌之路走到僵化与末路,不妨借鉴民歌的经验。具体到新诗创作中,类似于陕北民歌"青线线蓝线线蓝格英英采/生下个蓝花花实是爱死人",所提示的可能正是继"五七言诗"之后新诗形式的新方向,类似于林庚所实践的"十一行诗"。值得注意的是,民间诗歌在西化与古诗之间是一种折中的形式,林庚取法民间,与20世纪40年代延安诗人的创作并不一样,文人色彩更浓,并且对民谣也有更多的转化。

综上所述,《北平情歌》中的新诗实验,古典意象与意境占主导地位、口语试图融入其中、民歌带来解放,这三种因素形成了林庚初步试验新格律诗的基本面貌。到《冬眠曲及其他》中的四行诗,林庚似乎终于找到了一种合适的诗体,以《北平自由诗》为例:

　　　　当玻璃窗子十分明亮的时候
　　　　当谈笑声音十分高朗的时候
　　　　当昨夜飓风吹过了山东半岛
　　　　北平有风风雨雨装饰了屋子

这首诗语言流畅,一改之前格律诗中明显滞阻的情绪,显得畅快清晰,情绪丰富。而这样的诗作在林庚的整个格律诗中所占的比例并不大。1937年,抗战爆发之后,林庚转到厦门大学任教,十年时间,时代环境瞬息万变,林庚的活动重心慢慢转向了学术,但诗的写作一直没有中断,甚至专门开设写作课以练习新诗。中华人民共和国成立后,在新诗民族形式讨论中,林庚更加深化了之前的格律诗理论,而这一切都与他这十年间的古典文学研究有着深刻的关联。

三、延伸或者转化

在创作上林庚更多表现出一种恬淡闲适的风格,尤其是早期的自由体新诗,有学者甚至认为,"在本质上,林庚的诗是传统的中国诗的内容的,也是一个优美的闲雅的中国气息的诗人,很少有染到近代世界性的观感"[20]。但是林庚对古典文学的研究显然必须要纳入中国现代学术史的历史进程之中,现代学术与古代学术的差别除了研究方法上的不同,最重要的是一种研究视野与格局上的转变。林庚的文学史研究相比于一些具有严谨的学术化风格的文学史研究有更多的诗人色彩,在对作品尤其是诗歌作品的理解上往往别有新意。更重要的则是林庚提出的一些文学概念,比如"布衣感""少年精神""盛唐气象",这些概念具有浓厚的诗人气质,也对我们更生动地理解文学史产生了非常重要的作用。在林庚的新诗理论中,有一些与古典文学研究有比较明显的联系,如"半逗律"就是从《楚辞》当中直接获取的经验。这种联系非常直接,往往不难理解,难以理解的是一些更抽象的概念。细细考察这些概念的使用,会发现与林庚对古典诗歌的理解密不可分,也就是说,除了"语言诗化"作为连接新旧诗的核心线索,林庚对新诗美学特色上的认识,也包含了从古典诗歌中转换过来的经验。

以"深入浅出""狭""偏激"等词语为例,林庚所说的"深入浅出"是一种语言上的高深造诣。就唐诗来说,"唐诗的可贵处就在于它以最新鲜的感受从生活的各个方面启发着人们。它的充沛的精神状态,深入浅出的语言造诣,乃是中国古典诗歌史上最完美的成就"[21]。诗歌发展到盛唐时代,语言获得了充分的表现力,唐诗能生动、深入地体现出人们的生活,其普及与流传程度也达到最高。从语言学的角度,唐诗或许不是最复杂精微的语言,但从美学的角度,唐诗的语言因其"深入"的同时又能"浅出",最能将美的文字与新鲜的生活紧密结合在一起。而在林庚的新诗理论中,"深入浅出"的语言特色是涵纳在"普遍诗行"这一愿景之中的艺术特点。"深入""浅出"是不可分离的,单向度的"深入"或者"浅出"最终都会走入"狭"。"自由诗好比是冲锋陷阵的战士,一面冲开了旧诗的约束,一面则抓到一些新的进展","然而在这新进展中一切是尖锐的,一切是深入但是偏激的;故自由诗所代表的永远是这紧绝的一方面"[19]。就五四新文化运动之后开创的新诗而言,极度的暴力断裂带来的副作用就是林庚此处言明的"紧绝","紧绝"是"深入"的,同时也导致了"偏激"。而对"偏激"的警惕,就来自于他研究古典文学的经验。

经过盛唐之后,韩愈、孟郊等人所代表的"苦吟"时代到来,"吟安一个字,捻断数茎须",这种"深入"实际上就是"诗歌落潮的征兆"[22]219,"为了不甘心于这样一个落潮,杜甫过去曾说过:'语不惊人死不休!'到了韩愈就发展为追求那奇特的、生疏的、惊人的语句上的表现",而这种追求无异于"追求着一根远离开自然道路的魔杖"[22]219。之后的创作离生活越来越远,诗歌高潮慢慢被词、曲、小说所取代。这根远离开自然道路的魔杖虽然"指顾之间,便出现一个浓郁缤纷的世界"[22]223,但"它却是离开自然的离开现实世界的神秘的语言"[22]223,"艺术性与现实性"不能统一,最终在程式化中趋于僵化。这就是一味"深入"最终导致的灭亡结果。"人们乃需要把许多深入的进展连贯起来,使它向全面发展,成为一种广漠的自然的诗体。"[19]林庚提出的"自然诗",就是结合了"深入"与"浅出"两个方面的全面诗体。在"自然诗"中,"明朗性是诗的一种美德"[23]。

从语言上的特点,到一种美学上的追求,"深入浅出"实际上不仅是林庚针对新诗困境所提出的解决方案,也是他心目中对新诗所能达到的成就的一种期许;对新诗越写越狭窄,越写越散漫的警惕。要避免单向度的深入,否则就会走向晦涩;既要抓住刹那的情感,也要捕捉永恒的无限。"深入浅出"看起来简单,却是唐诗能够在艺术上臻于顶峰又能历经千年仍然引起新鲜感的核心要素。如果更具体地来看,"深入浅出"又不仅仅是一种美学的追求,也是林庚理解诗歌形式与内容之关系的出发点与落脚点。"语言诗化"或许可以看作一种"深入",同时,结合形式上的"浅出"(普遍诗行的产生),将能产生林庚心目中理想的新诗。

除所述三个概念之外,林庚在新诗理论中还会时常使用一些古典诗话概念,"质"与"文"就是一例。

> 诗坛到了长久的"文"的阶段后,乃渐渐地丧失其质,而留下一个空洞的形式,亦即是学的文了;这便轮到诗坛的衰歇。于是又需要一个质的时期。不过从前的求质没有今日自由诗的彻底,故如晚唐人打开的局面,到后来只演变成诗,终非诗的全部。⑤

林庚将"质"理解为是在某种特殊的情境之下感悟到的某种诗意,它是刹那间新得的感情,具有"惊警紧张"的特点,是个体所感悟到的思想与感情;而"文"是这种感情经过蕴藏之后发抒出来的,更加具有普遍性,有"从容自然"的特点,平常的好诗基本处于两者之间。但相对来说,一首诗的成功与否在于"文"而不在于"质",这是一种完成了的自然、谐和、均衡。而"质"并不是不重要,只是真正的好诗是将"质"消化融入"文"中,变成一个成熟浑融的整体。林庚对"质"与"文"的理解,正如有学者所说,"中国古典文论中文质彬彬的观念借助诗歌史的支撑,它着实可能在一定层面回应人们在自由和格律上两相拉扯的困局,不是从技术构成上,而是在美学意蕴上,重建中国诗歌在打破旧有的诗歌体制后的文与质的张力关系"[24]。不管是"深入浅出",还是"质与文",诗歌必须处理好刹那的感情与形式的束缚之间的关系,这其实就是新诗格律问题的内在本质。

古典文学研究对林庚的新诗创作与新诗理论的影响可见一斑,他"能够自如地出入于新诗创作与古典诗歌研究之间,二者并行不悖甚至相得益彰、相互激发"[25],以一种现代视野去重新审视古典诗歌的同时,古典诗歌的美学与语言特色也真正构成了新诗发展的资源。其实除了这些具体方面的互相联系,更能反映出其关联本质的是内化于林庚自身生命的一种精神底色。林庚对唐诗"深入浅出"这种美学特色的概括,以及对"自然诗"理念的伸张,都具有强烈的抒情色彩。与其说林庚所追求的是一种抒情化的"纯诗",不如说他追求的是一种艺术的本质。艺术"是超越性的,艺术的感受刹那而永恒,能于一瞬见终古,于微小显大千,能使我们超越有限直面无限的宇宙"[7]164,这种对艺术的不懈追求是林庚进入文学领域的初衷,也贯穿了他整个"学""诗""术"的探索历程。

四、作为一种"诗品"

"艺术的超越性"使人超越有限的时空抵达无限的宇宙和历史深处,人的心灵通过艺术便获得了这种超越的能力。在这种认识之上,林庚认为"陶渊明所以说读书不求甚解,正可为这般经生说法。不求甚解原是艺术的态度,因为一切艺术的语言原不是逻辑的语言所能尽的,艺术把人带到原始的浑然的境界,才与生命本身更为接近"[26]。沉浸在诗歌中获得最原始自然的生命感受,不加雕琢的、纯然的生命体验,我们可以将这种具备抒情色彩的人生追求称之为一种"诗化"的人生态度。

从"学""诗""术"三方面互动所产生的影响来看,林庚的生命姿态与思维方式都是在这三重维度中产生的。一方面是"诗化"的人生态度,另一方面就是思维上的跳跃性。"诗化"的人生态度是对诗歌抒情性的重视,对人生诸多方面积极乐观、天真质朴的追寻。他对"盛唐气象"的推崇出于其"博大的胸怀",对建安风力、少年精神、布衣情怀的重视也源于此。这种"诗化"并不全然代表着乐观,林庚并没有忽视占据了人生一半的忧患,但他仍然更倾向于昂扬向上的这一面。林庚在 20 世纪五六十年代受到批判时,仍然继续写诗、撰文,不断完善自家独创的"布衣感""少年精神""盛唐气象"[27]就是一例。作为生命态度的"诗化"和作为诗歌语言的"诗化"虽然在具体内涵上有所区别,但在核心理念上是共通的。"语言诗化"是为了使新诗创作能够"于最平实的生活中获得那原始的活力"[28],为了诗歌语言本身的特性能够不受拘束地"解放"开来。而生命态度的诗化所直接导向的就是一种思维与行为上不受束缚的天真的解放。

另一方面,"跳跃"既是诗歌中的形式技巧,也是一种思维方式。"思维必须主动地凝聚力量去跳","可能唤起我们埋藏在平日习惯之下的一些分散的潜在的意识和印象"[29]。这种思维方式对林庚的新诗创作与古典文学研究都有影响,在创作中作为一种具体的技巧被林庚广泛运用于新诗之中。在对诗歌格律的探索过程中,林庚更加强调"跳跃"的重要性。他在最早实验四行诗时说:"自然诗的声韵不只是形式本身的悦耳,且有时也可辅佐着诗意。"[30]韵律不仅构成了诗歌的形式,同时还是一种诗意的钩沉。这种诗意其实就是韵律构成的节奏感所带来的想象跳跃唤起来的,"它的有规律的均匀的起伏,仿佛大海的波浪,人身的脉搏,第一个节拍出现之后就会预期着第二个节拍的出现,这预期之感具有一种极为自然的魅力"[31]。从思维自主的跳跃到由节奏去帮助思维的跳跃,从而达到更加广漠的自由。正因为此,诗歌的格律在林庚这里不仅仅是一种形式探索,他"通过格律问题在思考诗歌内容与形式以及风格之间的关系"[32]。而在古典文学研究中,"跳跃"则变为一种抓主潮的研究方式。林庚认为只有抓住了"主潮",我们对文学历史的理解才不会偏离根本。这样就导致一些细微方面在林庚的文学史研究中或许会被忽略,比如"深入浅出"的语言特色或许并不符合所有唐诗的写作特点⑥,但林庚在"诗国高潮"这一观念的统摄之下,将之概括为唐诗最主要的美学特色,并以此来反思新诗语言的问题。可以看出,"学""诗""术"给林庚带来的是一种扩展性的生命体验,在这三个维度中,林庚能够融合各方面的差异,寻求其中具有延伸性的共同特质,使其几个向度(新诗、唐诗、楚辞、文学史)的构建都充满诗性与活力。尤其是其中的新诗,不再是单向度的发展,而成为带有历史延伸性的文体。但同时值得注意的是,在这种相得益彰、相互激发之间,其中所隐含的矛盾性是对林庚的新格律诗探索产生质疑与肯定这两种极端相反的态度的原因。

　　从新诗自身的发生来看,新诗与旧诗互相割裂是既成事实,无论在语言,还是在审美追求上,新诗与西方资源都比新诗与古典资源具有更深切的联系,一个显而易见的证明是商籁体(Sonnet)在新诗中的影响程度远比"九言诗"要高。对林庚的新格律诗实验,历史上有不同的观点,比如戴望舒就直观地认为"四行诗"是"新瓶装旧酒"[3],而与这种否定林庚的探索完全相反的观点是,"在新诗当中,林庚的分量或者比任何人要重些,因为他完全与西洋文学不相干,而在新诗里很自然的,同时也是突然的,来一份晚唐的美丽了"[33]。这种肯定或许是以对新诗西化的质疑为前提的。

　　如果不考虑他人的观点,仅仅从林庚自身的诗学体系内部出发,林庚确实并非在一种完全的现代性视野下来进行古典诗歌的研究和新诗理论探讨。一方面,林庚对古典诗歌的赏析往往带有本身作为一名写作者的会心,但其解读更倾向于一种"诗话"式的点评,很少掺杂西方理论。另一方面,林庚的新诗理论建基于一种"诗化"的人生态度,这种对生命"浪漫性"的追求往往大于林庚构建的格律诗学体系,即我们在探讨林庚构建的新诗理论时,必须时时兼顾林庚对诗的纯粹性、抒情性的重视。因此有学者认为林庚的文学史论述可以说是陈世骧等人的"中国文学抒情传统"论的先声[34]。

　　新诗资源的驳杂与本身边界的扩展,都导致新格律诗在后来的发展中逐渐式微,"由于格律在本质上,是诗歌中通过重复、回旋或呼应而形成的一种语词现象,它实现的既是字音的相互应答,又是情绪的彼此应和,因而毋宁说,自由诗的'格律'是字里行间透露出的一种特别的韵律和节奏。也就是说,谈论自由诗的'格律',其实是谈它的变动不居的韵律和节奏"[35],这种将一种硬性的格律要求变为对个性化的韵律和节奏的追求,显然更加符合新诗发展的实际情况。在林庚的诗学体系中,"语言的诗化"具体为"词汇""语法""句式"三个方面的"诗化",虽然也将"诗的新原质"纳入了考虑范围,但总体而言仍然很难冲破"格律不是束缚"的魔咒。当然就新诗自身而言,林庚所追求的"自然诗"对诗的"明朗性"的重视,仍然是值得反思和重视的观念。

林庚作为"学者型诗人"与"诗人型学者",在"学""诗""术"三个维度中均建构起独特的研究与写作体系,除提供了一种具体的知识建构以外,更重要的是这三重维度的互动与回旋构成了一种特别的现象,对我们以此重新认识新诗扩展的活力有重要意义。纵观林庚在新诗创作与文学研究之间长达一生的互动,如果说没有一颗赤子般对诗的真心,便很难在争议与波折之中坚守本心。尤其是体现在林庚本人身上的浪漫诗品,是他一切文学活动的基础,"边城"心态[36]等都只是暂时的,"窗下的读书人"才是一幅永恒的画面。这种浪漫诗品,不仅是林庚人格上的精神底色,也是穿行于创作与研究当中的一种思维方式。作为一种"诗品"存在的新诗人林庚,不管其探索最终有没有起到影响新诗发展进程的作用,都提供了一种在中西之间,在断裂之下努力构建新的诗体的经验,这种"诗品"或许才是新诗曲折历史进程中最重要的特质。

注释:

① 这样的例子有很多,如周作人从写出"中国新诗的第一首杰作"到后来的杂诗写作,俞平伯后期转到旧体诗写作与《红楼梦》研究,胡适转向"整理国故",程千帆转向古代文学研究等。

② 这也有一个接受的过程,尤其是对《中国文学史》的评价,其中叙述的诗化特征与其他特点并不是一开始就得到了研究界的认可。可以参看王瑶、朱自清等人的评价。

③ 日后废名在《谈新诗:林庚同朱英诞的诗》一文中又强化了这一观点。

④ 1931年,林庚毕业之后辗转到大学任教,教授中国文学史课程,这个契机促使他更加系统地研究中国文学史尤其是古典诗歌。

⑤ 解志熙在收录时有所校对,此处沿用解志熙校对过的文本以便阅读。具体参见书中第121页注释④、注释⑤。解志熙:《林庚集外诗文辑存》,《考文叙事录——中国现代文学文献校读论丛》,北京:中华书局,2009年,第121页。

⑥ 在2018年10月于北京举办的"四十年代的国家想象、地方经验与文学形式"学术研讨会中,冷霜提出了这一点。

参考文献:

[1] 洪子诚.林庚先生和新诗[J].诗探索,2000(1).

[2] 刘殿祥.引言[M]//诗与学术之间:现代诗人闻一多的古典学术研究.北京:中国书籍出版社,2018:1.

[3] 戴望舒.论林庚的诗见和"四行诗"[J].新诗,1936(1－2).

[4] 穆木天.林庚的《夜》[J].现代,1934(5－1).

[5] 俞平伯.夜·序[M]//林庚.夜.上海:开明书店,1933.9.

[6] 王元忠.林庚的新诗写作与新格律诗理论[J].兰州大学学报(社会科学版),2006(6).

[7] 林清晖,林庚.林庚教授谈古典文学研究和新诗创作[M]//新诗格律与语言的诗化.北京:经济日报出版社,2000.

[8] 张慎.近现代诗歌变革中"非诗化"与"诗化"的矛盾[J].江汉学术,2016(5).

[9] 林庚.唐诗的语言[J].文学评论,1964(2).

[10] 林庚.再谈新诗的"建行"问题[N].文汇报,1959－12－27.

[11] 林庚.九言诗的"五四体"[N].光明日报,1950－07－12.

[12] 林庚.五七言和它的三字尾[J].文学评论,1959(2).

[13] 林庚.诗的活力与诗的新原质[J].文学杂志,1948(2－9).

[14] 林庚.漫谈中国古典诗歌的艺术借鉴——诗的国度与诗的语言[J].社会科学战线,1985(4).

[15] 臧棣.现代性与新诗的评价[J].文艺争鸣,1998(3).

[16] 林庚.林庚诗集[M].北京:清华大学出版社,2014:226.

[17] 林庚.春野与窗[M].北京:中国文联出版公司,1998.

[18] 吴晓东.临水的纳蕤斯:中国现代派诗歌的艺术母题[M].北京:北京大学出版社,2015:124－128.

[19] 林庚.诗的韵律[J].文饭小品,1935(3).

[20] 李长之.春野与窗[J].益世报·文学,1935(5).

[21] 林庚.我为什么特别喜爱唐诗[M]//唐诗综论.北京:商务印书馆,2011:1.

[22] 林庚.中国文学简史[M].北京:清华大学出版社,2007.

[23] 林庚.再论新诗的形式[J].文学杂志,1949(3－2).

[24] 赖彧煌.从活力到僵化的以古鉴今之路:论林庚的新诗观念[C]//21世纪中国现代诗第五届研讨会暨"现代诗创作研究技法"学术研讨会论文集,2009.

[25] 张桃洲.林庚自然诗理念的生成与意义[J].中国文学研究,2012(3).

[26] 林庚.青青子衿[M]//唐诗综论.北京:商务印书馆.2011:327.

[27] 陈平原.在政学、文史、古今之间:吴组缃、林庚、季镇淮、王瑶的治学路径及其得失[J].北京大学学报(哲学社会科学版),2015(3).

[28] 林庚.及时当勉励 岁月不待人[M]//唐诗综论.北京:商务印书馆,2011:343.

[29] 林庚.从自由诗到九言诗[J].文史哲,1999(3).

[30] 林庚.关于四行诗[J].文学时代,1936(5).

[31] 林庚.关于新诗形式的问题和建议[J].新建设,1957(5).

[32] 张洁宇.关于格律,他们其实在谈论什么?:漫议"新诗格律与语言的诗化"[J].读书,2016(1).

[33] 废名.谈新诗:林庚同朱英诞的诗[M]//废名.论新诗及其他.沈阳:辽宁教育出版社,1998:171.

[34] 陈国球.诗意的追寻:林庚文学史论述与"抒情传统"说[J].北京大学学报(哲学社会科学版),2010(4).

[35] 张桃洲.内在旋律:20世纪自由体新诗格律的实质[J].文学评论,2013(3).

[36] 孙玉石.论30年代林庚诗歌的精神世界[J].中国诗歌研究,2002(00).

——原载《江汉学术》2020年第5期:58—68

港台诗歌

郑慧如　简政珍
杨小滨　刘　奎

论洛夫诗歌的成就与特质

◎ 郑慧如

摘　要：以细读为基础,可全面检视洛夫诗歌的成就,进而拈出其主要特质,为洛夫之诗歌定位。彰显洛夫主要成就的十项诗歌特质为：(1)质与量俱丰,影响深远;(2)意象运用独特,有"诗魔"之称;(3)其诗论聚焦以超现实技巧为主的现代精神,带动和影响 20 世纪 50 年代以降的台湾现代诗坛;(4)形式多所创发,内涵富饶深广;(5)金句甚多,充满性灵与创意;(6)以淡淡的语言表现浓烈的诗质,以创作见证"诗之所以为诗"的哲学意蕴;(7)73 岁高龄完成诗质稠密而理路清晰的长诗《漂木》;(8)破除我执,反躬自笑,老而愈醇,淡然而苍茫;(9)融天真与深广为一体,隐约、温厚、锐利;(10)洒脱自然的知识分子格调与"中华文化在我身"的风骨。

关键词：洛夫;台湾诗歌;台湾现代诗歌史

洛夫[①]是极重要、极有才华的汉语当代诗人,在台湾现代诗歌史上缔造了许多辉煌纪录,曾两度被评为台湾十大诗人之首。[②]

1949 年,洛夫随身带着艾青和冯至的诗集,在散落的一页历史里登陆台湾,2018 年去世前数日举行《昨日之蛇——洛夫动物诗集》发表会,最终因肺疾而逝世于台北荣民总医院。纵观他一生的诗歌创作,至少可拈出 10 项体现出其斐然成就的特质。

一、质与量俱丰,影响深远

洛夫写诗超过六十年,毕生发表现代诗创作约一千两百首。其中超过百行的长诗,包括《石室之死亡》《血的再版》《长恨歌》《漂木》,均曾引起诗坛和学界的瞩目。洛夫被多次诠释或列举过的诗作,至少有：《沙包刑场》《石室之死亡》《烟之外》《汤姆之歌》《西贡夜市》《随雨声入山而不见雨》《有鸟飞过》《金龙禅寺》《长恨歌》《子夜读信》《巨石之变·3》《三张犁靶场》《午夜削梨》《爱的辩证》《边界望乡》《雨中过辛亥隧道》《清明四句》《因为风的缘故》，等等。

中国海峡两岸研究洛夫诗作的学位论文，数量已相当可观。在台湾的电子数据库："台湾博硕士论文知识加值系统"的关键词和论文名称输入"洛夫"，排除不相干者，得篇数 20，研究范围包括《唐诗解构》《漂木》"废墟诗境""异端性格""放逐题材""古典情思与乡愁""传统回归""词汇风格""用字与句式""空间书写""身体书写""不相称的美学""自我与外在世界""美学意识"。在"台湾期刊论文索引系统"的篇名与关键词输入"洛夫"，排除不相干者，得篇数 94，研究范畴包括"洛夫的禅意走向""风格递变"《石室之死亡》"雪的意象""火的意象""长诗书写"以及访谈记录等。根据《台湾现当代作家研究资料汇编·33·洛夫》搜集的"研究评论数据目录"，中国海峡两岸以洛夫为讨论对象的专著有 10 种；倘若加上学位论文、作家生平数据篇目、作品评论篇目，则中国海峡两岸的洛夫研究资料共 1 415 条。[3]

洛夫诗作长年选入台湾地区中学、大学的语文教材，台湾地区的高中与大学的入学考试也常常考到洛夫的诗。洛夫诗作对于青年学子而言，同时具有启蒙和实惠的功能。《金龙禅寺》《因为风的缘故》因升学考试而被经典化、规范化理解成"台湾现代诗"的经典作品，每年至少影响 20 万大学入学考试的考生；《爱的辩证》入选某些大学一年级全校必修的语文教材，数千名缴交该校学杂费的大一学生都必须研读洛夫。在中国大陆，洛夫的《边界望乡》多年来是高中语文课本的教材，因为就读高中而接近洛夫作品的人数，更是台湾的数倍。

二、意象运用独特，有"诗魔"之称

洛夫诗歌的语言活泼，形式变化多端，有如文字的魔术，有"诗魔"之称。简政珍深研洛夫诗，在《洛夫作品的意象世界》劈头断定："以意象的经营来说，洛夫是中国白话文学史上最有成就的诗人。"[1]261—290 简政珍在 1987 年的这个断言，到 2019 年仍然有效。如今，洛夫的《边界望乡》在中国大陆的高中语文教材里，被以"乡愁"主题诠释；然而数十年前，简政珍在文章里早就明白点出："洛夫诗作的精华在于其语言经营意象的能力，舍此不论，一切就显得避重就轻了。"[1]273

洛夫的意象塑造普遍具有直觉、突发、矛盾、鲜活、丰富的特质。例如，"当距离调整到令人心跳的程度/一座远山迎面飞来/把我撞成/严重的内伤"（《边界望乡》），"涧水边/一朵山花/在一瓣瓣地剥自己的脸"（《秋日偶兴》）。

主客易位、意象叠景、隐喻或换喻的运用，是洛夫诗作中经常使用的意象。洛夫诗中镜的意象、火的意象、雪的意象、禁锢意象、疾病意象、身体意象、视象的戏剧化等，学者均撰文讨论过。④洛夫诗作在意象上的成就,印证了现代诗与其他文类的最大区别。"诗是最精练的语言""诗是语言的艺术"也在洛夫的精彩诗作里不言而喻。

1950—1969 这 20 年间,洛夫出版了《灵河》《石室之死亡》《外外集》,共三部诗集。《外外集》是《石室之死亡》后,洛夫另一部重要诗集。《外外集》之取题颇富尘外之思:外于世尘,更外于"外于世尘",于冲淡清远处眺望明霞散绮,捡拾一丝丝自得与调利的口吻,谓之"外外"。

《石室之死亡》与《外外集》中,洛夫经常把血腥不安之气匀开成广阔的感性,每当气氛凝聚到一个临界点,就荡漾出原本贴恋着的意象与情境,在嘲讽与无奈里快意为诗。相对于《石室之死亡》,《外外集》已辟新境。假如《石室之死亡》倾向以刺以激,则《外外集》倾向以熏以浸;《石室之死亡》许多意蕴使人骤觉,忽起异感,《外外集》意随笔声,使人入之而"俱化"。以《外外集》的名篇《雾之外》第一节为例:

> 一只鹭鸶
> 在水中读着"地粮"
> 且绕着某一定点,旋走如雾
> 偶然垂首
> 便衔住水面的一片云

鹭鸶是这节诗行的主要意象,水、"地粮"、云,彼此牵连互文,共为次要意象。诗题为《雾之外》,然而诗行以清晰的图景开端,自始至终没有任何朦胧、缥缈的意象。晨雾中,鹭鸶循着定点绕行,啄食水田里的生命,仿如文人读书的姿态;而鹭鸶来回踱步,不时点头,偶有所得,则如衔住水面云朵的倒影。"偶然垂首/便衔住水面的一片云",此句以空茫感描写鹭鸶垂首的定格画面。当鹭鸶低头碰触水面时,投影在水面的云朵就被它"衔"住。

"一只鹭鸶/在水中读着'地粮'/且绕着某一定点,旋走如雾"。"读"写活了鹭鸶在水田中时而抬头、时而垂首的动作,由鸟的姿态导入人的形貌,好像文人一边读书一边思考。鹭鸶优雅悠然,衔云读粮而不作他想。如果不加引号,"地粮"可能真的是鹭鸶的食物,也可能只是鹭鸶在水中的倒影;加了引号,"地粮"自然别有所指,不再单指地上的粮食,由"读"和"鹭鸶垂颈"的形象牵连,"地粮"或可与纪德的散文诗《地粮》作一联想。纪德这本诱导出走、鼓吹解放、赞颂生命、极端追求个人自由的著作,在《雾之外》的第一段就成了"之内"的"雾"。"雾"可见可感而又可穿越、无实体的特质,链接引号"地粮"作为精神食粮可兴发而无法饱食的特质,由此似有若无地对鹭鸶"偶然垂首""旋走如雾",起了极高明又无可指实的嘲谑。

三、其诗论聚焦以超现实技巧为主的现代精神，带动
和影响 20 世纪 50 年代以降的台湾现代诗坛

从 20 世纪 50 年代中期到 80 年代，洛夫是台湾现代诗坛的领衔者。洛夫的领衔方式不是透过互相吹捧、媒体炒作、诗友集会，而是以诗作、诗论、编选诗集那种书面的、近乎静态的方式，所以真积力久，水滴石穿，形成不败的风景。

洛夫对 20 世纪五六十年代席卷文苑学府的前卫精神，曾发如下言论与提问：

> 那时我正研读并试验超现实主义表现手法，观念上比较前卫是实，倒未高深到虚无的境界。[1]

> 超现实主义的诗与那些不可理喻的幻想或神话，其妙趣异香，其神秘与本质上的真实感，如出一辙。[3]

> 作者在意象上作有意的切断，但如何使读者在联想上加以衔接？在作者的感觉经验传达出来之后如何使读者在欣赏上还原？作者为了表现上的需要而作有意的晦涩时，如何使读者不加质难而认为是一种艺术效果的要求而加以欣然接受？[4]

以上三则，第一则是天狼星论战后，洛夫的回顾与检讨；第二则是《石室之死亡》序言的一小段，可视为自我的封印；第三则是洛夫作为《六十年代诗选》的主编，对现代主义本质的殷殷探索与体认。[5]

洛夫被认为是广义的超现实主义者。⑤在西方各种现代主义挟泥沙以俱下的 50 年代，洛夫以《创世纪》主编的身份，因缘际会，对于包括超现实主义在内的现代主义广泛思考、学习、检讨，出入自如，所作相关的诗文莫不铿锵有力。1954 年 10 月，《创世纪》创刊，洛夫担任主编 24 年，任内推动诗潮，对台湾现代诗起到举旗掀浪的作用。1956 年，洛夫在《创世纪》第 5 期草拟社论《建立新民族诗型之刍议》。1961 年，洛夫发表《天狼星论》，与余光中交锋。1964 年，洛夫在《创世纪》第 21 期发表他所翻译的华勒士·福里的《超现实主义之渊源》。1965 年，出版《石室之死亡》。1969 年，出版诗论集《诗人之镜》，收《超现实主义与中国现代诗》一文。1971 年编选《中国现代文学大系·诗卷》。1979 年 9 月，洛夫首次担任"时报文学奖"诗组决审委员；此后多次担任对诗坛文坛具领航性的"时报文学奖"新诗组评审委员。当时"时报文学奖"的决审会议都在报上大幅刊载，决审委员的美学观念、文学判断，对有心问鼎文学奖的文艺青年影响极大。

论者称 50 年代的台湾文学进入"高速现代化时期"。[6] 现代诗在技巧上,对超现实手法的大量琢磨与操练,是这"高速现代化"的关键;而洛夫,正是以身试法的旗手。1950—1969 年的洛夫,对于自己带头航向的台湾现代诗,令人颇有秉烛夜游之感。引用洛夫《漂木·致时间》的一段诗行:"举起灯笼,就是看不见自己。"当时台湾现代诗的诗艺在对现代主义的犹疑与不信任中,全面冲刺前进。就洛夫的诗论、诗作、主编《六十年代诗选》的姿态、评审多届主流报纸文学奖的纪录,可知固然洛夫出于艺术的自觉而选择超现实手法,但是更精确地说,毋宁说是超现实选择了洛夫作为台湾的代言人。

四、形式多所创发,内涵富饶深广

洛夫多次调整语言,尝试汉语的各种可能性。在形式上,洛夫尝试过像《石室之死亡》那样以 10 行诗作串起的长诗、像《漂木》那样在整齐中求变化的巨制,也有小诗及隐题诗的实验。

2013 年底,洛夫接受台湾地区"人间卫视"的《知道》节目专访,自我总结创作成绩,提出《石室之死亡》《魔歌》与《漂木》三部诗集,作为自己诗创作的三个转型关键。洛夫回首前尘,自认《石室之死亡》以超现实书写创下向法国诗人取火的实验基础;《魔歌》回归清朗的语言与文化中国的诸多典故;《漂木》则以《石室之死亡》的局部意象为根基而将语言更浅白化,叩问历史与人生,为晚年力作。依循洛夫的说法,《石室之死亡》在洛夫创作生命的初期即拓下极成熟而具个人色彩的印迹;深具洛夫风的意象、造语、意蕴几乎在此诗集酝酿完成。《魔歌》出版于 1974 年,既是洛夫取径于时代风潮、叩问"新古典"的山头,在题材上也较集中;许多诗选偏好择取的洛夫诗作,如《金龙禅寺》《有鸟飞过》《雨中过辛亥隧道》皆出于此。《漂木》则是洛夫问鼎现代史诗、体现批判力道之成果。

《魔歌》之后,洛夫暂时摆落"晦涩的超现实",迈向"文化乡愁的超现实",例如《随雨声入山而不见雨》[7]70—71《长恨歌》[7]85—96《与李贺共饮》[7]175—178《李白传奇》[7]192—199《车上读杜甫》[7]296—301 等,均是洛夫在飞越的时间里压缩景物以虚实相继、从容承接并转化中国古典诗的名作。除了向文化历史的内蕴取材,洛夫对于当下的时空也更多着墨,如《与衡阳宾馆的蟋蟀对话》[8]228—323《三张梨靶场》[9]114—115《邮票》[10]《子夜读信》[11] 等脍炙人口的诗章。此时期诗作的语气仍然精悍,但较常以晕染取代工笔,在相仿而不犯重的诗语中回头召唤现实:时而转化古典诗语而展现当代感,如《选景》:"一只寒鸦/从皑皑白雪的屋顶/似有若无地/飞/了/过/来/我的窗口/骤然黑了一下/电视里闪出一把锋利的剑/在我粗砺的额角/击出一星火花/窗口/又亮了起来。"[8]544—545 时而主客易位以表现远征或遥想的心境,如《绝句十三帖·第十帖》:"雨停了/电视里一场大火/烧死了几个圣人。"[8]476 等。

洛夫出版的多部诗集里,新出、改名重出、新旧作汇集整合再出的状况很多。其中一个因素,是洛夫喜欢修改旧稿。迄 2015 年 5 月为止,洛夫在台湾地区出版诗集 21本,首发而全属新作的共 12 本,为:《灵河》《石室之死亡》《外外集》《魔歌》《时间之伤》《酿酒的石头》《月光房子》《天使的涅盘》《隐题诗》《雪落无声》《漂木》《唐诗解构》;其他或在书名即以副标题显示诗选集,或书名未标示为诗选集而改编润改后的旧作以新旧杂陈⑥。在这些首发的诗集中,《隐题诗》和《唐诗解构》可归为一类,对洛夫而言相当于造句练习;《魔歌》《时间之伤》《酿酒的石头》《月光房子》《天使的涅盘》《雪落无声》在语言上同属一类,形式上乞灵于中国古典文学;《灵河》《石室之死亡》《漂木》为另一类,表现出一个杰出诗人对诗的完全托命。

五、金句甚多,充满性灵与创意

洛夫诗作的名句俯拾皆是,其数量与对台湾现当代诗人的影响力可谓首屈一指。其佳言隽语,很多出于《石室之死亡》;而整本《隐题诗》,每一首诗的题目都是洛夫的名句,都提炼自洛夫发表过的作品。即使晚年所作的 3000 行长诗《漂木》,充满智慧的意象语言仍如不时起落的风。"金句们"如:

一只空了的酒瓶迎风而歌(《暮色》)[7]21
我的面容展开如一株树,树在火中成长(《石室之死亡》)[7]9
我以目光扫过那座石壁/上面即凿成两道血槽(《石室之死亡》)[7]29
棺材以虎虎的步子踢翻了满街灯火(《石室之死亡》)[7]31
从灰烬中摸出千种冷千种白的那只手/举起便成为一炸裂的太阳(《石室之死亡》)[7]33
落日如鞭,在被抽红的海面上/我是一只举螯而怒的蟹(《石室之死亡》)[7]34—35
在涛声中呼唤你的名字而你的名字/已在千帆之外(《烟之外》)[7]39
取暖的最好方式就是回家(《血的再版》)[12]107
我们的血在雾起时尚未凝结(《夜饮溪头公园》)[7]161—163
好怕走在你的背后/当你沉默如一枚地雷(《当你沉默如一枚地雷》)[7]173—174
瘦得犹如一枝精致的狼毫(《与李贺共饮)》[7]175—178

酒是黄昏时回家唯一的路(《大悲咒》)[12]468—470

昨夜拒绝有炮声的梦/却无法拒绝隔壁的鼾声(《再回金门》)[12]471—473

英雄嘛/死第二次就不怎么好玩了(《铜像之崩》)[12]477—479

使我惊心的不是它的枯槁/不是它的老/而是高度/曾经占领唐朝半边天空的/高度(《唐槐》)[12]488—489

这些诗行饱含感悟与自信,且充满洛夫个人化的独创性。

长诗《漂木》中,也常见由殊相到共相的句子,如:

把麻木说成严肃,把呕吐视为歌唱,任何镜子里也找不到这种涂满了油漆的/谎言。[12]180

我们的言语/却卡在喉咙深处,动弹不得/那是一把被锈了的铁丝捆住的/火/目的不在燃烧/而在/熄灭/化灰,一个冷冷的结局/当我们浮沉于/某种语言的控制与压迫中/我们就什么也不想说了[12]252—253

只见远处一只土拨鼠踮起后脚/向一片废墟/致敬[12]395

我的诗在冷雨中浸泡得太久[12]398

成为废墟之前/他们在烟尘里已预见一个不可妄测的来世[12]400

我们常从那人滔滔不绝的演讲中/发现几颗粗砺的鹅卵石滚滚而下/大海靠浪花发言/大海靠浪花找到鱼的葬地/而他的言说充其量是一堆好看的浪花[12]405—406

我亏欠谁的至今仍未搞清楚/但早就有了偿还的意愿/我让阳光全部照射在一张虚脱的床上//使他们醒来/使他们奋起/使他们快乐如一摊烂泥[12]420

钟声急速衰老/回音,如我掌中飞出的纸鹤/再也无力飞回//峰顶,山鹰盘旋/夕阳贴在一个孤寂英雄的背上美得何其惊心/我却宁愿拥抱一场虚构的雪[12]420

多欲者习于唠叨/言语是生性激情的硝酸/三言两语便把你熔成一堆沉默的铁浆//沉默/是金,是一种在内部造反的病毒/水蛭除了埋头吸血从不多言[12]428

我忍不住又要向废墟致敬/向无答案寻求答案/其实我来主要是为了感恩/感恩给我时间,给我修短合度的一生/且容我向蜉蝣,草履虫,牛粪虫以及一切卑微的/与神性共存的生物致敬[12]435—436

向体态丰腴而言词闪烁的泡沫致敬[12]436

向暴风雨中心一颗微温的胎胚/和寒夜油灯最后的一滴泪致敬[12]439

我来/主要是向时间致敬/它使我自觉地存在自觉地消亡//我很满意我井里滴水不剩的现状/即使沦为废墟/也不会颠覆我那温驯的梦[12]441

长诗,容易暴显诗人之短,可是洛夫在《漂木》中,透过这么大的篇幅崭露的,不是隐私或癖好,不是情绪的徒然宣泄,也不是灌水稀释了的诗意,而经常从个别场景幻化为哲思,在不同时空来回穿梭,跳脱定点,转化情绪,转成智慧。

六、以淡淡的语言表现浓烈的诗质,以创作见证"诗之所以为诗"的哲学意蕴

文学史上的常态,诗人的语言密度、诗质密度,经常随着年龄增长而疏松,文字逐渐散文化,诗质也一并松垮。洛夫的诗创作掼破此种常态,再创奇迹。洛夫的年纪越长,语言越淡,而诗质越浓。

若以《石室之死亡》为早期洛夫最具独创性的语言,以之与约从 20 世纪 80 年代后期,就诗集而言约为《时间之伤》以降的文字风格比较,则《石室之死亡》时期的洛夫擅长爆破,火旺烟浓味呛,犹如地雷爆炸,犹如在锅里爆香而无香气可言。90 年代以后的洛夫喜好冷锅冷油、清蒸水煮,解放苦痛的点题先锋部队由火爆性格改成微香暗送。局部诗行如《月光房子》:"最后又将我/还原为一张空白的纸/回首环顾,只见/一屋子/易燃的旧事//一点火便把我烧了。"[13]78《禅味》:"说是鸟语/它又过分沉默/说是花香/它又带点旧袈裟的腐朽味。"[13]79《如此岁月·5》:"鼓破了/心跳仍在/弦断了/歌声仍在/舞台空了/掌声仍在/房子塌了/寂寞仍在/茶凉了/沸腾仍在/船开了/风中的手绢仍在/嘴冷了/初吻仍在/啊,多么致命的毒菌/幸好,遗忘仍在。"[13]139—140《如此岁月·7》:"蝉的沉默与战争无关/仗早就不打了/这个夏天它把话都说完了/只是一些带秋意的叶子/还有点牢骚。"[13]141 这些诗句仍保有《石室之死亡》的硝烟味,但在诗行中呈现的却是更深远的浮生若梦、镜花水月。"幸好,遗忘仍在","遗忘"仍在,表示忘不了;但若连"遗忘"都不在,也就没有"心跳""歌声""掌声""房间中的寂寞""风中的手绢",就没有诗。洛夫这种表面上看起来淡淡的文字,更能挑逗读者抽丝剥茧的瘾头。

洛夫整理 1988 年之后的诗作,把这类仍由意象串接,而意象之间的叙述句稍微拉松的文字统整为一本诗选集:《如此岁月》,更能看出他如何储备整生的能量,只为了写出让人寂寞的诗。例如《风雨窗前》:

> 风雨是不能细究的东西
> 窗前
> 一盆水仙
> 开始把粉脸
> 一层层

剥下来洗

然后就打起瞌睡来
头
搁在
心情不湿，也不干的
三月里[13]166

　　此诗状似平淡，波澜暗生。首先从字面来读，它描写诗中人百无聊赖，在三月下着雨的窗前，望着垂着头、滴着水滴的水仙，若有所思。水仙和风雨，在此诗中未构成主客关系；可是此诗一开头，作者就用否定句联系了本来没有的关系，平添读者玄想。假如两者完全无关，根本提都不必提。"风雨不能细究"，然而又说"水仙洗脸""水仙把头搁在雨霖霖的三月"，诗行在叙述中已将"水仙将萎"和"风雨将至"以虚线相连。这是诗中人借着水仙，和时间对话、和解的方式。再就隐喻的解读，"风雨"除了刮风下雨的字面意义，亦可引申为生命的困境或危难。诗中的水仙因此可以是诗中人的自喻，或诗中人选取以为对镜自照般的意象。"打起瞌睡来"，透出淡淡的无奈、伤感、韧性；顺着语境诠解，也就是遭遇危机者，以沉静澄明的造境重整现实、对抗风雨的方式。"风雨是不能细究的东西"，"东西"透出了语言和态度的不驯服，有种两手一摊的味道。
　　再如《汽车后视镜里所见》：

透过一个锁匙孔
我看到一个城市在后退
　　一群犹太人在前进
我看到一条河在后退
　　岸在前进
水在后退
　　泡沫在前进
船在后退
　　钉子在前进
鱼在后退
　　鳞在前进
我看到满街的醉鬼在后退
　　酒瓶在前进

娘儿们在后退
　　奶子在前进
和尚在后退
　　戒疤在前进
粮食在后退
　　耗子们在前进
大爷的骨骼在后退
　　一身肥肉在前进
我还看见
一排长长的婴儿在后退
　　墓碑在前进

镜子里
我看见一团黄尘在滚动
灰尘里，一串串
发亮而带血腥味的铜钱
在滚动
好多好多的
铜钱
只有它娘的铜钱
在滚动[13]104—106

　　《汽车后视镜里所见》是洛夫和现实的捉迷藏。从后视镜看到的事物和一般的镜子看到的不一样。洛夫借着"后视镜所见"，写出表象结构崩溃下的价值观崩解。

　　此诗以第一节的相似句型带领："□□在后退（或前进），■■在前进（或后退）"，虚实相映，进入对人生与价值的判断及隐喻。"船在后退/钉子在前进"及其之前的诗行，"后退""前进"保留原意；此句之后的"前进"兼有"进步"的意谓，"后退"兼有"退步"的指涉。于是诗的意涵由实入虚，以虚领实或以实领虚。比如"和尚在后退/戒疤在前进"，在意象上指诗中人透过后视镜凝视后造成的视觉暂留；在意涵上，指"戒疤"代表的"戒律"，形式日重，而"和尚"本义指向的随师受经以生智慧功德已然削弱，重点在虚指。"粮食在后退/耗子们在前进"，隐喻粮食越来越短缺而贪得无厌的人越来越多，但是这两行诗的妙处却更在"粮食后退、耗子前进"的惊悚画面，重点在实境。第二节整节，由"滚滚黄尘"到"滚滚铜钱"，基本上为洛夫草莽而调皮的风格演练模式。整首诗以两两相生相克的意象写成,犹如撒豆成兵,彼此抵消又互相揭竿而起;看似火光四射,剖开来内部似乎又一无所有:以为"它娘的铜钱在滚动",其实是诗中人眼花缭乱的"滚滚黄尘"。此诗语言寥落,在讽刺里夹带潜在的关怀,在游戏中寄寓严肃的意指。洛夫的晚年诗作里,这类作品不在少数。

七、73 岁高龄完成长诗《漂木》,诗质稠密而理路清晰

《漂木》初版于 2001 年,长达 3 200 行,堪称汉语现代诗有史以来篇幅最长的一首。洛夫于 72 岁,在温哥华的旅居岁月中开笔,一年后完成。这是洛夫老当益壮、"晚节渐于诗律细"的有力明证。《漂木》再创汉语现代诗的高峰。综观古今汉语诗人,七十高龄之后还能挑战千行以上长诗的,洛夫是唯一的一位。

不单写长诗的创作年龄令人不可思议,《漂木》本身的艺术成就同样引人惊叹。假如以长诗作为诗人成就的指标,则《漂木》缤纷的意象、稠密的诗质、清晰的理路、不言而喻的宗教感,体现了伟大诗人的纵深与宽广。⑦

在结构上,《漂木》凡四章。第一章《漂木》;第二章《鲑,垂死的逼视》;第三章《浮萍中的书札》,下辖四部分:《之一:致母亲》《之二:致诗人》《之三:致时间》《之四:致诸神》;全书以《向废墟致敬》终章。

《漂木》穿透 20 世纪中国海峡两岸的现实,也以意象提炼了自传色彩相当浓厚的个人漂泊史。在理念及意象的迂回逸走、曲折辩证中,洛夫释放了《石室之死亡》有如吐血乌贼般的猛烈用词,以过滤后的心安理得带领读者感受与《石室之死亡》同质异构的《漂木》,重新体会"被锯断的苦梨"的绝望,而多了一份壮烈与坦然。

《漂木》的语言与意象很多承袭或变造自《石室之死亡》,但题材更贴近台湾地区的政治社会现实,因而更呛辣;以第一人称对自我的审视更不留情面,因而气魄更足。例如这样的诗行:

> 绿灯户送客。最短期的政党轮替[14]41
> 肩上的扁担久而久之肯定会向/某个方向倾斜[14]46
> 老鼠,阴沟里的资本家。蟑螂,厨房的修正主义者。[14]50

这些诗行的比喻独创、可解、敢言而不必说破,坚实动人。又如以下诗行:

> 波特莱尔的梦有时高过埃菲尔铁塔/有时又低过/巴黎的阴沟[14]139

对于诗人／最不朦胧的物质是／雾[14]139

用那么多字记述一块冰融化的过程／你可曾听到历史家掷笔的声音[14]177

我从来不奢望自己的影子重于烟／可是有时只有在烟中才能看到赤裸的自己[14]179—180

把自己倒挂起来,轻轻一抖／刚发芽的梦便如铜钱般滚落一地[14]181

以意象牵动叙述,这些诗行搋出思想的纤维。洛夫讽刺诗人与诗潮,并不排除自己。"对于诗人／最不朦胧的物质是／雾","我从来不奢望自己的影子重于烟／可是有时只有在烟中才能看到赤裸的自己",因为画鬼最易,写切身的最难。洛夫的诗,最清晰的形象是雾,是烟;最模糊的,是母亲的容颜。《烟之外》《雾之外》感染力那么强,但是那些"之外"的"烟""雾",本来就因朦胧一片而可塑性高。另外,弥漫的烟雾营造出保护感,适度遮掩了自以为敞开一切的书写者;创作者一边书写,一边亦知未必青史留名。这些诗行的叙述与意象环环相扣,既吊诡(倒挂自己／滚落梦想),又深邃(绞尽脑汁锤炼出的梦如铜钱,声音响亮,价格不高,价值不低),又令人苦笑(不倒挂自己的话,口袋里一点点的梦想还掉不出来,无人知晓)。

很多诗人即使终其一生勤勉创作,年纪大了,思路都不免塞涩,语言也不免散文化,格局因而受限。这是正常现象。洛夫是反常的。为什么能有人直接用意象思考、写作,格局越来越大,越写越自然、深刻、清澈? 3200 行那么巨大的篇幅骗不了人,唯一的解释: 洛夫的创作令人称奇。

八、破除我执,反躬自笑,老而愈醇,淡然而苍茫

诗人写诗,诗中总有一个"我"。"我"表现诗人的主体性,同时暴显"我执"。主体性可据以为该诗人的风格、凸显诗人的抱负;当诗艺到达相当高度,"我执"却会成为往上冲拔的阻碍。不到那个高度,不会有"我执"的问题;即使接近那个高度,因呈现主体性已经如呼吸般的习惯而必要,也不会感觉"去除我执"是个问题。假如主体性与我执二而为一,如何去彼而留此? 留与不留又有何区别?"那个高度",又是怎样的高度?

反躬自笑是洛夫独门的幽默。其源自钱锺书《说笑》一文:"真正的幽默是能反躬自笑的。它不但对于人生是幽默的看法,它对于幽默本身也是幽默的看法。提倡幽默作一个口号,一种标准,正是缺乏幽默的举动;这不是幽默,这是一本正经的宣传幽默,板了面孔的劝笑。"[15]反躬自笑不只是四字成语:"自我解嘲"的直接套用;更是观察生活周遭、社会人情,见得可悯、可叹,人皆如此,习以为常,而"我"独不以为然,自知号喊

抵抗、徒呼负负之必定无效，于是借外界被合理化之不合理物事返身照镜，自我嘲弄。

洛夫离世前最后一本统合性的诗选集：《如此岁月》，自选 1988—2012 年的诗作，即彰显一个诗艺到达巅峰的诗人，如何突破我执、反躬自笑，而转化烦恼、看清世象，进而精进诗艺，把一向骨髓里带刺的孤独袅袅升华为烟再化灰，或把浓密而强大的自我稀释如水中的微生物而在模拟的空无中寻找本真。洛夫的几本诗选集，就属《如此岁月》最耐读，所选的诗作最具灵动的宗教感与生命力。这部诗选共收 81 首作品，在文学性、思想性、宗教感、生命力各方面，再度抵达汉语诗人自选集的峰顶。与洛夫的其他诗选相较，亦侧面显示洛夫对于诗美学看法的微妙改变。

《如此岁月》笔触淡淡，在柴米油盐的日常生活中，仍以洛夫招牌的意象叙述展开与存在的对话。存在讲来易流于高谈阔论，以日常入诗易流于琐碎涣散；洛夫浮沉于岁月日常，别有会心而贴近存在，将逼近死亡的沉默化为唤醒满山花朵的鸟鸣，令人无比赞叹。例如《秋之死》第一节：

> 日落前
> 最不能忍受身边有人打鼾
> 唠唠叨叨，言不及义
> 便策杖登山
> 天凉了，右手紧紧握住
> 口袋里一把微温的钥匙[13]59

此节最引人注意的是"口袋里一把微温的钥匙"。开章第一行"日落前"和题目《秋之死》，把一日将暮、岁时之暮与人生之暮结合引起联想，"策杖登山"不仅是走山路所需，也隐约暗示诗中人的年纪。那么，"口袋里一把微温的钥匙"，在实境和隐喻上都发挥了作用。温度陌生化了钥匙在生活里的实际作用，"微温"呼应暮年的诗中人，读者不难设想此处"钥匙"作为意象，轻讽诗中人肉身的硬设备不再精良、从"中钢"到"微软"的浩叹。然而同时，"钥匙"一句仍在叙述中拓展，延续前一行的"天凉"，使得此节在实存里就是一个事实。"右手紧紧握住"，主要因为口袋里"钥匙"的"微温"，给了诗中人一点点暖意。可能稍有泄漏天机嫌疑的就在"紧紧握住"四字：它透露"时不我予""稍纵即逝"之感；即使如此，联系前后的语境，这四字仍非常自然。从"天凉了"到"口袋里一把微温的钥匙"的两行，表面上是意象牵引叙述，深一层阅读，叙述牵引出意象。

读者容易忽略的是此节前三行。这三行作为铺陈，"打鼾者"促使诗中人不堪其扰而外出；泄漏消息的"身边"一词，却告诉读者：诗中人可能也在打盹或午睡，只是没打鼾或没听到自己的鼾声。两人都在午休,何其有幸,鼾声吵得诗中人出门登山去,得以在日落前欣赏秋景,更卖乖地取笑别人的鼾声有如午后昏昧的独语。"日落前最不能忍受",对照后面的诗行,显得戏剧化。再往后阅读,"策杖登山"何尝不是对山的不信任、与大自然无法完全融合的暗示。乃知此节所写,点染出颤巍巍的人生之秋;则"唠唠叨叨,言不及义",何必一定出自打鼾的身边人呢。

反躬自笑以状写独对落日的老境,《花事》是另一显例:

前院的芙蓉花提前笑了
是不是有点青楼女子的媚态
妻问

这个问题……很抱歉
我已脱了衣衫
等洗完澡再说
等清除了体内那位弗洛伊德
再说

浴缸的热气一直往上升
及至
花
谢了[13]133

此诗布局的现实很家常:妻在浴室外看到花开,与脱了衣服要洗澡的诗中人闲聊,诗中人落下"等洗完澡再说"一句,径自沐浴。第一、二节写如此平凡的日子,却借着花开花谢呼应欲望的起落。闪电般透着幽默的语调,尽显洛夫金字招牌的犷放与调皮。"清除体内的弗洛伊德",比喻欲望像灰尘,水可以清除;也写出诗中人认为:回答妻的问题无法避开欲望;而妻提问的方式,已显示她自认为是诗中人法定、独占的欲望对象,可是妻已无法激起诗中人对她犹如对芙蓉花的兴趣却不自知。第二节的前三行:"这个问题……很抱歉/我已脱了衣衫/等洗完澡再说。"这三行可连绵解读,也可一分为二:第一、二行作为一个理解段落,第二、三行作为另一个理解段落。若是后者,第一、二行单独看,夫妻之间一人衣衫已脱,另一人犹贪看院中花开,似乎诗中人对于发问的妻子已启动情欲而迫不及待;再读第三行,意涵马上翻转,原来诗中人想借题开溜。最后一节以虚写为主。"花/谢了",花隐喻欲望,水蒸气净化欲望。欲望已凋零,院子里的花笑不笑也就与"我"无干,于是妻子的提问,迎刃自笑而解。

类似《花事》《秋之死》,诗中的"我"认清必须和常人一样吃喝拉撒、饮食男女、生老病死,很清醒地嘲弄世俗标准中过日子的自己,但未曾因为"写诗""当诗人"而瞧不起肉身趋向败坏、不可逆的"我",故而不唱高调而调更高,表现了几乎不可能的潇洒与淡然。"我执"如此自破,还有谁能攻而克之? 洛夫老年的诗作如此安然自在,醇郁苍茫,越写越好,开垦出的格局和境界难以攀比。

以《如此岁月》为例,《泥鳅十九行》《习惯》《灰面鹫》《鸟语》等多篇诗作,均表现晚年洛夫"应无所住而生其心""反躬自笑"的趣味,展现幽默。如《习惯》的诗行:"习惯在雷声中解读明天/春终于有了消息/我想飞,但看到孔雀开屏的样子就想笑。"[13]135"习惯守着一盏卑微的油灯/从那朵小小的冷焰中/我看到油尽灯熄后的一道霞光。"[13]136《鸟语》的诗行:"突然它们全都哑了/怔怔地望着/一只毛毛虫/缓缓地爬进了花蕊。"[13]132《灰面鹫》第一节:"我们的脸竟然如此重要/世界/因它而灰/更重要的是/这副脸有时被解读为/死亡的符号/一种蜥蜴裸尸的冷漠。"[13]167《泥鳅十九行》第一节:"频频制造骚动/却无/任何事件发生/它安静地藏身在/一口又黑又深的陶瓮中/无须为/终究未能进化为一条蛇而自伤。"[13]66 这些诗行探讨错综复杂的人生,兼具哲学的深度、意象的观照,想象力非凡,得因文字而见因缘所生,替沉闷的人生透一口气,从呆板固定的事物里写出灵活流动,无不引人会心一笑。

九、融天真与深广为一体,隐约、温厚、锐利

洛夫的语言魔术炉火纯青,既可落笔如风雨,亦可戏作一夜星空,尤其令人诧异的,是晚年的洛夫光芒收敛,如苍苍巨木上的骚蝉,在四季风雨中,只要动念搜寻,瞬间光芒万丈。

洛夫创造语言,同时创造价值,一派天真自然,温厚而锐利,难以追摩。《潮落无声》:"午夜的潮声/最好从很远的地方听/太近了/你听见的只是脚趾头内部/关节炎的呻吟。"[13]156《纸鹤》:"她是传言中/一匹不可解读的叶子/在高处,她常常忘了自己的名字/却牢牢记住被剪裁,被摧折,被碎成纸屑/而又重构为一只鸟的过程。"[13]164 俱为其例。又如《城市悲风》的部分诗行:

> 电力公司的人爬到屋顶去修理老旧的太阳
>
> 而落日
>
> 照例按时坠地,铿然有声

此刻,不知你注意没有
最为壮观的
是一群盲了的蝙蝠
从天堂大厦的顶楼旋舞而出
作
死亡之
编队飞行[13]75

屋顶、落日、大厦顶楼,都是诗中人仰望所见。黄昏时刻,城市熙来攘往,车阵里穿梭的人群大都留意路上的状况;抬头仰望的诗中人在诗行中颇"众人皆醉我独醒"。然而洛夫并不强调诗中人的"醒",而观照的依然是寻常景象,只是从每天例行的自然律动里托出诗中人心里的震撼。"落日照例按时坠地,铿然有声","铿然有声"与"照例按时"形成意指上的反差,暗示每到夕阳宣告一日将尽,诗中人内心无不一阵翻腾;而对于多数人,夕阳既然每天必落,也就视而不见,无关痛痒。"此刻,不知你注意没有"沿着这样的理路而来,看似淡淡的招呼。一群蝙蝠扑翅旋舞过大厦屋顶,并非平常可见,夕阳余晖中忽然飞过一片黑色,照理应该会引起注意,可是,"不知你注意没有"。意谓"你"就算视而不见也很正常。彩霞每天很快被星夜没收,诗中人就算每天独对落日,夕阳中蝙蝠舞过天堂大厦的顶空犹如初醒的死亡,都很正常。再如《寄远戍东引岛的莫凡》末节:

秋凉了,你说:
灯火中的家更形遥远
我匆匆由房间取来一件红夹克
从五楼阳台
向你扔去
接着:
这是我从身上摘下的
最后一片叶子[13]90

此诗的意象全是虚写,但仍以具体的象写抽象的意。"秋凉""灯火中的家""你说""匆匆""红夹克""扔""身上摘下的最后一片叶子",在诗行中勾勒出阅读的虚线。
莫凡是洛夫的公子。此诗后记说,莫凡的兵签抽到东引,洛夫之妻心疼儿子,洛夫安慰其妻,认为远戍外岛正可磨炼孩子心志,训练其独立。诗因此而写。开篇推想莫凡在秋凉的遥远异地思家，于是作者予以安慰。这设想可以完全是洛夫自己的感受。关键在"你说"二字。因为"你说"，"你"要，才顺理成章开展出后文的"匆匆"。倘若去除"你说"，全由第一人称的父亲角度着墨，此诗少了父对子的设想，诗行里拐弯抹角的父爱将无所依附。

"灯火中的家"，源自灯火给人的暖意与家的联想。诗中人在暖暖灯火的家中思念儿子，反过来却想象在东引当兵的儿子想家。"更形遥远"，写出时间增加了的空间距离：天冷时一片寂天寞地，与回忆里一向温暖的家对比。

"我"自比为树，把红夹克比为"身上摘下的最后一片叶子"，红叶呼应诗章一开始的"秋凉"，大自然的节令与诗中父亲的人生互文，亦暗示霜红的这棵树曾经的壮观，如今只剩终将萎落的一片红叶，但到底还是一片红叶，这棵树在寒冬迫近的时节，摘下而非落下，亲自摘除身上唯一的遮蔽，扔，而不是抛，向远方的血脉。彩云易散琉璃碎，好物不坚牢，对此树而言，深秋一棵树上最后一片红叶再怎么珍贵，焉知如何能长征过海而抵达目的？难测。

以上释例，透露洛夫诗作中诗性的奥秘，很大的成分在于洛夫把生存当下的荒谬与永恒平等化、具象化、戏剧化。晚年洛夫的作品尤其如此。颇令人赞叹之余深觉无从着力。洛夫不多言，而作品筛下难以觉察的光影，却每每见证诗人对语言微妙意涵的掌握、运用与翻新。

十、洒脱自然的知识分子格调与"中华文化在我身"的风骨

洛夫是现当代汉语极重要的诗人，他的诗自然展现中华文化的风骨。风骨不是诗人自己说了算。中国传统诗话、诗论的理想："诗如其人"，在洛夫的作品中得到最佳印证。

骨气、风骨这类词汇，洛夫的诗里有时化成"骨头"，或投胎转世变成另一种可能洛夫自己都未必觉察到的意象、意涵，表现中国文化在形式、文字、格调上的自觉，它使诗人将自己融入传统，又能从传统探出头来，独树一格，低调而自然地反映出对当代、现实的洞见与悲悯。这不只是文字上的甩弄机巧，而是滴水穿石，长时间累积的诗风。所谓"诗如其人"，表现在风骨上，一点也做不得假。

洛夫这类作品很多；共同的特质是不为某种理念或诉求而写，而是写着写着，就把诗行导到一个"掏空自己"的收尾，使得沿路的铺陈化成空茫。我们应该将此比附为哪种令人尴尬的学派如佛、道、儒，或哪位文学史上的大诗人如李、杜、苏、白吗？恐怕就要找也没有。例如《石涛写意》："他画了一个月亮／又在下面／画了一株老松／再加上一笔越远越淡的／钟声／／可是他就不知道／家该画在何处。"[12]460《布袋莲的下午》："下午。

池水中/拥挤着一丛怀孕的布袋莲/这个夏天很寂寞/要生,就生一池青蛙吧//唉,问题是/我们只是虚胖。"[13]62 又如《甘蔗》:

被腰斩的
说是最挺拔的
被剥削的
说是最甜美的
被压榨的
说是最多汁的

解剖学原本是
建立在理性而精确的刀法上
呸,呸,呸
吸尽精血,吐出渣滓
幸好
痛,越啃越短

再也没有什么可伤害的了
当手中只剩下
一颗须眉不全的
粗鄙的头[13]50—51

　　"挺拔""甜美""多汁",写甘蔗的本貌;"腰斩""剥削""压榨",写诗中人与甘蔗易位所呈现的心灵世界。至此,吃甘蔗的人变成"腰斩""剥削""压榨"的受词:一边啃甘蔗,一边感觉自己就是甘蔗。如此重整感官经验之后,第二节在写实与非写实之间。"幸好/痛,越啃越短",这是由矛盾语制造出的趣味。在实境上,甘蔗越啃越短,吃甘蔗的人压榨越多甘蔗的甜美汁液,可是甘蔗没有痛觉;那么,就逗号前后为同位格的常规,痛的主词不是甘蔗,而是通过物我合一的手法暗指的叙述者,因此,"痛,越啃越短",因为语法而延伸的语意,说的是如甘蔗被"理性而精确的刀法"伤害的叙述者,随着生命凋零,痛苦就要告终,最后犹如被吃干抹净、吐出渣滓的甘蔗,只剩下"一颗须眉不全的/粗鄙的头"。
　　洛夫的诗风一贯刚正、端直、骏爽,其风力骨气使同时代很多诗人难以望其项背。他对中华文化的承继、吸收、转化,以诗艺默默实践了中华文化赋予诗人和知识分子的承担,而不仅以运用文化与文学典故、写"禅诗"、重构唐诗,或书写历史人物来表现。

写诗数十年,洛夫如何看待写诗这件事? 如何看待声名? 以下诗行有迹可循:

> 我和鱼群/除了一身鳞/便再也没有什么可剃度的了(《背向大海》)[16]
>
> 整个航程中只惦着一件事/我能通过上升的鸟道/找到属于自己的星座? /我痴痴望着/船尾载浮载沉的童年/及至一个浪头扑向舷侧的倒影(《出三峡记》)[13]71
>
> 次晨,幸好又恢复了秩序/于是他开始/理性地梳洗,看报,如厕/非理性地/把壁钟拨回到去年那个难忘的雨天/然后细数镜子里的鱼尾纹/然后苦思/下一句该怎么写(《斯人》)[13]127
>
> 从龙门/一跃而下掉在餐桌上,贬为/一盘豆瓣鱼/这是我另一次轮回的开始/水并不知道(《鱼之大梦》)[13]159

洛夫"一路都是诗"⑧,写诗与日常生活、自我实践、生命事业,已然完全融合为一。诗中人回味往事,细属岁月的痕迹之后,回到现实,苦思的是"下一句该怎么写",如此写实。写诗的生命如同航海,航程中洛夫借诗中人之口,说最挂念的事就是"找到属于自己的星座",找到自己的路子和位置。洛夫把对诗的发心比喻成剃度,而看待剃度如同刮除鱼鳞,那是把全部的自己与生死交出去给诗而俯仰自得的泰然;成语"鱼跃龙门"与准备下箸的诗中人互为转喻:美食当前,吃鱼者耽想"跃门为龙"超过想象鱼的滋味,继而转念自己下辈子可能就是越过龙门的盘中飧,那么,努力追求的飞黄腾达又有什么好放不下。诗中人正视、想望事功,讲得如此坦然凛然。

对于家国认同、民族大义、历史创痛,洛夫不刻意以某个题材或主题书写,经常在诗行中就能展现自己如何承担时代的恩赐与劫难。对于 1949 年左右横渡海峡到台湾的诗人而言,"乡愁"或"放逐"这两个主题,恒被研究者取以放大检视其诗作;而这两个主题在 1920—1930 年左右出生、1949 年左右来台的诗人里,似乎具有创作时期的集中性:比如某些诗人特别集中在某一段时间内,大量写"乡愁"或"放逐",过了那段时间,这些诗人就改碰其他的书写题材。但对于洛夫,"乡愁"或"放逐"却是老了以后更渗入骨髓,如影随形。它们曾化为《清明——西贡诗抄》《海之外》;曾以《再回金门》引领洛夫重回用火思考的岁月,"炮声来自深沉的内部"[13]108—109;曾是《异域》中的"隔壁一句低音大提琴从左耳擦过雨便停了","唐人街是云是风雨是遍地垃圾是一块老得走不动的碑"[13]118—119;演为《绝句十三帖·第二帖》中的"擦枪擦了四十年的老班长/于今坐在摇椅上/轻轻刮着满身的铁锈"[13]96;蜕变为《香港的月光》中的"香港的月光比猫轻/比蛇冷/比隔壁自来水管的漏滴/还要虚无//过海底隧道时尽想这些/而且/牙痛"[13]82;转化为《杜甫草堂》中的"我们拼命写诗,一种/死亡的演习/写秋风中的寒衣如铁/写雪地上一行白白的屍齿/写战场上的骸骨/爆裂如熟透的石榴"[13]239。这些诗行都是洛夫1988年以后的作品,早已远离台湾现代诗坛及学界高举"乡愁"以对照"本土"的20世纪70年代。在洛夫的诗里,所谓放逐,所谓乡愁,来自有家归不得,也来自被当成"外省人"而不是自己人的幽愤与委屈。洛夫透过诗中人的声音,把离"家"找"家"、在"家"想"家"的心情加以意象化的细致毁损,见证心中一段又一段不设防的历史。

洛夫的诗作是否看得到其他现当代汉语诗人的影子?有。如《丰年祭的午后》有一点詹澈、余光中;《朗诵一首关于灯塔的诗》和杨牧的名作《让风朗诵》有点唱和的味道。然而洛夫与别人作品的互文,还是留给读者灵视才能指认的风景。就连洛夫晚年整理自己的脚印,想写点云淡风轻的自己时,他落叶纷飞的额头上仍充满着淘空自己的微醺之美。洛夫与余光中,两位1928龙年诞生的诗人,余光中的叙事格局宜于数芝麻粒换成多少绿豆粒;洛夫的意象格局宜于管理风暴,修复神性,把文字江山治理成步向丰饶的国度。

"叶子该落就落。"2018年3月19日,读者从此只能探望洛夫于历史的峰顶。

单单洛夫诗中的缤纷意象,对别的诗人来说可能已经是艰难的造句。在庄严而又危险的意象游戏里,即使有些以为经典化的,也因裹入新事件与新说法而有了新的记忆长度,例如《隐题诗》《唐诗解构》。《唐诗解构》,对其他诗人而言可能是创作生命中极重要的里程碑,放到洛夫所有的诗作里,只是聊备一格。虽然洛夫说的是:"尽可能保留原作的情感与意境,而把它原有的格律形式予以彻底解构,重新赋予现代的意象和语言节奏。"[13]196—199

论语言之锤炼、意象之塑造、从现实中抉发超现实的诗情,洛夫的许多诗作早已成为台湾现代诗中的经典;尤其长于以超现实手法造成猛烈的视觉感受,冷肃中泛着不在乎,张力极强。洛夫的诗用字经济,句构简短,许多篇什浑然天成,有无法模仿的妙手偶得之致,个人风格极为强烈,如《华西街某巷》《剔牙》《马雅可夫斯基铜像与鸟粪》《午夜削梨》等。洛夫超乎寻常的大家气象尤其表现在无可取代的命名性上,一如沈奇所说,经由洛夫处理过的素材,很难有别的说法可以超乎其上。[17]

从《灵河》中《我是一只想飞的烟囱》透显的禁锢与腾跃情结,穿过《石室之死亡》"我只是在历史中流浪了许久的那滴泪"的孤绝理路,到《魔歌》之后、《漂木》之前的高度意象语言,从内在空间移向外在空间,落实于事件,洛夫往来于主客观之间,以罗列的意象放射氛围,在真幻之中构筑情境。发迹于20世纪50年代、长达六十余年的创作生涯,洛夫已卓然树立独与天地往来的精神向度。

洛夫丰沛的创作量、磅礴而恢弘的气势与自我挑战的探索精神,纵横现当代汉语诗坛,无出其右。洛夫全面而深刻地,将富含当代性的当代汉语意象运用到极致。洛夫对语言高度敏感,下笔精准而独创,以笔端所开创的超现实语言、"纯粹"自诩的民族诗风、长达三千余行而高密度的长诗创作,不断改写当代汉诗的新标杆。

注释:

① 洛夫(1928.5.11—2018.3.19),本名莫运端,生于湖南衡阳,1949 年 7 月随军来台。毕业于淡江大学英文系,曾任教于东吴大学英文系,亦曾任江汉大学荣誉驻校诗人、北京师范大学及广西民族大学等校客座教授。1952 年在《宝岛文艺》发表其在台湾的第一首诗:《火焰之歌》。1954 年,洛夫、痖弦、张默共组创世纪诗社,发行《创世纪》诗刊。1958 年 10 月,洛夫发表《我的兽》,迈入现代主义精神下的诗创作时期。1969 年 1 月发起组成"诗宗社",任首任主编。1996 年移民加拿大。洛夫著作丰富,出版散文集、诗集、诗论集、翻译等。诗作被译为英、法、荷、日、韩、瑞典等语言,诗名远播。在台湾先后出版个人诗集:《灵河》(1957)、《石室之死亡》(1965)、《外外集》(1967)、《无岸之河》(1970)、《魔歌》(1974)、《众荷喧哗》(1976)、《时间之伤》(1981)、《酿酒的石头》(1983)、《月光房子》(1990)、《天使的涅盘》(1990)、《隐题诗》(1993)、《梦的图解》(1993)、《雪落无声》(1996)、《形而上的游戏》(1999)、《漂木》(2001)、《唐诗解构》(2014);个人诗选集:《因为风的缘故》(1988)、《雪崩——洛夫诗选》(1993)、《洛夫小诗选》(1998)、《洛夫诗歌全集》(2009)、《洛夫世纪诗选》(2000)、《洛夫诗抄——手抄本》(2003)《如此岁月》(2013)、《昨日之蛇——洛夫动物诗集》(2017)等;出版论集《诗人之镜》《诗的探险》《孤寂中的回响》《诗的边缘》等。出版散文集《一朵午荷》;翻译《雨果传》等。

② 台湾现代诗史上的十大诗人选拔活动举行过两次。一次在 1982 年,由《阳光小集》推动;一次在 2005 年,由台北教育大学推动。两次选拔,洛夫得票数都高居第一。

③ 见刘正忠编选:《台湾现当代作家研究资料汇编·33·洛夫》,台南:台湾文学馆,2013 年,第 427—548 页。该资料统计至 2013 年,且包括疑似不同发表处的同一文章。

④ 例如史言:《论洛夫诗的疾病意象与疾病隐喻》,载《大河的雄辩:洛夫诗作评论集·第二部》,台北:创世纪诗杂志社,2008 年,第 416—444 页;李翠瑛:《洛夫诗中"雪的意象"之意义及其情感表现》,《台北教育大学语文集刊》第 15 期,2009 年 1 月,第 167—206 页;陈政彦:《洛夫诗中"火"意象研究》,《"国文"学志》第 23 期,2011 年 12 月,第 127—148 页;李瑞腾:《说镜——现代诗中一个原型意象的试探》,载《诗的诠释》,台北:时报文化出版公司,1982 年,第 153—157 页;赵卫民:《洛夫的视象戏剧化——从洛夫诗选〈因为风的缘故〉谈起》,载洛夫《因为风的缘故》,台北:九歌出版社,2008 年版,第 373—378 页。

⑤ 关于洛夫与超现实主义,学者专文探讨如孟樊:《洛夫超现实主义论》,《台湾诗学学

刊》第 11 期,2008 年 6 月,第 7—34 页;赵小琪:《洛夫对超现实主义的认同与修正》,《盐城师范学院学报》2008 年第 5 期,第 25—30 页;古远清:《洛夫的超现实主义诗论》,载《台湾当代新诗史》,台北:文津出版社,2008 年,第 320—327 页。

⑥ 例如《无岸之河》收录了改写后的《灵河》《石室之死亡》《外外集》。

⑦ 讨论《漂木》的重要文章,如叶橹:《〈漂木〉的结构与意象》,《创世纪》,2007 年第 153 期,第 66—75 页;简政珍:《在空境的苍穹眺望永恒的向度——简评〈漂木〉》,《创世纪》2001 年第 128 期,第 42—43 页。

⑧ "一路都是诗"是洛夫去世,其好友痖弦在 2018 年 3 月 19 日脸书上贴文的用词。

参考文献:

[1] 简政珍.洛夫作品的意象世界[M]//刘正忠.台湾现当代作家研究资料汇编・33・洛夫.台南:台湾文学馆,2013:261—290.

[2] 洛夫.诗坛春秋三十年[J].中外文学,1982(12):6—31.

[3] 洛夫.诗人之镜[M]//费勇.洛夫与中国现代诗.台北:东大图书公司,1994:218—246.

[4] 洛夫.六十年代诗选・绪言[M]//张默,痖弦.六十年代诗选.高雄:大业书店,1961:1—16.

[5] 陈义芝.《创世纪》与超现实主义[J].创世纪,2006(146):157—163.

[6] 陈芳明.台湾新文学史[M].台北:联经出版社,2011.

[7] 洛夫.因为风的缘故[M].台北:九歌出版社,1988.

[8] 洛夫.洛夫诗歌全集・III[M].台北:普音文化出版社,2009.

[9] 洛夫.洛夫诗歌全集・II[M].台北:普音文化出版社,2009.

[10] 洛夫.胱房子[M].台北:九歌出版社,1990.

[11] 洛夫.洛夫诗歌全集・I[M].台北:普音文化出版社,2009:366.

[12] 洛夫.洛夫诗歌全集・IV[M].台北:普音文化出版社,2009.

[13] 洛夫.如此岁月[M].台北:九歌出版社,2015.

[14] 洛夫.漂木[M].台北:联合文学出版社,2004.

[15] 钱锺书.说笑[M]//写在人生边上・人兽鬼.台北:书林出版社,1989.

[16] 洛夫.背向大海[M].台北:尔雅出版社,2007:187—195.

[17] 沈奇.现代诗的美学史:重读洛夫[M]//张默.大河的雄辩:洛夫诗作评论集(第二部).台北:创世纪诗社,2008:70—78.

——原载《江汉学术》2019 年第 6 期:57—71

论洛夫近晚期诗作"似有似无"的技巧

◎ 简政珍

摘　要：洛夫早期的诗作情境深沉，意象稠密，引人注目。他和20世纪五六十年代出生的众多诗人相比，技巧出类拔萃，洛夫也因为这些诗作，奠立了诗坛的地位。20世纪七八十年代之后，洛夫的文字放松自然，技巧似有似无，但诗性却更浓密，成就或超越早期的作品。从隐约的比喻、隐约的转喻、偶发性因素、自然无比的创造力、叙述的流畅感、生命的场域、几近"无为"的技巧、似有似无的沉默等角度探讨洛夫近晚期这类的作品发现：大部分的诗人文字一旦放松，情境没有适当迂回，诗性也面临崩解，但洛夫这些文字放松、情境自然的诗作，诗性却迈入高远的境界，是汉语诗史上的奇观。

关键词：洛夫；隐喻；转喻；无为；沉默；诗歌技巧

一、洛夫早期的诗作

洛夫开始引起诗坛注目的是那些惊人、让人震撼的意象，如"我以目光扫过那座石壁/上面即凿成两道血槽"[1]56，"语言只是一堆未曾洗涤的衣裳"[1]57，"棺材以虎虎的步子踢翻了满街灯火"[1]66，这些诗行让读者赞叹其意象思维的出人意表，意象让人瞠目结舌，比喻几近想象的极致。假如略微回溯过去这些诗作，大概下面几点是关键。

（一）超现实的诗心——非超现实的游戏

洛夫在20世纪五六十年代对外在世界的观照大都来自超现实的诗心。其实，大部分诗作想象力的展现，多少总有超现实的痕迹。就是浪漫时期留下来而现在已经几近陈腔滥调的比喻"爱情像玫瑰"也有超现实的倾向。日常生活中如此的言语："那部法拉利速度如电光石火""这是一个老掉牙的故事""思念时，一日如隔三秋"都是超现实介入现实人间隐约的自白。

20世纪五六十年代，很多诗人在观照人间现实时，超现实的诗心特别耀眼。诗人似乎有一种潜藏的默契，现实的物象若是不穿戴超现实的外衣，就无法登上诗作的舞台。写诗人经常有类似如此的思维：诗作的产生大都不能以物象直接呈现；物象必须加上某种色彩或是迂回思维的装扮；常理逻辑必然要翻转；日常的语句必然无法成为诗行，即使数词的单位也经常重新排列组合。因此，一部车子可能变成一条车子，一条毛巾可能变成一朵毛巾，一朵花可能变成一叶花，等等。久而久之，超现实的想象变成另一种公式——一种游戏的公式。在那个时代，洛夫和痖弦的超现实诗作最没有游戏的痕迹，想象出人意表，意象的呈现虽然迂回，但仍然紧扣现实人生。

（二）震撼性的意象

洛夫在超现实的时代背景里，将意象的思维经过剪辑，使文字跨越现实。如"我以目光扫过那座石壁/上面即凿成两道血槽"，两个诗行之间留下空隙。扫过石壁的目光不可能凿成两道血槽。还原实际的情境是，目光扫过的墙面，恰好有人中弹死亡，躯体倒下，留下墙上的血迹。但是人死亡以及留下的血迹被剪辑消失，因而目光变成"凿成血槽"的主词。因为剪辑，意象更能凸显其震撼性的效果。

（三）惊人的技巧，创造力明显的展示——《石室之死亡》

类似的意象在他 1965 年出版的诗集《石室之死亡》中唾手可得。这些意象几近台湾现当代诗技巧的极致。如"死亡是破裂的花盆，不敲亦将粉碎"[1]69，"而灵魂只是一袭在河岸上腐烂的亵衣"[1]74。除了洛夫之外，几乎没有其他人会以如此新奇的意象来书写死亡与灵魂。上述的两个意象表象是隐喻，但这些隐喻又来自纤细的转喻。用"是"来连接死亡与花盆以及灵魂与亵衣，以一般表象的修辞学来判断，是隐喻。但进一步思考，死亡能以花盆作为隐喻，在于想到死亡的当下，花盆就在眼前，瞬间抽象理念与具体物象的比邻与接续而产生联想，这是转喻的效果①。同理，灵魂与亵衣也是如此。也许看到死亡的场景或是想到死亡的概念，在那一刹那，亵衣变成死亡的比喻。再进一步思考，亵衣显然是女子的内衣，因此诗中人自觉死亡的想象有点不洁。再者，亵衣正在腐烂，正如死亡正在销蚀生命。诗行中有精巧的技巧，但又不是技巧的戏耍，与20 世纪 80 年代以后众多强调文字游戏的所谓后现代诗作迥然不同。可以说，洛夫当年以这本诗集奠立了他诗坛的声望。

（四）生命的型态

洛夫当年类似的诗作与其生活意识相关。那是一个文字必须缩头缩尾的时代，意识形态的检验，让文字的存在必须有所遮掩。因此，一个人在前线的坑道里中弹死亡，化成"我以目光扫过那座石壁/上面即凿成两道血槽"。现实事件的轮廓被大量稀释，只留下意识里的意象。隐喻与转喻是想象的支撑。而所谓隐喻与转喻又让现实的面目进一步朦胧。书写是想象的迂回，生活于现实，又必须跨越现实。生命的型态是发抒想象，但想象又必须小心不去触动外在世界意外的想象。诗人的想象自然只能在文字的超现实世界里安身立命。

二、近期似有似无的技巧

（一）从超现实到现实

到了 20 世纪 70 年代,洛夫的诗作渐渐从超现实的角度回到人间。诗作仍然是想象的化身,但这些想象已经不必太迂回、躲在超现实的遮掩后。一般误解,以为超现实是想象力的发挥,而现实诗作尽是周遭人间的具体事件,想象力必然匮缺。实际上,正因为现实情境过于熟悉,要有想象力的创意反而更具挑战性。在超现实的时代,读者所面对的是不熟悉的文字与意象,而现实的写作却要在熟悉的情境中让人感受不熟悉。熟悉且有新鲜感是对诗人极大的挑战。20 世纪 70 年代很多诗作大都沦为社会的陈情书,大部分的诗作呼应现实空间社会的伦理观,写作经常从对理念的诉求变成口号的呐喊,诗性也在呐喊中沙哑而后荡然无存。

和大部分诗人相比,洛夫的"现实"诗作在完全不同的书写层次。试看他 1974 年的诗作《某小镇》:"一架喷射机/吵吵闹闹地/超过巨幅的广告牌/七星汽水冒着/去年的那种/泡沫//女理发师/捧着收音机/跟着哭/杨丽花的水袖/洒了一街的疲困/一个警察愣愣地站在那里/看着水果行的二小姐/在大门口/吐了一地的/甘蔗渣//小酒楼上的女人/午寐后的脸色/你说它白吧/偏偏又顿然黑了起来。"[2] 诗中喷射机、汽水、理发师、杨丽花、警察、酒楼上的女人,都是现实事物。但各种人物、情境接续中自然留下空隙,让人回味。如警察愣愣地看着水果行的小姐"吐了一地的/甘蔗渣"。为什么"愣愣地",为什么是"甘蔗渣"?这些问号都是语言的空隙,也是诗性之所在。是警察对水果行的二小姐有意思?还是因为后者吐了满地的甘蔗渣,警察想说什么,又无法开口?另外,酒楼上的女子,午后脸色变白,又顿然变黑,也许跟脸上的化妆品在午睡中一部分被涂抹掉有关。脸色白也有可能是睡醒后的苍白,顿然变黑,可能是本来就皮肤黑,或是想到什么心事导致脸上蒙上一层阴影。诗行几乎没有任何"美化"的修辞,只有事件的陈述。现实人生直接入诗,偶而有跳跃性的诗兴,但不再是 20 世纪五六十年代迂回的超现实想象,书写的技巧似有似无。如此几近没有技巧的陈述,却洋溢着诗性。

（二）隐约的比喻——和一般比喻的比较

所谓似有似无的技巧,并不是没有技巧,而是技巧非常隐约。同样有比喻,但"刻意"写成比喻的痕迹非常淡薄,有时淡薄到读者错以为这不是比喻。

试以《河畔墓园》的诗行为例:

我为你
运来一整条河的水
流自
我积雪初融的眼睛

我跪着。偷觑
一株狗尾草绕过坟地
跑了一大圈
又回到我搁置额头的土堆我一把连根拔起
须须上还留有
你微温的鼻息

　　从技巧来说,诗的前半段与后半段形成对比。前半段是明显的隐喻:"我为你/运来一整条河的水/流自/我积雪初融的眼睛"。将整条河的水比喻成汹涌的泪水,而这些水来自"积雪初融的眼睛"。积雪暗示思念或是阴郁情绪的累积。多年累积的情绪无法消解,当诗中人看到母亲的坟墓,才第一次释放,而释放也暗示了眼泪的泛滥。诗行传达的感情非常浓郁,书写很有技巧。但接下去的意象,几乎完全摆脱了技巧的痕迹。扫墓的焦点,从思念母亲转移到坟墓上的狗尾草。诗行的推进似乎就是情境的白描。诗中人跪在坟前,眼睛偷看一株狗尾草"绕过坟地/跑了一圈"。一株狗尾草怎么可能跑一圈? 细看,所谓一株并非一株,是一株接续一株,才能在观察者的眼中,有"绕"和"跑"的动作。狗尾草跑到"搁置额头的土堆",原来诗中人额头紧贴地面,正在向母亲做五体投地的跪拜。叙述的选择以及动作的细节,无不传达一种深沉的爱。最后诗中人拔起狗尾草,狗尾草的须须还有母亲的气息。须须是草的根,穿透坟地,深入地底,因而在诗中人的眼光中,狗尾草已经和母亲碰触,因而有母亲"微温的气息"。借由"微温",诗中人所要传达的是母爱的温暖,这对一个归来的游子,是一种奢望。反讽的是,真正享受温暖的是狗尾草,作为儿子的诗中人还不如狗尾草。表面上,拔起狗尾草是扫墓必然的动作,但这里似乎还夹杂了一些戏谑的妒忌。诗行的叙述与推进非常自然,一点都不刻意,是"似有似无"技巧的示范。

　　(三) 隐约的转喻——和一般转喻的比较

　　转喻以接续性有别于一般比喻的相似性,以随机的妙趣有别于隐喻隐含的指涉。当代诗学转喻得以发展,主要是来自雅格布森(Roman Jakobson)的启发。② 日常生活中,如果说"你是一头猪",暗指"你"的个性或是长相有点像猪,是地道的暗喻或隐喻。因为属性的相近或相似,A 指涉 B。但假如"你"和猪并不会让人产生联想,但是在某一个瞬间和猪站在一起,而让人惊觉两者的相似,或是一个演讲者讲话时后面的黑板上刚好画了一头猪,而让听者产生讲者和猪的联想,这是转喻。转喻的基础是 A 与 B 在空间的毗邻。换句话说,隐喻是因为两者本来相似,转喻则是因为毗邻或是接续而让人发现两者竟然隐约相似。

现当代文学转喻的运用,让诗学更有随机性的动感。但使用时的刻意或是自然,也造成艺术的天渊之别。心存戏耍,又以后现代的游戏论述当作挡箭牌,诗作很容易变成文字或意象的随意拼贴。反之,若是意象自然毗邻,透过时间性的接续或空间性的并置,以细致的"发现"打开读者的心眼,诗将更上一层楼。再者,转喻的接续翻转一般比喻,因为接续以偶发因素替代比较稳定的指涉。在书写中,偶发因素可能经过潜在严格的控制,变成刻意,不纯然是"偶发";偶发因素也可能变成失控的无政府状态,而变成一种游戏③。在洛夫近晚期的一些作品中,接续的偶发状况处理得非常自然。试以下面这首《鸟语》为例:

> 总之,它们开怀地唱了
> 把柳枝上的新绿
> 醉得
> 摇摇晃晃
>
> 突然它们全部哑了
> 怔怔地望着
> 一只毛毛虫
> 缓缓地爬进了花蕊

整个诗节里,有两个明显不同的动作。一者,鸟唱歌让"柳枝上的新绿醉得摇摇晃晃";两者,看着一条毛毛虫爬入花蕊,所有的鸟瞬间哑然无声。两个动作前后接续成对比,颇为戏剧化,但这个戏剧性的产生非常自然,关键在于现场景境的陈述与安排。鸟在树上唱歌、毛毛虫爬进花蕊是现实中自然的景象,整首诗的情境完全是读者在现实人生中习以为常的场景。诗意的产生来自诗中人的"发现",而不是诗人的"发明"。"发明"有时是"刻意做出来"的结果;"发现"是现实人生本来如此,但一般人视而不见,而诗人的慧眼让读者心眼大开。因此,有时"发现"所展现的创意可能比诗人绞尽脑汁所产生的"发明"更难能可贵。

诗的技巧是否似有似无,关键在于偶发因素是否经由明显的操控。在洛夫这首诗中,毛虫的出现是偶发因素,但树木是毛虫出现的场域,毛虫爬进花蕊更是自然界"自然"无比的现象。本诗以自然的现象与动作呈现了鸟的两种面貌,间接映显人生的情境。在心情愉悦的当下,鸟唱歌,柳树的摇晃可能是鸟本身的重量,也可能是风的吹动。诗行中柳枝的新绿"醉得摇摇晃晃",略有技巧的"拟人化"。但本诗最值得注目,也是诗性最浓密的焦点是:鸟看到毛虫的当下哑然无声。心情愉悦的刹那,看到攸关生命成长的食物毛虫,是一个正色凛然的瞬间。也许是面对上苍突来的礼物,鸟惊喜到哑然;也许是担心即将入口的美食被惊吓而消失,鸟压抑声音而哑然。整个意象营造出荒谬苍茫的喜气与无奈。

(四) 偶发性因素

假如诗人尊重现实既有的样貌,不刻意去操作,不去重新组合,物象之间、事物之间、人与人之间,便经常成为一种自然、"偶然如此"的状态。假如诗人善于"发现",事物静态的毗邻便经常让人耳目一新。事物动态性的接续,经常跳脱出惯性的思维模式。偶发因素是毗邻与接续的基本要素。似有似无的技巧的写作,是尊重呈现现实人生的偶发因素,而非把偶发性的意外变成必然的结构。试以洛夫《西瓜》一诗中的某些意象为例:

> 白色的瓷盘旁
> 冷冷地搁着一把水果刀
> 再过去
> 是一小碟子盐巴
>
> 西瓜无言
>
> 还来不及呼痛
> 刀光一闪而过
> 不知何时飞来一群青蝇
> 伏在窗口
> 唱起夏日最后的挽歌

整首诗前面两节除了"冷冷地"三个字用来描述水果刀要切要杀的冷酷,西瓜"无言"静静等待它的命运外,白色瓷盘、水果刀、盐巴、西瓜,几乎就是一般生活情境的描写。第三节西瓜"还来不及呼痛",虽然刀光已经一闪而过。但随之接续的是"不知何时飞来一群青蝇/伏在窗口/唱起夏日最后的挽歌",却是完全意外的情节。如此偶发性的接续是本诗诗性最浓密的所在。青蝇"伏在窗口"非常自然,是我们日常之所见。

它们的出现,意谓有食物出现,或是有即将腐烂的食物(包括肉体)在召唤。表象青蝇与西瓜"被杀",完全无关,但青蝇唱起挽歌,暗示夏日即将过去,西瓜的季节也即将过去,而青蝇没有了西瓜等食物,也意谓自己的时日也即将过去。本来夏日切西瓜享受清凉的诗行,因为青蝇的偶发因素增添了生命的厚度。和上面那首《鸟语》一样,洛夫在叙述小动物细微的小动作时,自然而深邃地触及人的处境。

(五)自然无比的创造力

1972 年,台大颜元叔教授在《中外文学》发文说,洛夫《手术台上的男子》中有些意象夸张、夸大、不合常理。之后,洛夫曾经响应,为他的夸饰辩护④。谁想到洛夫 20 世纪 80 年代之后的作品,那种夸饰的意象语渐渐被自然无比的意象所取代。其实,1974年洛夫在《魔歌》的自序里,已经讲过这样的话:"诗贵创造,而创造当以自然为佳。所谓'自然',大概就是像一株树似地任其从土壤中长出。"[3]由于意象如一株树任其自然的生长,不加以干预,当然就没有夸张刻意的修饰与技巧。所谓自然,就是技巧似有似无。

由此,洛夫近期诗作所显现的自然无比的创造力,和 80 年代之后诗坛上一些刻意扭曲文字、任意拼贴、玩弄文字的游戏诗作迥然不同。试以《香港的月光》为例:

> 香港的月光比猫轻
> 比蛇冷
> 比隔壁自来水的漏滴
> 还要虚无
>
> 过海底隧道时尽想这些
> 而且
> 牙痛

第一节的意象是一连串三个比喻,非常鲜活。月光比猫轻是第一个比喻。读者可以透过这个意象感受到月光的出现静悄悄的,就像猫脚步的轻盈。第二个比喻是月光比蛇冷。也许是整个氛围的清冷,导致月光感觉也是凉凉的。而就在这个当下,诗中人想到冷血动物的蛇,想到触摸蛇时手指感受的冷。第三个意象以"隔壁自来水的漏滴"比喻月光的虚无。夜晚隔壁自来水漏水,水隔一阵子滴一下,并不规则,若是心里自问是否有漏滴,也不确定,因为有时刻意要仔细聆听,又听不到任何的声响。相较之下,有时香港的月光,比这样的漏滴,还虚无。所谓月光的"有"已经濒临"无"。

但更令人惊喜的是第二节的三行,"过海底隧道时尽想这些/而且/牙痛"。原来第一节的比喻到这里，变成完全的"白描"，陈述诗中人过海底隧道的情境。但这三行的"白描"散发出浓密的诗意。过海底隧道时想到前面三个比喻，好似文学的创造、意象的发明，来自于一个几乎完全无关的动作。进一步思维，若是意象的情境是在公交车上或是火车、飞机上，效果都会打折扣。三个比喻意象是过海底隧道随机的产物，没有必然性，但若是将海底隧道替换成其他的情境又会让诗的效果折损。意象的选择似乎无意而随机，却又不能完全随意。海底隧道是人工挖凿潜入海平面的世界，在这样的世界想到天上的月光，气氛非常和谐而诡谲。在此，诗的意象有如绘画，不是意义的丰富与否，而是情境的选择与光影的效果。

第二节的最后两行四个字"而且/牙痛"更令人赞叹。这个意象表象也是随机的，但在衬托三个比喻意象的产生以及经营过海底隧道的情境上，几近神来之笔。这三行的焦点是"牙痛"。为什么不是胃痛、头痛、手脚痛，或是心绞痛？从意象的选择来说，任何上述病痛（包括牙痛）都可以入诗构筑情境，没有绝对的必然性。但是若是以其他的病痛取代牙痛，诗质又似乎有所损伤。牙齿剧痛的时候难以忍受，必然要看医生，但平常的痛感悠悠的，似存在似不存在，衬托月光的无声、清冷，以及几近的虚无，非常和谐。如此的对应，跟前面的"过海底隧道"一样，是整体情境的气氛，而不是意象或文字所指涉的意义。

换一个角度思考，也许洛夫在通过海底隧道时真的牙痛，所以牙痛自然入诗。以创作来说，这样写极其自然，毫不费力。我们赞叹的是，当洛夫完全不费力写这个意象时，在非意识或是潜意识的内心里，似乎已经很明确这就是独一无二的选择，虽然在有意识的创作行为中，根本没有任何选择。诗意的产生在于，意象是生活情趣自然的映显，没有刻意的选择，但如此不经选择的意象却是唯一的选择，无可替代。

在洛夫"似有似无"的诗行中，气氛的重要性经常远远超过指涉的意义。但若是因此认定这些似有似无的技巧所呈现的诗行完全没有意义，读者可能坠入严重误读的陷阱。上述"过海底隧道"以及"牙痛"细致地呈现现实人生的情境时，诗行已经非常"有意义"。不是具体的"什么"（what）或"为什么"（why），而是意象如何（how）勾勒生命的氛围。"如何"的意义是悠悠的，没有具体凸显的轮廓与框架，因而经常被忽视。进一步说，"似有似无"的技巧所展现的就是这种 how 的意义，而非 what 的意义。

再举一个例子，如《秋之死影》：

> 日落
> 最不能忍受身边有人打鼾
> 唠唠叨叨，言不及义
> 便策杖登山

> 天凉了,右手紧紧握住
> 口袋里一把微温的钥匙
>
> 手杖一阵拨弄
> 终于找到一枚惨白的蝉蜕
> 秋,美就美在
> 淡淡的死

从开始的日落,到旁边有人打鼾,两个情境衔接非常自然和谐,但在日落与不能忍受旁人打鼾之间,似乎暗藏一些空隙。旁边人是谁? 若是一般人,走开就好了,为什么要去登山? 似乎只有登山才能躲掉鼾声的"唠唠叨叨,言不及义"。因此,这个人可能是躺在自己旁边睡午觉的人,可能是妻子或是情侣。再者,为何是日落时? 似乎日落带来一些人生的信息,让人正色凛然,而鼾声破坏这个情境的氛围,更显得"言不及义"。最后一节,秋的"淡淡的死"是诗中人整个过程的体悟,应合一开始的日落。在沉静略带悲凉的秋天,日落时分更能让人逼视生命的面貌。但整首诗最值得注目的是,第一节最后的两行,这是日落时登山与发现蝉蜕的过渡诗行。诗中人登山时紧紧握住口袋里的钥匙,是一个自然无比的动作。钥匙"微温"与"日落""秋凉"带来反差。右手掌握的是"钥匙",是回家的凭证。秋凉时节,对于诗中人来说,家更是温暖的化身。和《香港的月光》一样,诗行来自自然的情境,但诗性浓密惊人。

(六) 叙述的流畅感

似有似无的技巧更使诗作的叙述产生流畅感,有些读者甚至将其误解成散文。诗与散文最大的差别在于其中是否有语意的空隙,但是刻意造成空隙的诗行经常会变成技巧的游戏。在这一点上,洛夫近期诗作达到了完美的平衡。

试以《习惯》一诗的三个诗行为例,"习惯在雷声中解读春天/春终于有了消息/我想飞,但看到孔雀开屏的样子就想笑"[4]135。春雷是自然的现象,春天来,人想飞,因而兴起出国旅游的念头。但"飞"这个动作让人很自然想到鸟展翅飞翔。这一瞬间,"孔雀开屏的样子"很自然在意识里展现。词语与词语间的衔接,意象牵引的意象,似乎都是不经心的默契,叙述产生无比的流畅感。叙述流畅一般映显的是,语句的"平常"与意象的"平淡"。但洛夫这首诗,叙述的流畅却是意象的凡中带奇。诗行中的"就想笑"来得很突然,但并不突兀。读者似乎可以看到孔雀开屏那种炫耀的姿容,那种炫耀重叠了多少人世的影像。炫耀的人展现华丽的身姿与色彩,但映显的是个性浅薄所透露的苍白。因此,诗中人觉得可笑。整体的诗质令人惊喜。

再以下面这首《雨想说的》作进一步说明:

> 在顶好市场购得一把雨伞
> 其实当时并未下雨
> 胸中只有灯火，了无湿意
> 其实买它只是为了丢掉
> 我真的买了一把伞
> 其实我想说的
> 正是雨想说的
> 流过窗外的淡淡的水迹想说的

　　诗中人买伞的时候，并未下雨。在买伞与未下雨、了无湿意之间，留下一些需要填补的空隙。现实人间，下雨固然想买一把伞，但有时候买伞全然与天气无关，是一种心情，有时甚至是因为心中想到的都是灯火，而反向思维想到买伞。假如是如此，买伞"只是为了丢掉"。诗中人这一个瞬间的思绪，是一连串的反向逆转。他从当下瞬间看到可见的未来。假如不是因为下雨而买伞，雨伞的存在是瞬间偶发兴致的产物。但这个瞬间可以预见的是将在未来被另一个瞬间所逆转。不是绝对的必需品，可能随手随放，因此也可能瞬间出现瞬间消失。这些诗行，轻轻淡淡地呈现一个人生的现象。人生无奈，但并不是痛苦呻吟。得失之间，在时空中流转，不是明显的残缺，只是小小的缺憾。

　　接下去一行"我真的买了一把伞"，好似诗中人先前"胸中的灯火了无湿意"纯然是意识的状态，和外在情境的"没有下雨"相呼应。"真的买了一把伞"隐含弦外之音。买伞似乎是无意识的动作；看到手上的伞，才意识到"真的"买了一把伞。这个动作让自己惊讶，但却是内心某种意识或是潜意识的映显。诗中人的意识里似乎有一段雨天的记忆，萦绕不去。这个记忆正如"流过窗外的淡淡的水迹"。"水迹"是雨中的实景，但也是记忆的隐喻，"淡淡的"。天没有下雨，但不知不觉中买了雨伞，原来是意识或是潜意识里有段雨天的记忆。诗行与诗行之间的情境似乎没有什么牵连，但却自然微妙地呼应，几乎没有任何"刻意"的设计。

　　洛夫"似有似无的技巧"，有时在其他"有技巧"的诗行的映显下，更能显现其难能可贵的诗性。从《邂逅》这首诗第一节的诗行，"巷口看到的背影是颇有春意的/星期天是烟视媚行的/麦当劳店是略带狐骚味的/黄昏是极其女性的"[4]24，读者很容易读出其中的"技巧"。[5]诗中人把女性的特质转化用来修饰巷口的背影、星期天、麦当劳店以及黄昏。进一步细看，所谓的背影就是某位女性的背影，诗中人因为看到这个背影，将感受的印象投射到星期天、麦当劳店与黄昏。这些意象的呈现很有技巧[6]，让读者感受到这就是一首现代诗。

第一节是由一个女子的背影分散成星期天、麦当劳与黄昏,第二节却将这些分散的特质重新凝聚成"黄昏的女子",在"分"与"合"的对比中,让人会心地微笑,"黄昏的女子/在巷口拐一个弯/就不见了"。文字没有任何所谓"诗"的特质,没有比喻,没有迂回,就是一个场景直接的叙述。但这三行的诗性却远远超越前面所有意象的累积。诗中呈现了一个媚人的女子,因为媚人,包括时间、空间以及现实的场域都是这个女子的投影。但这个女子出现于黄昏,一个从明到暗的过渡时间,在一个微不足道的空间巷口,拐弯消失了。诗作聚焦于一个媚人的女子,诗中人与读者因而得以养眼,但这样的女子或任何美好诱人的人事,都是瞬纵即逝。从有到无,似乎完全不经心地出现于诗行中,人生的感受如此凝重,但却由一个完全没有技巧的诗行来承载。

（七）生命的场域

由于洛夫这类的诗作几近自然天成,文字的产生似乎就是现实的状态,诗的情境就是生命的场域。这些诗非常"写实",但是假如套用一般批评家僵化的写实主义论点的话,这些诗几近被判了死刑。过去批评家以《石室之死亡》的"超现实"的书写,肯定洛夫超凡的想象力。但是笔者认为洛夫作品中,那些"似有似无"技巧的诗性与创造力更令人赞叹。洛夫在这些作品中,"微微地"触及生命跃动的场景,这个场景不一定要为某一个时代造景,也不为某一特殊现象构图。诗中的世界是生命普通的状态,因为太"普通",大部分都忽视它的存在。但我们就是在这样生命的场域里流转了几千年,不是朝代的兴亡,不是战争的屠杀,也非种族的灭绝,而是一种静态无声的存在。生命不是在欢乐或是痛苦的吆喝中传递,生命的场域就是你我生活其中,似有似无的微笑与叹息。

洛夫的《斯人》一诗,开始的三行是:"酒瓶打翻了/捕鼠器忙了一夜/只夹住一小片寂寞。"[4]126 这是千千万万平凡人的生活情境。酒瓶打翻,捕鼠器没有捕捉到老鼠,白忙一阵,文字犹如写实的日记。但洛夫在这样平凡无奇的叙述中,也能让人惊喜。没有捕捉到老鼠,"只夹住了一小片寂寞"。一般说来,现当代诗中,抽象用语的运用经常是写诗人想象的怠惰甚至是想象力的不足,但这里"寂寞"的运用,却比任何具体意象更具诗性。洛夫是极少数能在诗中如此巧妙运用抽象语的诗人。老鼠没被捕捉到,因此笼子显现空荡荡的寂寞,主人没有捕捉到老鼠,心里有点失落感的落寞。整个空间如静悄悄地,任何具体意象都无法勾勒这样多方面的"寂寞"。这样的"寂寞"事实上是现当代人生的普遍情境,因此表象似乎没有技巧,却深深渗入读者的心扉。本诗的结尾更进一步勾勒出这样的氛围:

> 于是他开始
> 理性地梳洗、看报、如厕

非理性地
把壁钟拨回到去年那个难忘的雨天
然后细数镜子里的鱼尾纹
然后苦思
下一句该怎么写

诗中人显然是个诗人。日常的作息,分成理性与非理性两个层面。理性方面是每天"梳洗、看报、如厕",是地球上千千万万的你我所过的日子。非理性方面是"把壁钟拨回到去年那个难忘的雨天/然后细数镜子里的鱼尾纹"。去年难忘的雨天也许是情感或是情绪涨潮日子,那时诗中人做出非理性而心思一再缠绵不去的某些经验。将壁钟拨回到那个日子,是对这个经验的缅怀,那当然是非理性的动作,心底隐藏的秘密,因壁钟拨回,而打开了通往那个秘密的渠道。细数"镜子里的鱼尾纹"也是非理性的动作,因为鱼尾纹是时间留下难于抹灭的纪录。时间对人们"细数"的动作几乎无动于衷。

洛夫这些技巧似有似无的诗作深沉地触碰读者的心坎。生活的场域是那么熟悉,人在不知不觉中走过一年又一年。岁月有时几近重复,因为是重复,即使是悲剧,也因习惯而变成轮回。而轮回久了,也不再感觉到什么是悲剧了。事实上,这是更大的悲剧。如《如此岁月》的结尾:

蝉的沉默与战争无关
仗早就不打了
这个夏天它把话都说完了
只是一些带秋意的叶子
还有点牢骚

想到战争,想到炮弹的轰隆巨响,想到人声的喧腾,现在连蝉都沉默了。但这个与喧嚣相对的沉默与战争无关,因为"仗早就不打了"。蝉的沉默是因为时间,因为季节。夏季已进入尾声,蝉的言语已尽,眼看时间已去,还有什么可说的呢?周遭还有一点声响的只是"一些带秋意的叶子",读者可以想象秋风起,树叶的沙沙作响,好像"还有点牢骚"。整个诗节,就是夏去秋来的场景,"非常写实",但诗行中散发出浓密的诗意,使空气中弥漫着一种说不出所以然的感伤。这不像《石室之死亡》中铿锵有声的诗句打到读者的胸膛,怦怦作响。这是微风过境,似有似无地掠过皮肤,似乎有点痒,有点鸡皮疙瘩,但有些"神经大条"的读者可能没有感觉,恍恍惚惚中,一个季节也就过了。

三、几近"无为"的技巧

假如技巧是意识里"有意的行为",似有似无的技巧则类似一种"无为"。"无为"不是完全无所作为,否则就不可能有诗作的产生。"无为"是不刻意的行为,虽然为了呈现诗作不刻意的样貌时,诗人可能更意识到要避免刻意,因此也不免渗透出另一种刻意。美国批评家史林鸠蓝(Edward Slingerland)将"无为"翻译成"不费力的动作"(effortless action)很能抓住这两个字的精神。史林鸠蓝认为"无为"是春秋战国时代中国思想家的一种"概念性隐喻"(conceptual metaphor)。"无为"隐喻"执行动作的匮缺"(lack of execution)[5]29—30,主体不对客体控制。当主体不控制客体时,就会"顺""从""依""随""因"由客体的展现,而不刻意加以干预。主体不干预操控,因而自我能"安""适""静""息"[5]29—30。

有趣的是,execution(执行)有"技巧"的意涵,因此,很适合用来说明"似有似无的技巧"与"无为"的关系。顾名思义,"似有似无的技巧"就是几近没有技巧,也就是上述英文的 lack of execution。这不是产业界的"缺乏执行力",而是作为主体的诗人不操控作品。当诗人呈现一个情境之后,他让情境自我发展,诗人"顺从、依随"情境的发展,而不强加自我的主体性。正如上述《秋之死影》的诗行,"天凉了,右手紧紧握住/口袋里一把微温的钥匙"。整个诗行的意象"依随"着情境进展,诗人不必刻意做什么,诗行就已经散发出浓浓的诗意了。

必须一提的是,很多作品也是书写自然,似无技巧,但读起来松散乏味,诗意荡然。因此,单纯"似有似无的技巧"似乎并不能完全说明诗作的诗性。进一步观照,若是技巧似有似无,而诗性浓密,其中必然有"难以言说"的技巧,如此的技巧可能是最高的技巧。

技巧似有似无而诗性浓密,为何"难以言说"? 史林鸠蓝在他"无为"的论述里根据古代中国的哲人说,我们只能"依随"人性,而不是操控人性。"有所作为"经常是扭曲人性,而"无为"却是"依随"人性。同样,我们是否可以说我们要"依随"诗性,而非刻意制造诗性? 制造诗性事实上就是做诗,而非写诗。⑦制造需要技巧,刻意的技巧。当诗人"依随"诗性,他展现的是似有似无的技巧。洛夫在这些诗作中,并不是完全没有作为(no action),否则就不会有诗。但他很多时候几近一种"无为",不费力不刻意的作为,也就是英文的 effortless action。

四、技巧似有似无的沉默

上述《如此岁月》中"蝉的沉默"事实上是洛夫近晚期诗作的沉默。技巧的挥霍是一种喧嚣,当文字"轰轰烈烈"地走过时间,留下声音与记忆,这些声响终究要在沉默里归宿。《石室之死亡》铿锵有声,在诗史里留下记录,但如今是回味其中的声音过后的沉默。多年前,我在《沉默与语言》时,曾经说:"语言的开始和结束总在特定的时间下进行,而任何言语的周遭却是沉默。"[6]

以沉默来说明《石室之死亡》语言结束后的沉默,读者脑海里仍然翻阅了一页页这本诗集多年来在诗坛撼动人心的声响。但 20 世纪 80 年代之后,洛夫的一些诗作所展现的,不是语言之前或是语言之后的沉默,而是文字当下进行中深沉的沉默。诗行不再宣扬自我标示的声音,而是在几近淡化无声中隐含诗质的沉默。

"淡化无声"当然跟上述的"无为"有关系。诗人让情境隐含诗性,让自我退却尽量不干预意象的进展,"压低"语言的声压,使它趋于沉默。沉默的特质,让诗作与读者产生微妙的关系。诗并非要引起大众的回响,它只跟某些特定的读者互动。这些读者和作品经由意识的交感,而进入深沉的沉默。因为沉默,众多的读者无法有感受,因为他们期待诗作的言说。因为沉默,诗作似乎完全摆脱了技巧。

上述蝉的沉默是因为"这个夏天它把话都说完了",语言非常淡,淡到几近比散文还要散文。蝉把话说完,意谓夏日的时光已过,生命已经了结。但对于这样的诗行,被现代品味腌制的"重口味"读者大都已经没有感觉,只有极少数的读者在静静的诗行中听到深沉的沉默。

人世间,深沉的沉默总默默地趋近一种宗教感。不一定是对神或是上帝的礼敬,而是感受人生的正色凛然。道恩豪(Bernard P. Dauenhauer)在其"沉默"的论述中提到宗教祭典的沉默(liturgical silence)[7]:面对上帝,人的沉默是要在静谧中聆听上帝的话语,而上帝所给的讯息也大都是沉默,只有极小数虔诚的信徒或是极其敏感的修行者能感受沉默其中的信息。人和上帝"主体交感"(intersubjectivity)或是佛教所说的"感应道交"的关键,在于人或信徒的沉默,只有沉默才能听到佛、神沉默的信息。

皮卡(Max Picard)有类似的看法。他说,祷告永远不会终止,但祷告总是消失成沉默。一般说来,人所接受到的意义都来自于言语,"但在祷告中,祷告经由和上帝沉默的交会,而接收到意义与完成感"[8]。神或是上帝总是沉默的,没有人间的喧哗,人只有沉默才能感受到上帝意谓深远的沉默。

一首似无技巧的诗,且是不言说的诗,有丰富隐约的意义。一个已经习惯诗作中有明显技巧或是玩弄技巧的读者,大都对洛夫这样的诗行没有太大感觉。有些人甚至说,比起《石室之死亡》,洛夫退步了⑧。这是反讽,也是诗坛的悲剧。也许,当下我们最需要的,是让自己沉默去聆听洛夫这些作品中深沉的沉默。

五、结语

当今海峡两岸的汉语诗经常呈现两种极端的现象。一种,自以为跟上后现代的潮流,写诗几近文字游戏。但吊诡的是,因为缺乏想象力,只好做文字的戏要,却在贫血的诗学认知下,被批评家与读者吹捧成超凡的想象力。另一种极端是,所谓诗实际上是松散的散文,几乎没有任何回味空间。

一般要展现诗人的创作力与想象力的诗,大都会对文字作相当地压缩、迂回,让人觉得有"技巧",一旦没有这些技巧、文字放松顺畅,诗性大都崩塌成散文。商禽20世纪五六十年代的诗作与他自己80年代末的《用脚思想》对照,就是很明显的例子。技巧对很多诗人来说,经常是一种遮掩,以扭曲的文字、刻意压缩的比喻、形式的戏要来遮掩诗性的苍白。在这样的情境下,洛夫是诗坛的异数。他早期的《石室之死亡》已经成为现当代诗的一种"现象"。这本诗集达到几近技巧的极致。比喻蕴含丰富的想象,意象的接续延展了20世纪八九十年代转喻的天地。更可贵的是,这样"深具技巧"的诗集,并不是文字刻意的扭曲,也非形式的戏要。阅读完这本诗集后,读者不免好奇洛夫接下去要如何展现更进一步的技巧?

事实上,《石室之死亡》出版的前后期间,在洛夫的另外四本诗集中,有些现实的书写已经显露出技巧似有似无的倾向。这类诗作,到了20世纪八九十年代,也就是洛夫的近晚期,变成他诗作的大宗。呈现的是地道白话的文字、非常自然的情境,没有任何"造作"的痕迹,甚至几近没有什么"技巧",但诗性却远远跨越《石室之死亡》的成就。这些诗作再次印证了我在《台湾当代诗美学》里的看法:诗性深远而技巧似有似无,是最高的技巧。

注释:

① 参考笔者的另外两篇论文《当代诗中转喻接续性与意象产生的关系》(《文学与文化》,2016年第3期)与《转喻与抽象具象化》(《北京大学学报(哲学社会科学版)》2013年第5期)。

② 请参阅雅格布森的经典之作 *The Metaphoric and Metonymic Poles*。

③ 郑慧如教授认为,洛夫现代诗的成就,海峡两岸无出其右者。但她也指出洛夫早期

的作品,有些意象显得刻意。详见郑慧如:《洛夫诗的偶发因素》,《当代诗学》2006年第 2 期。

④ 详见颜元叔:《细读洛夫的两首诗》,《中外文学》1972 年第 1 期;洛夫:《与颜元叔谈诗的结构与批评并自释〈手术台上的男子〉》,《中外文学》1972 年第 4 期。

⑤ 笔者的另一篇论文《洛夫接续性意象的诗性》也讨论到这首诗,但是焦点不同。该文是探讨这首诗意象接续的时间性与空间性,将在上海师大比较文学主办的《国际比较文学》刊出。

⑥ 当然,洛夫这些诗行的技巧,和那些玩弄技巧,或是玩弄文字游戏的诗行迥然不同。相较之下,他的技巧显得比较自然。

⑦ 有关"写诗"与"做诗",请参阅我的《台湾现代诗美学》,台北:扬智出版社,2004 年,第 89 页。

⑧ 洛夫多年前曾经告诉笔者说,20 世纪 90 年代他去大陆演讲,有听众站起来当着他的面说:"洛夫,您的诗退步了。"

参考文献:

[1] 洛夫.石室之死亡[M].台北:联合文学出版社,2016.

[2] 洛夫.洛夫诗歌全集 I[M].台北:普音文化事业,2009:251—252.

[3] 洛夫.自序[M]//魔歌.台北:中外文学月刊社,1974:1—13.

[4] 洛夫.如此岁月[M].台北:九歌出版社,2013.

[5] Edward Slingerland. *Effortless Action*(无为): *Wu-Wei as Conceptual Metaphor and Spiritual Ideal in Early China* [M]. Oxford: Oxford University Press, 2003.

[6] 简政珍.语言与文学空间[M].台北:汉光文化事业,1989.

[7] Bernard P. Dauenhauer. *Silence*: *The Phenomenon and Its Ontological Significance* [M]. Bloomington: Indiana University Press, 1980:18–19.

[8] Max Picard. *He World of Silence* [M]. Stanley Godman, trans. Chicago: Gateway Books, 1952.

——原载《江汉学术》2018 年第 6 期: 75—83

狂欢与嬉戏：台湾诗人管管的语言喜剧

◎ 杨小滨

摘　要：管管诗中的修辞特征与文化精神，可以从拉康的精神分析符
号学及其他当代理论视角来观察。管管的超现实美学往往
与狂欢风格融合在一起，以怪诞卑下的方式冲击了原本神圣
的符号。从巴赫金的狂欢理论出发，可以一窥管管诗学中向
怪诞与肉体的降格具有怎样的颠覆性潜能。管管还实践了
一种不断滑动跳跃的言说策略，以历时性的超现实置换演示
了能指的永恒变幻。从拉康对换喻与欲望的论述，我们也可
以观察到管管的顶针修辞如何体现出对符号秩序的解构。
管管诗学的主体困乏在很大程度上是传统文人狂放与自嘲
精神的重新体现，古典狂狷形象与后现代主体相互映照。而
他诗中的游戏精神一方面是童趣的表征，同时也必须理解为
对创伤经验及其符号化努力之间的永恒辩证：管管的诗歌
语言是一次历险，一次对绝境的奋力突破。

关键词：管管；台湾诗歌；超现实美学；修辞特征；意指游戏

　　在台湾现代诗的脉络里，管管即使不能算是一个异数，也无疑是一位独树一帜的开
拓性诗人。从 20 世纪 50 年代末起，管管的写作就处在某种"前沿"的状态，动用了东西
方文学艺术中众多资源，以激进的探索精神将汉语诗推向一种兼有狂欢与童趣的鲜明
风格。在《创世纪》的诗人群体（特别是痖弦、商禽、洛夫等）所汇聚而成的超现实主义
潮流中，管管以其最具诙谐感和戏谑感的倾向，突出地实践了日后渐成显学的后现代写
作。从这个角度而言，管管在写作上的突破性或超前性使得他在文学史上的意义、成就
和地位长期以来处于被低估的状态。所以，尽管对管管诗的评论和研究不算太少，但如
何发掘管管作品中更为丰富的文学和美学价值，仍然是可以继续推进的任务。

一、超现实的狂欢及其社会指向

　　在研讨班第 5 期《无意识的各种形态》上，拉康沿着弗洛伊德在《诙谐及其与无意

识的关系》中的论述,着重讨论了笑、笑话和玩笑的话题:"弗洛伊德说,在笑话中让我们开心的——而这正与我之前称为着迷或换喻魅惑的具有同样功能——是我们感觉到说笑话者禁制的缺失。"[1]114 "禁制的缺失"意味着大他者能指权威的下野,也就是说,符号秩序呈现出紊乱的面貌,致使能指元素本来可能具有的崇高或神圣特性发生变异,沉溺于怪诞、卑俗或嬉闹之中。正如巴赫金在谈论拉伯雷小说中狂欢(carnivalesque)美学的时候所说的:"几乎所有的愚人筵席仪式都是各类教会仪式和象征的怪诞降格,和向物质肉体层面的转化:圣坛上的狂啖和狂饮,不体面的姿态,脱去了神圣的外衣。"[2]巴赫金的狂欢理论聚焦在叙事小说的体裁,管管的诗歌写作无疑跨越了抒情诗的边界,纳入了"非诗"的表现方式。文学中的狂欢性本身就充满着喜剧甚至闹剧的色彩,而管管的不少诗作典型地体现出不羁的狂欢场景。比如这首《饕餮王子》:

> 吾们切着吃冰彩虹　把它贴在胃壁上　请蛔虫看画展　把吃剩的放在胭脂盒里　粉刷那些脸　再斩一块太阳剐一块夜　吃黑太阳　让他在肚子里防空　私婚生一群小小黑太阳生一群小猪　再把月和海剁一剁　吃咸月亮请蛔虫们垫着咸月光做爱　吹口哨　看肉之洗礼　把野兽和人削下来　咀嚼咀嚼　妻说　应该送一块给圣人尝尝[3]26

斯洛文尼亚的拉康学派精神分析学理论家阿莲卡·祖潘契奇(Alenka Zupančič)在阐述拉康喜剧观时言简意赅地指出:"喜剧总是主人能指的喜剧。"[4]在上段文字中,不仅有"彩虹""太阳""月亮",而"圣人"更是典型的"主人能指"(master signifier)。但"彩虹"成了"冰彩虹","月亮"成了"咸月亮",而"太阳"成了"黑太阳"(可以像小猪一样生出"一群"来,也可"斩"了入口):"吃冰彩虹/把它贴在胃壁上/请蛔虫看画展""斩一块太阳剐一块夜/吃黑太阳""私婚/生一群小小黑太阳/生一群小猪""吃咸月亮/请蛔虫们垫着咸月光做爱"这样的场面令人想起波希(Hieronymus Bosch)的那些怪异的绘画,诗中各类神圣形象或符号不但成了盛宴上"饕餮"享用的佳肴,而且拼合成了一幅奇诡的画面。"圣人"代表了一种可能是餐风饮露的符号性牌位(当然是威权的大他者),而"送一块给圣人尝尝"则更明确地将卑下的肉体行为与神圣他者连接在一起,体现出巴赫金理论中的"怪诞现实主义"。对巴赫金而言,"怪诞现实主义"最重要的特征之一便是"降格",即原先设定为崇高与神圣的符号被置于卑下或低俗的肉体层面。

在论述主体对想象性自我整体的碎裂威胁时,拉康提到了波希绘画中的"碎片化的身体",即人体器官的奇特形象:"当精神分析活动碰到个体身上某个层面的富有攻击性的断裂时,这种碎片化的身体总是呈现为断裂的肢体形式,或者是外观形态学中所表现的器官形式。它长着翅膀,全副武装,抗拒内心的困扰——这同富于幻想的耶罗尼米斯·波希在绘画中永远确定的形象是一样的。"管管《饕餮王子》中拟人化的太阳、月亮等意象,也遭遇了"斩一块太阳剐一块夜""把月和海剁一剁""把野兽和人削下来/咀嚼咀嚼"这样破碎的命运,对应了主体在前符号化阶段的欢乐与恐惧。

在讨论拉伯雷小说的时候,巴赫金认为"拉伯雷肯定了人类生活中吃喝的重要性,努力从意识形态上为之正名……并竖立起一种吃喝的文化"[5]。与性爱相似,吃喝体现了世俗生活在本能或肉体层面上的意义,也是对所谓的社会规范、礼节的冲击:"几乎所有的宴饮礼仪都是教会礼仪与象征的怪异降格,以及将它们向物质身体层面的转化:暴食与酣醉的狂欢在祭坛上,不雅的姿态,脱冕。"[2]巴赫金还在拉伯雷有关吃喝的文字里发现了对变形或怪诞肉体的夸张描绘,发扬了民间谐谑文化对官方严肃文化的消解力量。在这样的路径上,管管的诗,比如这首《老鼠表弟》,将肉体的舞蹈、暴食、疾病……等生活场景以变形与狂欢的形态铺展出来:

> 一群黑人自鼓里舞出。践踏你的脑袋。自二楼。自这扇/被小喇叭吹碎的彩玻璃窗。舞出。这种推磨的臀。这种/纯流质的歌。这种月经的唇。溢在你张大牙齿的眼上。/你的眼死咬住癌症花柳病。以及在高压线之上。警报器/之下。这种被起重机吊起的大乳。这种系以缎带的什么/什么弹。[3]24

这不仅构成一幅具有拼贴风格的、狂野的超现实主义画面,甚至从句法、结构和节奏上来看,管管也在很大程度上打破了正常的、逻辑的、规范的样式。一方面,"月经的唇""张大牙齿的眼""起重机吊起的大乳"铺展出骇人的梦境般意象;另一方面,不完整的、零碎的词句在句号的切割下急速变幻拼接,在一定程度上实践了布列东(André Breton)倡导的以"自动写作"为法则的超现实主义诗学。作为创世纪诗群的一员,管管诗中的超现实主义风格十分显见①。这一类变形与破碎的视觉形象也与受到了波希深刻影响的达利(Salvador Dalí)的超现实主义绘画(比如《内战的预兆》)有相当紧密的亲和关系。尽管达利绘画中的悲剧意味让位给了管管的狂欢怪诞风格,但超现实主义对于梦境般场景的营造,依旧在管管的诗中获得了充分的展开。20世纪欧洲的超现实主义运动当然受到了弗洛伊德精神分析学说的推动,也可以说,是致力于挖掘无意识深处的扭曲或破碎形象。不过,拉康多次引述弗洛伊德的观点,"梦是一种字谜"[6]424,或者说,是由能指组成的,必须从字面上去解读。那么,我们就更有理由可以将诗的文字看作是无意识的能指所体现的修辞结果。无论是巴赫金的狂欢理论,还是超现实主义的美学,都凸显了对崇高化、神圣化社会规范的叛逆姿态。这也正是管管诗歌狂欢化风格的关键指向。

二、换喻修辞下的喜感与荒诞

在雅各布森(Roman Jakobson)的启发下,拉康把修辞中"换喻"(metonymy)与梦境运作(Traumarbeit)中"置换"(displacement)的功能连接到一起。而"换喻",恰恰也是拉康所说的笑话中至为关键的机制。拉康称之为"换喻魅惑"(metonymic captivation,见前文),以此说明换喻与笑话之间的内在勾连,或者说,换喻作为笑话的基本形式要素。在拉康早期的重要论述《无意识中文字的吁求或弗洛伊德以来的理性》中,他为换喻的结构绘制了一个公式:$f(S \cdots S')S \cong S(-)s$。这里的意思是:括号里能指与能指与能指与能指……之间的无限连接,作为意指关系的功能(f = function),可以看作是所指从能指那里的逃逸(而形成了欲望空缺)。管管的狂欢式诗歌语言展现出能指他者的内在匮乏和可变,这也是为什么拉康会提到"换喻",一种充分体现语言跳跃性的形态。作为大他者的语言一方面是主体依赖的对象,另一方面又同时被揭示出内在的不确定与不稳定。这样的换喻效应在管管的诗里显得尤其突出,因而更增强了喜感的效果。比如在上文所引的《饕餮王子》中,从"吃冰"迅速连接到"彩虹",再连接到"贴在胃壁上""请蛔虫""看画展"……可以说充分体现了能指尚未获得确定所指便跳跃到下一个能指的过程,从而形成了由意义陷落造成的欲望空缺。前后能指之间松散的连接显示出能指的不稳定,或者说,正是能指自身的不断漂浮,使得所指处于无限滑动的状态而无法止息或扣合。管管诗中的喜感很大程度上来自于所指从能指那里的发生逃逸的结果。当能指的跳跃导致了所指与能指之间的错位,所谓"禁制的缺失"就意味着符号秩序暴露了内在的裂隙,展示出能指自身(特别是主人能指)的无能甚至荒谬。主人能指的失败,表明了符号秩序(在这里主要是语言体系)的不可能——借用阿甘本所言:"在语言中,出示出一种交流的不可能性,并以此出示其可笑——这就是喜剧的本质。"[7]

对于一位高度自觉于汉语语言性的诗人而言,如何突破语言的桎梏,将语言的潜能发挥到极致,并且深入到对语言自身的辩证性甚至否定性反思,似乎始终是一个重要的使命。按洛夫的说法,管管诗中充满了"非逻辑性的组合而能在其间产生一种新的美学关系"[8]。管管在不少诗里实践了一种能指不断(甚至无限)跳跃以致所指也随之不断滑动的言说形态。最典型的要算《春天像你你像烟烟像吾吾像春天》这首:

> 春天像你你像梨花梨花像杏花杏花像桃花桃花像你的脸脸像胭脂胭脂像大地
> 大地像天空天空像你的眼睛眼睛像河河像你的歌歌像杨柳杨柳像你的手手像风风
> 像云云像你的发发像飞花飞花像燕子燕子像你你像云雀云雀像风筝风筝像你你像

雾雾像烟烟像吾吾像你你像春天[3]79

　　在这里,"春天""你""梨花""杏花"等所有的意象……被"像"这个动词串联到一起,有如不同的元素组成了一首春天交响曲,但并不是共时性的意象并置或堆积,而是历时性的影像变幻与流转。在一种循环式的结构中,能指与能指貌似锁链般环环相扣;而实际上,在能指变化无端的过程中,所指却变得无所依傍。就春天而言,不再有确定的神圣或权威的喻词(比如某一种花或其他自然意象)可以成为一统天下的象征。似乎各种花名、自然景物都可以随意或随机换取,以成为这个能指链的一部分。"春天"也未必是终极的所指,或者说,任何所指也逃不过成为另一个能指,为了下一个同样转瞬即逝的所指而奉献牺牲。这一轮能指运动的终点看似回到了起点,但由于经历了能指漂浮流转的漫长过程,固定严格的意指结构已经让位给了自由开放式意指关系的无限可能。并且,本诗的最后,"春天"的符码经由更加迷乱的能指串联将历史上的枭雄和小说中的弱女子拼贴在一起(不仅造成巨大的反差,也通过"林黛玉秦始皇"对"成吉思汗楚霸王"的随意替换形成意指链的松动),再以白居易略带禅意的诗句作结:

　　　　春天像秦琼宋江成吉思汗楚霸王
　　　　秦琼宋江林黛玉秦始皇像
　　　　"花非花
　　　　雾非雾"[3]79

　　已有学者如萧萧指出了这首诗"全盘肯定之后突然从本质上完全否定"的特征,以及"全满(色)因为'棒喝'而全无(空)的空间设计"[9]140—142。花和雾的自我否定一定程度上体现出佛教的色空观,也令人想起阿多诺有关"概念中之非概念性"[11]的否定辩证法。对阿多诺而言,任何给定的概念都包含了——内在于自身的——对自身的否定。这里,我们可以进一步看到能指之间的游移不仅是一种链接(本诗的第一段),也意味着一种脱落(本诗的结尾)——因而才形成了欲望的罅隙。那么,"花非花/雾非雾"的格言式结语似乎总括了对语言符号自我否定性的终极认知,而这,又是基于对上文中能指的无限延伸转换的一次变奏或逆反。

　　以《春天像你你像烟烟像吾吾像春天》这首诗为代表的基本句式时常接近传统的顶针修辞,不过在管管的诗里,这种顶针式的接续往往连缀得更为密集、紧凑。《缱绻经》这首诗就是一例:

　　　　七月七日长生殿

高高的草下有低低的虫
低低的虫上有高高的树
高高的树下有低低的草
低低的草上有高高的鸟
高高的鸟下有低低的树
低低的树上有高高的风
高高的风下有低低的鸟
低低的鸟上有高高的云
高高的云下有低低的风
低低的风上有高高的天
高高的天下有低低的云
低低的云上有高高的星
高高的星下有低低的天
低低的天上有高高的手
高高的手下有低低的星
低低的星上有高高的虫
……[3]59—60

　　除了从白居易《长恨歌》摘取的原诗文字之外,管管通过"高高的"和"低低的"(下文中还有"浓浓的"和"淡淡的","远远的"和"近近的")反复交错,加上"虫""树""草""鸟""风""云""天""星"……的穿插和替代,编织出一幅缠绵悱恻、心灵交融的情爱璇玑图。诗题称之为"经",却并无严肃高深的经文;与"经"的概念产生巨大错连的是,本诗的内容更像一曲词文通俗的歌谣,一首意念挥之不去的爱情回旋曲,消解了"经"的殿堂式崇高。但它在节奏和意念上又有念经般的那种执着,那种虔诚,仿佛情感上的痴迷才是真正的信仰。表面上看,全诗充满了各种重复的语词。不过,正如齐泽克在阐述德勒兹"重复"(repetition)概念时所言:"德勒兹重复概念的核心在于这样的观念,与线性因果的机械(不是机器!)重复相反,在重复的恰当时机,重复的事件获得了重新创造:它每次都(重新)现身为新的。"[11]这种"新"包含了情感强度的不断递增,营造了对"缱绻"意蕴渐次堆栈的推进效果。由此可见,这里的重复并不意味着机械式循环往复以至无穷的驱力运动,而更接近于德勒兹所说的"欲望机器"。既然与欲望相关,这样的重复便体现为一种具有生成(becoming)特性的情动力。基于此,齐泽克还认为德勒兹所强调的不是"隐喻"(metaphor)的关系,而是"变形"(metamorphosis)的关系。[11]15 可以看出,这种与"隐喻"相对的"变形",也恰好体现出"换喻"的形态。

这样的回旋式结构在管管的诗作中频繁出现。另一个例子是《脸》。比较特别的是,从结构上这首诗的回旋进行了两次,也就是,诗中"春光灿烂的小刀"经由顶针式的能指递进而归来之后又再度出发,直到将近末尾处抵达返回的高潮:

> 爱恋中的伊是一柄春光灿烂的小刀
> 一柄春光灿烂的小刀割着吾的肌肤
> 被割之树的肌肤诞生着一簇簇婴芽
> 伊那婴芽的手指是一柄柄春光灿烂的小刀
> 一叶叶春光灿烂的小刀上开着花
> 一滴滴红花中结着一张张青果
> 一张张痛苦的果子是吾一枚枚的脸
> 吾那一枚枚的脸被伊那一柄柄春光灿烂的小刀
> 割着!
> 割着![3]106

必须指出的是,这首诗中的换喻式的能指漂移显然展开了更具张力的欲望空间。将"爱恋中的伊"比作"一柄春光灿烂的小刀"具有非同一般的震惊效果,将作为他者(她者)的符号与无法遏制创伤性绝爽的符号能指之间所产生的冲突推向了前台。"割着……肌肤"的"小刀"当然指明了爱恋所蕴含的痛感(连"一柄"也暗示了握刀的姿态从而使得整个场景更具视觉效果),而"春光灿烂"则不仅展示出亮晃晃的刀影,也建构了内心的刺痛与春光所带来的畅快之间的密切连接。换句话说,诗中顶针式的词语勾连还引向了痛感与快感的互相勾连,更突出了欲望与绝爽的辩证关系。

特别是最后"吾那一枚枚的脸被伊那一柄柄春光灿烂的小刀//割着!/割着!"不得不令人联想起最早的超现实主义电影——西班牙导演布纽艾尔的(Luis Buñuel)的《一条安达鲁狗》里用剃刀割裂眼球的骇人场景。值得注意的是,《一条安达鲁狗》里这个剃刀割开眼球的镜头也是经由对前一个云片掠过月亮的镜头的梦境般置换达成的,这种横向的替换式连接恰好体现出换喻的形态。

在管管的作品中,《荷》这首诗虽然短小,或许是将置换的诗学发挥得最为复杂的一首:

> "那里曾经是一湖一湖的泥土"
> "你是指这一地一地的荷花"
> "现在又是一间一间沼泽了"

"你是指这一池一池的楼房"

"是一池一池的楼房吗"

"非也,却是一屋一屋的荷花了"[3]108

　　这首并没有明显的顶针手法,但接续的诗行通过量词的错用,一方面呼应到前一行将被覆盖的能指,另一方面又与新生的能指产生了可疑甚至冲突的关系——特别是"一地一地的荷花""一间一间沼泽""一池一池的楼房",凸显了人工建筑与自然意象之间被强行耦合的现实;但量词与名词之间的相互抵牾和纠缠使得这种错位所引发的荒诞感在语法的层面上就令人晕眩。当然,在换行的过程中,一系列具有连接、转折或伏笔作用的词语——包括"曾经是""你是指""现在又""是……吗""非也,却是"——起着具有建构功能的作用,但大多明显地暗示了方向性的转换,使得下一行对上一行的承接体现出否定性的意味。因此,这一连串的否定经由持续的置换造成了极度蜿蜒的能指路径,从而促成了语义层面上对景物沧桑的崭新表达。

三、狂放、自嘲与主体困乏

　　在《俺就是俺》这首诗里,管管用文字构筑了一幅自画像,把自己描绘成了一个热爱文艺但随性不羁的山野粗人。在中国诗歌史上,从杜甫、白居易到苏轼、辛弃疾,都有不少自嘲的篇章,营建了程度不同的戏谑化抒情主体。管管的这首诗推进了这个传统,勾勒出一个一半是狂放(亦是狂欢),一半是自嘲的自我形象:

　　　俺就是俺

　　　俺就是这个熊样子

　　　管你个屁事

　　　俺想怎样

　　　俺就怎样

　　　俺要爱你

　　　俺就大胆地来爱你

　　　俺要恨你

　　　俺就大胆地来揍你

　　　哪怕你把俺揍个半死

　　　俺要吃便痛痛快快地吃

俺就是这个熊样子
管你个屁事
俺喜欢走着路唱大戏
俺喜欢在山顶上拉野屎
俺喜欢赤身露体
俺喜欢做爱
俺喜欢写诗俺喜欢米罗、克利、石涛、八大、徐文长、齐白石
俺喜欢丁雄泉画的女人
俺喜欢丁衍庸画的写意
俺喜欢土里土气乡里乡气的人和东西
俺就是这个臭样子
管你个屁事
俺喜欢郑板桥、金圣叹、苏轼
还有他娘的超现实
俺喜欢那些青铜、那些古画,那些汉唐以前的玩艺
但是这一些东西总比不上山坡上那棵桃树那么滋实
俺喜欢鬼
俺喜欢怪
俺喜欢那些稀奇古怪的东西
俺就是这个鬼样子
管你个屁事
能爱就爱总不是坏事
俺爱骂人
经常说他妈的
当然你也可以骂他奶奶的
俺就是俺
俺就是这个熊样子
管你个屁事[3]181—183

　　管管明言《俺就是俺》这首诗戏仿了法国诗人普列维尔（Jacques Prevert）的诗《我是我》。普列维尔诗中的"我"虽然也有某种任性的姿态,但基本上采取了温柔敦厚的取向,用词也朴实雅正——其中出现较多的词语,除了"我",就是"爱"和"愉快"。相比之下,管管从标题里的方言词语"俺"开始,就演示出一个更加无礼、粗鄙、不驯的山野

村夫形象（替代了中性的"我"）。首先当然是刻意地用"管你个屁事""俺喜欢在山顶上拉野屎""俺就是这个臭样子"这一类被唐捐（刘正忠）称为"屎尿书写"[12]的语句，严重冲击了诗学与社会的常规。与此相关的，还有遏制不住的粗话，如"还有他娘的超现实""俺爱骂人／经常说他妈的／当然你也可以骂他奶奶的"。在这首诗靠前的部分，管管先是沿袭了普列维尔的"爱"语，热烈诉说着"俺要爱你／俺就大胆地来爱你"，但不久后的下文，这个"爱"就变异成更加生猛的"俺喜欢赤身露体／俺喜欢做爱"了。如果说普利维尔诗中"我"的形象是一个略具个性的普通人，那么管管诗中"我"的形象狂放到了略带丑角化的程度——"俺就是这个熊样子"。这差不多也是精神分析理论所提出的必要姿态。拉康曾经表示："甚至作为一个俳优，你的存在才获得正当性。你只需看看我的《电视》节目。我是个小丑。"[13]齐泽克在阐述拉康时也表示："真相只能以折射或扭曲的形态出现……以愚人（或更确切地说是小丑）的话语形态述说。"[11]63

对拉康而言，一个可以自我认同的完美主体（镜像状态下想象的理想自我，ideal ego）是必然被抛弃的虚假幻象，而按照社会权威的要求所塑造的主体（符号域的自我理想，ego-ideal）实际上也依赖于空洞的大他者指令。"主体困乏"（subjective destitution）的概念意味着主体只能占据一个自我划除的位置，因为他的根本命运在于与真实域（the real）的遭遇（tuché）。在这首诗里，难以抵挡的便是真实域的持续侵袭——"拉野屎""臭样子""说他妈的""喜欢赤身露体"……都一再标明了社会化规范的接连失效——当然，主体的困乏与他者的困乏是相应的。诗中多次出现了"管你个屁事"这样的粗话，但其中凭空而来的"你"究竟指的又是谁呢？我们不难推断，这个虚拟的"你"便是从不现身但又无所不在的社会大他者，那个暗中掌管或规范着主体性的父法式权威②。主体与他者的关系，在这里便呈现为一种"互消"（interpassive）的，几乎是同归于尽的关系：一个以"野屎""臭样子"为标志的主体自然应和于一个其实只着眼于"屁事"的他者。那么，甚至主体与他者之间的差别也十分微小了——要"管"的"屁事"或许也正是"管管"的"屁事"，尽管不值一提，却是主体与他者两者的共同命运——或者更准确地说，两者的共同困乏——尽管从根本上说，"大他者并不存在"[6]700（拉康的箴言），因为诗中的这个"你"，只不过来自诗人管管假想出来的声源。这就是为什么这首诗的标题是《俺就是俺》：这几乎是一种拒绝他者的姿态，但通过拒绝，主体确认了他者的（空洞）存在——也就是丧失功能的虚假存在。沈奇在一篇评管管的文里设问："谁来管管管管？"[14]14这里前一个"管管"的执行者无疑也是设定为一个大他者，却是一个在疑问中寻找不到的大他者（"谁"）。这种要为管管的抒情主体寻找一个大他者的愿望，注定是无法实现的。沈奇甚至批评管管"奢侈地仅在游戏中自娱"，流露出"空心喧哗与意义困乏"[16]41。这样的观点或许代表了某种"正统"的"诗教"传统对"深沉的社会使命"或至少是"崇高的个人心灵"的崇尚（这在中国大陆的主流诗坛尤其突出），但未能把握到管管超前的诗学风格恰恰是通过对现实或理想的调侃和嬉玩来揭示外在规范作为符号秩序的压迫，以敞开主体性的匮乏来追求精神自由的。管管的诗风汪洋恣肆，放浪不拘，也可以说承继了古典诗的豪放传统。

和《俺就是俺》类似的自嘲之作还有《邋遢自述》。用"邋遢"来作主体形象塑造的关键词，同样是一种丑角化的展示：

> ……
> 五次恋爱，二个情人，一个妻子，三个儿女
> 几只仇人，二三知己，数家亲戚。当兵几年，吃粮几年，就是没有作战。
> 在人生的战场上，曾经小胜数次，免战牌也挂了若干
> 一领长衫，几件西服，还有几条牛仔裤
> 一斗烟，两杯茶，三碗饭，一张木床，天生吃素。
> 不打牌，不下棋，几本破书躺在枕头边装糊涂
> 几场虚惊，几场变故，小病数场挨过去。
> 坐在夕阳里抱着膝盖费思量
> 这是这六十年的岁月么
> 就换来这一本烂账
> 嗨！说热闹又他娘的荒唐
> 说是荒唐，又他妈的辉煌
> 回头看看那一大堆未完成的文章，荒唐，荒唐里的辉煌
> 挂在墙上那一把剑也被晚风吹得晃荡
> 这就像吾手里这被冲过五六次以上的茶一样
> 不过，如果可以，俺倒想再沏一杯茶尝尝
> 管他荒唐不荒唐。甚之辉煌。[3]177—178

假如从传统文人形象来考察，"邋遢"就让人很容易联想起济公式的丑角英雄角色④。这从一方面反映了管管对民间文学的爱好（正如管管经常爱唱民间小曲）。当然，济公的原型——宋代的道济禅师，传说在辞世前曾经写有诗偈一首，劈头第一句就是"六十年来狼藉"[15]，其中"狼藉"一语与"邋遢"可谓殊途同归。这一类困顿或乡野的文人形象传统或许还可以上溯至魏晋南北朝时期那些放浪形骸的文人形象："属辅之与谢鲲、阮放、毕卓、羊曼、桓彝、阮孚散发裸裎"[16]，或刘伶"脱衣裸形"，"以天地为栋宇，屋室为裈衣"[17]便描绘了当时文人的狂放生活风格——管管《俺就是俺》中的"俺喜欢赤身露体"显然与此相应和⑤。

拉康对喜剧性的论述始终提醒我们意指关系与符号秩序的关键作用:"喜剧展示了主体与他自己的所指之间的关系,作为能指之间关系的结果。……喜剧从关联于某种与意指秩序产生根本关系的效应中拥有、集聚并获取快感。"[1]246 比如,先出示"小班一年中班一年大班一年/……高中三年大学四年硕士二年博士三年"这样的社会建制,然后表明"还好,俺统统都没念完",一举解构了崇高的大他者符号秩序。用"还好"一词,明显地带有调侃的口吻,那么,也可以说,这个自我漫画化的主体不仅仅是能指(被划除的能指)的主体,也是绝爽的主体——从能指规范的失序中获得快感的主体。类似地,还有在"当兵"这样一种社会体制模塑的主体化过程中,"吃粮"和"没有作战"又相继挖空了"当兵"的严肃意味。祖潘契奇亦指出喜感与被划除的符号大他者之间的关系:"一般意义上喜剧的关键结构特征:阳具的显现,属于符号秩序根本结构及其权力关系的隐秘能指的喜感出现。"[18]这里提到的阳具符号,也可以理解为权杖的象征;而在精神分析的语境下,它只能呈现为被去势的状态,正如教育和从军这样的能指结构,不得不暴露出其空洞的"喜感"。

四、在童趣与嬉戏之外

不少论者都曾提及过管管诗歌创作中的童趣(这在汉语现当代诗的范围内并不多见,大概只有大陆的顾城可纳入对比,但相当不同),如萧萧称之为"童心无邪"[9]127,沈奇称之为"童心不泯"[14]29。甚至进入耄耋之年之后,管管的一大批诗作仍流露出难得的天真和童趣,这甚至成为管管近期写作的主要面貌。假如笑话往往基于某种世故(sophistication),那么从表面上,它与童真(naivete)相距甚远。但拉康引述弗洛伊德的观点来说明这一点:"与笑话最接近的正是乍看上去可能离笑话最远的,也就是天真。"[1]114 弗洛伊德说,天真基于无知。很自然,他举的是来自儿童的例子。那么,所谓的"无知",就可以解释成符号化能力的空缺——而这并非不可能是一种面具,如同苏格拉底所声称的那样——或者,符号化过程本身的内在匮乏。无论如何,管管的诗既来自这种天真,又从天真中透露出对想象域中虚假完整自我的不信任。他的诗集《脑袋开花》——每页都穿插着管管自己带有童稚风格的,色彩斑斓的画作——几乎可以看成是一本童诗(诗集中大部分诗作是以动植物为题材的)。其中的《鸟笼》一诗便是在童趣的范围内又蕴含了超越幼齿的哲理:

捡到一只鸟笼
把鸟笼放进客厅

　　我把鸟笼打开

　　看清笼里没有鸟

　　我再把鸟笼关紧

　　我看到我关进了鸟笼

　　那么我应该是只鸟了

　　不必惊慌

　　地球也是一只鸟住在鸟笼

　　谁不是一只鸟呢

　　谁又不是一只鸟笼呢[19]110—111

　　管管的诗往往并不追求辞藻的华丽或古雅，而是在平常甚至简单的语言中铺陈出不平常亦不简单的效果。这里，"我"和"鸟"之间本来可能具有某种潜在的关系，发生了一系列的变异，空间概念随着这些变异也产生了裂变。本来，从一开始捡到鸟笼，放到家里，打开鸟笼，都还平淡无奇。但从"把鸟笼关紧/我看到我关进了鸟笼"起，本诗开始峰回路转，场景变得奇崛起来，展示出超现实主义风貌甚至埃舍尔（M. C. Escher）风格的自我缠绕式多维空间图景。比如埃舍尔的版画《画廊》，就描绘了一个在画廊的观画人，看到画幅里的街区及画廊一直延展，直到把他自己也收纳进这幅画中。

　　在《鸟笼》里，管管发现自己关鸟笼时，自己也被关进了鸟笼，并且怀疑自己也成了一只鸟。这样的体验有点"庄周梦蝶"的意味，又揭示出"关"的行为与"被关"的状态之间的因果关系。到了"地球也是一只鸟住在鸟笼"——山外有山，天外有天，鸟笼外有鸟笼，地球外有宇宙——我们又感受到这个多维空间延伸到了宇宙太空：内与外、小与大、主体与他者……无不处于相互转换的可能性中。"谁不是一只鸟呢/谁又不是一只鸟笼呢"再次强化了这样的画面：万事万物都同时拥有了囚禁（鸟笼/加害）的功能与被囚禁（鸟/受害）的命运。

《脑袋开花》汇集了管管以动植物和各类自然意象题材为主的童趣短诗（也可以说是成人的童诗）。在很大程度上，我们可以把童趣理解为一种游戏的精神。而在诗的范畴里，游戏往往是通过语言上的变幻达成的。按拉康的说法，"儿童从语词游戏中获得快乐。"[1]77 在精神分析学的案例中，有关儿童语言游戏的经典故事之一是弗洛伊德在《超越快乐原则》中提及他一岁半的外孙恩斯特自己发明的"Fort-Da"游戏：他在母亲外出时，恩斯特把线轴丢入床下，嘴里大叫"去啦！"（"Fort！"）然后，再把线轴从床下抽回，同时喊"那儿！"（"Da！"）在线轴的往返间，儿童以行动和语言上的主动操控，补偿母亲缺席时的失落感。拉康认为，"在这语音对立形态中，儿童将在与不在的现象放置到符号的台面上，从而完成了超越"[20]。尽管这是一次意指的行为，但没有对大他者的吁求。相反，这是一次祛除创伤的努力，在升华为意指行为的过程中通过语言的重复保持了意指的张力。我们甚至可以说，在这里，能指没有生产出任何意义，而只是通过把握创伤的行为——将创伤语言化、符号化的努力——出示了意指的绝境。

在诗集《脑袋开花》中，管管有一首趣味横生的四行短诗《月亮魔术师·月亮吃月亮》也演示了欲望辩证法的无尽过程：

> 月亮是一只自己吃着自己的无鼻无眼无嘴雌雄兽
> 吃光了又吐出来，吐出来又吃进去
> 雌吃着雄，吃瘦了又吐出来
> 雄吃着雌，吐出来又吃进去[19]72

在诗里，管管将月亮的盈亏过程看成是一场吃和吐的游戏，这在很大程度上也是一种把玩创伤性绝爽的方式，回应了近千年前苏轼的经典词句"人有悲欢离合/月有阴晴圆缺/此事古难全"，苏轼也是通过对月亮圆缺的观察来思考人世间不完美的、令人慨叹的命运。一方面，管管把月亮的圆缺看成是一场类似"Fort-Da"游戏的吃和吐之间永恒往返的运动，表达了主体自身作为欲望能指的分裂状态；而另一方面，管管对月亮盈亏的描绘也暗示了中国的太极图式——"阴晴圆缺"还意味着阴阳转换的过程，或雌雄交合的情势。"无鼻无眼无嘴"的形象很像是《庄子·应帝王》中描写的"混沌"："人皆有七窍，以视听食息，此独无有。"[21]庄子的混沌概念，对于中国绘画美学产生过相当大的影响，特别是石涛在《画语录》中提出的"氤氲不分，是为混沌"[22]，可以看作是对中国绘画美学的精妙概括（而我们也不难从在《脑袋开花》这本诗集里管管自己绘制的水墨画插图中发现至为显见的"混沌"面貌）。

恰好,拉康在第十四期研讨班《幻想的逻辑》上挪用了石涛《画语录》中提出的"一画"(unary stroke)观,并将之勾连到精神分析理论中的"单一特征"(unary trait)概念。简单地说,"单一特征"的符号性恰恰在于它作为能指的匮乏,作为主体的欲望,或遭到去势的阳具,成为符号秩序衰微的表征。而由"一画"论所衍生的后本体论美学图式关键也在于此:"一"既是具体的一笔,又是万千气象中的鸿蒙与空灵。换句话说,混沌的概念可以理解成"一"自身作为欲望空缺的符号。因此,管管对自然变化或阴阳转换的描绘也可以看作"单一特征"式的莫比乌斯带游戏:从有到无或从无到有,也是创伤的欲望化或欲望的创伤化之间的无穷转换。

"Fort-Da"游戏表现出孩童对母亲匮乏情形下欲望戏剧的演示,那么管管的月亮戏剧同样展示出将创伤情意(traumatic affect)语言化的尝试——也就是将"此事古难全"的伤感置入能指游戏之中(把月亮盈亏的自然现象纳入雌雄吞吐的能指体系里),以符号化模拟并祛除内心的不安。这样的游戏在拉康看来都可以看作是逗弄婴儿时的"遮脸露脸"(peek-a-boo)这一类:"你遮上面具,再脱掉面具,小孩就笑起来了。"[1]311 因此,也可以说,管管几乎是用调皮玩笑的方式处理了近乎伤感的题材,而这里的符号化过程反倒暴露了秩序与混沌的不可分离。不仅如此,从另一个角度来说,游戏也通过对符号化的模拟,挑战了现存的符号秩序。正如阿甘本依据本尼维斯特(Emile Benveniste)的说法来表明的:"游戏不仅源于神圣的领域,而且也以某种方式代表了它的翻转。……游戏将人类从神圣的领域中解放与疏离出来,但又不是通过简单地废除它。"[23]那么,我们不难看清,管管的嬉戏策略正是借用了儿童的天真视角,通过将创伤经验符号化的尝试进入了诗意的语言,并创造出一种永远带有欲望动力的风格,朝向对自然混沌的无尽追索。

注释:

① 创世纪诗社与超现实主义的关系,已有众多批评家与文学史家曾经进行过广泛论述。如向阳就指出:"进入六〇年代之后,创世纪诗社以更彻底的、全面西化的超现实主义取代了'现代派'的诗坛位置,担当了台湾诗坛最前卫的角色。"见向阳:《喧哗与静寂:台湾现代诗社诗刊起落小志》《浮世星空新故乡——台湾文学传播议题析论》,台北:三民书局,2004年,第144页。

② 在一首只有两行的短诗《斧斤》里,管管明确表达了某种弑父情结:"这是谁来把吾父亲的脸砍出这么深的伤痕/低下头吾看见吾手上拿着一把锋利的斧斤。"见管管:《世纪诗选》,台北:尔雅出版社,2000年,第121页。

③ 这首"自述"作为一首诗作,并不一定要看作是诗人管管真实的自传式写作,也完全可以读作是一次面具化的演示。管管有一篇散文《邋遢斋》曾以类似的语句记叙了

他"二舅"的自述,看起来《邋遢自述》一诗的口吻更接近于"二舅"的——只不过"二舅"也可能只是虚构的假面:"二舅一面喝着一面用调侃的口气说:'俺打四岁开始,小班一年,中班一年,大班一年,幼儿园毕业了,然后是小学六年,中学六年……接着是过我美丽的人生啦,五次恋爱,可歌可泣,二个情人,悱恻缠绵。一个妻子,……生了三个儿女,还结下了几个仇家,也许他们倒是我的恩人,当然还有几个知己,……一斗烟,几碗茶,几杯酒,……还有几本破书,都传了二三代了。一次火灾,三次水灾,一场车祸,还有小病几场。……嘿! 说是热闹嘛又他娘的荒唐! 说它荒唐嘛又他奶奶的挺辉煌的。'"见管管:《邋遢斋》,《联合报》1978 年 12 月 19 日。

④ 白灵也曾用"半诙谐半正经"的济公形象或精神来描述管管。庄祖煌(白灵):《不际之际,际之不际——管管诗中的生命热力和时空意涵》,见萧萧、方明主编:《现代诗坛的孙行者:管管作品学术研讨会论文集》,见台北:万卷楼图书公司,2009 年,第207—208 页。

⑤ 管管的作品中也多次出现过刘伶的形象,如诗作《不是刘伶演的戏》(《联合报》2015 年 6 月 10 日)。更早的《松下问童子》(《联合报》1980 年 11 月 27 日)是童子与刘伶两人的一段戏剧式对话。《青蛙案件物语》一诗的"后记"里也提到"想酒中八仙想刘伶想竹林七贤"的语句。见管管:《烫一首诗送嘴,趁热》,台北:印刻出版有限公司,2019 年,第 139 页。对刘伶形象描绘最充分的可能是《竹林七绝》一文,其中"酒痴"一节便以刘伶为主角。见管管:《早安·鸟声》,台北:九歌出版社,1985 年,第150—152 页。

参考文献:

[1] Lacan J. *Formations of the Unconscious*:*The Seminar of Jacques Lacan*:*Book V* [M]. Cambridge:Polity, 2017:114.

[2] Bakhtin M. *Rabelais and His World* [M]. Bloomington:Indiana University Press, 1984:74–75.

[3] 管管. 管管诗选[M]. 台北:洪范书店,1986:26.

[4] Zupančič A. *The Odd One In*:*On Comedy* [M]. Cambridge MA:MIT Press, 2008:177.

[5] Bakhtin M. M. *The Dialogic Imagination* [M]. Austin:University of Texas Press, 1981:185.

[6] Lacan J. *Écrits*:*The First Complete Edition in English* [M]. New York:W. W. Norton and Company, 2006:424.

[7] Agamben G. *Pulcinella*:*Or, Entertainment for Kids in Four Scenes* [M].

London：Seagull，2018：17.

［8］洛夫.管管诗集"荒芜之脸"序［M］//管管：荒芜之脸.台中：普天出版社，1972：6.

［9］萧萧.后现代社会里"玄思异想"的空间诗学：以管管诗中"脸"与"梨花"的措置/错置为主例［C］//萧萧，方明.现代诗坛的孙行者：管管作品学术研讨会论文集.台北：万卷楼图书公司，2009：140,142.

［10］Adorno T. *Negative Dialectics*［M］. London：Routledge，1973：12.

［11］Žižek S. *Organs without Bodies*：*On Deleuze and Consequences*［M］. New York：Routledge，2004：15.

［12］刘正忠.违犯·错置·污染：台湾当代诗的屎尿书写［J］.台大文史哲学报，2008（11）：149.

［13］Lacan J. *La TroisièMe*［J］. La Cause Freudienne，2011（79）：15.

［14］沈奇.管管之风或老顽童与自在者说：管管诗歌艺术散论［C］//萧萧，方明.现代诗坛的孙行者：管管作品学术研讨会论文集，台北：万卷楼图书公司，2009：40.

［15］济颠语录［M］//路工，谭天.古本平话小说集.北京：人民文学出版社，1999：58.

［16］房玄龄.晋书［M］.北京：中华书局，1974：1385.

［17］刘义庆.世说新语译注［M］.上海：上海古籍出版社，2007：348.

［18］Zupančič A. *Power in the Closet*（*and Its Coming Out*）［M］//Patricia Gherovici，Manya Steinkoler. *Lacan，Psychoanalysis，and Comedy*. New York：Cambridge University Press，2016：220.

［19］管管.脑袋开花［M］.台北：商周出版社，2006：110—111.

［20］Lacan J. *The Seminar of Jacques Lacan*：*Book 1*：*Freud's Papers on Technique*（*1953－1954*）［M］. New York：Norton，1991：173.

［21］郭庆藩.庄子集释［M］.北京：中华书局，1961：309.

［22］道济.石涛画语录［M］.北京：人民美术出版社，1962：7.

［23］Agamben G. *Profanations*［M］. Brooklyn，NY：Zone Books，2007：75－76.

——原载《江汉学术》2021 年第 3 期：63—73

论台湾现代诗中的"沉默"

——以罗任玲诗作的陈述表现为中心

◎ 郑慧如

摘　要：沉默有如黑洞，带领读者进入诗的无边宇宙。在现代诗里，沉默以意象或陈述表现。它经常指向读者所发现的，字里行间的意蕴或符旨；但是阅读行为中"沉默"或"空隙"更难能可贵，更能在飘移的符征中生发阅读趣味。沉默是台湾中生代诗人罗任玲诗作的主要特色。"安静""静默""祥和""安详""宁静"，是罗任玲诗中经常出现的关键词；纷扰世局和流行诗潮完全撼动不了她充满哲思的安详气质。倘若按照陈述语和意象语在诗行中的比重区分，罗任玲诗中的沉默至少有三种表现方式。其一，意象语虽未主宰一切叙述，但是整合叙述；其二，由藕断丝连的意象将死亡的想象置诸生存的描绘，在生死的纸上历练中凝结现实；其三，几乎泯除陈述语，而每行的意象之间就有隐约的命题，或从句式，或从语法，和意象互为表里。

关键词：罗任玲；台湾现代诗；沉默；陈述

　　罗任玲（1963.10—　），祖籍广东大埔，生于台湾屏东，台湾师范大学硕士。曾参加"象群""地平线""曼陀罗"等诗社。创作的文类包括诗、散文、小说、报导文学。出版的诗集有：《密码》（1990）、《逆光飞行》（1998）、《一整座海洋的静寂》（2012）。

　　罗任玲出道不晚，诗作不多，很有个人特色[①]。她的诗透着安静、宁谧，以沉默叩问诗的本质，以安静的气质向大自然汲取写诗的资源。纷扰世局和流行诗潮完全撼动不了她充满哲思的安详气质。

　　在罗任玲的诗集中，"安静""静默""祥和""安详""宁静"，是经常出现的关键词。例如《哈利路亚》诗句，"和敌机一同落下的祷词静静"[1]63—66。《逆光飞行》的诗行，"谁依旧安静坐着/阅读潮湿气味的晚报/让世界沉默且错身而过"；《九月》的诗行，"月光从钟摆滴落/只是轻声走过了/桌上的一枝羽毛笔//九月黑夜的安静"[1]35—36；《记忆之初》的诗句，"每日她在热水瓶里倒出一些蚂蚁的尸体，安静漂浮在纸杯的水面，像落叶般安详"[1]41—46;除了这些抽象字眼,她的诗也经常以意象牵动叙述,表现这类气息或氛围,而驱使语言的痕迹跨越时空,迈向无垠。例如《风之片断》由昆虫的翅翼发端,意象兴发了黛绿的手势,带动整个宇宙的风声,划向空荡的两片小舟,再联想空荡的整座森林,然后触及影子,导向一整座海洋的静寂[2]24—25;又如《一滴雨》,把人想象成一片果冻,弹向远方的一滴雨,展开时空旅行[2]53—54;或者如《月光废墟》,营造昏昧而瘖哑的时光废墟,以捡拾童年岁月[2]30—32。

罗任玲的诗让我们更能体会:文字是诗的主要内涵,而不只是写诗的工具。罗任玲的诗促使我们想到,作为文字锤炼的精品文类,诗,如何表现安静? 如何汇聚沉默?

一、"沉默"

沉默有如黑洞,带领我们进入诗的无边宇宙。"万物静默如谜"(陈黎翻译的辛波斯卡名言)[3],当我们发现诗中的沉默,将更靠近诗的本质,了解诗既天真又不无辜。

就诗、散文、小说这三大现代文学的基本文类而言,小说以情节,散文以叙述因果或逻辑,诗以意象,久已成为读者的基础认知。同一件事写成这三种不同文类,诗的篇幅很可能最少,相对于散文和小说,也最没有情节与逻辑的迹痕。在这三种文类中,选择诗来表现沉默,表面上看起来最没有问题。写诗既然依赖文字,就不可能完全沉默;说与未说彼此辩诘,成为诗行中的扭力。诗作里的文字占据页面,文字周遭的沉默则把诗行中的现实内化而展现戏剧张力。未实际发出声音的沉默看似附属于文字,实则往往超越表象的文字而为作品的核心。

诗之所以为诗,迷人之处往往在于透过文字让读者感受到的"沉默"。"沉默是语言趋于饱满的状态"②,"趋于饱满",意味着朝向饱满、追逐饱满而未达饱满,所以沉默是未完成的理想;另外,文字在传播的过程中延展扩大,讯息迂回传送,层叠交相投射,使得诗行无法以各自的线性关系理解,每一行单独看起来单纯的讯息,透过上下文的环境而产生变异,原意涵悄悄遁走,闪烁迷离,辐射流动,使得几行之间或整首诗读起来不归于一定的所指。

沉默,在现代诗里,经常以意象或陈述的"空隙"表现。"空隙"或"沉默",经常指向读者所发现的,字里行间的意蕴或符旨;但是阅读行为中"沉默"或"空隙"更难能可贵,更能在飘移的符征中生发阅读趣味。

标点、跨行、诗行中的留白、隐喻、转喻,经常是诗人表现沉默的技术。换言之,这些技术得以指谓,得以言说。既然得以言说,这些空隙也就不算真正的沉默。但是我们又想读到表面的文字之外的东西,试图为"书不尽言,言不尽意"勾勒出一点阅读的轮廓。沉默之所以迷人,因为它不可能被填满。如同冰山一角,当我们泄漏一点,往往凸显底层更深更广的意涵。

二、以意象语整合陈述的"沉默"

罗任玲诗中的沉默有几种表现方式,倘若按照陈述语和意象语在诗行中的比重区分,至少有三种。最初引起我留意到罗任玲诗中的沉默,是《夏天已经过去》这首诗。全诗如下:

昨夜我的天竺鼠来到厨房
向我要东西吃
梦里的厨房像魔术方块
我站在红色的上面
它站在白色的上面
但上星期它就走了
生前它最在乎的
就是吃这件事

它叫阿基几,今年五岁
一只三色雪糕的天竺鼠
智慧像小狗
醒来后我打开计算机
它从照片档中走了出来
阳光像蝴蝶穿过它圆圆的身体
圆圆的眼睛
把时间打了几个小洞

夏天已经过去[2]88—89

请注意《夏天已经过去》有别于读者对诗这个文类的认知:它有故事,有明显的叙事逻辑,它向散文靠近的语法。情节和逻辑,在这首诗中是工具或手段,靠着情节与叙述逻辑,这首诗达到"淡然处之"的效果。

这首诗的空隙由第一节的"梦"构筑。与"空隙"同样占据时空缝隙、而在现实中不具现的"梦",走来了诗中人过世一周的天竺鼠。梦境一面制造天竺鼠生前一再向主人要东西吃的画面,一面映现已经不再的回忆。"我"和"它"分别站在厨房不同颜色的地砖上,"我站在红色的上面/它站在白色的上面",若仅由逻辑思考来读这排比句,意义是封闭的;但"梦里的厨房像魔术方块"为表面清澈见底的两个排比句增添了开放、复杂、含糊的意涵,暗示"天竺鼠"可望而不可即。"我"回到现实世界之前,梦境转化了真实世界,使得事情发生,构筑了"我"和"天竺鼠"重逢的经验。于是下一节展开从死亡阴影下延伸出来的另一种生命形态:"我"打开计算机,找寻照片文件中的这只天竺鼠。此时过筛的阳光照在计算机屏幕的天竺鼠照片,一个一个的光影圆圆的,于是空间时间化后的意象是阳光,"把时间打了几个小洞"。正因为"时间被打了洞",才有收束的一行:"夏天已经过去。""夏天已经过去"既出于瞬间阳光打在计算机屏幕上的幻化效果,也表示当下的季节是夏天;但是连结"阳光打洞"的前后文,焦点仍在计算机屏幕上天竺鼠生前的照片。于是读者明白,"夏天已经过去"是一种感受而非真实,它和天竺鼠的去世密切关联;在现实的情境里,当时正是夏天,夏天并未过去。

这是罗任玲诗中的沉默之一种:陈述语的比重最大,意象语的比重最轻。意象语虽不主宰一切叙述,但是整合了叙述。假如剔除最后一句的意象语,整首诗将大为失色。

《夏天已经过去》打破我们对诗中透过绵密文字透露"沉默"的阅读惯性。这首诗让我们体会,口语、语句的句子、仿造小说企图的故事情节,同样可以打造诗的"沉默",不露斧凿痕。诗行未曾透露"想念""死亡""忧伤"这类的情绪,把对死亡和缅怀的思绪安排在重塑后的字里行间,如梦境,如计算机屏幕,如阳光的照射;最见痕迹的反而是"夏天已经过去"这个隐喻的句子。

"夏天已经过去"为此诗作了画龙点睛的收尾,是个"诗眼",然而这个诗化的收束完全仰赖前面两节"口语式""散文化""情节点染"的铺陈。"非诗"的陈述淡化、延展、生活化了"我"的忧伤,使得"诗的""沉默"更为内化;对于"我"来说,这忧伤更显巨大,不需要经由意象惯常的多面指涉,也能使原先认知中的清明理念昧昧不定。从最后一节倒过来读平铺直叙的前两节,隐隐地教育读者:读诗不应该只寻求主题,而忽略诗行之间,由文字塑造的世界。

在某个层次上,罗任玲的《夏天已经过去》使用叛逆于意象的语言,直探诗之所以为诗的精髓:"沉默。"她以向外放射的口语表达取得与读者的沟通,而在情节的设计中点染空隙,挑起读者的想象,改变语音起落之际的阅读效应,叙述故事而淡化故事,捕捉个人经验而通向普遍感受。可能有人以为沉默和语言是自然现象的两极,存在着认识论上的正反关系;《夏天已经过去》却让我们体会到:语言文字原来包含在沉默里,是沉默的一部分,俗话说的"弦外之音"很可能是误解,所有的"弦外之音"都发于弦内。

　　类似《夏天已经过去》,而意象语相对于陈述语显著的例子,主要见于《一整座海洋的静寂》,例如《端午》[1]137—138。该诗叙写生活在北半球雪国里的诗中人,在南半球的端午节那一天打电话给家人;后来诗中人梦见已经死去的友人向他描述自己的梦境,说梦里轰隆隆的地铁穿过河床而去,而屈原站在河中央,不知道自己早已死去。《端午》使用了套中有套的技巧。我们可以说,"梦里故去的友人"是"在下雪的镜子里照见雪的颜色"的"你"的鉴照;"站在孤伶的河中央的屈原"是"梦里故去的友人"的鉴照。像剥洋葱似的层层转移后,"屈原"和"你"隐约呼应,但就像梦,醒转之后什么也不是,梦里却是真实的。《端午》的叙述意识,在情节的照应下,设计了梦中有梦、南半球和北半球、在世和故去两个时空的反差,因此诗行中的情境:"是夏天也是冬天""在任何地方也不在任何地方"便显得理所自然。端午和屈原的联系是诗人节。诗中人在有诗人节这个节日的北半球雪国,打电话到相对于北半球端午节而不以端午节为诗人节的南半球。"地铁穿越河床而去"在叙述语境中,据守了整首诗的主体,成为叙述的核心。地铁穿越的空间,在诗行里延异为时间。可是,诗中那个"你""梦中的故友""不知道自己已经死去的屈原",这三者之间有什么必定的意义吗? 未必。梦中的梦既是意象也是现象,符征一边出现,一边悄悄流动。

　　罗任玲诗中的这类作品,虽然以故事或情节带领叙述,但是陈述故事或情节的过程在诗中的重要性取代了故事或情节的位置,叙述过程超越事件本身。人、事、时、地、物等元素不若在小说中那般重要,反而因为某一句或两句的意象语而符征全出,造成语音转移。《一整座海洋的静寂》中的《昨夜我沿着河堤走》是另一例:

　　　　昨夜我沿着河堤走
　　　　遇见一片月亮。三只小船。二只母猪。
　　　　哗哗来去的浪潮。
　　　　二只母猪在夜里穿着蹄状黑色高跟鞋
　　　　友善地对我眨眼摇细细的尾
　　　　不在乎虚掷了
　　　　那么多那么多

　　　　优雅的化妆舞会妈妈桑
　　　　仿佛生过许多胎了
　　　　一排乳房垂钓着

辉煌的夜的钟乳

摇铃歌唱着通过了宇宙[2]51—52

此诗的"沉默",关键在末节唯一的一句,"摇铃歌唱着通过了宇宙",以无声的视觉取代有声的听觉。

"我"回忆昨夜河堤漫步时遇到:两只同样也在散步的母猪。第一节和第二节的焦点都摆在对母猪的形容。卡通化的"蹄状黑色高跟鞋""辉煌的夜的钟乳"对照河边月光下"哗哗来去的浪潮",形成神秘、诡谲而幻异的气氛。叙述进展到最后一节的单句,"摇铃歌唱着通过了宇宙",整首诗达到最高潮。罗任玲在诗末附注说明此句撷取他人而来,原为《灵魂永生》的句子。这个句子在此诗中获得新生,把母猪摇曳款步过河堤的动作发展为饶富趣味的意象。

这首诗着眼于经由意识而内化的事件,而非事件本身。两只母猪走在河堤边的前因后果,不是这首诗叙述的重点。此诗对母猪走过河堤的明晰叙述,要彰显的是作者对这件事的感受。虽然有所承继,"摇铃"意象仍由第二节描述的"母猪垂钓着的乳房"而来;"歌唱着通过"则延续第一节对母猪走路样态那种悠闲晃荡的描绘。"摇铃歌唱着通过了宇宙"是第一、二节描写母猪动作的遗迹。诡异的是,"摇铃歌唱着通过了宇宙"是有声的:歌唱声、摇铃声,有着圣诞夜一般的氛围;而转借后的这一句,在这首诗的语境中,却是安静无声的,它映现为叙述者对"河堤边月夜中两只母猪摇曳过街"的心灵声响。作者把宁谧的月夜河堤写成了拟人化的"猪声喧哗",反衬了"昨夜的河堤",使得"沿着河堤走"这件事平添风姿。

《端午》《夏天已经过去》《昨夜我沿着河堤走》这类诗作,在沉默的表现上,均由最后一行、也是最后一节的关键意象语统领全诗。前面几节的陈述语承担作者对故事过程的心灵经验或感受。顺着诗行阅读,诗路在口语化的情境中看似清澈洞明,其实作者的意识仍和陈述语激荡交响,最终用一个意象语汇集前面诗行沉积的语音,显露一点缝隙,表现多种声响。最后那个意象语的出现,收束前面几节的口语,凝结为画面,使得作者要说的话有所归趋;但是这个归趋,也显现出作品中还有更多的语音。

三、"空隙"或"空缺"

罗任玲诗中的第二种沉默,由看起来支离零散的物像组织而成。这种表现方式,在罗任玲一开始发表诗作的《密码》中就出现了。整体而言,这种表现方式下的"沉默",

调性相对明快,相对于罗任玲的其他作品,这类诗作气质清刚,命意比较明显,诗行向确切的答案倾斜。例如《所谓余生》:

> 一衔枚疾走的黄昏
> 一流荡晚塘的野云
> 一张口无语的思绪
> 一老而不老的米酒
> 一完而还有的海誓
> 一决而未决的发丝
> 一该苦而不苦的黄连
> 一犬吠
> 八字拳
>
> (此处空白)
>
> 若即若离的
> 诗而非诗的
> 名而莫名的
> 老妻[4]

　　"所谓余生"写老境,拈合了几个与"老""余"相关的意象,包括:黄昏、晚云、愁思、老酒、掉发、黄连、犬吠、拳套、老妻。除了"老妻"有连续三个形容词以外,这些意象各以一个形容词子句呈现。其中几个意象都有"到头"的意味,和"余生"的"所剩无几"意涵相近。此外各依其象推展成和"余生"相关,而移动于批判与怜悯之间的比喻:黄昏"衔枚疾走",时间向夜幕之推移安静迅疾如偷袭敌军;其他的"老而不老""完而还有""决而未决""苦而不苦",均写"余生"之无法断然切割。以下延续类似句型的"诗而非诗""若即若离""名而莫名"以写"老妻",语法、语意叠床架屋,诗意到了"老妻",达到"所谓余生"的高点。

　　此诗第二节仅有一行,以括号表现。"此处空白",在前后文的映照中,应该诠释为怎样的空白?首先,作者站出来声明"此处空白",已经不是诗行中的空白,也不是意识的空白;在这个层面上,"空白"应解释为作者意图贯串前后两节,在顺时的叙述和诗作的结构中占有一席之地,而不欲以文字凸显的部分。回顾前后两节的文字,这"空白"也许是诗中人在许多生活的两极中东走西顾,时间日日如是,而逐渐往"残余"那一端前行的事实。另外,"空白"而非"留白",语意上容许更多生活的迷离与彷徨,可能是更多的纷杂而使人无法抉择的怅然若失,而不是一无所有的那种空白。其次,既然作者以"此处空白"简化了诗中人日复一日、快速老化的时间基调,那么,这只有一行的第二节是否可以铲去而不影响整首诗的艺术效果?曰:否。因为"此处空白"并非真正的空缺,它负起调节前后两节意涵的作用,促使"余生"时间快转。

这类表现沉默的作品,还有《下午》《月光废墟》《雨鹿》《逆光飞行》等。这类作品都以时光为主要命题。沉默,或者空隙,在这类诗作里,看似纷飞支离的意象,将死亡的想象置诸生命的描绘,在生死的纸上历练中凝结现实。《下午》第一节有如下诗行:

> 在阴暗的花园里
> 装置皮筏救生圈
> 被沉默层层包围
> 荫凉的阳光后面
> 有谁埋下誓词
> 软绿潮湿一如往昔[1]129—130

梅新诠释此节,读出诗行里细致的味道。他说这一节写午后时分,潮湿阴暗一如往昔的沉寂花园。诗行以层层展现沉默的意象形容花园的气氛。"阴暗""荫凉""潮湿"等字眼,既可视为写实,也是心境的反映。梅新认为,"皮筏救生圈",指的是花圃中为防风雨的塑料棚③。

午后花园给人的直观印象是慵懒、闲散、浪漫情怀,而罗任玲将它翻转。阳光在外面,进不到花园。首句就给人一个阴影。静默的花园、细碎的耳语、荫凉的午后,向读者发出"不"的讯息。就形象的近似来揣测,"皮筏救生圈"也可能是多个毁弃轮胎铺排、叠放而成的花器或防水装置。因为花园阴暗潮湿,把轮胎说成"救生圈",前后语意很自然,而联系"有谁埋下誓词",则"救生圈"的符征就显现。誓词不再,当初听誓词的人仍念念不忘,恐被"软绿潮湿"的誓词淹没,所以需要"救生圈"。而这些毕竟都是虚想。读者可以说"皮筏救生圈"和"有谁埋下誓词"达到荒谬的、讽喻的效果,可是诗行里的"皮筏救生圈""埋下誓词"只是想象的具象化,虽然具象化后的意象饱含各种意涵,却未必是此诗的书写目的。

证诸罗任玲的诗集,感受时光而付诸趋近魔幻写实的书写方式,是罗任玲的个人特色。比如《垂柳》第一节:"此刻我的毛发还在/但有一天它们都将远行/去到一个名叫乌何有的地方/扎营落户/想起曾经爱过的一株春天的垂柳。"[1]23《时间的粉末》第三节:"谁哼唱着那首老情歌/(那些时间的粉末)。"[1]72—81《仙迹岩》写中坜事件,最后两行:"仿佛有人拧亮/时间的反光。"[1]104—105《菩提叶》第一节:"那时有一片秋天的海/落在我的右肩/更远/是晴天的菩提/菩提的裂纹和火焰。"[1]104—105《永远的一天》第一节:"当时间把一切都凿松凿软了/那些最深情也最泥泞的部分。"[1]113—114《在天明时刻》诗行:"这时也有远方/荒冢和爱/有一晨星即将前往。"[1]224—225 等等。

《雨鹿》缘起于"记奈良滂沱大雨中遇见的一只梅花鹿。"[2]41 诗以瞬间遁入桃花源的氛围开展。第一、第二节这么写:

> 仿佛那是
> 世界的本质
> 你静静嚼着
> 鸦片○橄榄枝○
> 三千万个方生方死
>
> 雨滴在光秃的掌心里
> 长成一棵
> 漆黑的梦中树
> 用丝线连接。明天
> 无数的菌子虫子和虱子
> 就飞起来了
> 在断断烈烈的雨丝里
> 火焰里[2]44—43

梅花鹿在滂沱大雨中兀自啃食,专心咀嚼地上的青枝落叶而无视于凝望它的眼睛。"鸦片"比喻雨鹿耸肩缩颈,犹如抽鸦片上瘾之状;橄榄枝的和平隐喻容易触发读者对雨鹿咀嚼样态的联想。鸦片一般被视为毒品,橄榄枝的典故来自《圣经》,一魔一神,两个对比的喻象集中在梅花鹿所嚼食的枝叶上。神而魔之,魔而神之,莫名所以的一刻,因为雨鹿,时间似乎凝止。"鸦片○橄榄枝○"中的两个圈圈,就语境来看,其图像意义不亚于标点符号中由句号表示的停顿或休息之意指。

"鸦片○橄榄枝○"敷演为第二节的虚写,描写对掌心中雨滴的想象。以"光秃"形容掌心,语境上延续了第一节诗中人凝视雨鹿,想要喂食,而雨中一时抓找不到饲料,所以说掌心"光秃"。"光秃"更向后延展了"梦中树"的意象。"漆黑"是大雨中心灵的视觉,而未必是当时外在环境的光线。诗境因"漆黑"而扩大,也将第一节"鸦片○橄榄枝○"的辩证性导入由"我"凝视"雨鹿"后的空茫。此节最末四行是大雨中的"我"对未来与未知感到岌岌可危的想象。"我"在滂沱大雨中自我抽离,赋形于"雨鹿"嚼食的嘴巴,等到悠然醒转,时间静悄悄流逝。雨丝而为火焰、"无数的菌子虫子和虱子",捕捉了"我"独自一人,在大雨中瞬间的空间感。

在这类诗作中,我们经常感受到罗任玲一边重写逝去的形象,一边以文字试图延展瞬间成永恒。而真正的永恒却是短暂而愚痴的肉身无法经验的,所以纸上谈兵的永恒只证明其不可企及;以文字捕捉的那一瞬间,只证明遗漏了更多瞬间。沉默借着书写,如漏斗般倾泻。诗以书写向沉默靠近,但永远无法到达。而假如诗人辩才滔滔,诗作就与"沉默"无干,也无所谓缝隙与否。时间好像暂时静止,缝隙永远无法完全填补。罗任玲涉及时间的作品,往往容易兴起读者对生命飘忽的感慨,诗中的主述者对时光流逝虽束手无策,但不发牢骚,不流议论,而移情化物,找寻时光流动中的标记。

四、多重面貌的意象幽光

因意象的使用方式而最令读者感到熟悉的"沉默",当属《蛆原》《墓志铭》这一类的例子。它们的共相是几乎去除陈述语。"几乎",并非陈述语依然存在,而是每行的意象之间,其空隙就有隐约的陈述;或从句式,或从语法,"照花前后镜,花面交相映",和意象互为表里。例如《墓志铭》:

> 静静地说话
> 名字写在天空里
> 一只鸟就抹去了
> 多盐的
> 黄昏[4]

我们注意到:第一,此诗共五行,每行的主词可以不同;第二,这五行以相异的意象安排到同样的空间;第三,这五行以多层面的意符呼应诗题《墓志铭》;第四,居于五行之中的第三行,在意义上可作为前面两行的总结,也可诠释为后面两行的开端;第五,第四行和第五行以跨行句表现,强调思念。

诗题《墓志铭》在这五行诗中像个提纲,诗的视觉意象因之展现。"静静地说话","说话者"有两种可能:其一,有人在墓前独对墓中人说话;其二,隐喻"墓志铭"犹如其被书写者向尘世的诉说。"名字写在天空里",一方面把读者的视线由地上往天空带,以作为下一句的伏笔;一方面令人联想起济慈自为墓志铭的名言,"这里安息着一个名字写在水上的人",而"墓志铭"所写的主人"名字写在天空里",书空咄咄,写在天空里的名字不着痕迹,任凭生前如何呼风唤雨或如何生不逢辰,终如过眼烟云。"一只鸟就抹去了":一,抹去那个写在天空里的名字;二,抹去了"多盐的黄昏"。"多盐"比喻泪水。

此诗的沉默效应表现在语言结构上。"一只鸟就抹去了",前面诗行,作为生者与死者的中介;后面诗行,作为表象的黄昏与黑夜,以及具有暗示意味的悲伤与稳定情绪的中介。飞鸟为媒介体,为前面诗行之主词"说话的人"以及后面诗行造成黄昏"多盐"的人的意识投射。"飞鸟抹去"是未出现在这行的"静静地说话"的人,以及造成黄昏"多盐"的人的意识延伸。然而"一只鸟就抹去了"作为一小节诗的开头或结尾,延伸出的意涵与效果很不同。"静静地说话/名字写在天空里/一只鸟就抹去了","抹去"既被动又透着洒脱;"一只鸟就抹去了/多盐的/黄昏","鸟"既是"人"意识的印迹,"多盐的黄昏"的制造者和抹除者,在"飞鸟抹去"这个意象下可能为同一人,嘲讽感因此产生。

《蛆原》是这类诗作的另一个例子:

> 学着包粽子,并且把作法流传下来
> 黏黏的,让许多蚂蚁聚集
> 如同在秋天里发现一首诗
> 遥遥的
> 万家灯火[1]24

与《墓志铭》相似,《蛆原》的题目对整首诗有相当的笼罩作用。诗的第一行就写"包粽子",由此联想到端午节、诗人节、屈原,那么,以"蛆原"定题,是不是运用"屈原"的同音而延展了什么? 此诗五行,中间那一行:"如同在秋天里发现一首诗",同样发挥别致的效果。有两个引发遐思的诗行,是此诗空隙之所在:其一,"黏黏的,让许多蚂蚁聚集";其二,"遥遥的/万家灯火"。

此诗的言外之意表现在几个意象之间的联系:包粽子—黏黏的(糯米)—蚂蚁—被发现的诗—遥遥的(灯火)—城市的夜景。"黏黏的",原因是"学着包粽子",技术不纯熟所致。有趣的是,"让许多蚂蚁聚集",主词遥承"学着包粽子的人"而非"黏黏的",以致"让许多蚂蚁聚集"似乎并非无心。这个"让许多蚂蚁聚集"的人,蔓延后是"蛆之原",其弦外之音发展为"如同在秋天里发现一首诗"。

作为中介,"如同在秋天里发现一首诗",叙述者绾合由"包粽子"而来,对诗的本质的感悟:黏黏的、遥遥的。黏黏的,讲的不是黏到包粽子的手,而是促狭似的让许多蚂蚁聚集;遥遥的,却又非遥不可及或隔岸观火,而是遥望夜空下的万家灯火。事实上,万家灯火也需一定的高度和距离才能远眺,犹如诗通常透过语言的各种转移、置换,方能显其洞见;而犹如黏雀张乌,结网捕鱼,被黏的不是"学包粽子"的诗中人。更幽隐之处,则在以"如同在秋天里发现一首诗"为媒介之下,"许多蚂蚁"和"万家灯火"的互为隐喻。这两个意象都有密密匝匝之感。但在此诗中,蚂蚁是近看,灯火是遥望。万家灯火丛聚,远眺之万家亦如蚁聚,聚集的原因经常是为了生活的便利,比如吃;暗暗呼应了"包粽子"。"万家灯火"散播的诗意,和"蚂蚁聚集"给人不甚愉悦的感受相距甚远,两者相似又相对。都是万头攒动般,是情分的源头,蛆的源头,诗的源头。

以上就意象语整合叙述所呈现的沉默、诗行中的空隙或空缺、意义的多重面向,论证罗任玲诗中的沉默。罗任玲在"玩具坟场"辑前,引《维摩诘经》:"佛以一音演说法,众生随类各得其解",旁证自己诗作未必呈现指向性意义的特质。[2]193 重阅罗任玲诗集,更深感梦境、记忆、夏秋之交、黄昏与黑夜的临界,这些其他诗人也经常运用的意象,在罗任玲诗中另有摇曳的使命。罗任玲带领读者陷入狡狯的记忆,进入潦倒春日的噩梦,捕捉无法确定的符码,感受在飞翔中一再龃龉崩塌的初秋。光晕如云,飞翅如瀑,欲望如影,罗任玲诗中的知性,向文字探问不断掉落粉屑的沉默。

注释:

① 痖弦、张默、商禽、梅新、孙维民等,曾撰写对罗任玲诗作的评论,大致针对罗任玲的某一首诗。参见《一整座海洋的静寂》,台北:尔雅出版社,2012 年,第 33、134 页;《逆光飞行》,台北:麦田出版社,1998 年,第 47、54、131—134、171 页。论者对罗任玲诗的特质有共识,为讲究知性、深度与密度、柔中带刚、善意的箴规、短小的形式。

② 此为简政珍的名言。相关论述参见简政珍:《诗的瞬间狂喜》,台北:时报文化,1991 年、《诗心与诗学》,台北:书林书店,1999 年、《台湾现代诗美学》,台北:扬智出版社,2004 年多篇文章。本文对"沉默"的观念,受惠于简氏之诗学论著甚多。

③ 梅新之评文见罗任玲:《逆光飞行》,台北:麦田出版社,1998 年,第 131—134 页。

参考文献:

[1] 罗任玲.逆光飞行[M].台北:麦田出版社,1998.

[2] 罗任玲.一整座海洋的静寂[M].台北:尔雅出版社,2012.

[3] 维斯拉瓦·辛波斯卡.万物静默如谜:辛波斯卡诗选[M].陈黎,译.长沙:湖南文艺出版社,2016.

[4] 罗任玲.密码[M].台北:曼陀罗创意工作室,1990.

——原载《江汉学术》2018 年第 1 期:41—47

作为文渣的诗：陈黎的搵学写作

◎ 杨小滨

摘　要：通过拉康对于"搵学"及其相关概念的阐述，探讨台湾诗人陈黎如何通过文字意义上的涂抹、废弃等策略来建立新的诗学范式。陈黎的许多诗作经由对汉字的创造性或破坏性处理，瓦解了原有的符号构筑。"搵学"的擦拭不是使得语言符号秩序更加干净有序，而是在擦拭的过程中抹出了更多"文渣"，或者说，暴露出更多符号域下的真实域残渣。搵学意味着文字不是作为符号域规范建构的能指，而是在互相涂抹（覆盖叠加）和擦拭（删减消泯）的过程中逼近了真实域的混沌状态。可以说，陈黎精妙地体现了拉康理论中对文字的绝爽意味的揭示，并通过对于创伤性绝爽的铺展，挑战了神圣符号的压迫。

关键词：陈黎；台湾诗人；拉康；搵学；滩涂；绝爽；文渣

作为台湾当代最具影响力的诗人之一，陈黎的写作常常以其实验性、探索性和特异性为标志。我们可以发现，在许多作品中，陈黎所实践的是某种文字的拼贴、增删、拟仿……的写作策略。也可以说，对陈黎而言，纯粹的原创已经不复存在：写作意味着重写，亦即写作是一种德里达（Jacques Derrida）所谓的产生于"延异"（différance）的"踪迹"，或保罗·德曼（Paul de Man）所称的依赖于"时间性修辞"的"寓言"（allegory）[1]。在德里达和保罗·德曼的解构主义视野下，写作就不可能是一种凭空的创造，而注定是一种重写，也就是呈现为先在文本经过涂抹后形成的痕迹。陈黎的作品突出地彰显了这种涂抹式、差异性的写作样态。而从拉康理论的角度来看，陈黎的"文学"写作则体现为"搵学"，体现为经由擦拭的方式来达成的文字产品，成为能指的沙砾。

一、什么是"搵学"？

在 1971 年的研讨班 18 期《论一种或可不是拟相的话语》上，拉康自创了 lituraterre（搵学）一词，通过拼合拉丁文的两个单词 litura（擦拭）与 terre（土地），并以"首音互换"

(spoonerism)的方式,恶搞式地谐音了法文的 littérature(文学)①。在题为《揾学》②的文章里,拉康一开始就提到了这个概念所关联的一些语源学词汇:除了 litura 之外,还有 lino(涂抹)和 litturarius(水岸)。拉康喜欢从自身的经验出发来阐述新的想法,比如在研讨班第 11 期里,他提出"凝视"(gaze)概念时忆及自己年轻时出海看到海面上漂浮着闪亮罐头的经验。这次,拉康提到的是自己赴日本旅行途中,坐飞机在西伯利亚平原上空看到的滩涂景象:交错的河流及其形成的滩涂——正是水岸在河流的"涂抹"下形成了滩涂的现象。拉康提出,他在西伯利亚上空看到的河流可以被"阅读"为"隐喻性的写作踪迹"[2],他在《揾学》一文中认为这种滩涂(littoral)的样貌恰好就体现了文字的(literal)意义,"纯粹的擦拭(litura),这便是文字性的"[3],换言之,文字就是擦拭和涂抹。滩涂的隐喻便精妙地意指了文字在遭到能指冲刷和洗涤(符号化)的过程中仍然作为泥沙存留(真实域的残留)的特性。

二、陈黎的揾学

陈黎常常被论者视为台湾具有代表性的"后现代(主义)"诗人③。挪用或征用现成文本,也正是"后现代"写作的一种重要方式。陈黎在 2012 年患病期间,完成了一本奇特的诗集《妖/冶》。这部诗集被陈黎称为"再生诗",不仅具有身心再生的含义,也意指一种类似再生纸的再生废物状态。陈黎"再生诗"是通过从现成的文学经典文本以及陈黎自己过去的作品文本中圈选出所需的文字,然后组合成新的诗作。这个圈选的行为当然也可以理解为是将圈选之外的文字抹去,而剩余的文字重新拼贴出的新作便是这种涂抹的结果。《妖/冶》以整本诗集的"再生"方式意味着"揾学"成为陈黎写作的核心形态之一。

这一类的"再生诗"在之后的诗集《朝/圣》里再度出现:他从孙梓评的诗集《善递馒头》中选出字来拼贴成一组诗《伪善馒头》。但其实,在 2006 年的诗集《轻/慢》中,陈黎有一组诗《唐诗俳句》共 12 首,就实验过类似的方法:每一首的原文都是古典诗,其中只有选出的字以正常油墨深浅度印刷以组合成俳句,其余(被删去的部分)则用淡色油墨表示需被隐去。如第一首(诗后附注为"用杜甫《赠卫八处士》"):

> **人生**不相见,动如参与商。
> 今夕复何夕,共此**灯烛**光。
> 少壮**能几时**,鬓发各已苍。
> **访旧**半为**鬼**,惊呼热中肠。

　　　焉知二十载，重上君子堂。
　　　昔别君未婚，儿女忽成行。
　　　怡然敬父执，问我来何方。
　　　问**答**乃未已，驱儿罗酒浆。
　　　夜雨剪春韭，新炊间黄粱。
　　　主称会面**难**，一举累十觞。
　　　十觞亦不醉，感子故意**长**。
　　　明日隔山岳，世事两茫茫。[4]93

　　这首诗通过隐去原文本中其余的文字，将剩下的字词重新组合成一首新的诗作：

　　　　人生

　　　　　　　　　　　灯烛

　　　　　能几时，

　　　　访旧　　　　鬼　惊

　　　　　答　　　　　　　　　　　　　：

　　　　　　　　难

　　　　　　　　　　　　　长

　　可以看出，"�学"的秘密在于一首诗不仅是简单的一个文本，而是在不同层次上展示了数首诗文本之间的转换或变迁，或者说是凸显了涂抹过程的多重诗作：首先是原作，然后是原作上添加了部分文字被圈选的痕迹，最终是抹去了被排除的文字，删减之后的剩余。这个通过剩余而产生的作品，未必是水落石出彰显的精华，往往只是涤荡过后的芜杂残留物。但这些残留物因为经历了冲刷的过程，必须在擦拭的意义上被理解为某种残余的痕迹。消隐与显露的辩证成为陈黎这一类诗的基本法则。

　　同样，《轻/慢》这本诗集的第一首诗《一首容易读的难诗》第一行也是经由文字的部分消隐形成的：

　　　　　　　　　吧这喝了五品脱的半本四打④；[4]9

　　这一行里被消隐的上边部分：

　　　　　　　　　只这喝了五品脱的苹果再打⑤；[4]167

　　出现在诗集的最后一页（即最后一首诗《最慢板》在接近四页空页之后的唯一一

行),仿佛也暗示了某种莫比乌斯带的效果:走到反面却发现又回到了原点。但这缺憾的两行也正如莫比乌斯带的两面,被分割在前后两处,虽有首尾呼应、接续的假设,却永远无法真正地合二为一(除非诗集被制作成转经轮般的循环样式)。其中被分割的裂隙可以被看作是纯粹意义上的真实域:符号化的能指内部有着无法弥合、无法蠡测的深渊。细察之下不难发现,在《最慢板》中用以"补足"的那部分不止是《一首容易读的难诗》第一行那被消隐的约四分之一,其实前后两个貌似半行的诗行都保留了完整汉字的大约四分之三。假如要把这两行拼合起来成为完整的一行,除却上下各四分之一的部分获得了补足,中间的部分还会重叠起来,剩余下来的就成了废品。这中间因重叠而可废弃的部分作为过剩,作为剩余绝爽或剩余快感(plus-dejouis),标明了符号秩序无法掩盖的真实域不仅仅体现为不可弥合的黑暗深渊,也呈现了作为真实域虚拟填补的快感盈余——小它物(objet petit a)。不但缺憾的字显示出符号的坏损状态,对它的修补也变得不但遥不可及(一直到书末),且过犹不及(多余的部分破坏了拼合的完善)。

在拉康晚年的精神分析学说里,分析师不再扮演传递真理的大他者角色。同样,拉康也反对文学作品成为传输知识的媒介,或者以精神分析学说来"解释"文本的正确意义。换句话说,文学/文本也不应是传递意义的简单工具,而应体现出"滩涂"般的绝爽样貌。这个观察对拉康而言,又是与先锋文学联系在一起的:

> 简言之,是否可能从"滩涂"的状态里建立起一种话语,可以被描述为——如我今年所提出的问题——不是由拟相产生的?显然,这是一个仅仅在所谓的"先锋文学"领域中提出的问题,而"先锋文学"本身就是一个"滩涂"的现象,因此不是由拟相所支撑的,但尽管如此,除了展示出一种话语能够产生的断裂之外,什么也没有证明。[5]124

对于写作而言,涂抹或擦拭从肯定性、创造性的行为变异为否定性的、解构性的行为。"揾学"本来就是拉康晚年针对先锋派写作的独特观察点⑥,从涂抹、废弃等观念来探讨一种标示着主体匮乏的文学(特别是以乔伊斯、贝克特为代表的先锋文学)如何通过语言的自我弃绝来抵达精神分析的终极目标:一方面被分析者(subject,即主体)以倾倒垃圾为标志,另一方面分析师也在终结点上成为废弃的产品。在研讨班第16期的第一堂演讲课上,拉康表示:"我们很多人发现自己一同在垃圾桶里。……我并不觉得有什么不适,尤其因为我们已经略加了解在天才塞缪尔·贝克特的这个时代里垃圾桶所包含的意味。"[6]这里提到的贝克特的垃圾桶,无疑是他的戏剧杰作《终局》里的场景:Nell 和 Nagg 摔断双腿后,自始至终就生活在垃圾桶里。这种废弃也意味着在中心与缺席之间,绝爽(jouissance)与知识之间,必须通过有如书法笔触一般的涂抹,挖掘或犁耕(furrow)出文字所体现的真实域境遇(相对于符号域的能指)。正是在这个意义上,拉康借用了乔伊斯小说《芬尼根守灵》中的"文字！弃物！"("The letter! The litter!")来说明作为废弃之文字(或:文字＝文滓)的功能[7]18。

陈黎还有一首《春歌》,描写了汉字的删减(擦拭)过程——"春"字减成了"日"字:

> 仲春草木长。工人们在校园里伐树
> 把多余的躯干砍剪掉。
> ……
> 工人们在校园里把
> 春日之树多余的笔划砍剪掉
> 我的春天被删减得只剩下一个日字
> 一些简单的日子,等虚无之音[8]137—140

拉康在早年奠定其理论基础的《无意识中文字的或弗洛伊德以来的理性》一文中首次触及了对"文字"(letter)概念的界定:"'文字'意味着具体话语从语言中借助的物质媒介。"[7]412 换句话说,文字是尚未符号化、语言化的散乱材质,属于真实域的范畴。晚年拉康对"文字"(letter)与能指(signifier)作了明确的区分:"写作、文字属真实域,而能指属符号域。"[5]122 从这样的视角出发,也可以说,"春"和"日"的差异便是能指与文字的差异,或符号域与真实域的差异:"春"是一个由文化符号构建出来的概念,它被擦抹之后,便暴露出未经修饰的文字材质"日"——它仅仅呈现出其原生态的"简单",也可以说是"等虚无"或朝向虚无与深渊的真实域"原物"(the Thing)式核心。"日"是字的基本单位,同时褪去了文化外衣——"一些简单的日子"仅仅意味着度过的一天天——以"简单"乃至"虚无"触及文字所标识的非符号性,体现其物性的原初质料。而这种"文滓"是经由对能指的擦抹来彰显的。⑦由于符号语言往往呈现出某种伪饰的功能,对"春"字的清理也是对"春"所代表的虚假美化的清理:只有删除了"春"字带来的外在意义——鸟语花香、欣欣向荣、万象更新、生机勃勃……——我们才能直面"日"字所蕴含的难以忍受的时间性虚无,切入真实时间的重复和空洞。

三、作为文字滩涂的诗

拉康研讨班 18 期的标题《论一种或可不是拟相的话语》(*D'un discours qui ne serait pas du semblant*)中的"拟相"(semblant/semblance),在很大程度上与符号他者是

相关的。在法文里，faire semblant 往往是指虚拟的假象。Russell Grigg 在阐述这个概念时援引了 Jacques-Alain Miller 的说法：大他者并不存在，存在的只有拟相[9]。那么，拉康学说中最重要的那些概念，他者、语言、阳具符号、父之名等，都可被归结为拟相。然而，假如一般而言的文学是基于语言的拟相，并且具有遮掩大他者匮乏的伪饰功能的话，"搢学"如何可能成为一种并非拟相的话语？陈黎有一首相当著名的《腹语课》，展示出文学与搢学之间的摆动：

恶勿物务误悟钨坞鹜荔恶岣蘁瓶瘩迌埡芴
軋机嫠鹜垩汹连逻鎏矶籾阢軋焐虺焗抇屼
（我是温柔的……）
屼抇焗虺焐軋阢籾矶鎏逻连汹垩鹜嫠机軋
芴埡迌瘩瓶蘁岣恶荔鹜坞钨悟误务物勿恶
（我是温柔的……）

恶饿俄鄂厄过锷扼鳄蘁馂薛蚕搞围輓貌貌
颚呃愕噩軛陁鹗垩谔蚅砍砐櫊鏧岋堮柜腭
萼咢哑崿撘詻闲頞堨堨頞闲詻撘崿哑咢萼
腭柜堮岋鏧櫊砐砍蚅谔垩鹗陁軛噩愕呃颚
貌貌輓围搞蚕薛馂蘁鳄扼锷过厄鄂俄饿
（而且善良……）[10]108—109

可以看出，括号里的"我是温柔的"和"而且善良"具有明确的符号意义，代表了语言的"常态"功能；而括号外那些由同音特性连缀起来的杂乱汉字，表面上作为能指，却并不提供真正可被符号化的所指。显然，这首诗括号内的"能指"与括号外的"文字"形成了对照，从拉康的视角来看，是"文字"从真实域的黑暗核心流泻出来，成为"弃物"的展示。另外，我们还可以辨认出括号外的两组同音字里充斥了各类可归类为具有负面含义的字，比如"恶""误""瘩""迌""饿""厄""噩"等，以及一些意义不明但字形结构中包含了具有负面字义的"恶""厄""噩"（或分享其字形主要部分）的罕用字，比如"蘁""垩""蘁""锷""陁""櫊""鏧""柜""蚕"等。集合在"（我是温柔的……）"前面杂乱无章的汉字读音均为ㄨ，仿佛是为"（我是温柔的……）"这一句第一个字"我"的发音作前行准备；同样，集合在"（而且善良……）"之前杂乱无章的汉字读音均为ㄜ，仿佛是为"（而且善良……）"这一句第一个字"而"的发音作前行准备：奚密称之为"内在和表象、心和口之间的差距"[11]169，而焦桐则认为"这一堆同音字、破音字几乎没有一个是含有正面意义的字,这些不怀好意的字——背叛了说话者的善意,造成发出/接收的误解和矛盾"[12]。但反过来也可以说,或许"(我是温柔的……)"和"(而且善良……)"反倒是为了掩盖那一系列并无明确意义但可能带有真实域创伤性的声音而生产出来的符号拟相(symbolic semblance)。作为符号拟相,一般意义上的语言试图掩盖的正是以这些紊乱文字为代表的真实域残渣:那三组杂乱的同音字,作为无意义的发音/人声(voice),体现了拉康"小它物"概念的特性,以其神秘而费解的面貌成为欲望的原因——目标⑧。不过,这些丧失了所指的汉字对符号空缺的填补也出示了另一个层面上的拟相:它们毕竟仍然是完整的汉字,试图摹拟某种符号化文字的样貌,对欲望进行虚拟的填补。对于早期拉康而言,拟相混合了想象域和符号域,体现为对真实域的遮蔽。而晚期拉康则认为拟相在一定程度上触及了真实域的边缘:那么,甚至"小它物"也属拟相范畴:它虚拟地填补了大他者的空缺,或者说掩饰了大他者匮乏的状态,尽管它自身也不过是真实域的拟相。

那么,可以说这些涂鸦式的乱糟糟的文字便是对符号化"文学"的一种涂抹,而成为"搵学",通过物质化的文字(literal)在文学的边缘冲刷出一片滩涂(littoral)般的"文滓"(letter/litter)。廖咸浩和孟樊在对台湾后现代诗的论述中,也都分别将陈黎的诗作与"物质性"的概念联系在一起。廖咸浩强调了陈黎诗中"文字物质性的深入",特别是诗集《岛屿边缘》,有一种"对语言的玩心"[13]。孟樊在讨论《腹语课》时,认为这是一首"兼具字形及字音之物质性呈现的语言诗","把文字从意义上解放出来"[14]。不管是廖咸浩所说的"玩心"的语言游戏特征,还是孟樊所说的"从意义上解放出来"的语言颠覆向度,都揭示了陈黎诗的文字质料对能指秩序的挑战和瓦解。我在本文中试图更明确地描述这些来自真实域的物质性文字如何被用来徒劳地填补符号他者的空缺,展示出意义缺失的伤痛。

陈黎似乎执迷于情诗的各种奇妙,极端的情形是他的一首题为《情诗》的诗:

> 捒妭旰,宅㝉㘰柾
> 极筐鈿桯挟蚁趑,眹
> 峡玲达衰苤。茴蚫
> 玻宵伋极刔俵屄衰眫
>
> 陋忕硌砐挵欪趑奻
> 挦飑削玻砐抋:
> 㝉埏,杳杳,俵倛
> 疷陟唒溗罿郷枘——

琊眹，岁眺恢奸秖
（琄恸肬围旎夽）
昄园泆筤汒拎，眑赺
狟萎蚐杝芶鄄坅寀掫

夭夭籿毟毟，霻霻吽
屾屾。猁岍，瓶崈
週敔呑渼鈫囫。殊伙
寀耗迶，屘叁庨……[8]125—126

　　这首全篇由罕见字拼合成的作品，只在分行、分段、使用标点符号的形态上模拟了新诗常见的形式，整首诗并无任何字面上的意义。换句话说，陈黎为字的物质残渣蓄意展示出诗的形式拟相。这些字的废弃物，有如文字铺展出来的滩涂，却延伸在诗的领域里，覆盖或擦抹了"正常"的语句，成为乔伊斯式的"圣兆"⑨：一种作为病症的语言符号，同时体现了神圣的特性（而对陈黎而言，"神圣"也意味着"神剩"[15]，意味着作为剩余快感的"绝爽"）。那么，这一首"情诗"，也就体现了"我们的爱是神剩的"这样将圣洁的爱情置于乱码般驳杂的符号拟相里：表面上规整的诗歌形式被揭示出紊乱的真实域废墟。

　　陈黎的写作充满了这一类的文本互涉。作于2006年的《一首容易读的难诗》提到了这首2004年的《情诗》，并在诗中征引了《情诗》的最后四行，在2008年时，陈黎又为这首《情诗》写了一组"续篇"，题为《废字俳》，以《情诗》里用过的罕见字（以及少量其他罕见字）分别作为小标题，并模仿词典（或"魔鬼词典"⑩）条目的样式予以"破解"。

　　首先，陈黎把《情诗》中的那些字称为"废字"（尽管他其实已经充分了解到这些汉字的标准解释），应和了拉康对乔伊斯"文字！弃物！"（"The letter! The litter!"）的阐释，乔伊斯同样是致力于呈现语言符号秩序的瓦砾状态。不过，陈黎进一步的工作是虚拟这些废字的"意义"，仿佛弃物也是符号秩序的一部分。如果说《情诗》是在正常诗形式的框架下填充了垃圾的材料，《废字俳》则挑出一部分本来有意义却沦为废弃品的汉字，假装它们可以符号化为语言体系的有机元素。显然，在这里，符号的拟相都起了至为关键的作用。从根本上说，陈黎对这些字的解释都不是这些字的真正定义，而是通过似是而非的曲解"戏说"了这些字的意义。这样貌似一本正经的说文解字不仅不可能将"废字"从废墟中拯救出来成为真正的"能指"，反而暴露了"释义"过程的符号化努力的千疮百孔："文字"与"能指"之间的错位永远无法真正弥合。可以看出，陈黎的诗虽然在表面上迫近了紊乱的极端,但却又在某种程度上保持了乱中有序的局面,通过不同的具体写作策略来从各个角度揭示语言符号秩序内在的废弃特性。因此,除却一般意义上的后现代或解构向度,陈黎的诗更强调了文字材质在物质层面那种沙砾般的残破感与创伤感,并充分展示其作为"搪学"的擦拭与冲刷过程。

四、神圣能指的残骸

拉康晚年对中国文化的浓厚兴趣反映在他有关"搪学"与"文字滩涂"的理论上,两次日本之行也使他对汉字产生了浓厚的兴趣。拉康认为汉字真正体现了他的能指理论,从汉字里看到了隐喻的普遍性和能指滑动的持续性。他甚至不无夸张地声称:因为学习了中文,拉康才成其为拉康[5]36。由此,他试图探讨通过汉字能否形成一种游离于拟相的话语①[5]55-94——这对拉康而言,与探讨先锋书写对拟相的某种超越是一致的,因为先锋书写体现出文字滩涂的样貌。殊不知,汉字并非不食人间烟火的神秘鬼魅,亦无法避免自身的符号拟相特性,只是,它亦可通过汉字本身的结构与解构机制来消除拟相的虚幻权威。可以说,对符号化语言能指的解构是拉康理论中隐含的关键指向,也可以说是陈黎一贯的重要意旨。在陈黎的不少作品中,我们都可以看到神圣的能指符号被揭示为残破的废墟,暗示出真实域的创伤性黑洞。著名的《战争交响曲》就是一例,经由"兵""乒""乓""丘"四个字之间(拉康所谓)"能指滑动"的特性,揭示出战争的残酷和虚无:

兵兵兵兵兵兵兵兵兵兵兵兵兵兵兵兵兵兵兵兵
兵兵兵兵兵兵兵兵兵兵兵兵兵兵兵兵兵兵兵
兵兵兵兵兵兵兵兵兵兵兵兵兵兵兵兵兵兵兵
兵兵兵兵兵兵兵兵兵兵兵兵兵兵兵兵兵兵兵
兵兵兵兵兵兵兵兵兵兵兵兵兵兵兵兵兵兵兵
兵兵兵兵兵兵兵兵兵兵兵兵兵兵兵兵兵兵兵
兵兵兵兵兵兵兵兵兵兵兵兵兵兵兵兵兵兵兵
兵兵兵兵兵兵兵兵兵兵兵兵兵兵兵兵兵兵兵
兵兵兵兵兵兵兵兵兵兵兵兵兵兵兵兵兵兵兵
兵兵兵兵兵兵兵兵兵兵兵兵兵兵兵兵兵兵兵
兵兵兵兵兵兵兵兵兵兵兵兵兵兵兵兵兵兵兵
兵兵兵兵兵兵兵兵兵兵兵兵兵兵兵兵兵兵兵兵

杨小滨

作为文津的诗……

兵兵兵兵兵兵兵兵兵兵兵兵兵兵兵兵兵兵兵兵
兵兵兵兵兵兵兵兵兵兵兵兵兵兵兵兵兵兵兵
兵兵兵兵兵兵兵兵兵兵兵兵兵兵兵兵兵兵兵
兵兵兵兵兵兵兵兵兵兵兵兵兵兵兵兵兵兵兵

兵兵兵兵兵兵兵兵兵兵兵兵兵兵兵兵兵兵兵兵
兵兵兵兵兵兵兵兵兵兵兵兵兵兵兵兵兵兵
兵兵兵兵兵兵兵兵兵兵兵兵兵兵兵兵兵兵兵
兵兵兵兵兵兵兵兵兵兵兵兵兵兵兵兵兵兵
兵兵兵兵兵兵兵兵兵兵兵兵兵兵兵兵兵兵
兵兵兵兵兵兵兵兵兵兵兵兵兵兵兵兵兵兵
兵兵兵兵兵兵兵兵兵兵兵兵兵兵兵兵兵兵
兵兵兵兵兵兵兵兵兵兵兵兵兵兵兵兵兵兵
兵兵兵兵兵兵兵兵兵兵兵兵兵兵兵兵兵兵
兵兵兵兵兵兵兵兵兵兵兵兵兵兵兵兵兵兵
兵兵 兵兵兵兵   兵兵   兵兵   兵兵
兵兵 兵兵 兵 兵 兵兵 兵兵兵 兵 兵
兵兵   兵   兵兵 兵 兵 兵 兵 兵   兵
兵   兵兵   兵   兵   兵
兵   兵   兵 兵   兵
兵   兵

丘丘丘丘丘丘丘丘丘丘丘丘丘丘丘丘丘丘丘丘
丘丘丘丘丘丘丘丘丘丘丘丘丘丘丘丘丘丘丘丘
丘丘丘丘丘丘丘丘丘丘丘丘丘丘丘丘丘丘丘
丘丘丘丘丘丘丘丘丘丘丘丘丘丘丘丘丘丘丘
丘丘丘丘丘丘丘丘丘丘丘丘丘丘丘丘丘丘丘
丘丘丘丘丘丘丘丘丘丘丘丘丘丘丘丘丘丘丘
丘丘丘丘丘丘丘丘丘丘丘丘丘丘丘丘丘丘丘
丘丘丘丘丘丘丘丘丘丘丘丘丘丘丘丘丘丘丘
丘丘丘丘丘丘丘丘丘丘丘丘丘丘丘丘丘丘丘
丘丘丘丘丘丘丘丘丘丘丘丘丘丘丘丘丘丘丘
丘丘丘丘丘丘丘丘丘丘丘丘丘丘丘丘丘丘丘

丘丘丘丘丘丘丘丘丘丘丘丘丘丘丘丘丘丘丘
丘丘丘丘丘丘丘丘丘丘丘丘丘丘丘丘丘丘丘
丘丘丘丘丘丘丘丘丘丘丘丘丘丘丘丘丘丘丘
丘丘丘丘丘丘丘丘丘丘丘丘丘丘丘丘丘丘丘
丘丘丘丘丘丘丘丘丘丘丘丘丘丘丘丘丘丘丘[10]113–114

　　"乒""乓"和"丘",作为缺胳膊少腿的"兵",成为"兵"的符号所代表的战争的废弃品(或"战废品"——借用哈金小说的标题):它们不仅从形体上模拟了残缺的"兵"乃至于荒凉的坟冢,还从字音上模拟了兵器的乱击声("乒""乓"),直到一片死寂中的萧瑟风声("丘")⑫。对这些字音的强调应该也是这首诗在标题上用了"交响曲"的原因之一。熟悉西方古典音乐的陈黎在写作《战争交响曲》时未必没有联想到诸如维拉-罗伯斯(Heitor Villa-Lobos)的《第三号交响曲("战争")》、肖斯塔科维奇(Dmitri Shostakovich)的《第七号交响曲("列宁格勒")》或者布里顿(Benjamin Britten)的《战争安魂曲》这些题旨相近的音乐作品。假如说上述几首音乐作品在庞大复杂的结构中或是描述战争的激烈残暴,或是安抚战争引起的心灵伤痛,陈黎谱写的文字乐曲则用东方式顿悟般的简化形式直捣战争对人类及其身体的戕害,揭示这种戕害的创伤性核心。奚密正确地指出了这首诗呼应了古典诗中"一将功成万骨枯"和"古来征战几人回"的隐在典故性[11]167,不过这首诗的切入路径却不是现实中"万骨枯"或"几人回"的凄惨场景,而是汉字本身作为能指符号秩序背后的文字残骸。甚至这些汉字的读音也挣脱了原有的能指性,成为零碎、本源的象声字。从这个意义上来说,张芬龄所言的"《战争交响曲》成功地结合了影像、声音以及中国文字的特质,是对战争沉默的批判,是对受难者悲悯的挽歌,也是对中国文字的致敬"[16]则更可以理解为对汉字的物质性,对中国"文淖"中内在"搵学"意味的致敬。

　　陈黎在诗集《轻/慢》中有一系列诗作采用了与《战争交响曲》相似的拆字法,包括《国家》《101大楼上的千(里)目》《噢,宝贝》《寂静,这条黑犬之吠》《秒》《白》《长日将尽》等。其中《国家》一诗从解构符号大他者的意义上看与《战争交响曲》在同一脉络上:

冖冖冖冖冖冖冖冖冖冖冖冖冖冖冖冖
豕豕豕豕豕豕豕豕豕豕豕豕豕豕豕豕
豕豕豕豕豕豕豕豕豕豕豕豕豕豕豕豕
豕豕豕豕豕豕豕豕豕豕豕豕豕豕豕豕
豕豕豕豕豕豕豕豕豕豕豕豕豕豕豕豕

豖豖豖豖豖豖豖豖豖豖豖豖豖豖豖
豖豖豖豖豖豖豖豖豖豖豖豖豖豖豖
豖豖豖豖豖豖豖豖豖豖豖豖豖豖豖
豖豖豖豖豖豖豖豖豖豖豖豖豖豖豖
豖豖豖豖豖豖豖豖豖豖豖豖豖豖豖
豖豖豖豖豖豖豖豖豖豖豖豖豖豖豖
豖豖豖豖豖豖豖豖豖豖豖豖豖豖豖
豖豖豖豖豖豖豖豖豖豖豖豖豖豖豖
豖豖豖豖豖豖豖豖豖豖豖豖豖豖豖
豖豖豖豖豖豖豖豖豖豖豖豖豖豖豖
豖豖豖豖豖豖豖豖豖豖豖豖豖豖豖
豖豖豖豖豖豖豖豖豖豖豖豖豖豖
豖豖豖豖豖豖豖豖豖豖豖豖豖豖
豖豖豖豖豖豖豖豖豖豖豖豖豖豖
豖豖豖豖豖豖豖豖豖豖豖豖豖豖
豖豖豖豖豖豖豖豖豖豖豖豖豖
豖豖豖豖豖豖豖豖豖豖豖豖
豖豖豖豖豖豖豖豖豖豖豖
豖豖豖豖豖豖豖豖豖豖豖豖豖豖豖 [4]101

当"家"裂变成某种残缺顶篷覆盖("宀")下的家畜("豖"),符号意义上的家便丧失了神圣的光环,暴露出去势的可怜面貌(这里的诗性批判与马克思主义的政治学批判有着相同的指向)。这一首以图像诗的方式绘制出猪圈般的效果,揭示出符号能指下具有废弃性的文字/文淬内核。对于《战争交响曲》和《国家》而言,"揾学"意味着文字由于被"揾"去的汉字部分笔划而凸显,被涂抹后的汉字便形成了文字的滩涂。从主题上来说,在陈黎的作品中与这首意味相近但异曲同工的还有《饶舌歌》一诗,将某种特定的神圣符号归结为紊乱的文字/文淬之间的穿插、翻转与裂变。如果说《国家》将一个基本的能指符号删减或凝缩到它的创伤核心,那么《饶舌歌》则将貌似更有特定所指的能指符号连同将它们神圣化的语词"万岁"一起作了驳杂化甚至讽刺性的处理,撩拨出能指滑动过程中可能遭遇的各种令人不安语误、错乱,以至于这貌似庄严的能指符号不仅经由自身的各种变奏形成各种荒诞错位,丧失了其稳定所指,而且还难舍难分地纠缠在一起,互相拒斥,互相扦格。各自蕴含的国族主义在文字充满了盈余快感的疯狂展演中变得不知所措,词序、句法及其可能产生的意义等都乱得无法收拾。充满了国族主义意识形态的符号能指反倒凸显了符号大他者所试图掩饰的创伤性真实(traumatic real)无法阻挡绝爽"小它物"从中迸发而出。这里,创伤性真实便是符号能指间难以弥合的深渊般罅隙,它们构成了陈黎诗试图考问的黑暗核心。

我们不能不把这样的诗作看成是符号能指被冲刷之后形成的文字"滩涂",用拉康的话来说,就是形成了一片在知识(意义、话语体系……)和绝爽(非意义、创伤经验……)之间的冲积地带,铺展出神圣符号的残骸。可以看出,在陈黎的诗作中,"揾学"的擦拭不是使得语言符号秩序更加干净有序,而是在擦拭的过程中抹出了更多"文滓",或者说,暴露出更多符号域下的真实域残渣。正是在此处,可以看出本文涉及的诸多概念——揾学、涂抹、擦拭、滩涂、废弃、文滓——彼此之间的呼应与连接。揾学意味着文字不是作为符号域规范建构的能指,而是在互相涂抹(覆盖叠加)和擦拭(删减消泯)的过程中逼近了真实域的混沌状态。这种涂抹和擦拭的状态恰恰也是滩涂的特性,因此文字在这样的滩涂样貌中成为被冲积的废弃物,文字呈现为文滓。这正是我们观察陈黎写作"文滓学"的基本面向,即作品如何展开于规范的符号域能指朝向废墟般的真实域文字的转化过程中。如果回到"后现代"的论旨,也可以说,陈黎通过他"揾学"写作(或文字"滩涂"),展示出现代性符号秩序的创伤与深渊。

显然,陈黎的后现代写作并不是纯粹的文字游戏或形式杂耍,而是蕴含着一种深刻的国族与文化关怀,蕴含着对创伤经验与历史的不懈探索。对写作形式的开拓,引向的是对文化精神的开拓,亦即通过涂抹或擦拭貌似圣洁的能指秩序,直面并叩问深不可测的精神废墟。由此可见,陈黎的"揾学"须被理解为某种文化除魅的过程——这里,"魅"指的不是诗的神秘,而是建立在语言体系上的意识形态拟相——这也正是"文字滩涂"这个表面上颇具负面形象的隐喻所最终体现的积极向度。

注释:

① 故本文将 lituraterre 译为"揾学",一方面谐音"文学",一方面以"揾"保留"擦拭"的含义。如辛弃疾《水龙吟·登建康赏心亭》:"倩何人唤取/红巾翠袖/揾英雄泪",见辛弃疾:《稼轩词编年笺注》,上海:上海古籍出版社,1978 年,第 31 页。

② 拉康的《揾学》("Lituraterre")一文发表于 *Littérature*, 1971,3(10),第 3—10 页,并收入 Jacques Lacan, *Autres ecrits*, Paris:du Seuil, 2001:11—20(为该书的第一篇)。在 1971 年 5 月 12 日的研讨班上,拉康宣读并讲解了这篇文章。

③ 比如,张仁春著有专书《边陲的狂舞与穆思:陈黎后现代诗研究》(台北:稻乡出版社,2006 年),古继堂著有陈黎诗集《岛屿边缘》的评论,题为《台湾后现代诗的重镇:

评陈黎的〈岛屿边缘〉》，叶淑美亦著有陈黎诗集《岛屿边缘》的评论，题为《"边缘"作为后现代的声源：试析陈黎〈岛屿边缘〉的后现代诗风》。

④ 原文竖排，故每个字右边约四分之一从缺，此处根据《陈黎文学仓库》网页（http://www.hgjh.hlc.edu.tw/~chenli/poetry10.htm#一首容易读的难诗）改为横排的样式，每个字上边约四分之一从缺。

⑤ 原文竖排，故每个字左边约四分之一从缺，此处根据《陈黎文学仓库》网页（http://faculty.ndhu.edu.tw/~chenli/poetry10.htm#最慢板）改为横排的样式，每个字下边约四分之一从缺。

⑥ 拉康对"Lituraterre"概念的发明也在很大程度上体现了先锋文学的影响。早在1923年，拉康的友人、法国超现实主义的鼻祖布勒东（André Breton）就创作过一篇题为 *Erutarettil* 的实验性文本，这个标题用回文（palindrome）的手法瓦解了语词上的"文学"。有意思的是，布勒东这篇文章所发表的刊物名 *Littérature*，与拉康首次发表 *Lituraterre* 一文的刊物名 *Littérature* 恰好完全相同（实际上并无延续性）。而布勒东那篇文本的拼贴式、废弃状创作，又在相当程度上体现了拉康的"搵学"观念。

⑦ 在台湾诗坛，这种涂抹的另一个例子是，2012年夏宇主编的《现在诗》第9期，题为《划掉划掉划掉》。这期诗刊起源于2008年在台北当代艺术馆的一次艺术行为：所有的作品都是通过划掉或涂掉现成文本上部分文字后余下而成的"残余"文本。

⑧ 拉康将凝视、人声、乳房与粪便视为"小它物"的典型。

⑨ 拉康在他晚年的研讨班23《圣兆》（Le sinthome，1975—1976）里提出了"圣兆"的概念：sinthome一词是古代法语symptôme（征兆）一词的拼写法，也还包含了其他的各种含义，如（法语中）与之同音的"圣人"（saint homme）、"合成人"（synth-homme）、"圣托马斯"（Saint Thomas）等。在拉康那里，"圣兆"不仅是征兆，还是在语言的符号秩序中透露出来的快感，但又并不产生通常的"意义"，反倒可以看作是丧失所指的能指。拉康在题为《圣兆》的研讨班第23期中主要讨论的是"圣兆"的概念如何能够用来界定乔伊斯（James Joyce）的写作。在拉康看来，乔伊斯将能指打回文字的原形，他的小说《芬尼根守灵》呈现出语言符号的废墟状态。

⑩ 《魔鬼词典》是美国作家比尔斯（Ambrose Bierce）的作品，多以搞笑、讽刺的方式对词条作似是而非的"界定"。

⑪ 拉康在研讨班18期《论一种或可不是拟相的话语》中集中讨论到这个问题，特别是在1971年2月17日讨论《孟子》的哲学和1971年3月10日讨论中文和日文的两次演讲时列举了大量汉字。

⑫ 陈黎本人在朗读这首诗时对这些声音的强调也可以佐证。见 https://www.youtube.com/watch?v=jZjj5y-7e9Q。

参考文献：

［1］ Paul de Man. *The Rhetoric of Temporality*［M］//*Blindness and Insight*：*Essays in the Rhetoric of Contemporary Criticism*. Minneapolis：University of Minnesota Press，1983：187－228.

［2］ Jacques Lacan. *On Feminine Sexuality*，*the Limits of Love and Knowledge*［M］//*The Seminar of Jacques Lacan*，*Book XX*，*Encore 1972－1973*. New York：W. W. Norton，1999：120.

［3］ Jacques Lacan. *Autres ecrits*［M］. Paris：Seuil，2001：16.

［4］ 陈黎.轻/慢［M］.台北：二鱼文化事业有限公司,2009.

［5］ Jacques Lacan. *Le Séminaire de Jacques Lacan*，*Livre XVIII*：*D'un discours qui ne serait pas du semblant*（*1971*）［M］. Paris：Seuil，2006.

［6］ Jacques Lacan. *Le Seminaire XVI*：*D'un Autre à l'autre*［M］. Paris：Seuil，2006：11.

［7］ Jacques Lacan. *Écrits*：*The First Complete Edition in English*［M］. Bruce Fink，trans. New York：Norton，2006.

［8］ 陈黎.苦恼与自由的平均律[M].台北：九歌出版社,2005.

［9］ Russell Grigg. *The Concept of Semblant in Lacan's Teaching*［J］. UMBR（a），2007(1)：137.

［10］陈黎.岛屿边缘[M].台北：皇冠出版公司,1995.

［11］奚密.本土诗学的建立：读陈黎《岛屿边缘》[M]//王威智.在想象和现实间走索：陈黎作品评论集.台北：书林出版有限公司,1999.

［12］焦桐.前卫诗的形式游戏[M]//王威智.在想象与现实间走索：陈黎作品评论集.台北：书林出版有限公司,1999：141.

［13］Jacques Lacan. *The Four Fundamental Concepts of Psycho-Analysis*［M］. New York：Norton，1978：242.

［14］廖咸浩.悲喜未若世纪末：九〇年代的台湾后现代诗[M]//林水福.两岸后现代文学研讨会论文集.台北：辅仁大学外语学院,1998：38—39.

［15］孟樊.台湾后现代诗的理论与实际[M].台北：扬智出版社,2003：254—255.

［16］张芬龄.《亲密书：英译陈黎诗选》导言[M]//王威智.在想象和现实间走索：陈黎作品评论集.台北：书林出版有限公司,1999：180.

——原载《江汉学术》2018年第1期：48—56

纪弦(路易士)与香港诗坛关系考论

◎ 刘　奎

摘　要：纪弦(路易士)是台湾重要的现代主义诗人,他与香港一直
有着较为密切的关联,在沪港、台港诗坛交流中起着重要
作用。纪弦与香港渊源较深,他早年曾在香港就学,这成
为他日后的重要记忆和创作经验;上海时期,他与戴望舒
等一道提倡现代主义,与青年诗友创办诗刊《诗志》,并与
北京、福州等地的《小雅》《诗之页》等刊物互动,此时香港
出现的现代诗刊《红豆月刊》也加入这一阵营,成为 20 世
纪 30 年代新涌现的现代诗潮阵地,香港诗人鸥外·鸥等
曾在《诗志》发表作品,纪弦更在《红豆月刊》发表约三十
首诗作,成为香港现代诗歌史上的重要存在;抗战期间,纪
弦避难香港,与欧外·鸥有进一步的交往,两人诗歌在书
写殖民现代性方面也有精神上的契合;纪弦赴台之后创办
《现代诗》,提倡现代诗运动,借由现代主义诗歌和现代诗
刊,他与香港现代主义诗人马朗及其主编的《文艺新潮》有
较多互动,在冷战的背景下推动台、港诗坛的交流;晚年纪
弦赴美后,继续在《香港文学》上发表作品。终其一生,纪
弦(路易士)都与香港关系密切,甚至可部分地视为香港文
学史的一部分。

关键词：纪弦;路易士;香港诗坛;《红豆月刊》;《现代诗》;现代
主义诗歌

1948 年底,纪弦从上海赴台,先借《自立晚报》办《新诗》周刊,后创办《现代诗》,组
建现代派,发起"新诗再革命"运动,成为台湾地区重要的现代主义诗人,也对现代主义
诗学在当代台湾地区的传播与发扬起到了关键作用,《创世纪》的洛夫也承认,纪弦对
于"开一新纪元的中国新诗的大功臣"这一说法"当之无愧"[1]。除了对台湾诗坛的影
响外,他在香港现代主义诗歌圈中也有一定的影响,在 20 世纪 50 年代的台、港文坛互
动中起到了较为重要的作用,学界不少论著都已涉及这个问题①。本文将进一步追溯
港台现代主义交往的前史,梳理纪弦与香港诗坛的历史渊源,也对他在 50 年代台港诗

歌交流中所扮演的角色略作回顾。

一、渊源:"我一直到现在都对香港有好感"

纪弦与香港颇有渊源。纪弦原名路逾,1945 年前以路易士为笔名;他 1913 年出生于河北保定,正值辛亥革命后第二年,袁世凯任大总统之后,宋教仁遇刺,孙中山等发起"二次革命"运动。因其父是军人,这些历史事件与年幼的纪弦也发生了具体关联,尚在褓褓中的他便被带着从天津南下,经上海、香港转海防,到云南。此后,在动荡的时代,年幼的纪弦也常随其父辗转各地,其间就多次驻留香港。他十岁前后在香港和广州生活了差不多两年的时间,还曾在香港的教会学堂读书。这段经历后来被他赋予了不同寻常的意义,甚至对他人生观和诗歌写作也有深远影响,在其 1945 年出版的《三十前集》中,他曾回味这些经历。不过在他的回忆中,对香港的教会学校印象并不好,认为香港的教会学堂并不适合他,"太不高兴那些宗教上的形式了",反而是香港周边的自然环境,尤其是海洋给了他深刻的印象,正如他所回忆的:

> 只有海,给我以繁多的梦幻的喜悦。在香港,我受的是海的教育,海教育了我。海捏塑了我的性格,海启发了我的智慧。海是我的褓褓时代的保姆,海是我的幼少年时代的先生。我懂得海,海和我有风缘。我常在九龙半岛的沙滩上掘砂泥,拾贝壳,眺望绿色的海和它的魅人的地平线。我留恋它的明丽,寂寞和神秘。我想我一直到现在都对香港有好感,也许便是为此之故。[2]

与海有风缘,联系到他后来赴台的经历,这倒似乎有点一语成谶的意味。不过海洋确实成了他此后诗中时见的主题,像《海的意志》《舷边吟》《花莲港狂想曲》等均是如此,而且他笔下的海洋,呈现出的也多是寂寞与温柔的形象,如《舷边吟》:"说着永远的故事的浪的皓齿。/青青的海的无邪的梦。/遥远的地平线上,/寂寞得没有一个岛屿之漂浮。"[3]与海洋诗歌中习见的狂暴或浩瀚的海洋形象不同,即便是花莲港狂暴的浪涛,在他笔下也似乎变得格外温柔:"而且,我将搂着你底腰肢婆娑起舞,/踏着华尔兹轻快的旋律,波浪似地起伏,/在那微笑着的,辽阔的,青青的大海原。"[4]诗人与海洋之间的情感关系较为和谐,诗人甚至是被征服者,如《海的意志》中,诗人面对大海的意志,便自认是"一个浪,不容你多想。/忘了自己"[5],这种臣服于海的姿态,与海洋之间的和谐关系,或许就部分地源自他的幼年经验。

抗战时期,大量文化人南下香港,如萧红、端木蕻良、骆宾基、茅盾、戴望舒、杜衡等都曾在香港避难，并在这里创办或主编报刊，如戴望舒主编的《星岛日报·星座》，就成为香港文学发展的重要一环。彼时笔名尚为路易士的纪弦，也从上海经武汉、长沙等地流亡到香港，并与在香港的内地文人圈联系密切："在香港，和来自上海的老友们重逢，感觉到非常愉快。碰巧的是，大家都住在西环学士台、桃李台一带，朝夕相处，十分热闹。当然，我跑得最勤的，还是杜衡、戴望舒两家。徐迟也常见面。"[6]自 20 世纪 30 年代初，路易士便逐渐成为施蛰存、戴望舒、徐迟等人组成的现代派文人群的外围成员，与他们有密切联系，抗战初期，因施蛰存在云南，路易士打算去那里谋生，却没寻找到出路，才转而前往香港。在香港避难的文人多从事写作的老本行，除戴望舒主编的《星岛日报》副刊之外，杜衡主编《国民日报》副刊《新垒》，后来"杜衡有了更好的职务"，就把路易士推荐给该报社长陶百川，让他接任《新垒》主编。路易士接编之后，对《新垒》作了改动，主要是增加了文学内容，"《新垒》是个综合性的副刊，而非纯文艺的，和《星座》不同。后来我向陶公请示，蒙他允许，借《新垒》的篇幅出《文萃》旬刊。我编得很起劲，朋友们也踊跃投稿"[6]。1939 年《国民日报》社长更替之后，路易士便辞职回上海，自编自印了三部诗集《爱云的奇人》《烦哀的日子》和《不朽的肖像》。1940 年又再度赴港，经杜衡介绍，进入陶希圣主持的"国际通讯社"工作，协助翻译日文资料。直到 1941 年底香港沦陷之后，路易士才返回上海。

在香港期间，路易士除了与杜衡、戴望舒等之前同在上海的文人来往之外，与岭南诗人李宗大也就是欧外·鸥也时常见面。据纪弦回忆："特别是广东人李宗大，诗人欧外·鸥，在香港教书的，以前时常通信，现在能见到面，又常在一起玩，我最高兴，因为他也抽烟斗，蓄短髭，而且个子不矮，像我一样。"[6]欧外·鸥是当时岭南的代表诗人，他出生于广东虎门，少年时曾居香港跑马地，20 世纪 30 年代在香港主编《诗群众》月刊等，有大量关于香港都市的诗作，如"香港的照相册"系列就是其中一部分，据研究者指出，他关于香港的写作超出了都市诗习见的疏离和匮乏主题，而是"在宏大的背景和视野中演绎一则深刻的身份政治和国族寓言，……令人动容，而形式的大胆尝试也令人赞赏"[7]，对香港人民的悲情和精神创伤有深入的体验，应该说欧外·鸥对香港历史与现状不仅有较为深入的了解，而且也抱着理解与同情的态度。欧外·鸥与纪弦很早就有交往，1936 年 9 月路易士曾在苏州与韩北屏等创办《菜花》诗刊，后改名为《诗志》，《诗志》上每期都有欧外·鸥的诗作。《菜花》上虽然未见欧外·鸥的作品，但他也有关注，如该诗刊之所以改名，很大程度上也正是因为欧外·鸥的来信，据《诗志》创刊号上《编者的话》所说，因为林丁与欧外·鸥两位诗人来信，认为作为刊名的《菜花》"不大好听"，"有小家碧玉气"，所以才改名为《诗志》[8]。正因有这个交往前史，路易士在香港期间，才能与欧外·鸥来往如此密切；也正因与欧外·鸥的交往，使路易士不再只是一个游离于香港本土文人圈之外的逃难者。

二、香港诗坛中的路易士/纪弦

纪弦与香港本土诗人的交往,实际上不只欧外·鸥这个中介,在 20 世纪 30 年代上半叶,他就曾在香港诗刊《红豆月刊》上发表了大量诗作。30 年代初,路易士逐渐成为施蛰存、戴望舒等现代诗人群的同人,但与此同时,他也经由写作、办诗刊等活动,与全国其他青年诗人群体有较为密切的互动,与他来往较多的诗歌刊物包括北京的《小雅》、武汉的《诗座》、福州的《诗之叶》,以及香港的《红豆月刊》等,用纪弦后来在回忆录中的话来说,这"乃是中国新诗的收获季"[6]106,各地青年诗人和刊物大量涌现,彼此之间相互交流,当时路易士就有大量诗作在香港的《红豆月刊》发表,其数量约在三十首左右,甚至超过在他自己所办刊物《诗志》上发表的数量。

《红豆月刊》是香港 30 年代的文学刊物,既有的香港文学史研究较少提及,实际上它是香港 30 年代中期最值得重视的文学杂志。陈乔之所主编的《港澳大百科全书》中对该刊有简要介绍:

> 《红豆》1933 年 12 月创办。月刊。香港梁国英药局主办,药局少东梁之盘主编,该刊主要发表诗歌、小说、散文等创作作品,兼发翻译文章和文艺评论,论文部分则占较大比例。主要作者有李育中、侣伦、陈芦荻、路易士、柳下木、陈江帆、侯汝华、林英强、黎学贤等。曾出版过《英国文坛七杰专号》《诗专号》《世界史诗专号》。1936 年 8 月因故停刊,总共出至第 4 卷第六期。[9]

该刊第四卷第一期的诗专号几乎全是内地诗人,而且是当时的青年诗人。该专号之后,该刊几乎每期都可见路易士的作品,此外,也有北京《小雅》诗刊编辑吴奔星的诗作。据吴奔星回忆,他主编的诗刊"创刊不久","就得到香港梁之盘先生的信,并把他主编的《红豆》文艺月刊寄给我,以示交流。接着,我和李章伯的诗也在《红豆》上发表"[10]。可见梁之盘极为主动地与中国大陆诗人交流。

路易士在《红豆月刊》上发表的诗作,还属于他早期的风格,带着感伤的情调与虚无的色彩,如《虚无人》:"廿世纪的风雨里/他采一朵虚无之花//他把眼睛闭了——/明天于他是漠然的//在他心中有一句话/但他悄悄去了。"[11]其他如《秋夜吟》《迟暮小唱》《雨夜》等,也都是这类颇具路易士典型诗风的作品。不过其中还有多首都市诗,如《都市》《在夜的霞飞路上》等,就写出了身居上海都市的独特体验,是路易士此时较为成熟的作品,尤其是在上海租界区的经验,"在夜的霞飞路上/在我流浪人底心中滋长着一束/做中国人的哀伤/是的,我是一个/黄肤黑发的中国人/而且有着一双/凝滞而多忧的眼睛//不止那金发的/上帝之骄子/碧眼里投出/电一般的光辉//而我是疲惫地/曳着自己底/怪凄凉的影子/踅入一条暗黑的小径了"[12]。这种面对外国人优越性所体现出来的自卑感,是近现代中国所遭遇的心灵创伤的具体投射,这与欧外·鸥对香港创伤体验的书写是颇为一致的。这种历史经验、现实境遇与诗人体验的相似与同构性,就将上海、香港与台湾文人之间的交流与互动,从单纯的文人间的来往互动,深入到了精神和心灵层面,也就是说他们的文化交流,除了常见的诗酒风流一面之外,还带着特定的历史经验与精神烙印。

《红豆月刊》除了发表路易士的诗作外,还多次介绍路易士的诗集《行过之生命》,并且评价颇高:"这是路易士五六年来致力于诗歌写作的心血的结晶,也是1935年中国诗坛上的一大收获。……路先生的作品是具有一种独创的风格的,其表现手法之熟练与多样化,已是到了炉火纯青的地步了。而他的一种优美的感伤气分,将给你以无穷的喜悦。"[13]虽然带有广告的夸张成分,但对路易士的诗风的把握还是非常到位。

20世纪50年代初,香港文坛也有个路易士,曾在《人人文学》上发表诗作,但此人已是另一个路易士,主要是写言情小说,而上海的路易士已于1945年改笔名为纪弦,并于40年代末赴台,在台湾继续从事现代诗的创作,并先后主办了多份刊物,提倡"横的移植"的现代诗,让台湾现代诗运动成为一股不可忽视的文学思潮。纪弦在台湾提倡现代主义诗歌的同时,他的作品也时见于同时期香港的报刊,50年代主要发表于马朗主编的《文艺新潮》,60年代为刘以鬯主编的《香港时报》文艺副刊《浅水湾》,80年代以后则是《香港文学》。

马朗主编的《文艺新潮》创刊于1956年2月18日,为战后香港的文艺复兴尤其是现代主义诗歌的发展起到了历史性作用。该刊现代主义风格鲜明,除了发表港台诗人的作品外,还译介了大量西方现代派小说和诗歌。该刊发表了纪弦大量的诗作。其诗首见于该刊是第一卷第三期,以《诗十章》总题,包括《山:整体的实感》《火葬》《南部》《金门高粱》《画者的梦》《十一月的新抒情主义》等十首,篇末有后记:"从《火葬》到《十一月的新抒情主义》这八首,……和今年的两首放在一起,便可以看出来它们的内容,形式,表现手法之多样性,但风格之统一,却也是不必讳言的。总之,不断地追求,探险和试验,而始终保持个性,这就是我所企图的了。"[14]在《编辑后记》中,纪弦还被夸张地冠之以"台湾诗王"的称号[15]。第二卷第二期又见纪弦的《阿富罗底之死》和《S'EN ALLER》两首诗;第四期的法国文学专号上刊载了纪弦翻译的阿波里奈尔的诗作五首,并附关于阿波里奈尔生平与诗观的介绍;此外,还有叶泥译的保尔·福尔和古尔蒙的作品。《文艺新潮》对法国现代派诗人的重视,部分也源自早期戴望舒等现代派诗人的译介,这也表明30年代上海的现代主义诗潮分别在港台分枝与汇流的史实。

　　纪弦对于 50 年代香港文坛的意义,不仅在于他在《文艺新潮》发表了诸多现代主义风格明显的诗作,为香港现代主义思潮推波助澜,更在于他在港台文坛互动中所起的连接作用。《文艺新潮》除了登载纪弦的作品外,还曾多次推出台湾诗人专辑。如第 9 期的"台湾现代派新锐诗人作品辑",就登载了台湾诗人林泠、黄荷生、薛柏谷、罗行、罗马五位诗人的诗作。在这个特辑之外,也有纪弦的诗作《存在主义》与《ETC》,以及叶泥翻译的日本诗人岩左东一郎的《醒来》与《化妆》两首诗。编者在《编辑后记》中对台湾新锐诗人作了特别强调,"对于我们这个文坛起决定性作用的,照我们看,是一批新朋友的上场。在这一期,我们很骄傲地介绍了台湾的五位新朋友——现代诗派新锐诗人的作品,其中林泠女士和罗行、薛柏谷两先生是台大学生,罗马先生是一位士兵,黄荷生先生则还穿着中学生制服,但是他们已经具备了阿波里奈尔或高克多年轻时的气质","台湾叶泥先生所译介的岩左东一郎,是日本现代名诗人,叶泥先生选择岩佐氏作品曾得其特许"[16]。对台湾诗人和译者都极为推崇,作了隆重的介绍。这个特辑的台湾诗人都是现代派成员,是纪弦所编《现代诗》的常见作者,而代为组稿的也正是纪弦。不久之后,《文艺新潮》又推出"台湾现代派诗人作品第二辑",刊发了同样属于现代派阵营的林亨泰、于而、季红、秀陶、流沙五位诗人的作品。《编辑后记》对这些诗人也作了相应介绍:"台湾现代派诗人作品第二辑包括了五位比第一辑年长的诗人,林亨泰先生是道地台湾人,原用日文写作,曾被列为台湾现代诗人之一,光复后始学中文并用中文写诗,出有诗集《长的咽喉》,早是一位现代诗的健将了。于而先生系台北工专教授,对爱因斯坦大有研究",同时也表明,"作为答谢和交流,本刊亦以'香港现代派诗人作品一辑'之名,推荐了马朗、贝娜苔、李维陵、昆南和卢因五位先生的作品,交由台湾《现代诗》双月刊第十九期发表,尚希注意"[17]。

　　诚如编者所介绍的,纪弦所主编的《现代诗》紧接着推出"香港现代派诗人作品一辑",由此,这两份刊物间的互动也成为台港文坛交流的一段佳话,尤其是这三个专辑,常为论者提及。但实际上,在《现代诗》与《文艺新潮》的相互合作下,台湾诗人在《文艺新潮》上发表的作品,远不止学界常提及的两个专辑,这除了常发表诗作的纪弦外,其他现代派成员如黄荷生就在该刊第十一期发表了《贫血》《手术室》等十首诗作;第二卷第一期有台湾诗人方旗的作品;第二卷第三期的台湾作家有高阳、方思和战鸿,尤其是在金门战地的诗人战鸿,编者作了重要介绍:"战鸿先生则是戍守金门的军队诗人,当此炮声响彻金门之际,《失眠夜》是值得特别体味的。"[18]战鸿也是《现代诗》的主要作者。可见《文艺新潮》不仅为纪弦提供了发表园地,让他的诗作得以在香港发表,同时也为以他为首的现代派诸诗人提供了走出去的契机。

　　《文艺新潮》50 年代末停刊,紧接着《香港时报》副刊《浅水湾》改为文艺版,是香港 60 年代最为重要的文学副刊之一,在编者刘以鬯的主持下,该刊得到了港台诸多作家的支持,据他自己介绍:"《浅水湾》于 1960 年 2 月改为文艺副刊后,除香港的文艺工作者之外,还获得不少台湾作家的鼓励和支持,戴天、纪弦、叶泥、魏子云、王敬义、秦松、于还素、宣诚、张健、卢文敏等都有稿子寄来。"[19]纪弦从 1961 年 2 月开始在《浅水湾》上发表作品,而且数量不少,除《银桂》《春之什》《榕树》《尤加利》等十数首诗作外,还发表了十二则诗论,这些"袖珍诗论"议题较为广阔,主要是围绕着他的现代诗理论展开,这从论题也可略窥一斑:《二十世纪与十九世纪》《成人的诗与小童的诗》《噪音与乐音》《自由诗的问题》《现代诗的定义》《现代诗的偏差》《现代诗的纯粹性》《作为一个工业社会诗人》《一切文学是人生的批评》《现代诗的批评精神》《诗的本质与特质(上、下)》。对现代诗形式自由的强调、对纯诗的追求,与前后发表于台湾《现代诗》《幼狮文艺》等刊物上的相关诗论《现代诗的偏差》《现代诗的评价》《现代诗之精神》等构成了呼应。

　　1976 年底纪弦夫妇移民美国,此后他在香港发表的作品,除了在《大会堂》上的两篇作品外,其他主要刊载于《香港文学》。该刊创始于 1985 年,发表了纪弦的《怀扬州——呈诗人邵燕祥》《为小婉祝福》《完成篇》《上海上海》《船及其它》《〈纪弦精品〉自序》等诗文;该刊还发表了不少关于纪弦访谈、回忆等文字,是了解纪弦晚期生活、写作与情感状态的重要窗口;此外还有大陆学者蓝棣之、古远清等人的评论文章,从艺术风格和文学史地位等方面对纪弦作了历史评价。这些都是了解纪弦的重要资料。

　　无论是在香港求学、避难、主编刊物,还是以他为媒介的两地诗坛的交往,都表明纪弦与香港有着极为密切的关联;如果从较为宽泛的角度来定义香港文学,那么,纪弦曾在香港生活,在香港创作,并在香港发表作品,那么,他也可部分地归为香港作家②。

三、纪弦对香港诗歌在台湾传播所发挥的作用

　　台湾《现代诗》与香港《文艺新潮》之间的交流,很大程度上依赖于纪弦和马朗这两位主编。纪弦在《文艺新潮》发表了大量诗作,并为该刊介绍现代派其他诗人作品,他所主编的《现代诗》也为香港诗人作品进入台湾提供了媒介,甚至连他筹组的现代派诗人群中也不乏香港诗人。

　　1957 年初,纪弦筹组具有社团色彩的现代派,初次加入的诗人达 83 人,现代派成立之后,后续又有 19 人加入,这 19 人中的奎旻与马朗是香港诗人,而且被列为"社务委员"。马朗是《文艺新潮》的主编;奎旻为香港人,时在加拿大留学。据编者介绍:"诗人奎旻现正留学于加拿大,他的家在香港,只身远渡重洋,作客异域,目睹华侨社会现状,感慨万千,于是发为吟咏,以唐人街一诗为代表,一种忧国怀乡之情,跃然纸上,读之发

人深省,而其表现手法则又非一般只会喊喊口号者所可企及的,洵佳作也。现在他的诗集《唐人街》业经编就,列入'现代诗丛',即将于年内出版。"[20] 奎旻在《现代诗》上发表了《唐人街》《奇迹》《没落》等诗作,不过主要是写异国羁旅之思,与香港并无太大关联。

香港诗人在《现代诗》上的集体亮相是第 19 期的"香港现代派诗人作品一辑",该辑刊载了五位诗人,包括马朗、贝娜苔、李维陵、昆南和卢因,并对诗人生平作了简要介绍:其中马朗和贝娜苔都曾就读于上海圣约翰大学,后赴港从事编辑工作;李维陵南京中央政治大学毕业,写小说和文艺论文;昆南和卢因分别毕业于香港华仁书院和英华书院。马朗所选的是《岛居杂咏》系列,包括《北角之夜》《第三个岛屿》《炎夏》《逝》;贝娜苔选的是《香港浮雕》组诗,李维陵的是《秘密》和《女歌者之爱》,昆南的为《三月的》和《手掌》,卢因的《黑裙裳的一夜》《虽然仍一样沉沦》《追寻》《1956 年》《沉默》。较之《文艺新潮》上所刊登的台湾诗人诗作,这些香港诗人的作品,具有更强的地域色彩和时代气息,这即便置于同时期的《现代诗》诸诗人行列中也是如此。像《北角之夜》,写大都市夜晚的颓唐,《第三个岛屿》有副标题"我的 Odyssey"[21],语气却全然是反英雄化的低沉,透露着迷惘色彩,这种现代人的境遇与神话所形成的反讽结构,与乔伊斯《尤利西斯》的立意类似。昆南的《三月的》也写出了"一九五七春天维多利亚小城"[22]香港的欢笑与阴沉。这些诗作基本上都是对香港历史和地理的书写,虽然还不够成熟,部分地带着感伤的色彩,观察不免停留在浮光掠影的层面,个人感悟也缺乏深入的省思,不过它们还是为台湾诗坛注入了鲜明的香港经验,尤其是现代都市的经验,丰富了台湾现代主义的内容和表达形式。

对于《文艺新潮》与《现代诗》之间的交流过程,纪弦在第 17 期的《编辑后记》中有所说明:

> 诗人马朗是编者的老友。在香港,他主编的《文艺新潮》已出九期,质精量丰,好评啧啧,为广大读者群所热烈支持。纪弦、叶泥、方思等亦经常为之撰稿:最近由于纪弦的严选与推荐,该刊第九期上又以一个特辑的篇幅发表了林泠、罗行、罗马、薛柏谷及黄荷生五人的作品。至于马朗本人,作为现代派的一员,他也是常有稿子供给本刊的;最近他介绍了香港诗人贝娜苔的译诗,已发表于本期。关于此一台港诗坛交流工作,纪弦、马朗两人业经约好,今后仍将继续下去,并将愈益加强联系,密切合作,务使香港诗人佳作经常输入,发表于本刊以与读者见面,同时使我自由中国优秀的诗人群都有足以代表的好诗输出,经由该刊以呈献于海外读者之前,彼此观摩,相互勉励,庶几达成吾人所肩负的新诗的再革命这一艰巨的任务,而为现正蓬蓬勃勃展开于台湾及香港的现代主义文学运动放一异彩,树一辉煌的里程碑。[23]

马朗原名马博良,40年代在上海圣约翰大学读书,抗战时期曾主编《文潮》月刊,后在上海编辑《自由论坛晚报》副刊,与张爱玲、纪弦(路易士)、邵洵美、吴伯萧等作家相识[24],因而纪弦有"老友"一说。他除了写诗外,也写小说和影评。诗歌则受戴望舒、艾青和纪弦等人影响。

马朗作为现代派的成员,确实常有作品发表于《现代诗》,不过主要是翻译作品。《现代诗》先后刊登了他所翻译的史宾德(Stephen Spender)的《命运》《炸后城市的杏树》;希尔达·杜丽特尔(Hilda Doolittle)的《梨树》《鸫》《花园》;阿茨波麦克列许(Archibald MacLeish)的《征服者》和《遗世书》;奥登(W. H. Auden)的《纪念 W. B. 叶芝》和《不知名姓的国民》等。较为侧重英美现代主义诗人,这也可看出他与纪弦之间的细微差别,纪弦的翻译对象大多是法国象征主义和超现实主义诗人,而马朗除了关注法国诗人外,对英、美及意象派诗人都较为关注。贝娜苔除了发表诗作,也曾在《现代诗》上发表意大利诗人桑泰耶纳(Santayana)的诗作《诗人的遗言》,贝娜苔原名杨际光,曾在《香港时报》工作,后有诗集《雨天集》,当时是《文艺新潮》的主要作者。

除了登载马朗、贝纳苔、昆南等香港诗人的诗作外,《现代诗》还特意宣传了《文艺新潮》,不仅整版列出该刊的要目,而且还以现代诗社的名义发表启事:

> 香港《文艺新潮》创刊以来,深受海内外读者之欢迎,现在第一卷第十二期已出版,封面画是波纳所作《巴黎街头素描》,橙黄、深棕、黑与柠檬黄四色,厚八〇面,每册港币一元。有分量,有立场,内容丰富,编排新颖……
>
> 该刊已蒙侨委会批准登记,内销证不日发下,即可大量运台交由本社总经销,诚属高尚的读者们之一大喜讯也。
>
> 但在本社尚未正式代理之前,凡欲试阅一两期者,本社现有一、三、四、六、七、八、九、十二各期,每册实价新台币六元,可直接函购。而二、五、十、十一各期缺书,不能预购,这是很抱歉的。③

这则广告透露了很多关键的信息,首先是对《文艺新潮》介绍极为详细,其次是现代诗社是《文艺新潮》"指定台湾总代理"。不过据马朗回忆,台湾当局一开始并未通过该刊的引进,不仅不允许在台湾地区销售,而且还阻止其在东南亚的销售,因而,《文艺新潮》创办初期只能以手抄本的形式在台湾地区流传,马朗在2002年的一次访谈中曾着意强调这点:

> 其实左派当时文艺性的刊物有好几份,右派也有好几份。《文艺新潮》就夹在当中。你知道,《文艺新潮》第一期、第二期在马来西亚、新加坡和越南全部被吊

销,说是共产党刊物,国民党告诉他们这是共产党刊物,不要给它们进来。台湾始终不给《文艺新潮》入口,现在就可以看到,后来才给进去的,但他们以前,所有《创世纪》《现代诗》的人都可以告诉你,如纪弦、痖弦、叶维廉等人都可以告诉你,是手抄本的。他们带了一本进去后,就用手抄。是这样的,台湾检查《文艺新潮》也不是太紧,但不准入口。香港的《文艺新潮》对台湾的影响你是知道的,如果是没用的,为甚么要用手抄,而手抄的全是已成名的诗人、艺术家、作家等人。[24]

有手抄本流传,表明台湾文学圈对该刊的重视和认同,马朗就很肯定地说余光中曾看过手抄本,"我知道余光中就看过,余光中能看到,我相信是林以亮,也就是宋淇给他看的"[24]。部分台湾现代派诗人也可能曾受该刊影响,如刘以鬯便指出该刊曾影响台湾的文风,叶维廉则具体指明该刊所推介的西方文学对台湾诗人如痖弦等人的影响:"他在香港办的《文艺新潮》,不只是四十年代现代派一些新思潮新表现的延续(在台湾当时便是纪弦的《现代诗》),而且争先推介了存在主义者沙特和卡缪、超现实主义诗人布列东、亨利·米修等人及立体主义以还的新艺术,对台湾的诗人曾引起了很大的骚动。即以痖弦的《深渊》为例,便有马朗译的墨西哥现代诗人奥悌维奥·百师(Octavio Paz)诗句的痕迹。"[25]

综合《现代诗》上的信息和马朗的相关回忆,可以发现《文艺新潮》一开始受到台湾当局的抵制,但后来实际上已逐渐放开。当然,台湾当局最初对《文艺新潮》的限制还是部分说明该刊与《现代诗》之间存在差异,较之《现代诗》,《文艺新潮》的立场要更为中立,内容也更为包容,如该刊第三期曾出"三十年来中国最佳短篇小说选"的特辑,在所选的四篇小说中,就包含了师陀和张天翼这样曾有左翼倾向的作家,同时,在翻译方面,《文艺新潮》所选择的外国作家范围也更广。而反观《现代诗》,一是翻译范围以英法作家为主,其次也缺乏大陆五四以来尤其是左翼文学的信息,而这也不仅限于《现代诗》,整个台湾文坛都是如此,整体屏蔽了五四以来的左翼文学及留在大陆的文人作品,从而造成现代文学的断层。

马朗与纪弦的文学活动和相互交流,为我们从整体上理解台港地区的现代诗提供了新的视野。马朗和纪弦早期在上海相识,而且都与现代派之间有较深的关联,1949年之后,两者分别在香港和台湾主持了两地最为重要的现代主义文学刊物。这表明,就历史渊源而言,港台现代派一定程度上可说是30年代以来上海现代主义在两地的衍生,是同一枝条上的两支花朵。不过因两地的文化语境不同,现代主义的具体展开也有差异。两者之间的沟通,则可视为新的融合,在此过程中,出身上海现代派、在台湾提倡现代诗运动的纪弦,在港台现代主义的互动中起着桥梁的作用。

注释：

① 杨宗翰：《台湾〈现代诗〉上的香港声音》，《创世纪杂志》第 163 期，2003 年 9 月；陈国球：《宣言的诗学》，载氏：《情迷家国》，上海：上海书店出版社，2007 年，第 128—142 页；吴佳馨：《1950 年代台港现代主义文学系统关系之研究：以林以亮、夏济安、叶维廉为例》，台湾清华大学硕士毕业论文，2008 年，第 101—120 页等。

② 按：对于香港文学定义的标准问题，学界已有较多的讨论，如郑树森就认为"香港文学有狭义和广义的两种"，狭义的是指"出生或成长于香港的作家在香港写作、发表和结集的作品"；"广义的包括过港的、南来暂住又离港的、仅在台湾发展的、移民外国的"（参见郑树森：《香港文学的界定》，《追迹香港文学》，香港：牛津大学出版社，1998 年，第 53、55 页）。

③ 见《现代诗》1957 年第 19 期，第 43 页（广告页）。

参考文献：

[1] 洛夫. 诗坛春秋三十年[J]. 中外文学,1982(12).

[2] 路易士. 三十自述[M]//三十前集. 上海：诗领土社,1945：3.

[3] 纪弦. 纪弦自选集[M]. 台北：黎明文化事业股份有限公司,1978：41.

[4] 纪弦. 花莲港狂想曲[J]. 现代诗,1954(5).

[5] 路易士. 三十前集[M]. 上海：诗领土社,1945：22.

[6] 纪弦. 纪弦回忆录：二分明月下[M]. 台北：联经出版公司,2001：116.

[7] 张松建. 现代诗的再出发[M]. 北京：北京大学出版社,2009：197.

[8] 编者的话[J]. 诗志,1936(创刊号).

[9] 陈乔之. 港澳大百科全书[M]. 广州：花城出版社,1993：385.

[10] 吴奔星. 怀念香港作家梁之盘先生[J]. 香港文学,2000(183).

[11] 路易士. 虚无人[J]. 红豆月刊,1935(6).

[12] 路易士. 在夜的霞飞路上[J]. 红豆月刊,1936(4—2).

[13] 行过之生命[J]. 红豆月刊,1936(5)：141.

[14] 纪弦. 诗十章　后记[J]. 文艺新潮,1956(3).

[15] 编辑后记[J]. 文艺新潮,1956(3).

[16] 编辑后记[J]. 文艺新潮,1957(9).

[17] 编辑后记[J]. 文艺新潮,1957(12).

[18] 编辑后记[J]. 文艺新潮,1959(3).

[19] 刘以鬯. 三十年来香港与台湾在文学上的相互联系[M]//梅子,易明善. 刘以鬯研究专集. 成都：四川大学出版社,1987：96.

[20] 唐人街编者按[J].现代诗,1957(18).

[21] 马朗.第三个岛屿[J].现代诗,1957(19).

[22] 昆南.三月的[J].现代诗,1957(19).

[23] 编辑后记[J].现代诗 1957(17).

[24] 杜家祁,马朗.为什么是现代主义:杜家祁·马朗对谈[J].香港文学,2003(224).

[25] 叶维廉.经验的染织(1976):序马博良诗集《美洲三十弦》[M]//从现象到表现:叶维廉早期文集.台北:东大图书股份有限公司,1994:357.

——原载《江汉学术》2018 年第 5 期:62—69

诗歌史的视野与生命感

——以郑慧如《台湾现代诗史》为考察中心

◎ 简政珍

摘　要：郑慧如的《台湾现代诗史》是迄今为止见解和说服力兼具、成就极高的一部台湾现代诗史。如此的成就跟下面几个因素有关。其一，这部诗史的焦点是诗质与诗艺，而非知名诗人。其二，以"诗作是否散文化"检视诗质，不论是知名诗人或一般诗人，都一视同仁。其三，以一百行以上而"不散文化"的长诗区隔焦点诗人与主要诗人，让读者"见识"到什么是真正的"优秀长诗"。其四，这本诗史对诗人的评价、对诗美学的阐述大都根据文本细读，而作者有卓越的文本阅读能力。其五，作者不时展现洞见，如对文字游戏诗作的认知，对超现实主义的体认，因此论述展现恢弘的格局，多有启发性。其六，根据"撰写说明"所述，作者几乎阅读了所有被讨论诗人的整体作品。

关键词：郑慧如；台湾诗歌；《台湾现代诗史》；生命感

撰写具有影响力有说服力的诗史，需要丰沛的学养以及出类拔萃的才气。学养支撑数据的判读与运用、思维的缜密与宏观，才气透显撰写者对诗作细致的体会与阅读。郑慧如的《台湾现代诗史》就是这样一部巨著，是作者才气与学养的结晶。这是一部代表当下成就的"台湾现代诗史"，也是近百年台湾现代诗的顶尖论著。这部《台湾现代诗史》展示了撰写者独到的视野与见解：以文本作为诗人定位最重要的依据，非散文化的诗观，以质地稠密的长诗检验焦点诗人，强调诗要体现生命感，敏锐区隔文字优游自在与文字游戏的差异，对流行与风潮精辟的见解，以及对诗文本惊人的阅读能力。概述如下：

一、以文本作为诗人定位最重要的依据

郑慧如在"撰写说明"中就说："一切以诗文本为讨论的起点、焦点与终点。"[1]9 整

本诗史掌握了每一个时代诗坛的重要事件,捕捉了每一个时代的诗坛的重要论述。诗社的流派言说,诗人活跃的身影,都在这部诗史里留下明晰的迹痕。但这些都是一个烘托的背景,不是诗人定位的焦点。一个诗人具体诗作的诗艺不足,即使他在时间里呼风唤雨,都无法凸显成为重点诗人。我们熟悉的诗活动,"诗的星期五",众多的声光活动,各种朗诵会、纪念会,诗人的送往迎来等,但最后要在这本诗史里凸显轮廓,所依赖的是一本本扎实具有深度的诗集。郑教授如此的立足点非常有意义,一反过去经常将"诗活动"作为焦点,而将诗作淡化或是缩减化的论述。

因此,"个别诗人"的论述比"诗社"的讨论更有意义。过去各种类似诗史的撰述经常以这样的标题为名:"创世纪诗人""蓝星诗社诗人""笠诗社诗人"。然后在这样的标题下,讨论其中资深的成员。但事实上,同一诗社的成员,并不等同于同样诗风的书写者。资深的成员并不一定就是诗质优异的成员。诗人个别的成就,并不等于诗社共同的成就。洛夫在本书被定位为汉语诗界最有成就的诗人,郑教授论述的文字超过两万字,但同样是 20 世纪五六十年代"创世纪诗社"的成员,管管、碧果却只在脚注里出现。原因无他,前者的诗作具有浑厚的生命感,而后者写诗经常类似于文字游戏。

二、"非散文化"的诗观

郑慧如强调诗质得到呈现在于诗行不流于散文化。一般读者经常分不清楚"何谓散文化",甚至误解认为现代诗既然是白话文写成,必然是散文化。郑慧如在一开始的"撰写说明"就如此陈述:"现当代诗都是用白话文书写,但白话文完成的诗作,有的诗性浓密,有的散文化。散文化的关键是:作者心中意旨的呈现、事件的叙述,没有经由意象、比喻或是戏剧性的情境布置,而是以类似报导的陈述,以概念化的文字说明,甚至是解释,因而缺乏回味空间。"[1]10 换句话说,诗人在诗中似乎在说明他在写什么。既然作者已经在说明写什么,引发读者回味想象的余韵几乎荡然无存。概念化是诗性的刽子手,说明就是把细致幽微的人生情境概念化。白话文被等同于散文化是对诗性全然的误解,否则这一百年就不会有现代诗。洛夫晚年收集于《如此岁月》的诗作,文字比早期《石室之死亡》更"白话",但诗性的浓密度反而更高。郑慧如在诠释这些诗时,充分展现了她令人赞叹的细致阅读。一般批评家大都只能诠释比较复杂的诗,对于一首文字平淡而诗性浓密的诗几乎无能为力。但郑慧如的阅读,却能让这类诗作的诗性敞开亮光。也正因为有如此的阅读能力,她才能说服读者:洛夫是汉语诗界最重要的诗人。她所佐证的大都是洛夫这类书写自然、技巧似有似无的诗作。

有些评论者的"主题论述"也是散文化的帮兄。诗一旦自我说明,就倾向散文化,但三流的评论者却欢迎这样的诗,因为最容易整理出该诗的主题。于是,"空气如此污染,我怎能呼吸?"与"要多少肺活量才能吞吐空气中的尘埃?"等量齐观,因为同一个主题。有的评论者可能甚至认为前者优于后者,因为主题更明显。郑教授对散文化的逼视,也因此移除了一些诗人遮掩诗艺的面具。过去,许多批评家对一些"著名诗人"毕恭毕敬,评述的论文类似歌功颂德,很少碰触其中昭然若揭的缺点。对于 20 世纪五六十年代的前辈诗人,满篇绮语的称赞更是普遍的现象。但这本诗史却指出郑愁予、商禽、叶维廉、周梦蝶等人甚多作品的散文化,郑愁予是"最突出"的代表。例如,"土地公公,让我们躲一躲吧,在这小小的土地祠/外面有追赶我们的暴风雨/让我们躲一躲吧,在这小小的土地祠"[①][1]266,其实,散文化是郑愁予诗作的常态;一般读者对他的印象,因为《错误》一诗,陷入了"美丽的错误"[②]。

散文化消解诗质。一些主要诗人明显的散文化,诗史撰写者不能漠视这样的事实;指出这种现象而且加以评论,对所有的诗人才公平。但散文化有轻重之别,在散文化"轻"而仍能展现生命的浑厚感时,仍然得到相当的肯定,如汪启疆、詹澈。散文化"重",但具有文学发展的历史意义时,也仍然在《台湾现代诗史》占有一席之地。最明显的例子是:在处理 20 世纪 20 年代的启蒙时期时,郑教授说:"这段时期的诗作,大都非常散文化,但鉴于这些作品都是台湾新文学的第一步,读者宜做谅解的阅读。"[1]46 当现代诗摇摇晃晃地踏出第一步时,我们怎能苛求创作者"不能"散文化?这一段的陈述让读者感受到本书应有的批评以及适度的宽容。

三、焦点诗人的长诗叙述

我在《台湾现代诗美学》的第十二章《长诗的发展》曾经引用诗人兼诗论家瑞德(Herbert Read)所说的:"主要诗人与次要诗人的区别,在于是否能够成功创作一首长诗。很难想象一个被称为主要诗人的创作者,毕生的诗作悉数都是短诗。"[③][2]331 在郑教授的《台湾现代诗史》里,焦点诗人就是瑞德所称的主要诗人。该书除了整体诗作诗质浓密外,"以百行以上、质量兼备、以历史意识或生命哲思展现厚重感的长诗"[1]9 作为跨入焦点诗人的门槛。郑教授对焦点诗人有很大的期盼,诗史要检验的是:在"不散文化"的条件下,诗人展现的格局与叙述能力。任何焦点诗人,都必须要有较大的格局,除了整体诗作的质量外,他之所以成为注目的焦点,是因为他还有优秀的长诗创作。长诗检验诗人意象叙述的能力,在叙述中展现雄浑的生命力与深邃的思维。但另外有一个很重要的附带条件是：长诗的文字不能散文化。我在《台湾现代诗史》里提到长诗不是在短诗里掺水稀释，将短诗拉长，而是长诗里任何的诗行，都要像短诗一样稠密。一旦散文化，诗人就失去了其书写长诗的理由。因为正如上述，散文化就是说明性，是诗质的刽子手。[2]330

20 世纪 70 年代《联合报》等报纸提倡叙事诗，诗人附和书写，因为得奖款项非常诱人。但这些得奖诗作，由于散文化，由于说明性，由于写诗的目的论明显，有些诗人得奖后，不久就让这些作品躲躲藏藏，恨不得让它们消失。当年得到丰硕奖金的喜悦，变成难以洗清的污点。但所有的书写，都是抹不去的记忆。面对历史，总有记录；每一个当下，都可能成为历史。果然，郑教授在诗史的"撰写说明"里说："以叙事、故事、情节牵连为核心，或呐喊、说教、控诉意味浓郁而诗质稀薄的长篇叙事诗，大都不符合本书对优秀长诗的认定。"[1]10 因为她要书写诗史，将这些躲藏在黑暗的书写，再度暴露在阳光下受到检视。

郑慧如将长诗书写视为主要诗人跨进焦点诗人的门槛。大部分那些得奖叙事诗不仅无法帮助得奖者跨进门槛，反而因为其说明性与散文化让诗人整体的诗学成就打了折扣。这一点，郑教授处理的态度非常公允，一视同仁。即使"焦点诗人"陈义芝与"最重要诗人"洛夫此类的创作，也是同理看待。前者的《海上之伤》，后者的《血的再版》都不列入他们的长诗创作。另外，杨牧的诗剧《吴凤》，也是以同样的理由，而被剔除。当然，陈义芝、洛夫、杨牧，除了这些得奖叙事诗外，仍然有相当可观的优秀长诗。罗门也有两首长诗参加这类的叙事诗奖，但这两首还是以他擅长的风格书写的，因而比较不散文化、比较没有说明性，因而仍然被视为"优秀长诗"。也许所有参加叙事诗得奖的诗人中，罗门是唯一的例外。

四、揭露文字游戏的苍白

郑慧如这部《台湾现代诗史》另外一个重要的贡献是揭开文字游戏的真面目。由于台湾众多的"后现代理论家"大都以"套用标签取代文本细读"，形而下的文字游戏经常变成后现代书写的标杆。坦白地说，这些所谓理论家之所以套用标签，是因为他们没有细读文本的能力。更反讽的是，这些"后现代理论家"大都缺乏外文原典的阅读能力，都只能利用一些简介导读宣扬后现代，因此误读连连。最典型的代表人物是孟樊。由于习惯性套用各种理论标签，孟樊理所当然认为德里达否认文本的意义。但正如奚密对孟樊的批评，这是对德里达的误读与误用。她说：德里达"强调的是意义的产生永远是一复杂多面、不可界限的意符运作于上下文的结果。意义的不可归纳与界定，并不意味着意义的消失"[3]。

引用奚密对孟樊的批评正是印显郑教授自己的批评理念[1]417。因为即使文本再纠结复杂,郑教授大都能抽丝剥茧,让读者感受到文本的细致幽微。由于意义幽微,更值得读者细致品尝;但套用标签的所谓理论家没有能力细读,因此说这些作品没有意义,也因而把诗贬抑/哄抬成文字游戏。

由于将文本游戏化,对于好诗中幽微的意义视若无睹,孟樊的诗作最适合他自己贴的后现代游戏标签:借用"互文",诗句类似"天下文章一大偷"。郑教授引用张春荣说:孟樊的诗拟仿、袭用、东拼西凑;她也引用陈仲义的质疑:孟樊的所谓"互文","到底是明知故犯的盗版还是凑趣的游戏"[4]。

由于部分所谓的后现代理论家的扇动成风,台湾诗坛文字游戏变成显学。游戏诗作甚至被误解成具有超级的想象。有两位"玩诗"的中生代诗人被选入"十大诗人",就是如此风潮下的产物。这两位是陈黎与夏宇。

郑慧如认为,陈黎的诗是台湾诗坛的暮鼓晨钟。她用了大约三千字的内容讨论陈黎的诗作,发现有三种现象:一者是"符号化"所做的文字游戏,二者是议论性的散文化,三者是迎合大众口味的取材。郑教授指出,陈黎诗作的第一种最常见的现象是,部首游戏、猜谜、圈字重组、拆字重组、再生诗、广告、海报、漫画,等等。郑教授举了一些例子后,如此结论:"倘若陈黎继续此风做诗,AI 诗人会是他的神对手。人工智能行世,据闻机器人被输入五百多位诗人的作品之后,排好文字的逻辑,几小时内可写几十首质量不差的诗。读者已经不再需要有血有肉而专以符号做诗的'诗人'。"[1]555 有关陈黎符号化的游戏,郑教授引用了廖咸浩的话说,陈黎是"有所而为地着重符征"[1]555,意谓陈黎符征的刻意运作。郑教授接着指出,陈黎习惯在诗行中议论,诗作因而也自然流于散文化。郑教授举了几个例子,如《火鸡》《世纪末读黄庭坚》《翡冷翠晚餐》等。对于一般读者来说,这些诗行也有比喻,怎么可能"散文化"呢? 郑教授的重点是:这些比喻大都是浅白易懂,但作者还要告诉读者"这个比喻在说什么",诗中人的感受是什么,进而再做情绪的议论与咏叹,因此趋近散文。

值得注意的是,郑教授在讨论了陈黎这些散文化的诗行后,紧接一段是呈现陈黎那些"紧急煞车班的短诗、集中单一视点的题材,时而出现警句"[1]556。郑教授似乎隐约暗示陈黎应该多创作这种诗句,避免散文化。表象的批评,实际隐含对诗人的期待。

对于另一个著名的"游戏诗人"夏宇,郑慧如只写了一千多字。文中没有明显的褒贬,对于她的"文字的游戏",也不再特别加以审视,因为对陈黎的批评已经是不言而喻的投影。

有关台湾诗坛的"文字游戏",古添洪说:至今仍有人持续"玩耍","拼贴"的那种

"台版后现代诗,早该除役"④[1]630。我也曾经多次如此立论:文字游戏经常是诗人想象力不足的遮掩。廖咸浩、古添洪、简政珍三人都是在国外留学的"外文系诗人",他们从国外作品中几乎早就看腻、看穿了贫血的文字游戏,但在台湾,这些苍白失血的诗作竟然被哄抬为超凡的想象力,真是既可悲又可笑。郑教授的《台湾现代诗史》揭露这些文字游戏的真面目,单单这点,就足以让这套诗史树立了一个里程碑。

五、肯定文字的悠游自在

批评文字游戏,并不意味着郑慧如默守那些"循规蹈矩"一板一眼的诗。刚好相反。在她诗史所举的诗例中,几乎没有一首"循规蹈矩"的诗。她更欣赏悠游自在的文字,文字自我的嬉戏,而不流于形而下的游戏。在她讨论的焦点诗人中,洛夫、李进文有不少这样的诗作。

即使学院诗人如杨小滨,也是因为文字的悠游自在,得到相当的肯定。她引用杨小滨的《软钉子主义》("刺到肉里的,未必是爱情。/从心灵的窗户眺望的,/也可能铺满灰尘。//对一只鞋底的蟑螂发呆/只能解释为/意外发生的太晚//而光着脚走路,啊,脚尖的/夜曲,在冰凉月光下/戛然而止")[1]658,透过诗行的分析,她说"诗行常在是与否的论证中演进,充斥着各种反转、倒置、颠覆、否定的力量,在语言和意象中宣示'不是'的美学"[1]658。

接着,郑教授以杨小滨一些诗题中有"后"的诗作(如《后律诗》《后团拜主义》《后拳头主义》等)讨论"后"所隐含的延续与反对的意涵,进一步影射后现代的诗作。既然有后现代诗创作的迹痕,郑教授指出,杨小滨的诗作,意义游走,将现有的模式翻转、重整再现,符征不断浮动,"文本的意涵一边挪移,一边分裂"[1]660,充斥着文字嬉戏的痕迹。但这样的文字嬉戏并非文字游戏。她结论道:"其诗以轻为重,既带着游戏性看待人生,又以调侃而反证的语言展现洞视,不同于一般的游戏文字。"[1]660

文字的嬉戏之所以与文字的游戏不同,在于嬉戏是诗文字本身的"个性",一个既要传承又随时想跨越的个性。嬉戏是瞬间的舞蹈,脚步离地的刹那,悠游自在地跃出道路的规范。文字游戏则是写诗人"刻意"的戏要,因此经常变成一种演练,一种写作的常规。文字游戏也许能透露出诗人的某些机智,但游戏的诗作毕竟是时间的消耗品,读者看穿游戏的规则后,诗作的深度将浅薄如空白的纸张。诗的嬉戏,最终给读者的是对人生凛然的惊觉,虽然进行的过程中,文字意象似乎逸出语言"正常的"轨辙。文字游戏的诗,经常曝显诗人意图掩饰贫血的想象力,而文字嬉戏的诗却隐含诗的生命感。

六、诗的生命感

郑慧如在诗史中要确立的价值是诗的生命感。诗的生命感是指诗作让读者在阅读的瞬间能凛然感受到生命的状态。诗的生命感不是宣扬的口号,任何"说明""议论"的诗行,都难有生命感。生命感在幽微细致的文字中。生命感不是来自于有形的技巧。写出有生命感的诗人当然有丰富的诗艺。但最有成就的诗艺,在于诗质、诗性呈显时,让读者不会意识到诗艺。

整套诗史中,郑教授要告诉读者的是:洛夫的诗作最有生命感,因此也是"最重要、最有才气的汉语当代诗人"[1]117。

郑教授在诗史中调理出洛夫十一点的特色。从洛夫早期的《石室之死亡》到晚近结集的《如此岁月》,郑教授所举的诗例,焦点几乎就是诗的生命感。对于洛夫的诠释与批评,过去批评家最善于贴的标签就是"超现实主义",《石室之死亡》更几乎被有些批评家等同于超现实主义。只要标签一贴上去,这本诗集就被"解决了"。至于诗中细腻而隐约的情境,很少有人去体会、去品尝。对于郑教授来说,由于这本诗集的诗,技巧比较明显,她除了举一些"金句"外,并没有对整首诗的分析,她专注的焦点是《如此岁月》,一本生命感浓郁但技巧似有似无的诗选集。

大部分批评家对于似有似无的技巧的诗作,几乎束手无策,因为没有理论可以用来贴标签,因为没有明显的技巧可以当"把柄"。因此反讽的是,洛夫这些居于汉语诗坛成就高端的诗,除了极少数的一两位批评家讨论过外⑤,几乎没有人碰触。郑教授把这个诗集当作讨论的焦点,是批评家对自我的挑战。

郑教授举了《如此岁月》很多诗例,呈现洛夫诗的生命感。因为篇幅有限,有的引用局部诗行,没有细加讨论,如:《月光房子》《禅味》《如此岁月》等,这些诗行,正如郑教授说的,是洛夫1980年后"冷锅冷油、清蒸水煮"[1]131的风格。如《如此岁月》的诗句:"蝉的沉默与战争无关/仗早就不打了/这个夏天它把话都说完了/只是一些带着秋意的叶子/还有点牢骚"。[1]131 这些诗行表面"清淡",郑教授说,但"却是更深远的浮生若梦、镜花水月"[1]131,更能深入细致地观照自然、人生的冷肃的真貌。

郑慧如进一步举几首诗进行细致分析,如《风雨窗前》《汽车后视镜里所见》《秋之死》《花事》《无题》《城市悲风》《寄远戍东引导的莫凡》《甘蔗》等,不时将"生存当下的荒谬与永恒平等化、具象化、戏剧化"[1]144。试以她诠释的《秋之死》为例,引用的诗行是:"日落前/最不能忍受身边有人打鼾/唠唠叨叨,言不及义/便策杖上山/天凉了,右手紧紧握住/口袋里一把微温的钥匙。"[1]137 紧接着引文后,郑慧如如此阅读:"此节最引人注意的是'口袋里一把微温的钥匙'。连结到开章第一行'日落前'和题目《秋之死》，一日将暮、岁时之暮与人生之暮引起联想，'策杖登山'于是不仅为了走山路所需，也隐约暗示诗中人的年纪。那么，'口袋里一把微温的钥匙'，在实境和隐喻上都发挥了作用。温度陌生化了钥匙在生活里的实际作用，'微温'呼应暮年的诗中人，读者不难设想此处'钥匙'作为意象，轻讽诗中人肉身的硬设备不再精良、从'中钢'到'微软'的浩叹。然而同时，'钥匙'一句仍在叙述中拓展，延续前一行的'天凉'，使得此节在实存里就是一个事实。'右手紧紧握住'，主要因为口袋里'钥匙'的'微温'，给了诗中人一点点暖意。可能稍有泄露天机嫌疑的就在'紧紧握住'四字：它透露'时不我予''稍纵即逝'之感。"⑥[1]137—138

　　郑慧如的诠释有几点值得注意。她能瞬间抓住诗行中最富于生命感的意象。再者，她是在生命的情境里体会诗性，而非借由理论技巧的分析。诠释时，她先"看见"实境，再"看穿"意象的指涉与隐喻。不是技巧或是理论在指引诠释，而是感受当下的情景而联想到意象暗喻的人生。当然"微温的钥匙"是家的钥匙，虽然离家登山，但是钥匙的温暖也是回到家的温暖。这个钥匙在秋凉的反衬下更让诗中人感受到它的温暖。⑦从"一日之暮"到"人生之暮"，郑教授细腻地品尝意象的意涵，让读者感受诗中人的"生之秋"。

　　洛夫诗的生命感，很少是纯粹的悲凉。诗中人很少自悲自叹，而是发出一种似笑非笑的"苦涩的笑声"。郑教授在这方面的体会，令人动容。她引用《花事》为例，"前院的芙蓉花提前笑了/是不是有点青楼女子的媚态/妻问//这个问题……很抱歉/我已脱了衣衫/等洗完澡再说/等清除了体内那位弗洛伊德/再说/(第三节略)"。[1]138 全汉语界从有新诗开始到现在，只有洛夫能写出这样的诗行，既富于深度又富于幽默感。郑慧如诠释后说：洛夫晚年的诗作，"安然自在，醇郁苍茫，越写越好，开垦出的格局和境界难以攀比"[1]140；"诗行探讨错综复杂的人生，兼具哲学的深度、意象的观照，想象力非凡，得因文字而见因缘所生，替沉闷的人生透一口气，从呆板固定的事物里写出灵活流动，无不引人会心一笑"[1]140。

　　生命感是检验一个诗人最重要的标尺。诗的生命感与文字游戏天地之别。夏宇的招牌诗是文字游戏。但郑教授在讨论夏宇的短文中说："夏宇最好的作品，好在直截了当而惊鸿一瞥的比喻，比如《上邪》《野餐》《鱼罐头》《爱情》《疲于抒情后的抒情方式》；而不是实验性特别显著的语言游戏。"[1]565 如此的论断是因为前者有生命感，而后者只是机智技巧的演练。可惜，夏宇在《备忘录》写了一些有生命感的诗作后，就在文字的游戏中迷失了。

七、文本细读的能力

以上洛夫诗的生命感、杨小滨诗中意义的游走,都需要极敏锐的细读能力。整部《台湾现代诗史》有如此的高成就,关键处就在于作者令人赞叹的文本细读能力。郑慧如对一个诗人的评价,都没有预先设定的立场,先由文本细读开始,细读了几乎一个诗人所有的作品后,才给予"史"的定位。焦点诗人如此,主要诗人如此,学院诗人也如此。

郑慧如的文本细读,几乎能从任何理论的框架中解脱。深入文本的情境才是她最重要的立足点。细读文本时,她所专注的是诗中人与隐藏作者,几乎完全不理会真实作者"所言所行"。由于专注文本,她能深入诗境,呈现诗的生命感。如她举江自得《心脏移植》的前两节:"为了接纳你的心/我脱去了一层又一层/深厚如茧的自负//你用最沉潜的体温/轻轻抚过/我体内每一个细胞。"[1]505 郑教授对这两节的诠释非常动人,对"自负"的体会,更令人激赏。她说:"自负"有表面与前后文语境纠葛。"自负表面上寓自大、自命不凡之意,而在诗行中,即将换心的人躺上手术台,生死一线间,没有自命不凡的条件;另外一层'负'的'背负''负荷'之意,因换心手术这个主题而鲜活,在诗行中产生动能:等待换上新的心脏的病人,原本不堪使用的心脏,也将卸下陈年的负荷。"[1]506 自负与负荷正反的纠葛,正是换心人当下矛盾复杂的思绪,这就是人生。接着,第二节"沉潜的体温/轻轻抚过/我体内每一个细胞",郑教授读出"'换心改变性格'的奇幻思维,同时意指新的心脏输送血液,和未来'我'将因'你'潜入而转变"[1]506。因为对文字敏感,阅读才得以展现了诗的生命感。

郑慧如面对诗文本,能看到文字意象的多重面向。举凡视觉的影像、声音的意象、文字的吊诡、诗中人隐藏的语调,都在她的阅读下,呼之欲出。以陈育虹的诗作《我告诉过你》为例,郑教授看到诗中人的心态,再从这个心态,体会到写诗人的"幽闷与闲愁",然后在诠释中给了似褒似贬的断语。她说:"《我告诉过你》以一气不断的句式表现神经质的想念,诗行如:'我的眼睛流浪的眼睛想你因为梧桐上的麻雀都飘落因为风碎玻璃。'讲究声音使得陈育虹的诗渗透着表演质素。音乐元素在诗中的作用是;兜拢了叙述声音的"幽闷与闲愁"。明显而不断被作者强化的声音效果,将作品塑造成容易咀嚼的基调,相当程度遮蔽诗中比韵律更珍贵的思想。"[1]543

以文字的细读入手,点点滴滴累积成对一个诗人的整体观照,这些观照,有的显现诗人诗风的前后期一致,有的杂沓缤纷,有的前后期相互矛盾。前后期一致者,意谓长年岁月如一日,当然即使风格类似,深度广度仍有悬殊。杂沓缤纷者,是典型大诗人的标志。前后期矛盾者,则是诗人自我的翻转,有时往上提升,有时往下坠落。不论是始终一致,或是前后矛盾,郑教授都通过对文本细节的阅读,找到诗人应有的定位。肯定一个诗人的成长,证据来自于文本细读,指出一个诗人负向的蜕变,证据也来自于文本细读。郑慧如教授这部《台湾现代诗史》有如此辉煌的成就,大都建立在极其卓越的文本细读能力上。

八、撰史者各方面的慧见

郑慧如在诗史中展现的慧眼,几乎无所不在。例如她说 20 世纪五六十年代"以超现实为技巧来遮掩与当政者相左的意见"是个伪命题[1]90—91。她认为那时优秀的"超现实"作品,大都"表现出痛定思痛的豁然与自尊"[1]91,而这样的态度都来自于每天呼吸的天空,超现实的技巧是彰显这样的思绪与情境而非逃遁。郑教授的立论铿锵有声,能引起读者的共鸣。

郑教授对"流行"的态度,也值得读者深思。世人大都把流行当成焦点,殊不知成熟就意味着拒绝流行。流行有多种样式。因循一种"传统的"写法,而引起大众习惯性的阅读兴趣,是一种流行。因循一种"形式上的游戏",为了逗引众多的读者注目他的"前卫",也是一种流行。心中确信举办某种活动必然能凸显主办者的名字,也是在追逐流行。

诗人的活动可能让读者误以为是诗的主要活动。但郑教授要告诉读者的是,诗人最重要的活动是写诗。一首一首完成的诗,一本一本结集的诗集,才是诗最重要的活动。白灵是非常活跃的诗活动者,但他在朗诵的舞台上的姿势,透过声光的显影,都无法取代他在诗文字上的创作。他之所以在《台湾现代诗史》中被列为主要诗人,是因为他一本本的诗集,而非舞台上的身影。

在郑教授的眼里,知名或是畅销的诗人并不等于是重要诗人。席慕蓉的诗集最畅销,但在这部《台湾现代诗史》中,却是所有"主要诗人"里论述篇幅最短小的诗人。

郑教授对每一个诗人的讨论,都展现了精准的慧见。这一方面来自于卓越的文本阅读,一方面又映显了撰史者在诠释诗已经融入了生命的情境。读者可以感受到:郑教授在诠释诗时,是一种生命的自觉,一种灵光闪现的瞬间,一种静谧沉淀的思维。

有时,瞬间闪现的言语不尽然是对诗或是诗人的肯定,而是清冷且温暖的慧见。如她对于非马诗作的观察:一些评者如李魁贤将写诗的非马定义为"正牌的意象主义者"。但郑教授说:"意象的精神在于勾勒画面,以象表意;而非马的诗捕捉的经常是意念,主要假托一个情境来挑拨意念。"[1]486 "在非马的诗里,意念的比重经常高于意象,使得象为副而意为主，象为虚而意反而为实。"[1]486 言简意赅直捣核心，再以诗例佐证，非常有说服力。

由于郑教授的慧眼，《台湾现代诗史》有一个非常重要的"意外"贡献，那就是张健的再发现。郑教授说，张健诗作超过2500首，而且质地优异，但台湾现代诗坛几乎忘掉这个诗人的存在，很少人提起，更少人评论。也许世人普遍印象是张健大都只写十行以下的超短诗，因此没有正视其应有的重要性。从诗史的叙述里，郑教授显然看了张健大部分的诗集。她告诉读者：张健诗作的篇幅，短、中、长诗都有。中、长篇幅的诗作"书写对时代、社会、人类未来的关怀"[1]306，富于历史的纵深，且有一定的文字稠密度。短诗则诗思"麻利"，文字精练，不假粉饰，机智巧思，但不做文字游戏。郑教授论述的最后一句是："在一九五〇——一九六九的台湾现代诗史中，张健是最待发掘的矿藏。"[1]308 郑教授的诗史不为流行所转，且在流行风潮的掩盖下，发现了一个几近全然"不流行"的重要诗人。

九、诗史的生命感

文本细读，意谓阅读者进入文本细致的情境，阅读的过程也就是随着诗中人进出人生。读者享受文本的细节，也间接在享受人生。所谓享受，并不意味着诗是糖浆，或是安慰剂。读者享受诗，在于诗摄住读者的心灵。当然摄住读者的心灵必然要透过动人的文字。文字的动人可能隐含技巧与深邃的人生情境。但似有似无的技巧可能是最高的技巧。因为当诗人越想凸显技巧时，他经常越偏离诗的生命感。要弄技巧，也经常让诗作变成文字游戏。

郑慧如在《台湾现代诗史》里，提供三个讯息：一者，造成一个诗人是否为主要诗人、焦点诗人的关键，在于他大部分的诗作是否有生命感。二者，在阐释一首诗展现的生命感时，郑教授经常呈现诗人"隐约"的技巧，但又"技巧性地"不碰触"技巧"这两个字。对她来说，明显甚至是卖弄技巧的诗作，很难触及生命感。三者，最有生命感的诗作经常来自于似有似无的技巧，如洛夫近晚期的诗作。

因此，诗史不是数据的累积。诗史不是在建立数据库。当郑教授一首诗一首诗地阅读，再一首诗一首诗地诠释时，她正引领读者进入诗人创作时的心灵之旅。诗史是心灵的动态之旅，而非检视一堆堆几近没有呼吸的死资料。当我们看尽了传统的诗史论述之后，我们发现阅读郑教授的《台湾现代诗史》的过程，也是经历生命的过程。

因此，诗人创作动机、诗人日常生活的场域、社会的情境，都只是舞台衬托的背景，真正的主角是诗人完成的作品。既然作品是主角，观众聚焦他的演技。对于郑教授来说,演技的高低决定了焦点诗人、主要诗人的选择。但好的演技不是刻意造作、浮夸煽情的表演。诗打动人的是隐约的情感,而不是宣泄的情绪。

于是,阅读这部《台湾现代诗史》时,我们不仅看到诗的生命感,还看到诗史的生命感。我们在阅读郑教授的诠释时,可以深深感受到撰写者对自我的期许。她似乎自我要求要看完一个作者所有的作品,才为这个作者下定论。很多人写诗史,是借由一种概约的印象。印象是一种化约,没有复杂的细节。有些印象甚至与文学诗作无关。于是,一个偶像永远是未质疑的偶像,因为撰史者没有完整看过这个偶像的作品。对于这样的撰史者来说,选择这样的偶像是最安全的作法。但我们在郑教授的《台湾现代诗史》里,看到这些偶像的本来面目。也许有些读者不尽然同意她的论述,但读者很难跟她辩论,因为所有辩论的基础在于,要有共同阅读的文本。当一个读者为某一个诗人辩护或是抗议而想要与郑教授辩论时,他必须要先看完这个诗人所有的作品才有对话的空间。我们怎能以少数一两本诗集,甚至是几首诗而"决定"对一个诗人的认知。偶像在诗史里被呈现为另一种面目,或是自己不喜欢的诗人被呈现为主要诗人、焦点诗人,而诱引我们想发声"抗议",但抗议之前,请先自问:"我是否看了他整体的诗?"

对于一个诗人最大的尊重,不是颁给他一个奖杯或是丰厚的奖金,而是好好阅读他所有的诗。所有被列入这部诗史的焦点诗人、主要诗人、学院诗人都应该感到荣耀,因为他们的诗作都在郑教授撰写的过程中被翻阅过、被体会过。阅读好的诗作,犹如阅读人生。从郑教授融入诗作情境中,所谓书写诗史,事实上是书写人生。诗作呈现的是人生,而撰写诗史也呈现另一个面向的人生。阅读诗史对好诗的诠释时,我们可以感受到郑教授文笔的温暖。也因为这样的温暖,我们读到的不是冷冰冰的史实与事件,而是诗史的生命感。

注释:

① 郑慧如讨论诗人的作品,本文标示的是她讨论的页码。至于有关诗人原著的讯息,读者可以在原书该页的左边找到批注。

② 其实,对于这首著名的诗,郑慧如也在其诗史中说它是全然脱离现实人生的梦幻之作。见郑慧如:《台湾现代诗史》,新北:联经出版事业股份有限公司,2019年,第267页。

③ 瑞德的原著是 Herbert Read, *Form in Modern Poetry*, New York, 1933。

④ 这是古添洪在《诉说我与西方文学与理论的姻缘》中的说法,收录于他的《书写在历史的秋千里》,台北:万卷楼图书股份公司,1986年。

⑤ 我曾经写了三篇论文讨论洛夫这种似有似无技巧的诗作。请见简政珍:《洛夫接续性意象的诗性呈现》,《国际比较文学》,2018年第3期,445—458页;简政珍:《洛夫

近晚期诗作似有似无的技巧》,《江汉学术》,2018 年第 6 期,75—83 页;简政珍:《洛夫早期现实书写的诗性》,"新诗百年:中国当代新诗理论批评研讨会"会议论文集,北京:首都师范大学/北京大学,2018 年 9 月 20 日—2018 年 9 月 22 日。

⑥ 我曾经在《洛夫近晚期诗作似有似无的技巧》里也诠释了这首诗,我的诠释内容略有不同。请见注⑦。

⑦ 这是我对洛夫这个"钥匙"的诠释。

参考文献:

[1] 郑慧如.台湾现代诗史[M].新北:联经出版事业股份有限公司,2019.

[2] 简政珍.台湾现代诗美学[M].台北:扬智出版社,2004.

[3] 奚密.现当代诗文录[M].台北:联合文学出版社,1998:221.

[4] 陈仲义.戏拟的剪子:读孟樊的诗集《戏拟诗》[M]//孟樊.戏拟诗.台北:秀威资讯科技股份有限公司,2011:19—24.

——原载《江汉学术》2020 年第 6 期:77—85

异域诗歌

盛　艳　李海英
冯　溢　潘灵剑

实验性诗写中的流行文化与词语流嬗变

——从《好莱坞的达菲鸭》析读阿什伯利的诗歌

◎ 盛 艳

摘 要：约翰·阿什伯利诗歌实验派的语言写作倾向表现在细节叙述的跳跃与用词的晦涩，同时阿什伯利将现代艺术与诗歌创作相结合，试图通过诗歌达到表现主义绘画的效果，这都直接或间接地导致了一定的阅读障碍。《好莱坞的达菲鸭》创作于 20 世纪 70 年代，与流行文化紧密结合，并呈现出跳跃度极大的词语流嬗变。本文通过研究还原当时的流行文化特征，可发现流行文化是衔接词语流的重要环节，进而揭示阿什伯利诗歌晦涩的原因：(1) 词语流的纵跃、拼贴与重组与流行文化的映射与拼接相关。(2) 阿什伯利通过词语流的嬗变模糊其写作意图，实现了对个人化情感的规避。(3)《好莱坞的达菲鸭》展现了阿什伯利的写作雄心，其诗歌的嬗变路径展现了用诗歌图景还原世界的过程。流行文化使得历史图景、社会现象、地理特征的拼接以及虚幻和现实的相互转换在诗中成为可能。阿什伯利的诗歌是对流行文化下的破碎的、不可预知的世界的重新构建。

关键词：约翰·阿什伯利；流行文化；词语流；陌生化；嬗变

约翰·阿什伯利出生于 20 世纪 20 年代的美国，被视为继斯蒂文斯、奥登和毕肖普之后的集大成者，是美国继哈特·克兰以来影响力最大的诗人之一。在使其声名鹊起的《凸面镜中的自画像》(1975) 获得国家图书奖和普利策奖之前，他已经出版 5 部诗集，其中《一些树》(1955) 获得耶鲁青年诗人丛书奖。在《一些树》中，阿什伯利就已呈现了实验派的语言写作倾向。对诗中意识流式跳跃的细节叙述，阿什伯利指出："诗人不能什么都写，必须要挑选。"[1] 阿什伯利自然了解如何通过可以被预见的、令读者愉悦的叙述稳固而清晰地呈现诗歌主题，但大多数时候，其诗中的细节叙述会给人一种漫无目的的印象，类似于对表现主义绘画的符象化，即诗歌试图达到表现主义绘画的效果,这不仅使受到传统抒情诗歌熏陶的读者感到阅读障碍,那些仅接受表现主义作为绘画艺术的读者也会在这种信息量庞杂的阅读中感到不适。读者需要忽略诗中看似芜杂的细节铺陈,抓住主线,才能把握连贯的叙述。

阿什伯利的诗在争议中不断扩大影响,其中《纽约时报》书评栏目对其诗歌的访谈与介绍充分证明了流行文化是诗人创作与作品传播的重要一环。与罗伯特·布莱(Robert Bly)、罗伯特·克里利(Robert Creeley)、欧文·艾伦·金斯伯格(Irwin Allen Ginsberg)、W. S. 默温(W. S. Merwin)、加里·斯奈德(Gary Snyder)等诗人不同,阿什伯利的诗摒弃了政治言说,他褒扬奥哈拉(Frank O'Hara)没有写关于越战的诗,有评论家指出:"因为一个诗人没有做什么,而对其赞扬,这种态度使我震惊。"对此,阿什伯利回应道:"所有的诗歌都是反对战争、支持生命的,否则就不是诗歌,当诗被迫进入某个特定程序的模式时,就不再是诗了。诗是诗,抗议是抗议。"[1]阿什伯利清楚地意识到诗的呈现方式是独特的,是不可以被程式化的。不借助外部因素,让一首诗获得关注是困难的,诗中突破常规的悖论正是为了帮助读者打破阅读惯性,当读者开始思考这些悖论时,语言的回归与更新才有可能被意识到。

阿什伯利的诗歌是对阅读经验的挑战性颠覆。一方面它打破了对于诗歌目的、主题和基本框架的预设;另一方面,诗歌的晦涩之感也许与其意象推动、句子结构和诗歌中的跨学科用语有关,这些意象与用语以词语流的形式在诗中不断延展变化。诗中的词语流转向迅速,几行诗即可跨越时空,呈现出庞杂无序的混沌感;与此同时,诗人倾向于使用结构较为复杂的长句,语法成分的位置变换以及不定代词的能指滑动也给阅读带来难度;诗中的部分词语源于丰富的历史与复杂的社会生活,不仅有各个领域的专有词汇,更交织了英文、拉丁文、意大利文和法语,诗人试图通过词语的色彩、情绪甚至是类似笔误的拼写调动起崭新的阅读体验,从而引发冲击性的陌生化阅读感受。同时,意象不断并置、流动、变换,最终被替换成与最初截然不同之物,这使得诗人的写作意图看起来模糊不清,而正是借助这种写作方式,阿什伯利实现了对于个人化情感的规避。正如在《别样的传统》一书中,阿什伯利指出:"我做不了解释自己诗歌这样的事,我觉得我的诗歌就是解释。"[2]

借助词语流,阿什伯利的诗歌有可能呈现多变复杂、不可预测的现实生活。词语流的不断推进与嬗变使地理与历史的滑动成为可能:不同的历史图景、社会现象以及地理特征被拼贴,例如科普生僻词、来源于电影和动画的专有词汇的并置都在一定程度上给诗歌带来了新鲜感,这也展现了诗人试图用诗的语言还原充斥着流行文化现象的现代生活的雄心。阿什伯利的诗歌给读者提供了一个审视自身的视点,营造了现代人得以抽离思绪的精神空间,使对光怪陆离的现代生活置身事外的观察成为可能。将事物视为从未见过的客体进行描述的陌生化手法唤醒了事物的独特性和完整性,但代价是要将它从一个熟悉的世界中剥离出来[3]。基于这一点激发起来的情感必将不隶属于个人情感,而是突破地域与时间的共通情感。

一、词语流的嬗变方式:纵跃、拼贴与重组

《好莱坞的达菲鸭》[4]220 与《凸面镜中的自画像》都是长诗。《凸面镜中的自画像》融合了阿什伯利对文化的把握、对诗艺至善的探索、对诗学理论的阐发,并将上述因素统一于看似碎片化的文本。诗的结构与内容的二元性,诗学本身和言说方式合二为一,诗论糅合在诗歌创作中。阿什伯利选择诗的形式对抽象的诗学理念进行论述,诗艺在被言说的同时展现出诗的特质,最终达成形式与内容的高度统一——每一个小节似乎都是完美的诗论,同时也是完美的诗,这也许就是使得《凸面镜中的自画像》成为元诗的重要理由之一,可以说《凸面镜中的自画像》较为综合地呈现了阿什伯利的诗歌美学。

罗杰·吉尔伯特指出《好莱坞的达菲鸭》这首诗可以用"狂野"来形容,其间浮现了一种新的审美腔调。这首诗最初现世距《凸面镜中的自画像》出版仅三个月,后被收录于《船屋的日子》(*Boathouse days*, 1977),它混合了令人眩晕的、晦涩难懂的典故和纳博科夫式的玄奥多义的措辞,卡通形象代替了文艺复兴时期意大利画家帕米加尼诺的高贵面孔,而正是这张脸启发阿什伯利写出了《凸面镜中的自画像》[5]。在《好莱坞的达菲鸭》中,词语的勾连更繁复具体,动画人物的视角使词语流变换速度加快,这首诗可被视为《凸面镜中的自画像》中诗歌理论的实践。

《好莱坞的达菲鸭》取材于"乐一通"1938 年的同名动画电影,讲述了达菲鸭通过反讽式拼接对影片进行剪辑,打动了上层制片人,最终成为好莱坞导演,继而被同化的故事。诗歌没有分节,这也体现了写作中思维的绵延不断。诗歌开篇叙述者游移不定,诗人写到"某种奇怪之物正爬过我",宾格"我"(me)的使用将抽象的感觉具体化,并保持了感触的神秘性。模糊的主观体验剥离了诗写中的普遍经验以及想当然的写作体验。这种方式将"我"最大限度地从诗中剥离出去,用诗写来呈现表述目的,达到形式和目的的统一。

诗中随后出现了西班牙歌剧《塞莱斯蒂娜》(*La Celestins*)中的女主角和歌剧《阿玛迪斯·德·格雷丝》(*Amadigi di Gaula*)。从古典歌剧的女高音咏叹调开始书写当代流行文化,凸显出现代与古典的差异。《塞莱斯蒂娜》根据费尔南多·德·罗哈斯 1499年的同名小说改编,诗中的"塞莱斯蒂娜"是这部歌剧的同名女主人公。《阿玛迪斯·德·格雷丝》是由德国作曲家乔治·弗里德里希·亨德尔作曲的三幕"魔法"歌剧,该

剧创作于 1715 年。诗中的"塞莱斯蒂娜"用女高音咏叹调唱出的《我曾想过你》则是由约翰尼·墨瑟和吉米·范·豪森于 1939 年创作的流行歌曲。"塞莱斯蒂娜"既能演唱流行歌曲《我曾想过你》,也能演唱歌剧《阿玛迪斯·德·格雷丝》,这正是喜闻乐见的大众拼贴。歌剧中悦耳的高音咏叹调如飞镖一样,锚定充满现代感的事物:

> 某种奇怪之物正爬过我
> 塞莱斯蒂娜只需用颤音啭鸣出最开始的几个音
> "我曾想过你",或阿玛迪斯·德·高德拉中的一些悦耳的音符,
> 这适合吟咏一切——一罐薄荷味的
> 拉姆佛德发酵粉,一只赛璐璐耳环,飞飞鼠
> 冈萨雷斯,来自海伦·托普·米勒创造力非凡的带抽屉
> 书桌的最新作品,一捆本色的,有毛边的
> 股票,上有暗示性图片——来时咔哒咔哒穿过彩虹拱桥

用女声咏叹演唱流行歌曲,这使歌剧与流行音乐特质都在古怪的拼贴中得以清晰地浮现。从"咏叹调"到"泡打粉"似乎无逻辑可寻,但是如果翻看 20 世纪初期拉姆佛德发酵粉的广告,会发现该品牌的发酵粉罐上印着戴着一个阔沿帽的女孩。借助广告这种流行文化形式,阿什伯利实现了一系列跳跃性极强的诗歌语词之间的过渡:泡打粉罐上的广告女孩形象衔接了唱着高音咏叹调的"塞莱斯蒂娜"和充满女性特质的"赛璐璐耳环",最后直接进入主题——飞飞鼠"冈萨雷斯"。词语流嬗变的迅疾恰恰和"飞飞鼠"奔跑迅速的特质重合。

飞飞鼠"冈萨雷斯"也是华纳电影公司"乐一通"系列的动画角色,它是全墨西哥跑得最快的老鼠,飞飞鼠一出场就符合动画片赋予它的特点——速度极快地跨越城市的街区,并且自带光环,正如诗中写到"来时咔哒咔哒穿过彩虹拱桥"。飞飞鼠是从抽屉里飞出来的,这是一个非凡的设想,似乎只需一个拉开作家抽屉的轻巧动作,他们塑造的形象就栩栩如生地动起来。诗歌中提到的海伦·托宾·米勒(Helen Topping Miller)是美国作家,她一生创作了四十多部长篇小说和三百余篇短篇小说,其创作的儿童读物主要是圣诞系列,托宾的儿童作家的身份与"飞飞鼠"的"乐一通"动画人物属性在"儿童"处得到了黏合。

"海伦·托宾·米勒创造力非凡的抽屉"实现了诗歌语词从"飞飞鼠"到"一捆本色的/有毛边的/股票的"纵跃。跨度从"飞飞鼠"所在的虚拟世界到了现实世界,而闭合抽屉的突然拉伸,使这种纵跃具备了视觉上的饱满与炸裂感。由语词纵跃而构成的词语流的加速也在"飞飞鼠"处达到了顶峰,这与"飞飞鼠"的形象合二为一,与此同时也

揭示了作家与其作品的关系,作家塑造动画人物形象以换取股票,借此阿什伯利轻松幽默地解构了作家与作品之间的关系,随即诗人通过"达菲鸭"对于创作他的"漫画家"进行控诉,进一步将这种关系碎片化:

> 他曾允诺过解救我出此地,
> 这个卑鄙的漫画家,但是你只看现在
> 他对我做了些什么！我简直不敢靠近我的脸
> 在远处轮毂中心圆盖上微弱的影像,它的轮廓线
> 如此变形,如此狼狈

好莱坞的"达菲鸭"正式出场了。可以看到从"咏叹调""流行音乐""骑士浪漫剧""薄荷味泡打粉""赛璐璐耳环""20世纪初的作家海伦·托宾·米勒"到"飞飞鼠",要衔接起诗中语词的表层断裂,必须深入到文化层面。一旦文化断裂的链条被修复,读者就能追随着作者徜徉于美国20世纪三四十年代。阿什伯利不断将抽象表征为形象的事物,以达菲鸭的自我观察为例,"轮毂中心的金属圆盖"的出现极具现代性,同时也暗指生活的镜面无处不在。在《好莱坞的达菲鸭》这首诗中,现实被糅进虚拟,而虚拟在现实中变形,这时诗歌成为一块由虚实经纬交织的编织物。在这段诗中,达菲鸭的自白表现了它对现实的不满,其间包括了对漫画家,即其创造者的不满,这几乎是隐喻式的悲剧了,但是这种对于"造物者"的不满,却主要源于其对自身外表的设计,这种肤浅的认知,使得悲剧性在出现的瞬间就被解构了。

二、流行文化的映射与拼接

阿什伯利的诗写呈现了当下的状态,在诗歌写作过程中,诗的本真即什么是诗被揭示出来,这符合《凸面镜中的自画像》所呈现的阿什伯利在诗歌创作中探讨诗艺的倾向。

诗歌是表征现实的方式之一,虚拟世界是现实世界的映射。现实世界可以呈现出多个影像,类似于在多个不同角度或位置的光源下,一个物体可以有多个重叠出现的影子。"词语流嬗变"在本文中指阿什伯利借助词语实现诗歌在真实与虚幻、现实与超现实,以及风格迥异的场景中的转换。通过词语之间的张力,词语在时间轴上不断滚动或回溯,实现空间的转化,最终完成了对现实与虚拟边界的模糊化。与此同时,流行文化下的拼贴使诗歌的笔触伸入超现实的变形世界。

在《好莱坞的达菲鸭》中，阿什伯利写道：

> 候诊室里长满蕨类植物，但几乎没有你所说的
> 友善。一切事物都窒息到
> 沉默的一点。刚才一场磁力风暴悬浮于天空的样本之上
> 就在福德一家车库的上方，将这点——戏剧般地——减弱
> 为卡兹登收购纪念册封面上
> 墨蓝光环中的小木屋。突然之间所有事物都
> 令人生厌。我不想再回到里面去了。

　　在这几行诗中，"长满了蕨类植物的诊室"经由"悬挂在仓库上的磁力风暴"，最后定格为"纪念册封面上/墨蓝光环中的小木屋"。流行文化下的动画片经由超现实的"磁力风暴"最终落脚于现实中的"纪念册封面"，诗人实现了从虚幻到现实的词语流嬗变，完成了诗歌书写的维度转换，从三维空间定格为二维平面，这种转换刻画了动态的瞬时凝聚，并且通过"我不想再回到里面去了"实现了从动画世界到现实世界的转换。此时，达菲鸭的视角从漫画转到现实世界。

> 你遇见
> 足够多模糊的人，在这祖母绿的——交通枢纽之岛——不，
> 不是人，是来来往往熙熙攘攘，更多是：嘟嘟囔囔，泥浆飞溅，
> 植物快活得发狂
> 好像古怪但全副武装的扎克雷
> 步兵团，搔首弄姿，指向磨坊上
> 小小的白色纸板城堡。"沿着缓缓的河流而上，我们该有多快活？"
> 它将如何走到尽头？

　　这几行较好地诠释了阿什伯利的"词语流嬗变诗艺"：诗人通过繁复的词语流以及隐性诗路的铺垫确定词语流嬗变的角度。衔接"长满了蕨类植物的诊室"与"植物快活得发狂"的小岛不仅有"植物"，还有交通与人流。利用这些词语，阿什伯利在诗中建立了一条隐形的枢纽之路，"来往熙攘"和"泥浆飞溅"都暗示了这是条主干道，这条路通往一个较高的视角"指向磨坊上的/小小的白色纸板城堡"。"扎克雷"原指法国北部的农民暴乱，在这里"扎克雷步兵团"一词将"拟人"与"暴动"的双重属性赋予植物，通过从长满蕨类植物的诊室到植物快乐得发狂，最后到"扎克雷"，文化勾连使静态之物呈

现动态的腾跃之势。动静之间是现实与梦幻的互指,意象间的变形与跳跃出乎意料,词语流进入了"达菲鸭"的深层次生存空间,使从一个滑稽、变形、近似于荒谬的角度反观现代人的生活成为可能。

阿什伯利在诗中问道:"溯缓流而上,我们该有多快活?"与此同时又从这种自我想象中腾跃而出,转到了"它将如何走到尽头?""它"在此带来了模糊的语义,究竟是说河流将如何蜿蜒到尽头,还是说我们的快乐会如何结束? 无论选择何种语义,词语流所营造的空间上的逼仄感最终会指向心理上的失落感。

《好莱坞的达菲鸭》中词语流从虚幻到现实的轨迹展现了阿什伯利创作的雄心。诗歌中思维的膨胀以及词语流的无序跳跃使读者望而生畏。马克·斯特兰德(Mark Strand)谈道:"如果你想让一首诗说明自己的意义,及时而且清晰的——一般写那种腔调诗歌的诗人总是谈论他自己的经历——那么,当你读到那种类型的诗歌时,它将你拽回了你所熟知的世界。那种诗让世界显得更舒适,因为有一个人和你一起分享他的经验。事实上,我们在这些诗歌中读到的小轶事,以及我们对其真实性所持的相信态度倾向都是虚构的。"[6]阿什伯利选择的诗歌书写方式恰与上述截然相反,要探索连续词语流嬗变的终点必须要对阿什伯利的诗歌观念有所了解。

作为 1927 年出生的后克兰时代的现代诗人,阿什伯利已经打破了哈特·克兰(Harold Hart Crane)对于现代主义的言说。与艾略特(T. S. Eliot)的"客观对应物"一样,克兰的"隐喻逻辑"被视为现代诗的重要理论。克兰被引用最多的一句话是:"出于技术上的考虑,诗的创作必须源于对所用材料的内在的情感动力,比起语义之间的关联,所采用的表达方式常常较少依赖其逻辑上的意义。"诗的整体结构建立在"隐喻逻辑"的有机原则之上,这一原则先于我们所谓的"纯粹逻辑",即言语的遗传基础,因此也是意识和思想延伸[7]。

克兰已经有先于逻辑的概念,诗歌语言之间的语义关联被赋予了更为重要的意义,而这在阿什伯利的诗中表现得更为激进。在阿什伯利的诗歌中,探究逻辑是无果的,读者阅读失败的经历常常是因为陷于对其诗歌逻辑的纠缠,可以说逻辑是横在读者与诗之间的阅读沟壑,读者在诗歌中所获得的躁动与不安,大多来源于经典诗歌传统在此处的不适用。突破传统使阿什伯利的诗在语义与形式上呈现出分裂的趋势,它不追求清晰,词语的跳跃看似是对于现实生活的遮蔽,最终却清晰明确地还原了现代生活图景。正是这种特殊的言说方式激发了读者的思考,帮助他们突破想当然的先入为主的阅读方式,最终唤醒其对事物的真实感受。

阿什伯利的诗是一种符合自然思维方式的语言流动,但如果认为诗人只是随手记录大脑神经元所传递的词语和片段,则偏离了诗人的本意,超越逻辑不等同于无逻辑。

现代解释学鼻祖施莱尔马赫(Friedrich Schleiermacher)认为,人从根本上说是语言的造物,对人类而言,人和理解都建立在语言基础上[8]。和同时代的诗人罗伯特·布莱(Robert Bly)、唐纳德·豪尔(Donald Hall)、艾德丽安·里奇(Adrienne Rich)、肯尼思·科奇(Kenneth Koch)、哈罗德·布罗斯基(Harold Brodsky)、约翰·霍克思(John Hawkes)相比,阿什伯利雄心勃勃地试图用语言还原图景纷繁的时代,因此其诗也更为晦涩难懂。丹尼尔·霍夫曼在《哈佛当代美国写作指南》中将阿什伯利诗歌中的这种不确定性视为"唯我论的唯美主义",他抨击阿什伯利的作品"脱离外部现实"并且"有目的地失去逻辑"。马乔里·皮尔诺佛却认为"阿什伯利对某些特殊意义的揭示似乎总是迫在眉睫"。但是,这两种迥然不同的意见均指向了阿什伯利的诗歌的隐晦、语义滑动与不确定[9]。

阿什伯利坚持认为诗歌并非是文学的一个分支,而是"生活本身",诗歌能让读者意识到自己的生活和周围的人,这对他们的行为会有不同程度的影响。对于那些认为阿什伯利的诗是脱离现实的、碎片化的、斯蒂文斯式哲学的批评者,这是强有力的回击[10]。

在同时代的诗人中,出生于1927年的肯尼思·科奇也认为诗歌在精神上是世界性的,这种思想也许是受到表现主义动作绘画、法国超现实主义和欧洲前卫主义的影响。动作绘画,也称为"手势抽象",是一种绘画风格,强调在画布上自发地运用、喷溅或涂抹颜料,由此产生的作品强调绘画者行为,认为这是艺术家完成作品的一个重要方面,此时是超现实想象的滥觞期。阿什伯利的超现实想象也有着惊人的跳跃和抗干扰的不连贯性。词语流嬗变的轨迹就是诗写的思维痕迹,并最终指向了诗人的诗歌创作观念。

科奇诗中的词语流速和人称变换并没有阿什伯利诗中的那样迅速,碎裂感也不明显,其诗句通常由一个语法完整的句子分行完成。但是翻阅阿什伯利的诗歌,我们会发现即便在诗人的早期作品中,譬如1954年写的《我的生活哲学》[11],也有词语流的不断延伸、变换,但是和《好莱坞的达菲鸭》相比,诗的语流速度是适中的,譬如:

> 好的,在夏天,去海边看看
> 可以计划很多短途旅行
> 一棵稀稀拉拉的白杨欢迎游客。附近
> 是公共厕所,疲乏的朝圣者在那儿刻上
> 他们的名字和地址,也许还有他们的话语
> 对世界说的,当他们坐在马桶上
> 思考他们其后会做什么
> 离开前,在盥洗池里冲洗双手,

又回到户外。他们是否被原则诱骗过,
他们的话有哲理吗,不管它是如何粗糙?
我承认我不能再搭乘这思绪的列车前行了
某种事物卡住了它。某种因我不够
大而视线不足以越过的东西。或坦白点讲我害怕。
我之前做的有什么问题?
但也许我会想出个折中的法子——我会让
事物保持它原本的样子,或多或少。

    这一节描写了从海边到海边的盥洗室,到坐在马桶上、洗手、清理思绪,这是现代人的常态。语言流速不快,思维的阻塞唤醒的是"我"对事物的观念——即"让事物保持它原本的样子,或多或少",这一观念即是阿什伯利想展现的写作图景。另外,阿什伯利的写作图景,或说诗学源泉,从《一些树》到《凸面镜中的自画像》一直都是"只有在失去的语词中/我们才能想象我们的回报",正如阿什伯利在《制度》(System)一诗中所重申的那样:"我们被我们无法想象的东西拯救了。"[12]阿什伯利的诗写就是用诗歌图景还原世界以及失去的话语。

    反观《好莱坞的达菲鸭》,从长满蕨类植物的诊室,到高速公路,再到白色的纸堡,"嘟嘟囔囔"(mutterings)、"泥浆飞溅"(splatterings)的连用,"古怪的"(bizarrely)、"快活得发狂"(happy-go-nutty)、"扎克雷"(jacqueries)等词语的叠加,呈现出迅捷而癫狂的词语流速度。如果翻看动作派画家杰克逊·波洛克(Jackson Pollock)、威廉·德·库宁(Willem De Kooning)和拉里·里弗斯(Larry Rivers)的作品,会惊异地发现《好莱坞的达菲鸭》和表现主义在油布上泼洒色块绘画的风格类似,边缘模糊,却又不断变换,不确定与模糊感充斥着整个画面。

    后表现主义者追问了一个问题,即人眼所见真的是客观世界吗? 马克·斯特兰德指出:阿什伯利有一种渴望……他塑造了一个断裂的世界,没有模仿真实世界而是从另外一个角度看世界,它和真实世界一样断裂与无法预知……没有其他任何地方像阿什伯利的诗这样,让我们彻底摆脱可预测性……当你在经历了诗人灵魂深处那种对世界重新组合、重新排序的陌生感之后,世界不知何故看起来更新鲜了。我们的日常世界似乎被断章取义,一方面它上面回旋着诗人的声音,但是另一方面这世界突然变得更加鲜活——不似往常那样[6]。《好莱坞的达菲鸭》这首诗可以视为对后表现主义的一种文本上的等同,于拼贴中重组,于重组中唤醒对于现实生活的新鲜感受,也许这是阿什伯利借词语流嬗变试图展现的诗歌图景。

三、词语流的嬗变轨迹

1983 年,阿什伯利在接受《巴黎评论》(*Paris Review*)的采访中说道:"总的来说,我觉得诗歌一直在我内部进行,就像一条地下溪流。一个人可以放下水桶,把诗舀上来,我想,只要愿意,我就可以插上诗歌的插头,但我并不经常这么做。就像那边的电视机,我不常看电视,但偶尔我打开电视,确实,有些事情正在发生,就在那一刻。我不知道我是否能向你解释我这样做的理由,但在我看来,生活就是这样安排的,当你有时间的时候,你就可以做一些事情,诗歌就是其中之一。"[5]

电视是流行文化的跨时代发明,在 20 世纪电脑还未普及时,它是光怪陆离的集大成者。阿什伯利用偶尔打开电视这种行为比拟写诗,这在某种程度上解释了在阿什伯利的诗中,为什么词语流动是如此的繁复、迅速,甚至是超越常识而没有道理的,电视的频道选择实际上是最自然又最突兀古怪的拼贴方式,显然阿什伯利深谙其道。但这是否意味着诗人的写作会不受控制地滑向未知的方向,成为世界仿拟式的附庸? 实际上,阿什伯利在写作时一直避免陷入窠臼或某种固定的观念,诗不是对于世界刻板化的呈现,而是结合现代派艺术的艺术化呈现。

《雨天的窗扉》[13](*Wet Casements*)是诗集《船屋的日子》中的一首。阿什伯利在诗中写道:

> 观念是有趣的:看,如同映在
> 雨流如注的玻璃窗上,余者面目由
> 他们自己双眼所见。对其正确印象的摘要经由
> 他们自我审视的态度覆上你
> 幽灵般透明的脸庞

这是比较显著的镜像双重投掷,其他人在下雨的玻璃窗上看见自己的面目,而他们对自己表情的调整暴露了自己对世界的态度,而这种态度又被窗后的"幽灵般透明的脸庞"所捕捉。可以看到 20 世纪 70 年代中后期,阿什伯利的诗对于"镜面"有着较多的思考。在《雨天的窗扉》结尾处,阿什伯利写道:

> 我会用我的愤怒来造一座
> 阿维翁那样的桥,人们在上面舞蹈是为了

在桥上跳舞的感觉。我终于看到自己完整的面孔
不是映在水中而是映在磨光的石桥面。
我会做我自己。
我不会重复他人对我的评价

　　阿维尼翁桥也叫圣贝内泽桥,横跨于罗讷河之上,现在只有四个桥拱保存下来,是著名的"断桥",正是这种不完美成为深入人心的法式浪漫。这座桥也因一首儿歌《在阿维尼翁桥上》(On the Bridge of Avignon)而声名远扬,儿歌中唱道:"在阿维尼翁桥上,人们跳舞,在阿维尼翁桥上,人们围成圆圈跳舞……"阿什伯利在诗歌的结尾提到了这座桥与舞蹈,有一种世界回归圆满的感觉,人们仅仅是悦而蹈之,面容不再印在雨流如注的窗上,而是映照在因为跳舞而被磨光滑的桥面上。在诗中阿什伯利强调要建一座与阿维尼翁桥一样的桥,在圆满之中又饱含了对于缺憾美的接纳。如果脱离了文化因素,诗意就很难被传递和感知。与《好莱坞的达菲鸭》一样,在《雨天的窗扉》中诗意的传递借助了文化。正是耳熟能详的儿歌使《雨天的窗扉》这首诗中的阴郁色彩被解构,回归了对世界的美好愿景。布鲁姆评论道:"很明显,只要像《雨天的窗扉》这样的诗歌仍然存在,诗就不再是一种缩小的或已完成的艺术形式。"[14]

　　镜面是自省的一种表现方式,在《好莱坞的达菲鸭》中,除了"轮毂中心"的一小块圆形的光滑金属,没有和《凸面镜中的自画像》以及《雨天的窗扉》那样出现镜面或玻璃,《好莱坞的达菲鸭》是通过对于现实世界的感悟来表达自我审视的,在诗歌中这种感悟以箴言的形式出现。

　　对镜自省是由外部所见影像镜面而引发的对自身的思考,这是向外的;而箴言则是向内的自我思考。在《好莱坞的达菲鸭》一诗中,多次出现类似箴言的诗句,看似信马由缰式的写作几乎多是通过箴言式的感触被拉回。阿什伯利的写作目的也许是从另一种角度在文本中对破碎的、不可预知的世界的重构。与《凸面镜中的自画像》中直接利用凸面镜的设置表达诗学理念不同,《好莱坞的达菲鸭》侧重于对流行文化与生活的自我审视,这种自审类似于照镜子,这是对抽象镜面的敏感,也是一种对虚拟与现实的双重审视。当诗歌叙述者(speaker)的视角与诗人有所重合时,箴言的诗句就出现了,譬如诗人写下这样的诗句:

……我仅
间歇性地存活于你的记忆,
就好像用另一种语言思考。所有事物
取决于是否有人使你想起我。

这场虚构,以及那些"其他的时候"

事实上都是一些灵魂的沉寂,被挑出来的像

黑色丝绒上的钻石,并没有它应具备的那般重要。

"所有事物/取决于是否有人使你想起我"这一句阐释了"我"与世界的关系,表达了只有处于关联中,存在才有意义。这也进一步印证了在陌生的词语之间寻找关联的词语,这种寻找即词语流嬗变是使存在有意义的写作行为。流行文化则是构成关联的诗歌之链。《好莱坞的达菲鸭》要求读者不仅在最简短的诗歌片语中,而且在充斥着繁复意象的复杂句子中意识到词语的曲折变化。因为只有到那时,(对事物、对世界的)态度才能被召唤出,基于此,形成诗歌的观点并将其倒转成对经验的复杂反映的象征[15]。正如阿什伯利在《生活的哲学》[11]中写道:

那曾经是最艰难的部分,我承认,但对它

会是什么样子我有某种黑暗的预知。

所有的事物,从吃西瓜或者准备去洗手间

或仅仅站在地铁站台,陷入沉思

就那么几分钟,或担心雨林,

会被影响,或更为精确地讲,被曲折

被我的新态度。

态度,或者说看事物的不同视角,才是看起来晦涩艰深的诗歌语言所要呈现的方向趋势。阿什伯利在《好莱坞的达菲鸭》中展露了诗歌写作的真实意图:

我们生活在同一个维度,他们在我们的维度中。当我

在异国穿越黑暗毁灭的所有海岸寻求

救赎,为我们所有人,用那种语言思考:它的

语法,尽管折磨人,但仍提供亭台楼阁

语言改变了人们的思考,思考尽管折磨人却有意义,"亭台楼阁"指的是语法搭建了让思想得以表达的语言结构。就像斯特兰德(Mark Strand)和斯蒂文斯(Wallace Stevens)一样,阿什伯利在写诗的过程中讨论这首诗应该如何写。在这种模式下,诗歌创作冲动的产生和发展成为诗歌结构和组织不可分割的一部分[12]。因此当诗人利用讽喻的手法描绘现实世界,又一方面让"寓言"两字成为诗歌内容的一部分,就没有什

么值得惊异的了。"寓言"一词(allegory)本身即具备讽喻的意味,阿什伯利通过"达菲鸭"之口,说出了对现实社会的观感:

> 这整个时刻都是
> 一个肠子咕噜作响的巨人的腹股沟,即使是现在,
> 他在睡梦中翻身,倒在我们身上。再会吧,小块的牧草树林,
> 皮革厂,水上牧场。未命名的寓言来得
> 太快;虫蛀的桃木鱼叉像雨点一样砸下来
> 这是龙卷风间值得注意的全部事物。

"龙卷风"与之前"就在刚才一场磁力风暴悬浮在天空的样本之上"中的"磁力风暴"相呼应。通过这些的词,繁复的意象得以嬗变,诗意不断向前递进与分层。在《好莱坞的达菲鸭》中,可以看到词语流嬗变使得诗歌场景在动画与现实间转换,而"暴风雨"作为"磁力风暴"的词义延伸,也又一次让读者的思绪盘桓。正是借助词语流的嬗变,一方面诗意才不断地向前拓展,另一方面诗歌又呈现出"碎片状态"。如果把握住这条脉络,会发现阿什伯利写作的意图是尽力呈现这个复杂、多变、不可预测的世界。诗人在诗歌中所表现的种种"破碎"只是对于词语无限能指的模仿,即对真实生活的戏仿,诗人写作的真正目的是为了通过现象探索产生现象的本质[16]。

在《好莱坞的达菲鸭》一诗中,每一次诗意的向前跳跃都有流行文化的影子,箴言则是镜面效应,通过自我审视,将偏离写作的词语流拉回。路德维希说:"每天早晨,人们必须重新先开废弃的碎砖石,碰触到生机盎然的种子,一个新词犹如在讨论园里播下的一粒新种。"[17]"新词"是使诗有生机,不落入窠臼的重要因素之一。在阿什伯利的诗中,"新词"指的是那些打破语域的形式上的搭配更新,撕开在多年惯性理解中形成的词语面具,使之回归本义。"词语"之间的腾跃借助了词的特性,包括本义与引申义的区别、修辞、韵律,同时也借助了文化因素。以单词拼写方式为例,在阿什伯利的诗中,英语拼写是默默无闻易被忽视的,一旦采用拉丁文、意大利文和法语,则会最大限度调动读者对这些词语的辨认,这也是一种文化因素,虽然看起来更像是和读者开了一个玩笑。需要注意的是箴言式的诗句使得游离的诗语呈现出内拉的趋势,如:

> 重要的不是我们看见什么而是如何看见;所有事物都
> 相似,雷同,正如我们为申明做出改变的人
> 鼓掌的同时,我们也为改变自身鼓掌。
> 所有的生活都仅仅是场虚构

　　《好莱坞的达菲鸭》展现了阿什伯利的写作雄心,其诗歌的嬗变路径就是用诗歌图景还原世界,这也是诗人写作意图之所在。阿什伯利的诗写突破了传统诗歌书写方式,借助流行文化实现了从虚幻世界到现实世界的转换,使诗歌成为对破碎的、不可预知的世界的重新构建。

参考文献:

[1] Longenbach J. *Ashbery and the Individual Talent* [J]. *American Literary History*, 1997(1): 103—127.

[2] 约翰·阿什伯利. 别样的传统[M]. 范静哗,译. 南宁: 广西人民出版社,2019: 4.

[3] Clune M. *"What Charms is Alien": John Ashbery's Everything* [J]. *Criticism*, 2008(3): 447—469.

[4] Axelrodsg, Camiller, Travisanot. *The New Anthology of American Poetry: Postmodernisms 1950-Present* [M]. New Jersey: Rutgers University Press, 2012.

[5] Gilbert R. *Ludic Eloquence: On John Ashbery's Recent Poetry* [J]. *Contemporary Literature*, 2007(2): 195—226.

[6] Strand M. *The Art of Poetry* [J]. *The Paris Review*, 1998(3): 148.

[7] Langdon H. *Hart Crane & Allen Tate: Janus-Faced Modernism* [M]. Princeton, NJ: Princeton University Press, 1993: 163.

[8] 杨小滨. 能指作为拟幻: 论臧棣诗的基本面向[J]. 江汉学术,2016(4): 63—68.

[9] Silverberg M. *Laughter and Uncertainty: John Ashbery's Low-Key Camp* [J]. *Contemporary Literature*, 2002(2): 285—316.

[10] Wasley A. *The "Gay Apprentice": Ashbery, Auden, and a Portrait of the Artist as a Young Critic* [J]. *Contemporary Literature*, 2002(4): 667—708.

[11] Ashbery J. *Philosophy of Life* [EB/OL]. (2010 - 04 - 05). https://poets. org/poem/my-philosophy-life.

[12] Robert M. *Review: John Ashbery Reviewed Work(s): Self-Portrait in a Convex Mirror by John Ashbery: Houseboat Days by John Ashbery* [J]. *Contemporary Literature*, 1980(4).

[13] Ashbery J. *Wet Casements//Houseboat Days* [M]. New York: Farrar, Strausand Giroux, 1987.

[14] Stein L. *The Ashbery Flies* [EB/OL]. (2017 - 09 - 06). https://www.theparisreview. org/blog/2017/09/06/the-ashbery-files/.

［15］Wolf L．"*The Brushstroke's Integrity*：*The Poetry of John Ashbery and the Art of Painting*"［M］//Lehman D．*Beyond Amazement*：*New Essays on John Ashbery*． Ithaca：Cornell University Press，1980：249‑250,253—254.

［16］盛艳,超文本解读下阿什贝利诗歌意义的回归［J］.江汉大学学报(人文科学版)， 2006(6)：19—21.

［17］路德维希.文化和价值［M］.黄正东,唐少杰,译.南京：译林出版社,2014：2.

——原载《江汉学术》2021 年第 1 期：77—85

"中心诗"观念：朝向现实的出发之旅

——对华莱士·史蒂文斯诗学观的一种考察

◎ 李海英

摘　要：华莱士·史蒂文斯的"中心诗"构想始于第二次世界大战之际，成型于战后，延伸到 20 世纪 50 年代，目的在于摆脱浪漫主义、虚无主义和神秘主义，以现实结构为中心参照物建立起一套精准的诗歌理论，倡议现代诗人去创造同时满足理性和想象力的当下之诗。该诗学观着重讨论了"诗与我们的关系""部分与整体""往昔与当下""想象与虚构""最终的现实"等问题，重新思考现实与现代诗歌的关系，认为当下现实既是多样、流动、瞬息万变的，又是单调、贫乏、重复性的，每一时刻的所见之物无时无刻不在进入一种新关系之中，而现代诗歌应该做的是重视与我们直接相关的东西，视每一部分为中心所在，对相对立的、同样真实的最新现实进行阐释，用语言符号构筑出一个可以帮助我们理解实际世界的中心处，达到所见、意识、思想与语言的同时在场。

关键词：华莱士·史蒂文斯；现代诗；诗观；中心诗；部分与整体

　　史蒂文斯对"中心诗"的构想，始于第二次世界大战之际，成型于战后，延伸到 20 世纪 50 年代，不仅影响了美国当代诗歌的走向，也启发了其他学科的探索。目前，此理论尚未在国内充分译介，笔者认为它对当下的诗歌写作仍有实质性效用，尤其适用于此刻。首先，"中心诗"处理的核心问题是认识论的基本问题，意图创造一种同时满足理性和想象力的作品，以帮助我们活得痛快，扩展我们的存在。其次，"中心诗"观念所构想的新方向，重点在"现实"和"当下"，史蒂文斯认为，任何一种艺术的中心问题永远都是现实问题①。也许有人会觉得这个新方向毫无新意，毕竟"现实"对于 20 世纪的杰出诗人来说是理论与实践的根基，每个特殊的时刻，他们都会以自己的方式迈进新现实之中[1]。然而，诗人追寻的究竟是何种现实？这个问题非但不是完全清晰的，甚至还常令人困惑，我们听到，艾略特说："人类难以接受太多现实。"[2] 布罗茨基说："诗歌是抗拒现实的一种方式。"[3] 也听到米沃什说："我生活在 20 世纪的恐怖场景中——那是现实，我无法逃入'纯诗歌'的王国，就像一些法国象征主义的后代所建议的那样。"[4]……当然，这仅是字面上的迷惑，每个诗人都有自己的依据和目标。值得注意的是，如果"现实"仍然重要，那么就有必要继续分辨。

史蒂文斯的任一诗歌理论，都包含着庞大的知识内容且随着写作进程时有变化，本文能做的有限：明确"中心诗"概念，考察其来源、意图及手段，分析其本质及难题所在。为了描述的方便，文中借用地理学的"锚点"概念。锚点②，取其狭义使用，仅指与"中心诗"这一构想活动有关的节点作为主要特殊点，目的是沿着锚点所标识出的路径，将"中心诗"理论所牵涉的知识内容明晰起来。要选的主要锚点有两个：一是 1948 年，史蒂文斯用一篇演讲稿和一首诗，明确地给中心诗以定义；二是 1942 年，史蒂文斯出版了两本诗集，对现代诗的本质进行了频繁阐释，其中包括构想"中心诗"的起点、处方和手段。在两个锚点之间，1942—1947 年间的一系列论文和诗作可视为"中心诗"的实践过程。后来的长诗《纽黑文的一个普通夜晚》（1949）和短诗《中央的隐庐》（1952），是对"中心诗"观念的重要补充。

一、"中心诗"概念的明确提出

（一）《类比的效果》

1948 年 3 月，史蒂文斯以《类比的效果》为题在耶鲁大学做了一场演讲，谈到如何创造"恰当的类比"时，把现代诗人分为两类：第一类，以想象作为内心的一种力量，运用想象是为了抵达一个更大的想象领域，而不是摧毁令人不满的现实，此类诗人的特点是重视意识，寻求"终极神秘"，视"创造未来的诗歌"为己任，瓦莱里即是；第二类，也是以想象作为内心的一种力量，不同的是，这类诗人把想象当作一种深入现实的洞见，一种足以使自己在"意识中心之处"的力量，目的是创造"一种中心诗"（a central poetry），一种属于当下的艺术，比如史蒂文斯自己。他称第一类为"边缘诗人"，第二类为"中心诗人"，划分的依据是诗人利用想象的意图，前者从神秘主义开始——过渡到另一种神秘主义——朝向"一个神圣的结尾"③。后者也是从神秘主义开始——然后竭力摆脱神秘主义——朝向我们称作文明的终极理智。

这次演讲的显在主题是类比的效果，"中心诗"是作为隐含主题被阐释的。让人疑惑的是，为何对比的诗人必须是瓦莱里？回到瓦莱里，他提出的一个问题可以用来分析："今日最紧迫的问题——什么样的刺激物能够刺痛丧气青年，刺到内心最深处并激励他们超越自我？"④瓦莱里回忆：在自己的青年时代（19 世纪末），艺术和诗歌是一种无法摒弃的必需品,一种超自然的食粮。虽然那时盛行一种哲学理论性的醒悟,蔑视科学的承诺,宗教经历了文献学和哲学的双重冲击,形而上学也被康德的分析所摧毁,而且那时作为前辈和长辈的现实主义和自然主义作家又无法给出圆满的解释,但那时的青年有确定感,"我们的确定感来自于我们的情感和对美的感觉"。到了 20 世纪,物质上的忧虑以及政治上的纷争占据了大多数人的头脑,以至于昔日维系于"艺术的神秘和承诺"的严肃课题和绝对价值观,可悲地转移到对另一种秩序的关心上,占首位的是对"生活的问题"的关心,这代年轻人是无可否认的思想低落,对诗歌和美的需求减退了。

这个对比,让瓦莱里忧虑,此刻的世界在激烈动荡,而此刻的年轻人却死气沉沉,如果战争、科技、信仰、秩序的激烈撞击都不能将他们活跃起来,那何物又能真正地刺痛他们? 欲以艺术为救赎,瓦莱里又痛苦地发现,20 世纪的年轻诗人面临着选择:一条路是继续沿着 19 世纪末的纯诗诗人所倡导的艺术的逻辑价值,即对美的极致追求;另一条路是以他所不满意的"生活"作为首要课题。那么,现代诗人究竟选择奉献于"美"? 还是奉献于"生活"?

瓦莱里选择了"美"与"神秘"作为终极目标,并成为一个近乎神话式的象征。史蒂文斯选择了另一条路,自言:"要摆脱自我的浪漫主义,从神秘走向现实,重视我们所面临的、与我们直接相关的东西,去创造当下之诗。"这让人惊讶,说这话时的史蒂文斯还经常被视为痴迷于冥想、形而上学,写得晦涩、故弄玄虚。信不信由你,他只管提议他的,还说,写当下有着难以衡量的艰难,罕有诗人完全地以及坚实地达成①。

(二)《原初之作,如是宝球》

很快,史蒂文斯专门写了一首诗"A Primitive as an Orb"(《原初之作,如是宝球》)来阐释"中心诗"观念。从题目看,像是对传统的演绎,"Primitive"是他一贯爱用的词语游戏,作名词用可指"土著人,祖先和文艺复兴前的欧洲绘画",在诗中变身为"情人,信徒,与诗人"和"巨人",形容词用作名词可指"原初的创造物"⑤。"Orb"作为"球体"讲,其主要性质是从球面上的所有点到球心都是等距离的,隐喻意义有:希腊神祇是球体,上帝是个球状体,宇宙起源于一个无边的圆球,上帝是一个理念的圆球……到了帕斯卡时,大自然也被看作是一个无限的圆球,处处都是球心,没有哪里是球面⑥。这两个词的隐喻意义,符合史蒂文斯的心意。该诗共 12 节,每节 8 行,框架大致是:第 1 节和 12 节,描述本质之诗与我们的关系;第 2—3 节,描述本质之诗的风格;第 4—6 节,描述"中心诗"与世界的关系;第 7 节,"中心诗"的定义;第 8—9 节,"中心诗"的风格;第 10—11 节,"中心诗"的运作、法则及功能。

在其描述中:"中心诗"的风格是隐秘存在又难以捕捉,无法证明又可见可知;与世界的关系是互为伴侣,就如那可以照耀到山顶的光;具有巨大的生产与再生产能力,既能生产出喂养我们的好东西,又生产出其他的诗;有特定的运行方式、法则和要求。先看定义：

> 中心诗是那整体的诗，
> 是那构成整体之部分的诗，
> 是那构成蓝色大海与绿色（大海），
> 蓝色光与绿色（光）的部分，作为较小的诗，
> 作为神奇又多样的较小的诗，
> 并非简单地汇合为一个整体，而是一首
> 整体诗，各部分都是不可缺少的组件，
> 其圆满能绷紧最后一个圆环
> 并在极高之地飞翔，……

此定义方式，是史蒂文斯一贯爱采用的阐释性判断句式。按字面意思，"中心诗"的核心元素是：写"整体"的诗，也是写"构成整体之部分"的诗，是一种"较小"的诗⑦。需要注意的是，他看待部分与整体之关系的态度，"较小"指的是体量、内容、主题还是什么？其理论依据何在？

史蒂文斯活着时饱受非议，死后却吸引了一些最有才华的批评家，就此问题的研究，这里仅列举几个：一是 20 世纪 50 年代，弗莱认为，史蒂文斯的诗学主张虽然看起来怪异，其实质仍是亚里士多德的，只是他不喜欢亚里士多德的"自然"概念，于是改为"现实"[5]。随后，一位年轻学者埃克莱斯顿以"中心诗"的选题作为学位论文，在弗莱的基础上从形态学和句法学上进行了研究。二是 60 年代，米勒和道格特是主要的研究者，两人都认为中心诗的主题是"现实"与"存在"。米勒发现史蒂文斯真正关心的是诸神远去后的此时此地，世界因信仰的崩塌而成为碎片，自我成了所有神灵的替代者，然而一个人的自我能不能形成自身的整体性是一件可疑的事情[6]。道格特认为，史蒂文斯强调的是一种存在，是活在当下的意义，而不是象征[7]。三是近年来，基索采用反向的方式，通过受史蒂文斯影响的艺术家保罗·韦斯，说明"中心诗"是一种现代宇宙论[8]。另一位学者雅各布·马查比较了史蒂文斯提出的"诗歌与现实具有同一性的中心原则"与谢林的"艺术的理想世界和物体的真实世界是同一活动的产物"，发现两者间有高度的相似性，认为"中心诗"观念来自于先验唯心论，目的在于寻求"最终的现实"[9]。

（三）几个要点

1. "诗与我们的关系"

史蒂文斯首先描述的是诗与我们的关系："本质之诗居于万物中心，/精神之弦拨

弄的咏叹调,/用好东西喂养我们,填满我们生命和创作的铁胃口。"(《原初之作,如是宝球》)这个问题曾一度成为陈词滥调,但今天,它尤为必要。这次的新冠病毒几乎将所有人都钉进了紧急时刻,在此灾难情境之中,当"风月同天""与子同裳"等诗语出现时,很多人开始意识到曾在自己近旁的美好之物被缺席已久,就像丢失了一种生活方式,这无意中证明了被忽略已久的事实——人有诗的需求,可我们却如此普遍地、长久地封印了这种需要。从这个角度来看,其间发生的"口号与诗"的论争,重点不在那些诗句有多好,也不是灾难能否书写的问题,而是意识,是如何意识到"诗和我的关系"以及对个体基本需要的维护,对诗的需求某种意义上就是对美的需求,也即是对新生活的需求[10]。这无意间也印证了史蒂文斯的信心——真正的诗是在用好东西喂养我们,它有能力将我们的注意力转向我们将要生活的世界①。

2. "部分"与"整体"

从定义来看,"中心诗"观念处理的首要问题是认识论的基本问题,即我们如何理解我们与世界的关系,以及这种理解与我们看待世界的方式之间的关系。这亦无新意。对此问题的特别关注,通常出现于紧急时刻,如大瘟疫、世界战争、超级环境灾害、而每到这样的时刻,但恩的祷告词就会以诗的形式鸣响:"没有人是一座孤岛,可以自全,每个人都是大陆的一片,整体的一部分……"⑧从最直接的层面看,但恩在提醒人们要牢记自我与他者、与世界的关系。从时间节点上来看,"中心诗"正是萌生于战时、成形于战后,也可以说是紧急时刻的倡议。但史蒂文斯绝不同于但恩,他接受的事实是:诸神远去,什么也没有留下,人也主动放弃了对神的信仰,并在此事实上提出:诗歌替补了空缺,作为对生命的补偿③。他渴望的是个体都能作为"中心"存在着:"不是陪伴,/而是作为一部分,参与了我的存在及其认知。//我是你们的一员,而作为你们的一员/就是去存在和认知我的在和知。"(《被农夫包围的天使》,罗池译)

3. "现实"是核心元素

由于对解释"现实"有着极大的兴趣,史蒂文斯所言的"现实"呈现为多样多变的特征,这令研究者头疼又兴奋。先是道格斯(1966)花大力气将其"现实"解释为"存在",引发了一系列的相关研究。随后,年轻学者雷·贝贝图(1973)总结已有的研究成果,将它分为四类:现象学的现实、本体论的现实、想象的现实和混合的现实。他观察到,史蒂文斯的早期诗作高度强调现象世界中的贫乏性现实,认为世界是贫瘠的,正在变得虚弱、异常又恐怖,因此渴望一个能更令人满意的世界,于是将现实视为自我,但这自我是稍纵即逝的物自体,于是又将现实视为想象的产品,可是无论怎样宣称想象的伟大,想象能提供的仅是秩序的理念,并且面对那异样的、具有掌控性的野蛮自然的流动,其重要性就像那只坛子"并不能释放飞鸟和灌木"。晚期诗作中,他构想着的想象与现实能够愉快联姻,并未发生[11]。

这个总结比较全面,却不够深刻。之后出现了从哲学、语言学、社会学等角度展开的研究。最近,马查(2018)依据谢林的先验唯心论进行再次分类:第一种是"原初的现实"(initial reality),即构成一切基础的外部世界;第二种是"想象的现实"(imagined reality),指的是一个虚构,一个心灵的产物。史蒂文斯认为,想象的事物是真实事物的变形,依据的是柯勒律治的想象理论,即想象是"无限的我在有限的头脑中对永恒的创造行为的重复"。第四种是"完全的现实"(total reality),指的是总和,包括原初的现实与想象的现实,是所有存在形式的结合。与他人不同的是,马查提出的第三种"最终的现实"(final reality),其基础也是原初现实,也要经过想象的过程,但增加了再秩序的环节,再秩序不只是重新赋予原初之物以新秩序,而是个很复杂的过程,用史蒂文斯的说法就是通过最高虚构抵达真实的过程。他认为这才是诗人所追寻的现实,依据是,诗人(和哲学家)要寻找的不是那已经存在的、已被理解的现实,他们想要知道的是,在那完全的现实中是否还存在着超越经验现实和想象现实的东西?除了真实的原初之外,是否还存在一些不真实的原初之物?也等于在叩问,诗人如何辨析"真实"与"不真实",又如何创造"真实"[12]?那么,诗人是如何寻找"最终的现实"?下面去往第二个节点。

二、"中心诗"的构想过程

1942年9月,史蒂文斯出版了两本诗集:《朝向一个至高虚构的笔记》单行本(后文简称《虚构笔记》,参照罗池的译文),《世界的各个部分》(收录1938—1942年间的作品),两者都是其诗学观转变的标志性文本,前者宏阔,后者具体。先看后者,题目已体现出对"部分与整体"的思考:世界,是一个和谐有序的整体,还是一堆支离破碎的部分?一个部分可否代表一个整体?哪里是中心,哪里是边缘?此时的写法有一定的模式:称现代诗为心灵之诗,与之相配的必定是"发现一种可满足之物";写今日的情境,与之比较的必有往昔;写今日的行动,必有行动者,会开出处方;开端和结尾以微小的改动形成回环。下面以此阶段的诗歌文本为锚点,作为回视"中心诗"构想过程的路径。

(一)新起点,或摧毁"原初的现实"

第二次世界大战爆发前后,诗人必然面临着一种新的考验,是进入政治还是越过政治?叶芝率先写出了《得到安慰的库丘林》,半个月后去世。曾被指责在灾难中背叛祖国的奥登,在战争爆发后写下了《1939年9月1日》。在德国对伦敦的轰炸中,伍尔夫写下《空袭中的沉思》用来表明自己作为女性和作为作家的责任。艾略特虽然写了《小吉丁》,但由于没有明确地对战争和作家的社会责任作出表态,后来总有人会质疑他所言的诗的社会功能。史蒂文斯也写下《战时对英雄的巡检》(1942),甚至想在《虚构笔记》的封底印上一句话"士兵,这里有场战争"[12]。可单是读他的诗,不太容易感受到对战争的谴责,问题出在哪里?

这与作品展示的内容有关,此阶段史蒂文斯热衷的似乎是讨论现代诗的本质问题,写下了《诗歌是一种破坏力》《我们气候的诗歌》《人与瓶》《论现代诗歌》《阿尔弗莱德·乌拉圭夫人》等诗,直到今天这些文本仍被视为其诗学观的代表性作品。问题是,史蒂文斯为何会在战时如此关注现代诗的本质?早年他受桑塔亚纳的影响,对上帝和教义毫不留恋,视诗歌为宗教的替代,随着战争的扩大和持续,他越来越急迫地想要确立诗歌的"真正力量",亟须建立一套诗歌理论以满足当时气候的需要。

新起点是以反抗和摧毁为开端,《人与瓶》中提出"摧毁那战争之地上的/有玫瑰和冰霜的//浪漫的廉租房"。一方面是对战争的反抗,认为"战争仅是战事整体的一部分"①,将破坏视为生存的一部分,设想若个人、心灵和人类能够对抗"欺骗性的浪漫主义和过时的价值观",那么就有可能创造一种理想的存在情境,以隐喻的方式讲,要度过虚无的寒冬,人类的集体意志(心灵)、其产品(诗歌)、其法人地位(身体)必须三位一体地"寻找一种可满足之物"以摧毁当下的糟糕秩序,而不是屈服于粗劣虚假的和平[13]。

另一方面是对陈旧诗学观的摧毁,包括神秘主义、虚无主义和浪漫主义。摧毁需要提供可信证据,史蒂文斯的做法是重新审视"往昔与当下",曾经他认为过去的世界是和谐完整的,如清澈的水,有清晰的边缘(《我们气候的诗歌》),往昔之诗有设定好的场景、角色和脚本,诗人可以根据已有的程式进行创作或表演,比如维吉尔可以用庄严的C大调去歌唱战争和祖先。可是当下的情境是"暴风雨在剧院上咔嚓咔嚓响着。很快,/风击打屋顶,劈开墙壁。/废墟仍杵在外在世界之中"。(《年轻船长的重复》)既然如此,那就不要继续生活在过去的精神表象之中了,也无须在一堆破碎的旧神话上祈愿创造出一个新神话了。

态度既已确立,接下来要做的就是清除:要对旧意识进行彻底清除:"你必须重新成为一个无知者/并重新用无知的眼睛去观察太阳/并按照它的理念把它看得清晰。"(《虚构笔记》)也要清除已成为习常的东西:"直到那习以为常的大地与天空,树木与/云朵,那习以为常的树木与习以为常的云朵,/丢弃它们为自身创造的旧用法。"(《原初之作,如是宝球》)以便确立新姿态:"它要鲜活,要学习当地的方言。/它要正视当时的男人,还要与/当时的女人约会。它要思考战争/而且它要找到一个足够。"(《论现代诗歌》)反抗和摧毁是第一步,清除是第二步,接下来必须建造一个新舞台,进入到当时、当地、当下的生活。

(二) 新舞台,或"处方"

史蒂文斯用"构建一个新舞台",为描述现代诗找到一个便利的隐喻场:将世界比作一个剧院或舞台,将人比作演员或观众,将当下生活比作一场演出。这些想法当然不是凭空而来,来源至少有莎士比亚的"世界是一个舞台"、德莱顿《论戏剧诗》、雪莱《为诗辩护》等,桑塔亚纳可能是更直接的影响。桑氏在 1922 年发表的论文《世界是一个舞台》和《面具》中提出了一种戏剧主义诗学,言称"大自然就像一个剧院,给人的心灵提供双重的对象。首先是戏剧性的呈现,这是一种似是而非的、理想的公开场面;然后是一种象征性的显现,背后是某种物质的、深刻的东西,即舞台,演员,作者"[14]。当然,桑氏影响深广,我们需要注意的仍是,史蒂文斯重新阐释的目的何在?

建造舞台的目的自然是为了让"它"展开行动,舞台是一个载体,允许演员与观众一同参与自我意识的倾听[15]。舞台赋予"现代诗/现代诗人"两种形象:一是做一个永不满足的演员,二是做一个黑暗中的玄学家。演员要站在舞台的中间,"缓慢地,/沉思着,说话给耳朵听,/说给那个最为精密的心灵之耳,准确地/复述它想要听的东西,用它本来的/声响,有一位无形无体的听众,它听的/不是表演,而是自己,而剧中表达的/情感既同属两个人,又如两个人的/情感合为一体"。(《论现代诗歌》)这个演员把自己当作自己的媒介:一方面,从内至外地演绎着自己所扮演的角色,将言语说给那最为精密的心灵之耳,这是对理想的听众的寻求;另一方面,将自我从自身中分离,由于面具之下积极塑造的是自己本来的样子,所以这个分离不是为了陷入自我分离的鸿沟之中,而是为了表达出同属角色和自我的情感。[16]可见,新舞台是现代诗/诗人施加秩序的地方,站在其中央是一种行动:"它"在其上沉思着,这是想象活动的开展,想象那在场的事物,也想象那不在场的事物,以及那些"想象的缺席"。"它"在其上缓慢地复述着,这是施加秩序的行动,最初是个人的秩序,接着是超个人的秩序,之后是最终的秩序。通过演员的行动,我们看到了事物的本来面目与现实的亲切关系,现实并非完全是重新创造的,而是重新排序。

作为一个玄学家,"他在幽暗里弹拨/一件乐器,弹拨一根结实的琴弦,发出的铿锵/回荡在那些出人意料的恰切之处,全然/把心灵容纳,低于此的它无法屈就,/高于此的它不肯攀附"。(《论现代诗歌》)此处,史蒂文斯为诗歌、哲学与音乐的融合找到了一个符合心意的形象。通常读者认为,史蒂文斯的诗以形而上学为主要素材,他也确实很自觉地运用哲学去思考诗歌的本质问题。但有一个前提,史蒂文斯寻求的是诗歌的客观性,而非仅在某一个心灵中发生的作用,将诗与哲学结合起来,视想象为形而上学,意图在于"触及现实的意义"并提出"正确性问题",以使这个逐渐贫乏的世界适合人类居住。要实现这一点,诗歌必须与哲学相融合,因为在他看来,使当下世界不适宜居住、导致生活贫乏的正是对某种特定的、契约式现实概念的屈服,因此现代诗歌必须在两个方面进行斗争:一是世界的真实写照,二是反思的哲学层面。这种意图的诗歌与其他诗歌的不同之处在于,它会试图表达和说服我们与现实相协调,当然这种哲学意义上的诗歌只能把它从内部构造的世界称为虚构,并留下暗示和间接性暗示,使读者认为它构造的是真理。这就需要一种变形能力,而音乐是最具有变形能力的艺术[17]。

因此,现代诗人不再是浪漫主义的先知,而是演员与玄学家,既不排斥或贬低普通世界,也不用审美化的现实取代它,而是关心普通世界本身的完整性:"我们必须整夜忍受我们的思想/直到明亮的清晰在寒冷中静立。"(《人扛东西》)

(三) 新手段,或最高虚构

针对现代诗的使命,史蒂文斯提出的解决方案,既不是神话也不是宗教,而是一种虚构。现在可以来到《虚构笔记》了,这首 20 世纪最著名的长诗之一,是他诗学理念发生变化的最显著标志。此前,他致力于本土、地方性、秩序和想象,这时开始说:"研究和理解虚构的世界正是一个诗人的所为。"③"最终的信仰是信仰一个虚构。你知道除了虚构之外别无他物。知道是一种虚构而你又心甘情愿地信仰它,这是何等微妙的真理。"③

为什么必须从"想象"变化为"虚构"? 如果从他的创作和书信去考证,会发现常常是自相矛盾的。笔者曾认为,他饱受这些概念的困扰,越是对"想象""幻想""虚构""现实"等概念进行辨析,就越是矛盾。好在史蒂文斯的研究允许一种回返式的观照,他的许多观念影响了后来的研究,后来的研究成果又被拿来分析他,就像布鲁姆说的,"有时候史蒂文斯的诗听起来太像是阿什贝利写的","华兹华斯和济慈都带有史蒂文斯的格调"[18]。

要理解史蒂文斯为何从想象转向虚构,可以借助伊瑟尔和塞恩斯伯里的虚构理论。伊瑟尔的《虚构与想象》[19]论述严密,首先是对现实、想象与虚构三者之间的关系进行了重新阐释,然后以欧洲中世纪的田园诗为研究对象,对虚构理论与想象理论的变迁进行考辨,指出文本是虚构、现实与想象相互作用和彼此渗透的结果,由此提出了现实、想象与虚构的"三元合一"理论,替代了真实与虚构"二元对立"的传统模式。在此过程中,伊瑟尔论证出,在现实、想象与虚构三要素中,"虚构化行为是最为重要的",因为它是超越现实(对现实的越界)和把握想象(转化为格式塔)的关键所在,正因为虚构化行为的引领,现实才得以升腾为想象,而想象也因之走进现实。简单说,在这一过程中,虚构对已知世界进行编码,把未知世界变成想象之物,然后,想象与现实得以重新组合为一个新世界,也就是呈现给读者的新天地。根据这一思路,人类精神领域里的观念与意图均可视为与虚构有关。

更易理解的是塞恩斯伯里,他从人类学的角度看到:"虚构使人类成为自身。"以牙仙的故事为例,在欧美地区,乳牙脱落要放在枕头下,大人会告诉孩子,如果他/她是一个听话的孩子,牙仙就会在夜晚取走枕头下的牙齿并放上一枚金币(或礼物),于是孩子们在等待的过程中就会对自身行为进行判断和推理——自己是否会得到牙仙的礼物？牙仙的故事虽然为虚构，但在孩子们的推理中显现为真；父母偷偷将牙齿换成钱币本为现实，但孩子们的推理并非依据这一现实。这个故事的价值正是在于它让孩子们学会了在此推理过程中掌握了"一个以别的方式无法获知的（现实世界的）事实"，"它使这个推理可信，尽管不可靠（因为可靠性要求前提都为真）。对我们的主人公来说，有一种靠得住的从现实世界的众多事实得到另一个现实世界的事实的路径，尽管它会途径虚构的虚妄；在这样的途径下，并不会削弱这个推理的价值，它还是可信的、靠得住的"[20]。

回头再看史蒂文斯，他希望："诗歌提振生命好让我们分享，/在那么一瞬，最初的理念……它满足了/对一个无处起源的信奉//并用无意识的意志给我们插上翅膀，送往一个无处的终局。"（《虚构笔记》）实现最高虚构的途径则是：必须抽象，必须愉悦，必须给予快感[21]。

以上是1942年为锚点标识出的3个节点，以此阐明"中心诗"来源的路径。此时的史蒂文斯不仅与庞德推行的诗学背道而驰，似乎也与自己最初的倾向背道而驰[22]。

三、"中心诗"的本质及难题所在

在最紧急的第二次世界大战期间，史蒂文斯构想创造出一种可替代宗教的"中心诗"，但"中心诗"究竟是一种什么样的诗呢？有时它被描述为"一种活力，一个法则，也或许是，/关于一个法则的冥想，/或者是一个沿袭的规律/让它依然鲜活，一个造福所有子民的/自然，一种安宁，极致的安宁"（《原初之作，如是宝球》）；有时被称作"尚待写就的尘世之诗"，一种在我们置身艰涩时能够给予快感的诗；有时又叫作"终极之诗"，它呈现于空间的每一处，其本质是抽象的；有时叫作"心灵之诗"，它寻求的是一种可满足之物。名目的繁多说明定义的艰难，不过在这些名目之下，目标又是明确的："中心诗"的本质是朝向现实的创造性活动，是现实构成的必要部分，是现实的经验革新。

事实上，朝向现实的过程中持续涌现出的难题，也常常陷他于振荡之中。如其所言，（1）现实是流动、多样、瞬息万变的，新的现实既包括永恒的价值领域，也包括不断变化的生活世界；（2）那么，可以体验到的现实也是流动、多样、瞬息万变的，而人的认识是有限的，那么感知、意识和思维能否跟得上它的速度？我们能抓住的或许仅是微小的碎片；（3）即便是微小的碎片，在表达时，词语能否贴切地、充分地跟上我们所体验到的部分？（4）即便能够用语言创建一个全新的虚构世界，具有全新想象的现实在自身的流逝中很快就过时了，只要生活在继续。然后循环又开始。与此同时，也不能对另一种真实视而不见，那便是与现实的多样性、流动性同样真实的单调性和普通："树叶飘落,我们回到/关于事物单调的感觉。仿佛/我们走到了想象的尽头,/在迟钝的学问中无精打采。//甚至很难选择形容词/来描绘空白的寒冷,无缘的忧郁。……异想天开的努力已失败,/人们和苍蝇在重复中重复。"(《单调的感觉》,西蒙、水琴译)写作的动机之一乃是更新,然而生活的单调重复、想象力的贫乏及认知的限度是多么地具有威力。

可见,"中心诗"要完成对现实的描述,难题不只是流动性或单调性问题,同样迫切的是语言问题。此现象也普遍存在于今天的汉语诗歌写作与研究中[23-24]。史蒂文斯认为,日常语言是对自然秩序的颠倒,理性语言是脱离物质现实抽象为思想符号的破坏性语言,是现实的替代品,而这些正是"中心诗"要克服的,他的要求是"中心诗"的语言必须参与到现实之中:"我们寻求/纯粹现实的诗,不靠/比喻或偏离,而是直接用词,/直接指向迷人的事物,直达/事物本质所在的最精确位置,通过纯粹的存在。"(《纽黑文的一个普通夜晚》)

语言要参与到现实之中,说的是语言必须在一个持续更新的"此刻"之中揭示出现实的每一个新时刻,换言之,语言的能指与所指必须被重新组织。解释这个问题,对笔者来说也是一个难题,下文将沿着约翰·费舍尔[25]的思路,利用史蒂文斯的一个常写主题,尽量呈现他的思路。

早期诗作中史蒂文斯很强调"人与地方"之间的关系,认为人所展现出来的灵魂皆是其来源地的有形再现。随着写作的继续,他意识到事情要复杂得多。1945年4月,史蒂文斯给亨利·丘奇写信说发现了一个有趣的现象:我们生活在"对一个地方的描述之中",而不是生活"在地方本身之中",并且在"每一个重要意义"上我们都这样做的[13]。他觉得这是一个很好的主题,可以用来继续思考"描述"与"我们如何生存"之间的关系,随即完成一首诗《凭空描述》(*Description without Place*)。

该诗中的三个术语是相互关联的:地方(place),世界的外部事实,通常被认为是一种稳定的外部参照物;看似之物(seeming,作名词,有复数),指的是对地方的主观感受,可看作是客体与情感的结合,或直接看作一种客体,因为它在感知的瞬间被心灵所着色,"看似之物"类似于《类比的效果》中的"相似性",是一种想象的行为,在触及现实时成为现实结构的一部分;描述(description),指的是对地方或看似之物的语言阐释,一种符号。当史蒂文斯意识到自己阐释某一理念时总是借助地方进行描述后,忍不住问:如果地方被"移除"(without)会怎样?然后提出了大胆的假设:(1)假设"事物"或"理念"就是它的"看似之物",那么"看似之物"就是真实的。以太阳为例,当你观察太阳时,会想象,在想象中寻找太阳的相似物,然后进行描述,描述出的形象就是太阳的"看似之物",这一形象对于描述者来说就是真实的。太阳如此,其他事物也是如此,每天我们用的都是这种方式。(2)假设"看似之物"是不需要借助"地方"就能进行的描述,那么像精神宇宙,一个夏日,或一个夏日的"看似之物",也可以不借助"地方"而得到描述。这是一种意识,采用中立眼光看待世界,重新理解我们的经验、知识、所见、所述。(3)如果语言与经验直接相连,指向的不再是作为外在基础的地方场所,而是"看似之物"的感性时刻,即直接指向地方场所被心灵着色的时刻,那么描述所用的每个词就可能成为它所表现的事物,人们就可能通过自己的说话方式创造自身。

这个假设如果成立,那么移除了外部依靠的描述,便成为"一种启示"——"它不是/被描述的事物,也不是虚假的文本,//它是存在着的人造之物,/在其自身的看似之物中,清晰可见……一个我们生来就能阅读的文本"。(《凭空描述》)但描述怎样做到准确,语言能否具有科学的表现力? 我们能有多中立,多客观,能在多大程度上不干扰、打断或影响"观看之眼"? 又能采取哪些手段?[9]

这是难题的一部分。在战时,史蒂文斯看似找到了新起点并不断地添加新内容,其实很清醒地知道,诗人难以找到直抵生命或生活中心的贴切性语言。晚年的史蒂文斯还写过一首"较小的诗",显示出了又一种难题:"今天,树叶在叫喊,当它们悬在枝头被风吹打,/虽然严冬的虚无已开始一点点减少。/到处还都是冰冷的阴影和怪状的积雪。//树叶叫喊……你只能待在一旁听听而已。/这是忙碌的叫喊,跟别的人有关。/尽管你可以说,你是这一切的一部分。"(《一个特例的过程》,罗池译)任一事物都是构成世界整体的部分,世界的真实性是由每一部分所肯定的,每一个都像一面镜子,映照着现实之本质的一部分。同时世界也是构成我们自身的部分,不仅"往日之我是今日之我的一部分"(丁尼生),"任何人的死亡都是我损失"(但恩),而且"整个种族是一个诗人,写下他命运的古怪命题"(《词语造就的人》)。这些都符合史蒂文斯认识论的原则,但原则并不保证意图的实现,年过 70 岁的史蒂文斯,再次坦言面临的困境:即便"我"不以"我"为世界的中心,而是用心去理解自我、他人与世界的关系,即便是持有马丁·布伯的那样的意志——我当以我的整个存在,我的全部生命,我的真本性来接近你并称述你,无可否认的事实仍是,我永远不可能真的成为你。就像那树叶,叫喊,萧瑟,飘落,腐烂,诗人的观察、陪伴或描述对它有何意义?

从这些一再被书写的难题来看,"中心诗"的构想似乎就是一种空想。不过他也从未放弃,直到晚年仍在实验,1952 年写的《中央的隐庐》有意采用一种雕琢的形式:

　　　　落叶在碎石路上发出喧响——
　　　　　多柔软的草地,所欲求者
　　　　　躺卧在天堂的和煦中——

　　　　像昨日之前讲过的那些故事——
　　　　　在天然的赤裸里皮毛柔亮,

她守候着叮当的铃声——

而摇曳的风总像一个大东西在晃悠——
　　叫那些不仅仅受阳光召唤的鸟儿，
　　更有睿智的鸟儿，换掉——

突然又完全消失无踪——
　　它们清晰易懂的啁啾
　　代以莫名难解的思想。

然而这结局和这开始是一体的，
　　对野鸭看上最后一眼也是看一眼
　　那些晶莹的孩子围着她成一圈。

（罗池译）

　　借助破折号和缩进，此诗可以重组为两首诗来读：前4节的第1行可组合为一首诗（描述了飘荡的落叶、摇曳的风、无踪迹的思绪，说明新鲜的话语在重述中会变得毫无意义），第2—3行可以组合为另一首诗（描述了维纳斯与环绕着她的草地、鸟儿、阳光，制造出了一种智性的啁啾，说明虚构的欲望可以通过词语得以完成），每节的第2—3行又是对其第1行的评注，由此描述出一种可怖的价值关系：任何一个景象都与任何另一种景象具有同样的价值，任何情绪也与任何另一种情绪同样真实[26]；第5节通过一个格言式的句子将分开的诗意重新汇合，形成一个循环，就像一个虚构的球体⑤。《中央的隐庐》被视为一首真正的"中心诗"：所见、意识、思想与语言同时在场。它也显示出"中心诗"写作的难度：如果想要跟随现实的流动完成对最新现实的描述，那就意味着要无休无止地去阐释相对立的各种情境，因为每一时刻的所见之物无时无刻不在进入一种新关系之中。

　　史蒂文斯的全部写作看起来就是一首无休无止的阐释之诗，一种面对永恒变化与失败必然性而展开的努力行动，也因失败而获得现代崇高——"他从外部/关注他们并在内部了解他们，/像唯一的帝王统治着他们，/遥远，但又切近得足以/在今夜的床上唤醒你的心弦"。（《一个在自己生命中熟睡的孩子》，罗池译）"中心诗人"也有了存在的理由：

　　正是如此。爱人书写，信徒倾听，

诗人喂嘴而画家观看，

每一个人，他命定的异常古怪，

是其一部分，但仅是部分，但又是顽强的微粒，

属于以太的框架，文字的

全部，预言，认知，色彩的

色块，虚无的巨人，每一个人

和巨人都永恒变化，永生在变化中。

——《原初之作，如是宝球》

注释：

① Wallace Stevens：*The Necessary Angel*，*Essays on Reality and the Imagination*，New York：Alfred A. Knopf，1965 年版，第 116、115、31、21 页。该著是史蒂文斯的诗学论文集，引用时参考了陈东飚的译文，在此感谢。

② 锚点，指的是那些被普遍选择的一般性节点，其作为环境中重要事物的认知标志（例如城市之间互相区分的一般性标志），以及与任何个人活动模式有关的主要特殊点。参看：雷金纳德·戈列奇、罗伯特·斯廷森：《空间行为的地理学》，柴彦威等译，北京：商务印书馆 2013 年，第 143 页。

③ 史蒂文斯在"*An Ordinary Evening in New Haven*"一诗中形容"开端"和"结尾"时，先用英文首字母"A"和尾字母"Z"，接着又用希腊首字母"alpha"和尾字母"hierophant"，参看 Wallace Stevens：*Collected Poetry and Prose*，F. Kermode，J. Richardson 编，New York：Library of America，1997 年，第 400 页。文中还引用了该书第 901、906、903 页上的内容。

④ 笔者未能找到瓦莱里的法文原著，在英文译著中译为"die young"，此处的翻译借用了流行文化中的说法"丧气青年"。见 Paul Valery：*The Art of Poetry*，Denise Folliot 译，出自 *The Collected Works of Paul Valery*，Jackson Mathew 编，Princeton：Princeton University Press，1985 年，第 219—221 页。

⑤ 美国学者埃莉诺·库克写了一本导读，对每首诗的写作背景进行考证，并解释核心词的意义或用法，本文讨论的部分诗作是依据此书进行了试译，企盼专家指正。参看 Eleanor Cook：*A Reader's Guideto Wallace Stevens*，Princeton：Princeton University Press，2009 年，第 252、282 页。

⑥ 博尔赫斯在《帕斯卡的圆球》《帕斯卡》等文中多次讨论了球体的隐喻意义，他认为帕斯卡将前人定义"神"的形象用来定义"空间"，说明了帕斯卡"关心的不是造物主

的伟大而是创造的伟大"。参看博尔赫斯《探讨别集》，王永年、黄锦炎等译，上海：上海译文出版社，2015年，第6—11、137—138页。

⑦ 在史蒂文斯的诗中，"of"的用法是一种风格，"of"与希腊语"genesis"有关，γένεσις，意为起源、来源、起源、产生、起源。"of"标志着某个特定方面，翻译成汉语不易找到恰当的对应词，常被译为"关于"，但史蒂文斯的原意不是"about"。参看 Jennifer Bates：*Stevens, Hegel, and the Palm at the End of the Mind*，出自 *The Wallace Stevens Journal*，1999年第2期，第152—166页。

⑧ 但恩的这段话原本是一段祷告词，从何时开始以诗歌的形式流传，目前尚未考证出来。参看 John Donne：*Devotions Upon Emergent Occasions：Together with Death's Duel*，见 Stacy Brown, John Hagerson, *Juliet Sutherland and the Online Distributed Proofreading Team* at http://www. pgdp. net。

⑨ 维特根斯坦、梅洛-庞蒂、罗兰·巴特、里法泰尔等人关于"描述"的分析倒是证明了这种创作方式的合法性，"描述"不再被视为无聊的装饰，虽然他们的说法相互抵制。"描述理论"可参看 Willard Spiegelman：*How Poets See the World：The Art of Description in Contemporary Poetry*，London：Oxford University Press，2005年。

参考文献：

[1] Millerj H. *Poets of Reality：Six Twentieth Century Writers* [M]. New York：Harvard University Press, 1969：11.

[2] T. S. 艾略特. 四个四重奏//荒原 [M]. 赵萝蕤，译. 北京：北京燕山出版社，2006：148.

[3] Brodsky J. *poetry as a form of resistance to reality* [J]. PMLA, 1992(2)：220—225.

[4] Miłosz C. *Czesław Miłosz New and Collected Poems：1931—2001* [M]. New York：Penguin Groups, 2006：1.

[5] Frye N. *The Realistic Oriole：A Study of Wallace Stevens* [J]. *The Hudson Review*, 1957：353—370.

[6] Millerj H. *Wallace Stevens' Poetry of Being* [J]. ELH, 1964(1)：86—105.

[7] Doggett F. *Stevens' Poetry of Thought* [M]. Baltimore：The Johns Hopkins University Press, 1966.

[8] Kiesowk F. *The Kinship of Poetry and Philosophy：Reflections on W. Stevens and P. Weiss* [M]//Bartczak K. , *Mácha J. Wallace Stevens：Poetry, Philosophy, and Figurative Language*. New York：Peter Lang, 2018：47—60.

[9] Mácha J. *Reality Is Not a Solid*：*Poetic Transfigurations of Stevens' Fluid Concept of Reality*［M］//Bartczak K. ，Mácha J. *Wallace Stevens*：*Poetry*，*Philosophy*，*and Figurative Language*. New York：Peter Lang，2018：61—64.

[10] 封孝伦.论生命与美学的关系[J]，首都师范大学学报(社会科学版)，2019(2)：83—88.

[11] Bebetu R. *Views of Reality in the Poetry of Wallace Stevens*［D］. Northridge：California State University Northridge，1973.

[12] Stevens H. *Letters of Wallace Stevens*［M］. New York：Alfred A. Knopf，1966：442,481.

[13] Wilson J. *A World of Progressive Simplicity in Wallace Stevens' Man and Botte*［J］. *The Explicator*，2013(2).

[14] Santayana G. *Soliloquies and Late Soliloquies*［M］. New York：Charles Scribner's Sons，1922：126.

[15] Gallagher A. M. *Stevens's of Modern Poetry*［J］. *The Explicator*，1992(2)：91—93.

[16] Irmscher C. *Theory as Mask in Wallace Stevens*［J］. *The Wallace Stevens Journal*，1992(2)：123—135.

[17] Gardner S. *Wallace Stevens and Metaphysics*：*The Plain Sense of Things*［J］. *European Journal of Philosophy*，1994(3)：322—344.

[18] 哈罗德·布鲁姆.影响的焦虑[M].徐文博,译.南京：江苏教育出版社,2006：149,162.

[19] 沃尔夫冈·伊瑟尔.虚构与想象：文学人类学疆界[M].陈定家,汪正龙,等,译.长春：吉林人民出版社,2011：1—25.

[20] 塞恩斯伯里.虚构与虚构主义[M].万美文,译.北京：华夏出版社,2015：210.

[21] Ragg E. *Wallace Stevens and the Aesthetics of Abstraction*［M］. New York：Cambridge University Press，2010.

[22] Leggett b J. *Why It Must Be Abstract*：*Stevens*，*Coleridge*，*and I. A. Richards*［J］. *Studies in Romanticism*，Winter，1983(4)：489–515.

[23] 李文钢.论新诗批评中的价值判断[J].江汉学术,2019(2)：36—43.

[24] 张凯成.作为方法与范式研究的"新诗史"：2019年中国新诗研究综述[J].江汉学术,2020(3)：5—12.

[25] Fischer J. *Wallace Stevens and the Idea of a Central Poetry*［J］. *Criticism*，1984(4)：259—272.

［26］ Vendler H. *Wallace Stevens*：*Words Chosen out of Desire*［M］. New York：Harvard University Press，1986：59.

——原载《江汉学术》2021 年第 1 期：66—76

论语言诗人查尔斯·伯恩斯坦的"回音诗学"

◎ 冯　溢

摘　要：美国"语言诗"以其艰涩难懂、支离破碎的特点而著称,国内学者译介语言诗始于 20 世纪 90 年代,但是对于语言诗运动的评介呈现出褒贬不一的差异。有学者认为,语言诗是一股激进、先锋的力量,对美国的后现代诗歌具有重要而深远的影响。然而另有一些学者指出,语言诗好似语言被榨干,干瘪乏味,没有血肉和生命。著名的语言诗代表人物查尔斯·伯恩斯坦四十年来对语言诗运动著述丰硕,为语言诗运动的发展奠定了坚实的理论基础。在其新著《诗歌的黑音》中,伯恩斯坦首次提出了"回音诗学"这一新的诗歌术语,为研究和分析语言诗提供了一个深入肌理的崭新视角。本文主要以伯恩斯坦最新诗学著作《诗歌的黑音》和他的诗歌作品为例,探讨回音诗学的主要特点,而维特根斯坦、以及法兰克福学派的本雅明和阿多诺的哲学思想是回音诗学的重要哲学基础。回音诗学是多元的,具有创造性、反叛性和悖论性,体现出语言游戏性和严肃性之间震荡的二律背反。[①]

关键词：回音诗学；语言诗；伯恩斯坦；后现代；美国当代诗歌

　　语言诗人指自 20 世纪六七十年代兴起的独树一帜的一群前卫诗人,分布在美国的东西两海岸和加拿大的多伦多市,东海岸以旧金山为中心,西海岸以纽约为中心。语言诗人倾向于认为语言诗是许多诗人在同一时期、不同地点在诗歌创作上的共荣和荟萃,是一个诗歌运动。提到语言诗的得名,不得不提到由安德鲁斯和伯恩斯坦主编的语言诗杂志《语言》(L=A=N=G=U=A=G=E)。该杂志在 1978 年到 1982 年间出版发行,收录了诸多语言诗人的诗作。语言诗人有各自不同的背景和经历,诗歌的形式和主题也迥然不同。但是这些前卫诗人的诗作均不同程度地以"语言"本身为重,强调语言是诗歌创作的载体,是思想和写作的素材,力图还原和再现"语言"本身在后现代主义作用下支离破碎的诗性和美学。

　　语言诗运动改变着人们的审美体验和阅读期待。在运动初期,语言诗曾令美国本土的读者望而却步,语言诗的晦涩艰深一直广受诟病。但到了20世纪70年代末80年代初,语言诗歌使用过的先锋诗歌形式已经在美国诗歌创作中独占鳌头,而语言诗人也从非主流的地位跻身美国各大知名高校成为教授学者。之后的几十年间,多位语言诗人入选美国艺术与科学院院士,语言诗也被编入美国文学史。近年来,一些语言诗人也在诗歌奖中斩获成果,比如语言诗人的代表人物之一苏珊·豪在2017年获得了美国诗歌协会颁发的罗伯特·弗罗斯特诗歌奖牌。

国内学术界第一位译介语言诗的学者是南京大学的张子清教授。张子清认为,"像历届诗界的造反派一样,语言诗人以质疑主流诗歌的许多为常人接受的假说来建构自己的理论框架"[1]26,认为语言诗人空前的协作和团结使他们凝聚成一股清新而震撼的力量,在美国诗歌界掀起了一场无声的革命[1]19。在1993年,他和黄运特共同翻译出版了《美国语言诗派诗选》。多位中国当代作家就即将出版的语言诗选进行了积极而饶有兴趣的讨论,如冯亦同认为语言诗是"心灵的震颤和思想感情的共鸣";叶庆瑞赞赏语言诗的语言陌生化等[2]。聂珍钊在2007年对语言诗人伯恩斯坦的访谈②,无疑掀起了研究语言诗的热潮。此后,有许多教授和学者纷纷撰文解析语言诗的诗学、传统和艺术手法等。林玉鹏认为,语言诗具有自足性的语言观和动力的诗学观[3],指出语言诗将从"不法走向经典"[4]。罗良功翻译出版了《查尔斯伯恩斯坦诗选》和《语言派诗学》两书,对于语言诗的翻译、诗学观和美学观的分析精辟透彻。他认为伯恩斯坦的诗学有"实用性""多样性""建构性",在美国多元文化的背景下是政治性的,同时在语言的微观层面是美学的[5]。

然而,国内学界对语言诗也不乏批评意见,与肯定的评论声音形成对峙。黄修齐认为,语言诗有明显的弊端——过分强调语言决定一切,排除其他因素。邓海南认为,"我不想去理解所有的语言,只愿意去理解我感兴趣的语言",暗示对语言诗作品的模糊性和美学性的批评。魏啸飞把语言诗比喻成被评论家曝晒烘干后的葡萄干,暗示了语言诗歌由于艰深晦涩而损失了雅俗共赏的优美[6]。还有评论批评语言诗为"没有灵魂和血肉",批评语言诗没有生命力、缺乏情感。

2016年,语言诗歌大师伯恩斯坦出版了新书《诗歌的黑音》,伯恩斯坦"指出先锋诗学的旅程'没有终点',仍然继续着自己的诗学探索"[7]。他首次提出回音诗学这一诗歌术语,指出回音诗学(Echopoe tics)是语言诗运动的诗学体现。在语言诗运动的哲学理论基础中,伯恩斯坦提出维特根斯坦和本雅明的哲学思想的重要性。理解回音诗学及其哲学理念基础为避免误读语言诗,以及更深入地解读伯恩斯坦碎片化的语言诗乃至语言诗运动提供了一个深入肌理的视角。

一、语言陌生化的维特根斯坦式解读

在《诗歌的黑音》中,伯恩斯坦谈到语言诗运动的理论框架,把维特根斯坦的思想列为首要位置,可见维特根斯坦的哲学思想对于语言诗歌运动极为重要,他的思想是语言诗歌运动的重要坐标。伯恩斯坦指出,语言诗歌运动吸收或反叛性地吸收了维特根斯坦向语言转向的思想。

维特根斯坦是引领哲学向语言学转向的重要思想家,他的理论使得 20 世纪的哲学与以理性为代表的传统哲学背道而驰,因此他的思想也极具前卫性、颠覆性和反叛性,是影响当今世界的最重要的 20 世纪的思想之一。维特根斯坦前期的思想体现在语言哲学上,强调了语言的规律性以及意义在使用中生成的理论;后期的思想体现在他在语境学的论著,强调语境在语言应用的重要性和不可或缺。伯恩斯坦认为虽然维特根斯坦的思想不能直接转化为诗歌实践,但其对语言如何建构我们对世界的理解,对语言诗歌运动,及与语言诗歌运动相关的其他诗歌实践都是至关重要的。[8]65

伯恩斯坦直言不讳维氏思想对他的影响,指这是由于维特根斯坦敏锐地意识到日常语言总在有些时候似乎失去了日常的意义,而变得难以捉摸、抽象、形而上学,使人们和语言隔离,对语言产生怀疑。伯恩斯坦认为,维特根斯坦正是探索了语言和词语从日常的平淡无奇飞跃到妙不可言的境界,也就是日常语言何以变得陌生诡异[8]317。由此,几乎可以肯定地说,维特根斯坦的语言哲学给伯恩斯坦的语言陌生化诗学奠定了重要的哲学基础。

提到语言的陌生化必须提到诗歌的重要术语"反吸收"或"不可渗透性"③。关于"反吸收"或"不可渗透性",伯恩斯坦在《吸收的技巧》一文中对其做了深入剖析和探讨。简而言之,诗歌的"反吸收"就是指诗人利用策略和技巧使诗歌意义在读者理解中出现不渗透、不清晰、模糊、隐晦和多元化,在音律上出现"不和谐""不均衡"。[9]55 反吸收的目的是为了获得更大限度的吸收,因为吸收是阅读和创作的中心。诗歌"吸收"的经典例子就是浪漫主义的作品,如华兹华斯的诗歌作品,力图获得让人"全神贯注""吸引人""完全投入""狂想""痴迷""迷恋"等效果,而"反吸收"意味着"注意力分散""单调""夸张""离题""不统一""反传统""滑稽场面""可笑的""弥散的"等效果。[9]59 伯恩斯坦认为,在阅读中诗歌的反吸收和吸收,形成张力,相互掣肘,"并存于阅读或写作的任何方法之中,尽管其中一方可能更惹眼或者更隐蔽。他们隐含着更多的相互着色而不是二元对分"。[7]52 可见,伯恩斯坦笔下的语言诗是吸收和反吸收两者的结合,但是更加偏重反吸收的力量,因为在他看来,通过反吸收可以达到强化吸收的程度,从而强化诗性的张力,升级诗歌的审美和读者的阅读体验。

那么,(语言的)陌生化则是"一个试验效果良好的反吸收方法"[7]93,"一种反吸收性的技巧"[9]110。语言的陌生化主要是指在语言诗歌创作中,将语言与其在日常使用时惯用的语境隔离开来,将其放置在新的语境或不确定的语境中,使得原本熟悉的词语因为语境不同而产生(语用学和语义学意义上的)陌生感、隔离感、怪诞感、奇妙感,以获得相应的表达效果乃至意义。维特根斯坦在其著作《哲学研究》(*Philosophical Investigation*)中引用了著名的鸭兔头图像,这是一个解释语言陌生化的最直观易懂的示例:

语言陌生化的效果是要力图达成一个从"见惯"到"不惯",从"通常"到"诡异",从"游戏"到"说服力"的震荡的诗性效果,从维特根斯坦的鸭兔头图像中可见一斑。在鸭兔头图像中,一些人从习以为常的视角里看到了一只鸭子头,然而有些人从习惯的角度里看到了兔子头。如果从两个角度同时看,一个图像则呈现出两个不同的主体,既是鸭子头又是兔子头。把鸭兔头的奇妙诡异放在理解语言陌生化里面,我们可以发现,其实这种从语言的游戏到语言的说服力的震荡效果就是要让那些第一次看到鸭子的人打破固定的视觉模式,同时也看到一只"陌生化的鸭子"—"兔子";而让那些第一次看到兔子的人也看到"陌生化的兔子"—"鸭子",从而构建新的视角和阅读体验。不同的观看视角在语言诗歌里可以被理解为不同的语境,而意义的多元性就在游戏与严肃之间,从观者看到差异性的那一刻产生。语义的多元性使诗人隐身,读者可以从中尽享被诗歌本身深深吸引的奢华魅力,被吸收的程度比其他方式都要深化。诚然,语言诗为读者试图提供的多元视角和多重语境远远超越了较为轻松可辨的鸭—兔头图像,但是其中的道理是共融相通的,即语言诗和鸭—兔头都有语言游戏的特点,是一种既游戏化又具有说服力的哲学反思,揭示了未知真相的构建。张子清精辟地总结了语言诗歌的 11 种艺术手法,比如拼贴画式、系列句式、黏结性散文、联想性诗行、内爆句法、分解抒情诗等[1]22,这些艺术手法均或多或少地与语言陌生化密切联系,是从诗歌的形式、内容、韵律、节奏等各个方面剥离语言及其固有的语境束缚,以达到创造崭新而奇妙的诗性效果。语言陌生化试图使得词语和其约定俗成的意思相偏离,它的前提是充分相信语言的自足性,并赋予其至高的统帅权,借用词语自身的表现和陌生化的效果,让原语境与新语境并置,使意义与意义重叠,形成诗歌意境中的一种独具特色的诗性。在《诗歌的黑音》中,伯恩斯坦把这种诗性称之为回音诗学。

二、回音诗学的理论构建

回音诗学是伯恩斯坦在新书中首次提出的一个诗歌术语。阿尔·菲尔瑞斯(Al Filreis)在《诗歌的暗音》书评中推荐读者从该书的第三章回音诗学读起,因为回音诗学这章最可以让读者领略到伯恩斯坦这位诗人及评论家"知识上的渊博"和"美学上的灵活性"[10]。顾名思义,回音诗学强调了诗歌中声音或音乐感的重要性,重复技术策略的关键以及诗歌理解中障碍物的意义,障碍物也可以理解为伯恩斯坦提到的诗歌的"反吸收性"或"不可渗透性"[7]49。回声是由一种声源发出声音后,由声波的反射引起的声音的重复,是声波传送出去遇到障碍物后被反射回来的声音。伯恩斯坦用回音诗学命名新著的第三章,该章由 11 篇访谈组成,各个访谈历时十多年,采访的提问者来自美国、中国、法国等多个国家,其中就包括了聂珍钊在 2010 年的访谈。这些采访多角度、多元化地围绕语言诗运动和伯恩斯坦诗学美学观进行。在访谈中,伯恩斯坦没有给回音诗学一个明确清晰的定义,这似乎说明回音诗学本身具有多元性、模糊性和不确定性的特点,语言本身无法定义它,有"不可言说"性。从这一点看来,回音诗学似乎与中国传统的道禅哲学中的道的"不可言说"相呼应。事实上,伯恩斯坦本人在年轻时代就阅读过《道德经》和《易经》,并受到道禅哲学的影响,在他的诗歌中大量地融入"无"和"空"的主题,他的回音诗学受到道禅哲学影响。另外,我们可以看出,这 11 篇访谈互为回音,互为参照,编织出回音诗学的一种独特而弥散的诗境矩阵,共同地表达了回音诗学的内涵和外延。

像上面谈到的那样,回音诗学不仅与维特根斯坦哲学思想联系紧密,而且与法兰克福学派的代表人物本雅明的哲学有密切的联系。在访谈中,伯恩斯坦讨论本雅明的哲学思想,间接地给出了回音诗学的特点。首先,我们需要明确的是,在《相似性的教义》[11]一文中,本雅明提出语言的独特创造性、武断性和悖论性。"对相似性的洞察力对于揭示神秘学的知识至关重要"[11]694,语言及其意义之所以生效和"不可感知的相似性"(nonsensuous similarity)密切相关。"不可感知的相似性"在"说出的言语及其意思,写出的文字及其意思,说出的言语及其相应的书面语言"之间建立联系,而且这种联系每一次都是"全新的""独特的""不可推测的"[11]696—697。这一点指明语言具有其创造性。本雅明认为人类"模拟的天赋"在千百年的历史更迭中已经几乎消失殆尽,却仅在语言和写作中渐渐地得以保留和传承。因此,语言和写作是人类获得"不可感知的相似性"的最好档案库[11]697。本雅明指出了语言的独特性,即语言中的能指和所指的联系是"神奇的"和"全新的"[11]697。这一点明确了语言有一种独特的创造力量。

本雅明还指出了语言的悖论性。在《像这样的语言和人类语言》[12](*Language as Such and the Language of Man*)一文中,他表示"语言总是表达可以表达的事物,同时,也是不可表达事物的符号",语言的悖论性在这里表述无疑。语言的悖论性在于语言既遵循自我规律,又不限于自我的规律,无时无刻不在发展新规律,在不断更新变化中演化发展。本雅明强调语言中蕴含神奇的创造力与反叛精神,与语言诗运动的先锋精神吻合,成为回音诗学的重要理论基础。

伯恩斯坦指出,本雅明自我反思式写作提供了一个多元化思维而非线性思维的经典例子:

> 本雅明的自我反思写作是一种多层次、多角度的诗学。一个思路似乎可能一开始是从一个方向发出的,而后就调转到了另一个方向,而这个新的方向不是非推断性的,而是对于先前主题和之后主题的回音或是折射,对于后面主题的回音和折射是怪诞诡异的。我是说,这是一种用来对所谓碎片或分裂的再思考的方式。不把碎片看作是断裂的,而是遮盖、皱褶和折叠:碎片是一种和弦或是回声诗学,在其之上共时性的音符和历时性的音符糅合在一起。[8]204

这段话至关重要,它指出了关于回音诗学的几个重要特点:其一,回音诗学是一种多元化、多角度的诗学,回音诗学是多种不同声音的组合、并置、糅合、和弦。简单地比较,这些声音的差异仿佛是维特根斯坦图像中鸭子和兔子的差异,体现了伯恩斯坦诗学中的多元性。其二,回音诗学强调诗歌的音乐性,音律的重复及其意义,但重复绝不意味着乏味的一成不变,而是通过重复体现出音乐的韵律,奏响诗律节奏的和弦,体现语言的多义性,是对于传统诗学的反思、解构和构建。"语言的声音形态是伯恩斯坦反吸收诗学的重要内容。伯恩斯坦注重声音,但并不是把它作为书写文字的自然延伸,而是视之为一个不同的因素,视之为诗学作品这一复杂体的另外一层。"[9]97 这一点也许就是语言诗歌为何令人感到"怪诞诡异"的主要因素,可以理解为语言陌生化的体现,反映出回音诗学是一种"向前看"的诗学,以及伯恩斯坦对于斯坦因先锋实验性诗学的承扬[1]19。伯恩斯坦曾写道:"诗歌是没有故事、乐谱、服装、化妆或演出的歌剧。它是以自己为音乐的歌剧剧本。"[13]160 其三,回音诗学强调障碍物的重要性,也就是诗歌反吸收、不可渗透性的重要性。语言的陌生化裸露出了语言的模糊性、不确定性,解构了武断的语言,凭借语言的创造性来击碎读者固有的思维模式和阅读模式,试图让渐渐消失的"不可感知的相似性"恢复生机,在读者的脑海中构建新的联系,激发读者多种崭新的阅读。由此可见,回音诗学试图打开语言中遮盖、隐藏、收藏语言及其意思联系的阴暗处,重新审视语言,建构真实。换而言之,语言陌生化下的断裂和碎片似乎在很大程度上来看是为了模糊固有视角和阅读定式,力图让读者在拨云穿雾中看清"维特根斯坦鸭—兔头"的真相,同时听见"共时性的音符"和"历时性的音符"的美妙和弦。

与此同时,我们不难看到回音诗学自身具有强烈的悖论性。阿尔·菲尔瑞斯认为,回音诗学代表了一种呼召和回应的诗歌,既"模糊"又"直接"[10]。道格拉斯·马瑟利(Douglass Messerli)的书评中称:"伯恩斯坦从写作生涯之初就在为一种富有跳跃和断裂的诗歌斗争,这种诗歌是位于逻辑与非逻辑之间的诗歌。"[14]同样,诗歌基金网站上对伯恩斯坦的评论展现了回音诗学的悖论,"伯恩斯坦的作品是严肃的、投入的,富有批判性;同时又是戏谑的、不恭的,具有强烈的幽默感"[15]。通过这些评论和上文的分析,我们可见伯恩斯坦诗学具有悖论性。这一特点可以简单地从维特根斯坦鸭—兔头的悖论之处看出,也可以从本雅明探讨的语言的悖论性中得到,值得注意的是,同时也与法兰克福学派中另一位代表人物阿多诺的思想密不可分。阿多诺在很大程度上继承和发扬了本雅明的哲学思想,他是另一位对伯恩斯坦影响深远的哲学家,其哲学思想在《诗歌的黑音》中也被多次提及引用,用来评论诸如艾米丽·狄金森等美国诗人的诗歌。阿多诺认为,"哲学就是要促使人们认识到,概念不能全面表达人的精神,每一个概念都被非概念化的东西解构",强调"哲学既要搞游戏""又要非常严肃",是在说服力和游戏之间摆动[16]。可见,阿多诺把本雅明对语言的探讨上升到哲学中"概念"的层面。在阿多诺看来,"哲学玩弄概念体现了哲学的自由,体现了哲学摆脱了传统哲学的限制,而哲学的自由恰恰表现了人类精神的不自由,受概念的束缚"[16]110,体现了哲学既是游戏的又是极其严肃的二律背反。

伯恩斯坦的回音诗学与阿多诺的哲学有异曲同工之妙。回音诗学所提倡的诗歌既是"反吸收的",模糊的、非逻辑的、陌生化的、诡异的、非人性化的、游戏的;又是具有强烈的吸收性的,直接的、引人入胜的、理性的、顿悟的、人性化的、有说服力的;既是概念主义的,又是反概念主义的,体现了诗人摆脱传统诗歌的限制和束缚,追求精神上的自由,有二律背反的悖论性和哲学性。回音诗学是伯恩斯坦在后现代主义的文化背景下,人类语言在后资本主义经济的作用下被异化、束缚、乱用、蹂躏的一种诗性的应对策略和反思。伯恩斯坦曾说:"我主要凭直觉在页面上排列词语,以最大化词语于词语、短语与短语之间的对立与张力,从而加强语言内在的魅力,这样来探索意义,甚至实际上由此而创造了意义。"[9]172 可见,语言诗人对语言在游戏中,娴熟而严肃地"打磨""甄选""重组",从而体现出对"传统语义符号学的拒绝"[9]172。

一个回音诗学的例子是《我不写效仿的诗歌》[17]。该诗体现了回音诗学中的概念主义特色。不得不提的是,在 1971 年,美国艺术家约翰·保尔德萨里(John Baldessari)创作了一幅概念主义的作品——《我再也不制造乏味的艺术品》⑤。保尔德萨里用独特而极具标志性的笔迹,书写了 17 行"我再也不制造乏味的艺术品"。伯恩斯坦的诗似乎是对保尔德萨里的概念艺术⑥在诗歌中的再现,全诗由 17 行"我不写效仿的诗歌"组成,不同于保尔德萨里的作品,诗句没有采用手写字,而是印刷字来体现,每一诗句都对其他诗句进行复制和抄写,突出地表明了后现代社会中新颖的独创因大量的复制已经不复存在,从而质疑反叛传统。这首诗歌看似滑稽,但是又耐人寻味,因诗句的重复否定了诗句的表达,诗人不会去写"仿效"的诗歌本身被诗句的重复所否定。重复展现了自我否定的修辞方法(apophasis),回音诗学中对于重复的重视可见一斑,同时也体现了伯恩斯坦所说的"形式无外乎就是内容的延伸"的理念,让人细思诗人阳否阴达的婉转表达究竟是什么。诗人实质上摧毁了传统观念中所标榜的创新,表明独创不复存在,讽刺当下诗歌仅仅是复制自我而已,后现代化主义下原创不复存在,呼唤诗歌的革命和未来。值得一提的是,这首诗歌很大程度上体现了回音诗学与概念主义艺术的密切关系,事实上,很多伯恩斯坦的作品,如:《谢谢你说谢谢你》[18]255(*Thanking You for Saying Thank You*)、《诗歌不是一种武器》[13]164(*A Poem is Not A Weapon*)、《诗歌在下载中……》[17]12(*Poem Loading*…)等都表达了概念主义的美学和质疑传统的观念,和概念主义艺术殊途同归。

三、回音诗学的修辞意蕴

《今天是你生命中的最后一天直到现在》(*Today is the Last Day of Your Life' Til Now*)这首诗也贴切地反映出回音诗学的特点(笔者翻译):

> 我曾是世界上最幸运的父亲
> 直到我变成了最不幸的。

他们向马群射击,不是吗?
在山上,空气是如此的
稀薄你几乎不能说出自己的
名字。我曾梦见我变成了一只鼓。
在那梦境中,我梦见我是一个
害怕去上学的小男孩。我梦见
我在被水淹没。遥远处,
积雪的崩塌折射着仍旧消音的
光线。似乎惩罚还未曾
来得足够。

I was the luckiest father in the world
Until I turned unluckiest.
They shoot horses, don't they?
In the mountains, the air is so
Thin you can scarcely say your
name. I dreamt I was a drum.
In the dream, I dreamt I was a
School boy afraid of school. I dreamt
I was drowning. Far away, the
crush of snow refracted the still muted
light. As if punishment was not
punishment enough. [17]158

　　这首诗的题目首先把"生命中的最后一天"和"现在"紧密联系在一起,使时间收紧为现在这一点,却又用"直到"这个英文词汇把"现在"这一时间点拉长。"'til"是 until 的缩写,这个词汇表示"直到",暗含了延展、延长的意思,这里连接了"最后一天"和"现在",形成一种窒息的压迫感,体现了语言的强烈张力。诗歌以一种强烈的反差开头,又使用了"直到"这个关键的词语,展现了一位父亲从最幸运到最不幸的转变,强调了在时间的点和延展之间的跳跃与结合。接下来,"射击"马群和令人窒息的高山"空气"的诗境让人感受到一种痛苦感和死亡的迫近,接下来的诗句把现实世界和梦境虚实结合,浑然一体。梦境中,"我"是一只鼓,任人敲打,备受打击;"我"是个小男孩,害怕却又无力逃避权威的压制和审判;"我"被水淹没,感到窒息。"遥远处,/积雪的崩塌折射着仍旧消音的/光线"一句结合了前面诗行中的在山上的意境和更为梦幻的消音的光线,让人体会到一种现实的梦境,抑或梦境般的现实,巧妙地彰显了崩塌的现实和梦想的溺亡,反映出一种有力的逃避和一种无力的抗争,让死亡和绝望的压迫感更强,同时弱势者的抗争在梦境中得以展露,形成了语言陌生化的美感和诗意。结尾一句暗示"惩罚"还要更加强烈地来临,让这种最后一天中的"现在"无限延长,形成了一种无声的震颤。这首诗歌写在诗人的爱女艾玛死后一个月左右的时间。一方面,很显然的是,该诗是为了纪念失去的爱女而作,描写了无法忍受的失女之痛,绝望和死亡;但另一方面,全诗对女儿的逝去只字未提,随着梦境和现实的水乳交融,同时可以指涉社会中任何弱势和边缘群体的绝望、梦想的破碎和对现实的不满等,反映出罗良功所说的伯氏的诗歌是美学和政治性的结合,使得诗的意义多元化,极大展现了回音诗学的特点。

在访谈中,伯恩斯坦谈到"双关"这一创作手法在其诗学中的重要性。"我从不放过任何机会来使用双关语,笑话的各种形式,以及玩笑、趣闻、警句、打油诗。但是,我也使用其他的形式,其中有的形式是令人陶醉,或令人着迷的,或可笑的,或抒情的,但是有些形式却是纯粹的令人生厌,还有一些其他的形式有模糊的哲学性。"[8]233—234 无疑,双关语可以为诗歌提供多种语境,使诗歌的意义多元化。一个很好的例子就是诗歌《我的上帝有个态度问题》。聂珍钊精辟地分析了这首诗歌,其两个译本全然不同的借着双关的修辞法,让诗歌形成了维特根斯坦诡异的鸭兔头的效果,形成了语义的多义转化。诗歌第一行"Being splints"可以翻译成"作为夹板",或"存在已经碎裂",第二行"it being hard"可以翻译为"一直僵硬",或"很难说它"[19]。一首诗把两种语境通过双关语显现无疑,显然伯恩斯坦笔下的上帝不仅仅有一个态度问题。《你》这首诗歌也是使用双关的写作手法体现回音诗学的一个经典作品。全诗如下(笔者翻译):

> 时间伤痛了所有的治愈,带着回音
> 溢出来,想法和藏身之地都
> 许而应予。你渐渐打开的大门
> 像阻隔的空白,茂密繁盛
> 指向进入抑或偶然的
> 含泪的固恋
> 反复无常如同裂开的突岩仍旧紧锁
> 枯竭的像河水的音律
> 想要了解大海的凌乱
> 抑或隐藏的阻隔切断了
> 隐藏中吻合的依恋[17]158

该诗短小精悍,又极大地反射出伯恩斯坦诗学中精髓,运用了俗语倒置、押头韵、双关语和复调的重复等手法,展现了语言陌生化、诗歌的多义性和隐藏中阻碍的力量,语言中"回音"的重要性,鲜明地反映了回音诗学的特点。全诗以《你》为题目,全诗仅出现了一次"你",给这首诗歌蒙上了一种神秘浪漫的色彩,但这首诗又可以诠释为语言诗人宣告语言自身在后现代下的枯竭。在分析伯恩斯坦的爱情诗时,翁布罗(Paulina Ambrozy)认为,伯恩斯坦在他的爱情诗中避开对爱情的直接刻画描写,他的情人存在于语言之中,他们的爱以语言游戏的形式展开[20]。第一句里,把俗语"时间治愈了所有的伤痛"倒置翻转过来,形成了一种语言的陌生感,富有新意。第一层诗意似乎是在戏谑爱情中人们常常说的这句俗语,"时间可以治愈一切伤痛",似乎诗人是用不同的方式来表达一种苦恋的滋味,体现了伯恩斯坦诗学中的游戏性和对陈词滥调的戏仿。结合语言诗的特点,不难发现第一句可以有新的诠释,这里是在质疑语言及其意义是否真实而贴切。接下来,"带着回音/溢出来,/想法和藏身之地都许而应予"两句诗把"回音"描写得优美而令人向往,在回音中,美好的事物许予不尽。"回音"可以指时间的回音,也更是语言自身的回音,暗示着只有在这种语言之声的回音中,语言的意义经过震颤、和声、重复,重置和共鸣,才能真正获得美好的实现。"你渐渐打开的大门/像阻隔的空白,繁密茂盛"一句的第一层意思表明我和你之间存在阻隔的距离,是一片无法逾越的"空白";另一层意思是说,语言本身和意义中间阻隔着需要跨越的"空白",要想获得意义必须跨越障碍。值得特别注意的是,这"空白"并非苍白空洞,而是茂密繁盛,是一种语言的矛盾性和悖论性的写照,吻合了本雅明提出语言的武断性和悖论性。值得一提的是,"空白"是伯恩斯坦诗歌创作的主要议题,也是他想要极力挖掘和探讨的诗学主题。"指向进入抑或偶然的/含泪的固恋"中的"进入"一词用的绝妙,"accidence"一词可以指进入、入门,也可以指英语中的词型变换或译为"偶然"和后面的"偶然"相呼应,所以这一词让英文诗歌产生了多义,是一个经典的双关。我们在汉语翻译中很难表达这种多义,一方面,"accidence"可以指进入你"渐渐打开的"爱的大门,另一方面又可以指语言的变化和多义的形成的偶然性,令这首诗折射出多种诠释。"固恋"是一个心理学术语,在这里可以指隐藏的"我"对"你"的一种异常的依恋,也可以指语言对于其意思的"固恋",或诗人对于语言的"固恋"。两个表示"反复无常"和"枯竭"的比喻诗句让恋人间的翻云覆雨和爱别离苦更加形象生动,同时又可以指语言自身的"反复无常",不确定性和模糊性。最后一句也体现了以上两点。在原诗里使用了"hide"一词,译为"隐藏",该词在口语中又可以指"生命",而"吻合"一词的诗中原文为"felicity",可以指代语言的贴切、妥当,语义的吻合,同时又可以指代幸福和极大的快乐。因此,最后一句的双关意义在于,爱情的幸福在生命中的阻隔(即不可逾越的空白)中被切断了,或是语言中隐藏的阻隔(即不确定性和模糊性等)切断了语义的吻合的达成,深刻地描绘了语言如同枯竭的爱情在后现代性下的危机和现状。同时,全诗被删节的句法、闪展腾挪的语法以及非逻辑的想象力,形成了碎片、阻隔和模糊性,反映了诗歌的"反吸收"。这首诗结合了戏仿与真挚、陌生与熟悉、直率与含蓄,多重双关如同回音般回响,使得该诗成为回音诗学的经典作品。

另一首伯恩斯坦的最知名的诗歌《天堂里所有的威士忌》(*All the Whiskey in Heaven*)也是回音诗学的一个最好的诠释(笔者翻译):

> 不会因为天堂里所有的威士忌
> 不会因为佛蒙特所有的飞蝇
> 不会因为地下室里藏着的所有眼泪
> 不会因为无数次去火星的旅行
>
> 即使你付给我钻石也不
> 即使你付给我珍珠也不
> 即使你给我你小指上的戒指也不
> 即使你让我拥有你的鬈发也不
>
> 不会因为地狱里所有的烈火
> 不会因为天空中所有的蔚蓝
> 不会因为要拥有自己的帝国
> 甚至不会因为内心的平静
>
> 不,绝不,我绝不会停止爱你
> 直到我的心脏停止跳动
> 而即便到那时在我的诗和歌里
> 我还要将你再爱一遍[18]297

全诗题目有种异质美,天堂中所有的威士忌,带来一种美好又醉人魂魄的诗性,但是在另一个层面,美酒恐怕不可能在圣洁的天堂里出现,暗含着一种可望而不可即的美好与痛苦,展示了一种错位的并置。初读来是一首传统的抒情诗,大有十四行诗的韵味。诗中运用了传统的压头韵、排比句式和押韵(如:"pearls"对"curls")的诗歌修辞及表现手法。出现的很多意象,如"钻石""珍珠""戒指""鬈发"配合着结尾句"我还要将你再爱一遍",似乎传统而无新意,都在表达一种誓死不渝、美好浓烈的爱情誓言。仔细品读会发现另一层语境,"眼泪""地狱""天堂"等意象以及连续的否定句式似乎带有一种哀伤和痛楚,使全诗的意境产生多元化,显现出维特根斯坦鸭—兔头的效果。"不因为天堂里所有的威士忌"和第二句"不因为佛蒙特所有的飞蝇"的意象完全不和谐、不搭配,抽象的"天堂"对具体的"佛蒙特",醉人的"威士忌"对令人生厌的"飞蝇"。如果把"天堂"和"地下室"两句联系,"威士忌"和"眼泪"调换,似乎才合乎逻辑。此外,"飞蝇"一句和"烈火"一句又与全诗的结尾"我要将你再爱一遍"似乎不合因果逻辑,与平常的思维模式矛盾,想来没有人会愿意受飞蝇烦扰或渴望地狱烈火的煎熬。诗歌创造出多重逻辑的错位和断裂,语言的陌生感油然而生。词语陌生化在诗中形成了一种怪诞异质的张力,不免让人深思其中另一层意境。读者会问,为什么要有这种错位和断裂?"威士忌"被诗人神移到了天堂,而地下室里本应储存美酒,却充满了"眼泪"。我们不难发现,诗人在诗歌前 12 行都一直含蓄地省略了同样一句话,"我(不因为……)而停止爱你"。为什么这爱可能要停止呢?细思便知,通过"天堂""眼泪""地狱""内心的平静"等意象,"我"和"你"之间似乎存在无法跨越的生死隔离,爱可能会停止的原因也许就在于此。否定的"Not"一词反复出现了 12 次,强化了"我"对这种生死隔离感的绝望和拒绝,以及在其之中的痛苦挣扎,"Not"一词同时又肯定了"我"借酒浇愁,暗自流泪,如同处在地狱的烈火之中的状况。在声音的重复和诗歌的陌生化、诗歌的反吸收中,这些情景经过读者的想象和参与浮现出来。同时诗歌结尾又用"再爱你一遍"否定了所有这些痛苦,让这爱深入透骨。这反吸收的技巧使得读者感受到强烈的感情的一种婉转的表达,而并非平铺直叙的传统抒情。与浪漫主义诗歌相比,回音诗学似乎显得更加含蓄、深沉、内敛,达到婉转又强烈的效果。这种爱可以是任何一种强烈炽热的爱,也绝不限于爱情,在诗歌的多元化和语言的陌生化中,一种深化的美感尽在不言中。可见,在《天堂里所有的威士忌》使回音诗学得到完美体现,而有的评论称语言诗是没有血肉、没有感情的,的确是有失偏颇的。

四、回音诗学的乌托邦想象

通过以上分析,我们不难发现,回音诗学不仅仅满足于传统意义上令人陶醉的、抒情的诗学,而是采用倒置、重复、反讽、夸张、戏仿、双关等创作手法对传统进行解构,从而形成了与传统诗歌的"回音"的效果,旨在从回音中找寻失去的真理,具有后现代的返魅的特点以及乌托邦的色彩。回音诗学是作用于多元化张力之下的一种诗学,自由地摇摆于传统和未来、逻辑与历史、语言游戏和严肃创作、共时性和历时性、静态与动态、完整与碎片之间的多元性,不受二元对立的束缚,不受定义和自身规律的羁绊,反叛

"权威诗歌文化"（official verse culture），提倡诗歌创作的多元和百花齐放。这似乎验证了回音诗学是一种解构主义的美学追求，一种对自身和权威的同时反叛。在《诗歌的黑音》前言，伯恩斯坦这样写道："回音诗学是在星丛的美学中一个因为另一主题而产发的非线性的共鸣。"[9] 诗人是行走于语言的钢丝绳上的艺术大师，在语言张力的作用下，他的作品有时滑稽，有时忧伤，有时讽刺，有时怪诞，有时晦涩，有时通俗，有时批判，有时含蓄，有时率直，陌生而熟悉，感叹美好事物的消失，同时解构了眼前的荒芜，形成了其悖论。回音诗学是对阿多诺的"奥斯维辛之后写诗是野蛮的"⑦论断的倒置和戏仿，流露出"似曾相识燕归来"的悲哀，但却不继续留恋在"无可奈何花落去"的悲叹和自怜中，而更是一种"妙计横生花自开"的对传统的思考、解构和构建，体现出了后现代背景下的策略和智慧。伯恩斯坦曾写道："如果我们不把词语看作是有固定代码、硬生生地接入语言的权威，而把它看作是可以一起跳跃的弹簧，或者是可以让我们在上面上下、左右、前后、全方位地用力跳跃的蹦床，那么词语就能带领我们到达任何地方。"[9]126 伯恩斯坦在近期的一次访谈中谈道："我把我的创作称为翻译、转换、变换、夸张、戏仿、讽刺和倒转的回音诗学。"[21] 由此，我们不妨说，回音诗学是语言这个"蹦床"所震颤出的一种反复而参差的语音的优美轨迹；是跳跃的语义的多元化共鸣；是倒置中意象和概念的陌生而又似曾相识的邂逅；是语言张力中，诗歌作用于社会政治的美学呈现；体现了在概念主义和后现代主义背景下，诗人对诗歌未来和诗歌传统的严肃思考，具有鲜明的后现代性。作为美国诗学界和文学理论界有力而独特的声音，伯恩斯坦用回音诗学影响和改变着人们对传统美学的理解以及对于传统诗歌和当代美国诗歌的解读，诗人与德国、俄罗斯、中国等多国诗人往来密切，他的诗歌不仅对美国的当代诗歌（特别是先锋派诗歌、试验性诗歌、概念诗歌等）的创作，而且对世界范围内的诗歌创作都产生较为深远的陶染和影响。震颤的旋音在诗界回响着，似乎在以一种迥然不同的方式向诗歌的传统致敬、对颓废的文化讥笑戏仿。

注释：

① 在写作本文期间，伯恩斯坦教授提出了宝贵的建议，同时，在写作后期，米家路教授对本文的题目、结构和内容均提出了中肯的宝贵意见，作者特此谨致谢忱。

② 该访谈是聂珍钊教授在 2006 年 12 月到 2007 年 2 月期间与伯恩斯坦教授用英文以电子邮件的方式进行，收录在《外国文学研究》2007 年第 2 期，后被翻译为中文收录在《语言派诗学》中。2016 年，伯恩斯坦把该访谈收录在他的《诗歌的黑音》中。

③ 关于诗歌的吸收与反吸收，伯恩斯坦著有一篇论文《吸收的技巧》，通过对比地分析诗人如爱·伦坡、艾米丽·狄金森，P. 英曼、佩惹等的作品，详细探讨了诗歌的吸收性和反吸收性。此文收录于《语言派诗学》一书中。

④ 鸭—兔头画像是一个视觉错觉的图像,显示出一个鸭头或是一个兔子头。该图像最早于 1892 年 10 月 23 日,出现在德国幽默杂志 *FliegendeBlätter*,作者不详。维特根斯坦在他的著作《哲学研究》中引用并讨论了该图像与语言哲学的关系,因此令该错觉图如此著名。该图片出自:https://en. wikipedia. org/wiki/Rabbit% E2% 80% 93duck_illusion。

⑤《我再也不制造乏味的艺术品》1971 年由约翰·保尔德萨里(John Baldessari)创作,收藏在纽约的现代艺术博物馆,查看该作品可在博物馆网站:https://www. moma. org/learn/moma_learning/john-baldessari-i-will-not-make-any-moreboring-art-1971。

⑥ 概念艺术又称观念艺术,出现在 20 世纪 60 年代中后期,其基本概念起源于马塞尔·杜尚的思想,主要是指一件艺术品从根本上说是艺术家的观念的体现,而不是有形的实物,因此艺术的形式可以用来承载观念,而艺术作品中主要重在表达一种观念,艺术是观念上的体现,不受物质和固定形式和传统的束缚。经典代表作品是杜尚的 1917 年的作品《喷泉》(*Fountain*)。

⑦ "奥斯威辛之后写诗是野蛮的"这一论断是阿多诺在《文化批评与社会》一文中提出的,阿多诺的学生蒂德曼(Rolf Tiedemann)曾经精辟地解释说:"在这个论断中,'写诗'是一种提喻法,它代表着艺术本身,并最终代表着整个文化。"这个论断主要是指奥斯威辛之后艺术创作的不可能性与文化无法逃离野蛮,呈现出文化问题的严重性,和以文化为根基进行的艺术创作或艺术创作所呈现出来的文化内容的非正义性。

参考文献:

[1] 张子清. 美国语言诗[J]. 国外文学,2012(1):19—30.

[2] 中国当代作家笔谈美国语言诗[J]. 当代外国文学,1993(2):149—150.

[3] 罗良功. 查尔斯·伯恩斯坦诗学简论[J]. 江西社会科学,2013(3):94.

[4] 林玉鹏. 伯恩斯坦与美国语言诗的诗学观[J]. 外国文学研究,2007(2):25—27.

[5] 林玉鹏. 美国语言诗的艺术手法与诗歌传统[J]. 当代外国文学,2008(3):104.

[6] 魏啸飞. 被榨干了的"语言诗":兼评查尔斯·伯恩斯坦的诗集《衰人》[J]. 外国文学研究,2011(6):103.

[7] 黎志敏. 论《诗歌的黑音》中伯恩斯坦的先锋诗学[J]. 外国文学研究,2017(2):6—7.

[8] C. Bernstein. *Pitch of Poetry* [M]. Chicago and London:University of Chicago Press,2016.

[9] 查尔斯·伯恩斯坦. 语言派诗学[M]. 罗良功,译. 上海:上海外语教育出版

社,2013.

[10] Filreis Al. *Clumsy, Erroneous, Freakish, Foreign：Charles Bernstein's New Book of Essays* ［EB/OL］. https：//jacket2. org/commentary/clumsy-erroneous-freakish-foreign.

[11] W. Benjamin. *Doctrine of the Similar* ［M］// T. Rodney Livingstone, trans. *Selected Works of Walter Benjamin Vol. 2.* Cambridge：Harvard University Press, 1999：694‑698.

[12] W. Benjamin. *On Language As Such and On Language of Man* ［M］// T. Rodney Livingstone, trans. *Selected W ritings. Voll 1913‑1926.* Cambridge：Harvard University Press, 1999：62‑74.

[13] C. Bernstein. *Girly Man* ［M］. Chicago and London：University of Chicago Press, 2006.

[14] D. Messerli. *Pitching Poetry：Charles Bernstein's Essays and Interviews* ［EB/OL］. https：//hyperallergic. com/370588/pitching-poetry-charles-bernsteins-essays-and-interviews.

[15] https：//www. poetryfoundation. org/search? query＝Charles+Bernstein.

[16] 王晓升.让概念指称非概念：阿多诺的哲学观及其启示[J].吉林大学社会科学学报,2015(3)：110.

[17] C. Bernstein. *Recalculation* ［M］. Chicago and London：University of Chicago Press, 2013：66.

[18] C. Bernstein. *All The Whiskey in Heaven：Selected Poems* ［M］. New York：Farrar Straus Giroux, 2010.

[19] Nie Zhenzhao. *An interpretation of Charles Bernstein's "My God Has an attitude Problem"* ［J］. 外国文学研究,2008(1)：43.

[20] A. Paulina. *(Un)concealing the Hedgehog：Modernist and Postmodernist American Poetry and Contemporary Critical Theories* ［M］. Poznan：Wydawnicatwa Naukowego, 2012：302—306.

[21] D. King. *"Too Philosophical for a Poet"：A Conversation with Charles Bernstein* ［J］. *Boundary 2*,2017,44(3)：35.

论帕斯长诗《太阳石》的回环结构与瞬间艺术

◎ 潘灵剑

摘　要：奥克塔维奥·帕斯的长诗《太阳石》的内部线性发展、回环
复沓与诗意自由放射的互为一体，是此诗结构形式极具独
特性之所在；综合的瞬间艺术是时间性与空间性的融会，
是《太阳石》的核心诗艺之一，是诗人复活神话、历史与人
道的魔镜；帕斯综合运用蓄意悖谬、细节刻画等技艺，使
《太阳石》成为一种黄钟大吕般的祷词，向着永恒的生死女
神和茫茫的人世苍生发出古老而宏大的"另一个声音"。
虽然帕斯自己认为"对现代性的寻求是一种返本归源"，但
这种逆向回溯本质上不是对诗歌现代性的反拨，而是借道
现代技艺寻找诗歌之根、人道之本，是对诗的现代性的固
根与丰赡。带着这个理解，去深入品味该诗的结构、瞬间
艺术及其人道主义精神内涵，或可获得更多、更具体的
感受。

关键词：帕斯；《太阳石》；外国诗歌；长诗；回环结构；瞬间艺术；
象征模式

《太阳石》是 1990 年诺贝尔文学奖得主、墨西哥诗人奥克塔维奥·帕斯的著名长诗、代表作。诗人因其创作"有着多方面、多层次的广阔视野，渗透着可感知的智慧和完美真诚的人道主义，将拉美文化、西班牙文化和现代西方文化融为一体"①而获得诺贝尔文学奖。该诗最初发表于 1957 年的《火山岩》选刊，刊物印量仅三百册，但此后却引起了文坛的瞩目与激赏，被认为是拉丁美洲伟大的抒情诗。墨西哥诗人、评论家何塞·帕切科认为："只要西班牙语存在，它就是用这种语言创作的最伟大的诗篇之一。"[1] 阿根廷小说家胡里奥·科塔萨尔认为它是"拉丁美洲至今最令人赞叹的爱情诗"[2]。这首长诗，是帕斯追寻诗与人的现代性的一种双重仪式，无论是现代诗艺的冶炼，还是对人的生存的探索，都表现出非凡的力度和宏大的气魄。帕斯 1944 年留学美国，曾受到来自艾略特、庞德等诗人作品的影响，此后，在巴黎，又受到了超现实主义运动的感染。他曾想做一个现代或现实的诗人，然而富有意味的是，"对现代性的寻求是一种返本归源。现代性将我引向自己的开端，将我引向远古"[3]569。从大量诗作看，帕

斯无疑有着超凡而系统的超现实主义写作技艺,然而他要"返本归源",去寻找穿透历史、神话与现实,穿越广袤时空的古老声音。在笔者看来,这种逆向回溯本质上不是对诗歌现代性的反拨,而是借道现代技艺寻找诗歌之根、人道之本,同时又是对诗的现代性的固根与丰赡。带着这个理解,去深入品味《太阳石》的结构、瞬间艺术及其人道主义精神内涵,或可获得更多、更具体的感受。

一、《太阳石》的回环结构与象征模式

朱景冬在《当代拉美文学研究》一书中曾尝试将该诗分为三部分。第一部分(第1—73行),由一系列形象构成:树、水、风、光……"以及女人、世界、人类之间的关系、性爱和诗人的寻求"。第二部分(第74—288行),写诗人在无尽的回忆的走廊里寻找,寻找那一瞬间,寻找生动的时刻,寻找爱情和那个姑娘。第三部分(从第289行"西班牙,1937年"开始至最后),从西班牙内战始,审视一系列的历史人物……最后,第一部分中的自然形象重新出现,"诗歌的最后一节对第一节的重复以及所用的冒号","暗示一个周期的结束和另一个周期的开始"[4]。常规的分段法有助于我们大致明晰长诗内容的转换,为进一步的结构分析和内涵把握提供了进阶。但《太阳石》是一首真正的长诗,与很多明显具有叙事结构或板块结构的长诗颇为不同,经过很多次反复阅读之后,它给人的感觉几乎仍然是浑然一体的,是"圆的"。

《太阳石》在结构上无疑给人以强烈、独特的形式美感:太阳石是古代墨西哥阿兹特克人雕刻的、用来标注纪年的圆形石碑,是阿兹特克文化和智慧的象征物,按照帕斯本人的说法,他的长诗即是从阿兹特克太阳历纪年的"第四日奥林(运动)出发,到第四日埃赫卡特尔(风)为止"所作的精神游历,全诗584行,恰好与阿兹特克人历法中一年的天数相同;此外,全诗没有一个句号,诗的开头6行与结尾完全相同,从而首尾相接,吻合于太阳石本身的循环体式:

> 一株晶莹的垂柳,一株水灵的黑杨,
> 一股高高的喷泉随风飘荡,
> 一株笔直的树木翩翩起舞,
> 一条弯弯曲曲的河流
> 前进、后退、迂回,总能到达
> 要去的地方②

　　诗与文化象征物之间的形式关联向我们提供了若干形式的意义：首先，它从象征物那里获得了形式的唯一性。独特的、与内容浑然一体的诗歌形式，常常是富有探索精神的现代主义诗人孜孜以求的东西，因为它也是诗人独创性的重要体现。如马拉美将诗句作有意味的排列并使用各种符号，庞德在《诗章》中夹入乐谱等符号，马雅可夫斯基采用阶梯诗歌形式，等等。《太阳石》与太阳石的循环形式特征极其吻贴，这样的整体形式创造也许只能是"一次性"的，如果有第二次、第三次，就极可能沦为形式仿制品。其次，诗在整体上获得了寓意幽远、气氛庄重的象征仪式。诗人通过重大历史文化见证物所作的精神游历，不啻是一次极其庄重的精神膜拜过程，诗歌本身成为一种"私人的宗教"[5]44仪式。通过这种仪式，诗人不只凭吊了某一种族的先人，更凭吊了所有在历史的无常中罹难的无辜生命——逝者已逝，诗人的悲悯是通向全人类的。从这一点上讲，诗人的这首长诗不仅是对太阳石这一阿兹特克人古老的历史文化遗物的诗意复活，而且还是对它的一种精神提升。再者，诗的无穷回环结构是一种开放式的结构，就像一个圆周，起点即是终点，但又是新的出发。诗的首尾完全同一，这种蓄意的营构既提示了太阳石的循环体式，又使诗的形式本身产生独特的和谐；既提示了历史的循环感，又隐喻了梦想不止、生生不息的生命本性。这种历史循环感当然不是对宗教轮回观念的机械认同，而是诗人对历史沧桑惊人重复的无奈和深刻体认，是诗人内心深藏的历史郁结，近乎宿命。诗的首尾六行展示了乌托邦式的诗意境界：前后并置的五个意象（垂柳、黑杨、喷泉、树木、河流）都隐喻了生殖力，合构为生长的圣地和一幅生机和谐的画面，并配以音乐的动感（随风飘荡；翩翩起舞；前进、后退、迂回）；尾句"总能到达/要去的地方"可视为对人类美好的祷词。诗的结尾通向广袤的时空，通向无穷的生长，永无结束。

　　回环结构只是《太阳石》结构形式相对表层的部分，而诗歌内部线性发展、回环复沓与诗意自由放射的互为一体，才是其深层的结构，也是此诗结构形式极富独特性之所在。

　　关于长诗的建构，帕斯在他的《诗歌与现代性》一文中曾这样论述道："在短诗中，为了维护一致性而牺牲了变化。"在长诗中，变化获得了充分的发展，同时又不破坏整体性；长诗的另一个双重要求是"破格与复归"，破格即是"断裂、变化、创新，总之是意外之举"，复归即是"强烈连续性的符号或标点"（如重复句式、插入语等）的运用[5]7。简言之，长诗是在保持整体性的前提下充分求变，并在此基础上做到复沓与继续向前突破的统一。

　　这个双重要求，被诗人精心地营构到《太阳石》中去了。诗人对这首诗的整体性要求也许并不难揣摩：所有丰富变化的诗歌质料都必须充分服务于"生与死、爱与欲"这个肃穆、宏大而渺远的主题。质料可以是极尽变化的：无论是神话传说，还是重大历史事件和个人生活题材;无论是可感可触的现实,还是梦幻般的超现实世界;无论抽象或具象;无论是被直接歌赞的生命本原,还是被讽喻和质问的死亡;无论是理性之思,还是无意识的瞬间感受,只要具有恰切的表现力,都可以集合在统一的主题之下,以备检用。宏大肃穆的主题并不排斥讽喻性的、个人化或琐屑的诗歌题材。诗中写马德里战争,就是通过平民的日常生活行为来表现战争机器的罪恶,细小题材背后隐藏的是对战争的严厉质问。又如诗中对法国中世纪哲学家阿伯拉尔的嘲讽,"他屈从了法律,与她(情妇)结为夫妻/后来给他下了腐刑/作为对他的奖励",戏谑嘲弄的背后实质是对爱情和自由生命毋庸驳诉的辩护。

"我"是这首长诗中的线索性人物。第一人称的运用是自但丁以降长诗写作的一个传统:和《神曲》一样,《太阳石》也是主人公"我"的精神探索历程,但不同的是后者纵横驰骋,自由穿越时空,诗艺上表现出极强的现代意味。"我"有时是面向生死女神的精神朝圣者,有时是历史沧桑的冷眼旁观者,有时又是自由生命的热情讴歌者,有时是人类集体的代言人,有时则又是在克里斯托夫大街上呼吸自由爱情生活的实实在在的人。生死女神维纳斯·阿弗罗迪塔是诗中的另一个线索性人物,但她的线索作用有所不同:"我"在诗中归根结底是一个"生与死、爱与欲"的自由歌者,一个穿行于历史、现实与超现实等多重世界的行吟诗人,无论其面目如何变化,都具有前后的某些一致性,但生死女神则不同,她具有双重属性,既象征着"生",又象征着"死",是矛盾的集合——渴望与苦厄、超拔与沉重、柔美与炽痛、无言与时间的古老沧桑都统一于她的一身。诗的首尾两处实质是写她"生"的一面,加上中间一处共有三处,"你就在我的身旁,像一棵树一样,/像一条河在身边流淌,/像一条河与我倾诉衷肠,/……/你如果吃着柑橘微笑,/世界就会披上更绿的盛装"。诗中荡漾着和谐的生之欢乐。在上述三处之间,各有一处写女神的雕像,则是展示她"死"的一面:"而你的眼里没有水,你的眼睛,/你的下腹、你的臀部、你的乳房/都是岩石造就/你口里散发的气息宛似灰尘和有毒的时间,/你的身体散发着枯井的味道","死亡已化作他们生命的雕像,/永远存在永远空洞,/每分钟都毫无内容,/一个魔王控制你脉搏的跳动/和最后的表情,坚硬的工具/将你可变的面孔加工……"生—死—生—死—生,生死女神的形象如此这般在诗中反复出现,推动着诗的题旨环环向前,给人以回肠荡气之感。这种隐性的回环复沓结构,与诗的主旨紧密相连,深入到了诗的深层肌质。

这种回环复沓,也是诗歌中"强烈连续性"的一种表现。此外,关键句的间隔反复,如诗的后半部用了五处"什么也没发生",也是连续性符号的一种运用。这种复沓的间隙,是诗不断向前突破、发展的空间:在统一的主旨之下,诗人的激情犹如奔突的泉水,通过"瞬间"这个泄孔,向着无垠的时空自由放射。神话—历史—个人,构成这个时空的三个维度,诗人的激情在这中间自由穿射,最终完成了一次"渗透着可感知的智慧和完美真诚的人道主义"的精神之行。与此同时,诗歌内部的深层空间结构也得以最终确立:线性脉络的发展、主题性形象的回环复沓和激情向多维时空的自由放射最终熔铸为一体,成为文本极具独特性的内在建构。这种建构是繁与简、情与理、再现与表现的错综合一,它使诗最终获得了独特而自在的生命,给人以深刻的创造启迪。尤其是激情通过"瞬间"向多维时空自由放射这一瞬间艺术方法,更是向诗歌的创造者们提示了一条高度自由创造的门径。

二、瞬间:复活神话、历史与人道的魔镜

瞬间,是解读《太阳石》的重要密码。它既是该诗的一个关键词语,同时又作为一种富有活力的艺术方法,即瞬间艺术,统摄着该诗的主要肌质。这种瞬间艺术,在帕斯笔下,是历史与想象的现时交汇,一系列貌似不相关的诗歌质料在某个瞬间发生聚变,释放出动人心魄的力量。

"瞬间"是这首诗中反复出现的语词:"我在自己前额的出口寻找,/寻而未遇,我在寻找一个瞬间","我和那瞬间一起沉到底部","所有的世纪不过是一个瞬间","那半透明的瞬间将自己封闭,/并从外面熟向里边"……总计不下十处。后来诗人变换了说法:"什么也没发生,你沉默着,眨眨眼睛,/什么也没发生,只眨了一次眼睛?""只是太阳/眨一下眼睛,几乎没动,什么也没发生"。太阳眨一次眼也是瞬间,只是这时诗人转换了视点,借人格化的太阳的眼睛俯视苍茫的时空。诗的大部分内容几乎就是诗人寻找瞬间的过程,力图通过瞬间复活神话、历史以及自由生命个体中包含的普遍人道。这种寻找的过程,意义是双重的:一是复活人道本身。无论是在女神(像)身上的探索,还是在时间深渊的沉浮,无论是对神话的解码,还是对历史的批判,无论是日常生活情景的展开,还是对严酷现实的诗意抽象,根本旨归都在于对人道的复活。它是诗的时空变幻与演化的真正动力与根源。二是寻找"寻找的方式"。一首诗确立宏大、凝重主题绝不是轻易的事,它的生成在相当程度上有赖于一种非凡机制的确立。一个充满激情而不乏睿智的诗人在殚思竭虑之中一旦找到这种机制,便如同地火找到泄口,大水找到起伏的河谷一样,有望产生诗的奇迹。这种机制即是诗的深层结构,它与整个诗歌血肉相连,尤其对于一首长诗,总体上的完整性、一致性建构若只凭借诗情的自由散漫、潜意识和无理性的驱使,是万难成功的。或许正由于此,诗人在他的一次访谈录中不无深意地说道:"……我认为自己是超现实主义者,尽管从另一角度说,我与超现实主义运动的美学观念差距较大、比如,自动写作法……我曾练习过一段日子,时间不长。我认为诗歌是人在半清醒、半迷糊相结合或相悖逆的状态下的产物。如果我用自动写作法写诗,

我是写不出《白》《劲风》或《太阳石》的,虽然这些诗中有梦呓和无意识行为的成分。"[5]44

"瞬间"一词,包括它的变换形式,在诗中反复出现——诗人通过有意识地设置路标,设置"连续性的符号",使读者有迹可循。但更为重要的是,在这首诗中,"瞬间"是作为一种统摄诗歌主体的艺术而出现的,它是一种诗艺,一种有效把握世界的诗意方式。通过想象的幻化,瞬间获得了永恒的意味,它可以是所有过去的现时交汇,无论客观历史的时间,还是主观想象的时间。反过来,瞬间的敞开即是过去,它通向一切历史、神话与个人。瞬间是一与多、交汇与散射、凝止与无穷变化的统一。在《太阳石》中,诗人还把"瞬间"作了诗意化的描述:

> 死神围困的瞬间
> 堕入深渊又浮回上面,
> 威胁它的是黑夜及其不祥的呵欠
> 还有头戴面具的长寿死神那难懂的语言,
> 那瞬间堕入深渊并沉没下去
> 宛似一个紧握的拳,
> 宛似一个从外向里熟的水果
> 将自己吸收又将自己扩散,
> 那半透明的瞬间将自己封闭,
> 并从外面熟向里边,
> 它将我全部占据,
> 扎根、生长在我的心田,
> 繁茂的枝叶将我驱赶,
> 我的思想不过是它的鸟儿

形象化、人格化赋予了"瞬间"诗意的实存:它不再是虚渺的东西,而是可感可触的存在。它是个历尽沧桑者,时间的重量使它沉入深渊。它是批判者,是击向死神的拳头。沧桑使它成熟,时间使它丰盈,而"我"的思想不过是它这株大树上的一只小鸟。"所有的世纪不过是一个瞬间",瞬间目睹了一切,通过它的眼,诗人找到了一条通往广袤时空的道路,找到了与宇宙人生对话的可能。

诗中有一段死亡序列的叙述片段,从阿伽门农的吼叫到苏格拉底的处死,从"尼尼微废墟中徘徊的豺狼"到罗伯斯庇尔的罹难,从林肯的遭受不测到马德罗的被暗杀,所有的事件形成一个时间序列,成为诗人笔下集约化了的一种历史,从而引发诗人对死亡的悲悯和诘问:"言而无声的寂静呢?/什么也没说吗?/人的叫喊什么也不是吗?"这种瞬间艺术是将散点而有序的时间并置在一起,形成独特的诗意流动;表面上是空间的并置,但内部的实质是时间的流动,可谓"空间化了的时间"[6]。

瞬间艺术的另一面是它的空间性,主要表现为空间事物的并置。如"海沟中的女放牧者,/幽灵山谷的看守女郎,/……献给被处决者的玫瑰花束,/八月的雪,断头台的月亮,/麦穗、石榴、太阳的遗嘱,/写在火山岩上的海的字迹,/写在沙漠上风的篇章"。虚与实,抽象与具象,甚至风马牛不相及的形象都纠集到一块,就像毕加索的综合立体主义(Synthetic Cubism)绘画,通过"拼贴和集成"(collage and assemblage),把系列形象大体统一到"苦厄、沧桑"的主题之下。在这种貌似错乱的并置和跳跃性想象中,形象获得了秩序,意义得到了延展。

并置方法的运用并不只限于瞬间艺术。《太阳石》中有一处写"我"在女神躯体中沉思行走的句群(从"我沿着你的躯体像沿着世界行走"到"没有身躯却继续摸索搜寻"),诗人有意将女神的整体形象拆解成腹部、胸脯、眼睛、前额、玉米裙、双唇乃至思想等诸部分,并通过诗意化将它们大体并置起来。这种并置又对应于绘画中的分析立体主义(Analytical Cubism),即通过分析或分割(dissected)产生新的意义,而综合立体主义则是再集成的(re-assembled)[7]。通过切割,诗人赋予女神以丰满的血肉,为我们创造了一个人神相悦的优美境界,一个爱与欲交合一体的生命欢乐至境。切割的目的是为了获得新的整体,正像评论家哈罗特·罗森贝格在论及戈尔基(1904—1948)的独特画风时所说的,尽管他的画面由奇形怪状的软组织、隐蔽的切口、肠子般的拳头、阴部、重叠的肢体等组成,但却"充满隐喻和联想",新的意义由此诞生[8]。

综合的瞬间艺术是时间性与空间性的融会,这时,"瞬间固结为永恒,又饱和着极为丰富的空间意象。是诗人的感觉、情愫、意绪、直感、无意识的熔铸。也是巧妙的时空变幻在一个质心上的凝止"[9]。就像《太阳石》一样,变幻的时空不断通过"瞬间"这面魔镜和诗人的意绪而演化推进,沧桑的历史得以鲜活地再现,悠远的神话得以再次切近并深入人的根柢,尘封的个体生活得以再次裸现出自由生命的光泽,人道得以诗意地复活。

三、诗,作为"另一个声音"

对诗歌来说,是否存在这样一种可能,即通过对历史记忆的恢复,人道复活为一种警示现实并敲响未来的黄钟大吕般的声音?帕斯的《太阳石》对此作出了深沉的回答。相对于浩渺的时空,人类的一切活动,包括生死,人类的一切过往、现时与将来,不过是其间的涓涓细流,人类对过去的探索也是有限的,以一种无限接近的方式展开,但这并不排斥人类对历史的责任,对自我的责任:这种责任时刻以慈母般的胸怀呵护着弱小的人类在宇宙中前行;它是一种伟大的、属于生命本原的声音,也是眼前现实之外的"另一个声音","是激情与幻觉的声音,是这个世界与另一个世界、是古老又是今天的声音,是没有日期的古代的声音"[3]553—554。科学技术、伦理哲学、文学艺术、宗教信仰,凡是一切合乎人类真正本性的真、善、美、信(信仰),都是这种责任不可分割的一部分。

真正的诗人便是这种责任不可推卸的分担者,他以美为支点,以真、善、信为驱动力,担负起救赎使命的一部分。或许诗人的真正能力在于:把被时间忽略、扼杀、掩埋掉的生命美好馨香,重新以诗意的方式复活过来。因此他不断地探索着诗艺的可能,寻找既形象又抽象的概括方式,以期从方寸之间现出大千世界和震慑人心的情感力量本原,帕斯找到了"瞬间"这个魔镜,以及其他抽象概括或具象展开的方法。他写校园里天使般的姑娘:

当大门打开,从它玫瑰色的内脏
走出来一群姑娘,
分散在学校的石头院里,
高高的身材像秋天一样,
在苍穹下行走身披着霞光,
当天空将她拥抱,使她的皮肤
更加透明、金黄

这是女神的降临?是,又不是。诗人没有满足于轻曼的抒唱,而是笔锋一转:"生命有限却给人永恒的悲伤",继而以意象并置的方式展开人间的苦厄与沧桑,揭开时间的"噬人"本质:

火焰的脸庞,被吞噬的脸庞,
遭受迫害的年轻的脸庞,
周而复始,岁月的梦乡,
面向同一个院落、同一堵墙,
那个瞬间在燃烧而接连
出现的火焰的脸庞只是一张脸庞,
所有的名字不过是一个名字,
有的脸庞不过是一张脸庞,
所有的世纪不过是一个瞬间

这是女神在人间的煎熬,诗至此大体形成一个放逐主题,完成了长诗中一个相对独立的部分。

神话传说在诗人那里被视为圣经故事式的诗歌素材,梅露西娜,一个中世纪传说中下体为蛇的仙女,被诗人视为爱与欲的象征综合,她被放逐后"跌进无底深渊,洁白而遍体鳞伤。/只剩下叫喊……"她被淹死的眼睛始终注视着我们,这目光,是:

> 年迈母亲的少女般的目光
> 在年长的儿子身上看到一位年轻的父亲,
> 孤独少女母亲般的目光
> 在年长父亲的身上看到一位年幼的儿郎

诗人通过这种蓄意的悖谬,揭示了爱与欲的本能在人身上剪不断、理还乱的人性实存。一个尘封的神话最终以这种独特的方式找到了诗意的解码。

细节的运用也是《太阳石》的重要方法。这是一种即小见大的方法,如写 1937 年马德里战争,诗人写两个赤身裸体者的做爱、一个男人读报、女人熨衣服,蓄意将这种细小平凡的日常行为与重大的历史事件和巨大的死亡阴影构成对峙、产生张力,以突显活着的珍贵和人性之爱的光辉,给人留下深刻的印象。又如写林肯之死,"离开家去剧院的林肯/已经屈指可数的脚步",两语便使人感到死亡的压力和生命的无常。这些都是富有概括力的细节,力图对生死等重大问题作出某种说明或暗示。与具体化的细节运用相对位,诗人有时则采用抽象化的方法试图对历史或现实作出诗意穿透,如"被老鼠偷啮的法律/银行和监狱的栅栏/纸的栅栏,铁丝网/电铃、警棍、蒺藜"直至"无形的墙壁/腐烂的面具",就是对自由生命困境的概括抽象。为了增加诗语的弹性,达到充分概括的效果,诗人甚至放弃了句法上的连续性,而将意象蓄意并置起来。这种抽象当然不是一般意义上的抽象,而是一种形象化了的抽象。

此外,诗人还一再通过直接的抒情、议论或说白,直戳生命的痛处以唤醒被尘俗掩埋的心灵,有时也是出于诗歌本身起承转合的需要。

通过上述方法的综合运用,诗人获得了诗意地复活人道的途径。诗人这样说道:"我想继续前进,去到远方,但却不能/这瞬间已一再向其他瞬间滑行/我曾作过不会作梦的石头的梦/到头来却像石头一样/听见自己被囚禁的血液的歌声。"诗人的痛苦、失落之情由此可见。但在这里,诗是一种现实之侧的"另一个声音","倾听这个声音就是同时倾听正在流逝以及又变成了一些清澈音节返回来的时间"[5]48。它是向伟大本原的复归,力图恢复"初始的声音",与人类可怕的集体遗忘相抗逆。这种初始的声音既是亘古的,又是当下的,它属于一切活着的时间。对于一个现代诗人来说,既要对现世人间抱着博大的爱,又要以历史的眼光冷眼相看;而现代诗的写作在相当意义上就是以现代的方式寻找古老声音的过程。诗曾经是、现在是、将来仍然是乌托邦式的一种存在。它是一种祷词,就像《太阳石》一样,向着永恒的生死女神和茫茫的人世苍生发出古老而宏大的声音:

> 血液的拱门,脉搏的桥梁,
> 将我带往今夜的另外一方,
> 在那里我即是你,我们是我们,
> 那是人称交错的地方

注释:

① 见瑞典皇家学院 1990 年给帕斯的诺贝尔文学奖授奖词。

② 本文引诗均出自奥克塔维奥·帕斯:《太阳石》,赵振江译,北京:北京燕山出版社,2015 年。

参考文献:

[1] 赵振江.燃烧的激情 执著的求索:《太阳石》浅议[J].世界文学,1991(3):39.

[2] 王军.诗与思的激情对话[M].北京:北京大学出版社,2004:205.

[3] 奥克塔维奥·帕斯.帕斯选集:上卷[M].赵振江,译.北京:作家出版社,2006.

[4] 朱景冬.当代拉美文学研究[M].北京:社会科学文献出版社,2012:145—153.

[5] 奥克塔维奥·帕斯.批评的激情[M].赵振江,译.昆明:云南人民出版社,1995.

[6] 约瑟夫·弗兰克.现代小说中的空间形式[M].秦林芳,译.北京:北京大学出版社,1991:76.

[7] Ingo F. Walther. *Pablo Picasso：1881－1973*[M]. Kōln：Benedikt Taschen,1997：227.

[8] 爱德华·卢西·史密斯.1945 年以后的现代视觉艺术[M].陈麦,译.上海:上海人民美术出版社,1988:24.

[9] 洪迪.现代诗美的创造[M].天津:百花文艺出版社,1992:148.

——原载《江汉学术》2020 年第 2 期:62—68

新诗的技艺、体式与语言

李心释

诗歌语言中"声、音、韵、律"关系的符号学考辨

◎ 李心释

摘　要：诗歌语言研究中普遍存在两个层次、四个要素之间的混淆问题，第一个层次是声与音、韵与律的混淆，第二个层次是声音与韵律的混淆。在符号学上，声与音原是两种不同的符号，诗歌语言的语音兼备表情功能而使两者混同；韵与律原是分属语言与音乐，诗与歌的原始结盟使语言在音乐的影响下形成纯形式的格律，韵与律自此难解难分，并演化为格律。在新、旧诗更替中，韵律或格律的去留问题成为焦点，诗歌整体声音问题被狭化为格律问题，而中外诗歌写作史上声音与格律一直是两个平行的话题。现代诗放逐格律，但没有放逐诗歌的声音，反而释放了诗歌声音的潜能，在声音语象的创造上与中外诗歌传统一脉相承。

关键词：诗歌语言；诗歌格律；符号学；韵律

一、声音的符号分层

上古汉语中，"声音"不是一个词，而是两个词："声"的范围远远比"音"广，包括自然界里的一切声响，也包括人发出来的一切声响，既包括音乐性声响，也包括噪音性声响；"音"则特指语词的声音，一种有理路、有意味的声音，它的理路来自于文词的组织，意义也来自文词，声音和意义的关系一般不存在自然的或相似的联系，而完全取决于音与义的约定俗成。《毛诗大序》这样区分两者："情发于声，声成文谓之音。"而情从何而来？《乐记·乐本篇》开篇云"凡音之起，由人心生也，人心之动，物使之然也"，《文心雕龙·物色第四十六》亦云"物色之动，心亦摇焉"，可见情由外物感动人心而生。据《毛诗大序》，音与情是没有直接联系的，音是文之音，但又不离声，音之上还有声，情在声、音、文之间流转，贯穿其中。这样，在古代中国，诗歌里的"声"指狭义的声，即情之声，由情促发的声，或促发情的声，诗歌里的音也指狭义的音，即文之音，不包括音乐里的音（《乐记》里的"音"）。

由于文与声、音都有瓜葛，音还要区分音之义与音之声，那么情之声与音之声就不

是一回事。先看声与情,声为情的符号,属于"一种集中体现了情感释放的行为方式","滋生于潜意识""饱含感情色彩"的缩合符号(相对待的符号类型是指示符号)[1]332。不同的情对应于不同的声,如喜有笑声,悲有泣声,怒有吼声,当然,更细微的情也会有更细微的声之差异来呈现,但这些并非音之声,音之声只建立在文词之上,它融入声中的情,却比声更有明晰的意义,即有了音之义。从现代符号学角度看,声与音是两种不同的符号,从声符号到音符号,情贯穿其中,故而都是缩合符号,但在跟外物的关联上,音比声更少,缩合符号在向指示符号的转化中,与外物的关联越小,意义就越丰富,音之所以有丰富而复杂的含义,正是这个道理。文词读出的音即是语音,但语音不止与特定的所指意义相联系,本身还有丰富的表情功能。如果要比较两者的差异与联系,可参看如下图示:

声与音难免合用与混同的原因就在于,它们之间有交集,此即表情的文词,文词的音不仅表义,也可以表情,表义的文词已经属于纯粹的指示符号了,而表情的文词仍然留在缩合符号内部。如美国语言学家萨丕尔所说,"在语言本身这个层面上,发音(voice)并没有意义,但如果从心理学上来解释,我们会发现在单词的'真实'价值和个体实际发声的无意识象征性价值之间有一种难以捕捉的微妙关系,诗人凭直觉就知道这一点"[1]346。这个象征价值正是声符号的典型特征。在表义的音符号中,情的原始语境消失,只具有通过一个语言社会的共识所建立起来的指示特征。这样,在诗中,表义的音符号与文词本身等同了,而表情的音符号则与声符号混同。

语言在实际使用中很难不伴随其他符号,其自身还会衍生出其他符号,如诗歌中的意象和语象,在书面语中,文字也可以超出记录的功能而成为形象符号参与语言的表义。所以语言使用中往往伴随符际翻译,或不同符号之间的转换。那么声如何成文?声符号如何转换成文词?这关乎人何以有语言,据当代语言学研究表明,人类有天生的语言能力,后天给予哪种具体的语言刺激,即可发展出说哪种语言的能力。人一旦会语言,从声符号到音符号是必然的,因前者简单而直接,后者处于表意的高阶,复杂丰富,更加灵活自由。

"声音"有其合用的基础,一是表情的音符号与声符号同属缩合符号;二是在较单纯的语言使用范围内,如在诗歌里,"声"与"音"混用或合用不会产生歧义,因为声音与文词分别被确立为表情的符号与表义的符号。宋人郑樵喜欢专用"声"而非"音"指诗歌的声音,如"乐以诗为本,诗以声为用","诗者,声诗也,出于情性"[2],此处"声"即"音"也。

从文词中剥离出声音符号,能够较好地说明诗与散文的区别。虽然诗与散文都用文字写成,都兼有看与读之两用,但它们各有侧重点,从翻译来看就很清楚:"诗较散文难译,是因为诗偏重音,而散文偏重义,义易译而音不易译,译即另是一回事。"[3]84 为什么诗会偏重音节?因为诗缘于情,情更倚重声音这种缩合符号,而非专用于看的指示符号。当然,用文字写就的语言本身必可读出声音,散文也不是不能偏重音,再加上记忆的要求,若没有韵律的帮助,人们很难记忆长文,古汉语文章还靠韵律来断句,所以古代也有太多在音与义上都很优秀的散文作品。但是总体上散文有越来越远离声音的倾向,对韵律的抑制是在散文出现之后,因为散文背后的精神是认知性的,当认知性成为认识活动的主宰,语言的情感传达功能就弱下去了,"这种精神首先就排斥韵律,更确切地说,像韵律这样一种以确定的感觉来制缚语言的形式,对于无处不在进行探索和联系的知性是不适用的"[4]。这至少也是诗歌内部从传统诗到现代诗的转变中,声音的重要性似有减弱的一个原因,即现代诗比传统诗更注重智性与认知革新,注重新的人类经验与表现方式,但现代诗仍然具有坚硬的不可翻译性,说明声音在诗歌中依旧占据着主导地位。

二、声音与音律

实际上,诗歌研究中最大的混淆不是声与音,也不是声音与其所描述的对象声音,而是声音与音律,通常人们一旦谈论诗歌中的声音,就直接指向诗歌韵律,后者指诗歌中的音乐成分,亦称音律、节律、格律等。律是音乐中的概念,《汉语大字典》的解释是,古代用竹管或金属管制成的定音仪器,以管的长短确定音阶高低。由于还有另一种定音仪器,古人将音阶分为六律和六吕,合称十二律。《书·舜典》:"诗言志,歌永言,声依永,律和声。"诗与歌联姻的原型很可能是导致这一混淆的重要原因,这一原型表现为咏歌,为诗即是为歌[5],以后的诗都以咏歌的方式出现。歌为何能永言?是因为古代的歌与诗同为表情的缩合符号,虽然言已是表义的指示符号,但诗之言向缩合符号回归,处于声符号与音符号的重合部分,两者间有着较强的符际翻译能力。歌的表现内容为声与律,由于声、音混同,音乐中的声律转而变为诗中的音律(在古代,"音律"一词比"韵律"使用更广泛,因"韵律"易被狭义化为押韵法则)。朱光潜据此原型在诗中分出语言的节奏与音乐的节奏,说诗要兼而有之。然而诗的声音范围要大于语言的节奏,语言的节奏只是对音乐的节奏的模仿,语言中没有节奏的声音同样可以表情,语言的节奏与音乐的节奏则属于纯形式的表情部分,那么这种划分中,诗歌的声音实际上就没有位置了,所以朱光潜就不自觉地将诗歌的声音归入音乐部分:"我们并非轻视诗的音乐成分,不能欣赏诗的音乐者对于诗的精微处恐终隔膜。我们所特别着重的论点只是:诗既用语言,就不能离开意义而专讲声音。"[3]99—101恰恰相反,这段话出现的"音乐"可用"声音"替代,而末尾的"声音"一词可用"音乐"或"音乐的节奏"替代。

无论中外,现代自由诗出现之前,有"律"的诗在诗歌领域中都占统治地位,诗歌的理想形态被认为是语言与音乐的合一,宋代郑樵认为"诗三百篇,皆可诵可舞可弦"[6];清代黄宗羲说,"原诗之起,皆因于乐,是故《三百篇》即乐经也"[7];朱自清曾引《今文尚书·尧典》中舜的话及郑玄的注后说,"这里有两件事:一是诗言志,二是诗乐不分家"[8]。当语言被置于音乐之下,语言会发生两种变形,一是其声韵组配要依据音乐的需要而定,如古代的词、曲(文)和今天的歌词,二是语言受音乐同化,在音节上趋向形式化、整齐而有节奏。当这种影响成为语言的目标时,即为形式而形式时,音律便产生了。诗歌的音律有宽有严,宽者如古体诗,严者如与近体诗,严格的音律即为格律(Meter),如律诗、绝句的音律,还有宋、元的词、曲的音律。中国诗走上律化道路的原因,朱光潜归纳为三个:一是声音的对仗起于意义的排偶,此特征先见于赋,而后影响了律诗;二是佛经翻译与梵音输入导致的音韵研究极其发达,对诗的声律运动是一种强烈的刺激;三是齐梁时代是乐府递化为文人诗的最后阶段,外在音乐消失,文字本身的音乐起来代替它,永明声律运动是这种演化的自然结果[3]171。但要警惕的是,"文字本身的音乐"毕竟不是音乐,并且也不能涵盖诗歌的声音,诗律的形式化特征来自音乐的直接影响,而诗歌中其他表情的声音可与音乐无关,如那些反映内心情感节奏的自然音节、语气语调。

不能否认格律的声音本身所具有的审美意义,也不能否认这一审美意义与语言的意义在一首诗里可以相得益彰,但诗歌的声音在格律之后分化了,格律的声音虽然仍然是语言的,由语言的声音所建构,但脱离语言自成体系,语言的声音不过是它的材料,这样便迅速形成了形式和意义的对立,形式有可能并不为意义服务,意义也会反抗形式的束缚。由于历史上诗与歌长期相伴,诗歌语言的格律化成了理所当然的目标,把诗歌的原始形式当作理所当然的"真理",没有人对音乐置于诗歌之上提出质疑,没有人对承继音乐精神而来的诗歌音律的必要性提出质疑,使得诗歌中的声音特征反而失去了主体地位,变为形成音乐性特征的一个材料。

在声音与音律之间,还存在一个语言本身的韵律特征,"语言表现即便没有严格的韵律,也仍然可能是有节奏的"[9],它不是语言受音乐影响的证据,它反而是音乐这种艺术形式产生之普遍性基础,是音乐之前的音乐性特征。这种特征同时为生物结构与社会结构所分享,如前所述,人的身体器官有强烈的对称性,建筑和一些社会组织结构也有韵律化的对称。语言声音本身的韵律性先于音乐,而格律是后于音乐并受音乐所影响形成的,两者相通却不可混淆。弥尔顿说:"对于能审律的耳朵,韵是不足道之物,并不产生真正的乐感,乐感只产生于恰当的格律,数目合适的音节。"[10]可见真正受音乐影响产生的是格律,而非韵或韵律。近十年来,汉语的韵律特征及韵律作为词法、句法的手段这些方面的研究取得了重要进展,如冯胜利的《汉语的韵律、词法与句法》《汉语韵律句法学》和吴为善的《汉语韵律句法探索》,说明韵律在语言学上与音乐、诗歌音律之间没有相关性,它是语言和诗歌的声音自带的内在特征。施莱尔·马赫说:"语言有两个要素,音乐和逻辑的,诗人应使用前者并迫使后者引出个体性的形象来。"[11]此处"音乐"实质上指语言声音的韵律,它说明后起的音乐艺术反而成了语言声音的韵律特征的方便代称。

不区分声音与音律的结果是作茧自缚,必将音律推向诗歌声音的追求目标,无法摆脱形式的焦虑。自新诗诞生以来,焦虑一直在折磨着历代诗人和诗歌理论家,但从闻一多到林庚所尝试的新诗格律的理论和实践都已式微。他们不肯承认或没有能够认识到,诗歌中重要的不是向音乐看齐的音律,而是微妙而神奇的声音语象,将格调、神韵、意味等都吸纳在内的独特的声音语象的创造,才是作为声音的诗艺的奥秘所在。这种情形跟西方诗歌自由化之后一段时间内对新格律形式的期待非常相似,但西方诗人和理论家承认新的格律形式已不可能再现,自由诗本身已成为一种形式[12]。好在今天的中国除了少数研究诗而不读新诗的学者外,大部分诗人及诗歌研究者对诗歌语言的认知也已达到了相当高度,对声音语象的探索有了一定共识[13]。

三、诗歌的声音语象

中国古代诗学文献表明,诗人虽然对诗与音乐的结合从不曾怀疑过,但对诗的声音本身的重视,要甚于音律或格律。"夫声发于性情,中律而成文之为诗"[14],古人承认诗歌必须穿上"律"这件外衣,也的确从不曾质疑过它有没有脱下来的可能性,但"律"也仅仅止于诗的外在标志这一作用,诗的境界与"律"无关,只与诗歌中的"音节"即声音及韵律有关,胡应麟《诗薮·内编》云:"古诗自有音节。陆、谢体极俳偶,然音节与唐律迥不同。"此处"音节"相当于诗歌中的声音,诗里的音节自成风格或模式,但它属于大于格律的声音模式。语言中的韵律是这个声音模式的重要构成部分,因其与音乐相通,它往往成为诗歌中沟通声音与音律的中介。在西方现代诗学中,韵律的作用具有独立性,与格律处于不同的层次上,瑞恰兹研究诗歌的四个维度即 sense(意义)、feeling(感受)、tone(语调)、intention(意图)中的前两者,与韵律关联度较大[15],韵律可加强感觉,强调某种特殊的意义,韵律还能调节情感,使情感变得更加精确。对于唐宋人来说,写诗做到合律不难,难在"音节",贾岛的"两句三年得,一吟双泪流"即可说明这个道理。因为音节不是无意义的音节,整体音调、节奏、声韵,都可能传达诗意或与诗意舛互,声与调有轻重缓急清浊长短高下之分,扬多抑少,则音调匀,抑多扬少,则音调促,远非一个"合律"能解决的。同是格律诗,在整体声音调式上仍可分出唐、宋,"论诗之要领,'声色'两字足以尽之。……古人之诗未有不协声律者,故言诗而声在其中。骚、雅、汉、魏、六朝、三唐之声各不同以乐随世变也"[16]。韵律和其他声音一样由情而生,而格律仿音乐而成。一首诗的声音调式是一切语言声音要素的综合效果,是声调、音步节奏、词句式样搭配、语气、语调的统一,如荆轲诗句"风萧萧兮易水寒,壮士一去兮不复还",以单音形成的框架像鼓点,风、寒、去、还,韵脚为阳声韵,急促,配词义内容而显出激昂、坚毅,悲愤,这就是声音调式与情的表里关系。相对格律诗而言,古体诗可谓古代的自由诗,李白、杜甫所写格律诗并不比古体诗多,亦可见古人对于格律不是顶礼膜拜,现代人又有什么必要存此影响的焦虑?

在诗歌中,语言符号作为抽象思维的工具并不重要,重要的是语言成为审美的对象,语言的韵律能够使语言变成一种具体而感性的实际存在。韵律包括声、韵、调、音步节奏的和谐特征,当韵律与诗意紧密相随时,它就变成实体语象,即从语言单纯的声音特征变为诗歌中的美学单位,成为语象的韵律会充分利用声音的初始象征意义为诗意创造服务,如诗中所押之韵有洪细、阴阳之别,前者为响度差别,响者为洪,弱者为细,后者为韵尾之别,元音韵尾为阴,辅音韵尾为阳。洪声韵宜传达欢乐、激昂、奔放,如杜甫《闻官军收河南河北》,韵脚为"裳、狂、乡、阳",细声韵则适于传达幽怨、缠绵、低沉,如杜甫《登楼》,韵脚为"临、今、侵、吟"。但韵类的初始象征意义并不一定与整体诗意对应,韵律的作用相对于诗句整体声音效果要小一些,如苏东坡《惠崇春江晚景》:"竹外桃花三两枝,春江水暖鸭先知。蒌蒿满地芦芽短,正是河豚欲上时。"用的是细韵"支思韵",表达的却是欢快与生机,只因其洪韵字总数占了一半多;再如同样用洪声韵的苏轼《江城子·十年生死两茫茫》和《江城子·老夫聊发少年狂》,一个悲凉哀伤,一个壮志豪情,是因其为句段意义、音步节奏整体调配所左右,前一首诗停延大,语气平缓,后一首诗停延小,一气呵成,才导致效果大为不同。阳声韵通过鼻腔共鸣,适于传达雄浑、辽阔的意境,如李商隐《赠刘司户》中的"江风扬浪动云根,重碰危樯白日昏",14 个字中有 11 个阳声韵,9 个浊声母(浊声字)。古人写诗对"声"(声母)同样重视,古代的"韵"兼指现在的"声"和"韵",朱光潜说钟嵘《诗品》谓"若'置酒高堂上''明月照高楼'为韵之首",此处"韵"显然指"声"[3]141。一首诗中的整体韵式也能表意,韵的疏密,愈密节奏愈快,越急促迫切;再如换韵,韩愈《听颖师弹琴》先是阴声韵,仿音乐之轻柔婉转,后用阳声韵,仿琴声慷慨激昂。

在英语诗歌中,格律之外的声音语象也比格律更值得重视。现代英美许多自由诗
作者常写格律诗,但用力之处往往在于声音的实体语象创造,如罗伯特·弗洛斯特的
Once by the Pacific:

The shattered water made a misty din.
(海面碎裂,涛声激荡)
Great waves looked over others coming in,
(汹涌浪涛一波接着一波)
And thought of doing something to the shore
(冲击着海岸,似有什么举动)
That water never did to land before.
(这海水对大地所为前所未有)
The clouds are low and hairy in the skies,
(云层低垂,似空中黑发)
Like locks blown forward in gleam of eyes.
(在额前遮挡住闪烁的目光)
You could not tell, and yet it looked as if
(你难以说清,但看来似乎)
The shore was lucky in being backed by cliff,
(海岸幸亏有峭壁在后面的支撑)
The cliff in being backed by continent;
(而峭壁幸亏背靠着大陆)
It looked as if a night of dark intent
(长夜降临,似有隐晦意图)
Was coming, and not only a night, an age.
(何止一晚,而是一整个时代)
Someone had better be prepared for rage.
(人最好要对天地间的狂怒有所准备)
There could be more than ocean-water broken
(那一定远甚于惊涛骇浪的大海)
Before God's last ' Put out the Light' was spoken.
(在上帝最后掐灭亮光之前)

全诗 14 行,144 个音节,70 个音节含有爆破音,是对海洋的躁动不安、汹涌澎湃的描摹,7 对英雄双韵体诗句(heroic couplet)体现史诗的波澜壮阔风格,其中有 4 对跨行连续(enjambement),使诗意连续,一气呵成。英语诗歌的格律比中国近体诗的纯形式格律更接近普遍音乐性,更能体现语言的音乐性,而不是在诗与音乐的结合而来的影响下产生的,并且英语诗格律并不那么格律,变格极多,自由度相当大,声音与意义的联系一般都相当紧密,不像近体诗格律几近于一个纯粹的音响效果之形式外壳。不管怎样,英语诗不太可能再形成新诗格律,正是因为这种声音与意义的对应关系没有被较大地破坏,这也是为什么西方现代诗人还时不时写起英语格律诗的原因。

在朱光潜看来,诗歌的声音表情现象也归入"意象","所谓意象,原不必全由视觉产生,各种感觉器官都可以产生意象"[3]41。此中有两点混淆,一是混淆了语言与文字,二是混淆了语言与其指称的事物。语言由文字转写之后,会产生语言或文字的视觉形象,当这个形象表义时,它就是语象,如以图示诗的诗,然而朱光潜忽视了这个视觉形象,反而将不是视觉形象的语言指称物当作视觉意象,这个"视觉"应该是打引号的,因其视觉效果为语言的指称性描述引发心理联想所间接产生。并且,就诗歌的听觉而言,只能是由语言声音本身引起的听觉,而不是由语言所指事物引起的听觉形象,那么由语言听觉形象形成的诗歌符号就不是(听觉)意象了,而是(听觉)语象,因为这种声音形象主要在于传情或气氛的造型,很少用于暗示或外指客观事物。

单纯的格律对诗歌而言,只是披了一件音乐形式的外衣,实际上缺乏诗歌语象的表现力,今天人所写的格律诗多属于这一情形。当然,不同的格律多少具有风格意义的示差性,尤其是西方格律,如英雄双行体之于阳刚之气,十四行诗体之于优雅之美,似乎多少有一点语象特征。今天的诗可以没有律,但不可能没有声、音与韵,因为"诗言志",情感与后者有直接的联系,诗歌语言兼具指示符号和缩合符号的特点。若从律或音乐性的探索角度看,当代诗歌的音乐性探索仍然未突破 20 世纪 20 年代的试验[17],但从声音语象的创造看,朦胧诗以来的现代汉语诗歌则远比之前丰富、复杂。

声与音原是两种不同的符号,在诗歌中,由于语音的表情功能使得声、音混同,自此诗歌中的音符号一分为二,即声音符号与文词符号,虽然后者仍可读出音,但此音仅仅是语言系统中的能指系统,不具有象征意义。韵与律原是分属语言与音乐,前者是先于音乐的语言中的音乐性,后者是音乐艺术里的主要内容,由于诗与歌的原始结盟,韵与律逐渐混同,并且,韵律也成为音乐影响下的诗歌音律的同义词。声与音、韵与律这两种混同与诗歌本身的特性息息相关,而诗歌中的声音与韵律(音律/格律)的混同,却是研究者理论思维之局限的表现。

音律或格律容易退化为外部的音乐性,而与诗意分离,即缺少了与诗的鲜活生命感受的联系,格律中的要素平仄、音步节奏、押韵,以及声音的象征都会被当作写作的技巧,在格律这一声音模式中,诗反而丧失了"声音"。诗歌与音乐的彻底分离在中外诗歌史上都是晚近的事,从荷马到莎士比亚再到艾略特,西方诗歌演化过程中,格律在诗中的作用明显衰弱了。西方诗比中国诗更早倾向于将语言(诗歌)和音乐分离,西方人认为语言与音乐各自的审美效果要比结合在一起更好,这个分离过程延续了约两个世纪,现在的西方诗愈来愈看重 metaphor(隐喻)、symbols(象征)和 myth-visual(视觉奇构),同时声音的笼统表意功能也趋于弱化,但是独特的声音语象常在,诗歌与声音的联姻从来不曾解体过,声音语象已成为优秀诗歌的特质之一。

诗歌中"声、音、韵、律"之间的关系在传统与现代视野中是两种不同的景致,传统诗歌中的歌与诗一体两面,音乐形式笼罩在诗歌之上,或与诗如影相随,使诗的语言声音依音乐规律来组织,当诗歌与音乐分离后,格律成为音乐在诗歌中最好的替身;现代自由体诗彻底放逐了音乐形式,但并没有放逐诗歌的声音和韵律。声音是语言的本质属性,现代诗学表明,以语音为中心的组织原则内在于所有的诗歌[18],格律解除之后的诗歌释放了声音的潜能,每首诗都可能有自己独特的声音形式。在中国现代诗歌史上,人们在很大程度上混淆了声音与格律,对古典诗学中的声、音、韵、律诸概念之间的差异严重缺乏辨别,以致既有人钻进格律陷阱重新自缚手脚,又有人完全抛弃诗歌的声音追求,在歧路上徘徊,对待声音的态度像一面镜子,照出了百年现代汉语诗歌的成败。

参考文献:

[1] 萨丕尔. 萨丕尔论语言、文化与人格[M]. 高一虹,等,译. 北京:商务印书馆,2011:346.

[2] 郑樵. 国风辨[M]//吴文治. 宋诗话全编四. 南京:凤凰出版社,2006:3465.

[3] 朱光潜. 诗论[M]. 桂林:广西师范大学出版社,2004.

[4] 洪堡特. 论人类语言结构的差异及其对人类精神发展的影响[M]. 姚小平,译. 北京:商务印书馆,2004:244.

[5] 赵敏俐. 咏歌与吟诵:中国早期诗歌体式生成问题研究[J]. 文学评论,2013(5):56—66.

[6] 吴文治. 宋诗话全编四[M]. 南京:凤凰出版社,2006:3472.

[7] 郭绍虞. 中国历代文论选(三)[M]. 上海:上海古籍出版社,1979:34.

[8] 朱自清. 诗言志辨[M]. 桂林:广西师范大学出版社,2004:1.

[9] 帕克. 美学原理[M]. 张今,译. 桂林:广西师范大学出版社,2001:180.

[10] 王佐良. 英国诗史[M]. 南京:译林出版社,1997:165.

[11] 克洛齐. 美学的历史[M]. 王天清,译. 北京:中国社会科学出版社,1986:162.

[12] Timothy Steele. *Missing Measures:Modern Poetry and the Revolt Against Meter*

[M]. Fayetteville：The University of Arkansas Press，1990：280.

[13] 李心释.语象与意象：诗歌的符号学阐释分野[J].文艺理论研究,2014(3)：195—202.

[14] 许相卿.渐斋诗草序[M]//吴文治.明诗话全编三.南京：凤凰出版社，1997：2200.

[15] I. A. Richards. *Practical Criticism*：*A Study of Literary Judgment*［M］. New Jersey：Transaction Publishers，2004：181

[16] 冒春荣.葚原诗说[M]//郭绍虞.清诗话续编.上海：上海古籍出版社,1983：1618—1619.

[17] 陈卫,陈茜.音乐性与中国当代诗歌[J].江汉论坛,2010(7)：95—99.

[18] 保尔·德·曼.阅读的寓言[M].沈勇,译.天津：天津人民出版社2008：52.

——原载《江汉学术》2019 年第 5 期：69—75

年度综述与栏目研究

张凯成　陈培浩
李海英　邵莹莹

"视点"偏转、理论思维与研究载体的"当代意识"

——2017年中国新诗研究综述

◎ 张凯成

摘　要：2017年的中国新诗研究整体上呈现了三个向度：首先,学界在有关"新诗百年"问题的思考中,由"话题"层面的讨论转变为将其作为"视点"的研究,呈现出研究思维的精细化发展,即在摆脱一般性的总结式、扫描式、结论式研究"假面"的基础上,开始探究熔铸诗歌生命本体的研究方式。其次,作为概念的"新诗研究"受到重视,学者们在理论思维的导引下,一方面围绕着研究视野、方法、意识等要素展开讨论,构筑出了"新诗研究"概念的理论空间;另一方面则通过探讨"新诗形式研究"的理论化问题,试图建构研究方式的理论机制。最后,新诗研究载体建设持续精进,尤其建立了新诗理论与批评的"当代意识",即在认识到诗歌研究与时代之"对话"关系的基础上,深度挖掘已有问题,精准捕捉研究热点。

关键词：新诗研究；新诗百年；理论思维；当代意识；视点

2017年的中国新诗研究整体上呈现了三个向度：一是对"新诗百年"的关注发生了本体性的偏转,由"话题"转向了"视点"；二是作为概念的"新诗研究"受到重视,学者们在理论思维的导引下,有意地将其理论化；三是新诗研究载体建设在取得成效的同时,建构出了新诗理论与批评的"当代意识"。

一、作为研究视点的"新诗百年"

"新诗百年"最初作为"话题"出现在学者们的研究视域中,在近些年之所以被频繁地触及,一方面得因于时间层面的新诗发展"百年"历程,另一方面则由于其本身犹如一块强力"磁石",能够通过吸纳社会、政治、文化、历史等诸多因素,组构成强大的研究

"磁场",并在不同因素的相互扭结中生发出纷繁多样的研究焦点。就内容层面看,已有的"新诗百年"的研究主要集中于新诗起点与命名的辨析、新诗发展历程的回望、新诗百年成就与问题的梳理等。这些研究将"新诗百年"作为"场域空间",在自觉的"总结"意识的前提下,更多地着眼于新诗百年"话题"层面的探讨。

"2017 年"作为"新诗百年"的重要节点①,再次吸引了诸多研究者的目光。但与上述研究相区别的是,研究者在"新诗百年"的大背景下,有意地将"新诗百年"这一话题"视点"化,呈现出强烈的理论建构意识。《文艺争鸣》2017 年第 8 期和第 9 期连续开辟了专栏"新诗百年研究专辑",刊发了孙绍振、唐晓渡、张桃洲、姜涛、冷霜、熊辉、余旸等学者和诗人的研究文章及访谈。其中,孙绍振通过分析中、西诗艺的差异性,试图建构起中国古典诗学传统与西方文学理论之间的"转基因"工程,从而把对"新诗百年"的考察置放在某种理论机制之中。他将中西方"诗艺"的融合作为关注的焦点,一方面强调了百年新诗的发展要坚持对中国古典诗学传统的继承,在激活古典诗学话语的基础上进行形式的探索;另一方面,他看到了新诗百年来在吸收与借鉴西方文化与理论过程中,所出现的"饥不择食态度""缺乏批判自觉"的弊病,以此强调了合理的"融合"方式的寻找。[1]与之相应,谢冕发表在《中国文艺评论》上的《我有两个天空——百年中国新诗与外国诗》一文,也谈及"中西方"诗学之间的关系问题,但其重心在于阐释外国诗歌在形式与内容层面,对于中国新诗发展的积极影响。[2]而谢冕自觉建构"新诗百年"批评意识的文章是《前进的和建设的——中国新诗一百年(1916—2016)》,该文以极具建设性的视野构筑了"新诗百年"的发展图景,在细致探究"新诗与传统""新诗与旧诗""新诗的理想形式""新诗与当前时代的关系"等具体问题的基础上,将新诗百年的发展历程看作"始于'破坏'而指归于建设的一百年,是看似'后退'而立志于前进的一百年"。[3]尽管这种全局性视野容易将某些问题"本质化",但它在"新诗百年"理论化的过程中发挥了独特的优势。

在"新诗百年"的话题范畴中,谢冕、孙绍振的研究自然带有明晰的理论建构意识。但由于他们着眼于研究的"整体性"视域,相对"遮蔽"了新诗百年发展过程中的某些"细部"问题,而对"细部"问题的考量则成为了本年度"新诗百年"研究的创新点。需要强调的是,在"新诗百年"的理论"装置"下,这种"细部"问题的研究自觉融入了"延续""对话"意识。比如姜涛在"五四时期新文学、新文化、新社会、新政治之间相互激荡"的研究视域下,通过考察早期新诗发展过程中,所表现出的由"修养论"到"源泉论"的转换,深入地把捉了早期新诗人的"特定心态、诉求、及言论背后的社会文化意涵"。该文的结尾极具发散性,有效地反思了早期新诗历史的"剧情主线":"从五四时期的'修养'与'泉源'论,到 30 年代后经由西方现代诗学洗礼后生成的'经验论',在新诗发生及自我纠正的'剧情主线'之外,是否存在这样一条强调人生社会深切'触着'的诗学线索?

其间的差别与变异是什么？从中能看出新诗社会位置、文化形象怎样的变动？"[4]张洁宇致力于呈现早期新诗在"语言""格律""旧诗""文化""现实历史的关注与介入"等层面的"本土化"探索，以之来对抗其时出现的"薄古厚西"倾向。同时，她还指明了"本土化"探索对于"当下诗坛"的启示意义，建构出了新诗百年的"对话"语境。在她看来，"新诗百年的历史都是'对话'的历史"，而"本土化的问题就正是发生于对话性的语境当中"。[5]

区别于"话题"层面的把握，本年度有关"新诗百年"的研究还深入到了"诗歌本体"维度。一般来说，外部语境对于新诗的影响不可忽视，甚至在某些时期占据了主导性地位。但新诗的发展本质上依靠其"本体"机制的变化，因此，立足于"诗歌本体"的研究更容易把捉到新诗发展的关键。比如敬文东的《从唯一之词到任意之词——欧阳江河与新诗的词语问题》一书②，选择"词语"这一诗歌本体性要素作为研究"刺点"，有效地反思了新诗百年的发展历程。他在书中指出，"词语"问题生发于欧阳江河有关"词语……直接等同于诗的状况和命运"的"诗学之问"，进而引申出了"新诗现代性"意义上的"词语的一次性原则"（"对新诗而言，词语及其分析性只能是一次性的，亦即一个诗人不能两次在同一含义上使用同一个词"）。欧阳江河在其写作初期敏感地捕捉到了这一原则，但随着时间的推移，其写作中逐步生成了由"词语的直线性原则""瞬间移位""诗歌方法论"等要素所构筑的"词语装置物"，这不仅从根本上破坏了新诗的现代性，而且使得"新诗现代性严格要求的唯一之词，还有唯一之词自身的唯一性，终于被'欧阳牌'咏物诗替换为任意一词"，欧阳江河的写作也从"词语的一次性原则"，"反讽地走向了欧阳江河诗学之问的反面"。整体上看，敬文东通过检视欧阳江河20世纪80年代以来的诗歌写作，触及了"新诗百年"这一"老"话题，但他从"诗歌本体"（"词语"）视角所进行的分析，有效地将研究"话题"转变为了研究"视点"。从根本上看，这种转变反映出了研究思维的精细化发展，即在摆脱一般性的总结式、扫描式、结论式研究"假面"的基础上，开始探究熔铸诗歌生命本体的研究方式，以期获得更为丰富的研究效力。

二、"新诗研究"概念的理论建构

在以往的新诗研究中，学者们更多地在"操作"层面关注于研究的对象、策略、方法，而对"新诗研究"本身并未给予充分地重视。尤其当"新诗研究"作为概念呈现在学者面前时，如何对它进行有效、深入的观察，成为研究的关键所在。王光明在发表于2015年的《新诗研究的历史化——当代中国的新诗史研究》[6]一文中，通过考察学界自

20世纪50年代开始的新诗研究状况,确立了研究的"历史化"视角——即"根据一种现代文学形式诞生与成长遭遇的问题,寻找新的研究策略"——不仅表现出强烈的理论建构意识,而且对于新诗研究自身经验的总结与未来的发展大有裨益。遗憾的是,随后的研究中,学者们并未就此问题进行持续的探讨,也使得"新诗研究"这一"学科"的建立遭到"阻滞"。2017年的新诗研究中,此一问题得到了集中探究。一方面,学者们围绕着研究视野、方法、意识等要素展开讨论,构筑出了"新诗研究"概念的理论空间;另一方面,有关新诗研究方式(如"新诗形式研究")的理论化问题受到重视,学者们试图建构研究方式的理论机制。

张桃洲在《如何重返新诗本体研究?——从〈中国现代诗歌意象论〉谈起》[7]《"同质"背景下的"异质"探求——试谈新诗研究的拓展》[8]等文章中,曾针对新诗研究的方法问题进行了深入剖析。而在《重构新诗研究的政治学视野》一文中,张桃洲从探讨"祛除'浸入本体'后陷入固步自封乃至僵化而累积的种种'成见'和思维惯性"的"方法论"出发,以王东东的博士论文《20世纪40年代的诗歌与民主》中所谈到的"诗歌与民主"问题为聚焦点,表现出其在建构新诗研究"政治学视野"方面的努力。在他看来,"重构新诗研究的政治学视野,其要义在于厘清诗歌的处境即它在社会公共生活中的位置,同时确定诗人写作的出发点和指向"[9]。这在很大程度上推动了"新诗研究"概念的理论化进程。与之相应,王东东发表在《江汉学术》上的《穆旦诗歌:宗教意识与民主意识》探究了穆旦20世纪40年代诗歌中所隐含的"借以克服和'消化'残酷战争经验的现代政治意识",尽管其着眼点在于分析这种"现代政治意识"的构成要素——宗教意识与民主意识——之间的关系问题,但"诗歌与民主"的视域则为新诗研究政治视野的理论建构提供了有力的支撑。[10]而冷霜在思考新诗研究中所使用的"传统"概念时,有意识地将其去本质化。他的理解中加入了诠释性、生成性的维度,使"传统"概念成为"现代性的认识装置",进而开掘了新诗研究的理论空间。在这一"装置"下,有关新诗与旧诗、新诗与传统的提问,就转换成了对"诗人如何在具体实践中征用、转化、改写古典诗歌中的文化、美学和记忆资源"问题的思考。[11]冷霜有关"传统"概念的思考,正回应了王光明所提出的"……中国新诗的历史研究,倘若能够认真梳理和呈现一个新事物从诞生到成长过程的不同观感和研究结论,不是武断地为历史做定论、做了断,而是呈现认真的思考,关注发现的问题,将更有助于激活新诗探索的动力"[6]89。

此外,有关诗人的传记、年谱、日记、检讨书等"副文本"的讨论在本年度的新诗研究中频繁出现。比如易彬以考察新见的穆旦集外文为中心,揭示了"地方性或边缘性报刊之于文献发掘、时代语境之于个人形象塑造与文献选择的特殊意义"[12];张立群在回顾"徐志摩传"发展史、写作现状的前提下,对现有的"徐志摩传"进行了叙述方式、表现形式层面的分类[13];巫洪亮通过分析郭小川在20世纪五六十年代的情诗与情书之间的"互文性",探察了当代诗歌正、副文本之间内在的复杂关联[14]……从内容方面看,这些研究主要涉及的是文献资料的发掘与整理问题,但从深层次说,其为"新诗研究"的方法论建构提供了理论基础。在此意义上,张桃洲选编的《王家新诗歌研究评论文集》[15]则作为资料汇集,有效地积累与总结了学界有关王家新诗歌的研究,为今后的研究者提供了详实的文献资料。

作为"新诗研究"的重要组成部分,2017年有关新诗的"形式研究"中也呈现出了理论化趋势。如王泽龙与高健在《对称与五四时期新诗形式变革》一文中,将五四时期新诗形式变革的完成归结于诗歌"对称形式"的现代转变,在改变以往研究中所忽视的从形式变革角度来研究"对称形式"的同时,为"形式研究"的理论化提供了新的维度。因为"对称形式"在此作为能动的结构体,涵括了新诗在诗形建构、节奏安排以及诗意构筑等方面的内容,具备了"形式学"生成的自足空间。[16]而在新诗"形式研究"的体系内,诗歌"意象"这一特殊的形式要素被本年度的研究者们较多地提及。以往的研究大都将"意象"作为研究"对象物",较为重视诗歌意象的归纳与提炼,以之来阐释某一时期、某一诗人的写作状况。与之相比,本年度的"意象"研究表现出了"意象学"的建构倾向。

简政珍和郑慧如两位学者共同选择"意象"作为研究的核心元素,分别以台湾当代诗与简政珍诗为研究对象,深入地挖掘了其中所蕴含的意象空间与意象美学。简政珍把"意象"看作诗歌的"比喻系统",其中包含着人们对于台湾的"政治情境、经济状况、文化历史归属、与生活空间定位"等面向的自我体认,这即从本源上建构出意象研究的诗学空间。[17]郑慧如则从简政珍所提出的"意象思维"这一诗学概念出发,通过细致地分析后者在诗歌创作中所表现出的语言放逐的意象实践与意象思维的密度、裂缝,最终在"意象思维"与"诗的本质"之间建立了稳定的结构关系,有力地呈现出简政珍诗的"意象美学"。如她所说:"从诗的终极价值出发,摄受意象以探索诗的本质,这项特色使得简政珍的诗学与诗作呈现极难能可贵的崇高感。"[18]此外,西渡对于当代诗的意象问题亦有着深入的思考,他通过分析海子与骆一禾对朦胧诗"意象"的批驳,以及两者在认知"意象"问题上的内在差异,指出了他们凭借"创造一系列个人性的意象","或在更高的程度上赋予了已有意象个人的意义和象征",从而"废黜了朦胧诗的公共性意象谱系",形构出当代诗写作的新形态。[19]就此而言,"意象"与诗歌写作形态之间的紧密联系,为"意象学"的建构提供了新的诗学空间。

三、新诗研究载体"当代意识"的建立

近年来,诗歌发展之所以呈现"繁荣"现象,与其在发表、出版、传播等层面的"敞

开"状态关系密切。除单本诗集、诗歌选集的出版外,官刊、民刊、网刊、微刊等渠道为诗歌的发表与传播提供了强有力的平台,共同营构了诗歌发展的场域空间。与之相比,新诗研究的发表空间较为有限,除依托一般性的研究期刊外,专门的新诗研究平台相对匮乏。在如此背景下,《江汉学术》(原为《江汉大学学报(人文科学版)》,2013 年起改名为《江汉学术》)所开设的"现当代诗学研究"栏目、《新诗评论》(北京大学中国诗歌研究院主办)以及《诗探索(理论卷)》(中国当代文学研究会主管,首都师范大学中国诗歌研究中心和北京大学中国诗歌研究院主办)等刊物,显示出了其作为新诗研究载体的可贵之处。更为重要的是,这三份刊物建构出了新诗理论与批评的"当代意识",即在认识到诗歌研究与时代之"对话"关系的基础上,深度挖掘已有问题,精准捕捉研究热点。这种意识使其自觉地疏离于当前"同质化""舆论化"的研究方式,重视新诗理论与批评的有效性。

《江汉学术》的"现当代诗学研究"栏目自 2004 年创办(2004 年第 4 期起)以来,始终致力于推介高质量、高水平的新诗研究成果。这些文章不仅带有强烈的问题意识,而且兼顾了"诗论文体的有效性"[3]。从具体的内容来看,其所刊发的文章主要集中于"新诗的资源、语言及体式""现代诗潮与诗人重释""当代诗潮与诗人"以及"台湾与海外诗歌""翻译与比较诗学"等专题。较之以往,2017 年该栏目在诗学现象、诗人个体研究层面呈现出了新的维度,尤其对诗歌写作中的"自我"问题进行了深度挖掘。米家路通过考察戴望舒的"记忆诗学",体现了他对戴诗写作中现代性"自我"的集中思考。在《自我的裂变:戴望舒诗歌中的碎片现代性与追忆救赎》一文中,米家路将戴望舒置于 20 世纪初的中国语境——"历史时间的中断与文化整体性的丧失"——中进行审视,展现出了诗人在现代主义诗歌的写作中,所呈现出的由外部世界退向私人的生活世界的转向。戴望舒在创伤的身体中重塑了"整合的自我",在写作层面表现为对现代性碎片的捕捉、"追忆"性质的叙述以及所形成的身体追忆的修辞学。[20] 而米家路的《反镜像的自恋诗学——戴望舒诗歌中的记忆修辞与自我的精神分析》一文,则关注到了戴望舒对"断裂时间意识"(由现代性时间所导致)的体认,这种体认在其追忆诗学("从外部世界退回到了私人的生活世界")中逐渐内化,并为其"观照自我与他者之间身份张力的反镜像行为"提供了便利。作者指出,戴望舒通过"记忆、女性与花朵的修辞转化",形构出"自我经他者而塑形"的"自我精神分析学",而这种"反镜像自恋诗学"在诗歌史上具备独特的意义——"一方面,这一意识标明了从郭沫若,经李金发到戴望舒之间,自我形塑了泾渭分明的边界;另一方面,映现了中国新文化话语中自我身份模塑逐渐的成熟观念。"[21] 除米家路外,彭吉蒂以食指、温洁的"书写疾病之诗"为观察对象,通过引入"精神疾病学"的方法,挖掘出了其中隐含的"反诸自身的隐喻"(即关于自身之乖悖、健康、身体与心灵之脆弱、寻找归宿的身份之痛苦挣扎的隐喻),由此建构出了当代诗歌写作中的"精神疾病诗学"。[22]在对诗歌写作"自我"的审视中,彭吉蒂与米家路之间构成了相互的对话关系。与后者所采用的"现代性"视角相比,前者的研究表现出了跨文化层面的探索,由之拓展了新诗研究的视域空间。

作为新诗研究的载体,《新诗评论》尽管办刊时间有限(2005年创刊),但它在"把握新诗研究的前沿思路,关注当下创作的发展动态,兼及诗歌阅读、翻译和史料的整理"宗旨的指引下,于诗学研究的道路上持续精进。2017年的《新诗评论》最具特色的是对戈麦的关注,它以戈麦"辞世25周年"为契机,刊出了研究戈麦的三篇论文。在已有的研究中,学者们的目光更多地投向戈麦诗歌创作的本体,而相对缺乏复杂场域空间内的审视。在收入《新诗评论》的三篇文章中,戈麦及其诗歌创作被置于更大的关联域中。如吴昊细致地考察了戈麦诗歌创作的外部场域(20世纪80年代中后期到90年代初期的"高校诗歌场"以及"中国社会场"),同时辨析了戈麦为代表的一代青年在该场域中所经历的意义危机与精神裂变。作者将戈麦的诗歌写作看作是"青年诗人纾解意义危机与精神离别的一种方式",使之与"1980—1990年代诗歌转型中诗人的精神历程"之间产生了复杂的结构关系。该研究视域突破了孤立地看待戈麦诗歌写作的研究方式,使其获得了开放性的阐释空间。[23]王辰龙重点分析了戈麦诗歌"冷"的情调特征与戈麦诗歌的重要节点"孤悬的时刻",尤其在后者的诠释中,作者呈现了写作背后所包蕴的社会和心理机制,在更大的场域中完成了对该写作节点的审视,增强了戈麦研究的复杂性。[24]周俊锋的论文主要考察了戈麦诗歌的语言实验、意象思维以及意象集群的整合方式,通过剖析前述要点所内蕴的现实生存困境与内在精神冲突,展示出了戈麦诗歌创作的丰富性。[25]总体而言,这三篇文章不仅向研究界抛出了"今天为什么还要谈戈麦"的追问,而且在更大的程度上彰显了其在"如何深入、有效地研究戈麦诗歌"层面的努力。

与前述两份刊物相比,《诗探索》有其"悠久"的历史传统(1980年创刊),它与当代新诗研究不仅保持了时间的同步性,而且在研究视野、姿态与内容等层面,与新诗研究的当代发展亦有着持续而深入的"对话"。据此而言,《诗探索》成为当代新诗研究发展的"见证者"。2017年的《诗探索(理论卷)》在承继其"见证"姿态的同时,表现出对新诗发展的"回望"与"前瞻"姿态。比如对多多诗歌的讨论文章④中,学者们注意到了多多对于中国新诗的现代转型所起到的推动作用,从而将其诗歌"放在新时期以来文学的大背景下予以研讨和解剖",在不断深化多多诗歌研究的同时,也有力地促进了当代诗学建设。如果说对多多诗歌的研究表现出"回望"性质,那么对"新媒体视野下的诗歌生态"的把握则体现出其"前瞻性"的眼光。学者们及时"把脉"新媒体所带来的诗歌生产机制、传播途径、评价体系等的变化,对诗歌写作过程中所出现的秩序混乱、消费倾向严重、思想性弱化问题进行了有效地清理,为新形态下的诗歌写作提供了健康的发展空间。⑤

当然,笔者上述内容只是通过简要地论述本年度新诗研究的几个面向,把握"2017年中国新诗研究"中能够"言明"的部分。而作为一个复杂的结构体,其本身仍存在着许多"未曾言明之物"——法国理论家马舍雷所强调的"文本"中的"重要部分"(What is important in the work is what it does not say)[26]——面对这些"未曾言明之物",需要更多的研究者来挖掘与呈现,笔者期待"对话者"。

注释:

① 有关新诗"起点"问题,研究界并未达成共识。陈仲义在《百年新诗:"起点"与"冠名"问题》(《中国现代文学研究丛刊》2017年第10期)一文中,细致地梳理了有关新诗起点的七种说法,具体内容请参看原文。

② 敬文东此书属于"第四届东荡子诗歌奖作品集"(黄礼孩编《诗歌与人》,2017年总第47期),由东荡子诗歌促进会于2017年11月出版,本段所引语句均出自此书。该书主体内容共分为十个部分,他在《中国现代文学研究丛刊》2017年第10期上发表的论文《词语:百年新诗的基本问题——以欧阳江河为中心》,是该书的前三部分。

③ 陈超在此强调了他对诗歌研究中保持"诗论文体"特殊性的期许(《祝贺、观感和希冀》,载江汉大学现当代诗学研究中心编《群峰之上——"现当代诗学研究"专题论集》,武汉:长江文艺出版社,2011年,第4页)。据此而论,江弱水在2017年出版的《诗的八堂课》(北京:商务印书馆)则以"介入门学习与专门研究之间"的方式,谈论了诗的发生学("博弈"篇)、鉴赏论("滋味"篇、"声文"篇、"肌理"篇)以及"玄思""情色""乡愁""死亡"主题,为诗论文体的创新打开了空间。

④《诗探索(理论卷)》2017年第2辑"多多诗歌创作研讨会论文选辑"部分,刊载的文章有钱文亮的《诗歌是语言的多功能镜子——关于多多诗歌的札记》、夏汉的《死亡赋格之后:我们依然得挽回——多多诗歌中死亡主题的辨识》、李海英的《多多的秘密:什么时候我知道铃声是绿色的》和王学东的《浅析多多的诗学观》。

⑤《诗探索(理论卷)》2017年第3辑"新媒体视野下的诗歌生态"部分,刊载的文章有罗振亚的《新媒体诗歌:"硬币"的两面》、孙晓娅的《新媒介视域下二十一世纪新诗创作生态研究》、刘波的《论新媒体视野下诗歌思想性写作的突围》以及金石开的《探析新媒体时代的诗歌传播途径》。

参考文献:

[1] 孙绍振.新诗百年:未完成的中西诗艺转基因工程:兼论中国古典诗学话语的激

活和建构[J].文艺争鸣,2017(8):20—36.

[2] 谢冕.我有两个天空:百年中国新诗与外国诗[J].中国文艺评论,2017(4):14—17.

[3] 谢冕.前进的和建设的:中国新诗一百年(1916—2016)[J].北京大学学报(哲学社会科学版),2017(3):5—18.

[4] 姜涛."为有源头活水来":早期新诗理论中的"修养"与"源泉"论[J].文艺争鸣,2017(8):63—71.

[5] 张洁宇.论早期中国新诗的本土化探索及其启示[J].中国现代文学研究丛刊,2017(9):1—9.

[6] 王光明.新诗研究的历史化:当代中国的新诗史研究[J].文艺争鸣,2015(2):83—89.

[7] 张桃洲.如何重返新诗本体研究?:从《中国现代诗歌意象论》谈起[J].首都师范大学学报(社会科学版),2009(5).

[8] 张桃洲."同质"背景下的"异质"探求:试谈新诗研究的拓展[J].中国现代文学研究丛刊,2014(10).

[9] 张桃洲.重构新诗研究的政治学视野[J].文艺争鸣,2017(8):47—54.

[10] 王东东.穆旦诗歌:宗教意识与民主意识[J].江汉学术,2017(6):50—56.

[11] 冷霜.新诗史与作为一种认识装置的"传统"[J].文艺争鸣,2017(8):71—75.

[12] 易彬.集外文章、作家形象与现代文学文献整理的若干问题:以新见穆旦集外文为中心的讨论[J].文学评论,2017(4):155—163.

[13] 张立群."徐志摩传"现状考察及史料价值问题[J].文学评论,2017(2):130—138.

[14] 巫洪亮.郭小川情诗与情书的互文性解读:兼论"当代诗歌"副文本研究的多维向度[J].北京社会科学,2017(2):21—29.

[15] 张桃洲.王家新诗歌研究评论文集[M].上海:东方出版中心,2017.

[16] 王泽龙,高健.对称与五四时期新诗形式变革[J].中国社会科学,2017(6):143—164.

[17] 简政珍.现实与比喻:台湾当代诗的意象空间[J].江汉学术,2017(5):44—54.

[18] 郑慧如.翻转的瞬间:简政珍诗的意象美学[J].江汉学术,2017(4):53—61.

[19] 西渡.当代诗歌中的意象问题[J].扬子江评论,2017(3):57—67.

[20] 米家路.自我的裂变:戴望舒诗歌中的碎片现代性与追忆救赎[J].江汉学术,2017(3):26—40.

[21] 米家路.反镜像的自恋诗学:戴望舒诗歌中的记忆修辞与自我的精神分析[J].江

汉学术,2017(4)：38—52.

[22] 彭吉蒂.以自身施喻：当代汉语诗歌中的精神疾病诗学[J].江汉学术,2017(2)：35—46.

[23] 吴昊.青年意义危机与精神裂变：戈麦与1980—1990年代转型期诗歌[J].新诗评论,2017(总21)：58—79.

[24] 王辰龙.冷的诗学与孤悬的时刻：戈麦论[J].新诗评论,2017(总21)：80—101.

[25] 周俊锋.戈麦诗歌的语言实验与意象集成[J].新诗评论,2017(总21)：102—116.

[26] Pierre Macherey. *A Theory of Literary Production* [M]. Geoffrey Wall, trans. London：Routledge & Kegan Paul Ltd, 1978：87.

——原载《江汉学术》2018年第2期：5—10

"历史意识"与诗学研究的"中性姿势"

——2018年中国新诗研究综述

◎ 张凯成

摘　要： 2018年的中国新诗研究在某种程度上为解决当前诗学研究中"批评"与"研究"的分治局面提供了参照，研究者们通过加入自觉的"历史意识"，不同程度地建构出了诗学研究的"中性姿势"，这体现在新诗史的书写与既定结论的反驳、新诗接受的研究、新诗研究概念的"历史性"建构以及诗人个案的"历史化"观察等层面。但"中性姿势"的建构本身仍存在着诸多需要注意的问题，比如"历史意识"在此并非作为权威性的话语空间，其本身乃是一种能动性的思维方式，倘若一味地对其进行本质化的理解，那么诗学研究的"中性姿势"亦有可能沦为权力话语的"工具"。

关键词： 诗学研究；新诗研究；历史意识；中性姿势

在当前的文学研究中，"批评"与"研究"的"分治"现象普遍存在，诗歌研究自然也不例外。学界似乎达成了一种基本的共识，即无论从治学态度，还是从研究效力上说，"做研究"都要好于"做批评"[①]。不可否认的是，"做研究"以其扎实的材料搜集、整理与分析，在历史脉络的把握与历史维度的建构等层面，较之"批评"有其本体性的优势所在，这使得研究者将目光与期许更多地投在"做研究"之上。张桃洲看到了当代文学研究近些年来发生的"由批评而学术"的转向，但他同时思考了朱寿桐所提出的"文学研究/文学批评"之界限问题，指出"尽管朱寿桐先生告诫在文学的学术研究和文学批评之间应进行必要的区分，但那种既能保持批评的鲜活与敏锐，又具有坚实的学术底蕴的当代文学研究，难道不令人期待吗？"[1]此种认识抛掷了在"研究"与"批评"中"择其一"的偏颇姿态，从而将该问题的思考拉入到立体性的维度之内，在很大程度上缝合了"批评"与"研究"之间的裂隙。这同时意味着，研究者应校准目前关于两者之关系的一般性认知，使原有的"对立"逐步调整为"对应"。这是因为好的"研究"首先要有精敏的批评意识的介入，否则即便"研究"做得再好，但由于"选题""选材"等因素的限制，由之形成的研究效力会受到不同程度的削弱。

倘若一味地制造"批评"与"研究"之间的"分治"局面，不仅无法触碰到文学研究的根柢，反而使得双方均存在着自我弱化的危险。基于此，以"鲜活与敏锐的批评"和"坚实的学术底蕴"相结合的研究方式则表现出了显在的活力，这同时指向的是诗学研究中所应持有的"中性姿势"，即研究主体以关键性的"视点"为核心，通过"历史意识"的加入，在建构研究视点的过程中，与研究客体之间不断进行交流与对话，以形成介于研究者主观表述与客观阐释之间的"中性话语"。这种研究方式既是对完全主观化、臆断式批评的匡正，又是对完全客体化、材料堆砌式研究的纠偏，以此具备更为多元的研究效力。在 2018 年的中国新诗研究中，研究者从新诗史的书写与既定结论的反驳、新诗接受的研究、新诗研究概念的"历史性"建构以及诗人个案的"历史化"观察等层面，在构筑自觉"历史意识"的同时，不同程度地实践了诗学研究的"中性姿势"。

一、新诗史的书写与既定结论的反驳

就一般的新诗史而言，写作者面向更多的是"集体性"的生产空间，他们将目光投诸新诗历史脉络的梳理、新诗发展现象和诗人个体的定位之上，"历史"则被简单地处理成了固定化的对象物，从而失去了本有的活力。究其原因，这一方面是因为写作者自身无法抵住"集体"潜意识的诱惑，认为写作新诗史的过程即是对既定"历史"的搬运与重组，因此其写作自然囿于"集体"样态之内；另一方面，这种写作也与其时的社会语境关系密切，在此基础上生成的写作意识则垒筑出了"集体"的联动场。本质上看，"集体性"的新诗史写作有其显在的弊病所在，它所处理的对象尽管是"历史"问题，但由于写作者缺乏"历史性"的思维，这里的"历史"便由写作的"主体"沦为了无意味的、被动性的"形式"。当写作者面对"历史"所塑构的"集体"空间时，如何在摆脱"集体化"思维束缚的同时，形成"个体化"的思想观念，就成为了新诗史写作的本体追问。

洪子诚、刘登翰、程光炜、王光明等学者的新诗史写作[2]充分认识到了上述问题，他们把写作视域投向了新诗历史的"未完成性"，据此打开了文本与历史之间的张力空间。同时，他们还针对既有的结论进行了"去本质化"的处理，形成了"历史/现实""文本/社会"等辩证性的思维方式。此种写作中，"个体意志"被充分融入到具体的写作过程，从而有效地摆脱了"集体意识"的束缚。与之相应，2018 年的新诗史写作亦有着"个体化"写作方式的建构，加之深刻的"历史意识"的置入，写作者得以建立起了"个体化"的话语空间。谢冕的《中国新诗史略》[2]可以视为以"个人"的方式来写作新诗史的积极尝试，这里的"个人"不单指的是该著由谢冕"一人"完成[3]，更重要的是其中所包含的个人化写作思维。该著尽管也采用历时性的时间脉络来进行架构，将新诗发生与发展的历程分为八个时段，但这种划分抛掷了对象化的历史分期与集体化的思维方式，而充分涵括在"个体回望"的意识空间之内。就具体的内容而言，谢冕在写作中充分熔铸了他对于新诗发展历史（尤其是"当代新诗史"）的"在场性"体验，不仅完成了对新诗百年历程的个人化观察，而且实现了对个体研究经历的有力总结，以此形成了"一部属于我自己的中国新诗史"[2]。与谢著相比，张桃洲的《中国当代诗歌简史（1968—2003）》[3]则将目光投向"短的当代诗歌史"，既有着对于诗歌史既定现象的"再问题化"的处理（如对北岛《回答》的再认识、对"现代史诗"背后隐藏的整体历史观的呈现、对"女性写作"的再诠释等），又有着对新的诗学问题的发掘（典型的如对20世纪80年代后期至20世纪90年代初期这一诗歌"转型期"的定位），由之形成了他对当代诗歌发展的个人化体察。同时，他并非以诗学概念的提出与阐释为目的，而是在写作中加入了文本细读的思维方式，通过对诗人个案、诗歌文本的细致观察，实现了细读理论与细读实践的相互融构。可以说，这两部著作均是作者在个人化写作思维的指引下，所进行的对于中国新诗发展历程的"历史性"观察，通过加入自觉的"历史意识"，在某种程度上实践了诗学研究的"中性姿势"。

　　除了新诗史的写作外，本年度的新诗研究中还有对于新诗史既定结论的质疑与反驳。需要注意的是，这里的质疑与反驳并非是研究者对新诗史的有意"疏离"，而是在与之保持自觉对话关系的基础上，以精敏的"历史意识"重新考量了本质化、对象化的新诗史，从而跳出了固有的"笼子"。在此意义上，冷霜对于废名在20世纪50年代的思想与创作状况的反思，正构成了将文学史中"扁平化"的废名，向着"历史—思想—文化"这一复杂场域空间敞开的尝试。比如在对"诗质"与"诗形"问题的观察中，冷霜发现，尽管废名在50年代仍持有"前者优于后者"的观念，但他此时所理解的"诗质"与三四十年代的认识之间保持了显著的"距离"，这种转变不仅得因于废名的自我调整，更重要的是由于"诗歌的思想内容与创作主体的改变"。冷霜同时看到了废名50年代思想转变的文学史意义，即为"认识四五十年代之交作家和知识分子主体精神状况的丰富性、复杂性以及知识分子与政治的关系，反思相关研究中某些流行的二元对立认识模式"提供了样本[4]。李海英的《未拨动的琴弦：中国新诗的批评与反批评》[5]一书，在"敏锐地捕捉到中国新诗的一些重要议题"的基础上，将隐藏在现有诗歌史写作逻辑深处的"褶皱"挖掘出来，并依靠着辩证历史意识的自我建构，重新激活了当前趋于本质化的新诗批评。在具体的研究中，她将研究对象（既包括诗歌史书写、长诗写作、现代抒情等诗学现象，又包括昌耀、多多、萧开愚、徐玉诺、苏金伞等诗人个案）充分"问题化"——这里的研究对象不是固定的对象物，而是深刻地嵌构在了诗歌史叙述以及诗歌批评的语境之中——以此进行了诗学层面的质疑与史学层面的反驳。自然，她的这种质疑与反驳"并非是某些青年学者有意为之的冒犯"，而是有其内在的诗学逻辑与史料依据,因此她的研究便显得"格外可信、可靠"④。

陈大为针对杨炼诗歌的"知识迷宫"进行了"祛魅化"的阐释,在他看来,这种"知识迷宫"带有强烈的"制造性"意味,而非是杨炼对于民族文化历史的自觉吸收与运用。他认为,杨炼所建构的智力空间及其"知识"带有极大的可疑性,这一方面是由于读者自身的理解所导致,另一方面则与杨炼诗论的"强势主导"关系密切。此种境遇下,诗集《礼魂》"只不过建立在一般性的'文化常识'基础之上,并没有令人侧目的考古与宗教历史知识,或者民族文化知识方面的勾勒与展现"。这便瓦解了杨炼的"知识迷宫",并对一般性的新诗史叙述保持了充分的警惕[6]。此外,张洁宇主要挖掘出了对新诗发展作出重要贡献的新月派批评家叶公超,尤其关注到了他的新诗批评对于新诗理论建设的促进作用,从而在丰富其固有形象的同时,增补了现有的新诗史写作[7]。而钟怡雯则对徐志摩诗歌进行了再诠释,认识到当前的文学史叙述中将徐志摩作为"浪漫主义者"的定义造成了徐志摩形象的不完整,指出徐志摩后期批判现实和社会的现实主义诗风,以及其诗论中对于哈代的阅读和翻译,应纳入文学史的叙述之内,以此形塑出完整的徐志摩形象[8]。

二、新诗接受的研究

新诗接受现象伴随着新诗的发生而出现,它本身属于"老问题"。自新诗的生发之日起,有关新诗接受的研究也随即生成。尽管学界目前存在着诸多关于该问题的研究,但这些研究或完全依附于"接受美学"的理论框架,使得研究行为几乎成了佐证理论的"工具";或因过多地凸显"接受"的重要性,而忽略了"作者""文本""世界"等相关视域……整体上看,当前的研究更多地将目光聚集在新诗接受的"形式"上,而较少有"内质"层面的探析,因此并未达到理想的状态。此种情形下,方长安去年出版的《中国新诗(1917—1949)接受史研究》[9]一书,对1917年至1949年的新诗接受问题进行了史学意义上的辨认,洪子诚、李怡、高玉等学者均撰文确认了该书在新诗接受史研究领域的合法性"身份"。与方长安所提供的新诗接受研究的"史学"方式相区别,陈仲义的《现代诗:接受响应论》[10]一书则主要确立的是该研究的"诗学"原则。该著一方面运用了"接受化"的研究思维,以现代诗的"接受"为核心点,辐射出了经典化、版本学、修辞学等诸多面向,形成了复杂的"文本接受场";另一方面,该著还有力地把握了现代诗接受研究的两个"轴心"——包括现代诗发生直至当下的接受现象所组构的历时性"纵轴",和以舒婷为代表的朦胧诗的接受、"汪国真"现象等问题所形成的共时性"横轴"。

从本质上看,新诗接受研究属于"史学"问题,但由于研究对象(对"接受"现象的辨认）的特殊性，需要研究者具备独特的"诗学"眼光，以发掘出更多有价值的问题，上述研究正是从"史学"与"诗学"两个层面对新诗接受研究进行了有力尝试。此外，姜涛以"马凡陀山歌"为核心视点，集中探讨了围绕其生成的"集纳"空间。这里"集纳"指向的是活跃于战时重庆、上海的"报纸"媒介，以及由此形成的战时"集纳性"的社会场域，也即"山歌"的传播接受场。姜涛一方面着力于创作主体的探究，指出"马凡陀山歌"以报纸为媒介，在取材与材料的组织、剪接中，生成了一种"集纳性"的感受力；另一方面，他将视域投向"接受"空间，认识到了"山歌"的诙谐风格与"小报""晚报"的基础定位，以及报纸上各类杂感、游戏文字、漫画之间的互动关系，通过考察"山歌"的接受问题，观看到了历史转折期矛盾性的社会情绪[11]。与之相比，郑慧如重点关注的是当代汉语诗歌批评的"框架论述"这一独特问题，此种观察则可以视为她在"接受"当代汉语诗歌批评过程中所形成的批判性反思。基于对当代汉语诗歌批评中常见的"框架论述"的梳理，郑慧如观看到了它所具备的导向作用，以及围绕其形成的权力空间。这种"导向"与"权力"尽管型构出了当代汉语诗歌批评的文本范式与思想形态，但在本质上则钳制了研究思维的拓展。因此，如何使得具备"建构"体质的"框架论述"获得更为多元的批评空间，以打破固有的批评"权力"，是研究者所需认真思考的问题。她据此提出了当代汉语诗歌批评的基本方向，即重视文本细读，以精读文本支撑理论运用[12]。而刘佳慧则以审视个体诗歌批评为中心，集中探察了朱自清诗歌批评对于瑞恰兹语义学的接受与转化问题。她指出，朱自清对该理论的借鉴由20世纪30年代中期的直接借用，到西南联大时期开始对语义学局限性进行深入反思，这为其时的诗歌批评增添了更为开阔的空间维度。与此同时，朱自清还通过加入中国古典诗论传统及文史考证之学，建立了新旧体诗精细解读的研究范式。由此来看，朱自清在诗歌批评中对于瑞恰兹语义学的接受是一种能动性、对话性的行为，为研究中西方诗学之间的传播影响提供了启示[13]。

作为2018年新诗研究的热点，新诗接受研究一方面是对既有研究方向的拓展，以此探寻出新的学术增长点；另一方面，新诗接受必然要涉及作者、文本、读者、社会等诗学要素，有关它的研究便跳出了单一的囿于诗歌文本内部的价值取向，而需要在综合诸种因素的基础上，形成内部研究与外部研究相结合的研究视域。从方法论层面看，这同时与当前诗学研究"中性姿势"的建构相回应，即通过研究主体与研究客体之间的相互确认，来摆脱单向度的视域空间，继而形成综合性的研究方式。

三、新诗研究概念的"历史性"建构

前文指出，郑慧如反思了当代汉语诗歌批评中存在的"框架论述"现象，而之所以产生此种现象,这与当前新诗研究过程中所用概念的本质化、对象化等因素密切相关。一般来说,新诗研究的概念来源于研究主体在具体操作时的主动创造,其在特殊的语境中形成,本质上具备生成性与行动性的特征。使用者一旦对概念进行本质化的理解,抑或是不加辨析地将其运用到研究对象中去,那么由此导致的固化思维方式便随之产生,进而影响到了概念的本体内涵。就新诗研究的概念而言,研究者需将其放置在具体的、"历史化"的境遇之中进行观看,尤其要把握好围绕它本身所形成的历史空间结构,以唤醒概念自身的内在活力。这同时使得研究者摆脱了一味地拘囿于概念之中,甚至是"为概念而概念"的思维方式,从而能够以概念为视点来形成研究的关联域,获得更为多元的研究效力。具体到 2018 年度的新诗研究来看,学者们针对当前新诗研究的某些概念进行了重新"历史化"的处理,通过加入自觉的"历史意识",使得概念本身具备了更大的表现空间。

　　较之新诗概念的讨论在以往研究中的"附属性"地位⑤,本年度的新诗研究中将"中国新诗""当代诗歌"等概念的探究拉入到"本体性"的位置。姜涛从"新诗"的概念出发,通过体察"新诗"的内在冲动,挣脱了线性的历史叙述。他以新诗现代性为基本装置,围绕着新诗的"现代性""汉语性""主体性""历史性"等问题的探讨,在胡适的"蝴蝶"、郭沫若的"天狗"以及当代诗的"笼子"之间建立了能动性的结构关系。这种研究跳出了线性的逻辑论述,而将新诗概念的探讨置于重构性的视野之内,形成了新的视域空间,即"怎样从'真纯自我'与'糟糕社会'的对峙中跳脱出来,进入状况、脉络和层次,怎样在广泛的关联中内在培植丰厚的心智"[14]。朱恒在对汉语诗歌的诗性问题进行符号学解析的过程中,涉及了对"新诗"概念之"不确定性"的阐释。在他看来,"体"是新诗与旧诗之间的根本区别,"'新诗'是摒弃了旧'体'而创造了新'体'的诗",但在符号学的视域下,有关"体"的认识存在着诸多可辩驳之处,因此"新诗"概念本身也有着较强的不稳定性[15]。而孟泽在探究彭燕郊的诗学思想与立场的过程中,尽管没有直接涉及对"新诗"概念的理解,但他观察到了彭燕郊对于"浪漫主义""现代主义"等概念的诘难与辨析,后者在清理纯粹的概念性认知的基础上,对这些概念进行了"历史性"的建构,并昭示出这样的事实:"任何抽象理论都不足以覆盖全部的文学实践与文学现象,或者说,抽象的理论规范与理论召唤,永远无法体贴文学实践本身所需要的开放性和丰富性,而只能演绎出理论(理想)的傲慢与偏见,以及由这种傲慢与偏见带来的专制。"[16]

　　除对"新诗"概念的探究外,本年度的研究者还针对"当代诗歌""当代诗"等概念进行了深刻辨析。如已故学者赖彧煌在审视"自 1980 年代以来绵延近四十年"的"当代诗歌"时,发掘出了不同代际(指"1980 年代""1990 年代"以及"最近十几年")的诗人在构建"当代诗歌"概念过程中的代际转换问题——"正如 1990 年代某种意义上是

1980 年代的'否定',最近几十年则是对 1990 年代的'否定之否定'"——以此叩问 90 年代诗歌"未及打开的暗区"及其"遗产"投掷到未来的方式,并为学界对 21 世纪以来诗歌的研究提供了可行性的参照[17]。与之相应,张伟栋的《修辞镜像中的历史诗学:1990 年代以来当代诗的历史意识》[18]一书将自身对于 90 年代以来当代诗歌发展的思考,溶进了"历史意识"的装置之内,尤其关注到与"当代诗"相关的"历史性""政治性""古典性""地域性"等问题,在深入探析"当代诗"内核的同时,廓清了"当代诗"的概念、范畴与效力。西渡将骆一禾置放在"1980 年代诗歌"的语境之内,通过分析他对朦胧诗与第三代诗歌的批评、具体的诗论与创作,以及他与海子之间的关系,再现了骆一禾与 80 年代诗歌之间的结构性关联[19]。这不仅对骆一禾诗歌建立了更为清晰的认知,而且还"历史性"地重读了"1980 年代诗歌"的概念。张光昕的诗学随笔集《补饮之书》[20]从文字与精神两个层面诠解着他在谈论张枣随笔时所用的比喻——"随笔/散文乃诗后补饮"⑥。他注意到了"新媒体时代"这一特殊的历史语境,将"诗歌与时代"关系的探讨融构了对"词与物"关系的思考中。无论对"书籍、群体和拉杂话题"的漫议,还是对诗人个体的观看,他都以"青年批评家"的姿势表现出对"当下诗歌如何生存"问题的关怀与忧虑,并以"补饮"的语调,在学界所定位的"正确性"的当代诗之外,创造着它的另一重"合法性"身份。而颜炼军的《诗的啤酒肚》[21]一书在某种程度上可以视为他探寻"当代汉语新诗"概念之"合法性"的成果,其中所谈到的当代诗歌本体问题、当代汉语长诗的写作困境等内容,及其论及的"叙事性""日常性""地理学""古典性"等概念,均指向的是在"娱乐至死"的时代,针对"'一个识相的当代的文学批评写作者'如何面向'虚无'这一问题的追问"[22]。这种追问既诠释了颜炼军作为当代汉语新诗"在场者"的身份焦虑,又是他站在"解诗者"的角度,为当代汉语新诗的发展方向所做的"历史性"分析。陈培浩则将目光投向《江汉学术》的"现当代诗学研究"栏目之上,重点呈现的是该栏目在诗学研究"当代性"建构层面的不懈努力。这里的"当代性"一方面指的是对当代内部不同阶段、传统、倾向、流派、思潮的探讨,使其在某种程度上具备了"历史"的维度;另一方面则是它以更前瞻的问题意识,反思当代内部日渐固化的话语方式,开放了观照"当代"的视域空间[23]。

　　整体上看,上述学者在研究中首先将新诗研究的相关概念进行了"去本质化"的处理,于此基础上加入了精敏的"历史意识",在还原历史面貌的同时,使得单一的、扁平的概念变为饱含历史性的结构空间,有效地激活了趋于固化与板结的研究方式。这不仅有助于研究中"历史"思维的建构与运用,同时也在很大程度上促进了诗学研究"中性姿势"的形成。

四、诗人个案的"历史化"观察

有关诗人个案的探讨在以往的新诗研究中较为常见,诗人论、作品论尽管是此种研究的主要方式,但它以其"论"的思维限制了研究者对于诗人个体的完整认识。那么,在今天如何进行诗人个案的研究? 则成为我们需要仔细思考的问题。2018 年的中国新诗研究在探究诗人个案时表现出了对其"丰富性和复杂性"的关注,由于受到"'再问题化'与'再历史化'"(姜涛语)观念的影响,研究者在历史语境和审美层面的研究之间进行了深刻的"对话"。穆旦、张枣、朱朱等诗人成为本年度个案研究的几个"重镇"。

就穆旦研究而言,姜涛将之放置在了 20 世纪 40 年代的历史语境之内,在打开诗歌与政治、历史等社会因素之紧密关系的同时,使得研究对象本身获得了更为广阔的视域空间。他所选取的研究视点(如诗与杂文、山歌与报纸等)摆脱了一般性的写作风格与策略问题的缠绕,而在相互激荡的社会空间中,"内在地呼应了 20 世纪 40 年代文化重造的活力"[24]。在这样的视域下,姜涛不再是对穆旦诗歌进行文本层面的简单指认,而使其成为饱含着 40 年代的政治、文化、历史等因素的复杂关联域,尤其作为思辨性"历史意识"的承载,极大地丰富了研究的思维向度。段从学从穆旦的"路"出发,一方面呈现出了穆旦如何通过"路"实现了"内地的发现";另一方面则将"路"看作是对穆旦的主体性透视装置的取代,使之作为引导和支配诗人的"看"的主体。这同时撇开了"现代性个人主体精神"这一普泛性的观看结构,使得研究对象进入到了特定的历史境遇之中。由于"路"本身的引导性和支配性,穆旦的"看"则不再是完全的主体性行为,而是被带入到了"路"所创造的历史现实内。因此,"历史已经在这里介入了穆旦的写作与思考",而"内地的发现"过程也伴随着"诗人对民众力量的发现,和对中国抗战前途的思考"[25]。姚丹重点关注的是穆旦的翻译问题,认为他的翻译在"压抑"与"写作"中确立了自身的诗歌史地位,这与通常意义上的"穆旦写作的热情和创造力在压抑孤苦的境遇中遭到损害"的看法保持了自觉的"疏离"姿态。在她看来,穆旦的翻译是其在"压抑"的境遇内"辗转坚守自己固有的文学与思想信念、操练语言和创造语体"的特殊形式,他同时期待着以"显白教诲"与"隐晦教诲"并行的方式,把这些"'幻美'的思想成品"传递给未来的读者和中国[26]。而易彬则将目光投向了穆旦在"压抑"语境中的诗歌创作,他把穆旦放在"1976 年"这一特殊的历史语境下,从文献学的汇校视域出发,认为其晚年诗歌是"个人写作、时代语境和编者意愿共同融合的一种奇妙混合物"。易彬同时看到,此种研究既能发现作家写作与时代语境、个人境况间的特殊关联,又能厘清当代作家文献整理过程中的若干问题[27]。

　　在张枣的研究中，研究者们搁置了一般性的文本与审美探究，通过挖掘张枣与现代汉诗、中西现代诗及味觉等层面的结构关系，呈现了其诗歌写作的"丰富性与复杂性"。王光明将张枣放在"现代汉语诗歌"这一大的历史背景之中，通过分析张枣诗歌对于"语言风景"的朝向、在不同语言交汇点上的创造以及对写作危机的直面，挖掘出了其诗歌写作的本体意识自觉与语言自觉，而这种自觉正构成了"面对陌生的语言和世界寻求现代汉语诗歌的可能性"[28]。王东东将张枣置放到"中西现代诗"这一更为广阔的诗学背景下，以张枣对史蒂文斯的译写为中心，深入地考辨了中西现代诗之关系的发展轨迹——即由新诗草创期的"西方现代诗歌对中国现代诗歌的强力影响"，到"中国现代诗歌与西方现代诗歌的平等、超越乃至超前"。正如王东东所看到的："张枣对史蒂文斯的译写已经不是一般意义上的诗歌翻译活动，而构成了一个不仅对于张枣个人还是中国现代汉语诗歌都充满意义的问题。"由此显示出了对张枣研究进行"再问题化"的努力[29]。敬文东通过解读张枣诗歌与诗论，试图建立起味觉与诗歌之间的深刻关联。他的出发点在于对汉语"舔舐"能力的重新挖掘，这种"舔舐"在古典诗中有着突出呈现，但随着现代性的闯入，诗歌写作面临着"万物失味"的危机，这便需要汉语新诗"有必要在失味甚至变味的时代，在遍地'馊物'的世界上，恢复汉语新诗的赋味能力，重新让世界变得有'滋'有'味'"。而张枣的诗和诗论则为"重新味化"提供了"舔舐与观看"的途径，呈现出了"让听一听和看一看被味觉化"的可能性[30]。

　　此外，本年度的研究者还集中探察了朱朱的诗，其中饱含着强烈的问题意识。在对朱朱诗的观看中，研究者从"历史"角度入手，重点关注到了其诗歌写作的"历史"意味。如姜涛将朱朱视为"当代诗中的'维米尔'"，尤其看到了其在 2000 年前后转向叙事诗写作的现象。他认为朱朱的叙事诗中存在着"历史"的想象空间，具有"虚实相济"的能力，能够"以隐喻的方式把握'事实本身'的动态结构，强力拨响了历史内部的琴弦，敞开了他的纵深和螺旋线"，这使得朱朱在与当代诗的历史书写之间保持对话关系的同时，实现了对一般性历史写作的超越[31]。王东东致力于呈现朱朱诗歌中的"感性的历史与伦理"，跳出了对朱朱诗歌进行美学层面的简单指认，而在"历史学/伦理学""美学/伦理学"等结构空间中，思考了朱朱诗歌的"历史性"问题[32]。

　　综上所言，2018 年的中国新诗研究通过新诗史的书写与既定结论的反驳、新诗接受的研究、新诗研究概念的"历史性"建构以及诗人个案的"历史化"观察等，在某种程度上实践了诗学研究的"中性姿势"，这在为新诗研究提供新的学术增长点的同时，也在很大程度上解决了"批评"与"研究"的分治局面。当然，这其中仍存在着诸多需要注意的问题，典型的如"历史意识"在此并非作为权威性的话语空间，其本身乃是一种能动性的思维方式，倘若一味地将其进行本质化的理解，那么诗学研究的"中性姿势"亦有可能沦为权力话语的"工具",这是研究者所需特别警惕的。

注释:

① 笔者此处的"批评"指向更多的是"评论""鉴赏"等概念,带有瞬时性、即兴性的特征,这与当前学界对于"批评"的认识大致吻合。但就"批评"的实质而言,其本身有着复杂的内涵,这同时反映出学界对于"批评"认识存在着"本质化"的倾向,较多地处于单一的维度之中。有关"批评"概念的具体内涵,请参见蒂博代《六说文学批评》、乔治·布莱《批评意识》等著作。

② 典型的如洪子诚和刘登翰的《中国当代新诗史》(人民文学出版社,1993年)、王光明的《现代汉诗的百年演变》(河北人民出版社,2003年)、程光炜的《中国当代诗歌史》(中国人民大学出版社,2003年)等。

③ 需要指出的是,该著尽管由谢冕和刘福春合作完成,但刘福春只负责其中的"插图"工作,笔者此处的写作指的是"文字"部分,因此可以视为由谢冕"一人"完成。

④ 笔者在对李海英新著的论述中,除了单个词语外,引号中的内容分别出自张桃洲、耿占春和敬文东三位学者对该著的推荐语。参见李海英:《未拨动的琴弦:中国新诗的批评与反批评》,北京:中国社会科学出版社,2018年,封底。

⑤ 这种研究往往将新诗概念的讨论裹挟于其他问题之中,如王光明尽管明确提出了"现代汉诗"概念,但这种提出较多地着眼于与学界的普泛性观点保持某种适当的"距离",其重心则在于对新诗发展演变的百年历史的观察上(参见王光明:《现代汉诗的百年演变》,石家庄:河北人民出版社,2003年)。

⑥ 张光昕对此理解道:"诗的酣畅宴饮固然荡涤销魂,但在高潮后的余韵里独酌,大可收敛饮者的全部身心,让沉浸在创造愉悦中的人们,朝向更悠远的细节去呼吸和等待。"(《补饮之书·后记》,载《补饮之书》,桂林:漓江出版社,2018年,第266页)。

参考文献:

[1] 张桃洲.由批评而学术:当代文学研究的重新确立[J].文艺争鸣,2018(6):1—3.

[2] 谢冕.《中国新诗史略》后记(一)[M]//中国新诗史略.北京:北京大学出版社,2018:470.

[3] 张桃洲.中国新诗简史[M].北京:中国青年出版社,2018.

[4] 冷霜.废名1950年代的思想转变与创作意愿的升沉[J].中国现代文学研究丛刊,2018(4):34—48.

[5] 李海英.未拨动的琴弦:中国新诗的批评与反批评[M].北京:中国社会科学出

版社,2018.

[6] 陈大为. 向上修建的废墟：论杨炼诗歌的知识迷宫[J]. 东吴学术,2018(4)：13—27.

[7] 张洁宇. 新诗史上的叶公超[C]//中国新诗百年纪念大会学术论坛论文集. 北京：首都师范大学中国诗歌研究中心,2018：451—460.

[8] 钟怡雯. 徐志摩诗歌的经典化与再诠释[J]. 江汉学术,2018(3)：56—65.

[9] 方长安. 中国新诗(1917—1949)接受史研究[M]. 北京：中国社会科学出版社,2017.

[10] 陈仲义. 现代诗：接受响应论[M]. 北京：中国社会科学出版社,2018.

[11] 姜涛. "集纳"空间与"马凡陀山歌"的生成[J]. 华中师范大学学报(人文社会科学版),2018(4)：95—104.

[12] 郑慧如. 当代汉语诗歌批评中的框架论述[J]. 江汉学术,2018(5)：53—61.

[13] 刘佳慧. 朱自清的诗歌批评对瑞恰慈语义学的接受和转化[J]. 中国现代文学研究丛刊,2018(3)：30—47.

[14] 姜涛. 从"蝴蝶""天狗"说到当代诗的"笼子"[C]//当代诗的"笼子"内外. 广州：东荡子诗歌促进会,2018：23—44.

[15] 朱恒. 汉语诗歌诗性问题的符号学解析[J]. 贵州社会科学,2018(3)：96—103.

[16] 孟泽. "工夫即本体"：彭燕郊的诗学思想与立场[J]. 诗探索(理论卷),2018(3)：12—32.

[17] 赖彧煌. 当代诗歌的代际诗学转换[J]. 广州文艺,2018(5)：132—140.

[18] 张伟栋. 修辞镜像中的历史诗学：1990 年代以来当代诗的历史意识[M]. 上海：华东师范大学出版社,2018.

[19] 西渡. 博大生命：骆一禾与 1980 年代诗歌[J]. 扬子江评论,2018(6)：28—38.

[20] 张光昕. 补饮之书[M]. 桂林：漓江出版社,2018.

[21] 颜炼军. 诗的啤酒肚[M]. 北京：东方出版社,2018.

[22] 颜炼军. 代序·关于批评的小杂感[M]//诗的啤酒肚. 北京：东方出版社,2018：2.

[23] 陈培浩. 开放观照"当代"的诗学视域：论"现当代诗学研究"专栏对诗学"当代性"的建构[J]. 江汉学术,2018(6)：68—74.

[24] 姜涛. "是你们教了我鲁迅的杂文"：由穆旦说到袁水拍[J]. 文艺争鸣,2018(11)：48—55.

[25] 段从学.《小镇一日》："路"与"内地的发现"[J]. 文艺争鸣,2018(11)：56—62.

[26] 姚丹. "压抑"与"写作"：穆旦翻译的诗歌史意义[J]. 文艺争鸣,2018(11)：35—

42.

[27] 易彬.个人写作、时代语境与编者意愿：汇校视域下的穆旦晚年诗歌研究[J].中国现代文学研究丛刊,2018(3)：159—179.

[28] 王光明.张枣与现代汉语诗歌[J].南方文坛,2018(4)：57—61.

[29] 王东东.中西现代诗歌关系新论：以张枣对史蒂文斯的译写为中心[J].扬子江评论,2018(1)：106—112.

[30] 敬文东.味与诗：兼论张枣[J].南方文坛,2018(5)：5—15.

[31] 姜涛.当代诗中的"维米尔"[J].文艺争鸣,2018(2)：92—98.

[32] 王东东.一个唯美主义者的变形记：论朱朱诗歌中感性的历史与伦理[J].文艺争鸣,2018(2)：109—113.

——原载《江汉学术》2019 年第 3 期：56—62

作为方法与研究范式的"新诗史"

——2019 年中国新诗研究综述

◎ 张凯成

摘　要： 在 2019 年的中国新诗研究中,作为方法与研究范式的"新诗史"被集中建构出来。一方面,研究者在新诗史写作中重视"问题意识",大多以新诗发生与发展过程中的"诗学问题"为导向,在呈现问题之复杂性的同时,也为问题的解决提供了参照。另一方面,研究者在诸多诗学问题的探究中自觉运用了"新诗史"的理论视野,具体表现在对固有新诗史叙述的反驳、诗学现象的探察,以及新诗的形式建构、新诗史讲述的"片论"方式等层面。此外,本年度的新诗研究还在挖掘新诗史料的过程中,不同程度地触碰了新诗"历史化"研究的议题。

关键词： 中国新诗;新诗研究;新诗史;历史化研究

　　在当前的新诗研究中,方法的多元与综合似乎成为研究者的内在诉求,这虽然在某种程度上有助于打开研究的既定空间,但其作为方法的理论效应与可操作性则需要仔细辨认。这同时意味着,当我们将新诗研究的"方法"看作是一种"生产性"概念时,围绕其形成的研究主体与研究对象均需进行自我的追问与审视。李怡在 2015 年曾提出"作为方法的'民国'"的研究观念①,在他看来,该观念既表现出与竹内好、沟口雄三等人所提出的"作为方法的亚洲"(1961 年)和"作为方法的中国"(1989 年)等理念的自觉"对话",同时又不拘囿于后者的理论视域,因为它通过"重拾自我体验",能够建构出"学术自主"的可能性。在笔者看来,此处的"方法"显然在方法论层面确立起了研究民国时期新诗历史的独特优势,具体表现在"回到民国历史"与"尊重民国历史现象自身的完整性、丰富性、复杂性"两个层面。由是,"民国"作为"方法"自然具备着强烈的"生产性"。

　　在 2019 年的中国新诗研究中,作为方法与研究范式的"新诗史"被集中建构出来。这里的"新诗史"既包含着传统意义上新诗发生与发展的时间脉络,又包括了由文化、政治等因素构筑而成的社会空间,总体上形成一种"生产性"的时空结构体。尽管 2018

年的新诗研究中也关注了"新诗史",但其重点在于著作层面的观看,并且由于这种观看涵括在研究者所持有的"历史意识"之内,其作为方法的主体性尚未清晰呈现[1]。与之相比,本年度的新诗研究则建构出了作为方法与研究范式的"新诗史",学者们不仅在新诗史的书写中自觉运用了"问题意识",而且还在"新诗史"的理论视野下探究了诸多诗学问题。同时,本年度的新诗研究还通过寻找被遮蔽的新诗史料,探寻着"历史化"研究的可能性。

一、新诗史写作中的"问题意识"

传统的新诗史写作中,以时间脉络为经、以诗人或诗学现象为纬的思维方式几乎占据了写作的主体。这种写作固然能够呈现新诗发展的整体面貌,但就写作对象而言,其面对的始终是一位"初级读者",而且这位"读者"的观念在阅读过程中也容易固化。他们认为某些时段必然会出现某些诗人或诗学现象,而至于"为何出现",则似乎漠不关心。这种写作只是在完成一部介绍性质的新诗历史,完全抛置了对作为"问题"的新诗史的思考,其史学价值自然有待商榷。倘若要培养新诗史的"高级读者",就需要写作者能够自觉地以新诗发生与发展过程中的"诗学问题"作为基本导向,在呈现自身"问题意识"的过程中,不断唤起"读者"的"问题"理念,从而形成双向互动。

本年度的新诗史写作重视"问题意识",写作者大多以新诗发生与发展过程中出现的"诗学问题"为导向,在揭示问题之复杂性的过程中,也为问题的解决提供了参照。尽管钱理群早在 2005 年就提出文学研究方法之综合性的基本要求——"大文学史"观念,随后陈超、姜涛等学者又相继提出"历史——修辞学的综合批评"与"大诗学"观等研究方法②,但李怡的《文史对话与大文学史观》③依然显示出其写作的活力。他在认识到中国现当代文学研究从"文学审美"到"文史对话"之转变的基础上,提出了基于文史互动观念的"大文学观"。该观念不仅有助于"在西方纯文学的文体写作之外,继续发掘中国作家的文体追求与多样化写作",而且"大文学观"本身所包含的"中国本土内涵"则为"跨界"解释中国文学现象提供了更多理论支持。可以说,李怡正着眼于当前文学研究(新诗研究)中所出现的方法杂乱问题,为综合性研究方法的理论重构提出了建设性的意见。此种语境下,张洁宇的《民国时期新诗论稿》[2]则依靠着独特的"民国"视域,进一步推进了当下的新诗史写作。该著意识到"百年新诗史"中存在的"个人/历史"和"写什么/怎么写"的疑惑,努力廓清新诗百年历史所内蕴的"诗与真"问题。该著将新诗发展历史上的已有问题重新"问题化",在"当下场域"与"民国语境"的关联空间中对问题进行适度剖析,以全新的视野凸显了写作的活力。比如在处理胡适这一对象时,该著将关注点放在了其诗论《谈新诗——八年来一件大事》[3]之上,并将它与废名的《谈新诗》[4]联系起来。这种做法既区别于一般研究中对胡适诗作的普泛关注与过度阐释,又将研究本身放置在"民国"的历史语境内,通过废名与胡适关于"新诗史"的对话,呈现出了新诗发展过程中的观念交锋。

与张洁宇著作相对应,姜涛的《"新诗集"与中国新诗的发生(增订本)》[5]也将焦点放在现代新诗的发展历史之上,只不过其论述时段更短——集中于新诗的"发生期"。尽管从严格上说,该著并不属于本年度的新作(在 2005 年出版的《"新诗集"与中国新诗的发生》一书基础上修订而成),但从其"增订本前记"与"附录"的四篇文章中,我们可以发现某些新的写作质素。"增订本前记"一方面提出了原著尚未处理及展开的某些诗学问题,另一方面则对"附录"部分的文章作了整体概述——"希望能大致呈现早期新诗的概貌、其美学活力中的文化政治意涵,以及新诗史叙述线索的生成"。尤其在"附录"部分的《新诗的发生及活力的展开——新诗第一个十年概貌》一文中,姜涛不仅历时地梳理了新诗从发生起至 20 世纪 20 年代中期的整体发展概貌,更重要的是意识到了这种"特定展开逻辑"所包含的"封闭性",及其带来的对新诗历史复杂性、多样性的认知障碍,进而提出在探究新诗历史时所应持有的一种"审慎而开放的文学史态度"。赖彧煌的《经验、体式与诗的变奏——晚清至"五四"诗歌的"言说方式"》同样把研究时段放在了新诗的"发生期",其更加关注的是新诗由晚清到"五四"的转型过程。该著探触了新诗发生与发展过程中"言说方式"的建构问题,这里的"言说方式"建基于共时性的诗学认知与历时性的诗歌史眼光之上,试图抵达诗学与诗歌史的双重目标。据此出发,该著剥离了一般性的诗歌史结论,而将"完成时"的"新诗"拉回到"未竟"的状态,认识到新诗"与其说完成了体式与经验互为摩擦中诗的变奏,不如说它仍在变奏之中"[6]。

本年度的新诗史著作中值得注意的还有郑慧如的《台湾现代诗史》[7],该著将视域放在 1920—2018 年的台湾诗歌之上,以宏阔的诗史视野与扎实的史料搜集和文本细读能力,历时地观看了台湾现代诗的发展历程——包括"启蒙期"(1920—1949)、"经典形成期"(1950—1969)、"新兴诗社的世代议题"(1970—1979)、"专业化、正式学院化时期"(1980—1999)、"台湾现代诗史的观察期"(2000—2018)五个主要时期。该著最主要的贡献在于以台湾现代诗发展过程中的诗学问题为导向,对长期固化的流行观点进行了观念的重构,写作出独具个人化特征的"台湾新诗史"。如在论述诗人洛夫时,郑慧如以文本细读为基础,全面检视了洛夫诗歌的成就,同时观察到其诗歌的"十项特质",呈现出特殊的诗歌史地位④。简政珍将《台湾现代诗史》看作是一部具备"生命感"的诗史,并认为它是"目前成就最高的'台湾现代诗史'"⑤。另外,刘奎的《诗人革命家:抗战时期的郭沫若》[8]尽管以"郭沫若"这一诗人个体作为研究对象,但他显然没有局限于"诗人论"的视角,而是将"诗人论"与"文学社会学"的方法结合起来,在"主体—表达—时代"的综合维度之上,认识到了"抗战时期"郭沫若的各种身份与社会时代命题之间的相互纠葛,以及在这种纠葛与缠绕中彼此展开、相互作用的发展历程,也因此实践了吴晓东所认为的"研究主体与历史对象的彼此敞开"[9]。

二、在"新诗史"的理论视野中

除新诗史的写作外,本年度的新诗研究还在"新诗史"理论视野中观看了既存的诗学问题。研究者们或以新诗史的叙述为主体,呈现其对于固有概念或理解的追问与反驳;或将"新诗史"作为基本视野,探究新诗发展历程中的诸种诗学现象;或关注到"新诗史"影响下的形式建构,以确立新诗形式变革的主体性。当然,还有研究者试图通过"片论"的形式完成新诗史的讲述,以丰富当前的新诗研究方法。

新诗史在其漫长的发展历程中形成了诸多本质性的叙述,由于这些叙述大多被后世研究者当作不言自明的观念,围绕叙述本身便形成了某种"认识装置"。如冷霜观察到的"中西诗艺的融合"这一叙述便被固定在某种"装置性"的认识内,这种认识虽然符合文学"现代性"的基本诉求,但其在确立"主体性"的过程中,新诗与古典诗歌的关联问题随即被悬置起来,新诗自身实践在新诗史生成过程中的重要作用则更加模糊[10]。此种叙述框架在"较晚近"的诗学研究中才有所突破或质疑,但其中也存在着某些尚未解决的问题。通过这种观察,冷霜注意到只有把"新诗历史上的某些艺术探索"放回到"写作主体所身处的历史、社会、政治、文化、地域、人伦网络中去认识,充分体认到它们的'当代性'、实验性和独异性,对新诗与古典诗歌关系问题的研究才有可能通向有效的、有建设性的批评"。与冷霜相对应,张桃洲则以谱系学的方式,在细致梳理当代诗学观念中的"手艺"概念的基础上,将固有的"手艺"认知重新问题化[11]。在他看来,中国当代诗人的写作和谈论中逐步建构的"手艺"概念主要包括两个向度——"回归诗歌作为'手艺'的工匠性质和其所包含的艰辛劳作"和"突出诗歌之'技艺'的诗性'拯救'维度",而对"手艺"的具体认知则包含了"自然美/艺术美""技艺/生命""语言本体/社会功能""写作/现实"等诸多命题,以此可以透视出当代诗人所持有的诗歌观念。再如郭沫若的《女神》作为新诗历史起点的判断虽然得到文学史的定论,但由于后世读者所持观念的不同,对《女神》文学史定位问题的认知亦存在差异。基于此种状况,姜涛认为在当下语境中认识《女神》的"起点"意义,需要重构更为宏阔的视野。为此,他以"世纪"的眼光重新审视了新诗的历史起点问题,也为理解百年新诗发展史的文化政治意涵打开了空间[12]。而敬文东则在分析西方"逻各斯"与中国"汉语"之历史发展和主体内质("视觉中心主义"与"味觉中心主义")的基础上,认识到西方"逻各斯"所带来的"破坏的美学"对以"味"为根柢的汉语的破坏与重塑,重新处理了新诗的转型问题[13]。他认为,"白话文运动"正可以作为转换的中介,在促成汉语"视觉化"的同时,带来了新诗写作的变化。此一变化使得"视觉化"的新诗看到了古典诗词"看不见的东西",进而围绕着"失味"组建起了新诗的"现代"特征,如"词语的一次性原则""主脑论"等。他还意识到这种"现代性"所带来的新诗写作弊病——"新诗对精确和冷静的过度追求带来的,很可能是冷血;而对词语的一次性原则的过度强调导致的,却更有可能是词生词的尴尬局面"。从总体上说,敬文东该文通过对"汉语"这一主体的审视,以"史学"的维度考察了汉语诗歌写作的转型问题,同时注意到转型的内在困境,为"百年新诗"的检视提供了"历史"参照。

以"新诗史"观念探究新诗发展中的诸多诗学现象,体现出的是研究者对于新诗历史语境的自觉把握,从而使其研究的"诗史"效力更加凸显。如洪子诚运用"新诗史"视野,历时地考察了马雅可夫斯基在当代中国的"死亡"与"重生"问题⑥,并透视了该现象背后隐含的复杂原因[14]。在洪子诚看来,这种考察"有助于学界认识文学接受中的错位、误读、改写,与社会政治、意识形态以及文学观念变迁之间的复杂关系"。张洁宇则在穆旦的诗学思想与鲁迅的杂文精神之间建立关联,从根本上说,这种关联本身即建基于"新诗史"的视野之上[15]。而在具体论述中,张洁宇看到鲁迅杂文精神影响下的穆旦站在20世纪40年代的历史语境之内,对其前二十年所提出的抒情方式进行了自我反省,由此提出"新的抒情"的诗学主张。而从新诗史的意义上来说,穆旦的此种做法可以作为一种"新诗的进步"。段从学将"路"看作是大后方文学(诗歌)的中心意象,抑或是一种"生产性的装置",重点分析了它所具备的联结性功能[16]。在他看来,"路"意象一方面将"现代中国"联结成了统一的空间整体,另一方面则通过这种"空间同一性",打通古代和现代的时间断裂,发明了"现代中国"自身的历史同一性。与此同时,由于普通民众也参与了"路"的修筑与维护活动,他们便从匿名的"农民"变成了崇高的现代"国民","路"也据此完成了"民众的发现",显现出独特的新诗史意义。

此外,米家路在探究李金发诗歌时,并未采取一般意义上的新诗史视角(主要关注李金发与同时代中国诗人的互动关系),而将其置放在"欧洲现代主义诗歌与现代性思潮的语境"之内,观察到了李金发诗中所蕴含的"强烈的力比多能量的经济危机"——由身体的证候所带来的精神世界的萎靡与颓废——以及由此创生出的一种"黑暗、嗜睡、寒冷、潮湿与泥泞"的"反照亮/启迪"叙述[17]。米家路还看到了这种叙述方式的特殊价值,即通过现代性的"反面美学"空间,质疑与批判了宏大启蒙叙述与现代性进步神话。王东东则在闻一多"民主理念"的视域下,集中审视了他的文学史研究和文学批评[18]。他认为闻一多对中国文学史的研究与现代政治和文化理念之间产生了联系,具体表现在"贵族文学/平民文学"之辨、诗的前途之"民主"要求等问题的探讨中,其最终指向的是民主理念与美学表现之间的内在张力。颜炼军以细读张枣佚诗《橘子的气味》为中心,指明了该诗在张枣诗歌写作谱系中的多重价值,这种价值尤其体现在它所具备的过渡性特征上——张枣诗歌从"室内"主题向社会性主题的过渡[19]。而该诗所包含的"历史个人化"的诗学尝试,以及对于写作"元问题"的思考,使其既再现出90年代诗歌的诗学特质,又对当下的诗歌写作产生了特殊启示,其新诗史的位置也由之凸显出来。

本年度的新诗研究还在"新诗史"的理论视野下,观察了新诗形式的建构问题。如王泽龙看到了"五四"时期的新诗在诗歌语言变革中的形式建构,而这种语言变革包含着清末民初"科学思潮"⑦和西方现代诗歌影响下的现代白话的自觉运用[20]。就具体的建构方式来说,一方面,现代汉语语义关系改变了传统诗歌的思维方式,使现代诗歌逐步形成"以句为核心、注重句子之间关系的整体思维特征";另一方面,现代白话的叙事性特征、现代虚词的大量入诗、人称代词与标点符号的普遍使用,重新塑造了新诗的形式与趣味。相应地,王雪松则在考察校园期刊《新潮》与《清华周刊》的过程中,认识到两者对于新诗文体建构(包括视觉形态、诗行建设、标点符号等内容)的重要作用[21]。这种研究回到了新诗发展的历史现场,呈现出内在的诗学价值。

还需注意的是,本年度的新诗研究中出现了以"片论"的方式讲述新诗史的尝试,集中体现为吴晓东对40年代中国诗论图景的勾勒[22]。在吴晓东看来,之所以采取"片论"的方式,是由于该阶段中国诗论自身的驳杂与丰富,无法经由"预设性"的观念或理论进行统摄,于是便分为"民族形式与大众化""抒情的放逐""诗的形象化""乡土抒情""长诗与史诗""新的综合""以肉体去思想"以及"诗人论"等诸种议题。此种"片论"的方式最大程度地再现了该阶段中国诗论的复杂性与多元性,更加符合新诗历史的发展实际。

三、新诗"历史化"研究的可能性

对史料的重视在当前的新诗研究中几乎成了"不言自明"的事实,这种重视固然能在不断挖掘与呈现"被遮蔽"诗人或诗学现象的过程中,丰富与完善当下的新诗史写作,但其内在的限度正来自于这种"不言自明"性,乃至产生了某些"为史料而史料"的弊病。此种现象对于新诗研究的长远发展而言显然是不合理的,甚至也与史料研究的初衷相悖谬。就此而言,张均提出的"以问题为本"的史料考订[23]似乎为这一问题的解决提供了某种参照——这种研究方式能够做到"内外互动"与"考释并举",自然扩充了史料研究的内部空间。但由于他意在构筑当代文学研究的"史学化"空间,此种方式的提出更多地属于策略性的指认,所以我们需要特别注意史料的使用限度,以及"文学(诗学)问题"与"史料"之间的关系等问题。从本质上说,与史料有关的研究指向了"历史化"研究的可能性,而本年度的研究者在挖掘新诗史料的过程中,不同程度地触碰了这一议题。

《新诗评论》在本年度推出的"刘荣恩研究专辑"为当前新诗的史料积累呈现贡献了力量。该专辑包括刘荣恩发表的四篇评论文章⑧,毕基初[24]、李广田[25]两人对刘荣恩诗歌的评论,以及吴昊编订的《刘荣恩年谱》[26]和写作的评介文章《忧郁的低语——刘荣恩生平钩沉》[27]。尤其是在这篇评介文章中,吴昊叙述了刘荣恩不同阶段的诗歌写作与生存抉择,不仅为读者认识这位"新诗史上的失踪者"提供了丰富材料,而且更重要的是进一步确立了刘荣恩诗歌的"新诗史意义",同时也为彰显20世纪三四十年代诗歌的价值创造了更多可能性。《新诗评论》之外,刘福春则通过叙述自身与刘荣恩的书信往来,重点评介了刘荣恩出版的六本诗集(包括《刘荣恩诗集》《十四行八十首》《五十五首诗》《诗》《诗二集》《诗三集》)的主体内容,以及毕基初、魏彧、李广田等人对刘荣恩诗集的评论文章[28]。可以说,当下的新诗研究基本呈现了新诗史上"被遮蔽"的刘荣恩,而对其诗学价值的挖掘与史学意义的确立仍需要更多研究者投入精力。

除刘荣恩外,易彬主要致力于穆旦"新见材料"的内容再现与价值分析,表现出对穆旦进行"历史化"研究的可能性。如在穆旦与曾淑昭的"新见材料"中,易彬尽管看到其进一步明确了穆旦的生平事实、丰富了穆旦的写作局势,同时拓展了曾淑昭作为穆旦"女友"的形象这一话题,但从穆旦爱情诗的总体写法上说,这些"新见材料"并未改变既有的路向。[29]这便表明,易彬并未着力于"新见材料"之价值的过度阐释,而是在运用"历史化"研究方式的过程中,审慎地思考了其诗歌史意义。又如对待坊间新见的"穆旦交待材料"时,易彬一方面评介了这些材料所包含的大体内容及其独特价值,另一方面则特别提出要对这些材料进行"辨伪"工作,发现其中的"臆造性"[30]。这同时为新诗史料研究提供了"历史化"的基本路径,即研究需在谨严的态度下完成对史料的鉴别与筛选,客观地呈现其在文学史(新诗史)上的意义,而不能被史料本身所牵制,通过观念的"预设"来夸饰其本有的价值。

此外,王家新和方邦宇关注到了冯至的《新诗蠡测》,一方面补充了《冯至全集·第五卷》(河北教育出版社,1999年)中该文缺失的"下半篇"部分,另一方面对该文的新诗史意义作出"蠡测",在其看来,冯至的《新诗蠡测》"在深广的历史和诗学背景下来审视新诗的发展,深入反思了既往新诗史的问题,进而对困扰新诗发展的自由与形式、情感与理智、个人与大众(社会)等冲突,提出了恳切的建言"[31]。这充分肯定了《新诗蠡测》所具有的新诗史意义,认识到其"在新诗批评史上占有一个重要位置"。商金林则通过梳理和解读胡适与刘半农的四封书信,谈及了白话诗的"讨论"风气、刘半农的赴欧留学、"中国旧戏"和"唱双簧"引发的分歧等问题,不仅为我们观看《新青年》同人的面貌提供了资料,也使我们能更为深入地理解刘半农编印《初期白话诗稿》的初衷[32]。

整体而言,本年度的新诗研究在处理史料问题时做出了"历史化"的探索。但就史料自身价值的挖掘及其"历史化"研究的成果来看,目前仍有较大的空间。这就需要研究者一方面调整"唯史料是从"的观念,校准自身的研究坐标;另一方面则要通过"历史意识"的自觉置入,将史料变为真正的"历史对象"来进行研究,尤其注意其发生的社会历史语境,以形成更为开放的研究空间。

综上所述,作为方法与研究范式的"新诗史"在 2019 年的新诗研究中得到呈现,研究者无论在新诗史的写作,还是"新诗史"理论视野中的诗学问题探究,抑或在新诗研究的"历史化"层面,均进行了有益尝试,在建构出"新诗史"方法论的同时,也有着自觉的实践,这对于新诗研究方法的拓展而言无疑是积极有效的。但需特别注意的是,"方法"在此作为一种装置性的概念,其本身的"边界"需审慎厘定。作为"方法"的"新诗史"固然有其研究的活力,但就"方法"的具体操作来说,其所包含的"封闭性"成为研究者需特别警惕的地方。

注释:

① 参见李怡的《作为方法的"民国"》(山东文艺出版社,2015 年),一书中"导论"部分。

② 具体参见钱理群:《关于 20 世纪 40 年代大文学史研究的断想》,《中国现代文学研究丛刊》,2005 年第 1 期;陈超:《近年诗歌批评的处境与可能前景——以探求"历史—修辞学的综合批评"为中心》,《文艺研究》2012 年第 12 期;姜涛:《"大诗学"与现代性困境中的穆旦问题——段从学〈穆旦的精神结构与现代性问题〉序》,《文艺争鸣》2014 年第 10 期等文章。

③ 参见李怡:《文史对话与大文学史观》,广州:花城出版社,2019 年。尽管该书并非一般意义上的新诗史,但它所包含的研究观念为新诗史的写作提供了参照。尤其在该著"第三编"的"第一章"和"第二章",李怡借助"大文学史观"专门分析了新诗的诞生、大众传媒与新诗的生成等问题。

④ 该著中有关诗人洛夫的论述也以论文形式发表了出来,参见郑慧如:《论洛夫诗歌的成就与特质》,《江汉学术》2019 年第 6 期,第 57—71 页。

⑤ 参见简政珍:《诗史的生命感——评郑慧如教授的〈台湾现代诗史〉》,未刊稿。该文特别指明了郑慧如《台湾现代诗史》的独到视野与见解:"以文本作为诗人定位最重要的依据,非散文化的诗观,以质地稠密的长诗检验焦点诗人,强调诗要体现生命感,敏锐区隔文字优游自在与文字游戏的差异,对流行与风潮精辟的见解,以及对诗

文本惊人的阅读能力。"

⑥ 这里的"死亡"指的是中国诗坛在 20 世纪八九十年代之际出现的对马雅可夫斯基评价的衰落现象,而"重生"则指向了近年来中国诗歌界和俄苏文学研究界推动马雅可夫斯基"复出"的重释和重评。

⑦ 来自西方的"科学思潮"及其所带来的新诗写作观念变化在本年度的新诗研究中具有代表性,如康凌在考察中国诗歌会提出的"以'劳动'为核心、以阶级为框架的诗歌节奏理论"时,特别注意到了其中包含的以"节奏"的生物学起源为标志的生命政治与生命诗学话语,并认识到这种话语的生成是"现代生命科学(尤其是胚胎学)的发展,种族主义、殖民主义的人种志研究,声音与媒介技术,以及现代文明危机论等复杂动因相互纠缠、共同推动的结果。"(《"节奏"考:生命科学、文明危机与阶级政治中的诗歌与身体》,《现代中文学刊》,2019 年第 3 期)这种考察为理解左翼诗歌与现代政治的关系提供新的可能。与之相应,文贵良在论述郭沫若的白话诗学时,也注意到了"科学思维"起到的独特作用,尤其当"科学思维"与"主情主义"的"诗学思维"相结合时,作为诗歌写作主体的"我"便转化为了一个"巨大的能量体",从而生成出全新的、现代性的"个我"(《新名词、科学思维与白话新诗——以〈天狗〉为中心论郭沫若的白话诗学》,《南方文坛》2019 年第 3 期)。

⑧ 这四篇评论文章为:《谈"商籁体"Sonnet》,《益世报·文学周刊》第 6 期,1934 年 4 月 11 日;《一个牧师的好儿子》,《益世报·文学周刊》第 10 期,1934 年 5 月 9 日;《评〈现代中国诗选〉》,《大公报·文艺》第 182 期,1936 年 7 月 19 日;《悼郝斯曼》,《大公报·文艺》第 310 期,1937 年 3 月 14 日。

参考文献:

[1] 张凯成."历史意识"与诗学研究的"中性姿势":2018 年中国新诗研究综述[J].江汉学术,2019(3):56—62.

[2] 张洁宇.民国时期新诗论稿[M].广州:花城出版社,2019.

[3] 胡适.谈新诗:八年来一件大事[N].星期评论(纪念号),1919-10-10.

[4] 冯文炳(废名).谈新诗[M].北京:新民印书馆,1944.

[5] 姜涛."新诗集"与中国新诗的发生:增订本[M].北京:北京大学出版社,2019.

[6] 赖彧煌.经验、体式与诗的变奏:晚清至"五四"诗歌的"言说方式"[M].北京:社会科学文献出版社,2019:188.

[7] 郑慧如.台湾现代诗史[M].台北:联经出版公司,2019.

[8] 刘奎.诗人革命家:抗战时期的郭沫若[M].北京:北京大学出版社,2019.

[9] 吴晓东.代序:研究主体与历史对象的彼此敞开[M]//刘奎.诗人革命家:抗战

时期的郭沫若.北京：北京大学出版社,2019：1—6.

[10] 冷霜.中西诗艺的融合：一种新诗史叙述的生成与嬗变[J].文学评论,2019(4)：24—32.

[11] 张桃洲.诗人的"手艺"：一个当代诗学观念的谱系[J].文学评论,2019(3)：178—188.

[12] 姜涛."世纪"视野与新诗的历史起点：《女神》再论[J].中国文学批评,2019(2)：4—12.

[13] 敬文东.汉语与逻各斯[J].文艺争鸣,2019(3)：97—113.

[14] 洪子诚.死亡与重生？：当代中国的马雅可夫斯基[J].文艺研究,2019(1)：37—48.

[15] 张洁宇."是你们教了我鲁迅的杂文"：穆旦诗学思想与鲁迅杂文精神[J].首都师范大学学报(社会科学版),2019(4)：120—128.

[16] 段从学.作为大后方文学中心意象的"路"与现代"国家共同感"的发生[J].学术月刊,2019(7)：128—137.

[17] 米家路.狂荡的颓废：李金发诗中的身体症候学与洞穴图景[J].赵凡,译.江汉学术,2019(4)：91—106.

[18] 王东东.闻一多民主理念下的文学史研究和文学批评[J].江汉学术,2019(4)：107—113.

[19] 颜炼军.在"现实"里寻找诗的"便装"：张枣佚诗《橘子的气味》细读[M].新诗评论.北京：北京大学出版社,2019：130—143.

[20] 王泽龙.现代白话与"五四"时期新诗形式建构[J].文艺研究,2019(5)：60—68.

[21] 王雪松.校园期刊与新诗文体的建构：以《新潮》与《清华周刊》为例[J].中国高校社会科学,2019(3)：121—132.

[22] 吴晓东.20世纪40年代的中国诗论图景[J].北京大学学报(哲学社会科学版),2019(1)：83—92.

[23] 张均.当代文学研究史学化趋势之我见[J].文艺争鸣,2019(9)：10—15.

[24] 毕基初.《五十五首诗》：刘荣恩先生[J].中国文学,1944(1—8)：59—62.

[25] 李广田.刘荣恩的诗[N].侨声报·"星河"副刊,1946-10-28.

[26] 吴昊.刘荣恩年谱[M].新诗评论.北京：北京大学出版社,2019：76—113.

[27] 吴昊.忧郁的低语：刘荣恩生平钩沉[M].新诗评论.北京：北京大学出版社,2019：114—128.

[28] 刘福春.刘荣恩和他的诗集：寻诗之旅(四)[J].新文学史料,2019(1)：32—39.

[29] 易彬.穆旦的"爱情"与爱情诗的写作：从新见穆旦与曾淑昭的材料说起[J].现

代中文学刊,2019(3)：41—48.

[30] 易彬."自己的历史问题在重新审查中"：坊间新见穆旦交待材料评述[J].南方文坛,2019(4)：150—162.

[31] 王家新,方邦宇.《新诗蠡测》意义之蠡测[J].中国现代文学研究丛刊,2019(3)：1—8.

[32] 商金林.胡适与刘半农往来书信的梳理和解读[J].中国现代文学研究丛刊,2019(7)：207—232.

——原载《江汉学术》2020年第3期：5—12

开放观照"当代"的诗学视域

——论"现当代诗学研究"专栏对诗学"当代性"的建构

◎ 陈培浩

摘　要：《江汉学术》"现当代诗学研究"特色专栏创办近十五年,推出诗学专题六十多个,成为新诗研究领域最重要的学术窗口,亦为获得首届教育部名栏建设优秀奖的全国唯一的现当代诗学类栏目。以 2012 年以来该平台上发表的当代诗歌研究为主要对象考察其对诗学"当代性"的建构,不难发现,此专栏以"专栏·专题·专家"的三专策略深入介入了对当代诗歌的学术诊断和主动拓展中。一方面尽量容纳对"当代"内部不同的阶段、传统、倾向、流派、思潮的探讨,另一方面又以更前瞻的问题意识反思当代内部日渐固化的话语方式。我们既看到它对"当代"诗歌研究失衡状态的勉力匡正,从其视域中窥见当代诗歌内部如"主体变迁""技艺更新""声音研究""倾向与经典"等诸多重要侧面,又能看到其对"学报体"的超越以扶持个性化诗歌批评的卓识和努力。

关键词：《江汉学术》；现当代诗学研究；教育部名栏；当代性；诗学视域

　　从学报编辑的角度看,学报并非一个被动接受高质量来稿的学术平台,有创造力的学报往往以鲜明的问题意识介入对学术前沿的探索。这往往通过专栏和专题的形式来呈现,保证专题的学术前瞻性则往往通过专家主持人来实现。然而"专栏·专题·专家"的三专策略并非独门暗器,毋宁说是公开的秘密。关键在于,一般学报仅仅偶一为之使用三专策略,《江汉学术》[2013 年更名以前为《江汉大学学报：(人文科学版)》]"现当代诗学研究"却以一以贯之的立场将"三专"路线推进到底。专栏以近十五年的努力,推出专题六十多个,刊发了近三百篇优质的现当代诗学研究论文,不但获得了"教育部名栏"称号,更获得来自专业研究领域的普遍赞誉,成为诸多学者学术研究"非常离不开的参考的视野"(臧棣语)；"它持续推出的专题,成系列又葆有开放性,有力地推动了人们对一些关键性诗学命题的关注和思考"(赖彧煌语)。[1]

"现当代诗学专栏"的专题视野非常广阔,涵盖了比较诗学与台港海外诗研究、外国诗歌前沿及其研究新路径、现当代诗人诗作的创造性阐释、当代诗歌批评的问题意识和有效性、当代诗歌现象的命名及探究、新诗技艺与新诗诗学的本体建设、现当代诗歌批评与诗学研究的文体衍进等。我们既可以之为窗口看到中国现当代诗学的风云变幻和内部风景,又可以观察此专栏所倡导的诗学立场如何融入当代诗歌场域,有效地发出自己的声音。本文以 2012 年以来该专栏刊发的聚焦当代的文章为对象,探讨其建构的"当代"诗学视域,从而透析一种严谨、独立的当代诗学趣味、立场与编辑策略之间的互动关系。

一、匡正失衡的"当代"

当代文学之"当代",无疑依然是一个歧义纷纷的概念。文学史一般以 1949 年作为现代/当代的界限。这种以政治标识作为文学尺度的划分方式在 80 年代就开始被"20 世纪中国文学""新文学整体观"等概念所反思。洪子诚在《"当代文学"的概念》一文中对"当代文学"的概念建构进行了历史化的考察。"当代文学"的产生最初来自于"从意识形态和政治观念上来估断文学作品的等级"[2]63 的冲动,它也确乎缔造了一个确立了绝对支配地位的"'左翼文学'的'工农兵文学'形态"[2]68,因而成为很多人不得不借用的概念。然而,在 80 年代"当代文学"的革命传统受到了冲击,"当代文学"越来越指向"现代主义文学""先锋文学"等面向。在这两种不同的"当代"中,其实存在着一种相近的"当代"观念装置——即将"当代"作为一种"更高级"的等级程序来使用。1949 年,新政权通过"当代"的高级程序建构了"工农兵文学"高于此前一切文学形态的文学史位置;而进入新时期,"当代"的使用则为"现代主义""后现代主义""先锋文学"建构了超越"革命"的合法性。在当下诗歌领域,"当代诗"代表了诗人创制更有效回应时代和诗歌本体双重迫切性的写作焦虑。"我们整个诗歌'行当'在经历了 1978 年之后自我活力的重新找寻,到 20 世纪八九十年代之后,这个'行当'就找回了一套'行规'——无论是相互对立的话语形式,还是占有统治性的话语方式,已经逐渐地形成了这样一种'行规'。但是这'行规'有时候过于强调汉语诗歌在 1978 年之后从其内部生出的中国式的现代诗歌的表达规律,这不免扼杀了新的思考诗歌与当下关系的可能性。"在这种问题意识推动下,当代诗就意味着"注重对当代话题的有效回应;另外就是对诗歌写作本体论的探究"[3](胡续冬语)。

"当代"作为一个分裂的概念,容留了各种文学话语力量的相互博弈。然而,作为文学研究的生产平台——学报的"当代观"必须是开放性和超越性的结合：一方面必须尽量容纳对"当代"内部不同的阶段、传统、倾向、流派、思潮的探讨，另一方面又必须以更前瞻的问题意识反思当代内部日渐固化的话语方式。显然，《江汉学术》正是以这样的学术姿态建构一个观照"当代"诗歌的有效位置。不难发现，在《江汉学术》的文章体系中，"当代"是偏向 80 年代以后的现代主义诗歌传统的，这意味着所谓的"十七年诗歌"所代表的"当代"其实是较少登场的。这种"失衡"与其说呈现了编辑和主持人的"偏好"，不如说呈现了"当代"诗歌研究失衡的现状。21 世纪以来，对当代文学前 30 年进行重新的历史化和学术化成为一个新热点，其中既有以文学社会学方法重新激活十七年文学与社会历史微妙关联的研究，也有以新左思维试图重新赋予革命合法性的研究。相比之下，当代诗歌研究特别是批评界对前 30 年显示了某种"厌倦"和"傲慢"。事实上，洪子诚先生的《中国当代新诗史》对 1949—1966 年中国诗歌的存在状态、社会语境、文学制度有着深入的洞悉和阐发；王光明《现代汉诗的百年演变》在涉及此阶段诗歌时也有精彩的发挥。可是，整体上，当代诗歌研究与批评显然将更多的精力、兴趣投放于朦胧诗、第三代诗、90 年代口语诗与叙事性、新世纪底层诗歌等层出不穷的诗歌现象中。这既源于 80 年代重新得以确立的现代汉诗本体立场对政治化诗歌的不满，也暴露了当代诗歌批评以至研究的某种乏力和尴尬：一般研究者自然不愿重复庸俗社会学的方式为政治诗歌赋值，但也找不到更新、更有效的研究方法重新激活这个沉沉睡去的诗歌阶段。在此背景下，颜炼军的《"远方"的祖国景观——论当代汉语诗歌中的少数民族文化元素》在《江汉学术》的当代诗歌视域中便显得特别有趣。作者以崭新视角探讨了十七年文学中少数民族景观的建构及其政治文化功能。它既拓宽了对十七年诗歌的研究思路，也丰富了人们对现代汉语诗歌与少数民族文化资源关系的认识。作者认为"1949 年之后，不少重要汉语诗人，都曾不同程度地借助少数民族文化以及地方文化元素来写作：一方面，文化和地域的差异性隐喻，给汉语诗歌带来了新的美学活力；另一方面，这些诗歌也满足了表达各种属于祖国的'异域'和'远方'的需要"[4]。这篇文章刷新了以往对十七年边地诗歌的研究视域，在汉族与少数民族、古典中国与新中国、诗歌与政治的多重缠绕中梳理了"远方""异域情调""爱情恋歌"的诗学和政治学："似乎只有将其背景设在边疆或少数民族地区，这样的故事和场景才具有'真实'和'浪漫'的双重性质——正如在对革命史的重构中，敌与我、压迫阶级与被压迫阶级、英雄与落后分子等脸谱化的二元对立，才能衬托革命的正确性一样。在新生的'祖国'里，得有生动的情节来使宣扬社会主义新生活抽象的口号形象化、诗意化，少数民族地区的浪漫爱情故事显然可以胜任。""被政治化了的民间语体翻译出来的'多元'作品，很大程度上成了政治抒情诗或新生国家形象的另一种隐喻，有效地生产出一套关于祖国'远方'的诗歌常识。"[4]

颜炼军的文章令人想起王光明的《重新开始的尴尬——以卞之琳〈天安门四重奏〉为例》①和张桃洲的《"新民歌运动"的现代来源》[6]，两文都有效激活了对一个过分政治化的研究对象的探讨可能。正如王光明先生所说："客观地看，《天安门四重奏》的确不是一首好诗"，问题在于此诗引申出的聚焦于"读不懂"上的话语博弈，"中国当代文学史，甚至整个的中国新文学史，该如何正视这样的'不懂'，区分和辨析这样的'不懂'？"①这显然是当代文学史依然没有解决好的问题。80年代以来的诗歌如果说留下什么遗产的话，那无疑是关于现代汉诗的本体论自觉。然而，因此得以确立的"现代诗学"和"现代诗教"也并非完全不值得反思，在对当代诗歌情境中"学院化"习性的反省中，姜涛指出"要在意识层面脱掉诗人紧巴巴的行业制服，从那些'正确'的诗歌知识、规则、谱系中解放出来，看一看自己的写作到底面对什么，需要触及什么，在环境的迫切、历史的纵深，以及腾挪变动的视野中，而不是凝定的行规中，思考写作的位置"[6]。这意味着，无论是写作还是研究，没有什么无需反思的对象。同样，在看似繁荣热闹的当代研究中，建构一个多元丰富的"当代视域"，显然是《江汉学术》的内在追求。

二、关联"当代"的多个诗歌侧面

透过《江汉学术》所建构的诗学视域，不难辨认出当代诗歌场域的诸多关点性问题。这些问题包括：现代汉诗的声音、诗歌经典化、主体变迁、技艺更新、代际更迭、写作倾向的遮蔽与博弈、经典诗人个案等等。这些问题都是当代诗歌的真问题，围绕它们，诗歌的内与外、现象与个案、本土与异域、倾向与流变等不同向度都得到探究和讨论。

新诗声音的探讨早在新诗草创阶段就已经开始，闻一多、卞之琳、何其芳、林庚、王力等人都曾贡献创见。当代诗人同样不乏对诗歌声音敏感者，诗人西渡既创制了悠远绵长的诗韵，同时也是新诗声音研究的勠力而为者。张桃洲新著《声音的意味：20世纪新诗格律探索》[7]也是这方面的力作。应该说，新诗的声音研究是一个群贤毕至、硕果累累的领域。但是，李大珊和翟月琴在这方面的研究可谓别出心裁。在以往关于新诗格律的探讨中，研究者最孜孜以求的是为新诗的声音确定一个可资分析、借鉴并反复使用的模型，他们探究的其实是新诗声音的外在律动或节奏。值得注意的是，这些研究虽不无启发但事实上在自由体占主体的新诗中从未获得真正应用。有趣的是，李大珊《两种时间观念交织下的对望——探析陆忆敏诗歌中的语调特征》探究的则是诗人的时间观念、哲思趋向所形成的内在律动对诗歌语调的影响。换言之，作者探寻的是诗人灵魂的内在律动及节奏。作者探究陆忆敏诗歌"与众不同的声音"，那种"具有轻柔缓慢的质地,带给读者丝绢般柔软的触觉"的诗之源泉时指出,"由于诗人在诗作中采用了不断变换的历史观将同一空间内的混杂事物重新进行秩序确认,才让诗歌的语言质地和语调特征呈现出异质性","其丝滑质地来自于主体时间观的变幻"。这里对诗人哲学观对其诗歌语调影响的辨析不无启发:"如果诗人站在自己开辟出来的园地内为主体进行高声呼喊的话,语调不会是丝滑轻缓的,这种语调形成的潜台词来自于共生心理。"[8]翟月琴对陈东东诗歌音乐性的探讨同样并未诉诸某种带有范式性的概念尺度,而是以"禅意的轮回""意象的上升"等带着鲜明陈东东印记的诗歌特征进入对其写作中声音变迁的细读。譬如作者敏感地指出陈东东诗歌在进入 21 世纪以来,"复沓回环的痕迹逐渐消失,所遵循的是更自然的生理与情绪上之共鸣"[9]。作者无意通过陈东东建构一个普适性的新诗声音研究范式,却对研究对象有着探幽发微的体贴。

　　"第三代诗歌"是早已进入文学史叙事的诗歌概念,然而任何叙述的背后都存在着种种权力博弈。罗执廷的文章《选本运作与"第三代诗"的文学史建构》从"选本"的角度探讨第三代的自我建构及其经典化的关系。虽然某些地方的论述有语焉不详之嫌,比如在指出"由于这些选本及其代表的诗学倾向的影响甚至左右,后来的许多诗评文章和诗歌史叙述(如洪子诚《中国当代新诗史(修订版)》)形成一种相当普遍的突出与拔高'第三代诗'的倾向"[10]。在作出这番强势判断时,文中并未有相应的佐证。然而,作者对第三代诗歌选本的列举之详以及文章的问题意识依然深具意义。特别是"与第三代诗同时的其他诗歌群体则大有被遮蔽之嫌"[11]的判断显然是真知灼见。有趣的是,研究者赵飞近年便一直致力于梳理与第三代诗歌同时期的另一种诗歌倾向——新古典主义。她的文章《论张枣"言志合一"的诗歌写作向度》便是对此一倾向的突出代表者——张枣诗作的精彩细读。在她看来,张枣诗中"'言'作为名词的语言之意,与'志'为并列而非动宾关系","它关注诗的过程而超越最终表达,因为表达的目的将在表达的工夫中水到渠成"[12]。与第三代普遍的"反崇高""口语化"倾向不同,新古典主义倾向的张枣在"言志合一"中迎面相逢的是语言本体论。诗人西渡近年努力研究的也是两个在"第三代诗歌"叙事中难以归位的杰出诗人——骆一禾、海子。他将两位经常被同质化处理的北大诗人进行比较研究,既深入地论述了骆一禾独特的诗学价值,同时也为海子研究别开生面。其研究既有紧扣命门关节的线索提炼,更有耐心、精湛、抽丝剥茧的细读工夫,以一个诗人批评家的内在经验令人信服地指出两位杰出诗人截然不同的思想倾向:"骆一禾的新生主题与海子的原始主义信仰的对立,骆一禾对于生命的信仰与海子的思维情结对立,骆一禾对不止拥有一个灵魂的信念与海子孤独主题的乖忤,骆一禾的光明颂与海子夜颂的大异其趣。"[12]骆一禾"从爱人的身上看见世界,或者说,他在爱人的身上爱着整个世界",而海子的爱则"和忧郁、病,甚至是和死亡联系在一起"[13]。以上研究的意义在于超越了日渐定型化的诗歌叙事,既辨析了 80

年代强势诗歌倾向的内在建构,又显影了暂处弱势或模糊不清的诗歌倾向的精神面目。

　　写作主体和语言本体同样是当代诗歌的重要话题。在时代话语气候和诗歌内在生态的转换中,诗人既无法从上代诗人中继承一成不变的主体姿态,更无法在既往的语言装置中获得有效的表达。如此,主体的蜕变和技艺的更新便构成了当代诗歌内在的衍变。梁小静的《诗人的"主观个体"与萧开愚的"综合意识"》指出"萧开愚以'限度意识''中年写作'等诗学命题,纠正和丰富了支配着'朦胧诗'写作范式的'文化英雄主体''对抗式主体',突出了写作主体中的'成年形象',也促使诗歌中的视角和语气作出了相应的调整"[14]。这里借萧开愚探讨 80 年代的诗歌主体如何在 90 年代以后完成自我调适的话题。欧阳江河说,"1989 年并非从头开始,但似乎比从头开始还要困难。一个主要的结果是,在我们已经写出和正在写的东西之间产生了一种深刻的中断","那种主要源于乌托邦式的家园、源于土地亲缘关系的收获仪式、具有典型的前工业时代人文特征、主要从原始天赋和怀乡病冲动中汲取主题的乡村知识分子写作,此后将难以为继"[15]。这种中断和失效,内在其实正是主体策略的失效。与"主体"的更新相映成趣的是"本体"的更新,人们通常能够感受到不同时代语言的差异,但如何将这种差异理论化则是一个巨大的挑战。王凌云《比喻的进化:中国新诗的技艺线索》挑战了诗歌语言进化史的课题。描述整个的诗歌技艺显然并不现实,以"比喻"作为切口可收四两拨千斤之效。只是,"进化"用之于诗歌语言,不免令人狐疑,生物学的解释之于诗歌审美是否有效?比喻的内部是否有"进化"的等级性?王文以精湛的内功夫打消了"质疑",使"比喻的进化"成为一个可以在比喻的意义上被接受的描述。王文事实上贯穿了现代汉诗的整个过程,因此便自然有对当代比喻的精彩点击。它回避了那种抽象出一个网罗一切的解释模式的共时性结构主义思维,而是通过卓越的辨析力遴选出多多、海子、欧阳江河、臧棣、哑石、蒋浩、王敖等诗人语言历程中的高光时刻来编织这条"进化"链。作者也警惕着"进化论"的后来优胜性,所以"多多诗歌中的比喻是有'魅力'的,而臧棣或欧阳江河诗中的比喻是有'效果'的。魅力神秘莫测,对具有它的诗作的每次阅读都会让人着迷;而效果则主要发生在初次阅读中,其后的每次阅读都会造成减损"[16]。这样的论述确是行家的独具只眼。

三、开放"当代"批评的活力

　　文学研究领域存在着一种不成文的等级规则,即文学理论高于文学史,文学史中古代高于现代,而现代又高于当代,当代文学史研究又高于文学批评。这种成规对于追求"学术化"的学报来说尤其普遍。当代文学批评被普遍认为是缺乏学术性的工作。事实上,韦勒克的文学理论/文学史/文学批评三分法框架并无价值高低之分。应该说,优秀的文学批评和文学史、文学理论研究一样艰难。文学批评不仅要对具体作家作品进行创造性阐释,更要面对尚处于混沌的现场作出准确诊断,并以宏阔的理论眼光甄别出有价值的道路。这对批评家和学术刊物同样提出挑战,批评家是否愿意把批评激情投寄于尚不能被学术体制充分认可的领域;学术刊物是否敢于大力鼓励和扶持有立场有价值的文学批评,对文学现场发声,既以批评声音介入文学生产,也突破学术刊物的既定认知模型,这是衡量刊物开放还是压抑"当代"批评活力的重要标志。在此背景下便可以发现《江汉学术》通过超越学报体开放当代诗歌批评活力的持久努力。有一定研究经验者都知道,学报体不仅表现在烦琐的格式规范上,更体现为选题、篇幅、结构、行文风格的行业成规。它貌似生产着某种知识规范,其实却扼杀了无数光彩照人的个性可能性。

《江汉学术》对当代诗歌批评的扶持和倡导不仅体现在对个性化的诗人论的大力支持,更体现在对当代重要诗歌现象的及时反应和大胆针砭。长诗写作是近年诗坛的热点,《江汉学术》也以专题的方式回应并反思这股热潮。"内在于诗歌的民主、正义与同情,与知识分子追求的民主、正义与同情,有着本质的区别。后者,只应是前者的一部分。"在颜炼军看来,即使是西川、欧阳江河、柏桦、萧开愚等成熟诗人的长诗中,"后者常常因为比重过大,而成为诗意展开的一个重要干扰,导致了诗歌描写的对象不能锻炼为诗歌本身"[17]。李海英也直言当代长诗的问题:"首先是语言的美感变得极为艰难,其次是言说的诗意极为扭结,再次是经验的内化非常生硬,同时也没有接受到'负审美'或'恶之力'应该带来的震惊。"[18]观点可以争鸣,但基于专业分析的诤言却值得称道。

透过具体批评而观照整体性现象或证候是《江汉学术》当代诗歌批评的重要特点之一。比如米家路基于 80 年代"中国大陆的文学、艺术、电影、政治书写经历了一场河流话语的大爆发"为背景,"考察在海子、骆一禾及昌耀的抒情诗中对于民族河流认识学上的建构"[19],文章体现了当代批评的宏阔视野。又如李海英对海男《忧伤的黑麋鹿》的批评就力图由个案透视当代诗写与评价的失衡,反思中国诗人在对西方诗歌的模仿过程中"脱离了最基本的地方性知识,无法承载原型的功能",失却"最本质的民族经验、文化经验、地方经验与生活经验"[20]的问题。彭吉蒂借由食指和温洁的作品力图触摸当代汉语诗歌中的精神疾病诗学,文章"通过不同的形式、隐喻和结构""为健康、疾病与身份等更广阔的语境提供个人与社会的洞见"[21]。白杰则以李亚伟诗歌为样本,在中国"莽汉主义"与美国"垮掉的一代"构成的比较视域中做出反思,指出莽汉们"从尖锐的学院教育批判急速转向空泛的历史文化巡游,鲜活的生命经验遭到抽离,之于社会现实的批判力度亦大大降低"[22]。批评一针见血却具有深厚的学理说服力。

《江汉学术》的当代诗歌批评也包含了对大批当代重要诗人的个案研究。其批评的开放性当然并非表现在对诗人分量不再设限，而是将外在的经典化分量转化为诗学创造分量。因此，虽然被聚焦的当代诗人既有像牛汉、北岛、顾城、江河、多多、郑愁予、海子、骆一禾、西川等被充分经典化的诗人，有臧棣、萧开愚、陆忆敏、陈东东、西渡、朱朱等在行业内广受认可、实力突出的诗人，也有沈杰、青蓖、水丢丢、梅花落、罗羽等看似并不具备全国名气的优秀诗人。《江汉学术》诗歌批评的开放性还体现在对篇幅和文体风格的不设限上。西渡坦言"我的有些文章确是在被其他刊物退稿之后转投学报，而在学报刊出后产生了反响的"[1]。其被退稿的原因很可能正源于篇幅，他的海子、骆一禾比较论系列文章动辄二三万字，确实很难被一般学报、学术刊物接受。

更重要的是，《江汉学术》兼容不同的批评范式和思想资源，支持多元化、个人化甚至异质化的批评风格的存在。因此从中既能窥见当代诗坛的内在暗涌潮汐，更能看见诗歌批评家们在批评路径上的独特探索，在"批评何为"上的百花齐放、争奇斗妍。这里我们既看到历史透视批评、随笔批评、命名阐释批评、比较式批评、文本细读批评，也看到了比较文学、历史学、心理学、语言学、社会学、民族学等多学科理论资源的介入。柯夏智将西川诗歌置于比较文学和世界文学的视野中考察，指出西川的写作"创建一个可以容纳地方小叙事（如未曾僵化成保守的'中国性'的中国文化传统）的双重必要性。经由'国际风格'建筑的现代主义走向在局部逻辑和普遍逻辑中从语言学和文化的角度审视现代主义，西川的创作既呼唤对既有文学史的再定义，又呼唤世界文学出现新景象"[23]。张伟栋的《当代诗中的"历史对位法"问题》便是历史学理论资源的移用，他以萧开愚、欧阳江河、张枣为例指出当代诗中三种历史观："分别是'历史救世'、'历史终结'以及'历史神学'的观念。"[24]岛由子的《论顾城的"自我"及其诗歌的语言》认为"对内心世界的探求使顾城对理性的自我和认识到的日常语言产生怀疑"，"但突破了界限的非理性不断侵袭他的理性世界"，"为了克服这种恐惧感，他要恢复原先跟大自然自由交欢的诗歌创作状态和心境"[25]。正是精神分析理论使作者完成了对诗人"自我"精神结构及语言关系的深入辨析。

陈大为的《江河"现代神话史诗"的英雄转化与叙事思维》便是精彩的历史透视批评的典型。他以江河为个案，在中外史诗理论和实践的历史透视中定位江河现代神话史诗的探索性和先锋性。重要的不仅仅在于对江河史诗实践的重评丰富了人们对当代新诗史地形图的认识，更在于作者用纵深的诗学视野重构当代新诗文化坐标的努力。他破解了进化叙事下朦胧诗/第三代诗，史诗/抒情诗，文化诗/口语诗的多重对立，在更深广的视域中重识了从朦胧诗到第三代诗歌的代际转化："（江河现代神话史诗）对第三代诗人的逆崇高、反英雄、平民化、史化的先锋文学风格，有很大的示范作用。它绝对是当代中国先锋诗歌的大先锋。"[26]陈培浩的论文《命运"故事"里的"江南共和国"——论朱朱的近期诗歌》主要以文本细读的方式处理朱朱的诗集《故事》,但作者分析朱朱《语言还乡》的写作观时说"朱朱不但共享着 80 年代的文化创伤,事实上也共享着 90 年代以来此种文化创伤的疗治方案"[27],这里显然也使用着历史透视的方法。

《江汉学术》的诗歌批评家,常常能辨析繁复的当代现象并为之命名。李海英提炼并命名了罗羽写作中的"植物诗学":"'植物'既是诗歌内部必不可少的组成元素与诗人情感的图腾,也是一种对自我、对社会、对人类的表征与人类生存处境的转喻,同时他诗中的'植物'还是一种地方志的命写,是使写作更加有效的特殊的感受方式与感受力的显现。"[28]而海外作者米家路提出"水缘诗学"的概念以回应"1980 年代的十年间,中国大陆的文学、艺术、电影、政治书写经历了一场河流话语的大爆发"和"后毛泽东时代民族理想主义冲动的社会—文化想象"[19]就更是历史透视能力和诗学命名能力的结合。

《江汉学术》的诗歌批评者中,张光昕无疑是风格独特的一位。他的批评将一系列后结构主义哲学、语言学资源跟随笔化、修辞化的批评风格熔于一炉。他的几乎每篇文章都铸造着对于诗歌的解释模式,都烙上了牢不可破的个人风格印记。他通过"肖像""游移""风湿病"三个自造的关键词观照西渡诗歌,诸如"阴郁、多愁的南方经验传染给西渡一种诗歌风湿病"[29]这种带着强烈修辞性、不确定性的描述在其他学报的规范视域中很难被接受。张光昕的批评写作显然不乏争议,他显然将批评也作为另一种创作来对待。所以,贴着文本阐释已经无法令他满足。他既阐释了作品,也创造了自身的论述模型和写作风格。虽然这存在着写作主体压倒研究对象的危险。因此我们更不能不佩服《江汉学术》在倡导批评个性方面的勇敢和胸襟。

《江汉学术》"现当代诗学研究"专栏以"专栏·专题·专家"的三专策略深入介入了对当代诗歌的学术诊断和主动建构中。我们既看到它对"当代"诗歌研究的失衡状态的勉力匡正,从其视域中窥见当代诗歌内部如"主体变迁""技艺更新""声音研究""倾向与经典"等诸多重要侧面,又能看到其对"学报体"的超越以扶持个性化诗歌批评的卓识和努力。《江汉学术》的贡献是双重的:一方面是对现代诗学研究的学术推进;另一方面则是对学报学术姿态和编辑策略的启示。专业和专注成就影响力,其双重的贡献都值得充分重视。

注释:

① 王光明:《重新开始的尴尬——以卞之琳〈天安门四重奏〉为例》,《诗歌批评与细读学术研讨会论文集》,第 135—136 页,北京大学中国新诗研究所、首都师范大学诗歌研究中心主办。

参考文献：

［ 1 ］ 赖彧煌,姜涛,西渡,钱文亮,唐晓渡.首届"教育部名栏·现当代诗学研究奖"颁奖仪式录音实录[J].江汉学术,2013(1).

［ 2 ］ 洪子诚.当代文学的概念[M].北京：北京大学出版社,2010：63.

［ 3 ］ 张桃洲,孙文波,等.当代诗的概念：范围、内涵与阐释[M]//内外之间：新诗研究的问题与方法.北京：社会科学文献出版社,2012：123—126.

［ 4 ］ 颜炼军."远方"的祖国景观：论当代汉语诗歌中的少数民族文化元素[J].江汉学术,2012(5).

［ 5 ］ 张桃洲."新民歌运动"的现代来源：一个关乎新诗命运的症结性难题[M]//现代汉语的诗性空间：新诗话语研究.北京：北京大学出版社,2005：59—68.

［ 6 ］ 姜涛.当代诗歌情境中的"学院化"习性[J].江汉大学学报(人文科学版),2010(6).

［ 7 ］ 张桃洲.声音的意味：20世纪新诗格律探索[M].北京：人民文学出版社,2012.

［ 8 ］ 李大珊.两种时间观念交织下的对望：探析陆忆敏诗歌中的语调特征[J].江汉学术,2013(1).

［ 9 ］ 翟月琴.轮回与上升：陈东东诗歌的声音抒情传统[J].江汉大学学报(人文科学版),2012(3).

［10］ 罗执廷.选本运作与"第三代诗"的文学史建构[J].江汉大学学报(人文科学版),2012(1).

［11］ 赵飞.论张枣"言志合一"的诗歌写作向度[J].江汉大学学报(人文科学版),2011(6).

［12］ 西渡.灵魂的构造：骆一禾、海子诗歌时间主题与死亡主题比较研究[J].江汉学术,2013(5).

［13］ 西渡.心灵的纹理：骆一禾、海子诗歌情爱主题和孤独主题比较研究[J].江汉学术,2014(4).

［14］ 梁小静.诗人的"主观个体"与萧开愚的"综合意识"[J].江汉学术,2014(1).

［15］ 欧阳江河.站在虚构这边[M].北京：生活·读书·新知三联书店,2001：49—50.

［16］ 王凌云.比喻的进化：中国新诗的技艺线索[J].江汉学术,2014(1).

［17］ 颜炼军."大国写作"或向往大是大非：以四个文本为例谈当代汉语长诗的写作困境[J].江汉学术,2015(2).

［18］ 李海英.白昼燃明灯,大河尽枯流：论当下作为"症候"的知名诗人长诗写作[J].江汉学术,2015(2).

[19] 米家路.河流抒情,史诗焦虑与 1980 年代水缘诗学[J].赵凡,译.江汉学术,2014
(5).

[20] 李海英.影响无焦虑　釜底且游鱼:以《忧伤的黑麋鹿》为例谈当代诗写与评价
的失衡[J].江汉学术,2015(5).

[21] 彭吉蒂.以自身施喻:当代汉语诗歌中的精神疾病诗学[J].时霄,译.江承志,校
订.江汉学术,2017(2).

[22] 白杰."莽汉主义"诗歌:"垮掉"阴影下的游走[J].江汉学术,2016(3).

[23] 柯夏智.注释出历史的缺失:"国际风格"、现代主义与西川诗歌里的世界文学
[J].江承志,译.江汉学术,2014(5).

[24] 张伟栋.当代诗中的"历史对位法"问题:以萧开愚、欧阳江河和张枣的诗歌为例
[J].江汉学术,2015(1).

[25] 岛由子.论顾城的"自我"及其诗歌的语言[J].江汉学术,2014(2).

[26] 陈大为.江河"现代神话史诗"的英雄转化与叙事思维[J].江汉学术,2014(2).

[27] 陈培浩.命运"故事"里的"江南共和国":论朱朱的近期诗歌[J].江汉学术,2015
(1).

[28] 李海英.论罗羽诗歌的"植物诗学"[J].江汉大学学报(人文科学版),2012(3).

[29] 张光昕.肖像·游移·风湿病:西渡诗歌论[J].江汉大学学报(人文科学版),
2012(3).

——原载《江汉学术》2018 年第 6 期:68—74

重构诗学与批评的乌托邦

——《江汉学术》教育部名栏"现当代诗学研究"的探索之路

◎ 李海英　邵莹莹

摘　要：教育部名栏"现当代诗学研究"栏目是《江汉学术》[2013
年前名为《江汉大学学报(人文科学版)》]2004 年起推出
的特色栏目,该栏目十多年间秉承显露问题、思索现象的
求真理念,坚持平正的办刊姿态,策划诸多诗学专题,不仅
打破了当下刊物论文拼盘式的模式,也更多面多维地考察
了现当代诗歌艺术发展的历史背景、社会环境、文化思潮
和个体因素,并以新的理念和文论观探讨着诗歌艺术的演
化与沿革,逐渐形成一条有意义的研究路径。该栏目的办
刊理念、姿态及组稿策略均为当下同类栏目提供了有益的
借鉴。

关键词：教育部名栏;《江汉学术》;现当代诗学研究;办刊理念;
栏目策划

一、诗学追求：理解文学和评价文学

如果这一次不出其外,意图依然不出所料地产生了意义。

他们坐在编辑室的凳子上,将不得不回忆起 15 年前幻梦萌生的那个时刻。坐在那
里,15 年之后,既是编辑又是诗人身份的刘洁岷和张桃洲两人那时所萌生的幻梦成就
了这个专门研究中国现当代诗歌的栏目——始初的《群峰之上："现当代诗学研究"专
题论集》(2011 年)[1],继而的《群岛之辨："现当代诗学研究"专题论集》(2014 年)[2],
近日的《群像之魅："现当代诗学研究"专题论集》(2018 年)[3],命名中包含着理想与意
图,也显示了随思考而扩展的诗学理念。如是,"群"包含着不止以下深意：

最初,可能是想借用 W. S. 温默诗句"群峰之上正是夏天"(《又一个梦》)作为至高
追求,"群峰之上"意味着要为诗人和研究者提供至高的诗学理论与批评样本,或者改
变研究现状的野心,此时力邀的正是新诗研究领域的顶尖学者洪子诚、王光明、陈超、耿

占春、唐晓渡、程光炜、张曙光、王家新、李怡、敬文东等,既有精湛的学术素养又有翔实的文献史料。

数年之后,他们的目标有所扩展,构思着如何打破当下显得比较统一的"大陆"和整体主义,建立一种类似于——但又不局限于,更内在,所以弃"辩"择"辨"——勒内·夏尔"群岛上的谈话"的开阔性,于是便有了"群岛之辨"。"群岛之辨"即意味着尊重甚至要促使当下诗歌写作和批评研究的多元性,让每个个体都能够作为独立存在的"岛"而生发,各有其个性和特色——言说的自由和公平,让批评不再是批评的终结——批评面前的众声一口,同时也将诸岛联结起来,大海中散布的个体岛屿遥相呼应:争辩、对话、自语或沉默,此间的每一个体均不再是存在状态中的孤立,而是成为存在之链中的节点。

而近来,尊重写作与研究个体的独立性,以及尊重共同场域的公共性,显得同等重要。这既是当下前沿理论家思考的核心问题,也是我们面前无可逃避的事实:在一个相同的语境下写作和思考,独立与个性理应保留,而关联和影响天然存在,较恰当的办法或许就是,让个体之魅保持自己的影像,既"在群"又"逸群",刘洁岷的诗意说法是"……接受人像采集器的采集,他酒后坦承/我与他在天色阴沉时候互为父亲"。(《在杨市镇我作为刘氏杂货铺店主的一个时辰》)

可以说,"群峰"标识出了开端意图,"群岛"因汇聚而辨正幽明,"群像"因独立而各抒己见,正如韦勒克所言,无论在立场上多么大相径庭,大家都是致力于"理解文学和评价文学"[4]。

十多年里,栏目的每一期专题都力图厚实且平正。迄于今,"现当代诗学研究"已在《江汉学术》[2013 年前名为《江汉大学学报(人文科学版)》]上推出六十多个诗学专题,以新诗为主体,研究新诗及新诗所涉要素:新诗理论、中外文学思潮、相关诗歌流派和团体、诗人重释、新诗进程中的诸多现象等。可以说,这些研究已形成了一个生动的现当代诗歌批评史,栏目本身也成为了中国现当代诗学研究的重要平台。于是,有必要了解该栏目的办刊理念、姿态及策略,以期为当下同类栏目提供有益的借鉴。

二、栏目理念:求真是最庄严的想象的一个活动

从曾经的《江汉大学学报(人文科学版)》到现今的《江汉学术》所提供的专栏,"现当代诗学研究"这个平台,实际作出了对现当代诗歌研究最有力的支持。

基于当下大学与科研机构对学者的评定考核机制及诗歌自身的状态,目前新诗研究和批评面临着微妙境遇:一方面国内专门的新诗研究和批评的专业刊物极少,除了

首都师范大学的《诗探索》和北京大学《新诗评论》两个官方机构主办的专业刊物以外，只剩下一些民间刊物专门开辟一定分量的诗歌研究栏目，这些刊物又几乎全是以书代刊的形式，不符合目前高校对个人业绩考核体制的要求，使一些极有希望成为优秀诗歌批评家的年轻学者在投稿上不得不犹豫。虽然他们很想将专业文章发在专业刊物，但为了满足所任职部门的业绩要求，不得不将更"专业"的文章投给所谓的"核心期刊"，这在一定程度上影响着诗歌研究与批评作为一个学科的成熟及权威性的确立[5]。另一方面与古典诗歌论述不同的是，现代诗歌尤其是当代诗歌研究与批评所涉及的对象大多属于正在写作中的诗人，一边呐喊时代精神匮乏，一边高举自信大旗。他们宣称评论和研究无助于诗歌本身的发展，他们宣称批评和理论无助于触动诗歌写作的实质性问题，他们宣称自身对读者态度的蔑视，他们也宣称自己的写作是最有意义的行为，并且坚信理想读者抵达现场为时不远。当写作者以拒绝的态势拒绝了外界的声音和诗学分析，表示出学习可能的缺乏与低下，也表明了反思和自知的迷失，表面上对自我的充分信任直接指向了内在自我的无知，同时这种表演姿态，在无意识之中掩饰被冷落的尴尬，否认异己的存在，这是一种诗歌暴力与独裁倾向的行为。由此，为了各自的利益，当前国内学界又盛行着一种风气，同人之间抛弃了技艺较量的传统，却着力于友情式的相互吹捧，比如当某文本横出江湖后，当文本被认为意义生发时或者有必要判定为有意义可以生发时，学者私下的交谈从不乏真知灼见，而我们视野里看到的书面文字则是镶着蕾丝花边的情话。那些漂亮朋友想忽略并忘记"有任何苦难在风的声音里，在每一片叶子的声音里"。（史蒂文斯《雪人》）[6]风气之下，很多刊物主编约来"名家"文章，追求转载率，忽略文章本身的质量，助长"友情式评论"的横生与垃圾场的建立。在这个空间，象牙塔里，俯瞰垃圾场和广告牌正合适。此景由来已久，痼疾已深。

　　在这里，作为当代诗歌写作在场的诗人刘洁岷和张桃洲，提倡的是怀有"一颗冬天的心"来打量霜和覆盖着雪壳的松枝了，而且，要"冷下去"很长时间（史蒂文斯《雪人》）[6]。他们致力于"现当代诗学研究"，策划诸多专题——深具难点，约请相关领域的学者持续讨论，呈现中国现当代诗歌进程中出现的各种问题——连续不间断，那些被藏匿的问题也不断地豁显出来：现代神话史诗问题；新诗的技艺、体式、语言问题；当代诗歌的实验主义背后的情结；各种诗潮及背后的动机、外来影响的问题；新诗本土化的问题等。至此，诸多诗学问题不断地被提出也被严肃地面对，推动现当代诗歌研究达到一种较深入更多面的状态。

　　那么，当前语境之下，该栏目做了什么。无他，生性爱好幻梦，还有些胆量，说了些真话，办了些实事。简单，仅此而已：一个异声汇聚的"诗学研究"栏目，一个喧嚣的辩论场和病菌的清除剂——坚持多年，执意办刊。如有刊物如它，幸甚至哉，放在一起比一比也挺好。"真正的批评"绝非是毫无价值，恰恰相反，"因为批判意识的必然轨迹，就是在每一文本的解读、生产和传播中必然带来对于政治的、社会的和人性的价值与事物所得到的某种敏锐意识",并且还可能对社会、政治和道德判断"进行揭示和去神秘化"[7],而彰显现象与叩问问题,乃是探究现象和问题背后的原因与动机,乃是对现当代诗歌进行诊断,乃是为当下诗歌写作提供了可靠的支撑和契机。

三、办刊姿态：奏出事物恰如其是

在办刊理念之后,办刊者的姿态尤为重要。他们采取了"平正"的基本姿态,用"群"命名诗学论文集就是一个最明显的证明。姿态造就栏目特色,影响了"现当代诗学研究"的专题设计——一条有意义的学术路径。

2011年,栏目文章首次精粹编辑成《群峰之上》的诗学论文合集,按照专题的形式收录了研究文章三十余篇。2014年,《群岛之辨》作为诗学合集又将栏目文章再次精编收录,同样按专题的形式分类整理。2018年,《群像之魅》诗学专题论集中的文章显得更加尖锐也更为前沿。可见,该刊的姿态,就是要打破当下刊物论文拼盘式的模式,将现当代诗学研究托举、保持在一个艰难的高度。

以下陈词,请止步绕道：新诗诞生百年来,从胡适等人初期的白话诗歌的尝试,到舶来品的自由体、翻译体,再到徐志摩和闻一多等人从内在节律与外在形式的探索,再到诗歌大众化运动,以及1949年后的民歌体与新时期出现的朦胧诗、先锋诗等进程中,东学西借,艺术探索和修正进行艰难,但毫无疑问,新诗百年来其内容题材和体式形态达到了前所未有的丰富,并且充分展示了汉语在新语境下的艺术力量。

然而当下已有的几部中国新诗史,像朱光灿《中国现代诗歌史》、洪子诚与刘登翰的《中国当代新诗史》、程光炜《中国当代诗歌史》等专著,其写作的范式基本上是在社会背景考察下,推行的是诗人作品、思潮运动、流派社团等简介,比如："新月派""现代派""九叶派""七月派""今天"等诗人即是以他们所归属的流派为划分,或以地域、性别、代际身份为标准进行归类为"白洋淀诗派""女性诗歌""归来者之歌"等。从我个人求学和教学的经历中,深感这样的诗歌史确实会提供一个清晰甚至比较全面的历史轮廓,但也会存在对所言之物大而化之的勾勒,很少有章节能够历史性地将当时的社会、政治、文学要求对创作的影响置于时代背景与文学传统的双重关系中考察,更难将诗歌本身的魅力和精神展现出来,而这一点应该是尤为重要的,文学史的阅读和学习带来的不是对诗歌本身的兴趣,也不是对诗歌背后之物的深刻理解和认识,这种缺陷值得警惕。

幸甚,"现当代诗学研究"十多年来持续以"专题"研究的方式进行,使新诗史进程中的诸多分支(比如"诗歌大众化运动""新诗格律化""古典与民歌的结合""现代神话史诗""当代诗歌的反学院情结""台湾诗歌""异域诗歌"等)得到了深层的开掘。诗学专题研究不仅是全面考察诗歌艺术发展的历史背景、社会环境、文化思潮和个体因素,更是以新的理念和文论观探讨诗歌艺术的演化与沿革。因它将文本放在自身承上启下的关系,及横向的联系中加以对比分析考察其来龙去脉、形式更叠及艺术魅力,所以这种研究与专门的诗歌史研究之间具有明显的区别,它打破了诗歌史系统研究中必须要均分史料、均衡编排、面面俱到、难以纵深探究的局限。

并且,令人高兴的是,专题的分类折射出栏目主持的治学态度。当然为了达到研究效果的预设性,专题设计必然如此:在全面系统的宏观诗歌原野中将诸多起伏多样的地表穿透,并将其上横生交错的枝蔓理清——"奏出事物恰如其是"[6]。

四、组稿策略:所建即所想

转化萨义德的说法,理念或姿态不仅只是一种思想框架,一种意图和意识,也是一种工作,一种行动。当产生某一个理念的时候,我们会进一步思考实现理念将从哪里开始,一旦确定了起点,将意味着选定一条充满冒险却也充满机遇的道路,当然也并非是设想出一个理想的模式然后加以证实,批评必须产生反抗性才可谓之批评,研究必须产生不确定性才让研究继续深入。"现当代诗学研究"坚守本初理念与否,是否具备应有的姿态,自不必说。除此之外,其组稿策略也应提及。略举一二:

"新诗技艺、体式和语言",这一专题自然是针对新诗本体进行研究。百年来新诗的技艺、体式和语言都曾被不断地讨论,也使新诗存在的某些形式问题、语言问题、技艺问题一再被呈现。在呓语与自语症发作后,在诗人那儿多半是从发生学来思考,在批评家那儿多半是对某一已经完成的文本进行辨认、分析和归纳,并不一定会起到纠偏的效果。"现当代诗学研究"栏目组织的研讨方法极具针对性意味就不言自明:诗学系统与具体个案相结合,比如《群岛之辨》中共推出七篇文章。就撰稿人来讲既有名家学者如陈仲义与雷武玲——从整体上详赡分析中国新诗技艺的演化与沿革,也有学术新锐王凌云、颜炼军、濮波、李海英等——从具体的新诗技艺比如"比喻""咏物""并列""语言"等方面展开微观分析,甚至还有日本学者岛由子撰写的关于顾城诗歌语言问题的精妙分析。不同类型的研究者汇聚一起,隐隐构建出了一个更生动的"新诗技艺史"的轮廓。雷武玲的《与新诗合法性有关:论新诗的技艺发明》一文讨论的是诗歌研究中的大问题"技艺"。通常我们会将诗歌技艺视为一种不涉及价值判断的客观工具,人人都可以用同样的诗歌技艺为自己的诗歌意识形态服务。但雷武铃在深入研究之后,提出

"技艺的公共属性和技艺的独立属性并非这么绝对,并非没有其限度。新诗技艺重在结构与形式的发明与想象以及对内容的审查;但诗艺又不仅仅是一种工具它更是个性与风格的体现,技艺不能完全脱离内容,好的技艺必然是在表达内容的压力之下的发现或发明,也是来自于对生活与世界的认识"[8]。雷武铃的这种溯源式的本质研究,为认识新诗呈现的样态及新诗存在的诸多问题找到了一种更好的解析方式;陈仲义《现代诗索解:纵横轴列的诗语轨迹分析》[9]一文以西方结构主义语言学为参照,以结构主义语言学的轴列坐标为基点,分析现代诗歌中语词与诗语的运动轨迹,特别是横纵向轴列在交织、混合的协调中形成的合力,这种从"语词"与"诗语"入手将历史文化、社会现实与语言、诗意在纵横轴列上关联起来,也是从诗歌研究中的大问题"诗歌语言"来探讨现代诗歌的基质和效果。王凌云的《比喻的进化:中国新诗的技艺线索》[10]是通过对不同时期的代表诗人的作品的微观分析,讨论具体的"比喻技艺"在不同诗人那里获得的具体形态及其后的历史情境,从而倡导一种新诗历史研究的新路径;颜炼军《迎向诗意"空白"的世界——论现代汉语新诗咏物形态的创建》[11]一文,是在中西诗学比较的背景下看新诗的"咏物"问题,将新诗"咏物"的形态的创建、新诗"咏物"展开诗意的限度与现代中国人的主体建构联系起来,对现代汉语新诗写作中"咏物"进行现代性思考。日本学者岛由子《论顾城的"自我"及其诗歌的语言》[12]则是从诗人个体的"内在自我"入手探究其诗歌语言特点的成因,将诗歌语言研究推广到人本身。

"现代诗潮与诗人重释"与"当代诗人与诗潮"两个研究栏目,则在更系统的脉络中将新诗百年来的重要现象进行了历史叙事与建构,以更具体形象的面孔组成一个可感可视的理解范畴:深刻反思"20世纪新诗大众化运动"重大诗歌运动,重新理解一些关键诗人如郭沫若、李金发、废名、戴望舒、徐志摩等;同时,也推介当下写作力旺盛的诗人如罗羽、陈东东、西渡、臧棣等。其中,华裔美籍学者米家路,从精神分析和现代性追求的悖论性中对郭沫若[13]、戴望舒[14—15]等现代诗人进行重释,在更真实的空间中将诗歌本身的艺术性展现出来,也将诗人的情感史、社会心态史及表述方式的历史明晰起来,让我们看到已被经典化的诗人的研究新路径。

此外,该刊引入别样的视角、改变讨论方式或重新设问,特别是针对当前诗歌创作与批评研究的种种乱象,比如诗歌创作中模仿西方、抄袭剽窃、活动颁奖、中国制造等行为,以现实功利性为参照将诗歌文体破坏活动合法化。在批评和理论界中虽不乏有识之士多次指出这些问题,却既无力于解决诗歌创作的问题也鲜能触及诗人实际的写作活动和智性思考,因为批评家通常会就现象谈现象,很少在分析弊端症结时将具体问题具体诗人勇敢地指出来,于是诗人会想当然地以为问题是别人的、与己无关。《江汉学术》的办刊者针对这种沉疴痼疾,组织年轻学者来挑战虚伪的创作幻象。它有一期栏目就是针对当代国内知名诗人在长诗写作中的问题(包括写作问题与评价问题)进行论析,两位年轻学者颜炼军与李海英从具体文本(柏桦《水绘仙侣》、欧阳江河《凤凰》、西川《万寿》与肖开愚《内地研究》)入手,论证当代长诗写作的困境以及评论界的不堪之处。[16—17]

从更严谨、更广阔的理念出发,《江汉学术》的"现当代诗学研究"针对新诗研究呈现的种种困境,最近几年更是推出了"异域诗歌"研究、"台湾与海外诗歌"研究、"翻译与比较的诗学"研究等专题。其中,郑慧如教授对台湾诗人"数字诗""当代诗的命名",著名诗人洛夫、简政珍及内地读者较为陌生的诗人罗任玲的研究[18—19];简政珍教授对"台湾当代诗的意象空间"的深入分析[20],为内地诗界介绍了台湾地区诗歌的写作姿态及诗歌研究的理路;杨小滨教授则独辟蹊径,通过对拉康关于"揞学"及相关概念的阐释,探讨台湾诗人是如何建立新的诗学范式[12],真是费心费力地动员国内学者抛开学术之外的顾虑而致力于现当代诗学的深度研究。"异域诗歌"研究,则力图展现域外的诗学关注的检验,比如,罗伯特·哈斯的"催眠艺术"[22],伯恩斯坦的"回音诗学"[23],此类专题既对当下诗歌写作进行一种深刻的回应,也为目前国内的诗歌批评建构诗歌研究学科化的意图提供了参照。

从文学与社会的关系上来看,诗歌中频繁出现的问题可能是社会问题的一种迹象,而社会问题最终也必然会成为人的问题,于是我们在某种程度上可以如是理解,诗歌问题是人的问题的一种反映:诗歌通过对当代生存经验的介入以实现揭示当下生命/生存境遇的功能。尽管人的问题与诗歌的问题并不等同,解决诗歌的问题并不一定就是解决了人的问题,然而,诗人和研究者都必须有强烈的问题意识,去叩问问题和思考现象,因为真实并不自然呈现。

如是,《江汉学术》的"现当代诗学研究"栏目,正在搭建的是一个不懈地追索"真实"的舞台,道阻且长。

参考文献:

[1] 江汉大学现当代诗学研究中心.群峰之上:"现当代诗学研究"专题论集[M].武汉:长江文艺出版社,2011.

[2] 江汉大学现当代诗学研究中心,《江汉学术》编辑部.群岛之辨:"现当代诗学研究"专题论集[M].武汉:长江文艺出版社,2014.

[3] 江汉大学现当代诗学研究中心,《江汉学术》编辑部.群像之魅:"现当代诗学研究"专题论集[M].武汉:长江文艺出版社,2018.

[4] 雷纳·韦勒克.近代文学批评史(第一卷)[M].杨自武,译.上海:上海译文出版社,2009:16.

[5] 耿占春.当代诗歌批评:一种别样的写作[J].文艺研究,2013(4).

［6］ 史蒂文斯.弹奏蓝色吉他的人［M］.陈东飚,译.南宁：广西人民出版社,2015.

［7］ 萨义德.世界·文本·批评家［M］.李自修,译.北京：生活·读书·新知三联书店,2009：41.

［8］ 雷武铃.与新诗合法性有关：论新诗的技艺发明［J］.江汉学术,2013(5).

［9］ 陈仲义.现代诗索解：纵横轴的诗语轨迹分析［J］.江汉学术,2013(2).

［10］ 王凌云.比喻的进化：中国新诗的技艺线索［J］.江汉学术,2014(1).

［11］ 颜炼军.迎向诗意"空白"的世界：论现代汉语新诗咏物形态的创建［J］.江汉学术,2013(3).

［12］ 岛由子.论顾城的"自我"及其诗歌的语言［J］.江汉学术,2014(2).

［13］ 米家路.张狂与造化的身体：自我模型与中国现代性：郭沫若诗歌《天狗》再解读［J］.赵凡,译.江汉学术,2016(1).

［14］ 米家路.反镜像的自恋诗学：戴望舒诗歌中的记忆修辞与自我的精神分析［J］.赵凡,译.江汉学术,2017(4).

［15］ 米家路.自我的裂变：戴望舒诗歌中的碎片现代性与追忆救赎［J］.赵凡,译.江汉学术,2017(3).

［16］ 颜炼军."大国写作"或向往大是大非：以四个文本为例谈当代汉语长诗的写作困境［J］.江汉学术,2015(2).

［17］ 李海英.白昼燃明灯,大河尽枯流：论当下作为"症候"的知名诗人长诗写作［J］.江汉学术,2015(2).

［18］ 郑慧如.翻转的瞬间：简政珍诗的意象美学［J］.江汉学术,2017(4).

［19］ 郑慧如.论台湾现代诗中的"沉默"：以罗任玲诗作的陈述表现为中心［J］.江汉学术,2018(1).

［20］ 简政珍.现实与比喻：台湾当代诗的意象空间［J］.江汉学术,2017(5).

［21］ 杨小滨.作为文浑的诗：陈黎的揾学写作［J］.江汉学术,2018(1).

［22］ 盛艳.生命之重的话语承载：论罗伯特·哈斯诗歌的"催眠"艺术［J］.江汉学术,2016(5).

［23］ 冯溢.论语言诗人查尔斯·伯恩斯坦的"回音诗学"［J］.江汉学术,2018(4).

——原载《江汉学术》2019 年第 3 期：63—67

附录

米家路　杨小滨　盛　艳
段从学　李海英　李润霞
西　渡　王泽龙　倪贝贝

第三届"教育部名栏·现当代诗学研究奖"颁奖实录

◎ 米家路　杨小滨　盛　艳　等

摘　要：2018 年 9 月 22 日,作为教育部哲学社会科学名栏建设的专项工程之一,由江汉大学现当代诗学研究中心、《江汉学术》编辑部主办的第三届"教育部名栏·现当代诗学研究奖"颁奖仪式暨《群像之魅:"现当代诗学研究"专题论集》研讨会在北京大学中国新诗研究院举行。来自北京大学、清华大学、中国人民大学、北京师范大学、首都师范大学、南开大学、中央民族大学、上海师范大学、东南大学、云南大学、西南大学、中南财经政法大学、浙江工业大学、河北科技师范学院、作家出版社、北京文艺杂志社、台湾政治大学的专家、学者和诗人以及主办方负责人和工作人员参加了此次仪式。颁奖嘉宾分别将奖杯、证书和奖金颁发给了米家路、杨小滨、盛艳等三位第三届"教育部名栏·现当代诗学研究奖"得主。《江汉学术》"现当代诗学研究"栏目是入选教育部哲学社会科学名栏建设工程的三批数十家学术期刊中唯一的新诗诗学研究类栏目,"教育部名栏·现当代诗学研究奖"也是海内外首创的汉语新诗诗学研究类专项大奖,其学术性、开放性、引领性和公益性得到了与会嘉宾的高度赞誉。①

关键词：现当代诗学研究奖；教育部名栏；米家路；杨小滨；盛艳；《江汉学术》

朱现平：

女士们,先生们,大家上午好！值此中秋佳节前夕,在美丽的北大校园里,第三届"教育部名栏·现当代诗学研究奖"颁奖仪式现在开始。

首先,有请主办方江汉大学副校长、《江汉学术》主编李卫东先生致辞。

李卫东：

尊敬的各位专家学者、各位嘉宾,大家上午好！

非常高兴参加此次颁奖仪式。首先,我代表江汉大学向各位嘉宾莅临本次颁奖仪式,表示诚挚的欢迎和衷心的感谢! 向荣获第三届"教育部名栏·现当代诗学研究奖"的三位获奖者表示祝贺!

今天,各位嘉宾齐聚在这里,见证又一个隆重的时刻——第三届"教育部名栏·现当代诗学研究奖"颁奖仪式。此次颁奖活动由江汉大学主办,江汉大学现当代诗学研究中心、《江汉学术》编辑部承办,它依托《江汉学术》的教育部名栏"现当代诗学研究",是国内乃至整个华语诗歌理论研究界独一无二的专项诗学研究奖。从某种意义上来讲,这也是华语新诗诗学研究一项重要的、标准最为严格的奖项。

教育部高校哲学社会科学名栏建设工程总体目标是在数年内建设数十家代表我国高校学术水平、在国内外学术界享有较高学术声誉、为解决改革开放和社会主义现代化建设中的重大理论和现实问题、为文化的积累和传承、为学科建设发挥重要作用的高校学报品牌栏目。在全国一千二百多种高校哲学社会科学学报中,各学科目前正式入选了三批57家名栏,《江汉学术》"现当代诗学研究"为全国唯一入选的新诗诗学研究名栏建设栏目。2016年10月,经教育部确认,全国高等学校文科学报研究会将包括《江汉学术》"现当代讲学研究"在内的25家期刊名栏评定为名栏建设优秀奖。

"现当代诗学研究"栏目以选题为切入点,每一期集中研究一个诗学课题,对20世纪以来汉语新诗理论、思潮、流派、现象和新诗文本进行诗学意义上的专题研究,持续推出当下具有创造力和深邃视野的诗界学人研究成果。至今已刊发专题专辑五十多个,发表来自英、美、德、日、斯洛伐克、新加坡等国家及海峡两岸专家学者的论文两百多篇,且被《新华文摘》《中国社会科学文摘》《高等学校文科学术文摘》《人大复印报刊资料》等转载百余篇。该栏目的作者群,几乎涵盖了本专业领域最具影响力和声望的学者,同时也发掘并推出了众多有才华与爆发力的新锐学人,壮大了现当代新诗研究的阵容。

我们一方面将栏目论文精粹结集,出版了《群峰之上:"现当代诗学研究"专题论集》(2011),续编了《群岛之辨:"现当代诗学研究"专题论集》(2014)、《群像之魅:"现当代诗学研究"专题论集》(2018)以拓展新的传播渠道、延长优秀学术成果的传播时效。另一方面,继续鼎力举办"教育部名栏·现当代诗学研究奖",激励优秀作者,形成示范效应,也是在某种意义上参与探索、引导海内外诗学研究的路径与走向。

我们的目标是在全国学术期刊中创建现当代诗歌理论研究的第一品牌栏目,远期目标是成为海内外华文新诗最具价值、不可或缺的理论平台之一。在当前期刊国际化、数字化、专业化的转型期,在当下的学术制度和评价机制深刻变革的浪潮中,我们的学术期刊和栏目将在更大的挑战中迎来新的机遇。我们坚信,有江汉大学一如既往的重视和支持,特别是有海内外诗学专家、学者包括在座的各位嘉宾的悉心指导和热切关注,在编辑部同仁的齐心努力下,我们必将再接再厉,不负众望。

最后,再次热忱祝贺我们的获奖者!谢谢大家!

朱现平:

谢谢李卫东校长的致辞。我们的颁奖仪式进行第二项议程,请"现当代诗学研究"栏目特约主持人张桃洲先生发言。

张桃洲:

各位朋友,上午好!今天是个好天气,也是个好日子。我们在这里,进行又一次诗的聚会。当然首先要表示祝贺,祝贺这一届的三位获奖者,他们发表在栏目里的多篇诗学文章,不仅丰富和提升了栏目,而且也为当前的诗学研究作出了贡献,可谓实至名归。

六年前,也就是 2012 年,"教育部名栏·现当代诗学研究奖"第一次颁奖会举行,当时距离这个栏目的创办时间刚好八年,让人不免生出"八年抗战"的感慨。第二次颁奖会是 2015 年,那时栏目持续已经超过了十年。这次是第三届,栏目时间增至十四年。随着时间的推移和叠加,我的感慨和感恩又增添了几分:感慨岁月流逝中的坚持与执守,感恩时代喧哗里的相遇与激励。是的,我们相遇在这样一个小小的栏目。

有时我也在想,这个小小的栏目在当下就如汪洋大海一般的期刊、栏目里的一朵浪花,看起来是如此不起眼,对于我却意义非凡。那么,它对我究竟意味着什么呢?我脑海里不时闪过这个问题。在我看来,这个栏目犹如一座小小的庙宇,里面寄寓着我们对诗学研究的期待和理想,怀揣着这份期待和理想,我们迎接来自四面八方的宾客——各类诗学文章。当然,这座庙宇里还有尺度——我们对诗学研究的见解和理念,有某种自尊——我们对诗学研究在现实语境中所处位置的觉识。这么多年,正是有在座各位朋友和其他五湖四海的朋友们的支持和呵护,这座庙宇才坚守了一种尺度,才拥有了一份尊严。对此我们感铭在心!谢谢大家!

朱现平:

谢谢张桃洲先生。下面,请"现当代诗学研究"栏目主持人刘洁岷先生发言。

刘洁岷:

各位嘉宾,各位朋友,大家上午好!昨天洪子诚老师在"中国新诗百年纪念大会"论坛上发言说"在纪念中衰老",我觉得也暗示今天我们是"在颁奖中成熟"。"现当代诗学研究"栏目经历十四年,颁奖经历八年,这个过程可以分为几个层次,一是我们的很多嘉宾、作者当时是学生,后来是讲师,有的成了副教授(还有"常务副教授"),职称越来越高。新的硕士生又成了博士,进入我们的队列,这是一个承前启后的过程。二是我们历届的获奖者数量呈递减的趋势。第一届是五个,第二届是四个,第三届是三个。这意味我们的评审尺度似乎没有放宽的迹象。这让我想起姜涛所讲的,诗学研究是一个服务性质的行业。这种服务就是把作者的食材和精到的烹调手艺递送给食客。这个服务员有一个特点,是戴着谦卑和热情的面具,但其下面隐藏着一颗傲慢与偏见甚至冷酷的心。这个服务业的生意还算可观,但它多年不扩建殿堂,也不增加座位,而且对食客的要求比较高,颜值低、腰包瘪的都不允许进入。简单地说,这是一项有标准和门槛的服务。这次评奖的名额压缩到三个人,是经过我们评委团队慎重考虑的。它有这样几个标准:一个是历时性,即作者在过去一个较长时间段里对我们给予过支持,在两届评奖之间又有新的论文支持,论文质量很高且产生了较大影响。截至目前,本届三位获奖者在我们栏目发文加起来有 12 篇,这是一个持续的过程。从投稿的持久性、作者的热诚度以及质量的稳定性综合来考量,他们对我们栏目的支持是有目共睹的。这个标准得以保证我们这个奖项的含金量并筛选出优秀的作者进入获奖者的队列。而这正是我们最为关注的。

前两届颁奖我们是在"大成路九号",那个地点没法成为一种象征或者说很难找到一个修辞的契机。这次我们迁移到博雅塔下、未名湖畔,这是新诗的发源地,今天诗神也为我们提供了如此透亮的秋天的阳光。所以今天的关键词就是祝贺、感谢、"牛栏山"还有秋天的阳光。谢谢大家!

朱现平:

谢谢两位栏目主持人。下面将进入令人期待的时刻:颁奖,我们今天将颁发三个奖项。首先,我们有请颁奖嘉宾龙协涛先生、唐晓渡先生。请颁奖嘉宾上台发言,并宣读授奖辞。

龙协涛:

各位嘉宾好!第三届"现当代诗学研究奖"在北京大学中国新诗研究院颁奖,颁奖地点的变化,体现了这个奖项的意义。我们这个平台虽小,但品位不低。我对"现当代诗学研究"这个栏目很熟悉,教育部名栏评选的诗学栏目仅有两个,一个是《苏州大学学报》研究清代诗歌的栏目,另一个就是我们《江汉学术》的"现当代诗学研究"栏目。这个栏目能在武汉,在江汉大学,在《江汉学术》逐步成长起来,不是偶然的。这和学校的领导、期刊社同仁分不开。再追溯这个源头,我想起余光中先生的一句话:"作家蓝墨水的上游是汨罗江。"中国文化的诗心源头是在两湖。今天又回到了北京大学中国新诗研究院,远的不说,1949 年以后,诗人兼学者何其芳就在这里工作。现在也有从我的老师谢冕先生到姜涛先生这样一种继承。这是非常有意义的。

我们颁了三次奖,也出了三本书:2011 年的《群峰之上:"现当代诗学研究"专题论集》、2014 年的《群岛之辨:"现当代诗学研究"专题论集》和今年的《群像之魅:"现当代诗学研究"专题论集》,这说明我们有一定的理论高度。这些论集名字取得好,编得好,展示了诗歌理念的色彩缤纷和研究的理论深度,体现出一种审美的魅力、感召力与传播力。习总书记提倡弘扬传统文化,我们作为一个诗的国度,在诗歌方面应能体现中国人的文化遗传基因和精神密码。这是我的一点感想。谢谢诸位!

唐晓渡：

各位好！我要讲的很多心里话龙老师已经讲了，我向我的搭档表示敬意。我们要颁奖的是杨小滨。首先向小滨表示祝贺，也感谢江汉大学和《江汉学术》又一次给我们呈贡和凸显了当代诗学研究的几位翘楚。小滨和我是三十多年的朋友了，这么多年来他在我眼里一直是一个独一无二的存在，他在诗歌写作和诗学研究两方面互相推进，他的一个很大特点在于，通过对当代最前沿的诗学理论的汲取，探索当代诗歌发展里的很多隐而未张的趋势和边缘性的领域，然后形成一种和这个消费主义盛行的时代对称的写作，让我们充分享受写作的快乐，他拆解深度，但也呈现他自身的深度。小滨还有着多重身份，他是一个摄影师，也是一个著名的男高音。他在这几种身份之间划动，同时也在两岸之间划动，我觉得我们是互为"卧底"和"大使"。所以在这一点上也要特别向《江汉学术》祝贺，因为在这个颁奖典礼上，在诗歌领域里我们通过杨小滨已经实现了两岸的统一。

致第三届"教育部名栏·现当代诗学研究奖"杨小滨的授奖辞——

杨小滨以强烈的语言意识直抵诗歌的修辞特异性与精神向度，在当前繁复驳杂的研究场域中找寻独异的诗学生机。他在勘析诗人的作品时，打破抒情主体与符号他者之间的藩篱，揭示出创作文本的"拟幻性"面貌。他还将当前趋于复沓叠加的诗论进行重估，以去本质化的"后现代滩涂"廓清理论的想象阈限，启迪出西方理论与中国古典文论的张力关联，并在质疑理论阐释与文本细读分治局面的过程中，深入探寻了语言错综的非意指形态，从而展现出当代诗学研究的丰饶之姿。

朱现平：

有请获奖者杨小滨先生。

杨小滨：

感谢龙老师和晓渡为我颁奖。今天真的是来了好多诗学界的大咖。我进入学术写作的年代也挺久远了，80年代中期大学毕业以后，我在上海社科院文学研究所工作，我的第一本书写的是法兰克福学派理论，后来去美国念书，博士论文写的是中国先锋小说，一直都没有涉入诗歌评论。换句话说，其实我在诗学领域里，比起大多数人来说，可能还要"新"一点。虽然我写诗的年龄比较早，也是在80年代中期就开始了。但是当时有朋友一再告诫我说，你千万不能写诗评，你一写就完了。什么意思呢？就是说如果把理念的东西带到诗歌写作中来，你会非常危险。所以我一直不太敢触碰诗评、诗论的这个领域。但后来觉得也没那么可怕。因为写作本身对我来说是非常警惕要去解除某种强制性的、单一性的观念对写作本身的束缚。我写诗评诗论的初衷还是为了对诗歌写作中的某些观念化的东西进行清理,甚至试图来说明诗歌写作是如何可能成为一种非观念化、非理念化的,甚至是对意义进行消解的一种语言性活动。《群像之魅》这本书书名中的"魅"字,让我想到了臧棣很出名的"不祛魅"的理论,我觉得就是如何在诗歌写作中能够认识到"魅力""魅惑"甚至"鬼魅"。其实我们无法、不可能有一个确定的、单一的意义来指导写作或者成为写作承载的某种东西,这可能就成为我对于诗学诗论领域里所关注的非常重要的一个主题,这个主题相对而言在诗歌写作中就不会出现我们所警惕的观念化的问题。我非常害怕像小说家康赫这样的朋友,他会一再地提醒你,你这个写得太一目了然,你要讲什么意思这么快就露出了马脚。有人会问你,写作是为谁而写。我当然不能说是为康赫而写,但我常常觉得康赫式的读者是要过的一道关,就是你不能太明显地去表达一个简单的想法。这可能扯得有点远。当然我还是会坚持自己的这种诗学路径。我的这些诗学论文,里面有一些比较晦涩、理论化的用词和说法,非常感谢《江汉学术》能够容纳,带有一种包容性的态度来对待这些论述。感谢洁岷兄的宽容!我知道最近一篇写陈黎的文章是有可能被毙掉的,后来被洁岷兄从水底又打捞了出来。非常感谢!我的研究室里放着很多书,我发现里面从《江汉大学学报(人文科学版)》开始一直到现在的《江汉学术》,叠在一起大概有这么高两摞,是我所有保存的期刊里最多的一种。这个情况就像是我今天站在这里跟《江汉学术》来表白,这就好像跟一个恋人说,你所有写给我的信我都留着!我所有的《江汉学术》都留着,一本都没有丢掉!《江汉学术》这些年编了《群峰之上》《群岛之辩》《群像之魅》这么多论文集,这个栏目的论文我想要留着的,大概也都收录进这些集子里了,但是我还在犹豫要不要把之前的这些刊物丢掉呢?因为空间实在是特别拥挤。好像还是舍不得。希望我能够再次得这个奖。开个玩笑,我的意思是说,我会继续给《江汉学术》投稿,即使我不可能再得奖。得奖不是一个需要考虑的问题。之所以有认同感,是因为我认同这个栏目,认同其他的作者和其他发表过的论文,所以,以此为荣。谢谢大家!

朱现平:

祝贺杨小滨先生!下面我们颁发第二个奖项。有请颁奖嘉宾敬文东先生、姜涛先生。

敬文东:

首先要祝贺米家路先生,其次感谢他,作为美国华人学者用汉语研究我们用现代汉语写作的新诗。我个人觉得是表达了他的乡愁。作为一个始终用母语思考中国问题的读书人,我很感谢他的这份乡愁。不过和他比起来,我要表达一下惭愧。我和洁岷兄认识很多年了,《江汉学术》"现当代诗学研究"这个栏目也创设了十四年,可是我只在上面发表过一篇文章。后来又给过他一篇,结果被他无情地毙掉了。所以一方面我表达我的惭愧,另一方面我也要表达我的不满。

姜涛：

好，文东的话也代表了我的心声，我也不用多讲了，我们现在颁奖。

致第三届"教育部名栏·现当代诗学研究奖"米家路的授奖辞——

> 米家路致力于创作主体精神面貌与心理镜像反镜像的挖掘，通过重构外部经验与内部体验、异乡与原乡、西方与东方等因素的阐释结构体，持续校准着诗学研究各要素的空间坐标。同时，他在研究中植入了时间性的自觉，经由记忆修辞、潜意识碎片等坐标点，绘制出对现当代诗学的社会——文化想象图景，使之进入到某种充盈着历史气息的"创造"状态，形塑出了研究者的"自我"。

朱现平：

有请获奖者米家路先生。

米家路：

尊敬的各位师长、同道和来宾，在我人生旅程的中途，正要步入一片幽暗的森林，突见遥远的天边出现一道亮光，宣告我获得《江汉学术》的"教育部名栏·现当代诗学研究奖"，我顿觉惊惶万分，猜想是否因时差看走了眼，定神一想，我那些驳杂的陋作常常令我自己都倍感汗颜，怎么会入得了编委会那些高手的法眼。稍加慰藉的是，好在我拙作中的那几位研究对象（李金发、郭沫若、戴望舒、穆旦、海子、骆一禾和昌耀）皆已作古，不会前来踢门叫架的，不过，假如九泉有知，那些亡灵们一定会翻身怒吼："看啊，那个半夜提着灯笼找路的家伙，他的灯芯已灭，而世界又如此暗夜，他怎么能见到光明？他只能胡打乱说了！"

在 20 世纪 80 年代中期的重庆歌乐山下，正当我以无可抗拒的青春期激情投身诗歌创作的"醉舟"时，我的楼上却住着两位当时的"诗歌王子"：张枣和柏桦。他们高超的诗艺令我望尘莫及，更令我心碎，我的诗意从此消隐。不做诗，可做文，我立志将诗意的灵气转化到诗学研究上去。1991 年我在北大比较文学硕士学位答辩会上，我的恩师乐黛云先生对我的学风一语中的，道破天机地说我的论文"太过抒情和诗化"（谢冕和郑敏二位先生在场，可作证），从此，"抒情性"随即从我论文中消隐。1993 年我外出求学（先于 1993—1996 年在香港中文大学，后于 1996—2002 年在加州大学戴维斯分校），原本打算继续从事中国现代诗歌研究，但老师和好友们纷纷规劝并警告说从事中国现代诗歌找工作难，出版难，评终身教授难，三难齐下，现代诗歌研究也从我的学术研究生涯中消隐。我于 2002 年在目前这个学院谋取教职至今，我也曾试图在我的现代文学课上让美国学生学习中国现当代诗歌（翻译体），但他们不断抱怨说中国现当代诗歌与英美诗歌如此雷同，看不到"中国"的身影，恳求我别再选中国现当代诗歌浪费他们的时间,从此中国现当代诗歌也从我的教学课程中消隐了。1993 年以来,由于学术评估体制的不同,我基本上放弃了用中文写学术论文(唯有偶尔用中文写诗才保持了与母语的亲密接触),而在用英文写作时,心中的潜在对象往往为西方读者,论证的方式也是西学式的,由此,中文学术写作和中国读者也从我的职业行当中消隐了。然而,以上举出的一系列"消隐"并非意味着"消失",它们却如幽灵般似的无处不在,始终徘徊在我心灵深处,使我欲罢不能,成为了我挥之不去的他者。直到 2014 年的春天,驱魔"曙光"突然出现在江汉平原的地平线上,而且纯粹是一次神奇般的偶遇。

　　2014 年 3 月 10 日我偶然在脸书上看到诗人王敖张贴的臧棣兄于 2008 年写的旧文《无焦虑写作:当代诗歌感受力的变化——以王敖的诗为例》,读完文章后,顺便扫描了一下刊发的杂志是《江汉学术》,完全是一个陌生的名字,受好奇心驱使,我就顺着链接找到了杂志的网站,如饥似渴地快读了数篇刊发在名栏中的文章,深感文章质量很高,很扎实。我就突发奇想,何不将早期的一篇论李金发的中文稿件投给该刊试试?3 月 14 日投稿,3 月 20 日就收到了栏目主持人刘洁岷先生的回复,说"大作拜读,感觉不错,留用"。这一接纳就犹如普鲁斯特那神奇的"玛德琳小点心"一样打开了一直纠缠我心底里的幽灵闸门,巨大的释放一发不可收拾,我将英语论文请人一篇又一篇地翻译成中文投给《江汉学术》,每次刘洁岷先生都以极大的热忱和极高的学术操守与我进行细致的沟通与切磋。从 2014 年到 2017 年短短三年时间里,我先后在名栏里共发表了五篇文章,总字数达 7 万~8 万字,这在我的学术生涯中绝无仅有,实属天意。我在此由衷感谢刘洁岷先生和编辑部同仁对我的大力支持、厚爱和呵护。是你们的学术正能量捕获了我的幽灵性,让我在被压抑与放逐的回归中得到了一次疗治。我很荣幸获得这个奖项,不过,与其说是对我微不足道学术的一种奖赏,还不如说是对我的幽灵性的一次救赎,对我这位漂泊离散者的祝福、召唤和期许。是《江汉学术》释放了我的心魔,让我坦然回归到中文母语的温暖怀抱。2014 年,在刘洁岷先生的大力帮助下,我主编的首部北美离散诗选《四海为诗》由北岳文艺出版社出版,2017 年我的两卷本学术论文集《望道与旅程》由台湾秀威出版,今年底我的中英文双语诗集《深呼吸》也将在台湾出版。这便是一个孤独的灵魂经过漫长曲折的路径寻找精神家园的明证!

　　谢谢大家耐心听完我无趣的唠叨。最后祝福《江汉学术》编辑部和江汉大学现当代诗学中心的朋友们,你们辛苦了!祝福《江汉学术》"现当代诗学研究"名栏蒸蒸日上!谢谢大家!

朱现平:

　　谢谢颁奖嘉宾,祝贺米家路先生!现在我们颁第三个奖项。有请颁奖嘉宾西渡先生、钱文亮先生。

钱文亮：

谢谢！我对《江汉学术》非常有感情，从我读博时起就开始在上面发文。我想说三点。第一点，《江汉学术》使我真正理解了这句话：诗歌使不可能的成为了可能。《江汉学术》这个小小的平台依托"现当代诗学研究"这个栏目一下子被全国所知，且这个栏目迅速成长为现当代诗歌研究的重镇，这确实是个奇迹。用句老话说，看似寻常最奇崛，成如容易却艰辛。所以要再次感谢洁岷、桃洲以及编辑部同仁的有力组织、策划和经营。真的非常不容易。第二点，武汉作家池莉有一篇小说叫作《心比身先老》，但是因为诗歌，因为《江汉学术》，我现在是"身比心先老"，心还没老，还可以继续为诗歌作贡献。第三点，在这个物质化的时代，世俗的诱惑非常多，坚持诗歌、坚持诗歌研究是一件非常了不起，也是非常艰难的事。所以诗歌的生命能够不断得到新生，我觉得和我们的这个诗歌共同体密切相关。学术真正的成长与发展是要依赖一定的学术共同体的。《江汉学术》"现当代诗学研究"这个栏目最重要的一点在于，它聚集起了全国乃至海外的真正热爱诗歌、非常严肃的来从事诗歌研究的一批人，成为这些同人的一个精神家园。我们一来到这个地方，就觉得特别温暖。诗人的友谊也能够越来越深。这就是一辈子的幸福。在学术共同体建设过程中，这个栏目的意义非常伟大。

西渡：

"现当代诗学研究"是一个非常优秀的栏目，集中了现当代诗歌研究的最优秀的人才，可以说是占据了半壁江山。我们每隔两三年就出版的研究论文集真的非常难得，而且质量这么高。我也祝《江汉学术》和这个诗学栏目影响越来越大。非常荣幸为盛艳颁奖。

致第三届"教育部名栏·现当代诗学研究奖"盛艳的授奖辞——

着眼于中外诗歌写作的多元场域，盛艳以诗性话语的自觉与理论敏识，处置并穿透了诗歌创作与研究间的文本阻隔，且于两者的复合地带，经由发明新的诗学语汇与跨语际实践，探掘出了当代诗学的"活水"。她自若地将日常身份与女性身份投诸书写的肌理与架构之中，在确立起个人化诗学特质的同时，不断唤醒沉隐的性别研究意识与语言的身体体验，以此通达着诗学进路的拓展。

朱现平：

有请盛艳女士发表获奖感言。

盛艳：

获悉被授予"教育部名栏·现当代诗学研究奖"，是在一个傍晚，洁岷老师说有两个消息带给我，问我先听好的，还是先听不好的。我想在这世上，坏消息能坏至何处呢，除了生死，于是说先听不妙的吧。得知第一届诗学研究奖获奖者赖彧煌博士辞世的消息，非常震惊。因此当好消息来临时，更倍感惶恐，心中有愧。

感谢"教育部名栏·现当代诗学研究奖"评委会的各位评委，感谢江汉大学诗学研究中心，与前两届以及今日的其他获奖者相比，与其说我是一个诗学研究者，不如说我是一个读诗的人。能与硕果累累的学者一起撷取这个奖项，对我而言是莫大的荣誉，也是极大的鼓励。十四年来，在见证《江汉学术》"现当代诗学研究"名栏的发展和兴盛的过程中，我得到了许多宝贵的指导与建议，这使我有机会介入到国内的新诗领域，并在写作中不断地学习和靠近一个更为准确的评价尺度。

作为女性，很多构思和随想都是在厨房，在去菜市场的路上，或是上下班途中的闪念，因此我读诗的视角大约也是从女性细枝末节的生活出发。陈丹青当年在纽约听木心讲世界文学史笔记，忽然说了一句："以前母亲、祖母、外婆、保姆、佣人讲故事给小孩听，是世界性的好传统。"有的母亲讲得特别好，把自己放进去。大部分一流作者的文学史，其实是他们的自我定位。诗歌评论之于我，正是这种关系，通过诗评，我思索女性的位置，并在定位中发现自我，也许这就是诗与诗神给我的馈赠。

再次感谢《江汉学术》"现当代诗学研究"名栏，正是栏目广阔的视角、兼容并包的胸怀，使得像我这样平时默默无闻，在孩子熟睡后，半夜挑灯读诗的女性有机会获得如此殊荣。

谢谢大家！

朱现平：

好，谢谢颁奖嘉宾，祝贺盛艳！到此为止，我们今天颁奖的主要环节结束了。让我们再次以热烈的掌声，向三位获奖者表示热烈的祝贺！下面我们进入自由发言环节。

余旸：

我对《江汉学术》有很深的感情，很早之前在上面发表过一篇文章，后来因为研究方向的转变，未能再次在这个栏目发文。今年的论文集名为《群像之魅》，我勉强只能算其中的"像"，所以我还要努力在《江汉学术》"现当代诗学研究"栏目多发几篇论文，争取尽早加入"魅"的行列。

李润霞：

我跟《江汉学术》非常有缘。从张桃洲、臧棣第一次作特约主持人起，我就开始给他们投稿，那是 2004 年的时候。这个刊物可以说见证了我的成长。所以我应该算是最早在这个栏目发文的"元老"之一，但是现在有点"晚节不保"。我的感受跟敬文东有点类似，第一是很惭愧，第二是受到激励。

范雪:

跟在座的这么多"元老"相比,我完全算是个新人。我研究现当代文学,同时也写诗。我有两个感受,一个是目前的学术论文写作比较刻板,它要求研究者有精深的纬度,有超越前人的价值,但它的研究对象也相对固化,研究的结果很多就是为历史增添了一点可能性。有人说学术研究其实是一个很残忍的职业,因为一写出来可能就会成为"僵尸"。作为一个写诗的人,我希望能看到更多对当代诗歌的批评,可以回应当下的一些问题。我个人觉得,对于一些伟大的作家,比如李白、杜甫等,多一些研究性的探讨比较好,但是对于我们同时代的人,他们的学术半衰期还没完成,成就还不能盖棺论定,这样的人我们多一些实质性意义的批评可能会更好。这样的诗学研究对自身以及对诗歌创作可能会带来更多的活力。

陈太胜:

我觉得《江汉学术》"现当代诗学研究"栏目特别不容易,这么多年自始而终地坚持下来,现在成为一个这么有影响力的栏目。我很佩服洁岷以及背后这么多支持他工作的人。这对中国现当代诗歌研究来说是一个特别了不起的工作。另外,我觉得新诗研究目前到了一个瓶颈阶段,对这个阶段我倒不太悲观,因为随着时间向前发展,越来越多的年轻学者参与到这个研究中来。他们跟以前的研究路线可能不太一样,每代人有每代人的研究方向。新诗百年以来,我觉得当代是充满了活力和希望的,它处于一个分歧路口,将来应该是会有更好的发展的阶段。在这个阶段中,诗学研究恰恰是很重要的,它应该跟得上。但很多时候它都没有跟上当代诗歌的发展。那些提倡用古诗来批评新诗的人在我看来是不值得一驳的,早在废名和叶公超的文章里这个问题就已经得到解决了。也有人说,当代新诗没什么成就。但就我所看到的而言,当代新诗的发展是很了不起的,但在诗歌批评上是比较匮乏的,或者说有些文章跟许多期刊的栏目不相契合——它们一般不发表当代诗人的评论,这是很遗憾的。当代在诗人和诗歌批评上,和民国时期比起来落后很多。一方面是刊物沦落了,另一方面是我们的眼光有问题,不能很好地辨析当代诗人和诗歌批评的问题。由此我建议,"现当代诗学研究"栏目在当代诗歌在诗学研究和诗人批评上应该有远见、有计划的做一些工作。如果没有开拓未来的精神,可能是不长久的。

朱现平:

感谢自由发言的学者,感谢你们为今天的庆典添彩。下面有请青年作者代表张凯成博士发言。

张凯成:

尊敬的各位嘉宾、各位师长和前辈们,大家上午好!非常荣幸能够参加今天的颁奖仪式,而能以尚在"读书阶段"的博士生身份和尚在"爬行阶段"的学徒身份,在我敬仰的前辈们面前发言,我感到了无比的不安。这种不安与其说是"身份"赋予的,不如说更多地来自于我自身在学术能力方面的巨大差距。一方面,相对于今天获奖的三位诗学前辈而言,我深深感受到了自己的学力不精、笔力不足;另一方面,相较于之前以同样身份站在这里发言的光昕兄、培浩兄来说,我愧感于自身还未达到他们所本有的勤勉。无疑,这使我承受了极大的心理压力,但换个角度说,这种不安又给了我以精神动力,让我在前辈们的鼓励以及"同代人"的感召下获得助益。

我首先要向获得"现当代诗歌研究奖"的三位前辈表达衷心的祝贺,你们孜孜不倦的努力和卓越的成就在此得到肯定,这是一件无比幸福的事情。我也感到了幸福,能于读书阶段在《江汉学术》"现当代诗学研究"栏目发表两篇习作,这对于我来说既是一种幸运,同时也是一种莫大的激励。当我将自己稚嫩的文章与栏目中优秀前辈们的大作进行对读时,能够清晰地找出其中的差距所在,进而为自己的今后的读书、写作确立方向。

接下来,我想谈一谈我对当下诗歌研究状况的一点体悟。尽管较之以往年代来说,近几年的诗歌研究出现了大量的成果,似乎使其逐步摆脱了"孤独"的境地。但当真正去阅读这些成果时,会发现其中绝大部分属于"无效"的论说,而其中一个最为关键的问题即是诗性话语的缺失。作为一种独特的言说方式,诗歌研究话语本身的特殊性无论从何种意义上强调都不过分,这同时是其确立自我身份的重要维度所在。而在我看来,这种特殊性又集中体现在它所内蕴的创造性上。如同乔治·布莱将批评看作是"在自我的内心深处重新开始一位作家或一位哲学家的我思"一样,诗歌研究者要能够以创造性的姿势,道出普通人、普通读者所无法言说的东西。也如伊格尔顿在思考"如何读诗"的问题时所看到的,一位优秀的批评家在面对艾略特的几行诗时,应该能说出诸如"标点中有某种很悲伤的东西"这样的语言。于是,我们通过观察诗歌研究的话语,能够立刻判断出研究者水平的高下。而我所应做的即是向着这种"优秀"去努力,去挖掘、去阐释诗歌既定意义之外的诗学空间。倘若能做到这一点,我想自己便能够以诗歌研究的"外行"身份,去逐步敲开"内行"的大门,去看一看里面令人神往的风景。

在今天,诗歌作品与诗歌研究文章的发表,大体上还是以一种"严肃"的事件而存在,但不可否认的是,它仍在社会与现实的侵蚀中丢失了某些珍贵的部分。近几年来,诗歌自身的发展无疑是"繁荣"的,这与其在生产、发表、传播等层面的"敞开"状态关系密切。除单本诗集、诗歌选集的出版外,官刊、民刊、网刊等渠道为诗歌的发表与传播提供了强有力的平台,共同营构出了诗歌发展的外部场域。与之相比,诗歌研究的发表空间较为有限,除依托一般性的研究期刊外,专门的诗歌研究平台甚为匮乏。在如此背景下,《江汉学术》"现当代诗学研究"栏目显示出了它作为诗歌研究载体的可贵之处。该栏目自 2004 年创办以来,始终致力于推介高质量、高水平的诗歌研究成果。更为重要的是,它以极强的诗学自觉,建构出了诗歌理论与批评的"当代意识",即在认识到诗歌研究与时代之"对话"关系的基础上,对现有的问题进行深度挖掘,同时还精准捕捉到了当下的研究热点。这种意识使其自觉地疏离于当前趋于"同质化""舆论化"的研究方式,重新塑构出了诗歌理论与批评的有效性。该栏目的这些努力是我们有目共睹的,同时也使得我们对它保持着持续的期待。

最后,再次向在座的各位送上祝福,向诗歌和诗歌研究送上祝福!再次祝贺今天的获奖者!同时感谢主办方提供给我这样一个与前辈们交流学习的机会,这对于我至今并不漫长的诗歌研究生涯来说,绝对是一个称得上"沉重"的馈赠!谢谢大家!

朱现平:

感谢凯成博士,颁奖仪式到此结束,再次感谢各位领导和嘉宾的光临指导!接下来有请大家合影留念。

注:

① 录音内容由江汉大学现当代诗学研究中心倪贝贝整理。

——原载《江汉学术》2019 年第 2 期:28—35

"新诗的代际、群体和流派"主题论坛实录

◎ 段从学　李海英　李润霞
　　西　渡　王泽龙　等

摘　要：2017年6月24日至26日，来自全国各地及海峡两岸的著名诗人、诗评家齐聚曹禺故里潜江，共话"潜江诗群"现象，探讨相关的诗歌和诗学论题，并在楚灵王行宫遗址章华台举办诗会。本届"潜江诗群"研讨会暨首届章华台诗会，由中国作家协会诗歌委员会、湖北省作家协会和潜江市委宣传部主办，由江汉大学现当代诗学研究中心、《江汉学术》编辑部和长江文艺出版社长江诗歌出版中心、武汉大学文学院现代诗歌研究中心、潜江市文学艺术界联合会、潜江市作家协会等联合承办，会议议程包括主题研讨、诗会启动、诗歌朗诵、特色采风等。

　　江汉大学现当代诗学研究中心召集专家团队具体承办了"新诗的代际、流派与群体"主题论坛，来自北京、天津、上海、四川、云南、浙江、河南、台湾以及湖北等海峡两岸的众多《江汉学术》"教育部名栏·现当代诗学研究"核心诗学专家学者，如张桃洲、钱文亮、杨小滨、颜炼军、王东东、王泽龙、王毅、西渡、李海英、段从学、李润霞、刘洁岷等，共同关注并探讨了具有更广泛意义的诗学议题[①]。

关键词：新诗；代际；群体；流派；潜江诗群；中生代

段从学(西南交通大学)：各位来宾，各位朋友，大家下午好！我受潜江章华台诗会主办方暨江汉大学现当代诗学研究中心的委托来为大家服务。我们这个"新诗的代际、群体和流派"主题是一个将新诗的普遍问题基本都能容纳进来的主题，形式上是一个漫谈式的发言，每个人的发言可以在八分钟左右。第一个发言的是云南大学的李海英，有请。

李海英(云南大学)：其实我对新诗的代际、群体和流派没有一个很系统的研究，我就浅显地谈一下我的感受。一般而言，文学团体与流派指的是在某一历史时期，由一批有相近的文学理想、创作主张、审美趣味的文人组织的小型团体，他们多半有较相似的

表现风格或形成了相似的艺术风格。或者,是文人身后由史家们据其活动轨迹与作品特色而归类,是史家建构系统与整体的权宜之计,诸如中国古典文学传统中的田园派、山水派、豪放派、婉约派等。通常,当几个有志于文学创作的人聚集在一起,明确地以某一文学主张作为宣言,并由此而出版自己的刊物,或许可暂时性地为自身铺设一条文学小道而不至于无路可走,或形成对自身的暂时性督促而不至于孤军奋战,尤其是在某些特定的历史时期,它可能是大家围在一起取暖的炉火。但不客气地讲,所谓一个"流派",一个"团体",它若能在今天还响彻于我们耳边,那最必然的条件是,这个流派这个团体中至少有那么一两个响当当的人物存在,如果没有一个可以留在文学传统中的闪光人物,这个团体流派并没有存在的实质性价值,江西诗派、桐城派皆是如此;或者这个流派团体提出了惊世骇俗的见解并创造了卓然不同的成绩,诸如法国的象征诗派、美国的垮掉诗派,它们拓展了人的思维、情感、感觉和接受。

换言之,一个有志于文学本身的团体,绝不是抱团取暖的互吹小组,更不是抽梁换柱的利益小窝。不幸的是,我们的新文学伊始,多的是假文学之名而亵文学之实的团体,进而是举文学真善美之旗帜而干清除异己甚至"杀人越货"的勾当。比这更可怕的是,那些坏的影响一代代地遗传,并使承继者以之为天然的合法的榜样,新时期有很多这样的勾当即是如此,想起来就让人愤恨。尤其是一些"团体"故意推出虚浮的口号,其意图不在创造出什么,而在于能引起多大的非议,最好非议到文学史家不能视而不见的程度,那样他们就可以靠博眼球(反正没才华也没什么创造)而进入被关注的行列。

我想说的,不是文学史家要警惕什么,是泥沙总会沉淀到它们该去的地方,无须过于担心误判,尽管会有暂时性的误传;而是研究者,尤其是同一时代的研究者,不要过于趋附潮流也不要过于贪图在场,对某些人的创意表演,若是操之过急的描述与定性,那多半会惹出许多笑话,直接说,我们没有必要主动加入互吹之阵列。"入史"不是几个人的人为之力,而是时间本身的无数次实践。

段从学:感谢海英。接下来请王毅老师发言。

王毅(华中科技大学):谢谢主持人。从我个人来讲,这是一个非常有趣也非常重要的伪问题。这个问题之所以有趣,首先它是从"诗可以群"以来至今都让我们纠缠不清、言说不尽的一个话题,我甚至相信它将是现在以至无穷久远未来的一个言说场域。其次,从后现代的语言观角度看,没有人可以单独使用语言进行写作,所以他/她必然地拿起笔就跟前时代或者同时代的写作者处于某种个人与群体的关系,甚至焦虑中。语言或者诗歌写作的江湖先于自身的存在,这身不由己。关于这种关系,大体而言,目前基本上有三种不同的划分:为大众,为个人和为小众。其中最讨巧的可能是余光中标榜的"小众化",即诗歌写作既不是大众化的,也不是个人化的,而是一群人的"小众化"的。仔细想想,这也只是表述方式更漂亮而已,并不解决问题。小众的边界何在?多小算小，多大算大？究竟无法界定，终于跟大众化和个人化差不多了。

这个问题之所以重要，首先是每个写作者确实切身体会并不得不遭遇这个问题或者关系。其次，这个问题在我们这里会比在别的地方显得更迫切。即使排除前述的所谓影响的焦虑之类的说法，在这个萧条、寒冷而且混乱的季节，是不是真的有诗人独自勇闯天涯？他/她怎么可能孤身前往？抱团取暖因此显得如此重要，因此我们真的宁愿相信诗"可以群"，至少让诗人自己"群"。即使不在我们这里，在另时、在远方，比如当福楼拜质疑左拉玩命鼓吹的自然主义小说观时，左拉比任何人都更清楚：我比你更不在意自然主义这个名称，但人们需要一个新的名称。所以，文学史除了文学以外，还得有文学运动以及运动造成的景观。

这个问题说到底是个伪问题。这是因为，就个人与群体/流派的关系而言，简单地说，任何人的写作都被迫处于这种关系之中，概莫能外，无法在这种关系之外举出例证。所以，作为一个问题，它不涉及问题应该具备的逻辑自洽（甚至都谈不上是否自洽），也不涉及作为问题应该具备的现实例证（因为无需例证就已经在这种关系中了）。

单个诗人无法形成一个流派或某种时尚，它们是一种金字塔结构。最醒目的诗人成为顶端的塔尖，但不会出现只有塔尖的金字塔，它必须依赖等而下之的诗人一起构成。一般来说，文学史不会给那些等而下之的诗人和作品留下多少位置，他们注定要被简略。他们是被迫站在文学史背后的巨大的力量。可以说，他们的意义也就在于成全并继而毁灭一个流派或时尚。他们首先声势浩大地捧出塔尖，然后又吵吵嚷嚷地以各自拙劣的模仿葬送它，就这样规定着当下的诗歌本体，规定着诗歌在某个特定时候是什么，也就决定着诗歌音乐性是否必要的问题。它实际上就是这样一幅情景：在一个特别时期——它通常由时尚的领先者导致——出现某种群聚现象，而这个新时尚的领先者如果视音乐性为必要，则往往导致它在模仿者中普遍流行。相反，音乐性则消匿。所以，在我看来，音乐性在新诗中是否必要，取决于艺术时尚。而对于时尚我们所能做的，事后的描述远远多于先行的预测。因此一方面，没有必要把此时期音乐性态度上的反复与所谓艺术内部规律的矛盾运动钩挂在一起；另一方面，由此可以看到，关于新诗音乐性的必要性问题，理论上的演绎与论争并无多大价值。它最终由诗人决定，诗人的创作实践在这一点上具有第一位的意义。而对于那些对音乐性问题感兴趣的诗人和理论家而言，努力仍然是值得的，但不应（事实上也不能）将之强加于他人。这里也许用得上占星术中的那句话：星星相吸，但不强迫。

最后，就个人与群体的关系而言，我现在也许可以做一点补充。惺惺相惜/星星相吸的同时，写诗的星星们自己可能早就知道：玩儿可以是"大众"的，写诗写着玩儿可以是"小众"的，但真正写诗大概只能是"个人"的。

段从学：感谢王毅，时间把握得很好。那现在轮到刘洁岷老师了。

刘洁岷(江汉大学)：作为一个地域性的诗歌群体,潜江诗群由百余位书写新旧诗歌的诗人构成。这些诗人处于散在的写作状态,既没有共同或相近的主张,也没有围绕一份刊物集体传播他们的作品与观念,所以只能说这是一个"诗群"。他们的部分诗歌2016年结集为《潜江诗选(1979—2015)》出版,收入了63位诗人的诗作。我与他们交往多年,深深感触到江汉平原腹地深厚的诗情积淀。那些离开潜江到外地的潜江籍诗人有的比较知名,如沉河、柳宗宣、龚纯(湖北青蛙)等,时间所限,这里就不一一列举了——他们的写作和传播资源也为潜江诗群有所助力。另外的外力来自荣光启、夜鱼等,我本人在主办《新汉诗》的六年期间也与其中的诗人有着密切合作和往来。

"白色的鸟儿飞过镜面/穿透躯体的光线使翅膀变轻/在它的羽毛掉光之前/我得赶紧为你写完这封信/告诉你一些鸟的秘密……"这是潜江诗人杨汉年2008年刊发出的诗《鸟及其他》的前面几行,整首诗虽然不太完美,但就凭这一小节,也可以看出他的才情。他的一本150页的诗集《地下的果实》刚刚问世,是一本好读又出色的书。他的短诗《采石场》《防盗系统》《孵化》《树阴》《森林公园》《纸鹤》《柚子》《鸟人》《经验论》《父亲的玩具》《灰坎》《魔术》《龙来了》《秩序》《自动识别》等都是难得的好诗。他的诗,日常经验与超然意味混成,那种细节的丰富到了精确的地步(庞德有言,精确是抵抗平庸的利器),那种言说的质朴与天分般的分寸拿捏令我赞赏——他的诗具有那些众多"打工诗人"或"口语诗人"们不具备的品质,就是他们排列出来的是板结的素材,而汉年的语言里有从容,看似不经意的"击中"性灵的腾挪,回过来又令那些经验的呈现显得更加饱满生动。我曾在他的短诗《防盗系统》旁批注了一段话:"当我们的生活耗磨了我们的激情与领悟力的时候,当我们处在一种无所不在的平庸无意义处境中的时候,特别需要一种他者的审视。在我们不再无条件信任生活的现实,那么,重建自我,重建'我与你'关系,亦即如何建立现实身份就显得尤其迫切。艺术或诗歌使得我们在世界的扭曲、缠绕中找到了某种真相的现实。诗人杨汉年看待世界的方式、敏锐的洞察力、挥洒日常素材的灵巧性,以及在语言与情感把控上的分寸都有其独到性。我看重杨汉年的诗写,他也许比他周围熟悉他的人甚至某些'专业人士'对他的认知走得要远得多。"

魏理科(大头鸭鸭)有诗集《后湖农场的姑娘》面世,最初显出他才情的是在《新汉诗》2003年卷到2005年卷上刊发的短诗《克制》和长诗《深秋回到高口村》,那是题材和主题比较传统,也比较地域化的诗作。后来他与杨黎以及另一些"口语诗人"相投,致力于身体写作,写出了在潜江诗群里显得比较另类的"性感"作品。他的诗作和活动影响力,还和其他诗人一道带动了一些停笔的诗人以新的写作方式"回归",如诗人郭红云、平果、让青、三槐,其中郭红云停笔后的写作产量丰富,有《看父亲打瞌睡》等佳作,贺华中(佳北)在繁忙的批发零售工作的间隙写出了《高高在上的人》《她沿着一条小径走过来》等咂摸日常生活滋味的诗歌,视角平实、情感真挚。在魏理科等的影响和带动下,一些青年诗人如黍不语、韩梅、王威洋、路人丁、灰狗、殷书梅等渐渐在较大范围里为读者所知。其中,黍不语有不错的诗感,她的不少诗作都能够轻轻勾连、摩擦到"诗核",比如她的《我的母亲坐在那里》《你好,北先生》等。才21岁的丁文俊(路人丁)如果能够持续写作,也是可以期待的。

雪鹰在2008年写出了他的"天鹅之歌"《张医生》:"……张医生已经不行医了/因为医死了人/已被吊销了执照/但时不时总有人在夜半/大声叫喊我的邻居。"我在关于此诗的"精读"文章中谈道:"此诗在一种痛苦的言说中,却挥洒了一种语态与语感的愉悦,一种结构的契合无间与情感的控制力,使得诗意在不经意中呈现出来——犹如水墨画的烘云托月法,以淡墨散锋层层擦染,不露笔迹,以云一样的轻柔之态,反差于生存的沉重与黑色幽默:深藏的诗意哲学由此或可瞥见端倪?"雪鹰持续写作二十多年,作品结集为《平原志》由诗人哑君的"新诗路"民间诗社出版。梁文涛有过写作诗集《敞开的玫瑰》的小抒情小浪漫时期,2004年写出了《沙漠骆驼队》《记事本》等相对笔触坚实的展开叙述、转换经验的诗作,后来便写出了《叙述我的20年》《齐桥小学》等代表性作品。彭家洪的《田埂上坐着几个人》《棉花开在田野》、李昌鹏的《骑马下乡》、黄旭升的《时间的刻度》给人印象较深。

潜江诗歌的先行者黄明山著有诗集《立交桥》等。他的诗歌往往自身边的诸多物象出发展开诗思,乍一看来是延续了咏物传统的诗篇,但不经意间又对旧的意象进行了变构与重新的命名。他的诗歌意蕴往往透露出对农耕理想社会的赞许与对现代的城市化进程的惶惑、紧张感,如此,就弥漫了一种清晰和痛切的现代乡愁。

段从学:好的谢谢,刘洁岷的发言加深了我们对"潜江诗群"的印象。现在轮到来自台湾的诗人批评家杨小滨。

杨小滨(台湾政治大学):刚刚已经谈了不少关于个人化写作和群体的关系。我从20世纪80年代开始写作,从来没有参加过任何群体,我是非常支持个人化写作的,但我觉得这两者不能对立起来解释。上海当时有撒娇诗派,它是以地域分的。还有城市诗派,略带有一个风格性或主题性的核心。而海上诗派基本跟潜江诗群类似,它只跟这个地方的人在一起写,却不像撒娇诗派那样有类似的风格。福建当时也有星期五诗群。诗群跟诗派不太一样,诗派可能是个流派,可能有共通的追求,诗群更多元。类似潜江诗群,它有一个大致的方向,但不至于让我觉得大家都在写同一种诗。我的意思是说,如果你把宗旨作为永远的目标去追求可能有点荒唐,当然对一个诗群,一个比较松散地在一起并互相激励、互相比试的群体,还是比较有积极意义的。我虽然偶尔被归入第三代诗群,如《关东文学》杂志好像把我收录在第三代诗人专号里面,但基本上是没有归入任何流派。我本人仍然在不断、不懈地写作,而我觉得写作的目的未必一定要以流派为归属。

如果从理论角度去看诗群里个人和群体的关系，可以看作是一种主体和他者之间的一种，不能说是依赖，但有点像是拉康所讲的"主体的欲望是他者的欲望"的关系。可能你的写作会有一个想象性，或者是"主体的快感是他者的快感"，你会考虑别人是不是能够欣赏，或者肯定你的写作，我觉得这是一个积极的意义，而不是限制你一定要按照我们这个群体的某种口号或者某种美学风格来写。虽然潜江诗群有部分相近的趣味，但它并非一个锁链。潜江诗群的诗作有点偏向口语化，而我好像是偏学院派，但我倾向避免特别书面化的写作语言，所以我对潜江诗群以口语化为基础的写作风格是比较肯定的。同时潜江诗群的好处在于，它的口语化并没有落入口水化的窠臼，它避免了仅仅把口语当作简单的日常说话的一个复现，因为诗里面的口语还是要有一些提炼，经过某种变化后才能在口语基础上对现实、社会或自我经验有比较独特的认知。刚刚刘洁岷也提到几个具体文本的例子，我觉得那些都是非常优秀的诗篇。

还是回到关于生命经验的问题上来，写作本身当然要跟生命经验有关，我不觉得要把生命经验当作最高的追求提出来，因为在提出这个概念时往往要将它和语言性或修辞性对立起来，例如修辞。过于修辞化的写作可能会影响生命经验的表达。修辞的重要性非常大，但不能把修辞狭窄化到语言上某种矫揉造作的摆弄，而是要如何通过独特的语言性的表达，来使你的生命经验实现更独特、更与众不同、更有新意、更有创造力或想象力的表达。我觉得这是表达生命经验的最高要求，而不是用一种修辞去压制或掩盖所谓的生命经验。所以这两者之间不是对立，而是如何结合得更好的问题。

我不是很认同现在没有大诗人的观念，有很多的伟大性到现在还未必能够被认知，但历史也许会证明我们这一代诗歌的写作可能高于很多代，甚至可以跟李白、杜甫比肩。关于抒情性的问题，并不是说没有抒情性或者说抒情性减弱了，就一定是诗性的减弱。20世纪90年代强调叙事性，那是对小说的题材有所借鉴，我们何不对戏剧这个体裁也作一定的借鉴？在20世纪三四十年代的时候，袁可嘉就提出过新诗戏剧化的观点，但是没有深入，我觉得这是一个很重要且可以去思考的问题。传统的抒情性是从一个自我出发，好像所有的诗里面的语态语气感受都是从诗人"我"出发的，但是戏剧化的诗不一样，它会有一些面具化的，借用别人的声音或者有不同的声音的冲突、对立、对话。这可能开始于现代派的艾略特的《普鲁弗洛克的情歌》："那么我们走吧，你和我。"这是一个仿效舞台化的做法。但这种做法在我们古典诗词里也有，辛弃疾《西江月》里写道"昨夜松边醉倒，问松我醉何如"，《沁园春》说"杯汝来前"，他跟杯子有个对话。这样的做法我觉得并不是从20世纪才开始的。我们可以借鉴的传统其实非常多。我们可以把古今中外各种最能充分表达自己生命经验的方式融合在一起，而不是简单地说，我必须要表达我的经验、我的感受，因为直接的、简单的表达生命经验或生命感受，可以是一种诗的写作方式,但不是最好的诗的写作方式。

段从学:谢谢小滨老师的精彩发言,他提出了一些非常有意思的东西。现在到张桃洲了。

张桃洲(首都师范大学):首先我们要注意的是,诗歌代际的划分、流派的指认,是一种诗歌史的需要,这其中有权宜的性质在里面。就像杨小滨兄所说的,像撒娇诗派、城市诗派、海上诗派包括潜江诗群,他们这些流派、群体的划分,各自都有着不同的目的。但是这样划分存在着一定的弊端,它过于笼统,且具有一定的强制性。从时间上来看,现在大多以"十年一代"来划分一个代群,但代际与"长时段"并不是割裂的。不同年代的诗人分享着相似的文化资源,也面对着共同的文化困境。就个体诗人与流派的关系而言,我赞同杨小滨的观点,我们要关注那些难以划入代际、"不便归类"的诗人,实现对代际、流派的超越。不同诗人之间存在个体性和差异性。诗人应该建立自己写作的谱系、阶段性,要经历一个漫长的可被称为"黑暗甬道"的时期,继而凝定风格、寻求创新和突破。诗人的"个性"独立于代际、流派的"总体性"之外,反过来又构建并促进了"总体性"的形成。前些年,我们提出"中生代"命名,也是印证了这个规律。曼海姆提出"社会岩层"的理论,他把具体的社会群比作社会岩层,代(Generation)就是社会岩层之一。从这个意义上说,我觉得对代际的命名是有效与可能的。

刘洁岷:我补充一点。关于"代际"问题,《江汉大学学报(人文科学版)》(现《江汉学术》)"现当代诗学研究"专栏在开栏初期曾有过一次命名尝试,我和桃洲商量后在2005年第5期该栏目拟定的编者按是这样的:

> 1990年代中期以后,一个诗歌写作群体悄然形成。这个我们命名为"中生代"的诗人群体,以1960年代出生的诗人为主,他们的写作大多开始于1986诗歌大展前后,1990年代中期引起关注。相对于朦胧诗、第三代诗歌运动的横空出世,这代诗人的理论主张与诗歌文本更内在、驳杂,缺乏鲜明、易于概括的特点,是当代新诗潮"后革命"期的产物;其精神背景是1980年代末和1990年代初的社会转型,与朦胧诗的"文革"背景、第三代的改革开放背景迥然有别。由于这批诗人艺术观念、美学风格、修辞手段等等的各不相同,在诗歌技艺上更综合化,文本呈现上又更个人化,因而,中生代研究必须建立在具体的具有代表性诗人及其作品的深入研究、梳理与把握之上,否则难以获得有价值的指认与确立。中生代诗歌具有"非代性"这种悖论性特征。"中生代"借用的是一个地质学名词。中生代诗歌与70后、80后等按时序划分的表象化命名无关,它的成立很大程度上与当代诗歌经历了整个1990年代沉闷、黯淡的孕育和摸索有关。有人曾将之命名为"中间代",这一说法不甚缜密和科学,也不具备质朴、准确与有启示性的特质。

　　我们在命名了"中生代"这期专栏里配发了荣光启的《"中生代"：当代诗歌写作的一种"地质"》和西渡、王毅、耿占春的共四篇专题论文，随即产生了比较大的反响，《新华文摘》《高等学校文科学术文摘》《人大复印报刊资料》等刊转载后，吴思敬在《文学评论》上发表了针对性论文《当代诗歌的代际划分与"中生代"命名》，其中全文引用了该编者按，并建议将在此提法的基础上"做适当的调整与扩展……把大陆的'中生代'定位于二十世纪五六十年代出生的诗人"。这种"扩容"就将朦胧诗人和第三代诗人全部囊括进来了，如此，在一个特殊的语境下凸现的诗歌形貌就丧失了它的特殊性，也违背和消解了我们专栏当初命名大陆"中生代"的本旨和初衷。"中生代"以写作年龄划分诗人群落和"非代性"的悖论性特征，本来是可以非常独特地界定出一个在诗歌史上的重要研究对象的，但这种丧失了有效边界的研究，会使得后面的延续难以乐观。虽然，《诗探索》2008年起开辟了"中生代研究"专栏多期，作家出版社2008年出版了诗论集《汉语新诗百年版图上的"中生代"》，由于研究对象的模糊游离和过于宽泛，使得这个命名还是没有能够成为学术界和诗歌创作界普遍应用的指称。不过，倒是与台湾地区在30年前的同名"中生代"命名进行了一次无疑有些机械的接轨，台湾地区新诗史上，在"前行代"与"新世代"之间，曾经有过一个"中生代"的命名称呼，针对的恰巧是20世纪五六十年代的诗人。其中，有些诗人曾是"新世代"，后又转为"中生代"，比如简政珍（1950年出生）、白灵（1951年出生）、苏绍年（1949年出生），好像是与"中坚"谐音，处于"中坚"状态的群体，自然就"荣升"为"中生代"了，这倒是与大陆的"中间代"命名之初的阐述有了曲径通幽之处。于是，自2007年3月在北京师范大学珠海分校举办"两岸中生代诗学高层论坛暨简政珍作品研讨会"开始，陆续召开了上十次两岸的相关诗学会议，只能说是促进了海峡两岸的诗学交流吧。关于这个涉及代际、群体的命名，各路多位方家都作出了努力，其得失可能需要专文的篇幅来谈，这里我就不进一步展开了。

　　段从学：谢谢桃洲和洁岷，下一位是西渡老师。

　　西渡（中国计划出版社）：对于流派、代际、群体问题，我没有深入的思考，只能讲一点肤浅的意见。从整个新诗史来看，诗人的代际关系都是非常紧张的。这种情况和古典诗人的代际关系有很大不同。古典诗人的代际关系，也会有某种紧张的成分，因为新的诗人要出场，肯定要改变诗坛已有的格局，包括挪动某些诗人的位置。所以，诗人的出场多少都伴随着某种戏剧化的事件。譬如，陈子昂从四川来到长安，想要尽快扬名，就有一个毁琴买名、耸动听闻的举动，一日而名动京城。但总的来说，古典诗人之间的代际关系还是比较平和的，因为大家处于一个共同的审美空间之内，又有充分的时间来完成诗人的自我成长，彼此间虽然有竞争，还不至于兵戎相见。但优秀的诗人在时空上太集中了，彼此为了竞争影响力空间，就容易发生某种冲突。李白和王维不相往来，大概就有这个因素。不过,他们是同辈人,生于同一年,还不是代际的冲突。李白和杜甫差十一岁,按现代的标准,算是两代人,他们的关系就很和谐,"醉眠秋共被,携手日同行",好得要死。李白和前辈诗人孟浩然关系也不错,"吾爱孟夫子,风流天下闻"。孟浩然和王维则是铁哥们儿,看来朋友的朋友,不一定是朋友。白居易到京城,顾况以"长安米贵,居大不易"调侃他,一旦读了诗,觉得这小子有两把刷子,马上改变态度:"居也何难?"韩愈对李贺也是奖誉有加。欧阳修和苏氏父子的关系也是如此。

新诗是以革命的姿态出场的,胡适用引车卖浆者的语言写新诗,跟他的一帮哥们儿就闹翻了,前辈诗人更是得罪完了。这首先是美学趣味的一种冲突。这种美学上不可调和的冲突,决定了新诗和旧诗的紧张关系,也决定了新诗人和旧诗人之间的紧张关系。从新诗本身的历史来说,也是一个不断否定前辈诗人的过程,说得夸张一点,就是埋葬前辈诗人的过程。胡适埋葬了旧诗,郭沫若又埋葬了胡适。郭沫若一出场,胡适那个东西就过时了。新月派的出场则是以埋葬郭沫若为前提的。《女神》出版不久,闻一多写了一篇《女神的时代精神》,对《女神》赞不绝口。过两天,马上又写了一篇《女神的地方色彩》,转而对《女神》严词批评,认为郭沫若的写法不行,那里面全是西化的东西,没有中国特色,不能体现中国文化精神,自己要写诗,绝不这么写。这里面的紧张,不光体现在闻一多和郭沫若之间,也体现在闻一多自己,今日的我否定昨日的我,甚至是左右手互搏。戴望舒的出场又是对新月派美学的清场。实际上,新诗用几十年的时间把西方几百年的诗歌史演化了一遍,等于把时间、空间都压缩了。在这样一个压缩的时空内,代际关系就特别容易紧张。如果有一个相对宽松的空间,这种紧张也会被稀释。由于时空压缩,大家都在一个密集的空间内施展身手,要出头,当然也就特别容易发生矛盾和冲撞。

到十七年诗歌,这种冲突更借助了政治的手段,变得特别残酷。这个后遗症到现在还有遗留。20 世纪 70 年代末,朦胧诗在夹缝中出场,可谓阻力重重,美学的、人际的阻力都有。70 年代,艾青流放新疆,眼睛不好,回北京看病,北岛他们那时对他很景仰,很敬重他,给他送北京粮票,送钱。艾青那时候,户口什么全打到新疆去了,他拿着新疆的粮票,买不了北京粮食。等到朦胧诗论争的时候,艾青也回到了北京,重新做了作协的领导,对朦胧诗却采取了绝然否定的态度,除了对舒婷还有所肯定外,艾青对其他的朦胧诗人,包括北岛,全都否定了。北岛他们大概有点始料不及,自己很尊敬老诗人哪,当年还送过救命粮的,就这么给了当头一棒。是艾青欣赏不了北岛他们的诗吗?我看未必。北岛他们在诗艺上的探索,实际上并没有超出艾青从法国象征主义学到的那一套。在诗艺上,朦胧诗实际上是艾青、戴望舒这些 30 年代左右成名的诗人的继承者。所以,根本的原因不在美学上,而在梁山英雄排座次上。艾青大概听到了年轻诗人一些重排座次的议论,老人家很敏感,你们不是要把我往后排吗,我也对你们不客气。实际上,他还是不自信。

等到第三代诗人起来,又毫不客气地否定了北岛他们。第三代一开始就提出口号,"Pass 北岛""Pass 舒婷"。后来发展到当着北岛的面喊"打倒北岛"。在一次研讨会上,北岛还在讲话,有一个北京诗人叫刑天,站起来就喊:"打倒北岛!"很戏剧化,也很好玩。在第三代诗人内部,人际的、派际的关系也很紧张。现代的演化怎么说来也还有几十年的时间。第三代又把这个几十年的时空压缩到一个点上,进化的时间完全空间化了——进化总是需要时间的,但在第三代这里,这个时间完全被压扁了。1986 年前后,诗坛一下子涌现出几十个流派,成百上千的诗人,大家在同一时刻竞争,诗坛变成了丛林,那几年的诗坛称得上遍地烽烟。好了,如今轮到北岛功成名就,充当大棒的角色了。他忘了艾青当年给他们造成的委屈。臧棣跟他较了真,写了一本书,叫《北岛批判》,发在一个刊物的终刊号上。本来要出书,后来北岛中风,臧棣就把这个书从出版社撤了。北岛的态度也算是报了第三代打倒自己的一箭之仇吧。

从新诗的整个历程来讲,我们一直在不断重复这样一种代际冲突。年轻人要出场,就拿前辈诗人当垫脚石,把你打倒,我就扬名立万了。前辈诗人则站在道德和美学的制高点上阻截,躲在防御工事后面放冷枪。艾青、北岛都没有想到,能够维护他们地位的,不是打击别人,不是诗人自己,而是时间。时间是特别无情的。如果从竞争的方面去理解文学,文学的竞争就显得特别残酷。会下有朋友提到,四川诗人方敬一直抱怨九叶派把他遮蔽了。但是,九叶本身就能长存吗? 过一段时间,九叶可能就凋零成一叶了,这一叶在更长的时间内,也不能保证永远存在下去。这个淘汰的过程,确实残酷无情。在这样一个淘汰的过程中,你的自我维护并不能保证你不被淘汰,因为你根本无法干预时间的机制。但是,如果我们从一个更加深广的视野去看待文学,看待诗歌,把文学、把诗的发展当作我们的目标和事业,这种淘汰,这种残酷的竞争,根本就不存在。个人和流派不会永存,但文学和诗本身却是永存的,只要人类还存在。好的诗,伟大的诗,无论出自谁的手,都是我们这个民族,或者,广而言之,都是人类共同的财富。诗大于诗人。作为个体的诗人,你我都是为缪斯,为诗服务的,每个诗人都是缪斯的仆人。一方面,诗的发展,诗的增值,也就是我们每个诗人财富的增加。另一方面,你个人写出的诗归根结底也不属于你自己,而是属于大家共同的财富。诗的名归于缪斯,并不归个人。作为这样一个献身于缪斯的榜样,最后我想提到阿赫马托娃的名字。阿赫马托娃晚年,自身的处境也不好,但她对布罗茨基等晚辈诗人的扶持却不遗余力,从生活、写作各个方面尽可能地帮助年轻人。通过她,俄罗斯光辉的诗歌传统得到了延续。她是俄罗斯诗歌的摆渡人。我希望,我们在座的诗人、批评家,到了晚年,不,就从现在开始,要做阿赫马托娃一样的摆渡人。

段从学:西渡说得很深刻,而且很生动。接下来请李润霞发言。

李润霞（南开大学）：当我们讨论新诗史上的代际问题时,朦胧诗的出场和纷争提供了一个关于代沟文化的绝佳例证。在朦胧诗浮出地表的过程中,青年文化与中老年文化之间的对立,往往被转化为青年一代诗坛新人与中老年一代权威诗人之间的正面交锋。

朦胧诗不仅是一个新的诗群与一种新的美学原则的崛起,更是以青年人为主体的一代新诗人和"青年文化"强力出场的历史要求。这一代人是生理学上的同龄人与社会学上的同代人,在文学主题和文化特征上也体现了一种"同时代性"。在集体进入诗坛时,也鲜明地呈现了这种"代际意识"与"群体意识"。比如,顾城说到朦胧诗时,即以人生譬喻"它已经度过压抑的童年,进入了迅速成长的少年时期";舒婷写下《一代人的呼声》,发出的也是长大成人的挑战;而徐敬亚更是直接以"崛起的一代"命名新一代诗人,认为"青年——这就是全部青年诗的主题内容"。谢冕在呼唤新的崛起时,特别指出"一批新诗人在崛起"。当时,贵州大学中文系创办的刊物名叫《崛起的一代》,十三校联合创办的大学生刊物直接取名为《这一代》,其创刊号上的发刊词对青年"这一代"的"代际"定位和"代群"认知直截了当:"这一代,有他们自己的生活道路:睁开眼就看见五星红旗,从小就呼吸着新中国的空气。"他们就是刘小枫所说的"第三代群"或李泽厚所说的"第五代人"。他们是经历"文革"的新一代,"文革"历史完成了他们青春人格的塑造和成长教育,红卫兵和知青的生活经历构成了大多数人的青春生活。进入新时期后,他们作为刚刚崭露头角的文学青年,无社会地位、无文学资历,属于"弱势群体",处于需要扶植、需要被肯定的时候。

按理,新时期后的诗人出场和诗歌复兴应该由老一代诗人和青年一代诗人共同承担。然而,两代诗人进入新时期后,非但没有因"共患难"而"同富贵",反而在"度尽劫波"之后的重逢中更迅速地走向"分化"和"陌路"。在整个新时代的"平反"诉求和"拨乱反正"的历史逻辑中,无论是诗还是诗人,他们在短暂的"同路"之后,很快就分道扬镳了。不管是"归来的老诗人",还是"朦胧诗人",他们曾经面临相同的受难或"失踪"命运,两代人共同经历了大致相同的时代遭遇,在广义上有了"共患难"的个人命运。然而,在新时期变换了的历史语境与政治语境中,老诗人与青年诗人却呈现了几乎完全不同的人生走向和诗歌命运,他们各自所书写的"归来的诗"和"朦胧诗"也在创作主体发生变化的动力之下呈现了不同的美学旨向。对于蒙冤后平反的老诗人而言,他们幸存到新时期之后得到了政治地位、物质实利、情感心理等方面的加倍补偿。于是,他们重拾希望,以"历劫归来"的身份参与到主流社会和政治话语中,实际是对主流社会的一种重新"归队"。当年政治上的受难者变成了政治上的受惠者,"苦尽甘来""否极泰来"与"噩梦醒来是早晨"成了许多老一代知识分子非常普遍的心态,他们很快投入到新的时代,并逐渐成为社会主流,重新对国家、新制度充满了信心,开始为新的时代唱起了新的赞歌,开始在诉苦与感恩、忆苦与思甜、失意与得意之间达成心理平衡和文学主调。

与老一代诗人相比,青年诗人却没能像艾青自况的"出土文物",反而成为"被弃的一代"。青年诗人虽也"归来"但却不是"历劫归来"的英雄,反而更像是一群"归来的陌生人",而"时代陌生人"的身份焦虑显然解构了贴在一代青年人身上的"主人翁"或"接班人"身份标签。与老一代诗人诉苦感恩心态或者"我不怨恨"之情相比,以青年一代为主的朦胧诗人在"我不相信"和"不满"的类似声音中表达了对历史更为深刻决绝的质疑。

所以,在很大程度上"朦胧诗论争"是两代诗人之间的论争,老诗人对"朦胧诗"的指责,常常转化为对青年一代诗人的指责,表现出来就有点像已经习惯听命长官意志、习惯于大一统思维的长者与正值青春叛逆期的孩子之间的代际对立,"长官"与"家长"试图共同维护类似于"家庭秩序"的诗坛秩序。重温公刘当年提出的"新的课题",就是怎样对待新一代文学青年的问题。他感慨地指出青年一代"和我们这一代,和我们的上一代,都是多么的不相同啊!""我们和青年之间出现了距离"。顾工的《两代人》则把"父亲一代"对"儿子一代"在诗歌表达内容和方式上的"不懂",从生理学意义上父子之间的代沟思考,引到社会学意义上两代人之间的代沟文化。

论争中最为极端的例子是朦胧诗论争过程中参与和卷入矛盾漩涡的艾青与北岛等青年诗人的关系。两代人由最初密切、友好的交往变成剑拔弩张、"恩断义绝"的尖锐对立,也不无代际冲突的作用。作为老诗人代表和青年诗人崇拜的诗歌偶像,艾青以新诗秩序的维护人和诗歌写作模式的指路人身份对青年诗人进行诘难。当他针对北岛诗作而发出诗坛泰斗"与青年诗人谈诗"的权威性批评后,"坐不住并起而还击"的是贵州诗人,他们对艾青批评北岛诗歌的不满与不解甚至超过了当事人北岛自己。当年,他们在贵州大学中文系主办的《崛起的一代》上,以"无名诗人谈艾青"为总题发表了8篇向艾青挑战的"檄文"。方华、黄翔等年轻人的诗文措词犀利,态度愤激,反驳咄咄逼人,以嘲弄权威与长者的示威口吻,表达了"文学青年"不被"文坛宿将"理解的忤逆。

即使今天读这些"檄文",我们也仍能够想象到一个年逾古稀、被人尊为诗坛泰斗的老诗人面对无名小辈忤逆的愤怒,更何况艾青性格中本就有激烈和倔强的一面。所以,从"忘年交"到"绝交"的急剧转变似乎成了老一代诗人与青年一代诗人发生代际冲突的最后结局。可以说,在对艾青的态度上,青年诗人像是叛逆家长而离家出走的孩子,当他们发出自己的宣言"你们这一代诗人代表不了一代诗人的我们",也许,他们想要表达的是对"诗歌换代"的提醒,或是一种谋求"自立"、摆脱"影响的焦虑"和"现实的打压"的迫切心情。最后,到了顾工所说的老一代"节节败退",已经预示着两代人与两代诗以一种各归各位的告别方式达成和解。

但历史总是充满某种吊诡之处。在与老一代诗人挑战中崛起的朦胧诗人,亦被一代代更年轻的诗人挑战,被更激进的"打倒"与"Pass"之声笼罩。似乎,诗歌史的每一次代际更替,最终都化为新锐诗歌发生与新变的动力。这也是一种文学常态吧?

段从学: 谢谢李润霞,她的思考非常深入。接下来请王泽龙老师发言。

王泽龙(华中师范大学): 我想从新媒体时代的诗歌素养问题这个角度来谈几点对新诗的看法,因为这个总是关乎诗人对新诗本质的思考,或许能给新诗的代际、群体和流派的建设与发展带来一定的启发。中国这一百年新诗的探索,是很有成就的,并且成就是不能低估的。我们总是把它放在古代诗歌辉煌的时期——唐诗、宋词的语境中来理解,这种比较,我觉得我们要用发展的眼光、多元的眼光、创新的眼光来看,我们完全可以非常充分、有理由地大大肯定新诗一百年的贡献,中国新诗一百年开创了中国诗歌很多以前没有的东西。比如说新诗自由的问题。自由,不是简单的形式自由的问题,它把心灵解放了,把思想解放了。白话新诗的意义是超过了语言和文学本身的,是心智、思想、精神的民族大解放,已是远高于文学的意义了,我们今天这么评价新诗一百年的成就真是不为过。这是第一点。

第二点就是新旧诗歌的关系。要多元的、互补的而不是对立地看待五四以来的新诗。当前有两种倾向,一个是现代诗歌、当代诗歌的部分学者和诗人对传统的叛逆、逆反的心理。再一个就是有些从事传统文学文化研究的、国学研究的学者和诗人,对新诗是不屑一提的。但今天提到的那些打油诗、口水诗严格意义上不叫诗。我们看待新旧诗歌要有变化的眼光,不要把它对立起来。我的一个观点就是,古代诗歌是远传统,一百年新诗形成一种近传统,这两个传统是一脉相承的,互相吸收,互相转化。但是我们今天面对一种复古主义的思潮,这种厚古薄今的观点我们也要正确看待。我们从事现当代诗歌研究的学者和诗人,不要为时局所惑,要坚持我们的探索,这一点我们是不能放弃的。在这种语境中,我们不能迷惑,要有一个坚定的方向。我们要培养新诗的趣味,不要再拿几千年老旧的那种趣味、那样的形式来看待、判断今天的新诗和未来的诗歌。

第三点我要谈到的,是新媒体时代的新诗素养。为什么中国诗歌拿来和西方诗歌一比的时候,我们就觉得没有分量了? 首先,我们的思想没有深度。郑敏先生前不久谈到,好的诗歌是生命的哲思。诗歌不仅是个语言问题。好的诗是诗人创造语言,而不是语言创造诗歌。中国的诗歌感性的传统根深蒂固。我们要在知性上提升新诗。有人说到现代主义消解传统之后,诗歌走向了反抒情,走向了玄学、神学,不少诗歌不知所云、自作深奥。有人提出深度抒情,对传统的抒情要进行深度的改造,不能丢掉抒情传统,而要去渗透情感、表达情感。并不是说要抛弃情感,对知性的表现并不是要抹掉文学性的情感性的东西。中国古代诗歌也讲理趣,像宋诗,与现在的"知性"既有联系,又有区别,要把两者结合起来。我以前提过一个概念,叫"知性之美",从卞之琳、穆旦的诗里面,我们可以找到很多启发。在 20 世纪 40 年代,到了穆旦的时候,跟传统隔得比较远了,对中国传统似乎是一种拒绝的姿态,更多的是受后现代、后象征的影响,强调诗歌是经验,谈象征,谈玄学,但是他们诗歌中知性与感性的结合是值得学习的,知性和深度的感性抒情要结合起来,这也是我们诗歌的一个方向。

新媒体时代的媒体素养特别重要,对很多芜杂的媒体信息要判断,要选择。对格调不高的诗要有选择、鉴别的能力。再一个就是创新意识。信息时代有很多表层信息、虚假信息、伪信息,这是媒体的素养要面对、处理的。关于诗歌的素养,应该包括文化的、诗歌的、美学的方方面面,不仅是语言的问题。诗人的语言是从天上掉下来的吗? 不会,它是综合的素养问题。像冯至到晚年写出比较好的十四行诗,还有余光中等人能写出好的诗作来,是与他们的人生经历分不开的。想当好诗人,想把诗歌写到位,恐怕还是要从学习开始。别整天只是想到语言,以为把语言解决了就是好诗人了,这样永远也解决不了语言的问题。谢谢大家!

段从学:感谢王泽龙老师的精彩发言。他谈的其实是一个非常有意义的话题,他用自身关于诗的见解反思了这个碎片化、个人化时代诗歌的一些重要问题。现在轮到颜炼军兄发表高见了。

颜炼军(浙江工业大学):这个问题我没专门思考过。可能对我这样一个喜欢直接读文本的读者来说,代际和流派的问题没那么"重要",我需要反省一下。对汉语新诗这个特殊的对象,代际和流派常常被作为一个诗歌史和诗学问题拿出来讨论,刚才西渡老师和李润霞老师的发言,对我颇有启发。在西方现代诗歌史上,有庞德帮艾略特修改《荒原》的著名例子,如果把这个作为代际问题来考虑,就特别有意思。如果没有庞德,艾略特就没那么快成就自己。关于代际,我也想起一个例子,比如莎士比亚这样的大作家,他可能遮蔽了他时代复杂的文学质地。我最近在读莎士比亚时代的一些欧洲文学作品时,发现一个小细节。《堂吉诃德》里,堂吉诃德在教导桑丘时,说人生就像一座舞台云云,桑丘立即回敬道,这个道理很好,但比喻太陈旧了,于是讲出了另一个新的比喻。堂吉诃德很吃惊,说你跟我一段,就进步了。桑丘为什么觉得堂吉诃德的比喻老套呢? 其实在莎士比亚的《麦克白》里,麦克白夫人有一段很有名的独白,其中也有人生如戏的比喻。如果我们去读当时的一些作品,会发现这个比喻很普遍。这个比喻最早可以追溯到波斯诗人欧玛尔的《鲁拜集》,波斯阿拉伯的作品在文艺复兴时期的影响是很大的。但我们今天讲到这个比喻的时候,更多可能会援引莎士比亚《麦克白》中的那一段。而不太会去援引那些我们不太熟悉的,或比莎士比亚差一些的作家。所以,我想说的是,一个更大的作家可能会遮蔽同时的许多文学共性。回到我们汉语新诗里,比如里尔克诗里关于具体物跟无限时空之间的关系,经常有特别精彩的描写。这对冯至的写作有非常大的影响。比如冯至十四行诗的最后一首写到的"风旗"。现代诗歌史里，对此讲述很多，但如果我们去看冯至同时期的许多诗人作品，其实也受到了类似影响，这甚至体现在一些人的旧体诗写作里。但他们的诗不如冯至影响大，所以我们常常会忽略。这大概是文学史上很残酷的一面，我们对大作家或大诗人的关注，遮蔽了同时期写作生态的驳杂性。所以，从现场看，更从已经文学史化或经典化的角度看，文学现象展示给我们的面目的确差异很大。这种差异很有意思。这是我大致的一些想法，请大家批评。

段从学：颜炼军的发言很有意思，他从文学史的角度反过来呼应了新诗的代际、群体和流派的问题。现在请钱文亮发言。

钱文亮（上海师范大学）：21 世纪以来中国诗坛出现了不少以地缘关系集结而成的诗歌群体，例如湖北的"潜江诗群"、武汉的"象形诗群"、海南的"海拔"、上海的"城市漫游者"等，都是比较典型的。以前还有河南的"平顶山诗群""三明诗群"等等。诗人柏桦曾经用中国古代的"风水"概念和视角写过精彩的诗学文章《论江南的诗歌风水及夜航七人》，"当代诗歌义工"黄礼孩也曾编过诗集《出生地》《异乡人》。这些都说明了诗歌界对新世纪这一特殊现象的重视。

新世纪诗坛除了这种以地缘关系集结而成的诗歌群体，更为重要的还有诗歌书写中"地理"经验的大大增加，"地方感"的普遍突出。为何如此？借用人文地理学的观点解释，就是因为在巨变中，人需要不断重复对于地方的体验，通过与地方不断的互动过程，使得地方成为定义自我的一个关键元素。地方的意义与个人或社会群体身份认同的建构也是密切相关的。地方成为自我的一个隐喻，发现地方即是发现自我的过程。诗可以使人"在被涌入生活的潮流之前，捕捉到自我和世界"。

我想着重谈谈从 20 世纪 90 年代到 21 世纪当代诗歌的诗学转变概况。对此我曾经在台湾的《中国现代文学》杂志发表过一篇专论，题目就叫《新世纪之初大陆诗歌的"地理转向"》。大家都知道，20 世纪 90 年代的诗学取向聚焦于"个体化诗学"或者叫"个人写作"——其实这个旗号是 20 世纪 80 年代启蒙主义话语在 90 年代的一个结果，同时它与八九十年代转折期重大的历史事件构成意识形态层面的回应。但是在 2001 年中国加入世界贸易组织后，姓社姓资之类意识形态争论被主动搁置，当代诗歌的本土思想文化语境已经发生巨变，进入 21 世纪之后，全球化浪潮冲击下地方性意识迅速增强，以经济发展为唯一中心的粗暴而大规模的城市化在摧毁无数自然村落的同时，彻底改变了我们这个农耕民族的基本生活方式与文化，激起了挥之不去的乡愁——"乡愁"主题中的个人地理书写，带有当代人文地理学的生态主义意识，对于古老乡村共同体生活及其文化的回忆不仅是一种感伤的怀旧，更应该被视为以血缘、地缘为脉重建生命共同体，以"仁爱"的理念重建生活中的共属关联，进而以人文地理学家所说的"地方"在诗歌中探索更为理想完美的社会和谐整体的努力。而在诗学上,它"同时挽留了曾经在场和呼唤了可能的在场"(黄斌随笔集《老拍的言说》)。在场对于那业已过去的不在场的把握,称之为"记忆",而对尚未到来的不在场的认同,称之为"想象"。对于人类的群体而言,经验是"记忆"和"想象"的叠加产物。所以,诗歌中的"地方"或"地理"经验并不像一般人所理解的那么机械和简单。

从人文地理学的视角看,诗歌中的"地方感"成为维系国人精神与情感归属的重要源泉。人文地理学大师段义孚曾经指出,"恋地情结"(Topophilia)/"虐地情结"是广泛存在的、深厚的人类情感之一,"地方特点可以通过感官来感受到,感受的综合便形成了地方感"。也正是从这个角度,容易解释云南诗人雷平阳、江南诗人潘维的被重视,这里还包括武汉的"象形诗群"。那么,从诗学的推进层面看,21世纪的这种我称之为"地理诗学"的普遍趋向,因为有效增强了诗歌的公共性与在场感的"地理"因素,是新世纪当代中国诗歌值得肯定的诗学上的丰富:这种因素因为寓含着个人与其生活世界的相互融合,个人与他人和万物的共时存在,不事声张却又是强有力地修正了20世纪90年代以来大陆诗坛一度趋于流行的"个体化写作""私人化写作"理念,从而在自我与他人、经验与想象、人与自然、词与物等一系列矛盾、对立的诗学关系中取得了一种微妙的平衡。而且,如果把80年代的当代诗歌标准命名为"不及物诗学"的话,新世纪诗歌中"地理"因素的加入无疑缓解了"不及物诗学"的高蹈、空疏和玄虚所带给诗人与读者的焦虑,使得"及物"/"不及物"的二元对立不再成为问题。另外,"风土""地理"是铸就群体共同感的主要来源,它们是非常具体的东西,也是尚未被符号化、集约化的东西,正如一位诗人所说,地理还可以补足那些汉语不能真切传递的方言的微妙和情感的地方特征,唤起读者在地理上的共同经验的共鸣。

当然,"地理诗学"中的"地理"不能等于纯描述性的纪录片式的写实,恰如人文地理学家所言,基于地方的归属与认同并非总是在一个固定的状态上,而是处在一个不断变化与重构的动态过程中,地方认同是一个不断对地方进行想象与再想象的过程;不过,这种重建"并不是一种总体重建(企图一下子扭转乾坤),而是从那些细微的、人们不太注意的地方开始的重建",当然也不是现实政治的具体方案,他们只是一种文学艺术所特有的"虚拟"。这一点是我们认识和评价21世纪那些"地理"特征突出的诗歌是否优秀时需要特别注意的。

段从学:钱老师既有生动的事例,又有深刻的思想,谈的问题很大。现在有请王东东。

王东东(河南师范大学):当代诗的代际、流派与群体,这是一个非常政治性的题目,通过不断地区隔、划分来形塑出不同的身份和位置,这在一个政治性凸显的时代情有可原。但是除了这种区隔性的概念,我们是否还可以更多考虑整合性的概念?在五四时期,新文学和新诗其实被赋予了一个崇高的政治目标、政治功能,也可以说是一个精神目标、精神功能。这一精神功能,从个体方面可以说是自由,是心灵的自由,从共同体方面则可以说是民主,是艾青、穆旦和徐志摩都谈到的民主政治或德谟克拉西的精神。胡适所说的"有人""有我",也可以这样解读。对于新诗来说,这可能是原初性的一种建构。也许我们的时代更多是一个区隔的时代,而非整合的时代。我就简单说这么多。

段从学:根据这次会议的议题,再结合会上看到的"潜江诗群"现象,我随便说这么几点:流派和群体研究作为一个最基本的研究范式,它毫无疑问有历史事实作为根据;同时,长期的学术史实践也证明了它的有效性和正当性。但问题是:这种以群体、流派或代际为讨论问题,评价诗歌、诗人的基本范式的做法,会不会反过来限制了诗人的创造力?会不会反过来形成学术研究与诗歌创作之间心照不宣的"共谋",最终伤害了诗歌?

和现代相比,古代诗歌群体和流派没有那么发达。我们在大学里就知道,中国古代文学史学以来,没有几个需要记忆和背诵的"诗歌流派"或"诗歌群体"。至于今天重复得令人根本就不想再看的"××后""××一代"之类的代际划分,更是绝无仅有。五四以来,以集团或群体的方式"冲上文坛",才成了一时风气。新诗的流派和群体,自然也不例外。唐弢曾设想以流派为线索来写现代文学史,根据的就是这种历史现象。通常的新诗史,也把进化论的线性发展,处理成了不同诗歌流派和群体的更替史。我们的新诗史必然只能越写越薄,所以在一个流派或群体下边,带动一批诗人"进入文学史",也是一种事出无奈但颇为行之有效的做法。这里当然不可能深入展开。只是把问题抛出来,引起大家的注意。问题就是:评论家们以群体或流派的方式来书写"新诗史"的套路,会不会导致诗歌作者以"组织起来"的方式来写作新诗,以期顺理成章地"进入文学史"?这种"进入文学史"的方式,当然会发掘一批、一群值得注意的诗人,但会不会更多地忽略,甚至压抑了有个性的诗人?对那些刚开始写作、视野相对有限、可塑性比较强的年轻诗人来说,群体或流派会不会反过来塑造和引导了他们的写作,让他们偏离了可能更有效的个体写作道路?

颜炼军:我们不知不觉就讨论了三个小时,从海英开始,到段从学老师结束。从不同角度讨论了新诗的群体特征、代际问题,以及它们与时代之间的关系,都有充分讨论,言谈的碰撞砥砺,未必形成共识,但必将成为新的思考的起点。此外,我们也涉及了对潜江诗群的一些描述和评价,让我们对一个地域性的诗歌写作现象和诗人群体有了初步的认识。我想起刚才我讲的那个《堂吉诃德》里的例子,我现在从手机上翻出来了:

堂吉诃德:"桑丘,你的心眼儿一天比一天多,识见也越发高明了。"

桑丘:"是啊,因为沾染了您的高明呀! 贫薄干枯的土地浇了粪便,翻耕一下,就会丰产。我是说呀,我这副干枯的脑筋是贫薄的土地,您对我讲的话是浇在上面的粪便;我伺候您,和您谈话,就是翻耕这片地。我希望您种瓜得瓜,种豆得豆,得到大丰收。"

我觉得今天,我们大家都得到了一个诗学言谈的丰收。谢谢!

注:
① 录音内容由江汉大学现当代诗学研究中心倪贝贝整理。

——原载《江汉学术》2018 年第 3 期: 45—55

慢读鉴藏，流传诗歌

◎ 倪贝贝

21 世纪近 20 年以来，汉语新诗的发表与出版积累了大量的文本，由李强主编，刘洁岷、郑慧如执行主编，江汉大学现当代诗学研究中心出品的《21 世纪两岸诗歌鉴藏（戊戌卷）》即是一部致力了解与把握这一时期新诗的真实状态、萃取其诗歌精华的现代汉语新诗选本。该书共 3 册，总字数 73 万余字，编选了中国大陆、中国港澳台地区以及加拿大、马来西亚、美国、澳大利亚、日本等国家和地区近 500 名当代诗人的约 900 首汉语新诗。

遴选视野广度与选诗质量高度的融合。该书首倡 21 世纪诗人皆为"同代诗人"的诗选导向，在诗歌潮流的涌动和变迁中聚焦文本、凝注创新，将近 20 年以来缺乏"剪辑"的诗歌"连续剧"反复回放、定格、特写，历经淘洗和筛选，试图发现该时期汉语诗歌的内在流变机制，从而勾勒呈现出真实的、建立在其艺术质地上的创造图景，为新诗读者建立同代人的大视野。同时，致力填补 21 世纪以来中国港澳台地区乃至海外汉语诗歌在经典遴选上的空白，从大陆相对罕见的中国港澳台地区及海外各种诗选、诗报刊、个人诗集中，剔除有别于大陆读者对其既定的"黑白胶片"印象，选取、采集以 21 世纪刊发出版为主、当可刷新大陆读者目光的优秀汉语诗歌，以撷取诗歌演绎的诗潮流变、诗人各自的诗风转向，进而发现两岸汉语诗歌发展之异同。该书致力于实力派诗人的挖掘与再发现，大胆选入其名尚未见于研究者论著的诗人的优质作品。

历时性与当下性的综合审视与考量。这个选本借用和秉持了傅思汉先生的一个理念，即把诗歌视为一个共享行为，而不是个体诗人创作的集合。该书作为 21 世纪以来两岸诗歌大型鉴藏级选本系列之一，其尝试建造的正是一个断代的诗歌共享资料库。这个资料库一方面要通力展示 21 世纪近 20 年这一历史语境中优质诗歌的整体样貌，同时聚焦当下诗坛的诗人最新动态与诗潮流变，从中挖掘、打捞出蕴含厚重诗质的优质作品。每个入选的诗人人名就是一个"链接"点，每一首入选的作品就是作者的一张"全息"照片。

审美性与学理性的统一。该书的编选团队成员遍及大陆、台湾乃至海外，他们或为现当代诗学领域颇具建树的研究行家，或为当代诗坛活跃度较高、成果丰硕的诗人，其中不少身兼作者和评论家的双重身份，这些人既能以现代汉语新诗创作者的身份亲临当代新诗创作现场，又能从研究者角度对现当代汉语新诗进行学理性审视与思索，保证了该书诗歌编选的标准高度，使其达到了诗歌品位审美性与筛选目光学理性的统一。

——原载《中国出版传媒商报》，2019 年 9 月 30 日